KB177510

冨嶽三十六景
神奈川沖浪裏

葛飾北齋畫

大望
대망1 도쿠가와 이에야스
야마오카 소하치/박재희 옮김
一勇齋
國芳画

헌사

저희들이 《대망》 한국어판 번역에 들어갈 때
고단사(講談社) 문예부를 통해 격려편지 보내주신 야마오카 소하치 선생님,
한국어판 《대망》 첫판이 나왔을 때 명역(名譯)이라고
아낌없이 칭찬해 주신 김소운 선생님,
한국의 정서를 걱정하셔서 《도쿠가와 이에야스》
한국어판 책이름을 《대망》으로 지어주신 김천운 선생님,
명필 《大望》 제자(題字)를 써주신
원곡 김기승 선생님,
창춘사도대학교에서 일문학을 전공하고
《대망》 번역 주도해 주신 박재희 선생님,
니혼대학교에서 일문학을 전공하고
《대망》 번역 참여해 주신 김문운 선생님,
와세다대학교에서 일문학을 전공하고
《대망》 번역 참여해 주신 김영수 선생님,
게이오대학교에서 일문학을 전공하고
《대망》 번역 참여해 주신 문호 선생님,
조치대학교에서 일문학을 전공하고
《대망》 번역 참여해 주신 유정 선생님,
서울대학교에서 사회학을 전공하고
《대망》 번역 참여해 주신 추영현 선생님,
경남대학교에서 불교학을 전공하고
《대망》 번역 참여해 주신 허문순 선생님,
숙명여자대학교에서 미술과 일문학을 전공하고
《대망》 번역 참여해 주신 김인영 선생님,
선생님들 집필 열정이 《대망》을 국민적 애독서로 만들어주셨습니다.
깊은 감사를 올립니다.

고정일

도쿠가와 이에야스

대망1/차례

헌사
주요 인물

새벽이 오기 전…7
휘파람새…21
빗속 꽃봉오리…39
봄별…52
말발굽 자국…67
여인의 노래…78
덫과 덫…89
흐드러지게 핀 싸리꽃…102
아즈키 고개(小豆坂)…115
금생미래(今生未來)…128
겨울이 오면…140
갠 날 흐린 날…153
티끌의 탄식…169
윤회…186
모략…199
전국(戰國) 부부…212
가을 천둥…225
별리(別離)…238
희망의 매화…248

욕실문답 … 259
남편을 그리며 … 271
벗꽃탕 … 289
춘뢰지연(春雷之宴) … 301
아득한 염원 … 314
안개에 파묻힌 성 … 327
도라지꽃 채찍 … 342
한 톨의 쌀 … 354
볼모로 가다 … 367
시오미(潮見) 고개 … 391
연모(戀慕)의 가을비 … 404
외로운 인질의 어머니 … 418
흐르는 별 … 439
주인 잃은 성 … 453
설월화(雪月花) … 465
붉은 단풍 … 479
마른 잎은 굴러도 … 491
나고야 부채 … 504
가는 기러기 오는 기러기 … 518
고아 등성(登城) … 543
서로 다가서는 자 … 557
봄의 서리 … 571

주요 인물

다케치요(竹千代) 뒷날의 도쿠가와 이에야스(德川家康). 오카자키(岡崎) 성주의 아들. 천하 평화의 대망을 품은 파란만장한 주인공.

마쓰다이라 히로타다(松平廣忠) 젊은 오카자키 성주. 다케치요의 아버지.

미즈노 다다마사(水野忠政) 가리야(刈谷) 성주.

게요인(華陽院) 본디 다다마사의 아내였으나 다케치요의 조부 기요야스에게 강제로 출가된 오다이의 생모.

오다이(於大) 다다마사의 딸. 히로타다와 정략결혼하여 다케치요를 낳고 다시 정략이혼당함.

미즈노 노부모토(水野信元) 다다마사의 세자.

노부치카(信近) 노무모토의 배다른 동생. 뒤에 다케노우치 히사로쿠(竹內久六)라 부름.

다케노우치 나미타로(竹內波太郎) 신관(神官)으로서 난세가 끝나기를 기원하는, 책략과 숨은 실력을 지닌 이상가.

마키히메(眞喜姫) 도다 단조(戶田彈正)의 딸. 오다이의 뒤를 이어 히로타다의 정실이 되는 다와라(田原) 마님.

오히사(久) 히로타다의 측실.

오하루(春) 오다이를 닮은 히로타다의 측실.

기치보시(吉法師) 노부히데의 세자. 천하통일의 기반을 다져놓는 뒷날의 오다 노부나가(織田信長).

히사마쓰 도시카쓰(久松俊勝) 오다이가 재혼한 아구이(阿古居) 성주.

즈이후(隨風) 히에이산(比叡山)의 괴짜 중. 뒷날의 덴카이(天海) 대사.

오카자키성 중신들

도리이 다다키치(鳥居忠吉) 사카이 우타노스케(酒井雅樂助) 오쿠보 신파치로(大久保新八郎) 우에무라 신로쿠로(植村新六郎) 혼다 헤이하치로 다다토요(本田平八郎忠豊) 혼다 헤이하치로 다다타카(本田平八郎忠高)

천하 제패를 꿈꾸는 무장들

이마가와 요시모토(今川義元)

다케다 신겐(武田信玄)

우에스기 겐신(上杉謙信)

오다 노부히데(織田信秀)

새벽이 오기 전

다케다 신겐(武田信玄) 21살.

우에스기 겐신(上杉謙信) 12살.

오다 노부나가(織田信長) 8살.

뒷날 평민영웅 도요토미 히데요시(豊臣秀吉)는, 쪼글쪼글하게 여윈 때 묻은 얼굴의 6살 개구쟁이였다.

이해, 덴분(天文) 10년—

바다 건너 저편은 명(明)나라 시대, 유럽에서는 카를 5세가 프랑수아 1세에게 선전포고하여 프랑스에 침입했고, 헨리 8세는 아일랜드 왕위에 올라 스코틀랜드 왕 제임스를 제거하려 호시탐탐 발톱을 갈고 있던 서기 1541년.

동양 서양 모두 전국(戰國)의 풍운에 휩싸인 16세기 중엽, 산슈(三州) 오카자키(岡崎)성 안. 철은 겨울이지만 이미 해를 넘겨 정월이었으며 올해 날씨는 여느 해보다 따뜻해 뜰의 귤나무 열매가 금빛으로 물들어 달콤한 향기를 사방에 자욱이 뿌리고 있었다.

그 향기가 그리워 찾아오는 것일까. 올해는 유난히 뜰에 새가 많다. 16살 난 젊은 성주 마쓰다이라 히로타다(松平廣忠)는 그 새들에게 쏘는 듯한 시선을 던지며 벌써 반 시간이나 입을 다물고 있다. 지난해 복사꽃 필 즈음 태어난 맏아들 간로쿠(勘六)가 이따금 햇빛 들어오는 쪽에서 무릎 옆으로 기어와 젊은 아버지의 고뇌에 찬 얼굴을 말끄러미 쳐다보고 간다.

"아직 결심이 안 되셔요?"

15살에 13살 난 히로타다의 측녀로 뽑힌 오히사는 같은 집안인 마쓰다이라 노리마사(松平乘正)의 딸이다. 어느덧 아이를 낳고 18살이 되었다. 어딘지 쓸쓸해 보이는 흰동백 같은 자태였으나 그래도 차츰 요염해져 시녀를 물리치고 셋이서 앉아 있노라면, 자식을 가진 부모라기보다 누이가 동생을 타이르는 것만 같아 보였다.

"영주님이 순순히 승낙하지 않으시면 제가 엄하게 책망받아요. 중신들은 제 질투심이 영주님 결심을 흐리게 하는 원인이라고 쑥덕거린답니다."

"오히사—"

"네."

"그대는 어째서 그 소문대로 질투하지 않는가? 언젠가 정실로 삼겠다는 약속으로 나와 인연 맺었잖나…… 그것을 잊었는가?"

"가문을 위해, 일족을 위해서지요."

오히사는 기어오르는 아들을 살며시 안아올렸다.

"오다이(於大) 님은 이 지방 으뜸가는 아리따운 분으로 소문났으니, 쾌히 맞아들여 노인들을 안심시켜 드리세요."

히로타다는 정색하고 오히사를 돌아보았다. 창백하고 갸름한 얼굴에 젊은 분노가 꿈틀거린다.

"그럼, 그대도 이 히로타다에게 적의 딸을 맞아들여 섬기란 말인가?"

"가문을 위하는 길인걸요."

"듣기 싫어!"

히로타다는 세차게 무릎을 탁 쳤다. 그러나 그 억센 말투도 그뿐, 다시 슬픈 침묵이 이어진다. 어느새 눈시울이 촉촉이 젖어 있다.

"오다이는 나의 계모 게요인(華陽院)이 낳은 딸이 아닌가. 나에게는 적의 딸이자 의붓동생. 아무리 살기 위해서라지만 누이를 아내로 맞이한다는 것은……."

히로타다의 목소리가 사위어지자 감정을 죽인 무감동한 오히사의 목소리가 다시 찡하게 울렸다.

"오로지 가문을 위해서입니다."

새로이 히로타다의 정실부인으로 말이 나와 있는 오다이는, 그가 지난 한 해

동안 끊임없이 싸워온 오카자키와 경계한 가리야(刈谷) 성주 미즈노 다다마사(水野忠政)의 딸이었다. 나이는 히로타다보다 두 살 아래인 14살, 이미 이웃에 소문난 미인이었다. 젊은 히로타다도 언젠가 한번 만나고 싶은 생각이 없지 않았다. 하지만 그것은 어디까지나 계모 게요인이 낳은 의붓동생으로서였지, 전쟁에 져서 강요되는 비참한 혼담 상대로서가 아니었다.

"마쓰다이라 아들놈에게 오다이를 보내면 여러 가지 편리한 점도 있겠지."

뚱뚱하게 살찐 미즈노 다다마사, 속을 알 수 없는 그 번드르르한 얼굴이 히로타다의 머릿속에 짜증스럽게 떠오른다.

"오히사—"

"네."

"그대는 어머니가 돌아가신 뒤 계모 게요인이 아버지한테 시집왔을 때의 소문을 알고 있나?"

"네…… 아뇨."

"알고 있지만 말할 수 없다는 거겠지. 난 그게 분하단 말야."

"하지만 그것은 먼 옛날이야기예요."

"아니야—"

히로타다의 눈에 다시 번쩍번쩍 빛이 깃든다.

"게요인은 가리야성에서 미즈노의 자식을 다섯이나 낳았다. 다다모리(忠守), 노부치카(信近), 다다와케(忠分), 다다치카(忠近), 그리고 오다이. 모두 힘센 자들뿐이지. 그 집안의 정실부인을 어째서 남편 다다마사가 내쳤을까? 그리하여 왜 돌아가신 아버지에게 시집보냈을까……."

오히사는 황급히 히로타다의 무릎에 매달렸다.

"그런 말씀은 하시면 안 됩니다. 그 말씀을 하시면, 저는…… 저는……."

이 혼담으로 가장 타격받는 것은 오히사였다. 다섯 아이의 어머니와 이별하여 사랑하는 아내를 태연히 마쓰다이라 집안 안방으로 들여보낸 미즈노 다다마사. 그 다다마사의 딸을 맞아들이면 맏아들을 낳은 자신은 대체 어떻게 되는 것일까…….

그렇다 해서 지금 미즈노 가문과 적으로 맞설 수도 없는 마쓰다이라 집안이었다. 마쓰다이라도 미즈노도 슨푸(駿府)의 이마가와(今川) 가문에 줄을 대고 있다.

그런데 요즘 오와리(尾張)의 오다 일족인 노부히데(信秀)의 압박이 시시각각 거세어져 히로타다의 종조부인 사쿠라이(櫻井)의 마쓰다이라 노부사다(信定) 등이 노부히데와 내통해 오카자키성을 손에 넣으려 줄곧 획책하고 있다는 소문이었다. 그래서 오카자키의 노신 아베 오쿠라(阿部大藏)와 오쿠보 신파치로(大久保新八郎)가 마쓰다이라 집안 존망의 위기라면서 침이 마르게, 오히사에게 슬픈 운명을 받아들이도록 설득하고 있었다.

"—모든 것을 참아주십시오. 그리고 주군께서 아직 어리시니 잘 타일러주십시오."

그렇건만 히로타다는 끝내 승낙하지 않는다. 아버지 기요야스도 미즈노의 음모에 속아 그의 자식을 다섯이나 낳은 연상의 아내를 억지로 떠맡게 된 줄로만 알고 있기 때문이다.

히로타다는 자기 무릎에 엎드려 흐느끼는 오히사와, 또다시 기어와 아버지를 올려다보는 어린아이를 내려다보더니 주위를 둘러보며 살며시 오히사의 귀에 입을 대고 나직한 소리로 말했다.

"오히사, 좋은 수가 있어."

무슨 말이었을까? 오히사의 얼굴에서 핏기가 가셨다.

"알겠느냐?"

히로타다가 목소리를 억누르며 다시 한번 살며시 주위를 둘러보는 모습에 오히사는 애원하듯 눈을 떼지 않은 채 볼을 경련시키고 무릎에 포갠 손을 떨며 중얼거렸다.

"그……그런 끔찍한 짓을."

"끔찍하다니! 상대의 교활한 꾀에 대한 응보야."

"하지만 오다이 님에게는 아무 죄도 없어요."

"죄 없는 건 나도 마찬가지야. 그러나 나는 할아버지도 아버지도 칼날에 빼앗겼어. 나도 언젠가 칼날 아래 목숨을 잃겠지. 이런 세상에서는 죽이지 않으면 죽임당한다. 살기 위해 다섯 아이의 어머니마저 첩자로 들여보내지 않았는가……."

"쉿—"

오히사는 히로타다를 가로막았다. 넓은 복도에서 발소리가 난 것이다. 오히사의 시녀 만(万)이었다.

"북쪽성에서 게요인 님이 건너오십니다."

두 사람은 얼굴을 마주 보았다. 그리고 허둥지둥 히로타다가 일어서려는데, 계모 게요인이 미소 머금은 얼굴을 내밀며 투명하고 젊은 목소리로 말했다.

"일어설 것 없어요. 그대로 앉아 있어요. 오, 간로쿠도 있었구나. 한참 못 보는 동안 많이 컸네. 어디 할미가 안아줄까?"

게요인은 히로타다의 아버지 기요야스가 살해된 뒤 머리를 깎고 이름을 겐오니(源應尼)라 불렀다. 이미 40살이 넘었는데도 잿빛 두건을 쓰고 미소 머금은 모습에 넘칠 듯한 향기가 감돌았다. 간로쿠는 할머니가 좋은지 멈멈멈 하면서 볼 가득히 웃음을 담고 게요인의 무릎에 안겨든다.

게요인은 무릎 위의 아기를 어르는 투로 말을 이었다.

"날씨가 참 좋군요…… 여기 오면서 골짜기를 들여다보니 벌써 꾀꼬리가 날아와 있어요. 매화도 하나둘 피기 시작하고."

"정말 빠릅니다. 얼마 전까지만 해도 매서운 삭풍 속에 떨고 있었는데."

히로타다가 따끔하게 비꼬는 눈길을 보냈으나 게요인은 흘려들었다.

"히로타다 님, 오다이에게서 오늘 아침 편지가 왔어요."

오히사는 살며시 방을 나갔다.

"젊은 처녀의 편지란 무척 태평스럽지요. 무엇보다도 마쓰다이라와 미즈노 두 집안의 화해가 반갑다, 히로타다 님은 어떤 성품을 지닌 분일까 하고 밝은 꿈을 펼치고 있답니다."

"혹독한 세상을 모르기 때문이겠지요."

"혹독한 세상이라면 히로타다 님도 아직 모르시지요."

게요인은 간로쿠를 번쩍 안아올리며 소리 내어 웃었다.

"간로쿠야, 아버님은 돌아가신 할아버님보다 아직 마음의 수양이 덜 되셨구나. 동쪽에는 이마가와, 서쪽에는 오다, 가이(甲斐)에는 다케다, 오다와라(小田原)에는 호조(北條), 이런 시대에 마쓰다이라와 미즈노가 싸우다가는 서로 지쳐 결국 누군가의 밥이 되고 말지. 히로타다 님, 이번 혼사는 실은 내가 여러모로 생각해 주선한 일인데 설마 싫으신 건 아니겠지요?"

거침없이 말한 다음 게요인은 다시 간로쿠의 웃는 얼굴을 높이 쳐들고 볼을 비벼댔다.

히로타다는 자못 침착한 게요인의 참견이 견딜 수 없었다. 이 여자가 여간 아닌 재녀라는 것은 아버지도 인정하고 있었다. 그런 만큼 아버지에게 비교되어 어리다는 말을 들으니 화끈하게 머리가 달아올랐다.

"그렇습니까? 어머님 뜻이라면 싫다고 할 수 없지요!"

"그 말을 들으니 마음 놓여요. 이 일은 돌아가신 아버님의 소원이기도 했답니다."

"뭣이, 아버님의……."

게요인은 비로소 히로타다에게 시선을 똑바로 옮겼다.

"히로타다 님, 여자의 운명이란 남자들로선 알 수 없는 매우 슬픈 것, 뜬세상의 이합집산은 덧없는 꿈이지요. 두 남편, 세 남편을 섬기며 살아가는 것은 오로지 미래에 자손의 영광을 보기 위해서랍니다."

"그러시면 어머님은 이 오카자키성의 핏줄 속에 미즈노씨 자손을 남기시려는 겁니까?"

"아니지요, 아버님 눈에 든 이 늙은이는 당신 핏줄을."

히로타다는 신음했다.

"음."

그는 게요인이 아버지에게 시집왔을 때의 사정을 알지 못했다. 게요인이 미즈노의 음모로 아버지에게 억지로 떠맡겨진 줄로만 알았다. 그러나 사실은 그 반대였다.

아버지 기요야스는 지금과 달리 미즈노의 가리야성을 하루하루 압박하고 있었다. 어느 날 미즈노를 찾아간 술자리에서 그는 말했다.

"—거참, 기품 있는 여인이군. 이 부인을 나에게 주지 않겠소?"

상대가 다섯 아이의 어머니이며 미즈노의 정실 오토미(於富)라는 것을 알면서 한 농담이었다. 약자로서는 이 말을 한낱 농담으로 흘려버릴 수 없었다. 기요야스의 위력을 두려워한 다다마사는 슬그머니 아내와 이별했다. 그리고 기요야스가 맞이했던 것이다. 그때 그녀의 슬픔을 지금에 와서는 아무도 알지 못했다. 마쓰다이라와 미즈노 두 집안의 세력이 바뀌었기 때문이다.

게요인은 그런 비극이 다시는 일어나지 않도록 하기 위해 두 집안을 굳게 맺어놓고 싶었다. 그러나 싸울 때마다 패색이 짙은 히로타다는 그것을 순순히 받아들일 수 없었다.

"어머님 분부시라면 맞아들이겠습니다만, 만일 오다이 님에게 자식이 없을 때는 이별할 겁니다. 그래도 이의 없으십니까?"

히로타다가 다그쳐 묻자 게요인은 웃으며 고개를 끄덕였다. 그 담백한 고갯짓이 약자의 비뚤어진 마음을 또다시 부채질했다. 히로타다는 눈을 치켜뜨며 말했다.

"그리고…… 만일 두 집안이 무기를 들고 맞서는 일이 있을 경우, 그때는 죽여도 상관없겠습니까?"

게요인은 또 웃었다. 사나이들이 무력으로 설쳐대는, 의리고 뭐고 없는 수라장 같은 세상이다. 그러한 세상에서 여자가 대체 무엇을 할 수 있단 말인가? 허용되는 것은 단 하나, 그 수라장 속에서 자식을 낳아 다음 대를 잇는 일뿐이었다.

"좋으실 대로."

여기서 히로타다는 말이 막혔다. 아무리 감정에 사로잡혔다고는 하나 오히사에게 귀띔한 말만은 입 밖에 낼 수 없다.

'어디 오기만 해봐. 기회를 봐서 독살해 버리고 말리라…….'

그때 엄숙한 표정으로 중신들이 들어왔다. 신파치로가 앉으면서 덮씌우듯 말했다.

"주군, 가리야성에서 또 사자가 왔습니다."

바윗돌 같은 몸집의 오쿠라가 혼잣말처럼 중얼거렸다.

"미즈노 님은 이번 혼사에 유난히 집착이 강하신 모양이군요."

그리고 시녀 만에게 눈짓했다. 만은 알아차리고 게요인의 손에서 어린아이를 받아안고 나갔다.

"아무튼 지금은 첫째도 인종(忍從), 둘째도 인종. 실력을 키워야만 할 때야……."

숙부 구란도 노부타카(藏人信孝)는 게요인 쪽을 흘끗 쳐다보며 조심스레 한숨을 쉬었다.

"게요인 님으로서도 핏줄을 나누신 사이시니 여러모로 원만하게 해나가실 테고."

"아니 아니, 그것은 하찮은 일. 좀 더 대국(大局)을 잘 살펴보지 않으면 안 되지요."

신파치로는 정면에서 칼을 내려치듯 히로타다를 응시했다.

"다음 천하를 대체 누가 잡느냐? 이 예상이 모든 움직임의 근본이 되지 않으면 안 되오."

"과연 그렇소. 대체 누가 될까?"

"다케다의 아들 신겐은 늘 슨푸의 이마가와를 뒤에서 치려 하고 있다는구려. 하지만 이마가와도 강대하고, 오다 노부히데도 떠오르는 태양 같은 기세로 뻗어 나고 있소. 아시카가(足利) 일족도 아직 소홀히 볼 수 없고. 요컨대 이 큰 세력들 틈에 낀 작은 나라끼리 싸워서는 결코 안 된다는 것이오. 이웃끼리 정답게 손잡고 서로 사정을 알려가며 무슨 수를 써서라도 살아남지 않으면 안 되오."

"그렇소. 이런 시기에 상대 쪽에서 청혼해 왔으니 정녕 집안의 경사라고 하지 않을 수 없소."

빙그레 웃으며 여러 사람의 이야기를 듣고 있던 게요인이 이때 비로소 손을 내저었다.

"이제 그런 걱정은 필요 없게 되었습니다."

"그러시면 주군께서?"

"내가 권했지요. 눈을 딱 감고 맞으시겠답니다. 그렇지요, 히로타다 님?"

히로타다는 씁쓰레한 얼굴로 외면했다.

"아, 그렇습니까. 정말 경사스럽군요."

"축하드립니다."

"경하드립니다."

노신들은 의논이라도 한 듯 소리 모아 크게 웃었다. 예전의 남녀들은 온몸을 다하여 사랑하는 슬프고도 맑은 삶을 살았으나, 이제는 사랑도 여자도 살아남기 위한 가문의 도구로 그 가치가 바뀌어버렸다. 여자를 보내고 여자를 맞이해 오늘의 싸움을 약하게 하고, 내일은 자기 자손을 적 속에 퍼뜨리려 한다. 그것은 높은 정감의 세계에서 너무도 비참한 이성으로의 전략이었다. 젊은 히로타다는 그런 계산이 불결하게 느껴져 견딜 수 없었다.

"이제 알았소. 웃지 마오."

히로타다는 찌푸린 얼굴로 노신들을 꾸짖고, 다시 한번 마음속으로 자신의 노여움을 확인했다.

'오히사를 시켜 독살할 줄은 모를 게다. 누가 미즈노 따위의 장단에 놀아난담……'

그러고는 목소리를 누그러뜨리며 말했다.

"결정 났으니 빠른 편이 좋소. 모든 것은 어머님과 상의해 알아서 주선하도록 하오."

"예!"

모두들 다시 얼굴을 마주 보았다. 누가 먼저랄 것도 없이 모두 웃고 있다. 이 일은 그들에게 그만큼 큰 의미를 갖는 정략의 성공이었다.

가리야성의 미즈노 다다마사는 오카자키성에 다녀온 아키모토 덴로쿠(秋元天六)로부터 히로타다가 혼인을 승낙했다는 보고를 받았다.

"이제 됐어. 이제 내 평생의 사업이 완성되어 가는군."

지난해 가을부터 부쩍 눈에 띄는 흰머리를 시종에게 빗어올리게 하며 미즈노 다다마사는 막내딸 오다이를 불렀다.

"어떠냐, 너도 기쁘냐?"

오다이는 큼직한 얼굴을 갸우뚱하며 방싯 웃는다. 소담스러운 볼이며 눈썹은 아버지를 닮았고, 투명하고 흰 살결의 향기는 어머니를 닮았다. 그 어머니가 있는 성으로 시집가게 된 것이다.

"어머님을 뵙게 되어 무엇보다 기뻐요."

"그럴 거야. 그래서…… 이 아비도 기쁘구나."

어딘지 나무로 깎은 대흑천신(大黑天神)을 연상케 하는 다다마사는 어머니와 헤어져 자란 이 막내딸이 마음 저릴 만큼 사랑스러웠다. 오다이는 14살치고는 숙성한 편이었다. 눈은 갸름하게 찢어지고 검은 머리 밑으로 언뜻 보이는 벚꽃빛 귓불이 특히 아름답다. 목덜미와 동그스름한 어깨가 여인다운 자태를 느끼게 하는 것 외에는 아직 어린 티가 가시지 않았다. 그러나 생각은 남매 가운데 가장 깊어 순진한 말투는 해야 할 말을 서슴없이 해야 할 때의 준비로 보였고, 내부의 강함과 영리함은 부드럽게 미소 짓는 얼굴 뒤에 묘하게 숨겨져 있었다. 아버지에 대한 이해심도 오빠들보다 더했다.

"1월과 9월에는 혼사를 꺼린다지만 그런 미신 따위는 무시해도 무방하리라 여긴다. 마음 내키는 날이 길일이라고 하잖느냐."
"네, 저도 그런 것은 마음에 두지 않습니다."
또렷한 대답을 듣고 다다마사는 빙긋거리며 고개를 끄덕였다.
"준비는 다 되어 있다. 혼수는 술일(戌日)에 온다더라. 네가 시집가면 이제 만나기 어렵겠지. 그러니 오늘은 천천히 내 어깨나 주물러다오."
"네."
오다이는 얼른 아버지 뒤로 돌아갔다. 오늘도 상쾌하게 갠 날씨라 바닷가에 자리한 이 성의 본채에는 솜털 같은 동녘 바람이 솔솔 불어든다. 오다이의 손이 가볍게 아버지의 어깨를 주무르기 시작했다.
"만일을 위해 물어보는 말이다만, 이 혼사를 아비가 어째서 이토록 기뻐하는지 그 뜻을 알고 있느냐?"
오다이는 뒤에서 천진스레 고개를 갸웃거렸다. 알고 있으면서도 아버지 입으로 말하게 하려는 듯 영리한 딸은 얼른 대답하지 않는다.
"노신들 가운데는…… 아니, 네 오빠 중에도 이번 혼사에 불만 품은 자가 없지 않다. 알고 있겠지?"
"네, 조금은……."
"아직 어린 마쓰다이라 히로타다를 이때야말로 무찔러야 한다고들 하지만, 젊은 혈기에서 하는 소리지."
"저도 그렇게 생각해요."
"그럴 테지, 그렇고말고. 만일 맞붙어 싸운다면 망하는 쪽은 마쓰다이라가 아니라 바로 미즈노가 될 거야."
여기서 말을 멈추고 다다마사는 고개를 왼쪽으로 숙였다.
"옳지, 그 목뿌리를 좀 잘 두드려다오."
그리고 오른팔을 천천히 두세 번 폈다 오므렸다 한 뒤 말을 이었다.
"나는 그 점, 너한테 사과해야겠다. 큰 오산을 해버렸거든. 네 어머니를 오카자키성에 보내놓고 그로써 이긴 줄 알았더니, 오히려 사려분별이 모자라는 부끄러운 오산이었어."
한낮의 성안은 죽은 듯 조용했다. 어깨를 두드리는 소리만 한가롭게 천장에 메아리친다. 일부러 얼굴을 보지 않고 다다마사는 적 속으로 들여보내는 사랑스러운 딸에게 지금 가벼운 말투로 유언해 두는 심정이었다.

"나는 히로타다의 아버지 기요야스가 네 어머니를 원했을 때, '이놈이!' 하는 노여움과 함께 '여색에 빠지는 상대라면' 하고 가볍게도 보았다. 분했지만 이겼다고 생각했었지. 다섯 아이를 남겨두고 가는 어머니, 그 어머니가 상대의 성에 있는 한 미즈노 집안은 안전하리라 여겼단 말이야."

다다마사의 말이 차츰 열기를 띠자 오다이의 눈은 반대로 촉촉이 젖어들었다. 아버지 다다마사가 어머니를 얼마나 사랑했는지 오다이도 잘 알고 있었다. 그 때문에 끊임없이 어머니를 그리워하면서도 결코 아버지를 원망할 수 없었던 딸이었다.

"……그러한 내 생각이 아주 틀리지는 않았지. 지금 미즈노 집안은 편안하니까. 그러나 어머니를 볼모로 보내놓고 기회 보아 마쓰다이라를 짓밟아버리리라 여겼던 내 계산은 보기 좋게 빗나가고 말았다. 네 어머니는 덕 있는 여자였어. 가신들은 지금도 마음속으로 사모하고 있지. 게다가 상대와 맞설 장수들은 바로 그 어머니의 자식들이란 말이다. 입으로 아무리 큰소리쳐도 어머니가 있는 성은 결코 짓밟을 수 없는 법이지. 짓밟는다는 것은 바로, 쳐들어가는 장수들이 자기를 낳아준 어머니를 죽이게 되는 일이니까……."

거기까지 말하고 다다마사는 흠칫했다. 목덜미에 톡 떨어지는 오다이의 눈물이 서늘하게 느껴졌던 것이다. 다다마사는 웃었다.

"핫핫핫하…… 울 건 없어. 지난 일이야. 다 지나간 일이야."

오다이는 손길을 늦추지 않고 고개를 끄덕였다.

"지난 일이긴 하지만…… 이건 역시 아버지의 패배였어. 인정을 무시한 술책은 술책이 되지 못해. 신불(神佛)로부터 그 점을 따끔하게 가르침받았지. 오다이가 그것을 이해할 수 있을까?"

"네, 저도 어머님이 안 계신 게 가장 쓸쓸했는걸요."

이번에는 다다마사가 고개를 끄덕였다.

"나도 쓸쓸했다. 기요야스가 이 인정의 미묘함을 알고서 다섯 아이의 어미를 데려간 걸 생각하니…… 미치도록 쓸쓸했다……."

"……."

"그러나 이제는 그 모든 게 활짝 개었다. 이 같은 난세에서는 사람의 얕은 책략

따윈 소용없어. 헛된 비탄은 모두 그 얕은꾀에서 싹튼다는 것을 깨달았으니까."

오다이는 잠시 손길을 멈추었다. 갸름한 눈이 조심스레 아버지의 말을 뒤좇는다.

"그래서 나는 하찮은 원한에 사로잡히지 말고, 크나큰 진실로 두 집안을 맺어 신불의 뜻에 맞는 승리를 얻으려 마음먹었다. 알겠느냐? 이 다다마사는 평생 잊지 못할 정숙한 네 어머니를 상대에게 보내고 괴로워해 왔다. 그럴 바에는 차라리 원한을 기도로 바꾸어 오히려 또 한 사람 가장 사랑하는 이를 바쳐 신불의 가호를 얻어야겠다."

오다이는 다시 진지하게 고개를 끄덕였다. 뒤에는 아버지의 눈이 없다. 그러나 그 눈앞에 있는 것과 다름없는 마음으로 그녀는 고개를 끄덕였다. 부드러운 손길이 다시 움직이기 시작하자 다다마사는 흐뭇한 듯 미소 지었다.

"내가 요즘 오카자키와 싸운 것은 상대를 쓰러뜨리기 위해서가 아니라 너를 버젓하게 시집보내기 위해서였다…… 너도 그건 알고 있었겠지."

오다이는 오카자키성에 있는 어머니를 그리워하는 마음과 마찬가지로 아버지 다다마사를 존경하고 있었다. 죽이고 죽고 모략하고 모략당한다. 그것은 덧없는 힘을 과시하여 비탄과 원한을 끝없이 쌓아올린다. 무간지옥(無間地獄)이란 이를 가리켜 하는 말이리라. 그 좁은 시야에서 아버지는 벗어나 있다. 이 아버지를 위해서라도 두 집안을 잇는 징검다리가 되어야겠다고 오다이는 생각했다.

"이번에는 허리를 주물러드리겠어요."

오다이는 아버지를 옆으로 눕게 했다. 그리고 천진난만한 14살 소녀의 말투로 아버지 마음에 대답했다.

"저는 행복합니다. 아직 아무에게도 미움받은 일이 없으니까요."

다다마사는 가슴이 뜨거워졌다. 이 얼마나 아버지의 불안을 잘 꿰뚫어본 말인가.

"그렇지, 그렇고말고."

"네. 아버님에게도, 어머님에게도, 오빠들에게도…… 틀림없이 오카자키 사람들에게도 사랑받을 거예요. 저는 행복하게 태어났으니까요."

"그래, 너라면 아무도 미워하지 않을 게다. 하지만 오다이—"

"네."

"단지 사랑받을 뿐만 아니라, 네 쪽에서 사랑해야 할 사람도 있을 게다. 그것도 생각하고서 하는 말이냐?"

"네, 오카자키의 보배를 제 몸처럼."

"오카자키의 보배라니?"

"다른 가문에서는 보기 드문 뛰어난 가신들……이라고 어머니 편지에 쓰여 있었습니다."

"바로 그것이다……."

다다마사는 저도 모르게 벌떡 몸을 일으켰다. 이제 더 할 말이 없었다. 길게 싸우면 진다고 그가 말한 것은 그 훌륭한 가신들을 부러워해서 한 말이기도 했던 것이다.

"바로 그것이다! 오다이, 그것을 마음에 새겨 잊지 말도록 해라. 그러고 보면 이 다다마사도 너 이상으로 행복하게 태어났구나. 좋아, 좋아. 이제 됐다, 핫핫핫."

그때 안내도 청하지 않고 칼을 든 둘째 아들 노부모토(信元)가 들어왔다. 그는 들어서며 오다이를 흘끔 바라보고 거칠게 앉았다.

"아버지, 긴히 드릴 말씀이 있습니다."

"오다이, 이제 됐다. 물러가 쉬어라."

몸을 일으켜 옷깃을 여미며 다다마사는 희끗희끗한 눈썹 아래로 물끄러미 노부모토를 바라보았다.

"오와리에서 무슨 첩보라도 있었느냐?"

노부모토는 아버지와 달리 거친 성품을 마구 드러내며 고개를 크게 끄덕였다.

"오다이의 혼사를 단념하실 수 없겠습니까?"

"이제는 어려운 일이다."

"오다 노부히데가 의심하고 있으니 집안을 위해 좋지 않습니다."

"괜찮다. 오와리에는 히로타다의 목을 베러 보내는 거라고 말해둬라."

"아버지!"

"왜 그러느냐?"

"다시 한번 말씀드립니다. 단념하실 수 없겠습니까? 지금이야말로 오카자키를 무찌를 때입니다."

어깨를 쫙 펴고 대드는 노부모토. 그는 오카자키에 있는 게요인의 아들이 아니었다.

다다마사는 노부모토의 시선을 조용히 되받으며, 그러나 감정은 전혀 드러내 보이지 않은 채 여전히 환하게 미소 짓고 있다. 밀물이 밀려드는지 성곽의 축대 언저리에서 파도 소리가 조그맣게 들려왔다.

휘파람새

아버지 다다마사가 잠자코 있자 노부모토는 다시 기세등등하게 말했다.

"제 이름 노부모토의 노부(信) 자를 잊으셨습니까! 오다 노부히데를 두려워하여 붙인 이 노부 자를?"

다다마사는 온화하게 대답했다.

"이름자 따위에 개의치 말아라. 노부모토의 모토(元)는 이마가와의 세자 요시모토(義元)의 모토를 따지 않았느냐."

노부모토는 혀를 찼다.

"그러니 이 혼사에 찬성할 수 없다는 겁니다. 이름에서까지 오다를 두려워하고 이마가와에 추종하는 미즈노 집안이 어째서 이마가와와 손잡고 있는 오카자키성과 인연을 맺으려는 것인지. 오다 편에서 좋아하지 않는 상대를 왜 일부러 고르는 것인지."

"노부모토."

"아버지 생각을 이 노부모토는 이해할 수 없습니다."

"넌 무언가 착각하고 있는 것 같구나."

"착각……이 아닙니다, 결코!"

"아니다, 하고 있어. 네 이름 노부모토를 두고 너는 그 두 집안을 두려워해서라고 말했는데 그토록 소견이 좁다니 부끄럽지 않느냐?"

"부끄럽지 않습니다."

"그럴까, 나 같으면 부끄러워하겠다. 나는 추종하거나 두려워해서 이름을 짓지 않는다. 오다 노부히데의 담력, 이마가와 요시모토의 책략, 이 두 가지를 몸에 지니려고 대범하게 생각하며 긍지를 갖겠다. 오다이에 관해서는 이 아비에게 생각이 있으니 맡겨두어라. 만일 오와리에서 의심한다면 하지 않도록 손쓰는 게 분별 있는 일일 게다."

노부모토는 말이 막혔다. 그는 칼을 들고 벌떡 일어섰다. 눈이 불타올랐다.

"어쩔 수 없군요. 아버지 말씀을 따르지요."

그러나 나가는 발걸음은 그 말에 어울리지 않았다. 어딘지 심한 불만과 노여움이 남아 있는 듯한 그 발걸음은 아버지 방을 나서자 한층 더 거칠어졌다.

긴 복도에서 밖으로, 밖에서 큰 현관 쪽으로 갈수록 점점 더 걸음이 빨라졌다. 본성을 나와 아랫성 중문에 이르자 노부모토는 고함쳐 하인을 불렀다.

"여봐라, 누구 없느냐! 말을 끌고 와!"

하인은 구르듯이 마구간으로 달려갔다. 이윽고 늠름한 밤색 말을 한 필 끌고 와 겁먹은 자세로 노부모토에게 고삐를 내민다.

"뭘 꾸물거리느냐!"

꾸짖으며 노부모토는 고삐를 잡았다.

"염전을 둘러보러 갔다고 말해둬라."

가리야성은 바다를 등지고 둘째 성곽, 셋째 성곽, 큰 성문으로 네 겹의 해자를 둘러싼 둑이 많은 요새였다. 그 사이를 노부모토는 민첩하게 말을 달려갔다.

화창한 햇볕, 부드러운 바닷바람—

그러나 한 걸음 성 밖으로 나서면 그곳에는 성안의 고민과는 또 다른 서민의 피로가, 그 화창한 햇볕 아래 펼쳐진다. 그들은 언제나 성을 위해 일하는 개미 같은 존재로, 그해 1년을 어떻게 사는가에 모든 소원을 걸고 있다. 가리야의 염전은 성 서쪽에 있었다. 그러나 큰문을 나선 노부모토는 말 머리를 북쪽으로 돌렸다. 벌써 들에 나와 흩어져 있는 농부들 사이를 쏜살같이 달려간다. 구실잣밤나무 저택에서 곤타이사(金胎寺)를 오른쪽으로 꺾어들어 구마무라(熊村)로 가는 숲으로 빠져나갔다. 그리하여 이윽고 엄중한 성채로 된 집 앞에서 말을 멈추었다.

상당한 세도가인 듯하다. 여기에도 둘레에 해자가 파여 있다. 시대를 경계하는 듯한 도개교(跳開橋)가 걸렸고 그 너머로 바람에 바랜 튼튼한 망루 문이 서 있었다.

"여봐라."

노부모토는 소리치고 말에 난 땀을 손으로 닦았다.

"가리야의 도고(藤五)다, 노부모토다. 문 열어라."

그 소리에 기세를 얻어 싸움에 익숙한 밤색 말이 한마디 크게 운다. 문이 안쪽에서 무겁게 삐걱거리며 열렸다.

"어서 오십시오."

안면 있는 듯한 소매 없는 털가죽옷을 입은 하인이 나와 다리를 내리고 노부모토의 손에서 말고삐를 받았다. 고색이 깃든 문안도 역시 널찍했다. 왼쪽에는 흙벽 광이 늘어서고, 오른쪽 외양간 지붕에는 거대한 녹나무가 휘덮듯 가지를 펼치고 있다.

말을 건네주자 노부모토는 곁눈질도 하지 않았다. 고요한 햇볕 속에 조용히 서 있는 현관으로 성큼성큼 걸어들어갔다.

"어서 오세요."

속눈썹이 긴 처녀가 고풍스러운 마룻바닥에 두 손을 짚고 맞아들였다. 부리는 사람은 아닌 듯하다. 우아한 가가(加賀) 염색 비단옷을 입고 있었다.

"오쿠니(於國)로군. 오빠는 어디에?"

노부모토는 거칠게 짚신을 벗고 느닷없이 허리를 굽혀 처녀를 번쩍 안아올렸다. 처녀가 뭐라고 소리 질렀다. 그러나 그것은 거절하는 몸짓도 말도 아니었다. 얼굴이 새빨개졌다. 수줍어하면서 오히려 안타깝게 달라붙는 느낌이었다.

"음, 나도 보고 싶었어. 좋아, 오늘은 바쁘니 내일 밤 10시에 서북쪽 문 도개교를 내려놓구려."

"해시—"

"그렇소. 해자 밖에서 기다리게 하지 않도록."

"네."

노부모토는 인형을 갖고 노는 악동(惡童) 같은 난폭함으로 오쿠니를 내려놓았다. 그녀의 볼은 타오르듯 새빨개지고 눈을 곧 내리떴다.

노부모토는 이미 성큼성큼 안으로 걸어가고 있다.

"나미(波), 나미는 어디 있나?"

걸어가면서 소리 높여 부르자 서재식으로 꾸민 방에서 노부모토보다 한두 살 아래인 20살쯤 되어 보이는 건장한 젊은이가 마루로 나왔다.

"여기 있습니다."

그 역시 우아한 옷차림에 보랏빛 끈으로 상투를 맸다. 눈빛이 날카로우며 붉은 입술이 그린 듯 뚜렷했다. 아니, 그뿐만이 아니다. 이 젊은이는 아직 앞머리를 깎지 않고 젖은 듯한 검은 머리칼을 이마에 드리우고 있다. 늠름한 골격만 아니면 무로마치(室町) 시대 궁전에서 나온 시동으로 착각할 만큼 아름답고 매력적이다.

"오, 또 여기서 기도드리고 있었나. 부지런하군."

노부모토는 성큼성큼 안으로 들어가 정면에 위엄 있게 드리워진 주렴 쪽으로 고개를 한 번 꾸벅하고는 윗자리에 앉았다.

"나미, 오늘은 자네한테 급히 부탁할 일이 생겨 달려왔네."

"이 나미타로(波太郎)한테…… 무슨 일로?"

상대가 물처럼 잔잔하게 되묻자 노부모토는 얼굴을 찡그리며 내뱉듯 말했다.

"아버지가 끝내 오다이를 오카자키에 주겠다는구먼. 대단한 착각이지. 결코 줄 수 없어. 그래서 자네한테 부탁하는데, 수단은 말하지 않겠네. 오다이를 도중에서 빼어주게."

젊은이는 싱긋 웃으며 고개를 끄덕였다.

나미타로의 본디 이름은 다케노우치(竹之內)였다. 그러나 아무도 그렇게 부르는 이는 없었다. 이 언저리 농부들은 구마(熊) 도련님이라고 불렀다. 언제 이 고장에 정착했는지, 마을 이름을 구마무라라고 부르는 것으로 보아 어쩌면 그 이름의 출처와 연관 있는지도 모른다. 선대는 남조(南朝) 이래의 기슈(紀州) 해적(해군) 핫쇼지(八庄司)의 후예와 인연 맺고 있었다. 그리하여 선대도 지금의 나미타로도 누군가 섬기는 것을 거부하고 오로지 신을 모시는 데만 전념하고 있는 토호였다. 나미타로가 노부모토에게 한 말로는, 이 구마 집안이야말로 남조의 정통이 다시 세상에 나설 때를 위해 수많은 귀중한 고문서와 비보(秘寶)를 맡고 있는 다케노우치 스쿠네(竹之內宿禰)의 후예라고 한다.

"—우리 가문에는 대대로 목숨 걸고 지켜야 할 것이 있으니까요."

오닌(應仁)의 난(막부의 권위가 땅에 떨어지고 사회·문화적으로 큰 시대의 획이 그어진 대란(大亂), 1467~77) 이래 어지러운 세상을 외면하고 제단을 마련하여 줄곧 무언가 모시고 있다. 그러나 그들은 곳곳의 떠돌이무사를 지배하고 염탐꾼으로부터 사공과 어부에 이르기까지 손아귀에 넣어 바다와 육지에 숨은 세력을 이루고 있었다.

노부모토는 그러한 나미타로에게 일찍부터 눈독 들였다. 아니, 그의 누이 오쿠니의 아름다움에 끌려 그 오빠와 사귀고 있다고 해도 좋았다.

나미타로가 오다이의 약탈을 승낙했으므로 노부모토는 말이 많아졌다.

"자네 집에는 오다 편 사람들이 끊임없이 드나들고 있네. 따라서 세상 돌아가는 일들도 잘 알겠지. 우리 아버지의 고루한 머리에는 정말 질려버렸어. 아버지는 이마가와 가문이 쇠퇴해 가는 걸 모르고 계셔. 오늘은 굳건히 버티고 있지만 내일이 안 보이지. 이렇듯 어지러운 세상에서는 농부, 상인 할 것 없이 모두 우러러볼 대의명분의 깃발을 쳐들 만한 계책이 있어야 하는데 이마가와 집안에는 그것이 없어. 이미 시대에 뒤떨어진 공경(公卿)들의 뿌리 없는 우아로움 따위나 흉내내어 어찌 천하를 호령할 수 있겠는가. 그에 비해 오다 편은……"

여기까지 말하다가 노부모토는 나미타로의 눈가에 떠오르는 회심의 미소를 깨닫고 웃어젖혔다.

"이건 자네도 같은 의견이었지, 앗핫핫핫."

같은 의견이라기보다 노부모토의 말은 그대로 나미타로의 의견을 되풀이하는 데 지나지 않았다.

나미타로는 냉정했다. 늘 말수가 적고 먼 곳을 지그시 바라본다. 그러나 가끔 하는 말 속에 노부모토의 영혼을 쥐어뜯는 듯한 매력이 있었다.

"—나라면 난세를 초래해 백성의 원한이 사무치는 그런 쇼군(將軍 ; 막부 실권자의 직위인 세이이타이쇼군의 준말)이나 삼관사직(三管四職 ; 무로마치 시대 중앙과 지방의 요직)들이 하는 짓은 하지 않겠소. 그보다 천하에는 받들어야 할 명분이 있는 법."

그는 늘 웃으면서, 그 명분을 깨달은 자가 천하를 잡는다, 그 밖에는 아무 말도 필요 없다고 가볍게 말했다. 누가 그것을 깨닫느냐고 물으면 대답했다.

"—문지문벌(門地門閥)은 과거의 지식에 사로잡히오. 사로잡히는 게 있으면 옷자락이 무거워서 날아오를 수 없지요. 먼저 한 점 흐림 없는 눈으로……"

여기서 붉은 입술을 사려 깊게 한 번 다물었다가 미소 지었다.

"—지리적 이로움, 때(時)의 힘(勢)…… 오다 노부히데는 12남 7녀를 거느린 자식

부자니까요."
그 미소가 어느덧 노부모토의 가슴에 크고 확고하게 새겨졌다. 물론 모든 게 주군 시바(斯波)씨의 자리를 차지한 오다 노부히데의 헤아릴 길 없는 무력이 있었기 때문이지만…….
그는 또 이렇게도 말했다.
"—내가 만일 오다를 섬기고 있다면 먼저 아시카가 일족의 명분이 무너졌음을 설파하겠소. 아시카가 다카우지(尊氏)는 그나마 북조(北朝)를 세워 명분을 유지했었지만 요시미쓰(義滿)에 이르러 그것마저 산산이 짓밟혀 부서졌소. 눈앞의 조그만 이익 때문에 명(明)나라 국왕으로부터 일본 국왕에 봉해져 스스로 신(臣)이라 칭하니……."
나미타로는 그 식견 없는 편의주의가 막부(幕府)의 권위를 해치는 원인이며, 여기에 오다씨의 뛰어난 훌륭함이 있다고 설명했다. 민족의 긍지를 팔아먹는 용납할 수 없는 도적으로 여기고 조정(朝廷)을 받들어 이를 무찔러 대의를 바로잡겠다고 외친다면 온 일본의 무장들이 어떻게 대하겠는가. 새로운 힘은 여기서 힘차게 솟구친다.
"—오로지 눈앞의 살생과 약탈만으로는 신들도 용납하지 않지요. 대의명분의 깃발이 없으면."
노부모토는 처음에 나미타로를 방심할 수 없는 야심가……라고 경계했다. 그러나 이 집을 자주 찾아오는 동안 그 경계는 어느덧 이상한 친근감과 존경으로 바뀌었다. 용솟음치는 젊음이 내키는 대로 누이 오쿠니에게 손을 대어도 나미타로가 도무지 반감을 나타내지 않은 데에도 그 원인은 있다.
"그래, 오다이 님 혼인 날짜는 정해졌습니까?"
"술일에 혼수가 오기로 되어 있어."
노부모토는 손가락을 꼽아보았다.
"다시 알려주겠지만 이달 27, 28일쯤 되겠지."
"그런데 오다이 님을 모셔오면?"
그러자 노부모토는 딱 잘라 말했다.
"자네한테 맡기겠네. 오다 편에 볼모로 보내도 좋고, 자네가 한동안 숨겨두어도 좋고……."

나미타로는 문득 천장으로 눈길을 보내며 한숨지었다. 그러나 단아한 흰 이마에 아무 감정도 드러내 보이지 않은 채 다시 조용히 시선을 노부모토에게로 돌렸다.

그때 오쿠니가 수줍은 모습으로 따뜻한 물을 들고 들어왔다. 나미타로에게는 그것도 보이지 않는 듯하다. 노부모토는 눈이 부셨다.

"그래, 차라리 오다이를 그냥 자네 아내로 삼지그래."

오쿠니는 깜짝 놀란 듯 눈을 크게 뜨고 두 사람을 바라보았다.

"그게 좋겠어, 그게 좋아. 그러면 자네와 나는 처남 매부 사이가 되는군. 그리하여 새로운 구상으로 이 난세에 마음껏 날개를 펼치는 것도 재미있겠지. 어떤가, 나미?"

나미타로는 여전히 그 말에 대꾸하지 않았다. 단정히 허리에 손을 대고 물끄러미 노부모토를 바라본다.

"설마 거부하지는 않겠지. 핫핫핫하, 이 노부모토도 장님은 아니야. 자네가 마음속으로 무엇을 생각하는지 다 알고 있어. 못 속의 용이 무엇을 바라며 조용히 숨죽이고 숨어 있는지를. 난 자네의 그 냉정함이 좋아. 풍부한 지성과 신에 종사하는 순수함이 좋아."

노부모토가 말하자, 나미타로는 그 자리에 살며시 앉아 있는 오쿠니에게 조용히 일렀다.

"너는 물러가거라."

그러고는 맑은 목소리로 말을 이었다.

"내가 돕는 것은 아무 죄 없는 여자를 정략의 도구로 삼아 주고받는…… 그 터무니없고 가엾은 일에 대한 항의입니다. 아무튼 오다이 님을 빼어오는 일은 이 몸이."

그 말은 어딘지 자기 누이 일을 걱정하며 노부모토에게 던지는 빈정거림이 담긴 듯 들렸다. 노부모토는 다시 호탕하게 웃어젖혔다.

오다이가 시집가는 날은 1월 26일로 정해졌다. 오카자키성에서 마쓰다이라 집안 중신 이시카와 아키(石川安芸)와 사카이 우타노스케(酒井雅樂助)가 혼수를 가져오자, 아버지 다다마사는 그들과 한참 밀담을 나누더니 집안사람들이 일러야

28일이라 생각하고 있던 예상을 이틀이나 앞당겼다.

26일에 혼례를 올리려면 24일에 가리야성을 떠나야 한다. 그리하여 오다이는 우선 오카자키성의 사카이 저택으로 가서 거기서 이틀 묵은 뒤 몸치장하고 본성으로 들어가게 된다.

가리야성 안은 갑자기 바빠졌다.

오다이가 데려갈 시녀는 두 사람, 미즈노 집안 중신 히지카타(土方)의 딸 유리(百合)와, 스기야마(杉山)의 딸 고자사(小笹)가 뽑혔다. 유리는 19살, 고자사는 오다이와 동갑인 14살. 둘 다 눈썹을 밀고 이를 새까맣게 물들여 오다이의 몸에 무슨 일이 생길 경우 대신하지 않으면 안 된다. 노녀(老女 ; 시녀 우두머리) 모리에(森江)는 의상 준비를 하면서 오다이가 자리를 뜰 때마다 두 사람에게 끊임없이 이 말을 되풀이했다.

그러나 오다이는 철없는 소녀같이 명랑했다.

"오다이 님은 아직 아무것도 모르시니 밤에 잠들고 아침에 일어나는 일은 물론, 히로타다 님과의 대화에서 화장에 이르기까지 모든 것을 유리 님이 잘 가르쳐드려야 해요. 그리고 고자사 님은 몸시중 드는 일 외에 식사 때 먼저 음식 맛보는 일을 게을리해서는 안 돼요. 독이 들었는지 반드시 고자사 님이 살피도록, 알았나요?"

"이것은 오쿠라에게, 이것은 그의 아우 시로베에(四郎兵衛)에게, 이것은 신주로(新十郎)에게, 이것은 그 아우 신파치로에게, 그리고 이것은 이시카와, 이것은 사카이……."

오카자키의 중신들에게 주는 아버지의 선물만은 진지한 표정으로 직접 살펴보았지만, 나머지 일은 천진스럽게 웃는 얼굴로 고개를 갸우뚱거리며 모리에에게 물었다.

"어머니가 사카이 저택까지 마중 나와주실까?"

그 태도는 순진하기 이를 데 없었다.

아버지 다다마사도 몇 번이고 얼굴을 내보였다. 그 역시 웃는 얼굴이 사라지지 않았다. 그러나 다다마사는 사위 히로타다의 반감도, 아들 노부모토의 마음도 안다. 믿는 것은 오다이의 생모 게요인과, 이마가와와 오다 두 집안 사이에 끼어 마쓰다이라와 미즈노가 싸우는 것은 어리석기 짝이 없는 일이라고 진심으로 믿고 있는 마쓰다이라의 중신들뿐이었다.

혼수 준비도 결코 호화롭지 않았다. 하지만 그 속에는 다다마사가 일부러 센슈(泉州)의 사카이(堺)에서 사들인 남만(南蠻 ; 포르투갈, 스페인을 일컫던 말. 또 그 시대 서양 문화(기술·종교))에서 건너온 목화씨와 베틀이 들어 있었다. 어디까지나 먼 장래를 생각해서 하는 일임을 중신들에게 다짐하는 마음에서였다.

"이 솜으로 짠 천은 백성들이 들일할 때 입거나 무사들이 갑옷 밑에 입어도 아주 튼튼할 게다. 되도록 네 손으로 먼저 남편 옷을 짜주고 그런 다음 영내에 널리 퍼지도록 해줘라."

이리하여 마쓰다이라 집안 사자가 오카자키성으로 돌아가자 짐이 곧 가리야성을 떠나기 시작했다.

드디어 24일—

이날은 시집가는 오다이보다 오빠 노부모토가 더 안절부절못하며 침착성을 잃고 있었다.

"그럼, 아버님, 가겠습니다."

"오냐, 부디 몸조심하거라."

"네, 아버님도……."

오다이는 오빠와 언니에게 차례차례 인사하고 현관마루에 놓인 가마에 들어갈 때 호수처럼 맑은 눈으로 전송하는 가신들을 찬찬히 돌아보았다. 속에 온갖 감정이 깃든 사람의 눈이 아니라, 시대가 만든 인형의 무심함이었다. 쓰개치마 아래로 내다보이는 금박 띠의 반짝이는 빛이 더한층 그것을 북돋는다.

"애처로우셔라……."

한 시녀가 저도 모르게 소맷자락으로 눈두덩을 누르려다가 당황한 듯 입술을 깨물며 고개 숙였다.

"축하합니다."

저마다 인사하는 말과는 반대로 스며드는 듯한 쓸쓸함이 감춰져 있었다. 시집가는 일이, 언제부터인가 볼모의 뜻을 지니기 시작했다. 난세는 사랑을 짓밟아 여자들은 이미 자연스럽게 감정을 드러내는 일을 가엾게도 봉쇄당하고 있다.

가마는 옆문이 열린 채 들어올려졌다. 전송하는 사람들 눈은 의논이라도 한 듯 벌게졌으며, 그 가마가 첫 성문에 이르기까지 꼼짝도 하지 않았다.

성문을 나서자 높다란 돌층계에 인간사를 외면한 화창한 햇볕이 내리쬐고, 해자에 가까운 나무숲에서 꾀꼬리 소리가 맑게 흘러왔다. 축대를 내려서자 오다이는 살그머니 성을 돌아본 뒤 매화 향기를 맡았다.

행렬이 둘째 성곽에 이르자 거기서 가마가 두 채 더 늘어났다. 오다이를 따라가는 유리와 고자사의 가마였다. 두 사람의 인사를 받고 여기서 가마 문이 닫혔다. 셋째 성곽 중문을 나설 때는 행렬 앞뒤에 무장한 호위대가 20명씩 따랐다.

아니, 어지러운 시대를 위한 준비는 그 뒤에 아직 더 있었다. 셋째 성곽에서 직선으로 늘어선 중신들 저택 곁 벚나무 가로수를 빠져나가 드디어 큰 성문에 이르자, 문 앞에 가신들 가족이 성주가 사랑하는 이 따님의 모습을 보려고 무리지어 서 있다가 한결같이 고개를 갸웃거리며 서로 얼굴을 마주 보았다.

"이상하다…… 이게 어찌 된 일일까?"

가마 문이 닫혀 있을 뿐 아니라 여기까지 오는 동안 행렬이 셋으로 늘어나 있었던 것이다. 똑같은 가마에 똑같은 호위대, 세 행렬은 서로 조금도 다른 데가 없었다.

첫째 행렬의 호위 우두머리는 고자사의 아버지 스기야마. 그것이 오다이의 가마인 줄 알고 사람들이 전송하면서 흩어지려 했을 때 둘째 행렬이 나타났다. 이번 경호 우두머리는 마키타(牧田), 스기야마에 못지않게 집안과 무용이 뛰어난 중신이었다.

"아하, 도중에 무슨 일이 일어날까 봐 주의하기 위해서군. 과연 우리 주군께서는 용의주도하셔."

대체 어느 행렬에 오다이 님이 계실까 사람들이 속삭이고 있는데 다시 셋째 행렬이 문을 나왔다. 여기에는 유리의 아버지 히지카타가 엄숙한 표정으로 따르고 있다.

사람들은 얼굴빛이 달라졌다. 이토록 조심해야 하는 출가 행차에 비로소 가슴이 덜컹 내려앉는 느낌이 든 것이다.

구마 저택의 나미타로는 가리야에서 북쪽으로 4, 5리 되는 지리유(池鯉鮒) 마을에 가까운 아이즈마(逢妻) 강가 움막집에 숨어 노부모토의 연락을 기다리고 있었다.

이 언저리는 물줄기가 여러 갈래로 나뉘고 그 위에 저마다 거미집 모양 다리가 놓여 있다. 흔히 말하는 야쓰(八) 다리, 이제는 옛 모습을 그리워할 여지도 없지만 《이세(伊勢) 이야기》(125개의 짧은 이야기로 된 헤이안(平安) 시대 설화집) 속에 제비붓꽃 명소로 그 이름을 남기고 있는 물고을이었다.

그 다리에서 시든 억새밭으로 이어지는 일대, 그 시든 억새밭에서 둑 아래로 걸쳐 100명 남짓한 사람들을 매복시켜 두었다. 아니, 이 강가만이 아니었다. 바로 앞에 있는 히토쓰키(一木)의 민가에서 건너편의 이마무라(今村), 우시다(牛田) 언저리에 이르기까지 세심하게 배치되어 있다.

그 민가에 사는 농부들, 강에 배를 띄운 어부들, 들에서 일하는 이들까지 모두 이미 나미타로의 부하라 해도 좋았다. 나미타로의 지시만 내리면 그들은 때로 수군(水軍)이 되고 도적도 되면서 낙오병을 찾고 송장의 갑옷도 벗기는 떠돌이무사들이었다.

괭이를 둘러멘 농부가 콧노래를 부르며 나미타로가 숨어 있는 오두막에 다가왔다. 농부는 오두막 앞에 놓인 배를 갯버들 가지에서 풀며 파란 하늘이 비치는 수면을 향해 혼잣말처럼 중얼거렸다.

"노부모토 님의 전갈입니다. 가짜 행렬이 둘, 성에서 나왔습니다. 모두 셋. 그 가운데 둘째 행렬이 진짜라고 합니다."

"둘째 행렬이라고……?"

"예."

"알았다. 가거라!"

농부는 그대로 아무 일도 없었던 듯 배를 저어 건너간다. 나미타로는 집 안에서 모닥불을 지피고 있는 한 늙은이에게 눈짓했다. 늙은이는 때 묻은 헝겊을 집어들고 얼굴을 싸매더니 집을 나섰다. 뭍으로 가는 전령이다.

오두막 안에는 나미타로 혼자 남았다. 그 옆에는 새끼 붕어 대여섯 마리가 든 다래끼와 낚싯대가 놓여 있다.

"그런가……."

한마디 중얼거리고 나미타로는 오두막에서 나와 그 옆의 둑에 서 있는 오리나무 가지에 하얀 헝겊을 걸어놓고 돌아왔다. 이 하얗게 빛나는 헝겊은 드넓은 평야의 어디에서나 잘 보인다. 그는 낚싯대와 다래끼를 들고 둑을 터벅터벅 내려가 곧 강에 낚시를 드리웠다.

첫째 행렬이 온 것은 나미타로가 붕어를 두 마리째 낚아올렸을 때였다. 그는 행렬을 보려고도 하지 않고 하늘이 비치는 수면을 지그시 바라보고 있었다. 행렬은 무사히 다리를 건너 맞은쪽 기슭으로 나아갔다. 그리고 또 잠시 녹아내릴 듯한 햇볕만이 쏟아졌다.

둘째 행렬이 왔다. 나미타로는 그것도 쳐다보지 않았다. 낚시질에 푹 빠져 여념없는 듯 가만히 수면을 바라볼 뿐이다. 다리에 막 접어들 무렵 주위에서 함성이 일었다. 시든 억새밭과 둑 아래에서 뛰쳐나온 무사들이 행렬을 에워싼 것이다.

"무례한 놈들!"

"가까이 오지 못하게 하라, 쳐라!"

"배를 가져와, 배를 돌려라!"

고요하고 한가롭던 물고을은 순식간에 벌집을 쑤신 듯 소란스러워졌다. 그러나 나미타로는 여전히 낚시찌만 지그시 바라보고 있다. 강가는 순식간에 싸움터로 바뀌었다. 쫓는 자, 쫓기는 자, 고함치며 맞서는 자, 칼을 뽑아들고 가마 옆에 버티고 선 자. 이미 포위한 자와 포위당한 자 사이에는 한순간도 방심할 수 없는 팽팽한 세력 균형이 이루어져 있었다.

그때 가까운 논밭에 흩어져 있던 농부들이 호기심 많은 군중처럼 가마 옆으로 다가왔다. 물 위에도 역시 20척 가까운 배가 기슭을 향해 저어오고 있었다.

"뭐야, 뭐야. 무슨 일이 일어났나?"

농부들이 일제히 배 안의 무기 든 습격자들과 합류했을 때 승부는 이미 뚜렷해졌다. 처음의 무사들이 칼을 휘둘러대는 바람에 가마 행렬 사람들은 새로운 습격자들을 막아낼 수 없었던 것이다.

"가마를 내주지 마라, 가마를……."

"죽어도 가마를 지켜라!"

비장한 목소리가 우스꽝스러울 만큼 한낮의 싸움은 순식간에 끝나고, 마침내 가마 하나가 배 안으로 옮겨졌다. 이어 두 채, 세 채.

세 번째 가마가 배 안으로 옮겨지자 포위당한 행렬 사람들은 괴성을 지르며 포위망을 뚫었다. 그 가운데 두 사람이 미친 듯 물속으로 뛰어들어 은빛 물보라를 흩뿌리며 배로 다가갔다. 그때 그 배는 강 복판으로 쓱 미끄러져 들어가 다른 가마를 실은 두 배와 뒤섞였다. 배 세 척이 세 방향으로 저마다 저어나가기 시작했을 때는 가마마다 멍석이 덮여 어느 게 어느 것인지 알지 못하게 되고 말았다.

"놓치지 마라! 쫓아라!"

행렬 사람들은 셋으로 갈라졌다. 강 아래쪽으로 달리는 자, 강 위쪽으로 달리는 자, 그리고 건너편 기슭으로 달리는 자, 그 뒤에서 습격자들이 끈덕지게 뒤쫓는다.

그제야 나미타로는 비로소 얼굴을 들고 세 채의 가마를 바라보았다. 성공을 기뻐하는 빛도 그리 없고, 애써 침착해 보이려는 느낌도 없다.

"가운데 행렬이라고……."

그는 중얼거리며 낚싯줄을 감기 시작했다. 누구 눈에도 이 소동의 지휘자로 보이지 않으리라. 그는 천천히 둑을 올라가 오리나무에서 헝겊을 내렸다.

"오늘은 붕어 새끼밖에 못 잡았군……."

아직 여기저기서 칼싸움이 계속되고 있건만 나미타로는 시치미 뗀 얼굴로 가리야 쪽으로 걸어간다.

앞이 훤히 트인 길이었다. 군데군데 소나무가 서 있고 그 아래를 나그네 차림 사나이들이 바쁘게 오가는 모습이 보였다. 행렬과 행렬 사이의 연락을 맡고 있는 미즈노 집안사람들이 틀림없다.

5, 6정(町 ; 1정은 60간. 109.09m)쯤 갔을 때 나미타로는 슬그머니 걸음을 멈추었다. 셋째 행렬이 앞쪽에 보이기 시작했기 때문이다. 그 행렬은 이미 야쓰 다리에서 일어난 사건을 알고 있을 텐데도 그 걸음걸이며 시종들의 태도에 아무 동요도 보이지 않았다.

"속았구나……."

나미타로는 비로소 사나운 눈초리로 뒤돌아보았다. 세 채의 가마를 실은 배의 모습은 이미 강 위에 없고 행렬 사람들도 이제 뒤쫓지 않는다.

"과연 다다마사답군. 제 자식 노부모토마저 감쪽같이 속이다니……."

나미타로는 셋째 행렬 속에 진짜 오다이가 있는 것을 느꼈다. 그러나 더 이상 뒤쫓으려 하지 않는다. 행렬은 그의 앞을 유유히 지나갔다.

첫째 행렬이 오카자키 바로 앞을 흐르는 야하기강(矢矧川)에 가까운 야쿠오사(藥王寺)로 다가갈 무렵, 셋째 행렬은 이미 이마무라를 지나 우토(宇頭)의 오토리 신사(鷲取神社) 숲으로 접어들고 있었다. 이 행렬의 우두머리 히지카타는 둘째 행렬의 가마를 빼앗긴 일을 잘 알고 있다.

"이것으로 끝인가……."

서쪽으로 기울기 시작한 햇살을 바라보며 히지카타는 미소 지었다. 동요하는 빛이 조금도 없는 그 미소는, 나미타로에게 시킨 노부모토의 계획이 보기 좋게 실패했음을 알게 한다. 이 습격을 히지카타는 노부모토가 한 짓이라고 생각지 않았다. 기습과 방화는 오다 노부히데의 가장 큰 장기. 거미줄 모양으로 갈라진 야쓰 다리의 수로를 이용해 추격의 눈을 속이는 솜씨는 틀림없이 노부히데의 소행으로 여겨졌다. 곳곳에 흩어져 사는 떠돌이무사를 불러 모아 약탈에 성공한 뒤 한번 해산시키고 나면, 같은 날에 다시 소집하기란 거의 불가능하다. 그리고 이 일대는 이미 마쓰다이라 일족의 영지이기도 했다.

히지카타는 다시 미소 지으며 세 채의 가마를 바라보았다.

"오다이 님 얼굴을 모를 테지."

지금쯤 노부히데가 가마 안의 사람을 어떤 얼굴로 대하고 있을까 생각하니 볼에서 웃음이 사라지지 않았다. 그때였다. 왼쪽 오토리 숲에서 함성이 오른 것은.

"음?"

걸음을 멈춘 히지카타의 귀에 수많은 말굽 소리가 울려오더니, 숲속에서 30기에 가까운 기마병이 횡대를 이루어 바람을 일으키며 습격해 왔다.

"아!"

행렬은 일제히 왼쪽으로 돌아서서 이들을 맞았다. 평복 차림 떠돌이무사가 아닌 무기를 갖춘 군병이었다. 이 같은 군병이 어디서 어떻게 이곳에 숨어들어와 있었을까? 언제나 적의 허점을 찌르고 의기양양하게 싸움을 즐기는 오다 노부히데. 난세에 걸맞게 타고난 인물이다. 예상을 허용하지 않는 그의 계략은 히지카타의 등줄기에 오싹 오한을 느끼게 했다.

"반드시 제2의 대비가 있을 게다. 앞쪽에만 정신을 팔지 마라!"

히지카타가 큰 소리로 외쳤을 때 그 예감은 이미 적중하고 있었다. 오른쪽에 잇닿은 마을의 집 그늘에서 가려 뽑은 날랜 사병들이 칼을 뽑아들고 뛰쳐나왔다. 물론 오와리의 영지에서 데려온 게 틀림없으리라. 그들은 왼쪽의 기마대와 맞서고 있는 행렬 뒤에서 아수라처럼 쳐들어왔다. 기마병은 그 혼란을 틈타 우르르 길을 가로질렀다. 그리고 칼을 뽑아든 무리와 기마대가 행렬과 십자를 그리며 뒤섞이는 듯싶더니 세 채의 가마는 이미 길 위에 없었다. 그때 고함 소리가 올랐다.

"빼앗겼다. 놓치지 마라!"

"가마를 쫓아라, 가마를……."

그러나 히지카타는 아직 당황하지 않는다. 이 행렬도 어쩌면 미끼일지 모른다. 칼을 겨누어 든 그의 옆얼굴에 담대한 미소마저 엿보였다. 그때 말을 타고 오카자키 쪽에서 쏜살같이 달려온 자가 있었다.

"히지카타 님, 어디 계시오, 히지카타 님? 첫째 행렬이 습격당했습니다. 야쿠오사 언저리에서 첫째 가마가……."

이 말을 듣자 히지카타는 비틀거리며 비로소 나직하게 신음 소리를 냈다.

"아뿔싸!"

히지카타는 초조했다. 칼을 맞대고 있는 적병 하나가 그의 진퇴를 가로막고 있다. 눈 돌릴 겨를도 없는데 당황한 첫째 행렬의 사자가 다시 큰 소리로 외쳐댄다.

"히지카타 님, 어디 계시오? 큰일 났습니다. 여기는 이대로 두고 얼른 야쿠오사로 가서 도와주십시오."

그 외침이 적과 아군의 귀에 당연히 들어가지 않을 수 없었다. '그러고 보니 첫째 행렬이구나' 하는 미묘한 동요가 일어나는 것을 느낀 히지카타는 칼을 힘차게 옆으로 후려쳤다.

"에잇!"

상대가 한 걸음 물러섰다. 그 순간을 틈타 그의 몸은 제비처럼 옆으로 날랐다. 말 탄 사자의 아직 젊은 모습에 노여움과 연민이 뒤섞인 눈으로 다가가면서, 히지카타의 손에서 윙 소리를 내며 칼이 날았다.

"으악―"

말 위의 사자는 허공을 잡으며 고삐를 놓았다. 주위에서 후다닥 사람들이 흩어진 것은, 왼편 가슴에 칼이 꽂힌 채 말에서 떨어진 사자의 둘레를 말이 미친 듯 한 바퀴 돌았기 때문이다. 히지카타는 덤벼들어 말을 붙잡았다.

"모두들 당황하지 마라. 당황해서 적에게 속지 마라. 우리 가마를 뺏으려는 계략이다. 우리를 여기서 야쿠오사로 쫓아버릴 계략이란 말이다."

노여움으로 머리칼을 곤두세우고 사자를 발아래 밟고 선 그의 모습은 마치 그림에서 보는 역신(疫神)을 몰아내는 신과도 흡사했다. 계략이라는 말을 듣고 비로소 사람들의 동요가 가라앉았다. 적들도 그 말을 믿은 모양이다. 칼을 뽑아든 패거리 일부는 이미 가마를 에워싸고 북쪽으로 서서히 이동하기 시작했다.

적의 기마대가 다시 한번 이쪽 사람들을 짓밟고 질풍처럼 오토리 숲으로 돌아간 것은 그로부터 얼마 안 되어서였다. 히지카타는 초조했다. 그는 물론 오다이가 어느 행렬에 있는지 잘 알고 있다.

"뒤쫓지 마라, 이제 됐다. 뒤쫓지 마라."

급히 모두 집합시킨 다음 빈사상태의 사자를 돌아보았다.

"누가 남아서 치료해 주어라. 이름을 꼭 물어두도록. 급하다, 나를……."

따르라는 말은 사자에게서 뺏은 말 위에서 들려왔다. 채찍이 울렸다. 날쌘 말인 듯하다. 한 번 곧추서더니 오카자키 큰길 쪽으로 돌아서 질풍같이 달려갔다.

그 등에 몸을 찰싹 붙이고 히지카타는 완전히 자신을 잊었다. 마쓰다이라의 영내로 이미 들어와서 오다이를 뺏겨서야 될 말인가. 더욱이 행렬 하나로 온 게 아니다. 아주 사려 깊게 행렬을 셋이나 띄워놓고서…….

'미즈노 가문의 체면이 서지 않는다!'

그러나 추위가 서서히 스며드는 이른 봄의 황혼 속에 멍하니 서 있는 첫째 행렬 시종들을 혼고(本鄕) 마을 대나무밭 옆에서 발견했을 때는 히지카타도 넋을 잃지 않을 수 없었다. 모든 일은 이미 끝장나 있었던 것이다. 여기서도 칼을 뽑아든 무리에게 습격당하여 여기저기 부상자가 나뒹굴고 있을 뿐 세 채의 가마는 흔적도 없었다.

"아네자키(姉崎) 마을 쪽으로—"

사람들이 가마가 납치된 방향을 가리키자 히지카타는 이를 갈면서 저물어가는 저녁 해를 쏘아보며 눈물을 떨구었다.

오다이를 맞을 오카자키의 중신 사카이 우타노스케의 저택에는 이미 불이 켜져 있었다. 대문에서 현관마루에 이르는 통로는 깨끗이 비질되어 있고 하인들은 뜰에서 화톳불을 피우고 있었다.

"아직 안 오시느냐?"

주인 사카이가 현관마루에 서서 묻자 가신이 대답했다.

"곧 도착하실 겁니다."

"게요인 님이 기다리고 계신다. 문 앞에 이르시거든 큰 소리로 집 안에 알려라."

이렇게 명하고, 무인으로서는 드물게 우아하고 연약한 몸집의 그는 천천히 서원으로 돌아갔다.

히가시야마(東山)식으로 꾸민 서원에는 이미 촛불이 여덟 자루 켜져 향기가 풍기는 듯한 게요인의 모습을 정면으로 비추고 있었다. 사카이의 아내와 말을 주고받던 게요인은 그를 보자 두건 속에서 방싯 웃으며 말을 건넸다.

"수고하십니다."

사카이는 점잖게 앉으면서 말했다.

"이거야 원, 시끄러운 세상이라서. 어쩌면 가리야성에서 불평할지도 모르겠습니다."

"불평은커녕 기뻐하겠지요. 그러나 야하기강 가까지 복병을 두다니 오다 쪽도 끈질기군요."

게요인은 9년 만에 만나는 딸의 모습을 떠올리는 듯한 눈길로 덧붙였다.

"모두들 여간 애써주시지 않으니 정말 고맙습니다."

그 말에 답하여 사카이는 미소 지었다.

"적을 속이려면 먼저 우리 편부터 속여야 하니, 이도 저도 다 세상 탓으로 돌리고 용서하십시오."

"오다이도 놀랐겠지요."

사카이는 무릎을 두드렸다.

"그런데…… 신파치로가 가마 문을 여니—오카자키의 가신들일 테지, 수고했다 하고 먼저 말씀하시더랍니다."

"오, 그렇듯 슬기로운 말을."

"그 말을 듣고 이 늙은이는 그만 저도 모르게 눈물이 흘렀습니다. 이 혼인에는 신의 가호가 계십니다."

"정말이에요. 두 번이나 습격당하고……."

"내버려두었더니 세 번째는 야하기 나루터에서…… 이것도 저희들이 예상한 대로였지요. 이 복병들은 이제 약탈할 행렬도 없어졌다고 웃으며 강을 내려갔다더군요."

게요인은 생기 있게 소리 내어 웃었다.

"지금쯤 얼마나 허둥대고 있을까. 그 얼굴이 눈에 보이는 것 같군요."

이때 갑자기 문 앞이 떠들썩해지더니 문득 얼굴을 마주 보는 두 사람의 귀에 들뜬 소리가 들려왔다.

"도착하셨습니다!"

사카이 부부보다 게요인이 먼저 일어났다. 얼굴이 발그레 상기되면서 먼 곳을 바라보는 눈이 별처럼 빛난다. 사카이 부부는 그 뒤를 따랐다.

현관은 맞아들이는 사람들로 가득했다. 모두 숨죽이고 밖을 지켜본다. 화톳불빛 속에 신파치로의 늠름한 얼굴이 먼저 떠올라왔다. 눈에 익은 무장 차림으로 땀에 젖어 이마가 번들거리는 신파치로는 사카이의 얼굴을 보자 문을 들어서는 가마를 가리키며 고함치듯 큰 소리로 말했다.

"멋지게 봄을 잡아왔지, 마쓰다이라 가문의 봄을. 와핫핫하."

빗속 꽃봉오리

가마는 곧 현관마루에 놓였다. 사카이가 무릎걸음으로 다가가 문을 열었다. 동작은 공손하지만 표정은 딸을 맞이하듯 부드럽다.

"무사히 도착하신 것을 축하드립니다."

두 손을 짚었으나 엎드리지는 않는다. 그러면서도 정감이 넘친다.

사람들 눈은 한결같이 가마로 쏠렸다. 아니, 눈만이 아니다. 지금부터 마쓰다이라와 미즈노 두 집안의 징검다리가 되려는 14살 난 신부가 오카자키에서 하는 첫마디를 들으려고 마음의 귀를 기울였다.

아직 어린 맑은 목소리가 울렸다.

"수고했어요. 무사히 왔습니다. 기쁘게 생각합니다."

사카이 부인이 다가가 가마 안으로 손을 내밀었다. 게요인은 가만히 서서 지켜보았다. 서원을 나올 때 느낀 어머니로서의 흥분은 가시고 이제 지나칠 만큼 조용한 모습으로 되돌아가 있었다.

다음 가마에서 히지카타의 딸 유리가 나와 엎드렸다. 주위가 활짝 밝아졌다. 사카이 부인에게 손을 잡힌 오다이가 가마에서 나와 거기에 선 것이다. 홍매화빛 바탕에 금실로 수놓은 벚꽃 무늬가 은은하게 빛나고, 흰 비단 사이옷에 비치는 살결이 그대로 눈에 스민다. 키는 이미 어른이었지만 눈과 입매는 아직 소녀였다.

이 지방에서 가장 아름답다고 소문난 처녀이다. 사람들은 저도 모르게 한숨지으며 게요인과 번갈아보았다. 꼭 닮았다. 그러나 게요인보다 볼이 좀 통통하다.

아버지 다다마사를 닮은 것이리라.

비로소 게요인이 입을 열었다.

"오다이, 네 가마를 납치하려고 많이들 매복하고 있었더구나. 무사히 닿은 것은 모두 문중 여러분 덕분이니 소홀히 생각해서는 안 된다."

오다이는 이 사람이 자기 어머니인 것을 온몸으로 느끼고 있었다. 꿈속에서 본 어머니, 자기를 버렸다고 한때 미워하기도 했던 어머니, 그리고 이제 크나큰 비극 속에서 훌륭히 자신을 버티어낸 슬픈 여성임을 알게 된 어머니! 그 어머니는 오다이가 상상했던 것보다 더 차분하고 아름답고 젊었다.

오다이는 어머니 품에 안기고 싶었다. 소리 내어 울고 싶었지만 그 감정의 눈물을 지그시 누르고 게요인을 바라보며 얼굴을 갸웃하여 조용히 말했다.

"소홀히 생각지 않습니다."

신파치로가 신음 소리를 냈다. 겉보기에는 여느 며느리와 시어머니 사이. 겉으로는 어떻든 게요인과 오다이가 너무 다정하면 사람들은 규문(閨門)에 가문을 빼앗긴 쓸쓸함을 느끼게 된다.

오다이는 본능적으로 그것을 알고 있는 모양이었다. 오다이 왼편으로 유리가 다가섰다. 오른손을 잡고 있던 사카이 부인이 말했다.

"그럼, 마련해 놓은 자리로—"

"네."

오다이가 걷기 시작하자 게요인은 훨씬 앞서 나아가고 있다. 그것을 바라보며 사카이와 신파치로는 현관마루 위와 아래에서 얼굴을 마주 보았다.

"지금쯤 가리야의 시종들도 마음 놓고 있겠지."

"음, 오카자키에는 꽤 슬기로운 이가 있구나 하고 말이지."

두 사람은 싱긋 웃었다. 사카이는 곧 오다이의 뒤를 따랐다.

오다이와 마쓰다이라 히로타다의 혼렛날—

오다이를 납치하려다 실패한 오빠 미즈노 노부모토는 씁쓸한 표정으로 구마 저택의 오쿠니 방에 벌렁 드러누워 있었다.

뒷날 기신자이(喜甚齊)라 하여 소금가마를 굽게 하고 오카와강(緖川)에서 바다에 걸쳐 몇십 척의 배를 띄워 엄청나게 많은 등롱을 떠내려 보내기도 한 노부모토. '—도성에도 없는 풍류'라며 성안 사람들을 놀라게 했던 노부모토지만, 계획했던 일이 틀어지면 손댈 수 없는 망나니가 되었다.

그는 본디 아버지를 대신하여 오카자키성으로 가게 되어 있었으나, 기분 좋지 않다며 여지없이 거절하고 이 구마 저택에 들어박혀 있다. 이렇게 있어도 물론 오카자키에서 일어나는 일은 환히 알고 있었다.

오카자키에는 아우 노부치카가 아버지를 대신하여 떠났다. 노부치카도 역시 게요인의 아들이다. 그리고 노부모토의 동복(同腹) 여동생으로 가타하라(形原)의 마쓰다이라 히로이에(松平廣家)에게 출가한 오센(於仙)이 참석했으며, 중매인은 오다이의 언니 내외인 이 히로이에 부부와 사카이 부부였다.

오다이와 게요인은 사카이 저택에서 정식으로 대면한 뒤 서로 부둥켜안고 울었다고 한다. 그 소식을 들으며 노부모토는 울화가 치밀었다.

"—시대를 읽지 못하는 아녀자들이 얼마 안 되어 통곡할 거야."

그러고는 언제나처럼 염전을 돌아보고 오겠다며 자리에서 벌떡 일어섰다. 구마 저택으로 왔으나 여기에서도 불쾌한 일은 계속되었다.

"—자네답지 않아. 가짜 가마를 잡다니."

이 집 주인 나미타로를 복도에서 만나 한마디 쏘아붙였으나, 나미타로는 단아한 얼굴에 아무 동요도 보이지 않았다.

"말씀대로 둘째 가마를 납치했을 뿐이오."

그러고는 머리도 숙이지 않고 지나가버렸다. 노부모토는 자신의 부주의를 조롱받은 것 같아 속이 뒤집혔다.

"두고 보자."

오쿠니의 방에 들어가 기분 나쁜 표정으로 벌렁 드러누웠다. 나미타로는 어쩌면 누이 오쿠니 때문에 나한테 반감을 품고 있는 게 아닐까 하고 고개를 갸웃했다. 하기야 오쿠니에 대한 노부모토의 태도는 좀 지나치게 대담해져 있었다. 밤에 몰래 숨어들어오는 것은 물론이요, 낮에는 집안사람들 눈길도 아랑곳없이 성큼성큼 방으로 찾아간다. 자기 집 안방에라도 들어가는 듯한 뻔뻔스러운 행동에 손아래인 나미타로를 가볍게 보는 것 같은 느낌도 어딘지 없지 않았다. 오쿠니는 방에 없었다.

'반감 따위 가져만 봐, 내가 대를 이으면 용서치 않을 테다.'

노부모토는 팔베개하고 천장을 노려보며 입을 꽉 다물었다.

모녀끼리 정답게 이야기하고 있을 오카자키성 안의 광경이 다시 문득 머리에 떠올랐다. 게요인, 오다이, 그리고 자기 대신으로 간 노부치카, 이 세 사람이 만일 손님으로 초대되어 오는 이마가와 편 무장들과 무언가 이야기 나눈다면……? 노부모토는 벌떡 일어나 앉았다.

"오쿠니가 늦는군. 손님이 왔나?"

혀를 차며 책상다리를 고쳐 앉았다. 그때 오른쪽 창문이 스르르 열리더니 8살쯤 되어 보이는 개구쟁이 같은 어린아이 얼굴이 불쑥 안을 들여다보았다.

"여봐, 너는 저 새를 잡을 수 있겠느냐?"

너—라고 불린 노부모토는 눈을 부릅떴다.

"너라니, 나 말이냐?"

노부모토가 거친 말투로 되묻자 아이는 가느다란 눈썹을 발끈 치켜올리며 매섭게 대꾸했다.

"너밖에 아무도 없지 않느냐. 빨리 나와 저 새를 좀 봐."

노부모토는 이글거리는 눈으로 아이를 쏘아보았다.

"뭐라고……? 나는 네 부하가 아니야."

"알고 있어. 누가 자기 부하를 못 알아보나? 아, 새가 달아났다!"

아이는 땅바닥을 쾅 굴렀다.

"누구 부하인지 모르지만 급할 때 쓸모없는 놈이구나."

말을 내뱉고 아이가 창가를 떠나려 하므로 노부모토는 저도 모르게 소리쳤다.

"기다려!"

"무슨 볼일이 있느냐?"

"너는 이 집 손님이냐?"

"그건 물어서 뭘 하려고?"

"에잇, 주둥아리만 까진 녀석! 다짜고짜 남의 방문을 열다니 무례한 짓이라고 생각지 않느냐?"

아이는 입술을 왼쪽으로 삐죽거리며 싸늘하게 대답했다.

"생각지 않는다."

그리고 지그시 노부모토를 바라보았다. 어딘가 이 집 주인 나미타로와 비슷한 느낌이다. 아니, 나미타로보다 오히려 더 신경질적인 것 같다. 아이는 어른 같은 시선으로 그을이 바라보며 다시 입을 열었다.

"생각지 않는다니까 그만 말문이 막혔느냐? 가엾은 녀석."

심하게 조롱당하자 어른이건만 노부모토는 자제심을 잃었다. 저도 모르게 칼을 끌어당겼다.

"사과해라!"

하얀 아이의 볼에 이번에야말로 분명 비웃음이 떠올랐다.

"새는 못 잡아도 사람은 벨 줄 안단 말이지, 후후후."

"닥쳐! 무례한 놈, 이름을 대고 사과해."

"싫다……고 하면 벨 테냐?"

"이……이놈이."

"야, 성났네, 성났어, 난 몰라."

노부모토는 이토록 화나게 하는 꼬마를 본 적 없었다. 옷차림으로 보아 농부나 상인의 자식이 아닌 건 알 수 있었지만, 어쩌면 이토록 방자할까—위협하듯 창가로 달려가자 나비처럼 물러서 그대로 뒤돌아보지도 않는다.

그때 연못 저편의 노송나무와 삼나무 그늘에서 오쿠니가 아이 쪽으로 달려왔다.

"아, 기치보시(吉法師) 님—참배하실 채비가 다 되었어요. 이리로 가셔요."

노부모토는 깜짝 놀랐다. 기치보시—그것은 오다 노부히데의 세자(뒷날의 노부나가) 이름이 아닌가.

'음, 기치보시…….'

노부모토와 시선이 마주치자 오쿠니는 눈가를 붉히며 인사했다. 오쿠니에게 손을 잡힌 기치보시는 노부모토의 일 따위는 벌써 잊어버린 듯 가슴을 쫙 편 채 돌아보려고도 하지 않는다.

"저 애가 기치보시인가……."

노부모토는 다시 한번 중얼거리고, 그 기치보시를 무엇 때문에 나미타로에게 보낸 것인지 노부히데의 마음속을 짐작할 수 없어 고개를 갸웃거렸다.

기치보시가 오쿠니에게 손을 잡혀 제단이 차려진 방으로 들어갈 무렵부터 빗방울이 뚝뚝 떨어지기 시작했다.

오카자키성에는 이미 잔치 자리가 마련되었으리라. 그리고 마쓰다이라와 미즈노 두 집안이 살아남을 최상의 수단으로서, 마음속에 강한 불만을 품은 히로타다와 운명에 순종하는 오다이를 새로운 출발의 자리에 앉히려 할 것이다. 두 사람 모두 붉은 잔에 비치는 앞날의 파란을 조마조마하게 바라보고 있을 게 틀림없다.

그리고—

이 구마 저택에서는, 언제 우리를 부수고 나와 설칠 것인지 그 두 집안이 두려워하는 맹호 오다 노부히데의 적자(嫡子)가 지금 의관을 단정히 하고 축문을 낭랑히 읽어나가는 나미타로 앞에 앉혀져 있다. 노부히데는 나미타로를 통하여 아들에게 대체 무엇을 가르치고 무엇을 일깨워주려고 하는 것일까……?

축문이 끝나자 나미타로는 그대로 신전 앞에서 남조의 기타바타케 지카후사(北畠親房)가 난리 중에 써 남긴 《신황정통기(神皇正統記)》를 강의하기 시작했다. 강의는 정통기에 기록된 내용을 훨씬 초월하여 태고 이래 우주의 모습과, 그것을 일그러뜨리면서 흥망을 거듭하는 온갖 세태와 전술에 이르기까지 언급하고 있다. 남조 때부터 다케노우치 집안에 전해져 왔다는 비장의 윤리, 집안 대대로 전해오는 우주관. 그러나 그것은 기치보시가 이해할 수 있는 성질의 것이 아니어서 그는 가끔 싫증 내며 오뚝한 콧구멍에 손가락을 집어넣어 후비곤 한다. 그러나 기치보시를 수행해 온 아오야마(青山)와 나이토(內藤)는 한마디라도 놓칠세라 눈을 부릅뜬 채 귀 기울이고 있었다.

"남이 모르는 병법은 남과 다른 학문에 의하지 않고는 생겨나지 않는다. 남과 같은 학문을 닦고 있다가는 곧바로 속이 환히 들여다보이거든."

노부히데는 언제나 남의 의표를 찔러놓고 껄껄 웃는다. 물론 노부히데에게 신앙과도 같은 근왕(勤皇)정신 따위가 있을 리 없지만, 명나라 문물을 들여와 오늘날의 난세를 초래한 아시카가 집안을 대신하려면 같은 것을 가지고선 싸우기 어렵다는 점만은 꿰뚫어보고 있었다. 그래서 그는 아들 기치보시에게 색다른 학문을 가르쳐주려고 생각한 모양이었다.

그런 의미에서 기치보시는 아버지 눈에 쏙 드는 기질을 지니고 있었다. 그도 남의 의표 찌르기를 본능적으로 좋아했다. 오른편이라고 하면 왼편이라고 말했다. 희다고 하면 검다고 했다. 올라가지 말라면 올라가고, 부수지 말라면 반드시 부수었다. 만일 이것이 어떤 하나의 중심을 지닌 통일된 사상이 된다면 반드시 천성적인 혁명가로 발전할 게 틀림없다. 이러한 몽상에서 노부히데는 그 정체를 알 수 없는 가학(家學)을 가진 나미타로에게 기치보시를 보낸 것이리라.

노부모토는 노부히데의 그러한 생각까지는 알지 못했다. 아무튼 오와리를 지배하고 미노(美濃)를 괴롭히며 미카와(三河)를 치고 스루가(駿河)를 위협해 마지않는 노부히데의 활동력이 젊은 노부모토에게는 크나큰 매력이었다. 물론 그 뒤에는 예측할 수 없는 전술에 대한 공포가 크게 작용하고 있었지만.

노부모토는 다시 벌렁 드러누웠다. 그리고 빗속으로 흘러들어오는 나미타로의 목소리를 정신없이 듣고 있는데 오쿠니가 살며시 들어왔다. 오쿠니는 처음으로 알게 된 남자에 대한 안타까운 사모의 정을 어쩔 줄 몰라 하고 있는 처녀였다. 그녀는 잠자코 노부모토의 머리를 안았다. 그리고 자기 무릎에 옮겨놓은 다음 그 위에 살그머니 볼을 눌러댔다.

"노부모토 님…… 오빠가 왜 앞머리를 깎지 않는지 아세요?"

노부모토는 대꾸하지 않았다. 일부러 엄하게 입을 다물고 오쿠니의 체취를 외면하고 있다. 그것이 오쿠니에게는, 자기가 늦게 온 것을 탓하는 얼굴로 보인다. 오쿠니는 몸을 굽혀 다시 사나이의 얼굴에 볼을 갖다 댔다.

"오빠가 언제까지나 성인관례(成人冠禮)를 하지 않는 것은, 모두 당신 때문이라는 것을 알고 계셔요?"

"무엇이, 나미가 성인관례를 하지 않는 것이 나 때문이라고……?"

"네, 신에게 종사하는 몸은 여성이 아니면 안 된답니다."

"음."

"더욱이 무녀는 어릴 때부터 신에게 종사하며 남자를 알아서는 안 돼요."

"그 말은 언젠가 아쓰타(熱田)의 책에서 읽은 적 있지."

"그런데 오쿠니는 당신을 알았어요. 오빠는…… 그래도 꾸짖지 않습니다."

"……."

"네가 행복하다면 신에게는 내가 봉사하겠다며 앞머리를 깎지 않고 계시는 거예요. 저는 그것이 괴롭습니다."

노부모토는 여자를 돌아보며 무뚝뚝하게 말했다.

"이제 그만, 조금만 더 참으면 돼. 머지않아 성으로 맞아들이도록 할 테니까 더 말하지 마. 그보다도 오늘의 이 집 손님은?"
"기치보시 님 말씀인가요?"
"그 기치보시 님은 언제부터 이 댁에 오셨나?"
"네, 이번이 세 번째예요."
"흠."
노부모토는 별안간 벌떡 일어나 오쿠니를 쏘아보았다. 그것은 노부모토의 여느 때 얼굴이 아니었다. 씩씩하고 거칠게 오쿠니를 껴안을 때의 노부모토의 눈도 날카로웠지만, 오늘은 그 뒤에 가혹한 사나이의 야심이 꿈틀거렸다. 오쿠니는 그것을 본능적으로 눈치채고 아양 섞인 교태로 고개를 흔들었다.
"어머나, 무서운 눈을……."
노부모토의 눈빛은 바뀌지 않았다.
"오쿠니!"
"네…… 네?"
노부모토는 치밀어오르는 격정을 누르듯 말한다.
"비가 오는군……."
"네, 들매화 꽃봉오리에 봄비가 포근하게 내리고 있어요."
"봄비…… 봄비……."
노부모토의 목소리는 희미하게 떨리고 있었다.
"오쿠니! 그대는 이 노부모토를 사랑하는가?"
물을 것까지도 없는 일, 오쿠니는 사나이의 무릎에 손을 얹었다. 고개를 갸웃하며 주인을 쳐다보는 강아지처럼 사랑스럽게. 노부모토는 그러한 오쿠니를 다시 한참 동안 물끄러미 바라보았다.
그의 마음속에는 지금 맹랑한 기치보시의 조그마한 얼굴이 세차게 소용돌이 치고 있었다. 그저께까지만 해도 그 꼬마의 아버지를 위해 자기 누이를 납치하려 했던 노부모토였다. 그러나 보기 좋게 실패하자 이번에는 스스로도 생각지 못했던 다른 상념이 그를 사로잡기 시작한다. 노부모토만이 그런 것은 아니었다. 인(仁)도, 의(義)도, 도(道)도, 빛도 없는 세상에 사는 사람들은 모두 한결같이 충동이 내키는 대로 행동한다.
입술을 축이며 노부모토는 말했다.

"그대는…… 내가 만일…… 내가…… 저 기치보시를 납치하려고 한다면 어떻게 할 건가……."

오쿠니는 튕기듯 얼굴을 쳐들었다. 노부모토가 무슨 생각을 하고 있는지 깨닫는 순간 무서운 오한이 등줄기를 스쳐갔다.

"기치보시 님을……?"

노부모토는 당황하여 주위를 둘러보았다.

"쉿, 소리 내지 마. 저 아이 녀석을 볼모로 만들어야겠어. 아니, 마쓰다이라 놈들이 납치한 것처럼 해도 좋아."

"……."

"떨지 마라. 남자의 일이란 언제나 거친 법이야."

오쿠니는 다시 노부모토에게 와락 매달렸다. 의지하지 않고는 견딜 수 없을 만큼 무서웠던 것이다.

"알겠나? 결코 죽이지는 않아. 먼저 납치해 놓고 이쪽에서 도로 찾는 형식으로 하는 거다……."

"네…… 네."

"하지만 상대가 그것을 눈치채면…… 그때는……."

노부모토는 스스로 자신에게 다짐하고 있었다. 처절한 눈빛은 어느덧 허공에 못 박히고 뺨에서 입술 언저리로 잔인한 그늘이 떠올랐다. 물론 이러한 계략이 살아남을 힘을 갖지 못한 작은 영주의 거품 같은 슬픈 발버둥임을 알 까닭도 없다. 굶주린 개는 늘 먹이를 찾아 찰나의 삶을 노리고 다닌다. 내일을 모르고 미래를 계산하지 않으며, 때로는 무명(無明)의 해독마저 지닌다.

노부모토는 허공을 노려보았다.

"만일 상대가 눈치챘다면…… 그때는 마쓰다이라와 의논해 싸움을 벌이는 방법도 있지. 좋아, 이것은 놓칠 수 없는 좋은 기회다—"

"하지만…… 하지만 오빠는 노부히데 님에게……."

"이도 저도 다 이쪽이 우세한 위치에 서면 돼. 오쿠니, 그대는……."

"네."

"귀여운 새가 있으니 보러 가자고 그대는 기치보시를 꾀어내도록 해."

"비가…… 비가 오는걸요."

"오늘 말고, 오늘은 곧 저물어. 기치보시는 오늘 밤 여기서 묵겠지?"
"네."
"내일 아침에 하는 거야. 뜰에서 뒷문으로 아이 녀석을 살그머니 꾀어내란 말야. 그때까지 나는 준비를 해놓을 테니까."
오쿠니는 입술이 바르르 떨렸으나 그것이 소리가 되어 나오지는 않았다.
"싫단 말인가?"
"아니…… 아니에요……."
"그 대신 그대를 그길로 성에 데려가겠어. 나로서는 얻기 어려운 작은 새, 만일 그대를 매란 놈이 상처라도 입혀선 안 되니까."
오쿠니는 사나이 무릎에 얼굴을 묻었다. 오로지 사모하고 있는 처녀로서는 울 수밖에 없는 하나의 심한 고문이었다.
노부모토는 승리감에 취해 오쿠니의 어깨에 손을 얹었다. 멧돼지 같은 단순함으로 그는 자기 계획을 추진해 가는 야릇한 시대의 용자(勇者)였던 것이다.
그때—
복도 밖에서 발소리가 나더니 차분한 나미타로의 목소리가 들렸다.
"오쿠니, 노부모토 님이 네 방에 계시느냐?"
두 사람은 얼른 떨어졌다.
"네, 여기……."
황급히 눈물을 닦으며 오쿠니가 장지문을 사르르 여니 하인에게 등불을 들게 하고 나미타로가 조용히 서 있었다. 사방은 벌써 어둑어둑했다.
"오, 나미인가? 손님이 계시기에 사양하고 있었지. 그분들은 오늘 밤 여기에서 묵는가?"
노부모토가 말을 걸었으나 나미타로는 대꾸하지 않는다.
"너는 이만 물러가거라."
등불을 내려놓고 하인을 물러가게 한 다음 치마 같은 하카마 자락을 펼치며 조용히 앉았다.
"노부모토 님은 이미 기치보시 님 눈에 띈 모양이더군요."
"음, 느닷없이 이 창문을 열고 나더러 새를 잡으라더군."
"활달한 성품을 지녀 뒷바라지하는 분들이 가끔 애먹지요."

"자네는 대체 언제부터 기치보시 님 사부 노릇을 맡았는가?"

나미타로는 침착하게 대답했다.

"사부가 아닙니다. 참배 오신 거지요. 그런데 좀 난처한 일이 생겼습니다."

"난처한 일이라니, 내가 기치보시 님 눈에 띄어서 말인가?"

"네, 모두들 오늘 밤 여기 묵으니 아무도 가까이 오지 못하게 하라는 분부입니다. 그래서 눈에 띈 노부모토 님 신분을 묻더군요."

"가리야의 노부모토라고 말했는가?"

"말씀드리지 않을 수 없지요."

"그래, 나라고 했더니?"

"곧 이 저택에서 물러가시게 하랍니다."

"누가? 수행인들이?"

노부모토가 노기 띤 눈으로 되묻자 나미타로는 천천히 고개를 저었다.

"기치보시 님입니다."

"무엇이, 그 꼬마가?"

"예, 싫다—고 하시면서."

노부모토는 신음했다. 또다시 불쾌한 감정이 가슴에 울컥 치밀어올랐다. 그러나 마음을 바꾼 듯 천연스레 오쿠니에게로 시선을 옮겼다.

"왓핫핫하, 이거 참, 어지간히 밉게 보였군그래. 좋아, 곧 물러가지. 자네들에게 폐 끼쳐서야 되겠는가."

"그런데 이젠 그것도 안 됩니다."

"어째서?"

"노부모토 님은 모르시지만 이 저택은 이미 개미 한 마리 빠져나가지 못하도록 에워싸여 있습니다."

"무엇이, 이 저택을 에워싸?"

"조심성이 대단하신 노부히데 님 지시로, 기치보시 님이 묵고 계시는 동안 고양이 새끼도 통과시키지 말라, 억지로 통과하려는 자가 있으면 사정없이 베어버리라고…… 노부히데 님의 지시는 언제나 의표를 찌른답니다."

나미타로는 싸늘하게 말한 다음 무릎에 놓인 아름다운 자기 손의 손톱에 눈길을 떨구었다.

노부모토는 등골에 오싹 한기를 느꼈다. 마치 자기 속을 환히 들여다보고 있기라도 한 듯한 오다의 지시. 하기야 생각해 보면 그럴 법도 했다. 이 난세에 소중한 세자의 외출을 그리 허술하게 시킬 까닭이 없다. 그렇다 해도 여기 갇힌 채 기치보시는 물러가라고 졸라대고 나가면 칼을 맞게 되다니, 노부모토는 어리석게 성을 나온 비참한 자기 입장을 나미타로에게 보이게 된 것이 견딜 수 없었다.

"왓핫핫하, 참으로 우습게 되었군. 그럼, 내가…… 가리야의 노부모토가, 기치보시 님 앞에 나가 사과 말씀을 드려야 할 처지가 되었군그래. 이거 참 우스운데, 왓핫핫하."

나미타로는 그 허허로운 웃음소리를 듣고 있는 것인지 아닌지, 여전히 무릎 위의 자기 손가락을 물끄러미 내려다보고 있다.

오쿠니는 일어설 수가 없었다. 노부모토가 무슨 생각을 하는지 그녀는 잘 알고 있다. 방금 나미타로가 한 말로 그것이 아이들 놀이에 지나지 않는 몽상이라는 것을 알았다. 이제 상대를 납치하기는커녕 노부모토 자신이 어떻게 무사히 몸을 지키느냐가 문제이다.

"노부모토 님."

오쿠니는 사나이를 불러놓고, 오빠에게로 애원하는 듯한 눈길을 돌렸다.

"무슨 좋은 방법이 없을까요?"

"여보게, 나미. 내가 나가서 사과하면 안 될까?"

나미타로는 아직 대답이 없다. 그러다 문득 무언가 생각난 듯 얼굴을 들었다.

"아 참, 그럭저럭 준비가 되었겠군. 너는 기치보시 님 식사 시중을 들러 가보아라."

오쿠니는 불안한 얼굴로 소리 없이 일어섰다.

"그럼……."

오쿠니의 발소리가 사라지는 것을 들으면서 나미타로는 말했다.

"기치보시 님의 짜증을 노부모토 님 힘으로는 가라앉힐 수 없습니다."

"내가 가서 엎드려 빌어도?"

"어린아이 마음은 신과 같아서 좋고 나쁨이 그대로 진실을 찌르는 법입니다."

노부모토는 등골이 오싹했다. 나미타로 또한 그의 마음속에 뿌리내린 계략을 똑똑히 꿰뚫어보고 있다. 나미타로는 오래된 늪처럼 잔잔한 태도로 말했다.

“이렇게 된 바에는…… 이 나미타로가 말씀드리는 대로 하시는 게 상책일 것 같습니다.”

“자네 말대로라니?”

“당신을 우리 집 사위…… 오쿠니와 나란히 이 나미타로가 안내해 누이의 신랑이라고 소개하겠습니다. 그 밖에는…… 좀 어려울 것 같습니다…….”

노부모토는 처참한 눈으로 나미타로를 쏘아보았다.

“나미! 자네는 달리 생각이 있었군.”

“생각이라니요?”

“기치보시 님 앞에 나를 꿇려놓고 오쿠니는 내 아내라는 것을 똑똑히 오다 일족에게 알릴 작정이구먼?”

도자기 같은 나미타로의 볼에 비로소 희미하게 미소가 떠올랐다.

“기치보시 님은 아직 8살밖에 안 되는 어린아이입니다.”

“듣기 싫다. 수행해 온 두 사람은 오다의 대들보잖나.”

“그러시면 달리 무슨 좋은 생각이라도 있습니까?”

나미타로는 싸늘하게 되물어 상대가 두말하지 못하게 했다. 노부모토는 다시 나직이 신음했다.

“노부모토 님, 당신은 오쿠니를 이 나미타로 앞에서 아내로 삼을 수 없다는 말씀인가요? 성에서 빠져나와 외간 여자에게 넋 잃는…… 무장으로서 그 같은 유례없는 소문이 오다 편에 들어가도 괜찮단 말입니까?”

나미타로가 따져 묻자 노부모토의 주먹이 무릎 위에서 부들부들 떨렸다. 나미타로는 역시 보통 사람이 아니었다. 누이에 대한 애정에서 어쩌면 일부러 기치보시를 불러들여 일을 꾸민 게 아닐까? 하지만 지금의 노부모토로서는 나미타로의 말대로 이 자리를 수습하는 수밖에 달리 도리가 없었다.

노부모토는 다시 웃음으로 얼버무렸다.

“왓핫핫하, 자네가 나와 오쿠니에 대해 잠자코 있는 게 수상쩍었어. 내가 졌네. 난 오늘부터 오쿠니의 신랑일세, 왓핫핫하.”

웃으면서 나미타로를 보니 단정하게 외면한 눈에 번쩍이는 게 있었다. 이 오빠는 역시 누이가 가엾어 견딜 수 없었던 것이다. 비는 여전히 창가의 꽃봉오리를 조용히 두들겨대고 있었다.

봄볕

새벽 무렵 비가 개었다. 아침 해가 벌써 성의 망루를 비치고 있으리라. 그러나 시녀들 방에서 오다이의 거실에 이르는 복도에는 아직 어둡침침한 밤이 남아 있었다.

유리는 세숫물을 받쳐들고 싸늘한 다다미를 밟고 가서 불렀다.

"일어나셨습니까?"

방 안에서는 오늘 아침에도 너무나 맑은 오다이의 목소리가 흘러나왔다.

"유리냐? 수고한다."

유리는 복도에 대야를 놓고 공손히 장지문을 열었다. 어젯밤에 피운 향냄새가 허전하게 코를 찔러오고 방 안 아무 데도 히로타다가 다녀간 흔적은 없었다. 가리야성에서 따라온 유리는 그것이 자기 일처럼 안타까웠다.

형식적인 인사며 대면은 이미 완전히 끝나 있었다. 아마 오카자키의 중신들은 금슬이 좋아 참으로 잘되었다는 소리를 주고받고 있겠지. 둘이 나란히 그들을 만날 때의 히로타다는 자못 만족해하는 모습이었다. 어쩌면 게요인까지 오다이가 아직 숫처녀로 있는 줄 모르는지도 몰랐다.

사실 첫날밤을 함께 지내기는 했다. 잠자리에 들기까지 히로타다는 누구 눈에나 아내를 아끼는 사람으로 비쳤다. 그러나 그 뒤의 싸늘한 무시를 아는 이는 없다. 오다이 자신은 본디 그런 것인 줄로만 알고 아직 아무 염려도 하지 않는 듯 유리에게는 보였다.

유리는 그날 밤 옆방에서 지냈다. 두 사람의 대화를 마음속에 모두 새기고 있다. 유리도 물론 남자를 모른다. 하지만 가리야의 노녀로부터 그러한 경우의 지시를 자세하게 받고 온 것은 오다이에게 잘 가르쳐주라는 뜻인 듯한데 이 일을 대체 어떻게 하면 좋단 말인가?

히로타다는 오다이와 함께 잠자리에 들자 내뱉듯 먼저 말했다.

"아, 피곤하다!—당신도 지쳤겠지. 나는 졸려."

단지 한마디 했을 뿐 곧 잠든 숨소리가 들려왔다. 그리고 아침에 유리와 고자사가 오다이를 화장실로 안내하여 부지런히 몸단장을 돕고 있는 동안 얼른 밖으로 나가버렸다.

가리야와 오카자키는 내전의 관습이 너무나 달라 이 점도 유리를 당황케 했다. 가리야에서는 밖과 안의 차별이 엄하여 안으로 들어갈 때 성주도 결코 시동을 거느리지 않으며, 여자가 밖으로 얼굴을 내미는 일이 거의 없었다. 그런데 오카자키에서는 측실 오히사의 방까지 가끔 중신이며 시중드는 하인이 찾아온다. 히로타다 자신도 시동을 데리고 안으로 들어갔고 안에서 밖으로 여자를 시켜 심부름도 보냈다.

그중에서도 유리의 마음에 가장 걸리는 것은 히로타다가 예고 없이 불쑥 밖에서 들어오는 일이었다. 그때는 유리도 고자사도 어리둥절해진다. 그러나 히로타다는 오다이의 방까지 가지 않고 중간에 있는 오히사의 방으로 사라져버렸다. 그럴 때마다 19살 난 유리는 찡하니 가슴이 아팠다. 16살 난 히로타다 님과 14살의 오다이 님, 어느 쪽도 아직 터놓고 사귈 줄 모르시는구나—이렇게 생각하는 한편 또 한 가지 의문도 솟아올랐다. 오히사가 오다이 님에게 반발해 히로타다 님을 이리로 안 보내는 것은 아닐까? 유리는 아침에 오다이의 얼굴을 보는 게 괴로웠다.

"세수하셔요."

오다이 앞에 대야를 갖다놓고 일부러 외면하며 화장실로 물러갔다.

오다이는 이부자리에서 한무릎 내려와 세수한다. 방울 소리 같은 물소리가 조용한 방 안에 가냘프게 울리고, 이어서 일어나 화장실로 내려간다. 고자사도 유리도 나란히 대기하고 있었다. 유리는 평소에 입는 옷과 화장을 담당하고 고자사는 머리를 매만진다. 화장실로 내려온 오다이를 보면 머리는 물론 옷매무새 하나 흐트러짐이 없다. 두 사람은 그것이 더욱 슬펐다.

유리가 살며시 뒤로 돌아가 옷에 손을 대자 오다이는 순진한 목소리로 묻는다.

"어젯밤 성주님께서는?"

무슨 뜻이 있는 것은 아니었다. 아침의 예의로 묻는 말이지만 질문받는 쪽은 가슴이 아프다.

"—바깥채에서 주무셨습니다."

그렇게 대답할 수 있을 때는 좋다. 하지만 어젯밤에는 바깥채에서 자지 않았다.

"네, 건넌방에서……."

대답하고 흘끗 얼굴을 쳐다보니 오다이는 인형의 미소를 보는 듯한 한 점 흐림 없는 얼굴로 고개를 끄덕이며 가볍게 말했다.

"오히사에게 애썼다고 전해줘."

그 순진함은 유리의 마음에 한층 더 비극의 깊이를 전해준다. 옆에서 고자사가 참견했다.

"성주님께서는 어째서 마님에게 안 오실까요?"

유리는 가슴이 철렁했다. 여느 때 같으면 고자사에게 조심하라고 할 터이지만 오늘은 왠지 유리의 혀가 움직이지 않았다. 묻는 쪽도 순진하고 질문을 받는 쪽도 순진하다. 오다이는 무슨 말로 대답할까? 그 흥미도 크게 꿈틀거린다.

오다이는 고개를 갸웃했다.

"글쎄…… 고자사는 어떻게 생각하지?"

또 무엇을 생각하는지 이 처녀는 대담한 소리를 한다.

"네, 저는 분해서 못 견디겠어요. 오히사 님 방에 너무 자주 가시지 않도록 마님께서 성주님께 호되게 말씀드리는 게 좋겠어요."

오다이는 입술을 누르며 명랑하게 호호호 웃었다.

"하지만 난 분하지 않은걸."

"그렇다고 내버려두시면 가리야를 가벼이 보게 됩니다."

"고자사는 재미있는 말을 하는구나. 하지만 그렇게 말씀드렸다가 성주님께서 난 그대가 싫다고 하시면 어떡하지?"

"그런 말씀을……."
고자사는 오다이에게서 유리 쪽으로 성난 눈초리를 옮겼다.
"마님께서 훨씬 더 아름다우신걸요."
"알았어, 알았어요, 고자사."
오다이는 아직 미소를 지우지 않는다.
"그런 말은 이제 하지 말아. 나는 지금 기쁨으로 가슴이 뿌듯해. 게요인 님을 비롯해 성안의 여러분이 모두 상냥하시고, 가리야처럼 바다에서 건너오는 바람이 없어 밤에 편안히 잘 수 있고, 아침마다 꾀꼬리 소리를 들으며 잠자리에서 눈 뜨거든. 성주님께서 건너오시면 그렇게 안 되겠지. 그대들은 걱정 말고 천천히 이 성에 익숙해지도록 해."
이 말을 듣고 유리는 개키던 옷 위로 엎어져 소리 내어 울었다. 무엇 때문에 우는지 몰랐으나 울음소리도 눈물도 멈추지 않았다.
유리의 울음소리를 듣고 오다이는 깜짝 놀라 돌아보았다. 고자사는 비둘기처럼 눈을 동그랗게 뜨고 유리의 등에서 오다이에게로 시선을 옮겨갔다. 오다이와 동갑인 14살 난 이 소녀에게 노여움은 있어도 아직 슬픔은 알지 못했다.
조금 뒤 오다이는 살며시 몸을 구부렸다.
"유리……."
윤기 나는 긴 옷자락이 방바닥에 닿아 수놓은 벚꽃이 우수수 지는 듯 보였다.
"유리, 나 역시 같은 여자이니, 자, 그만 울어."
유리는 소맷자락으로 얼른 눈을 눌렀다.
"네, 울지 않겠어요. 이제 울지 않겠어요. 하지만…… 마님께서도 그 웃는 얼굴은 그만두셔요. 유리는 그것이 애처로워 못 견디겠어요."
오다이는 그 말에 대답하지 않았다. 다시 일어나 유리가 입혀주는 옷을 입었다. 둘레가 점점 밝아져 거울 속에 비치는 먼 산의 안개도 벗어지는데 찬 기운이 찡하니 몸 언저리를 감돈다. 오다이가 말없는 탓이리라.
"용서하세요, 고자사가 잘못했습니다."
이 말에도 오다이는 대답하지 않았다. 고자사가 비춰 보여주는 거울 속에서 옷깃을 여민 뒤 걸음을 옮겼다. 두 걸음, 세 걸음…… 이윽고 거기서 비로소 돌아보며 말했다.

"오, 또 꾀꼬리가 우는군. 유리, 고자사, 들었느냐?"

"네."

두 사람은 귀를 기울였다.

"지불당(持佛堂) 성벽 밖에서 우는가 봅니다."

"그래, 그 언저리인 것 같아…… 저 꾀꼬리는 어째서 저 담장 밖에 오는 것일까?"

"매화가 만발해 있기 때문이겠지요."

"유리—"

"네, 마님?"

"너는 매화가 꾀꼬리를 부르는 것을 보았느냐?"

유리는 의아한 얼굴로 고개를 저었다.

"그래, 매화는 그저 가만히 피어 있을 뿐…… 꾀꼬리를 부르지는 않아. 오다이도……."

그러고는 천진스럽게 고개를 갸웃했다.

"웃어도 괜찮겠지, 응, 유리?"

"마님."

유리는 오다이의 소맷자락에 와락 매달렸다. 순진한 조용함 속에 헤아릴 수 없이 강한 힘을 간직한 오다이에게서 유리는 오늘도 훈계를 받았다. 이번에는 고자사도 알아들었는지 오다이보다 몸집이 더 큰 이 새끼 비둘기는 별안간 두 손을 짚더니 울기 시작했다.

"용서하세요, 버릇없는 말씀을 드렸습니다. 버릇없이……."

"괜찮아, 모두 나를 생각해서 하는 일. 나는 행복하니 걱정들 말아라."

투명한 목소리로 말하며 돌아서다가 오다이는 깜짝 놀라 옷자락을 거머쥐었다. 언제 왔는지 문 앞에 히로타다가 서 있었다. 물론 오히사의 방에서 바깥채로 나가는 길인 듯, 아까부터 거기서 세 사람의 대화를 듣고 있었던 모양이다.

시선을 마주친 다음 오다이가 얌전하게 목덜미를 보이며 절하자 히로타다는 내뱉듯 말했다.

"똑똑하시군!"

히로타다는 홱 돌아섰다. 오히사의 시녀 하나가 두 소매로 칼을 받쳐들고 바깥채와의 사이에 있는 문까지 그 뒤를 따라갔다.

오다이는 순진한 미소를 지으며 그것을 바라보았다. 오다이도 이미 봄 처녀였다. 두 손으로 살그머니 젖가슴을 안는데 희미하게 질투심이 꿈틀거린다. 그러나 오다이는 이미 게요인에게 들어서 히로타다를 알고 있었다.

"—성주님께선 아직 젊으시다. 네가 봄볕으로 따뜻하게 감싸드리지 않으면 안 돼."

그 말을 오다이는 한 단계 높은 곳에서 이해하고 싶었다. 여자에게 애절한 이 난세는 남자에게도 내일의 생사를 헤아릴 수 없는 준엄한 수라장이었다.

"—사람 마음속에는 부처님과 악귀가 함께 살고 있단다. 악귀뿐인 사람도 없고 부처님뿐인 사람도 없어. 알았느냐? 상대 마음속의 악귀와 사귀어서는 안 돼. 그러면 너도 악귀가 되어야만 하는 이치니까."

그러한 어머님의 가르침을 오다이는 한 걸음 더 깊은 곳에서 받아들이고 싶었다. 히로타다의 마음속에 사는 악귀를 웃음으로 떨쳐버리고 그의 부처님 같은 마음과 자신의 부처님 마음이 만날 날을 즐겁게 기다리자. 렌뇨(蓮如)라는 고승은 마음에서 부처님이 떠나려 하면 열심히 부처님 이름을 외면서 되돌아오시도록 부르라고 가르쳤다던가. 그 목소리가 하늘과 땅에 가득 넘쳐 여자나 남자나 고통을 모르는 열반(극락)의 나라가 이루어질 때까지 슬픈 전쟁은 계속된다. 싸움이 싫거든 용기를 가지고 마음속의 부처님을 널리 펴라고 가르치고 있다던가.

오다이는 그러한 용기로 히로타다를 위로하고 싶었다. 하지만 그것이 때로는 빗속의 꽃처럼 흔들렸다. 마음의 각오와는 다른 곳에 이따금 황홀한 듯 히로타다를 놓곤 했다. 그리고 그 히로타다가 오히사한테 있다고 생각하니 애절한 고독감에 가슴이 쑤셨다.

그날 히로타다는 시동의 배웅을 받으며 6시 전에 오다이 방으로 왔다. 시동이 가버리자 여전히 어딘가 초조한 빛을 보이며 먼저 유리를 꾸짖었다.

"누가 차를 가져오랬느냐. 시키지 않은 것은 내오지 말거라."

유리가 죄송해하며 날라온 찻잔을 물리자 마치 꾸짖듯 오다이에게 말했다.

"오늘 밤은 그대 곁에서 지내겠다. 알겠나?"

오다이는 네—하고 대답했으나 엎드려 고개 숙이지는 않았다. 해맑은 소녀의 눈길로 말끄러미 히로타다를 쳐다보았다. 그것은 마치 아름다운 것에 넋 잃은 무심한 그리움의 자세였다.

히로타다는 그 얼굴에 도전하는 듯한 시선을 던졌다.

"그대는 매화의 무심을 배운다고 했지?"

"네, 부끄럽습니다."

"부끄러워하는 것 같지는 않더군. 교만한 말이었어."

"황송합니다."

"그대가 진정 매화꽃인지 아닌지……."

여기까지 말하고 히로타다는 무심히 바라보는 오다이의 응시에서 저도 모르게 눈길을 돌리며 딱딱하게 고쳐 앉았다.

"나 역시 꾀꼬리는 꾀꼬리로되 색다른 노래를 지저귄단 말이야."

그때 바깥채에서 차린 히로타다의 저녁상이 노녀 스가(須賀)를 앞세우고 떠들썩하게 들어왔다. 오히사의 시녀까지 술을 받쳐들고 따라왔지만 오다이는 그쪽은 거들떠보지도 않았다.

히로타다가 내전에서 술을 드는 것은 드문 일이었다. 이 젊은 성주는 늘 중신들에게 무언가 신경 썼다. 선친 기요야스는 호탕한 기질대로 태연히 술자리에 여자를 시중들게 했지만, 히로타다가 아버지처럼 관습을 무시한 그러한 일은 일찍이 없었다.

무장이 여자에게 둘러싸여 술을 마시는 것은 용납할 수 없는 유약함이며 가풍의 문란이라고 엄하게 훈계받던 시대였다. 그런데 오늘 밤은 신경질적인 표정으로 술을 가져오게 하여 먼저 스스로 노녀 스가에게 따르게 하고 다른 시녀가 받쳐든 술병을 보더니 카랑카랑한 목소리로 말했다.

"오다이에게도 따라주어라."

오다이는 고개를 조금 기울이며 시녀가 내민 잔을 받아들었다. 그때 오다이의 오른편에서 고자사가 성큼 한무릎 나섰다.

"저에게 먼저 맛보게 해주십시오."

히로타다의 눈이 번쩍이며 날카롭게 고자사를 돌아보았다.

"뭐라고! 오카자키의 술에 독이 들었다더냐?"

고자사는 두려워하지 않았다.

"가리야에서의 습관입니다. 마님, 맛보겠습니다……."

이 소녀에게는 히로타다에 대한 배려보다 자기 임무가 더 중요했다. 한 발도 물러서지 않을 기색을 보이자 히로타다의 미간에 살기가 스쳤다. 사람들은 말없이 고자사와 히로타다를 지켜보았다.

오다이의 나긋한 목소리가 들려왔다.

"고자사—너는 순서가 좀 틀렸구나. 잠깐 기다려라."

그런 다음 노녀 스가를 돌아보았다.

"성주님께 드릴 그 술을 내가 먼저 맛보지요. 성주님께서는 잠시."

스가는 얼른 앞으로 나가 오다이에게 술을 따랐다. 히로타다는 눈도 깜짝하지 않았다.

'괘씸한 것…….'

생각은 그렇게 하면서도 자기를 위해 맛보려는 오다이에게서 자연스러운 동정녀의 아름다움을 느꼈다.

오다이는 한 모금 마신 다음 히로타다에게로 맑은 눈길을 돌렸다. 쓴맛이 혀를 쏘았던지 얼마쯤 꼭 다문 입가에 볼우물이 떠올랐다.

"이상 없습니다. 어서 드셔요……."

말할 때 그 눈동자도, 입술도, 볼도, 몸도 사랑스러운 미소 속에 녹아 있다. 히로타다는 당황하여 잔을 입으로 가져갔다.

"그럼, 고자사, 이번에는 네가."

"네."

고자사는 굳은 표정으로 잔을 들었다. 오다이가 맛본 술은 이미 히로타다의 잔에 따라진 술이었지만, 이것은 그것과 술병이 다르다. 고자사는 심각한 표정으로 가느다란 목을 움직였다. 물론 이상이 있을 리 없다.

"호호호……."

오다이는 웃고 나서 고자사를 위로했다.

"수고했다."

그리고 스가를 돌아보며 이번에는 14살 소녀답지 않은 엄숙한 태도로 말했다.

"그대는 잘 기억해 두오. 성주님께 드리는 술은 언제나 내가 먼저 맛보겠어요. 이것을 내전의 습관으로 삼을 테니."

스가는 얼른 손을 짚고 엎드렸다. 히로타다는 순간 어이없는 표정이었으나 곧 이마에 신경질적인 힘줄이 떠올랐다. 히로타다는 오다이의 영리함이 얄미웠다. 자기를 위해 맛본다면서 오다이를 위해 하는 고자사의 행위까지 가풍으로 정해간다. 내전의 일은 바깥주인이라 할지라도 일체 참견할 수 없는 관례였다.

'나를 함정에 빠뜨렸다!'

이러한 생각이 이 소녀한테서 나올 리 없다. 게요인이 모두 시켰겠지.

'그래, 좋아. 내가 질 줄 아느냐.'

히로타다는 잠자코 세 잔, 네 잔 잔을 거듭한 다음 갑자기 웃음 지었다.

"오다이, 난 그대가 부럽군."

어느덧 주위가 어두워지고 촛대 불빛이 취기와 더불어 오다이를 차츰 꿈같은 아름다움으로 물들여간다. 화로가 몇 개 더 늘어나 있었다.

"고자사라고 했지? 여봐라, 고자사, 가까이 오너라. 그대의 충성심이 갸륵하여 잔을 내리겠다. 괜찮겠지, 오다이?"

"네, 저도 부탁드리겠어요."

"그럴 테지. 그럴 거야. 고자사, 이리 오너라."

고자사는 아직 교태를 모른다. 딱딱한 동작으로 히로타다 앞으로 나아갔다.

"뭘 사양하느냐, 좀 더 가까이 오너라."

히로타다는 고자사의 눈초리가 오히사를 닮았다고 생각하며 마음속으로 야비함을 느끼면서도 다짜고짜 고자사의 손을 잡았다. 하나부터 열까지 게요인의 지시대로 움직이는 이 어린 계집들을 어리둥절하여 두말 못 하게 해놓고 웃어주지 않고는 직성이 풀리지 않는 히로타다였다.

깜짝 놀라 손을 빼려는 고자사의 어깨에 그는 팔을 둘렀다. 그런 다음 울음을 터뜨릴 듯한 소리로 웃으며 고자사의 얼굴을 들여다보았다.

"핫핫하, 떨고 있구나. 떨고 있어."

히로타다는 초조하게 윗몸을 흔들어댔다.

"그대는 예쁘구나. 그대는 오카자키 으뜸가는 미인이야. 그대 앞에서는 오다이도 오히사도 모란꽃 앞의 들국화만도 못한걸."

"……농담 말씀을…… 농담 말씀을……."

"농담이 아니다. 나는 진심이야. 그렇지 않은가, 오다이?"

히로타다는 오다이에게서 얼굴을 외면한 채로 말을 이었다.

"나는 이 고자사를 얻기로 하겠다, 괜찮지? 마음씨 착하고 인물 좋고…… 그래, 고자사는 내가 갖는다."

16살 난 히로타다는 그러나 이성을 다루는 방법을 더 이상 모른다. 껴안긴 고자사도 몹시 떨고 있지만 껴안은 히로타다의 볼도 굳어 있다. 모두들 아무 말이 없다. 이 갑작스러운 미치광이 같은 히로타다의 행동에 모두 겁먹고 있는 것이다.

"오다이, 괜찮겠지? 나에게 줘."

"……."

"왜 잠자코 있나. 못 주겠단 말인가?"

사람들은 숨을 삼켰다. 시집온 지 열흘. 아내가 데리고 온 시녀를 원한다—이보다 더 무참하게 오다이에게 상처 주고 오다이를 때리는 채찍은 없다. 오다이는 대체 뭐라고 대답할 것인가?

사람들이 숨죽이고 있는 가운데 히로타다는 마침내 오다이를 돌아보았다. 이상하게 무언가 꺼리고 두려워하던 지금까지의 눈길이 아니었다. 억센 고집이 깃든 번쩍번쩍 불꽃이 튀는 그 응시.

이번에는 오다이가 그 시선을 피하듯 살며시 앞에 놓인 조그마한 소반에 손을 댔다. 오다이의 표정에는 히로타다의 시선을 느끼고 긴장하는 기색이 전혀 없었다. 소꿉장난을 즐기는 것 같은 조용한 태도로 소반을 무릎 앞으로 끌어당겨 거기에 술잔과 다시마 안주를 얹었다. 하얀 손가락의 움직임이 눈에 스며든다.

"스가—"

"네."

"이것을 성주님께 드려라."

그것은 히로타다의 청을 쾌히 승낙한다는 뜻으로 들렸다. 스가는 소리 없이 히로타다 앞으로 잔을 가져갔다.

"마님께서 올리는 것입니다."

"핫핫핫하."

히로타다는 비로소 웃었다. 마침내 오만한 가리야의 딸을 억누른 것이다. 히로타다는 고자사를 놓아주고 잔을 들었다.

"그래, 나에게 준단 말이지? 핫핫핫하."

그 어린아이 같은 만족의 그늘에는 그러나 왠지 쓸쓸함도 좀 남아 보였다. 오다이 또한 자기 의지를 가질 수 없는 인형인 것일까? 아버지의 야심이며 어머니의 명령대로 움직이는 꼭두각시였던가? 그러고 보니 오다이에게는 살아 있는 감정의 움직임이 없다.

그때 오다이의 시선이 히로타다 위에 딱 멈추었다.

"새로이 드릴 청이 있습니다."

"뭐, 청이라고? 말해봐."

"한 달에 두 번이라고는 말씀드리지 않겠어요. 한 번쯤은 이같이 편히 지내시는 일을 내전의 항례(恒例)로 삼고 싶습니다."

"이 같은 주연을 정해놓고 하자는 말인가?"

오다이는 황홀한 듯 대답했다.

"네. 이봐요, 스가, 고자사. 모두 같은 생각일 테지? 성주님께서 이렇듯 장난하시는 모습을 뵙고 있으니 마음이 활짝 열리는 것 같구나…… 그렇지 않니?"

히로타다는 뜨끔하여 잔을 놓았다.

"그럼, 그대는 아까 그 일을 내 장난으로 돌리려는 건가?"

"어찌나 잘하시는지…… 호호호, 좀 더 장난을 즐기시는 모습을 뵙고 싶어요. 너희들도 그렇지?"

이 말에 분위기가 갑자기 부드러워졌다. 히로타다의 얼굴빛이 또 달라졌다. 이처럼 교묘하게 피해버리니 더 트집 잡을 방도가 없었다.

'예사 여자가 아니구나…….'

어디까지나 히로타다를 굴복시키려고 야릇한 부드러움으로 밀고 온다.

"좋아, 좋아, 알았어. 핫핫핫하."

자칫하다가는 자신의 당황한 모습이 드러날 것 같아 젊은 히로타다는 성큼 일어서서 부채를 펼쳤다.

"모두들 보아라, 내가 한바탕 춤을 추겠다."

아버지 기요야스가 즐기던 고와카 고하치(幸若小八)의 춤이었다.

망각은 풀이름으로 듣고
망각은 풀이름으로 듣고
인내는 이 몸이 해야 하네…….

춤추면서 히로타다는 까닭 없이 울고 싶어졌다. 해맑은 오다이의 순진함 속에 미움과 가련함이 이상한 형태로 얽혀든다.

춤을 다 추고 나자 그는 불쾌한 표정으로 식사를 끝내고 무뚝뚝하게 말했다.

"잠자리에 들겠다."

유리의 볼이 발그레 물들었다. 고자사를 재촉하며 오다이 쪽을 살그머니 보고는 잠자리를 마련하러 일어섰다.

무늬 없는 흰 비단이불이었다. 이불 속에서 엿보이는 히로타다의 피부는 취기가 몸속에 스며 역시 도자기처럼 창백했다. 살며시 감은 눈꺼풀이 꿈틀거리며 짜증스러운 표정이 얼굴에 떠오른다. 순순히 오다이를 사랑하려니 지는 것 같고, 무시하려니 가슴이 답답했다. 사향과 난초향이 어우러진 부드러운 향기 속에 오다이의 몸이 살아 있다. 이 지방 으뜸간다는 그 아름다움에 빠져드는 것도 분했고, 함부로 대하고 태연히 있을 만한 무딘 신경도 갖지 못했다.

"오다이—"

"네."

"그대는 이 히로타다의 잠든 목을 베러 온 것인가?"

오다이에게 차츰 사로잡히는 변덕스러운 자기 마음에 화가 치밀었다. 한껏 학대해 보고 싶은 감정과 끌어안고 울고 싶은 심정이 한데 엉기어 히로타다를 서서히 괴롭혔다.

"나는 이런 바늘방석 같은 잠자리를 견딜 수 없어."

"이 잠자리가 바늘방석으로 느껴지셔요……?"

"그렇잖나. 귀 기울이고 들어봐. 옆방에서 유리와 고자사가 숨죽여 감시하고 있지. 오늘 밤 나는 그대의 볼모—"

오다이는 대답하지 않았다.

"아니, 오늘 밤뿐이 아니지. 앞으로 나는 내전의 볼모야. 그대는 이것을 어떻게 생각하나?"

그러자 이불이 사르르 흔들리며 따뜻하고 조그만 손이 히로타다에게 매달려 왔다. 히로타다는 숨을 삼켰다. 이것은 이 여성이 백기(白旗)를 들었음을 뜻한다. 봄에 피는 자연스러운 꽃의 마음인 줄 모르고 히로타다는 이겼다고 생각했다.

가리야에 대한 심한 적개심이 다시 가슴속에 되살아났다. 히로타다는 이불 속에서 살며시 오다이의 손을 잡고 어깨를 더듬었다. 손바닥 속에 쥐어진 참새처럼 뜨겁고 가냘프게 떨고 있다. 온몸으로 애무를 기다리고 있다. 그것을 확인한 다음 그는 오다이의 손을 거칠게 뿌리쳤다. 말은 없었다. 오다이와 그녀의 아버지 다다마사를 착각한 잔인한 복수 의식이었다.

"이런 기분 나쁜 잠자리에서는 편히 잘 수 없어. 나는 오히사의 방으로 가겠다."

이불 속에서 스르르 미끄러져 나왔다.

"아—"

오다이의 목소리가 가늘게 새어나왔으나 그것은 지금의 히로타다에게 야릇한 쾌감만 줄 뿐 붙잡을 힘이 없었다.

옆방에서 유리가 놀라 일어났다. 고자사와 노녀 스가는 셋째 방에 숙직하고 있다가 역시 당황하여 일어나는 기척이었지만, 젊은 성주는 성큼성큼 복도로 나가버렸다.

오다이가 시집온 뒤 오히사의 방은 시녀들 방 건너편으로 옮겨져 있었다. 히로타다는 무엇에 홀린 듯 그 방으로 들어갔다. 특별히 오히사가 그리워서는 아니었다. 그 증거로 맞아들이는 오히사 앞에 서 있으면서도 히로타다의 망막에 아직 살아 있는 것은 오다이였다.

"오늘 밤은 마님 방에서 주무시지 않고."

오히사가 원망하듯 중얼거리자 히로타다는 스스로도 이해할 수 없는 감정으로 세차게 고개 저으며 혀를 찼다.

"쓸데없는 소리 마라. 나는 누구 지시도 받지 않는다. 나는 이 성의 주인이야!"

그리고 그 자리에 버티어 선 채 비로소 오히사를 발견한 듯 불쑥 말했다.

"오히사구나……."

그러고는 어깨를 축 내려뜨렸다. 히로타다의 눈에 비로소 오히사의 모습이 또렷이 비치고 거기에 오다이가 포개졌다. 질투심도 없느냐고 처음에는 자기 쪽에서 오히사를 나무랐었다. 그 오히사가 지금 보니 질투와 체념과 교태 속에 야릇한 자신감을 드러내 보이고 있다. 밤에 찾아온 히로타다의 방문이 이 연상의 여인 가슴에 무엇을 안겨주었는지 잘 알 수 있다. 히로타다는 저도 모르게 오다이와 오히사를 비교하고 있었다.

"주무시지요."
"음."
"아직 밤바람이 찹니다."
히로타다는 고개를 끄덕였을 뿐 그대로 서 있었다. 오히사의 온몸에 조그마한 승리감을 감출 수 없는 여자의 기쁨이 넘쳐 있다. 이 기쁨이 오히려 히로타다에게 거부감을 느끼게 했다. 만일 오히사의 어딘가에 오다이에 대한 동정이 있었다면 그 반대였으리라.
오히사는 다시 말했다.
"오다이 님은…… 성주님께서 납시자 반갑게 맞이하셨다지요."
동정이나 위로의 목소리가 아닌 쌀쌀한 승리의 울림을 띠고 있다. 히로타다는 다시 한번 오히사를 보았다. 그리고 거기에 오다이를 포개어 보고 이번에는 무척 당황했다. 상대의 불행을 기뻐하는 오히사와, 마음을 비운 슬기로움으로 감정을 드러내지 않는 오다이의 슬픔이 히로타다의 가슴에 아름다움과 추한 그늘을 선명하게 만들어갔다.
히로타다는 오히사에게 홱 등을 돌렸다.
"아—"
이번에는 오히사가 가냘프게 한숨짓는다.
"나는…… 공연히 적을 만들 뻔했구나."
그것은 오히사에게 하는 변명이 아니라 오다이의 아름다움에 끌리고 있는 자신에게 던지는 소리였다. 히로타다는 허공을 응시하며 다시 싸늘한 복도로 나갔다. 바람이 이는 듯하다. 뜰의 소나무가 윙윙 울리고 있었다.
유리와 스가가 놀라며 그를 맞았으나 히로타다는 쳐다보지도 않았다. 입을 꾹 다물고 침실로 들어갔다.
"다이!"
불러놓고 히로타다는 그대로 입을 다물었다. 하얀 이불깃 속에서 검은 머리만이 내다보이고 그것이 세차게 물결치고 있다. 아직 14살밖에 안 되는 소녀였다.
"다이……."
히로타다는 그 머리맡에 살며시 몸을 굽히고 말했다.
"용서해라, 내가 나빴어."

별안간 눈시울이 뜨거워지며 목이 메어 말이 나오지 않았다.

"히로타다는…… 술버릇이 나쁜 모양이야. 앞으로는 삼가도록 하지, 용서해라."

이불이 더한층 세차게 떨리더니 거기서 살며시 오다이의 얼굴이 내다보았다. 눈언저리가 젖어 있다. 입매는 감정을 억누르려는 의지로 슬프게 일그러져 있었다.

"울지 마, 이제 그만 울어."

"네…… 네."

"내가 나빴어, 울지 마."

이 대화는 옆방에 있는 유리와 스가에게도 손에 잡힐 듯 들렸다. 두 사람은 얼굴을 마주 보았다. 누가 먼저인지 모르게 발그레 볼을 물들이며 즐거운 미소로 서로 고개를 끄덕였다.

봄볕이 마침내 꽃을 품은 모양이다…….

말발굽 자국

여기는 오카자키에서 서쪽으로 20리, 가리야와의 사이에 자리한 안조성(安祥城) 서원이다. 어제부터 이 성에 와 있는 오다 노부히데는 남쪽 볕이 따뜻하게 비쳐드는 창을 향하여 칼로 베는 듯한 목소리로 '현종(玄宗)'을 읊고 있었다.

……불로문(不老門)에서 해와 달의
빛을 천자님께서 보시어
백관(百官) 공경(公卿)들에 이르기까지
소매를 나란히 줄줄이 발길 이어
그 수 무려 1억 100여 명
절 올리는 만호(萬戶)의 소리…….

지난해 가을 노부히데가 함락한 이 성은 본디 마쓰다이라 집안 것이었다. 그것이 노부히데의 말발굽 아래 정복된 것은 오다이의 아버지인 가리야의 미즈노 다다마사가 선봉을 맡았기 때문이며, 지금 이 성은 오카자키의 종조부뻘 되는 마쓰다이라 노부사다에게 맡겨져 있었다.

그 노부사다가 장지문 밖에 와서 말을 건넨다.

"황송하오나……."

"기다려! 노래를 읊는 중이다."

노부히데는 거칠게 말하고 다시 읊어나갔다. 노부사다는 마루에 단정히 앉아 '현종'이 끝나기를 기다렸다.

임금의 연세도 장생전(長生殿)에
임금의 연세도 장생전에 환어(還御)하시니 경사롭도다.

방약무인하게 노래를 끝낸 노부히데는 노랫소리와 같은 늠름한 소리를 던졌다.

"들어와—"

공손하게 장지문이 열리자 이번에는 뒤집어씌우듯 큰 소리로 웃었다.

"앗핫핫하, 내 노랫소리를 고스란히 그대에게 듣게 하고 말았군. 어때, 잘했는가?"

노부사다는 흠칫하여 노부히데를 쳐다보며 딱딱하게 말했다.

"저는 노래를 전혀 모릅니다."

만약 잘한다고 대답하면 태연하게 조소를 퍼부어댈 노부히데였다.

"—그대는 아첨꾼이야. 그런 근성 때문에 오카자키를 함락하지 못하는 거지."

본디 노부히데는 오다 집안의 종손이 아니었다. 오와리 수호직이었던 시바씨의 노신 오다 야마토노카미(織田大和守)는 기요스(清須)에 살고 오다 이세노카미(織田伊勢守)는 이와쿠라(岩倉)에 살며 오와리 휘하의 네 고을을 나누어 다스리고 있었다. 노부히데의 집안은 그 기요스의 한 중신에 지나지 않았다. 그런데 노부히데의 대에 이르러 나고야(那古野)에 요새를 쌓고, 다시 후루와타리(古渡), 스에모리(末盛) 등지에 성을 쌓아 세력이 어느덧 종가를 능가하여 사방에 위세를 떨치고 있다. 오로지 '나고야의 귀신'이라는 별명이 붙은 노부히데의 다부지고 날쌘 군략에 의한 것이었다.

노부히데는 히로타다의 아버지 기요야스를 모리야마(守山)의 진중에서 암살케 했다. 더욱이 마쓰다이라의 중신 아베 오쿠라의 우둔한 자식을 부추겨서…… 그리고 지난해에는 지금 그의 앞에 엎드려 있는 히로타다의 당숙 노부사다를 교묘하게 선동하여 종가에 활을 쏘게 했다.

"—오카자키를 함락해라. 그러면 그대에게 오카자키를 주고 내가 후견인이 되어 도와줄 테니까."

그러면서도 그 인물에 대해서는 전혀 인정하지 않았다.

"그래, 무슨 볼일인가?"

"예, 구마의 도령 나미타로가 지난번에 오다이 대신 납치한 세 여자를 데리고 와서 어떻게 처리해야 할지 지시를 바라고 있습니다."

"뭐, 구마의 도령이 여자를 데리고…… 재미있군…… 이리 안내해라."

노부히데는 다시 큰 서원이 흔들리도록 웃어젖혔다.

노부사다가 물러나려 하자 무엇을 생각했는지 노부히데는 다시 빙그레 허공을 보며 웃었다.

"잠깐!"

그 매서운 눈초리는 장난을 꾸밀 때의 아들 기치보시와 꼭 닮았으나 노부사다는 긴장하여 그 앞에 엎드렸다. 그에게는 노부히데의 변덕만큼 무서운 것이 없었다.

"사쿠라이 성주……."

사쿠라이는 노부사다의 성이었다.

"그러고 보니 그대가 잡아온 가짜도 여기 있었지?"

"예."

"그런 것을 잡아올 만큼 그대도 어딘가 모자란단 말이야."

"죄송합니다……."

"하긴 곧바로 진짜를 잡아올 수 있었다면 그대는 벌써 오카자키성에 들어가 마쓰다이라 일족을 누르고 있겠지."

"부끄럽습니다."

"좋아, 가리야와 오카자키에서는 이 노부히데를 교묘하게 속였다고 생각하겠지만 나는 그대처럼 얼뜨기가 아니야."

또 무슨 소리를 할까 하고 노부사다는 조마조마하게 눈을 치켜뜨고 기다렸다.

"이 성을 함락시킬 때 가리야의 다다마사에게 선봉을 명한 뜻을 그대는 아는가? 오카자키의 히로타다는 그 때문에 원한을 품고 노발대발하고 있지. 다다마사와 오카자키의 노신들이 아무리 책략을 꾸며도 다다마사의 아들 노부모토가 늘 반대하고 있지. 만일 그 갈등이 해소된다면 내 이 목을 내놓겠네, 왓핫핫하."

거기서 잠시 분위기를 바꾸었다.

"좋아, 구마의 도령을 안내하기 전에 그대가 잡아온 가짜 셋도 여기 늘어세우도록 해라."
"그러시면 먼저 여자 셋을 들인 다음에……."
"그래, 여섯을 나란히 놓고 꽃구경이나 할까. 아무튼 모두 젊은 여자들이겠지. 복도에 모두 늘어서게 해."
노부사다는 조심스레 물러갔다. 노부히데는 또다시 날카롭게 번들거리는 눈으로 허공을 바라보며 빙그레 웃고는 나직한 소리로 '현종'의 한 구절을 계속 읊조린다.

오백 겹 무명에
유리문
거거(硨磲) 난간
마노(瑪瑙) 층계
연못가의 거북과 학.

여기서 연못으로 눈길을 돌리고 또다시 왓핫핫핫 웃어젖혔다.
"여자들을 데리고 왔습니다."
"좋아."
"구마의 도령도 안내해 왔습니다."
"좋아."
한 무리는 노부사다의 하인이, 또 한 무리는 노부사다 자신이 안내해 들어왔다. 주위가 순식간에 봄날의 꽃밭처럼 환해졌다. 정면에 선 나미타로가 우선 그린 듯이 아름다웠고, 여섯 처녀들은 그 나미타로를 에워싼 나비처럼 아름답게 비쳤다.
그러나 그것은 어디까지나 노부히데의 감회일 뿐 끌려온 처녀들은 완전히 겁에 질려 있었다. 처녀들은 이미 죽음을 각오하고 있는지도 모른다. 머리를 조금 숙이고 마루 끝에 늘어앉자, 자신들의 생사를 결정할 노부히데의 다부진 얼굴을 똑바로 바라보았다.
노부히데는 그 하나하나를 물어뜯을 듯한 눈길로 쏘아보았다. 나미타로는 태연하게 앉아 있었으나 노부사다는 침을 꿀꺽 삼켰다. 처녀들을 하나하나 살펴보고 난 노부히데는 비로소 나미타로에게 말을 걸었다.

"지난번에는 기치보시가 폐를 끼쳤어."

"잘 보살펴드리지 못해 죄송합니다."

"아니, 아주 잘 돌봐주었다더군. 그런데 이 여자들 말인데, 그대 눈에는 무척 가엾어 보이겠지?"

"그렇습니다……."

"하나 그대가 살려주라고 해도 소용없어. 세상이란 모름지기 눈에 보이지 않는 가운데 움직이고 있는 법이지. 나무 위의 달팽이처럼, 또는 물속의 조개처럼."

무엇을 생각하는지 노부히데는 거기서 빙그레 웃음 지었다.

"어리석은 자의 눈에는 움직이지 않는 것처럼 보이지만 잠시 한눈팔고 있으면 행방을 모르게 된다. 그대는 알겠지? 후지와라(藤原)니, 다치바나(橘)니, 미나모토(源)니, 다이라(平)니 하는 동안에 세상은 엉뚱한 방향으로 나아가고 있어. 미노의 사이토 도산(齋藤道三)은 교토(京都)의 니시오카(西岡) 언저리에 살던 신분도 알 수 없는 풍각쟁이였고, 마쓰나가 단조(松永彈正)는 오미(近江)의 행상꾼이었지. 따라서 귀족 가문이니 어쩌니 하다 보면 모든 게 방향을 알 수 없는 주먹구구가 되어간단 말이야."

나미타로는 똑바로 노부히데를 바라본 채 대답하지 않는다. 노부히데는 다시 입술을 일그러뜨리며 내뱉듯 말했다.

"약한 자는 망해야 돼! 망하는 게 두려우면 달팽이의 행방을 꿰뚫어봐야지. 핫핫하, 달팽이 이야기는 그만두고 오늘은 찬찬히 꽃구경이나 하자. 그 오른편 여자부터 내 앞에 와서 나에게 그 향기를 톡톡히 맡게 해라. 꽃에는 향기가 있는 법이지. 오너라, 이리 와!"

매 같은 눈으로 재촉하자 오른편 처녀가 일어나 방 안으로 들어왔다. 얼굴빛이 핼쑥했으나 겁먹은 태도는 아니었으며 그 눈은 마치 노부히데와 칼이라도 맞대고 있는 듯 매섭다.

노부히데가 물었다.

"이름은?"

16, 17살쯤 되어 보이는 처녀는 내쏘듯 대답했다.

"고토지(琴路)라고 합니다."

"네 이름 말고 네 아비 이름 말이다!"

"모릅니다."

"흠, 나이는 몇 살이냐?"

"15살입니다."

"15살…… 15살이라. 갓 피어나는 훌륭한 봉오리구나. 미즈노 다다마사는 무참한 짓을 했군. 그런데 그대들은 내가 다다마사의 뱃속을 짐작하지 못하는 줄 아느냐? 아이들 속임수 같은 행렬, 어떠냐? 너희들이 떠나올 때 다다마사가 뭐라고 말했는지 이 노부히데가 맞혀볼까?"

"……."

"—그대들은 미즈노 집안에서 선택된 여장부들이다. 잘못되어 잡히더라도 오다 노부히데는 결코 그대들을 베지 않는다고 말했지?"

상대의 어깨가 꿈틀하자 노부히데는 다시 큰 소리로 웃었다.

"세상에는 이가 무리(伊賀衆 ; 첩보 일을 하던 이가 출신 무사), 고가 무리(甲賀衆 ; 게릴라전을 구사하는 공동체)를 길러 적국에 첩자로 보내는 자가 많아졌다. 다다마사는 그보다도 한 걸음 더 앞섰구먼. 그대들이 어느 고장에서 어떤 자 아래 살지라도 가리야로 소식 보내는 일을 꿈에도 잊지 말라고 말했을 게다. 핫핫하, 좋아, 좋아. 그렇듯 떨 것 없어. 그렇게 기른 너희들을 딸의 혼례를 빙자해 교묘하게 세상에 풀어 이 노부히데에게 잡히게 했단 말이야. 그러나 노부히데는 노하지 않겠다. 노하기에는 너희들이 너무 향기로워. 너무 사랑스럽단 말이야, 핫핫하."

노부사다는 놀라며 자기 옆에 있는 처녀를 다시 바라보았다. 처녀들 표정에는 역력히 절망의 빛이 떠올라 있다…….

노부히데에게는 사물의 진상을 알아내어 잔인하리만큼 거기에 채찍질하는 버릇이 있었다. 그런 의미에서 그는 날카로운 자력(磁力)을 지니고 상대에게 달라붙는 흉기 같은 느낌이 없지 않다. 노부히데는 처녀들을 응시하면서 노부사다가 놀라는 태도 또한 놓치지 않았다.

"그것 봐, 사쿠라이의 성주님까지 눈이 둥그레지지 않나. 그렇게 얼뜨니 언제까지나 오카자키에 짓밟히고 있는 거야……."

얼굴이 벌게져 노부사다가 고개를 숙이자, 쌍날칼처럼 날카로운 빈정거림과 채찍의 예리함을 늦추지 않는다.

"고토지라고 했겠다. 물러가라! 다음—"

첫째 처녀는 마루로 물러갔다. 둘째 처녀는 첫째 처녀보다 더 핼쑥했다.

"이름은?"

"모릅니다."

"나이는?"

"모릅니다."

"흠, 너는 치자꽃인가, 좋은 향기로군. 오늘부터 고(香)라고 불러라. 명향(名香)의 향, 알았느냐? 알았거든 물러가라! 다음—"

사람에 따라서는 그 잔인성을 견디어내지 못하리라. 노부사다도 고개 숙인 채 얼굴을 들지 못하고 있다. 그러나 노부히데는 인정사정없었다. 두 사람, 세 사람 차례로 불러내어 같은 말을 똑같이 묻고는 마음이 움츠러들도록 쏘아본다.

여섯째 처녀가 불려나왔을 때는 어지간한 나미타로도 뜰의 삼나무 가지로 시선을 돌렸다. 뜰의 햇볕은 차츰 더 화창해져서 모여든 박새들이 나뭇가지 품 안에서 노래 부르고 있다.

노부히데는 또다시 물었다.

"이름은?"

"아버지 성함 말씀이지요? 아버지는 미나모토 쓰네모토(源經基)의 23대 후예……."

처음으로 여태까지와 다른 대답을 듣고 노부히데는 저도 모르게 '음' 하고 고개를 끄덕인다.

"미즈노 다다마사입니다."

"무엇이, 그대가 다다마사의 딸이란 말인가? 이름은 뭔가?"

"네, 오다이라고 합니다."

이 처녀도 역시 핏기는 없었으나 그 볼에 상대를 경멸하는 미소가 아련히 떠올라 있다. 물론 목을 베일 각오를 한 조소임에 틀림없다.

"그런가, 네가 오다이란 말이지……?"

노부히데는 한참 동안 처녀를 쏘아보더니 역시 빙그레 웃었다.

"장한 녀석, 틀림없이 이름이 오다이렷다."

"염려하실 것 없습니다. 여기 있는 여섯 모두 오다이라고 합니다."
"음, 좋은 이름이다. 그래, 나이는 몇 살인가?"
"14살입니다."
노부히데는 사나운 목소리로 안절부절못하고 있는 노부사다를 불렀다.
"사쿠라이 성주!"
노부사다가 얼굴을 들자 다시 느닷없이 떠나갈 듯한 소리로 웃었다.
"그 얼굴로 14살이라. 좋아, 소중한 다다마사의 딸들을 한동안 그대에게 맡기겠다. 소홀함이 없도록 하고 이 자리에서 물러가게 해라."
"예."
노부히데는 나미타로에게로 돌아앉았다.
"그리고 구마의 도령에게는 특별히 할 이야기가 있네. 그대는 남아 있게. 그것 봐, 세상이란 움직이고 있잖은가. 달팽이처럼 알지 못하는 사이에 나아가는 법이거든."
나미타로는 고개 숙이고 보일락 말락 희미하게 웃음 지었다. 그리고 처녀들이 물러가자 차분하게 말했다.
"고맙습니다. 저 여섯 여자들을 대신해 제가 인사 말씀 드립니다."
나미타로의 인삿말을 듣자 노부히데는 무릎을 쳤다.
"아직 일러, 그 인사는 아직 이르다. 나는 아직 그들을 살려줄 생각이 없어. 그대 머리는 너무 앞서가는군."
나미타로는 창백하게 웃었다.
"대감께 비하면 달팽이만큼도 안 되지요."
"그렇다면 그대에게 내 뱃속이 보인단 말인가? 보인다고 여긴다면 생각이 너무 얕지."
탐색하는 눈으로 얼굴을 바라보자 나미타로는 문득 입을 다물었다. 현기증 나게 잘 돌아가는 노부히데의 두뇌를 나미타로는 두려워하고 있었다. 그는 언제나 어리석은 인간들을 따돌리고 앞서 내달리는 고삐 풀린 말이었다.
"그대가 읽어낸 것은, 내가 저들을 베지 않는다……는 것뿐인가?"
"예, 그리고 또 하나, 저들을 저에게 맡겨주시리라는 것."
"음, 거기까지 안다면 무엇 때문에 맡기는지 그것도 알고 있을 터. 짐작한 대로 말해보게.”

“예, 무녀로 삼아라, 네가 모시는 신에게 종사케 하라—고 말씀하실 줄 압니다.”

“핫핫핫하, 잘 보았어. 바로 그대로야.”

노부히데는 아주 유쾌한 듯 배를 흔들어댔다.

“그럼, 그대에게 말하지. 어제의 학문에 파묻혀 아는 체하는 무리들이 상상도 못 할 이야기를 말일세.”

“말씀해 주십시오.”

“세상 사람들은 무녀란 사당 깊숙이 숨어 살며 신에게 봉사하는 줄로만 알고 있지.”

“그렇습니다.”

“그러한 세상 사람들의 사고방식—을 이용해 보자는 걸세, 알겠나? 늘 사람들 눈에 띄지 않는 신전 안에서 신에게 종사하는 숫처녀들. 신전이며 사당을 짓기 위한 기부금 모집을 핑계 삼아 원시 그대로의 신놀이를 사람들 앞에 공개한다고 선전하면 어떨까?”

“신전 안의 비사(秘事)를 말씀인가요?”

노부히데는 거기서 물끄러미 나미타로를 바라보았다.

“신이 두렵다고 말하고 싶은 그대의 눈길. 그러므로 내 생각이 살려지는 거지. 핫핫핫하, 처음부터 무대에서 흥행할 것까지는 없겠지. 춤도 고대의 가구라(神樂 ; 신에게 제사 지낼 때 올리는 일본의 전통 춤곡) 그대로여서는 안 돼. 재미있는 넋두리를 사이사이에 집어넣어 젊은 처녀의 요염함을 한껏 살리는 거야.”

“……!”

“이들이 살벌한 세상을 찾아온 선녀 무리구나 하고 위아래 할 것 없이 한결같이 넋을 잃도록 가르쳐야지. 우선 크고 작은 여러 영지들을 한 바퀴 돌기만 해도 신전이나 사당은 대번에 세울 수 있어. 세상 사람들 마음은 아름다움에 굶주려 있거든.”

나미타로는 두 눈을 부릅뜨고 있었다. 두려움을 모르는 노부히데의 또 다른 기괴한 착상. 2000년의 신사(神事)를 공개하여 사람들 넋을 빼라고 한다. 사람들을 놀라게 하는 일이라면 세 가지 신기(神器 ; 칼·거울·구슬. 신이 왕위 상징으로 내림)의 목록에 천황 말씀을 덧붙이라고 할지도 모를 노부히데였다. 더욱이 그 노부히데의 생각이 자신의 이익과 이어져 있음은 물론이다.

나미타로는 이마에 식은땀을 흘리며 입술을 축이고 말했다.

"그런데 그것이 오다 대감께 무슨 이익이 됩니까? 저는 도무지 이해되지 않습니다."

"너무 서두르지 마라. 나는 일의 효과를 잘 생각한 뒤에 말한다. 아까 그 처녀들을 그러한 무희로 만들어내는 큰일을 그대는 할 수 있겠는가? 가구라에 넋두리를 섞고 거기에 요즘 유행하는 중 렌뇨의 염불, 교토에서 하는 극락 춤까지 곁들인다면…… 굉장한 춤이 될 거야. 무희도 가희도 모두 젊은 여자렷다. 신밖에 섬긴 적 없는 티 없는 선녀들의 춤이란 말이야."

묵은 관습에 전혀 가치를 두지 않는 이 공상가는 차츰 자신의 생각에 도취되어 황홀해지는 모양이었다.

"신에게 넋 잃는 것은 약자의 본성. 선녀들을 그냥 지나가게 하면 복과 덕도 함께 스쳐가버린다고 소문을 퍼뜨리면 너도나도 야단일걸. 어때, 재미있겠지. 맡아주겠는가?"

"맡지 못한다고 말씀드린다면 처녀들을 주지 않으시렵니까?"

"물론이지. 가르친 다음에는 그 일을 구실로 그대도 여러 나라를 돌아다니며 근왕(勤王)을 권장하는 것도 좋을 게야. 그러나 내 생각은 거기에 있지 않아. 남자 대신 여자 첩자……."

노부히데는 목소리를 낮추며 주위를 살폈다.

"이가, 고가 무리 같은 일을 시키는 것이 내 목적이지."

나미타로는 가볍게 무릎을 쳤다. 신마저 첩자 도구로 쓰려고 한다. 일의 잘잘못은 고사하고 과연 노부히데다운 그 호탕함이 저도 모르게 나미타로의 무릎을 치게 한 것이다.

"3년까지는 안 걸리겠지. 그 여섯 여자 가운데 첫째 처녀의 가련함과 다섯째의 아름다운 목소리, 여섯째의 기백을 놓치지 말고 길러야 해. 나머지는 모두 그대에게 맡긴다. 이세, 아쓰타와 결탁해도 좋고, 차라리 멀리 이즈모(出雲)를 발상지로 택해도 좋겠지. 이로써 황폐된 신전과 사당의 재건이 이룩된다고 설득한다면 욕심 많은 신관들이라 그대의 원대한 계략 따위는 신의 가호로 눈치채지 못하게 될 거야."

노부히데는 다시 방약무인하게 큰 소리로 웃었다.

"다다마사의 딸 혼례를 헛되이 넘겨서는 아깝지, 핫핫핫하. 아까 노래를 읊는 동안에 구상한 내 생각, 설마 그대도 반대하지는 않겠지? 여섯 처녀를 구마 저택으로 데려가 마음껏 기질을 시험해 보도록 하게."

나미타로가 머리를 조금 숙이고 끄덕이자 노부히데는 벌써 화제를 바꾸었다.

"올해도 이 성에서 싸움이 있을 거야. 오다이 마님을 맞이해 긴장하고 있는 신랑님을 슨푸의 이마가와가 못 본 척할 까닭이 없지. 그를 선봉으로 내세워 맨 먼저 이 안조성을 되찾으라고 명령할 게 틀림없어. 하지만 미즈노 다다마사는 이번에 나의 선봉을 맡지 않으려 할걸…… 어떤가, 그대 생각은?"

나미타로는 이 오와리의 귀신 앞에서 슬슬 물러나고 싶었다.

"요즘 성안의 일은 도무지……."

"모른단 말인가, 핫핫핫하. 다다마사의 큰아들 노부모토까지 교묘하게 뒤에서 조종하고 있으면서. 좋아, 좋아, 그렇다면 내가 그대에게 말해주지. 미즈노 다다마사는 오다이의 혼례를 치른 뒤부터 건강이 좋지 못하다더군. 그 핑계로 나를 후원해 주지 않을 터이니 이마가와 쪽에서는 이것을 좋은 기회로 여겨 틀림없이 군사를 움직일 거야. 모처럼 잘 차려진 음식이니 신랑을 끌어내 한바탕 혼내줘야지. 그대도 그쯤 알고, 잘 부탁하네."

그리고 오와리의 귀장(鬼將)은 벌써 손뼉을 쳐서 마쓰라이라 노부사다를 부르고 있었다.

여인의 노래

의상이 곱구나
자, 어서 흔들어라
여섯 자 소맷자락
소매를 흔들지 않으면 춤추지 못하리.

어디선지 촌스러운 여자아이들의 노랫소리가 들리고, 두견새가 다이린사(大林寺) 숲에서 본성 쪽으로 울며 지나갔다. 벌써 완연히 여름이다. 머리 위의 푸른 잎이 한들한들 바람에 흔들거리고 있지만, 해자가에 가만히 서 있기만 해도 땀으로 온몸이 촉촉이 젖어온다.

오랜만에 북쪽 별채를 찾아온 오다이를 맞으면서 게요인은 눈을 가늘게 뜨고 해자 너머로 펼쳐 있는 다에몬(太衛門) 마을 쪽을 바라보았다.

"저 노래 말이다, 바람에 실려오는 저 노래도 베짜기에 관련된 노래란다. 옛날 이 언저리에서 고운 실을 헌상했다더구나. 저 노래도 그 여운이겠지."

말한 다음 발아래 자라고 있는 목화를 내려다보았다.

"그즈음 여자들도 부지런히 누에를 쳤을 거야. 그리고 비단 외에 베옷을 만드는 삼도 헌상했지. 그리하여 지금 마님께서도 이렇듯 목화를 퍼뜨리려 수고하고 있고."

성안 사람들은 어느덧 오다이를 마님이라고 부르고 있었다. 히로타다도, 노신과 노녀들도 마님이라고 친근하게 불렀다. 요즘은 게요인보다 오히려 오다이를 더 사모하기 시작했다. 그 큰 원인의 하나가, 게요인까지 이렇듯 성벽 아래 밭에 목화씨를 뿌려놓은 데 있었다. 미카와에서는 예전에 당나라 사람이 표류해 와서 한 번 퍼뜨린 일이 있어 특별히 목화신을 모시며 제사 지내기까지 했었지만 언제부터인가 목화씨가 전멸하고 말았다. 그 목화씨를 가져와 백성들에게 퍼뜨려 마쓰다이라 집안의 덕을 길이 남기려 하고 있다. 젊은 마님의 마음씨를 노신들이 먼저 칭찬하자 시녀들도 차츰 질시의 눈길을 풀어갔다.

"—참으로 슬기로우셔."

시녀들이 오다이에게 감탄하는 것은 그것뿐이 아니었다. 그토록 허약하여 모두를 걱정시키던 히로타다가 오다이가 온 뒤로 부쩍 혈색이 좋아진 것이다.

"—마님이 드리는 소(蘇 ; 치즈)를 잡수신대요."

소도 역시 지난날 미카와에서 조정에 헌상했던 것이었다. 그 제조법을 오다이가 알고 있어 스고(菅生) 마을 촌장에게 명하여 만들게 했다. 우유 한 말을 7, 8홉쯤 되도록 졸이면 매끄러운 고형의 약이 되는데 조금씩 먹으면 늠름한 정기가 온몸에 넘치게 된다.

처음에 히로타다는 독이 아닐까 하고 그 소를 경계했다. 그런데 오다이가 먼저 눈앞에서 먹어 보인 다음 소의 해(丑年)에 이것을 교토에 헌상했던 오랜 관습이 있었음을 알리자 비로소 먹기 시작했다.

이러한 평판이, 언제나 미소 짓고 있는 탐스러운 오다이의 미모와 더불어 어느덧 성안에서 호감의 대상이 되어가고 있었다. 게요인은 그것이 기뻐서 어쩔 줄 몰랐다. 자기며 오다이의 생애가 아무리 덧없는 유전(流轉) 속에 끝나버릴지라도 이 목화만은 영원히 인간 세상에 살아남을지 모른다. 그 생각을 하니 소박한 시골 노래까지 마음속으로 찡하게 스며들었다…… 이 목화를 성안 여자들 손으로 늘려나가자며 내전에서 중신 부인들에게 먼저 나눠주게 한 것은 게요인이었다. 한 해 동안 되도록 많은 씨앗을 만들어 내년에는 농부들에게 그 농사법을 가르쳐주자. 농사법을 가르쳐주지 않으면 또 씨앗이 사라져버릴 우려가 있다. 내전에서 손수 심어서 거둔 씨앗이라고 하면 그것을 받는 농부들의 느낌도 다를 것이다.

"—삼보다 부드럽고, 종이보다 질기며, 누에를 치는 것처럼 바쁘지도 않다. 뽕나무에 바로 누에고치가 열린다고 생각하면 되지."

목화 가꾸는 일에 지금은 오다이보다 게요인이 더 열심이었다. 그리고 오랜만에 찾아온 딸을 성벽 아래 목화밭으로 안내한 것은 목화 가꾸는 일의 경험담을 알리고 싶어서만은 아니었다.

전운이 다시 오와리, 미카와, 스루가 세 나라를 무섭게 에워싸기 시작하고 있다. 오카자키가 안조성까지 오다 노부히데에게 빼앗기고 있는 게 스루가의 이마가와는 못 견디게 마음에 걸리는지, 오다를 공격하는 틈에 가이의 다케다에게 공격받지 않기 위해 여러 가지 외교상의 비밀회의를 거듭하고 있는 듯했다.

이 일이 결정되면 당연히 미카와로 출병하여 오다와 한바탕 전투를 벌일 게 틀림없고, 그렇게 되면 오다이의 젊은 남편 히로타다가 선봉을 명령받을 것은 뻔한 노릇이었다. 그 싸움은 어느 쪽이 이기든 결코 마쓰다이라의 평안을 의미하지 않는다. 지금의 오다 세력이 이마가와를 단숨에 짓밟아버릴 것 같지도 않고, 이마가와가 거센 기세로 일어서고 있는 신흥세력 오다를 뽑아버릴 것 같지도 않았다. 두 강국 사이에 낀 오카자키성의 운명은 너무나 가련했다. 한번 발을 잘못 디디면 흔적 없이 꺼져갈 조그마한 불길. 게요인도 오다이도 이 위태로운 오카자키의 불똥 속에 있는 여인들이었다. 일찍이 게요인이 미즈노 가문에서 마쓰다이라 가문으로 처참하게 옮겨졌을 때처럼, 오다이의 신상에도 어떤 변화가 닥쳐올지 모르는 노릇이다. 게요인은 이 점을 목화의 성장에 빗대어 딸에게 가르쳐주고 싶었다.

"남자들에게는 고집과 고집의 다툼이 있단다. 또 싸움이 벌어지겠지. 그 속에서도 목화는 무럭무럭 자랄 거야. 너는 이 목화의 성장을 어떻게 보느냐?"

"네, 생명의 신비로움을 느껴요."

"그럴 테지. 이 목화는 너나 내가 죽은 뒤에도 이 땅에서 내내 살아갈 것이다. 처음에 네가 가져온 한 알의 씨앗이었다는 것을 잊어버리고……."

"맞아요. 이 밭의 목화가 가장 잘 자라고 있어요."

살며시 몸을 굽히며 푸른 잎으로 손을 뻗는 오다이의 목덜미에 게요인의 눈길이 멎는다.

"오다이, 목화와 여자의 운명이 아주 비슷하다고 나는 생각해."

"목화와 여자……?"

게요인은 부드럽게 고개를 끄덕였다.

“내가 가리야성을 떠나도 다다모리와 노부치카는 모두 무럭무럭 자라지 않았니? 그리고 그 가운데 한 사람인 너는 이렇게 내 곁에 와 있고……”

여기까지 말하고 문득 웃음 지었다.

“그건 그렇고, 히로타다 님은 너한테 잘해주시니?”

그것이 묻고 싶어 일부러 오다이를 여기까지 불러낸 어머니였다. 어머니 질문에 오다이의 얼굴에 붉은빛이 번졌다. 대답하고 싶어도 할 수 없는 부부 사이의 야릇한 감정이 화끈거리는 열기를 느끼게 했다.

“오히사를 먼저 아셨으니, 남자들이란 첫 여자에게 더 마음 끌리는 모양이더라. 혹시 속상한 일이 있더라도……”

게요인은 딸의 수줍음 속에서 무언가 진지하게 찾아내려고 하는 듯했다.

“목화…… 목화의 마음을 생각하며 참아야 한다.”

오다이는 곁눈질로 살며시 어머니를 쳐다보며 살짝 고개를 저어 보였다.

“오히사……에게도 목화씨를 보냈어요.”

“오! 오히사에게도……”

“오히사는 진심으로 성주님을 위하고 있어요.”

“그래…… 넌 괴롭지 않느냐?”

오다이는 미소 지으며 시든 떡잎을 하나 떼내었다.

“오히사가 더 괴로울 거라고 생각해요.”

게요인은 호되게 한 대 얻어맞은 듯한 느낌이 들었다.

‘이 아이는 굳세다!’

그러나 이것은 성격에서 오는 표면적인 강인함일까, 아니면 이미 히로타다의 마음을 사로잡은 데서 오는 자신감일까? 게요인도 더불어 미소 지었다.

“별이 따갑구나. 그늘로 돌아가자.”

그리고 앞서 성벽 안으로 걸어가면서 말을 이었다.

“사랑받고 못 받는 것도 다 덧없는 세상의 물거품 같은 것. 히로타다 님이 만일 전사하신다면 너는 어떻게 하겠느냐?”

오다이는 그 말을 들었는지 못 들었는지 이렇게 대답한다.

“미워하면 이쪽에서도 미움받게 돼요. 하지만 이쪽에서 다정하게 대하면 상대도 반드시 다정하게 대해주지요.”

"오히사 말이냐, 아니면 히로타다 님 말이냐?"

"양쪽 모두예요."

그리고 오다이는 발밑으로 눈길을 떨구었다.

"히로타다 님이 만일 전사하신다면 저도 따라 죽고 싶어요."

게요인은 살그머니 푸른 잎으로 눈길을 돌렸다. 딸의 마음에도 히로타다에 대한 애정이 타오르기 시작한 것일까. 그렇다면 이제 더 할 말이 없었다. 게요인 자신도 젊은 날 역시 같은 길을 지나왔던 것이다.

다다마사에게도 물론 다른 여자가 있었다. 쓸쓸한 마음으로 체념해 가자 이윽고 애정이 살며시 가슴에 싹터왔다. 그리고 그 애정은 어느덧 오다이를 잉태하고 있었다.

오다이는 아직 자식에 의해 구원받는 어머니의 마음을 모를 것이다. 그러나 이미 괴로운 첫 고비를 넘어 조용히 대지에 여자의 생명이 뿌리내리고 있다. 게요인은 거실로 돌아가 시녀에게 시원한 보리차를 가져오게 했다. 오늘도 곁을 떠나지 않고 따르고 있는 유리와 고자사에게도 권하며 생각난 듯 말한다.

"오다이도 어서 아기를 가졌으면 좋으련만…… 아 참, 간로쿠 님에게 이걸 선물로 갖다주도록 해라. 뱃사공이 귀한 헌상물을 가져왔는데, 도사(土佐)에서 만든 수수엿(흑설탕)이라는구나."

오히사가 낳은 간로쿠의 이름을 일부러 대면서 가만히 오다이를 돌아보았다.

오다이가 게요인한테서 수수엿을 조금 얻어가지고 북쪽 별채를 물러나온 것은 오후 2시가 지나서였다. 엿이라지만 이 검은 고형물에는 끈적끈적한 데가 없었다. 그리고 혓바닥에 대기만 해도 짜릿할 만큼 단맛이 온 입 안에 퍼졌다.

사탕수수라는 게 일본에 있다는 것은 아직 아무도 알지 못했다. 제품으로 만들어진 설탕이 건너온 것은 덴표(天平) 시대였지만 사탕수수가 건너온 것은 훨씬 뒷날이며 일반 사람들이 알게 된 것은 게이초(慶長) 시대(1596~1615)에 사쓰마(薩摩)에서 재배하기 시작한 뒤부터였다.

그 수수엿을 게요인은 오다이더러 오히사가 낳은 간로쿠에게 갖다주라고 한다. 오히사가 이것을 순순히 간로쿠에게 주리라고는 생각되지 않았다. 그렇잖아도 게요인과 오다이를 시기하고 의심하는 오히사였다. 오다이는 게요인의 마음을 알 수 없었다. 게요인은 오다이가 간로쿠 못지않은 아들을 어서 낳아주기를 원하고 있다. 그 점만은 어슴푸레 알고 있었지만 세상에 흔하지 않은 이상한 음식을 일부러 간로쿠에게 먹이라고 한다는 건…….

요즘 오다이는 히로타다의 애정에 답하여 자신 속의 타오르는 여자 숨결을 어느덧 느끼기 시작하고 있었다. 히로타다가 전사하면 자기도 죽고 싶다고 말한 것은, 잠자리를 함께할 때 느끼는 달콤하고 슬픈 감정의 거짓 없는 고백이었다. 부드러운 깃털 속에 안겨 황홀하게 무지개다리를 건너가노라면 그대로 숨져도 한이 없을 만큼 야릇한 마비감이 온몸을 녹여갔다.

이런 때 오히사를 생각한다는 것은 견딜 수 없는 일이었다. 아무에게도 주지 않고 자기만이 히로타다를 꼭 붙잡아두고 싶었다. 하지만 붙잡아두려면 어떻게 해야 하는지까지는 생각해 본 적 없었다. 하지만 오히사가 자기에게 품을 질투심과 증오는 알 수 있을 것 같았다. 그러한 오히사의 방으로 찾아가 간로쿠에게 선물을 갖다주어야 한다.

내전으로 돌아가자 자기 방에 들르지 않고 그녀는 곧장 오히사의 방으로 갔다.

"마님이 오셨습니다."

하녀 만이 깜짝 놀라 전하자, 오히사는 허둥지둥 문 앞으로 나와 맞이했다. 여름이라 흐트러진 엷은 옷을 여미지도 못한 채였다.

"어서 오셔요."

말씨는 정답지만 오히사의 눈에 노골적인 반감이 엿보였다. 오다이는 가볍게 답례하고 말없이 윗자리로 갔다.

"아, 모란꽃이 예쁘게 피었네."

"네, 성주님 분부로 해마다 뜰에 심는답니다."

"오히사—"

"네."

"내가 보낸 목화는 잘 자라고 있나요?"

"……네."

여기서 비로소 오다이는 옆방에서 놀고 있는 간로쿠에게로 눈길을 돌렸다.

"게요인 님이 간로쿠에게 선물을 주셨어요. 감주보다도 곶감보다도 훨씬 달콤한 수수로 만든 엿이라나요. 내가 먹여줄 테니 간로쿠 님을 이리 데려와요."

조그만 종이봉지를 꺼내자 오히사의 얼굴에서 핏기가 가셨다. 이미 여자로서,

측실로서, 간로쿠를 낳은 어머니로서 18살이 된 오히사에게 오다이는 어린아이로 보였다. 그 어린아이가 늘 오히사를 마구 압도한다. 단순히 정실이라는 위치에서 압도하는 것이라면 오히사도 이토록 초조하지 않으리라. 그러나 그것은 오히사가 생각하고 있던 소녀와는 전혀 다른 인품에서 오는 것이었다. 이를테면 갓 찧은 찹쌀떡에 꾹 눌리고 있는 듯한 중량감. 목화씨를 주었을 때도 심어본 경험이 없다고 대답하자 두말 못 하도록 사뿐하게 잘라 말했다.

"성주님……보다도 간로쿠 님에게 언젠가 소용될 거예요. 나도 잘 모르지만 한번 해보겠어요. 그대도 해봐요."

오히사는 자주 생각했다.

'이렇게 될 줄은 몰랐어…….'

오다이가 시집오면 독살해 버리겠다고 씩씩거리던 히로타다를 달랜 것은 오히사였다. 같은 집안인 마쓰다이라 노리마사의 딸로서, 이를테면 지는 해 속에 세워진 어린 주군을 오다 노부히데와 내통하는 종조부 노부사다의 음모로부터 지키기 위해 측녀로 뽑혀왔다. 그러한 오히사가 14살 난 오다이에게 어느덧 눌리고 있을 뿐 아니라 히로타다마저도 독살하겠다던 일은 까맣게 잊고 오다이에게로 총애를 옮겨가고 있다.

'—게요인 님은 뛰어나게 영특한 분이라 마님에게 줄곧 지혜를 가르치고 있다.'

이대로 있다가는 언젠가 간로쿠와 함께 이 성에서 떠밀려날 것 같아 오히사는 불안했다. 이러한 오히사 앞에서 검은 고약 같은 이상한 것을 간로쿠에게 먹이려 하는 것이다. 오히사가 굳이 간로쿠를 자기 손으로 키우는 것은 노부사다에 대한 경계에서였는데, 지금은 그 경계할 상대가 둘로 늘어나 있었다.

"간로쿠 님, 이리 와요……."

오다이가 손짓하여 부르자, 간로쿠는 무심하게 일어나 웃는 얼굴로 아장아장 다가간다.

"안 돼, 간로쿠……."

오히사가 옆에서 아이를 홱 낚아채어 안았다. 치뜬 눈꼬리가 파르르 떨리고 있다. 핏기 없는 입술은 뜰의 푸른 잎이 반사되어 종잇장처럼 하얗게 보였다. 느닷없이 한 일이라 꾸며댈 말이 얼른 떠오르지 않는 모양이다.

"마님…… 마님 무릎에 오줌이라도 싸면 어쩌려고…… 시……실례가 될 거예요."

오다이는 그 당황하는 마음을 헤아릴 수 있었다. 게요인도 물론 오히사의 초조한 마음을 알고 있었을 터였다. 그러면서 이런 심부름을 시키다니. 오다이는 괴로웠다. 하지만 이 모자한테서 눈길을 돌린다면 더 어색한 분위기를 자아낼 게 분명했다. 오다이는 방긋 웃으며 무릎 위에 펼쳐놓은 흑설탕을 조금 떼어 자기 입에 넣었다. 달았다. 이에 짜릿하게 스며들었다가 입 안 가득히 퍼져간다.

오히사는 바르르 떨면서 여전히 간로쿠를 꼭 껴안고 있다. 오다이 눈에 그것은 자식을 위한 어머니의 위대하고 숭고한 사랑의 한 모습으로 보였다.

오다이는 다시 불렀다.

"자, 간로쿠 님."

간로쿠는 빠져나오려고 버둥거렸다. 철없는 아이는 오다이의 해맑은 미소에 해칠 마음이 없다는 걸 아는 것일까. 그 오다이가 무언가 입에 넣는 것을 보고 조그만 혀를 날름거리며 어머니 무릎에서 계속 버둥댔다.

"맘마—맘마—"

그러나 오히사는 여전히 간로쿠를 놓아주지 않았다. 이상한 것을 입에 넣은 오다이의 얼굴을 바라보며 숨죽이고 있다. 오다이는 문득 울고 싶어졌다. 달콤한 것, 신기하고 맛있는 것…… 그것마저 마음 놓고 먹을 수 없는 시기와 의심이 난무하는 세계. 이 점도 몹시 슬펐지만 그 이상으로 오다이의 가슴을 찌른 것은 모든 걸 잊고 자식을 지키려는 어머니의 마음이었다.

'자식이란 이토록 사랑스러운 것일까……?'

그렇게 생각하자 오히사에게 한 번도 느낀 적 없었던 부러움이 밀려왔다. 게요인은 오다이가 어서 아기를 낳기를 바라고 있다. 어쩌면 이러한 어머니 마음을 알려주고 싶은 건지도 몰랐다. 목화의 생명과 여자의 삶을 비교한 것도, 자식이 어머니를 대신하여 사는 내일의 세계로 기쁨을 이어가라는 훈계였는지도 몰랐다.

흑설탕을 다 먹고 나서 오다이는 다시 간로쿠 쪽으로 두 손을 내밀었다.

"간로쿠 님, 이리 와요."

"맘마…… 맘마……"

"이것은 할머니의 옛 뱃사공이 선물로 가져온 도사의 엿이란다. 너무 적어서 성주님께도 드릴 수 없는 진귀한 것, 혀가 녹을 듯 달콤한 것이지. 자, 내가 먹여주마."

그렇게 말한 뒤, 어떻게 될 것인가 하고 잔뜩 긴장하여 움츠리고 있는 만을 돌아보았다.

"자, 오히사 님에게도 갖다드려라."

종이에 조금 덜어 담은 것을 만이 조심스럽게 받아들어 오히사 앞에 내놓았다. 휴 하고 오히사의 어깨가 커다랗게 흔들거렸다. 그 틈에 무릎에 있던 간로쿠가 후닥닥 기어나왔다. 간로쿠는 아직 걷는 것보다 기는 게 빨랐다.

"아, 이런……."

다시 한번 손짓했을 때 간로쿠는 벌써 오다이의 무릎에 와서 입을 벌리고 있었다.

"맘마…… 맘마……."

오다이는 간로쿠에게 몸을 굽혀 볼을 비볐다.

"자, 먹어봐요. 미카와에는 없는 것이란다."

그리고 자기 입에도 조금 떼어 넣으며 살며시 보드라운 간로쿠의 입술에 손가락을 대었을 때 자신에게 이 심부름을 시킨 게요인의 마음을 그제야 문득 이해할 수 있었다. 어린아이의 입술이 어쩌면 이다지도 매끄러운 감촉으로 여자의 마음을 녹이는 것인지…… 오다이는 진심으로 아이가 탐났다. 그것을 노리고 간로쿠에게 심부름 보낸 어머니의 마음이 강한 애착이 되어 마음속에 스며들었다. 간로쿠는 조그만 눈썹을 바짝 모으고 처음으로 혓바닥에 닿은 설탕의 달콤함을 맛보고 있었고 그 어머니 역시 자식보다 늦을세라 부리나케 그것을 입에 넣었다. 오히사는 여전히 눈을 크게 뜨고 불안한 마음으로 미각에 집중했다. 모란꽃 너머로 저녁 바람이 조용히 일기 시작했다.

오다이는 오히사의 얼굴에서 불안이 사라지는 것을 확인한 다음 아직 조금 남은 흑설탕을 오히사에게 주고 다시 한번 간로쿠에게 볼을 비비고는 자리에서 일어났다.

옆방에 대기하고 있던 유리와 고자사를 거느리고 자기 방으로 돌아오자 여느 때 없는 심각한 표정으로 말했다.

"너희들 간로쿠를 어떻게 생각하니? 대감님도 간로쿠가 사랑스러우시겠지?"

그러고는 목소리를 삼켰다. 유리는 잠자코 고개만 끄덕였으나 고자사는 노골적으로 반감을 드러냈다.

"마님도 어서 아기를 낳으셔요."
오다이는 얼굴을 붉히며 대꾸하지 않았다.
"마님이 아기를 낳으시면 그분이 대를 잇게 되셔요. 간로쿠 님 따윈 문제도 안 돼요. 서자니까요."
말투가 너무 조심성 없어 오다이는 엄하게 나무랐다.
"무엄하구나, 고자사!"
흑설탕 맛이 입 속에 아직 남아 있었다. 고자사를 꾸짖는 순간 그것이 가슴에 치밀어올라 왈칵 구토증이 일었다. 오다이는 깜짝 놀라 입을 다물고 가슴을 눌렀다. 아까 경계하던 오히사의 얼굴이 생생하게 떠올랐다. 설마 어머니 게요인이 자기마저 독살하리라고는 생각하지 않지만 뜻밖의 것을 먹고 중독되는 일은 있는 법이다.
얼굴빛까지 창백하였던지 유리가 먼저 눈치챘다.
"마님, 왜 그러세요?"
"유리."
"네."
"간로쿠에게 가보고 오너라. 아까 그 엿이 너무 달구나. 많이 먹어서는 안 되니 어서 가봐."
"네."
유리가 나가자 오다이는 가슴을 누르며 엎드렸다. 하얀 목에 커다란 덩어리가 오르내리고 그때마다 몸이 굳어지며 경련이 일어났다.
"마님…… 대체 어찌 된 일이셔요?"
"고자사…… 대야를."
"네…… 네."
고자사가 안절부절못하며 대야를 갖다놓고 오다이 뒤로 돌아가 등에 손을 대자 오다이는 무언가 토해내기 시작했다.
고자사는 제정신이 아니었다. 언제든 고자사가 먼저 맛보라고 그토록 엄하게 명령받았건만 상대가 게요인인지라 그 수수엿을 맛보는 일을 깜박 잊었던 것이다. 금방이라도 기분 나쁜 시커먼 덩어리가 튀어나올 것 같아 고자사는 온몸이 굳어졌다.

그러나—

구역질하며 등을 구부릴 때마다 노랗게 맑은 물만 나올 뿐 검은 설탕 같은 것은 없었다. 오다이의 이마에 은빛 땀이 촉촉이 맺혔다. 입술은 검푸른빛을 띠며 일그러져 있다. 맑은 눈동자까지 물기를 머금고 번들거리는 게 분명 예삿일이 아니었다.

그때 유리의 전갈을 받은 노녀 스가가 달려왔다. 스가는 오다이의 얼굴을 가만히 들여다보고 등을 쓸면서 차분한 목소리로 말했다.

"참으로 경사스러운 일입니다! 마님, 이것은 회임의 징조랍니다. 무엇보다도…… 축하드립니다."

그토록 갖고 싶었던 생명은 이미 몸속에 싹트고 있었다. 어린 오다이가 아직 그것을 알아차리지 못하고 있었을 뿐이다.

덫과 덫

가리야성 말터는 뙤약볕과 바닷바람이 말발굽에 먼지를 일으켜 말도 사람도 진흙을 뒤집어쓴 듯 더러웠다.

"에잇! 더 달리지 못해!"

왼쪽은 해자, 오른쪽은 목재창고. 모든 것이 내리쬐는 여름 볕에 메말라 둑의 푸른 잎까지 빛깔이 바래 있다. 이 말터에서 미친 듯 4살짜리 밤색 말을 달리고 있는 자는 한 달 전 시모쓰케노카미(下野守)로 임명되어 새로이 가리야 성주가 된 오다이의 오빠 노부모토였다. 그 노부모토에게 오늘 손님이 2명 찾아왔다. 아버지 다다마사는 오다이를 출가시킨 뒤 줄곧 건강이 좋지 않아 이미 정무(政務)에서 손을 놓고 있었다. 그러나 아직 젊은 아들의 군략(軍略)이 불안해 보이는지 군사 일은 좀처럼 맡기려 하지 않았다.

"—오카자키의 마님께서 잉태하셨답니다."

"—그래? 돌계집은 아니었구나. 됐어, 나와 기요야스의 손자가 태어나는군."

이 소식이 알려져오자 노부모토에게 모든 것을 넘겨주었다. 다다마사는 사랑하는 아내를 빼어간 기요야스가 미운 한편 그립기도 했다. 오직 그만이 들불처럼 성난 기세로 세력을 뻗어나가는 오다 노부히데에게 한 걸음도 양보하지 않고 마침내 오와리의 모리야마까지 쳐들어가 간담을 서늘하게 만들었던 것이다. 다다마사가 볼 때 그것은 확실히 무모한 짓이었다. 그 무모함 때문에 모리야마의 진중에서 칼에 맞아 웅도(雄圖)를 헛되이 하고 말았지만, 그 대담한 용기와 결단은 확실히 뛰어났다.

"—나의 인(忍), 그리고 기요야스의 단(斷)을 이어받아 태어날 손자가 나는 필요하다."

오다이의 임신은 다다마사의 그 꿈을 현실로 접근시켰다. 돌계집이 아닌 한 오다이는 반드시 그 소망에 가까운 자식을 낳으리라. 나머지는 오직 기도하는 일뿐이라 여기고 산꼭대기에 있는 약사여래(藥師如來)에게 은밀하게 기원문을 갖다 바치느라 탈이 나서 다다마사는 더욱 수척해졌다. 그러므로 모든 일을 맡게 된 노부모토는 이때야말로 중신들에게 새로운 성주의 위엄을 보여야 할 중대한 시기였다.

그럴 즈음 맞게 된 오늘의 손님. 그 손님들은 노부모토와 반 시간 남짓 밀담을 나눈 뒤 곧 성을 떠났으나 무언가 중대한 사명을 띤 오다 편 사자임을 시동도 근시(近侍)들도 알 수 있었다.

"—드디어 싸움이 시작될 모양이군."

"—이번에는 성주님께서 오다 편에 붙지 않을걸. 큰성주님도 노부치카 님도 오카자키와 싸우기를 원하지 않으니까."

"—더욱이 오카자키의 마님이 임신하셨으니 큰성주님이 병중이신 것을 핑계 삼아 거절하셨겠지."

이러한 소문이 벌써 성 안팎으로 바람처럼 퍼지기 시작하고 있다. 사자가 돌아갈 때의 얼굴빛과 전송하는 노부모토의 태도에서 나온 소문들이었다.

불쾌하거나 고민이 있을 때 말터로 나가 거칠게 말을 몰아대는 게 노부모토의 버릇이었다. 더욱이 오늘의 그는 평소보다 더욱 거칠었다. 신경질적으로 보일 만큼 거칠다.

"이놈! 더 빨리 달리지 못할까!"

말은 거품을 물고, 사람은 이를 악물고 그 뙤약볕 아래의 말터에서 미친 듯 채찍이 춤추고 있었다. 온몸이 땀으로 흠뻑 젖었다. 여느 때는 그 땀과 함께 마음속의 불쾌감도 염전에서 불어오는 바람에 씻겨 사라졌다. 그런데 오늘은 달릴수록 불쾌감이 더해왔다.

노부히데의 사자가 한 말이 끈적끈적하게 이마에 흘러내리는 먼지 섞인 땀 같은 뒷맛으로 마음속에 남아 있었다.

"—저희 주군께서는 이렇게 말씀하셨습니다."

사자는 노부히데의 중신 가운데 가장 사려 깊은 사람으로 기치보시의 사부로 뽑힌 히라테(平手)였다. 그의 말투는 어딘지 노부모토의 아버지 다다마사의 고지식함을 연상케 했다. 부드러운 목소리로 지그시 시간을 끌면서 핵심을 찔렀다. 그것도 오다의 가풍으로, 그저 말만 전하는 게 아니라 반응을 확실하게 파악하고 돌아갈 작정인 것이다. 그래서 공적인 말인지 사사로운 의견인지 가끔 듣는 이를 어리둥절하게 만들었다.

"부친 다다마사 님은 일을 몹시 어렵게 생각하시는 것 같습니다. 전국(戰國) 무장들은 한 가지만 알아서, 먼 곳을 사귀고 가까운 곳으로 쳐들어가건만 부친께서는 가끔 그 반대의 길을 가십니다그려. 지난해 적이었던 오카자키에 올해는 딸까지 주시고…… 이를 탁견(卓見)으로 여기시니……."

그렇게 말한 뒤 길게 찢어진 눈을 가늘게 뜨며 노부모토의 안색을 빤히 살폈다.

"그렇게 하면 도리어 일을 갈등 속으로 몰고 갈 우려가 있지요. 오다 편도 아니고, 이마가와 편도 아니고. 이마가와를 따르는 오카자키와 사귀면서 오다 편과도 우의를 다진다…… 아니, 이 말은 그만둡시다. 아무튼 노부모토 님 시대가 되면 이 같은 애매한 태도는 용납되지 않는다는 냉엄한 사실을 아시게 될 것이오. 먼저 쳐들어가지 않으면 망하는 법이오. 이것이 오늘날 세상의 슬픈 현실이오."

그런 뒤 정원을 칭찬하고, 염전의 형편을 묻고 이마가와 요시모토 부자와 마쓰다이라 히로타다의 인물됨을 평하기도 하고, 또 아시카가 장군의 세력이 쇠퇴되어 가는 데 대한 이야기를 하고 돌아갔다.

문제는 말할 것도 없이 이번의 이마가와 공격에서 선봉을 맡아 오카자키성으로 쳐들어가라는 뜻이었다. 속셈을 다 알고 있으니만큼 아버지의 병을 핑계 삼아 생각할 여유를 좀 달라고 청하려 하자 별안간 화제를 엉뚱한 방향으로 돌렸다.

"아 참, 노부모토 님은 구마 도령 저택에서 기치보시 님을 만나셨더군요. 그때 그 부인께서는 성안에서 안녕하신지 안부 전해달라고…… 이것은 기치보시 님의 개인적인 전갈입니다."

노부모토는 기분이 몹시 꺼림칙했다. 그때 문득 노부모토가 품었던 해치려던 마음을 이런 때 입에 담다니. 선의로 해석하면 오다 편에서 노부모토를 의심하고 있다는 충고로도 들리고, 어쩌면 더 이상 두말 못 하게 하려는 책망으로도 들렸다. 한 성을 다스리는 자가 성 밖의 여자와 정을 통하고, 더구나 기치보시 앞에서 그 여자를 성으로 맞아들이겠다고 큰소리쳤다. 그런 태도는 오다 쪽을 너무 가벼이 보는 게 아니냐는 은근한 빈정거림도 충분히 내포되어 있다.

아버지 다다마사와 의논한 다음 대답해 주겠노라고 사자를 돌려보냈지만, 어쩔 수 없는 불쾌감이 더러운 악취처럼 남아 있었다.

"그것 보라지. 오다이를 히로타다에게 출가시키더니……."

말터를 여섯 바퀴 돈 다음 목재창고 가까이 이르렀을 때였다. 달리는 말 앞으로 느닷없이 뛰어들어 준엄한 목소리로 부르는 자가 있다.

"형님!"

사람 그림자에 놀라 달리던 말이 앞다리를 번쩍 쳐들었다. 그 순간 말 옆구리에서 등자가 떨어졌다.

"망할 것!"

노부모토는 아슬아슬하게 낙마를 면하고 땅에서 비틀거렸다.

"노부치카 아니냐. 다짜고짜 뛰어들어 말굽에 채이면 어쩌려고!"

상대는 튕겨내듯 대답했다.

"채이지 않습니다. 할 이야기가 있습니다, 형님!"

오다이와 같은 어머니에게서 태어난 아우 노부치카였다. 깎은 앞머리 자국이 파르스름한 노부치카는 어머니 게요인을 닮은 눈썹을 잔뜩 치켜올리고 이마에 땀이 흘러 번들번들 빛나고 있었다.

"할 이야기가 있다고…… 이야기가 있으면 승마가 끝난 뒤에 하면 되지 않느냐? 버릇이 없구나, 노부치카."

"미처 몰랐습니다. 형님이야말로 아버님을 무시하지 마십시오."

"뭐, 내가 아버님을 무시했다고?"

"그렇습니다. 형님은 오다의 사자에게 뭐라고 대답했습니까? 아버님이 병환 중이시니 이번 출병을 거절하라고…… 이미 아버님과 의논되어 있잖습니까?"

노부모토는 혀를 찼다. 평소의 그와 달리 노하지는 않았다. 그는 눈짓으로 하인을 불러 고삐를 건네주었다.

"그 일로 얼굴빛이 달라져 달려왔느냐?"

"물론이지요. 우리 집안 중대사입니다."

"아니, 우리 집안뿐 아니라 마쓰다이라 가문에도 흥망의 갈림길이 될 거야."

노부모토는 땀을 닦았다.

"알아, 네 심정은 나도 잘 알고 있어."

오카자키성에는 네 어머니와 누이가 있으니까—라고 말하려다가 도로 삼켰다. 노부치카는 게요인이 낳은 다섯 아이 가운데 성품이 가장 급하고 순수했다. 한번 외곬으로 생각하면 가차 없었다. 아버지가 이제 오카자키와 싸울 마음이 없는데도 노부모토가 억지로 출병을 주장한다면 노부모토를 벨지도 모른다. 형제들 가운데 자신과 노부치카는 두 개의 불덩어리라고 노부모토는 생각했다.

"형님은 좀 생각할 여유를 달라고 답하여 사자를 돌려보냈더군요. 어디 들어봅시다, 그 생각을."

"가만있거라. 물론 생각이 있어서 한 말이지."

노부모토는 자칫하면 기가 눌릴 듯 자신의 입장이 불리하므로 책임 있는 자의 위압적인 태도를 보였다.

"여기는 덥구나. 저 큰 녹나무 아래로 가자."

그리고 앞장서 천천히 걸었다. 아직 말 위에서의 흔들림이 몸에 남아 땅이 움직이는 듯한 느낌이었다.

노부치카는 골똘히 생각에 잠긴 표정으로 형의 뒤를 따라 나무 그늘에 들어섰다.

"어, 덥다!"

형이 나무뿌리에 걸터앉아 다시 한번 땀을 닦는 것을 버티고 선 채 지켜보며 그는 말했다.

"나는 어머니를 공격하는 것이 두려운 게 아닙니다. 아무 이득 없는 싸움에 가담하여 혈육 사이에 무의미한 피를 흘릴 것이 두려울 뿐이지요. 형님은 어째서 딱 잘라 거절하지 못했습니까. 어디 한번 들어봅시다."

늠름한 말과는 반대로 어머니가 있는 성에 활을 쏘는 일을 몹시 두려워하고 있음을 역력히 드러내고 있다.

'이 녀석, 소심한 호인이로군.'

노부모토는 우스웠다.

"조급히 굴지 말고, 여기 앉거라."

형제의 머리 위에서 볶아대듯 매미가 울기 시작했다. 노부모토는 속으로 생각했다.

'노부치카 녀석, 아버지의 나쁜 점만 잘도 물려받았구나.'

뛰어난 머리를 지녔으면서 인정에는 매우 약했다.

"—모든 게 집안을 위해서다."

아버지 다다마사 역시 입으로는 그렇게 말하면서도 기요야스에게 뺏긴 아내에게 언제까지나 미련을 가지고 있었다. 오다이를 출가시킨 것도 말하자면 형태를 바꾼 그 미련의 표현이 아닐까. 아내를 뺏기고도 노하지 않고 오히려 딸을 출가시켜, 그 딸이 낳은 손자가 상대 집안을 이어가게 한다……면 세상의 여느 남자들이 할 수 없는 관인대도(寬仁大度)한 깊은 계략으로 보일 수도 있지만, 알고 보면 하나의 미련 위에 쌓아올린 애매한 집착에 지나지 않는다.

노부치카는 거친 기질에 어울리지 않게 그 점은 아버지를 꼭 닮았다. 문제는 때와 힘을 관찰하고 계산해 낸 냉철한 답이 아니라 어머니 게요인과 누이 오다이에 대한 집착이라고 노부모토는 생각했다. 세상은 이러한 부모 자식 사이의 인정이며 감정이 통할 만큼 호락호락하지 않다.

"너는 혈육 사이에 흘리는 무의미한 피라고 했느냐."

노부치카는 젊은 혈기에 넘치는 태도로 고개를 끄덕였다.

"그렇습니다. 이득 없는 싸움에서 미즈노와 마쓰다이라 두 집안이 더 이상 원한을 쌓아가는 건 어리석기 짝이 없는 일이지요."

"어리석기 짝이 없다…… 핫핫하, 예사로 들어넘길 수 없는 말을 하는구나. 너는 대체 오다와 이마가와 두 가문 어느 쪽에 미래를 걸겠느냐?"

"아무 쪽에도 걸지 않겠습니다. 우리는 오다도 아니고 이마가와도 아니지요. 미즈노란 말입니다."

"그렇듯 큰소리치지만 내 이름을 봐라. 노부모토의 노부는 노부히데의 노부, 모토는 이마가와 요시모토의 모토가 아니냐?"

"거기까지 생각한다면 더더욱 어느 쪽도 편들지 않는 게 상책이겠지요."

노부치카가 대들자 노부모토의 목소리도 날카로워졌다.

"그게 너무 안이한 생각이란 말이다! 두 영웅은 양립할 수 없는 법이다. 이미 그 시기에 이르러 있어. 모호한 기회주의는 용납되지 않아."
그리고 목소리를 조금 낮추었다.
"알겠느냐? 이마가와는 아시카가 쇼군에게서 뻗어난 가지라지만 이미 늙었다. 교토식 풍류를 그리워하는 고목이지. 거기에 비해 오다는 새로이 힘을 얻어 마구 뻗어나는 어린나무가 아니냐. 이 두 그루의 나무가 함께 무성할 동안은 무사하나 이미 어느 한쪽을 베지 않으면 한쪽이 우거질 수 없는 한계까지 와 있다. 너의 머리로 그것을 모를 리 없겠지."
"전혀……."
"모르겠단 말이냐?"
노부모토는 노여움을 누르며 씁쓸하게 웃었다.
"다시 한번 말하마. 이런 경우 서로 감정은 버리기로 하자. 나 역시 감정적으로는 오다를 조금도 좋아하지 않아. 그러나 용호(龍虎)는 나란히 설 수 없는 법. 용을 택하느냐 범에 거느냐, 거취를 뚜렷이 정해야만 할 때가 온 거다."
그러자 노부치카는 형에게 한 걸음 다가서며 큰 소리로 껄껄 웃었다.
"그것이 형님의 깊은 생각이십니까?"
"뭐라고?"
"용호는 나란히 설 수 없다고요? 핫핫핫하, 확실히 그런 속담도 있지요. 하지만 다른 속담도 있습니다. 용호가 싸우면 한쪽은 다치고 한쪽은 쓰러진다고. 형님은 그런 줄 아시면서 왜 자진하여 싸움에 휩쓸리려 하십니까?"
바짝 얼굴을 들이대자 노부모토의 볼에서 핏기가 가셨다.
'건방진 녀석…….'
모든 일에는 언제나 두 가지 면이 있다. 그런데 하필이면 용호의 속담으로 대꾸하다니…… 예전의 노부모토였다면 틀림없이 당장 칼로 베었을 것이다. 그러나 지금 그는 성주였다. 온갖 반대론을 배짱과 힘으로 누를 수 있는 도량과 책임을 지녀야 한다. 노부모토는 차츰 커지는 불쾌감을 누르고 고개를 크게 두세 번 끄덕였다.
"그래, 그런 속담도 있지…… 그러나…… 노부치카, 쓰러지는 용과, 상처 입고도 이길 호랑이를 미리 알 경우에는 어떻게 할 테냐? 그래도 너는 두고 보겠느냐?"
"그럼, 형님은 그것을 안다는 말씀입니까?"

"그렇다."
"그렇다면 나는 더욱 오다 편을 들지 않겠습니다. 그 이유는……."
노부치카는 형을 굴복시킬 수 있을 거라고 생각한 모양이다. 옷자락을 펼쳐 나무뿌리에 걸터앉는다.
"만일 우리가 도와서 별다른 상처도 입지 않고 이긴다면 이 범이 무슨 짓을 하리라고 생각합니까? 가리야는 오와리와 경계선이 맞닿아 있어요. 이 같은 중요한 곳에 한 핏줄도 아닌 우리를 그대로 둘 줄 아십니까? 구실을 만들어 멸망시키려고 덤벼들 때 우리를 버티어줄 무엇이 있다고 생각합니까?"
"흠……."
"지금은 가만히 두고 볼 때라고…… 아버님을 비롯하여 여러 중신들이 이미 결정한 일. 범의 상처가 뜻밖에 깊고 이쪽에 힘이 있다면 그리 쉽사리 우리에게 발톱을 들이댈 수 없을 겁니다. 형님도 그 이치는 잘 아시잖습니까?"
약자의 슬픔은 어느 시대에나 마찬가지다. 이쪽으로 가야 하나 저쪽으로 가야 하나 하는 망설임으로 끝나지 않고 중립파도 어쩔 수 없이 소용돌이에 휩쓸리게 된다. 미즈노성에도 당연히 그 세 파가 있었다.
말이 막힌 듯 노부모토가 입을 다물자 젊은 노부치카는 형이 굴복한 것으로 생각했다. 말이나 이론이 그대로 사람을 움직일 수는 없는 불완전한 것임을 그의 젊음은 아직 알지 못했다. 때로는 이론의 승리가 오히려 상대의 감정을 폭발시킬 수도 있다. 지금 노부치카는 자신도 모르는 새 그 짓을 저질렀다. 노부모토는 이 건방진 말솜씨를 가진 아우에게 굴복하기는커녕 더 이상 참을 수 없음을 느끼고 있었다.
'문답은 필요 없다!'
그것은 옳고 그름의 문제가 아니라 인간이 지닌 숙명인 듯했다.
'베어야만 한다!'
노부모토는 생각하고 또 생각한 뒤 곧 그것에 대한 이유를 붙였다. 이 아우는 어머니와 누이에 대한 인정에 눈이 멀었다. 이러한 맹목을 그대로 두면 언젠가 틀림없이 미즈노 집안에 멸망의 씨앗을 뿌릴 것이다.
'베어야만 한다!'
이러한 자신의 결의 속에, 어머니를 사모하는 이 배다른 아우에 대한 질투가 깔려 있음을 그는 알지 못했다. 노부모토는 그러한 어머니의 정을 몰랐던 것이다.
"그래…… 네 생각에도 일리가 있구나."
노부모토는 다시 한번 고개를 끄덕였다.
'이놈을 대체 어디서 벤담?'
목표를 정하고 나자 문득 한 가지 생각이 머리에 떠올랐다.
'그래! 구마 저택의 오쿠니가 있는 데서 베도록 하자.'
일그러진 시대는 그대로 일그러진 사람을 만든다. 이미 혈육의 살상을 도리에 어긋나는 일로 여기지 않는 난세였다. 살아남기 위해서는 온갖 모략이 필요했다. 그러한 의미에서 하루의 양식을 위해 허덕이는 농민이나 영주나 모두 평등했다. 그처럼 역사상 보기 드문 난세에 태어난 것이다. 오다 편에 붙는 게 살아남는 길이라고 믿는 노부모토로서는, 만일 오다 쪽에 가담하기로 결정되면 자기를 벨지도 모르는 아우는 자신의 안전을 위해 베지 않으면 안 될 존재일 수밖에 없었다.
그러나 그 노부치카를 구마 저택의 오쿠니 앞에서 베려고 생각했을 때 '일석이조!'라고 생각하면서 으스스 한기를 느꼈다. 너무나 잔인하다……고 생각되지만 난세의 상식은 그러한 감상을 용납하지 않는다.
노부모토는 고개를 끄덕였다.
"내 생각이 좀 얕았는지도 모르지. 하지만 성안에서 이런 이야기는 조심해야 돼."
"그러시면?"
"내 생각을 찬찬히 이야기하마. 네 의견도 잘 들어보고. 아무튼 다른 사람 귀에 들어가 결속을 어지럽히게 되면 큰일이다. 지금은 바쁘니 이 이야기는 구마 도령 집에서 하기로 하자."
그리고 슬그머니 일어서자 노부치카는 고개를 끄덕였다. 노부치카는 형이 이렇듯 굽히고 나오는 게 기뻤던 것이다.
"알겠느냐? 구마 저택 뒤쪽의 도개교를 내려놓을 테니 아무도 몰래 오너라."
"시각은?"
"달 뜨기 전 오후 8시쯤…… 신호는 다리를 건너 사잇문을 두 번씩 세 번 두드리면 된다."
그것은 노부모토가 오쿠니 방에 갈 때의 신호였다.

"두 번씩 세 번."

"그래, 얼굴을 단단히 싸매고 오너라. 마중 나오는 여자에게는 나인 줄 알게 하고 말하지 마라. 나는 그 전에 가 있겠다. 거기서 내가 오다 님 사자에게 왜 애매하게 답하여 돌려보냈는지 그 이유를 이야기하고 또 네 의견을 들어보기로 하마."

노부치카가 고개를 끄덕이는 것을 보고 노부모토는 녹나무 아래에서 성큼성큼 걸어나갔다.

머리 위에서 매미가 잠시 쉬었다가 다시 울기 시작했다. 바람이 일렁일 때마다 연기처럼 먼지가 일며 등에 땀이 솟았다.

목재창고 옆을 돌자 노부모토는 입 속의 먼지를 뱉으며 허공을 노려보았다.

'건방진 놈!'

노부히데의 사자 히라테의 자못 침착한 표정이 노부치카의 얼굴과 포개어져 눈에 떠올랐다. 성 밖 여자를 찾아다니는 사실이 오다 편에 알려진 것은 실수였다. 오쿠니는 사랑스러운 여자다. 나긋하게 매달리는 그 마음도 몸도. 하지만 그녀를 성안으로 불러들이면 성을 다스릴 수 없다.

노부치카를 오쿠니 있는 데로 유인하여 그를 오다 편 첩자에게 베게 함으로써 노부치카와 자신에 대한 소문을 한꺼번에 없앤다. 생각해 보니 그것은 일석이조가 아닌 삼조(三鳥)였다. 그렇게 함으로써 오쿠니의 사랑을 단념시킬 수도 있기 때문이다.

'불쌍하지만 하는 수 없다.'

노부모토는 따가운 뙤약볕을 손으로 가리며 본성으로 들어갔다.

본성의 거실로 돌아간 노부모토는 시종들을 물리치고 뜰로 나갔다. 뜨거운 볕 속에서 정원관리인 아쿠타가와 곤로쿠로(芥川權六郞)가 세 정원사를 데리고 못에 물을 끌어들이기 위해 작은 해자의 돌을 매만지고 있었다.

"어떤가 곤로쿠, 물을 잘 끌어들일 수 있겠나?"

노부모토가 소리치자 뒷짐 지고 돌의 배치를 줄곧 지켜보고 있던 곤로쿠로가 단정하게 인사했다.

"오, 주군님께서…… 실은 이 등롱을 둘 자리가……."

말하면서 노부모토를 세 정원사 곁에서 떨어지게 하고 목소리를 낮추었다.

"주군님, 역시 주군님이 보신 대로였습니다. 오다 편에서는 주군님이 가담하지 않으려는 눈치가 보이면 답을 들을 것도 없이 곧 나고야로 돌아오라고 히라테 님에게 밀명을 내린 모양입니다."

"역시 그랬군. 다른 정보는?"

곤로쿠로의 얼굴에 엷은 웃음이 떠올랐다.

"다른 것은 필요 없을 듯싶어 아직 염탐시키지 않았습니다. 주군님, 저쪽에서는 구마 저택만 누르고 있으면 주군님을 언제든 제거할 수 있다고 가볍게 생각하는 모양이니 소홀히 성을 나가시면 안 됩니다."

노부모토는 콧소리를 내어 웃었다. 그가 만일 오다 편에 협조하지 않는다면 그대로 용인해 줄 노부히데가 아니다. 그건 곤로쿠로가 굳이 말하지 않아도 잘 알고 있다.

"—시건방진 놈, 함부로 우쭐대기는."

우에노, 사쿠라이, 안조로 포위망을 좁히고 오카자키와의 연락을 끊어놓은 뒤 독 안의 쥐처럼 잡으려는 게 틀림없었다. 그렇게 결정 내리면 우선 방해되는 노부모토를 먼저 구마 저택에서 없애려 할 것이리라. 구마 저택으로 가는 노부모토의 사사로운 비밀을 성안 사람은 모를지라도 오다 편에서는 환히 알고 있다.

"곤로쿠, 이리 좀 더 가까이 와."

노부모토는 짐짓 뜰의 풍치를 바라보는 듯한 거동으로 인부 곁에서 다시 7, 8간 떨어졌다. 이 곤로쿠로는 말할 것도 없이 닌자(忍者 ; 둔갑술을 쓰는 사람)였다. 남북조 동란시대에 구스노키(楠)씨가 이들을 활발하게 이용한 뒤부터 여러 무장들 사이에 닌자를 부리는 일이 성행했다.

"곤로쿠, 너는 내 부하냐, 아니면…… 아직도 아버님과의 인연을 끊지 못한 아버지의 닌자냐. 먼저 그것부터 알고 싶구나."

노부모토는 아무렇지 않게 말하면서도 눈만은 날카롭게 상대를 지켜보았다. 곤로쿠로는 노부모토를 똑바로 쳐다보았다.

"이상한 말씀을 하시는군요. 닌자에게 두 마음은 없습니다. 큰주군님께서 주군님에게 넘겨주신 비장의 무기…… 그렇습니다, 넘겨받은 무기라고 생각해 주십시오. 무기에 마음은 없습니다."

노부모토는 희미하게 웃음을 떠올렸다.

"그러나 자네들 일은 속이는 것이 아닌가. 이런 말은 아버님 귀에 들어가게 하고 싶지 않네."

이번에는 곤로쿠로가 희미하게 웃었다.

"분부하신다면 큰주군님 목이라도 갖다 바치지요. 물려받은 칼은 주인의 뜻대로……."

노부모토는 나직하게 꾸짖었다.

"닥쳐라! 그래, 내가 잘못했다. 믿지 않고 닌자를 부릴 수야 없지. 아버님께는 말씀드리지 마라."

"닌자에게는 입도 없습니다."

"오늘 밤 나는 구마 저택에 숨어들 것이다."

"예? 그러시면……."

"위험하다는 말이겠지. 알고 있어. 늘 하던 대로 도개교로 해서 오쿠니한테 몰래 가겠다. 나도 솜씨에 자신은 있어."

"알고 있습니다. 하지만 그것은 좀."

"물론 위험하지. 알고 있어. 뜰을 지나갈 때는 조심하고 있으니 칼을 맞지 않을 거다. 방에 들어갔을 때가 좋은 기회지. 여자가 칼을 받아들 것이다. 두 소매로 받아서 칼걸이에 놓는…… 바로 그때야. 오다 편 자객들이 나를 칠 수 있는 기회는."

곤로쿠로는 표정을 보이지 않는 닌자의 습관대로 조용히 화석이 된 듯 입을 다물어버렸다. 그는 어렴풋이 이 주인이 무엇을 명령하고 있는지 알았던 것이다.

"나는 아버지의 병환을 이유로 오다 편에 가담하기를 거절했다. 이런 방해물, 믿을 수 없는 멍청한 놈을 오다 편에서 살려둘 리 없지."

"……."

"알겠나? 나는 오후 8시쯤 구마 저택으로 간다."

"……."

"나를 보호할 생각은 하지 마라. 나는 도개교를 건너 뒷문으로 들어갈 것이다."

곤로쿠로는 그제야 무릎을 탁 쳤다.

"그러면 주군께서는 오쿠니 님 방에서 싸우다 돌아가실 생각입니까?"

"그렇다, 내 얼굴에 이미 죽을상이 나와 있지 않느냐?"

"그러시다면…… 이 곤로쿠로는 그곳에 따라가지 않겠습니다."

"그러면 되는 거야. 알겠나!"

"어차피 죽을상이 나와 있다면 오다 편 자객들에게 주군님이 변장하고 숨어드신다는 것을 알려주기로 하지요."

"역시 가리야에 잠복해 있던가."

"예, 쓰게(枯植)파에서 세 사람씩 세 무리, 사자보다 이틀 전부터 숨어들어와 있습니다."

"호, 그 차림새는?"

"아버지와 아들, 장님, 거지, 그리고 마부와 승려입니다."

그 말이 끝나기도 전에 노부모토는 슬그머니 곤로쿠로 곁을 떠났다. 이쯤 말해두면, 마음도 입도 갖지 않은 이 사나이는 틀림없이 상대 첩자를 선동하여 구마저택에 자객을 매복시킬 게 분명했다.

노부모토는 잔혹하다는 마음이 다시 들었으나 고개를 흔들어 이 감상을 털어버렸다. 그리고 마루에 올라가 손뼉을 쳐서 세숫물을 가져오게 했다.

"덥구나!"

옷을 훌훌 벗어 던졌다. 살결이 하얗다. 우람하게 솟아오른 근육 사이로 땀이 번들거리며 흘러내리고 있었다.

흐드러지게 핀 싸리꽃

노부치카는 해가 지기를 기다려 본성을 빠져나갔다. 달은 아직 떠오르지 않았다. 아버지 거처에 불이 켜지자 창 밑에 흐드러지게 핀 싸리꽃이 장지문 밖에 그려놓은 듯 비치고 있었다.

'아버지도 이제 오래 사시지 못한다…….'

그는 문득 인생을 생각하면서 성의 식량창고로 가는 문을 지나 중간성벽 밖으로 나갔다. 하늘에는 은하수가 아름답게 걸렸고 바다로 내밀어진 서쪽 축대 아래에서는 파도가 부드럽게 찰싹이고 있다.

오카자키로 시집간 오다이에게서 아기가 태어난다…… 사람이 하나 새로이 이 세상에 나온다는 것도 신비롭지만 그 아기와 교대하듯 다다마사가 같은 세상에서 사라지려는 것도 불가사의한 일이었다. 100년을 산 사람은 없다지만 늙은이 없는 시대도 없고 젊은이 없는 시대도 없다. 태어나고 죽고, 죽고 태어나며 늘 이 세상에 사람이 넘치고 있는 것이 이상하다. 이같이 살고 죽는 것을 결정하는 열쇠는 대체 누가 쥐고 있는 것일까? 신? 부처?

발밑에서는 올해도 변함없이 벌레들이 울어대기 시작한다. 갓 피기 시작한 싸리꽃도 이상하고 사람에게 늙고 젊음이 있는 것도 이상했다. 호조니, 다케다니, 오다니, 이마가와니 하며 서로 싸우는 그들은 과연 언제까지 살 수 있을 것인가. 올해의 매미는 작년 매미가 아니듯 시간의 차이가 있을 뿐 사람이나 매미나 마찬가지다. 베는 자나 베이는 자나 대지를 측량하듯 정확하게 다 같이 이 세상을 떠나간다.

'그런데도……?'

식량창고에서 북문으로 가는 돌층계를 뚜벅뚜벅 올라가며 노부치카는 형과 너무 다투지 말아야겠다고 생각했다. 낮에는 자기가 좀 지나쳤다. 형 노부모토가 오다 편에 가담하여 자기와 다다모리에게 어머니가 있는 성을 공격하게 할 것……이라고 생각하자 머리에 피가 솟구쳤다. 피는 본능적으로 생사에 대한 것을 알고 있어, 어리석은 싸움에 항의했던 건지도 모른다.

오다이가 낳는 자식이 어떤 운명을 지니고 태어날지 모르나 이미 그 싹이 자라고 있다. 그 아이를 무사히 낳게 해달라고 줄곧 기원드리고 있다. 그 기원이 형에 대한 심한 질책이 되었다.

게다가 노부히데의 소행을 노부치카는 좋아하지 않았다. 신을 두려워하지 않는다고 아버지는 말하는데, 모든 것을 너무 지나치게 힘으로 부자연스레 이루려 하고 있다. 아니, 그것은 문벌이며 귀족에 대한 광포한 증오덩어리로 변질된 것이라고도 할 수가 있었다. 농부든 상인이든 들무사(野武士 ; 산과 들에 숨어 패잔한 무사들의 갑옷이며 무기를 탈취하기도 하던 무사며 토민 집단)든 닥치는 대로 선동하여 힘으로 천하를 잡으려 한다. 과거의 모든 것을 부정하고 지난날의 지배자들 백골 위에 군림하려고 초조해 있다. 노부치카는 그 점을 이해할 수 없었다. 과거의 권력자도 한 꺼풀 벗기고 보면 역시 도덕의 가면을 쓰고 마찬가지 일을 해왔음에 틀림없다. 더욱이 그 가면은 언제나 제동기(制動機) 구실을 하며 악을 눌렀다. 그런데 노부히데는 그러한 가면마저 동댕이치고 태연히 자신을 위해 백성을 선동하고 자신을 위해 백성을 불태운다.

형 노부모토는 그 힘에 현혹되어 오다 편을 들려고 급급해 있다. 아니, 노부치카가 낮에 그 잘못에 대해 이야기했기 때문에 오늘 밤 구마 저택에서 노부치카의 의견을 들어주겠다고 했다.

'다투어선 안 된다. 차분히 설득하자.'

노부치카는 바깥해자 둑에서, 무사 집을 방문하고 오겠노라고 가볍게 말한 다음 성문 밖에 서서 다시 한번 찬찬히 머리 위 은하수의 숨결을 우러러보았다.

성 밖에는 바람이 불고 있었다. 이 바람은 아마 오카자키의 밤도 어루만지고 있으리라. 문득 노부치카의 뇌리에 어머니 게요인의 모습이 떠올랐다. 그 게요인의 품에 가슴을 묻고 울고 있는 오다이의 모습도 떠오른다. 노부치카가 아버지 대신 오카자키성으로 오다이를 바래다주었을 때 10년 만에 서로 얼싸안았던 세 모자의 모습이었다.

그때도 노부치카는 인간 세상의 기이하게 비뚤어진 모습에 머릿속이 멍해져 왔던 것을 기억하고 있다. 세 사람이 가까이 있다는 것만으로도 온몸이 저리는 듯한 기쁨을 느꼈건만 어째서 세상은 하찮은 구실로 울타리를 만들어 서로를 떼어놓는 것일까. 어째서 어머니와 자식이 다가서는 자연스러움을 허용하지 않는 것일까……?

사실 그때부터 노부치카의 머리에는 인간 세상에 대한 야릇한 불신과 의혹이 쌓여갔다. 영토 유지에 급급하며 살아가는 이들은 고사하고라도 그것을 넓히려고 약자에게 가차 없는 살육의 손을 뻗는 데는 증오와 연민을 동시에 느꼈다. 아무리 많은 사람을 죽인 귀장(鬼將)도 이윽고 늙으면 약자와 마찬가지로 죽음의 손에 안긴다는 것을 잊고 있다. 죽음과 삶은 만인에게 똑같이 부과된 엄숙한 환희이며 가혹한 형벌임을 사람들은 과연 알고 있을까.

노부치카는 어느덧 곤타이사의 어두운 숲을 빠져나가 논두렁 사이로 구마 저택을 향해 걸어가고 있었다. 벼는 벌써 이삭이 패었다. 발밑에서 개구리가 시끄럽게 울어댄다.

노부치카는 다시 한번 마음속으로 다짐했다.

'오늘 밤에는 형과 다투지 말아야지…….'

그가 느낀 인간 세상의 슬픈 현실을 조용히 이야기하여, 스스로 싸움터로 나아가는 어리석은 짓을 그만두게 하자.

구마 저택의 해자가 눈앞에 반짝이고 어둠 속에 어렴풋이 떠오른 토담 너머로 기암(奇岩)을 쌓아놓은 듯 광과 나무들이 겹쳐 있다.

노부치카는 품속에서 두건을 꺼냈다. 이제는 그리 덥지 않아 땀도 말라 있었다. 얼굴을 싸매고 나자 노부치카의 걸음이 빨라졌다. 담 아래 버드나무 밑을 지나 곰팡내 풍기는 뒷문으로 돌아갔다.

약속한 대로 거기에는 굵은 밧줄로 도개교가 내려져 있었다. 곰팡내는 거기에서 나는 듯했다. 개구리가 소리 내며 해자로 풍덩 뛰어들자 잠잠하던 수면에서 별이 스르르 북녘으로 흘러갔다.

노부치카는 가만히 주위를 돌아보고 급히 다리를 건넜다. 그는 이 저택에 오쿠니라는 처녀가 있다는 것을 알고 있었다. 이 집 주인이 평생 신에게 종사시키겠노라 정해놓고 세상을 떠났으며, 깊은 규중에서 자라난 박꽃처럼 아름답다……는 소문도 누구한테선가 들은 적 있었다. 그러나 그 처녀가 형 노부모토에게 거칠게 꺾여 불같은 사랑의 포로가 되어 있는 것은 알지 못했다. 한 성을 다스리는 성주의 아들이 성 밖에서 여자와 정을 통한다—는 것은 상상도 못했던 시대였기 때문이다.

다리를 건너자 노부치카는 형이 말한 대로 사잇문을 찾아 두 번씩 세 번 두드렸다. 안에서 문이 스르르 열렸다.

"노부모토 님……?"

나직이 가쁜 숨을 몰아쉬는 소리와 함께 사향 내음이 밤공기를 꿰뚫고 전해져 왔다. 빨아들이듯 다가오는 여자의 숨결에서 심상치 않은 기척을 느끼고 노부치카는 의아하게 생각했다. 밤이라 똑똑히 보이지 않지만 시녀나 하녀 같은 느낌은 아니었다. 어슴푸레 떠오른 하얀 얼굴과 나긋나긋한 자태에서 야릇한 기품이 풍긴다.

'이 댁 처녀 오쿠니가 아닐까……?'

신에게 종사하는 무녀를 이토록 자유자재로 부린다면, 형이 이 집에 뻗치고 있는 영향력의 정도를 짐작할 수 있다.

"—구마 도령은 내 손안에 있어."

이렇게 말하고 있었는데, 그것은 자만심이 아니라 실제로 나미타로를 심복시키고 있는 건지도 모른다.

노부치카 뒤에서 여자가 살며시 사잇문을 닫았다. 그러고는 또 매달리듯 노부치카의 손을 잡고 두 손으로 감싸 가슴에 품듯이 하고 걸어갔다.

"오쿠니 님이오……?"

노부치카는 옆구리에 찰싹 달라붙는 부드러운 팔을 느끼고 눈이 아찔했다. 손목은 두근거리는 젖가슴에 닿아 있었다.

오쿠니는 걸으면서 대답했다.

"네…… 기다리다 지쳐서……."

죽을 것만 같았다고 말하고 싶었지만 그 말은 숨결 때문에 끊어졌다. 만일 그렇게 말했다면 노부치카는 사람을 잘못 본 것임을 알았겠지만, 충분치 못한 말은 젊은 노부치카를 점점 더 당황하게 했다. 신을 섬기며 세상모르고 자랐다고 들었는데, 이것이 세상에 흔히 있는 예법이나 수줍음과는 다른 세계의 예법인 것일까? 음란함과는 다른 교태가, 교태와는 다른 두근거림이 그대로 곧장 혈관을 울려온다.

사잇문을 둘 지나갔다. 불이 켜지지 않은 등롱이 있고 돌이 있었다. 그리고 여기도 싸리가 흐드러지게 피어 있구나 하고 느꼈을 때 툇마루 끝에서 조그맣게 소리 내며 떨어지는 물받이의 물에 반짝이는 별이 비쳤다.

오쿠니가 말했다.

"칼을."

그러나 그 손은 여전히 노부치카를 놓지 않은 채 몸을 돌려 검은 머리를 그대로 가슴에 묻었다.

노부치카는 칼에 손을 댔다. 여자의 방으로 들어갈 때는 칼을 내주는 게 예의였다. 하지만 요즘은 처음 찾아간 집에서는 함부로 내주지 않는 관습도 통용되고 있다. 실제로 오카자키성 사람들은 칼을 찬 채 뒷간에 들어가는 것으로 유명했다.

"—이것이 난세의 마음가짐이오."

노부치카도 젊은 혈기가 없었던들 어쩌면 칼을 내주지 않았을지도 몰랐다. 그러나 오쿠니의 동작은 그의 이성을 야릇하게 마비시켰다. 오쿠니가 가슴에서 빠져나가기를 기다려 노부치카는 칼을 내주었다. 오쿠니는 그것을 두 손으로 받쳐 들고 서둘러 툇마루에 한 발을 올렸다.

그 순간—

물받이의 물이 떨어지고 있는 이끼 낀 돌 뒤에서 갑자기 긴 창이 쑥 내밀어졌다. 공기의 움직임도 소리도 전혀 없었다.

"으윽."

노부치카는 나직이 신음한 다음 조그만 소리로 불렀다.

"오쿠니 님…… 오쿠니 님……."

그러자 비로소 정원의 싸리와 가는 대나무가 희미하게 흔들렸다. 노부치카는 허벅지에 꽂힌 창대를 꽉 움켜쥔 채 다시 말했다.

"오쿠니 님, 칼을."

오쿠니가 의아한 듯 되물었다.
"칼을……?"
그리고 비로소 세면대 너머 싸리밭 속의 희미한 소란을 깨달았다. 습격하는 쪽도 당하는 쪽도 그토록 조용했던 것이다.
오쿠니는 달려와 칼을 내밀며 떨리는 목소리로 물었다.
"혹시 괴한이……?"
대답은 없었다. 오쿠니가 받쳐든 칼에 손이 닿았다. 그때 검은 그림자가 둘, 귀신처럼 세면대 뒤에서 달려나왔다. 공기가 윙 울린 것은 그 그림자 하나에 노부치카가 칼을 내리친 소리였고, 다른 하나의 그림자는 홱 물러서서 태세를 갖추었다.
오쿠니의 눈에는 아무것도 보이지 않았다. 살기만이 느껴져 한순간 공포에 온몸을 떨었다.
"괴한……!"
외치려 하나 소리가 나오지 않는다.
노부치카는 비로소 두건 속에서 나직이 말했다.
"사람을 잘못 보았다. 나는 시모쓰케노카미 노부모토—"
형의 말이 생각나 형 이름을 댔다. 그때 벌써 노부치카의 눈은 어둠 속에서 상대의 모습을 보고 있었다. 검은 옷차림은 아닌 듯했다. 닌자들이 흔히 사용하는 붉은색이 틀림없었다. 움직이면 그대로 어둠 속으로 사라져버릴 것 같았다.
"물러가지 않는 것을 보니 사람을 잘못 본 게 아닌 모양이로군."
그래도 상대는 나무처럼 꼼짝하지 않는다. 형을 노리고 있는 게 분명했다. 그렇다면 이 상대는 누구일까? 노부치카는 그것이 궁금했지만 동시에 심한 증오가 치밀어올랐다.
한 사람의 무기는 분명 칼이었다. 다른 하나는 노부치카에게 창을 빼앗기고 소도(小刀)나 아니면 단도 같은 것을 쥐고 태세를 취하고 있는 듯했다.
허벅지만 찔리지 않았다면 노부치카는 틀림없이 분노에 못 이겨 그대로 베어버렸을 것이다. 피는 그리 나오지 않았지만 찔린 자리가 쑤시며 아파왔다. 사람을 부르게 하지 않은 것은 그 상처에 대한 젊은이다운 분노와 오쿠니에 대한 허영심에서였다.
칼을 꼬나든 하나가 발소리도 내지 않고 숨소리도 들리지 않는 야릇한 걸음으로 다가왔다. 그 순간 뒤쪽의 차양이 덜컹 울리며 또 하나의 모습이 앞에서 휙 사라졌다. 오쿠니가 외쳤다.

"위험해요! 누구 좀……."

그녀는 한 줄기 검은 실 같은 것이 머리 위를 훌쩍 뛰어넘어간 느낌이 들었다. 그 바로 뒤 차양 위에서 댓돌로 물방울이 튀었다. 노부치카의 눈이 그 그림자를 놓치지 않고 칼을 비스듬히 쳐올려 상대의 어딘가를 베어버린 것이다. 피가 흐르는 양으로 볼 때 상당한 타격을 입은 것 같았으나 차양 위에서는 여전히 신음 소리 하나 들리지 않는다.

"—"

이때 앞쪽의 흰 칼날이 살그머니 움직였다. 노부치카는 왼쪽으로 비켜서며 오른쪽으로 비스듬히 칼을 후려쳤다. 그 순간 차양 위에서 고양이처럼 검은 그림자가 노부치카에게 덤벼들었다.

으악!

그것은 인간의 소리가 아니라 짐승의 처참한 단말마 같았다. 그와 동시에 집 안에서 부산한 발소리와 함께 등불이 달려오고 있었다.

맨 먼저 달려온 사람이 오빠 나미타로인 것을 알자, 오쿠니는 정신이 아득해졌다.

"누가 당한 거냐?"

"노부모토 님입니다. 노부모토 님이 살해되었어요."

"뭣이, 노부모토 님이……."

이런 소리가 귓전에 다가왔다 멀어지며 마음을 스쳐갔다.

"어서 보살펴드려라. 노부모토 님이다……."

사람들이 또 하나의 부상자를 날라갈 때까지 의식은 거의 흐려져 있었다.

정신이 들고 보니 누가 매어주었는지 옷 위로 허벅지가 묶인 사람이 하나 마루 끝에 조용히 누워 있고 그 위로 어느덧 달빛이 하얗게 비쳐들었다. 오쿠니는 덤벼들 듯 그에게 매달렸다.

"노부모토 님, 노부모토 님……."

먼저 가슴에 귀를 대고 다음에 코에 입술을 댔다. 부끄러움을 잊고 상대의 생존을 확인하려는 것이었다.

맥박은 뛰고 있었다. 가냘프지만 호흡도 느껴졌다. 그렇지만 상대는 꼼짝도 하지 않았다.

"노부모토 님…… 노부모토 님."

그것은 살아 있는 인간이 무언가를 확인하려고 꼼짝 않고 있는 자세임을 오쿠니는 미처 깨닫지 못하고 있었다. 그녀에게 오늘 밤 사건은 하나에서 열까지 모두 뜻밖이었다. 만약 이대로 노부모토가 죽는다면 자기도 뒤따라 죽지 않고는 견딜 수 없을 것처럼 슬펐다.

"돌아가시면 안 돼요. 노부모토 님, 저도…… 이 오쿠니도 함께……."

오쿠니는 먼저 묶어놓은 허벅지의 상처를 살펴보았다. 큰 칼에 맞은 상처와 달리 출혈은 적었지만 찔린 곳의 살이 허옇게 부어오르고 살갗은 피에 젖어 있었다. 상대에게 의식이 없는 줄 알고 한 행위이리라. 망설임 없이 오쿠니는 그 피에 입술을 갖다 댔다. 아니, 입술이 아니라 혀로 핥으며 매달렸다.

이러한 처녀의 대담성에 아무리 노부치카라 할지라도 그것이 여느 감정이 아닌 것을 모를 리 없다.

"이 여자는 형을 애타게 사모하고 있다……."

형이 이미 사랑의 손길을 뻗은 사이임에 틀림없으리라…….

그러나 어떤 이해할 수 없는 커다란 의혹이 지금 노부치카를 사로잡고 있었다. 오쿠니가 자기를 형으로 착각하는 건 몰라도 나미타로까지 잘못 본다는 건 이상한 일이었다.

두 닌자 사이에 끼여 하나가 앞에서 쳐들어오는 순간 다른 하나가 차양 쪽에서 덤벼든다는 것은 예상할 수 있는 일이었다. 몸을 피하며 상대의 가슴을 푹 찔렀건만 과연 닌자라 단말마의 비명도 지르지 않았다. 그래서 자기 쪽에서 찔린 것처럼 비명 지르며 다른 한 명에게 칼을 휘둘렀는데, 그 소리를 듣고 먼저 와서 기다리고 있을 형이 달려오지 않은 것도 수상쩍었다.

'형은 어쩌면 오지 않은 게 아닐까……?'

그 의혹이 노부치카를 더욱 의아하게 만들었다.

'형이 나를 속였구나…….'

오쿠니는 이번에는 노부치카의 목을 끌어안고 복면한 위로 마구 입술을 갖다 댔다.

"노부모토 님, 돌아가시면 안 돼요. 먼저 죽으면 안 돼요."

오쿠니의 행위는 점점 더 대담하게, 점점 더 미칠 듯한 광태가 되어갔다. 달빛마저 성가스러웠던지 노부치카의 몸을 그늘로 끌어들이더니 이제 그 태도는 희롱인지 비탄인지 알 수 없을 지경이었다. 서로 맞닿는 온몸, 여느 때 같으면 젊음이 견뎌낼 수 있는 한도를 훨씬 넘어섰건만, 오늘의 노부치카에게는 상처보다 젊음보다 더한 아픔이 있었다. 나미타로가 형의 연인에게 이렇듯 자신을 맡겨둘 리 없으니, 그도 역시 자기를 완전히 형인 줄 알고 있는 것이다. 형이 오지 않았다는 증거였다.

"형은 끝내 나를……."

불같은 분노를 당연히 느껴야 할 터이지만 오늘의 노부치카는 칼날이 살갗에 닿은 것 같은 차가움을 느끼고 있었다. 오는 길에 인생 애증의 무의미함을 생각했던 탓일까? 아니면 눈앞에서 비명도 지르지 못하고 죽어간 닌자의 일생에 무상함을 느껴서일까? 틀림없는 형의 지시였다—그렇게 생각하면 할수록 마음이 어두워졌다.

한번 베려고 생각했으면 여기서 그만둘 형이 아니었다. 그러나 이토록 애타게 사모하는 여자를 미끼로 삼는 것은 너무도 잔인하다.

오쿠니는 어느새 노부치카의 두건을 벗기고 있었다. 자기 생명을 남자에게 불어넣으려고 찰싹 달라붙어 울고 있다. 이제 와서 그가 형 노부모토가 아닌 줄 안다면 이 처녀는 어떻게 할 것인가……?

노부치카는 갑작스러운 불길한 상황은 이겨냈지만, 그의 젊음은 아직 오쿠니의 어쩔 줄 모르는 마음을 위로할 방법까지는 알지 못했다. 그는 손을 뻗어 벗겨진 두건을 움켜쥐었다. 하다못해 얼굴이라도 감싸려고 했던 것인데 그것이 상대보다 자기를 위로하는 결과가 될 줄은 생각지 못했다.

노부치카가 움직이자 오쿠니는 소리 지르며 다시 매달려왔다.

"어머나……."

이 처녀 역시 처음부터 상대가 죽지 않은 것을 알고 있었던 것일까.

"정신이 드셨어…… 정신이 드셨어."

기다리고 있었던 듯 눈물에 축축이 젖은 볼을 사나이 가슴에 마구 밀어댄다.

노부치카는 한 손으로 재빨리 얼굴을 감쌌다. 어서 이 자리를 떠나자. 그리고 형과 대결하러 성으로 돌아가느냐, 아니면 이대로 종적을 감추느냐를 결정해야 한다.

달은 점점 밝아져 그늘의 어두움이 짙어졌다. 얼굴을 감싸고 이대로 떠난다면, 상대는 어쩌면 다른 사람인 줄 모를지도 몰랐다.

"오쿠니 님."

"네."

"나는 그대에게 거짓말은 못 하겠소."

"네……?"

"난 노부모토가 아니오. 노부치카요."

"네?"

"놓아주시오. 나는 형의 계략에 넘어갔소. 나는 아무것도 모르고…… 형이 시키는 대로…… 이 집에 왔소. 형은 여기서 나를 죽일 계략을 꾸미고 있었던 거요."

오쿠니의 몸은 아직 노부치카에게 매달린 채 깜짝 놀라 크게 물결쳤다.

오쿠니의 손이 살며시 노부치카의 몸을 떠날 때까지는 시간이 걸렸다. 그녀는 처음에 그 말을 노부모토의 장난인 줄 생각한 모양이었다.

몸을 가까이 대고 있는 오쿠니의 자세가 노부치카는 난처했다.

"오쿠니 님…… 놓아주시오. 난 노부모토가 아니오. 하지만…… 난 오늘 밤 그대의 간호를 잊지 않겠소."

듣고 보니 그 목소리는 노부모토와 비슷하기는 하나 확실히 좀 더 젊었다. 게다가 노부모토는 오쿠니의 이름을 거칠게 불렀지 님이라는 말은 한 번도 붙이지 않았다. 오쿠니는 온몸의 피가 얼어붙었다가 다시 수치의 불길로 바뀌었다. 잠자리를 같이한 상대인 줄 알고 애무하다가…… 다른 사람이라고 해서 그냥 끝낼 일이 아니었다.

'이 일을 대체 어쩌면 좋을까……?'

그 결심이 어렴풋이 형태를 갖출 때까지 손을 뗄 수도 숨을 쉴 수도 없었다. 눈을 뜰 수도 감을 수도 없는 난처함이요 크나큰 놀라움이었다. 그것은 노부치카에 대한 수치심보다 노부모토에 대한 부끄러움이며 자기 자신에 대한 수치이기도 했다.

'이런 경솔한 짓을 과연 노부모토 님이 용서하실까?'

생각이 여기에 이르자 답은 곧 죽음으로 이어졌다.

'죽어야 한다…… 죽음으로 잘못을 속죄해야지……'

각오가 되자 비로소 상대의 가슴을 안았던 손을 풀 수 있었다. 따라서 형의 계략에 속아 여기에 왔다는 노부치카의 말이며 그런 일을 시킨 노부모토의 자기에 대한 잔혹함까지는 생각할 여유가 없었다.

손을 풀자 노부치카는 마음이 놓였다. 그 자리에서 얼른 일어나려다가 깜짝 놀랄 만큼 아픈 허벅지의 상처를 느끼고 삶의 추악함에 사로잡혔다. 그는 얼굴을 찡그리고 이를 악물며 일어섰다. 그리 깊은 상처는 아니었으나 싸움터에서 입은 부상의 경험과는 다른 아픔이 뼈를 쑤시는 것 같았다.

그는 다리를 절뚝거리는 약한 모습을 보이는 것이 스스로 부끄러웠다. 성큼성큼 달빛 속으로 걸어나가 마루에서 한 발을 내렸다. 그때 안쪽의 어둠 속에서 장지문 열리는 소리가 났다.

"노부치카 님."

"누구요?"

"이 집 주인……"

"나미타로 님이오?"

나미타로는 그 말에 대답하는 대신 조용히 말했다.

"위험합니다."

"무엇이 위험하오? 아직도 잠복한 자가 있단 말이오?"

"아닙니다. 노부치카 님, 이대로 살아 있다간 위험합니다. 이 나미타로도 좀 화나는군요."

"무엇이?"

"어떤 분의 잔혹함, 인정을 모르는."

여기서 나미타로의 말에 힘이 주어졌다.

"상대의 계략에 넘어가주는 게 상책이겠지요. 다행히 시체가 하나 있으니 미즈노 노부치카, 무사로서 해서는 안 될 짓을 한 자, 구마무라의 시골 처녀와 정을 통하다 목숨을 잃었다고 소문내면 어떨까요? 그렇지 않으면 위태롭소."

노부치카는 한 발을 내려놓은 채 가만히 달을 쳐다보고 있었다.

오쿠니는 방 한구석에 몸을 숨긴 채 꼼짝도 하지 않았다.

달은 점점 더 밝아왔다. 툇마루에 한 발을 걸치고, 혈육인 형의 계략에 넘어가 죽느냐 죽이느냐의 증오에 찬 칼을 받은 노부치카의 모습이 그림처럼 은빛을 반사하고 있었다.

그 몇 초 동안 그는 한평생 나아갈 길을 결정해야만 했다.

나미타로는 여전히 조용하게 말했다.

"닌자를 해치운 솜씨, 훌륭하더군요. 그 솜씨라면 형님도 해치울 수 있겠지요. 그러나 이 나미타로는 찬성할 수 없습니다. 죽이는 자는 이윽고 죽는 법이니까. 인간의 아집이란 자신에게만 집착하는 아주 작은 거품에 지나지 않습니다."

노부치카는 여전히 말없이 달을 쳐다보고 있었다. 하마터면 자기 자신이 그 달에 빨려들어갈 것 같은 야릇한 외로움이 줄곧 가슴속을 오갔다.

"어떻습니까. 상대의 생각대로 노부치카 님 시체를 여기서 흙으로 돌려보내면?"

"그렇다면 그 닌자의 시체를 나로 꾸민단 말이오?"

"그러면 노부모토 님은 일이 성사된 줄 아시겠지요."

"음."

"노부치카 님을 죽이고, 오쿠니에게 부정(不貞)의 누명을 씌워…… 아니, 어쩌면 이 구마 저택에 다닌 자는 노부모토가 아니라 처음부터 노부치카였다고……."

"소문낼 작정이었을까요?"

"―그렇게 생각되는군요."

여기서 나미타로는 목소리를 낮추었다.

"만일 노부치카 님이 이대로 흙으로 돌아가시겠다면, 나도 오쿠니를 함께 잠들게 하겠습니다."

"뭣이, 오쿠니 님을……."

"예."

대답한 다음 나미타로는 말투를 바꾸어 노래 부르듯 말을 덧붙였다.

"이즈모에 아는 사람이 있습니다. 히노카와군(簸川郡) 기쓰키(杵築)에 있는 신사(神社)의 대장장이로 신분은 천하지만 나와 잘 아는 사이지요. 성은 고무라(小村), 이름은 사부로자(三郎左)……."

노부치카는 잠자코 그 말을 듣고 있었다. 오쿠니를 보낼 곳인 모양이었다. 갈 곳이 없다면 노부치카도 잠시 거기에 머물면 어떨까―그런 뜻인 것 같았지만 노부치카는 대답하지 않았다.

그는 마침내 뜰에 내려섰다. 주위는 비 오듯 쏟아지는 풀벌레 소리로 가득했다.

"고맙소. 당신 말대로 하겠소."

"흙으로 돌아가시겠습니까?"

"우선은."

"몸조심하십시오."

노부치카는 성큼성큼 걷기 시작했다. 벌레가 울음을 멈추었다가 다시 울기 시작했다. 뒷문께에 매어놓은 개가 요란하게 짖어대기 시작한 것은 노부치카가 무사히 사잇문에 이르렀다는 증거였다.

도개교가 삐걱거리며 올라가는 소리가 나자 나미타로는 방 한구석의 어둠 쪽을 향해 말했다.

"오쿠니, 슬퍼할 것 없다. 뜬세상의 인간 마음을 보았을 따름이지. 불쌍하고…… 초라한…… 인간의 마음을 보았을 따름이야. 알겠니? 한탄할 것 없어."

달빛은 점점 더 밝아오고 싸리잎 끝에 이슬이 내리고 있다. 도개교가 올라간 뒤 주위에는 벌레 소리뿐이었다.

아즈키 고개(小豆坂)

오랫동안 비가 내리지 않아 성도 망루도 바싹 메말라 있었다. 그 뜰 끝자락에 화톳불이 수없이 타오르고 있다. 새하얀 벽에 불꽃이 비쳐 출전 전날 밤의 슨푸성은 거리 한복판에 분홍빛 신기루가 일어난 것처럼 아름다웠다.

얼마쯤 살찐 24살의 성주 이마가와 요시모토는 단정히 입은 옷깃을 이따금 풀고 겨드랑이에 고인 땀을 닦았다. 투구와 갑옷은 뒤쪽 마루에 화려하게 장식된 채 놓여 있었지만 팔덮개와 각반을 단단히 매고 다다미 위에 놓인 노루가죽을 덮은 걸상에 감발한 채 앉아 있었다.

출전의 축배는 이미 마련되어 있었다. 칠하지 않은 나무 소반에 전투의 승리를 비는 밤과 다시마 안주를 갖춰놓고, 바깥성에서 통지가 오는 대로 질그릇잔을 깨고 성을 나가면 되는 것이다. 요시모토 바로 옆에는 그의 스승이며 군사(軍師)인 임제종(臨濟宗) 고승 오하라 셋사이(大原雪齋)가 보일 듯 말 듯한 미소를 띠고 있고, 양쪽에는 중신들이 늘어서 오와리의 오다 노부히데 가풍과는 대조적인 화려함을 보여준다.

그러고 보니 공경(公卿) 가문인 나카미카도 다이나곤(中御門 大納言)의 딸을 어머니로 둔 요시모토는 얼굴에 엷게 화장한 듯 눈썹을 그리고 입술에 연지를 바르고 있었다. 얼굴과 차림새는 귀인처럼 우아롭지만 골격과 눈빛에는 예사롭지 않은 날카로움이 엿보인다. 그 또한 18살 나던 해 봄부터 형 우지테루(氏輝)의 뒤를 이어 세파에 부대껴온 사나운 무장이었다.

"—내 적은 가이의 다케다. 그리고……."

언제나 여기서 목소리를 낮추었다.

"아버님의 고모부뻘 되시는 호조 하야모(北条早雲) 님의 자손."

조카들이라고 하여 그쪽에 마음을 많이 쓰고 있었으나 오와리의 오다가 그의 앞길을 막을 만큼 장애물이 되리라고는 생각지도 못했다.

요시모토는 어머니의 감화도 있어 어릴 적부터 한결같이 교토를 동경하고 있었다. 그 동경은 젠토쿠사(善德寺)에 들어가 승적(僧籍)에 올라 학문을 쌓는 동안 더욱 깊어졌다. 교토가 지닌 문화의 향기, 거기에 모든 인간이 꿈꾸는 우아하고 편안한 행복의 싹이 감춰져 있다. 그것을 캐내어 만민의 것으로 만들 자는 누구일까?

아시카가 일족의 피를 이어받아 스루가, 도토우미, 미카와 지방에서는 기라(吉良)씨와 겨루는 명문이라 칭송받는 가문의 긍지가 소년의 가슴에 그 꿈을 크게 부풀리고 있을 때 뜻밖에도 형 우지테루가 요절하고 말았다. 18살 난 요시모토는 환속하여 가문을 이어받았다.

그가 꿈꾸던 몽상의 씨앗은 대지에 뿌려졌다.

그는 우선 오하라 셋사이를 측근에 두고 이 스루가 땅을 높은 문화의 향기로 채우려는 이상을 세웠다. 국문을 혼용한 법령을 널리 퍼지게 하여 어진 정치를 하는 훌륭한 주군이라고 백성들로부터 숭앙받기 시작했다.

몽상은 물론 거기에서 끝내지 않았다. 같은 일족인 아시카가 쇼군의 위세는 이미 땅에 떨어져 있다. 그의 몽상이 머잖아 교토에 올라가 이 쇼군을 도와 자기 손으로 정권을 잡고 싶다는 생각에 이른 것도 전혀 이상할 게 없었다.

오와리의 오다를 새로이 일어난 실력주의자라고 한다면, 그는 자유와 문화를 지상에 펼치려는 문명주의자라고 할 수 있었다. 그 문명주의자가 지금 오와리의 실력주의자에게 최초의 철퇴를 내리치려는 것이다.

산속에는 이미 가을바람이 일 무렵이지만, 스루가는 전에 없이 늦더위가 기승을 부리고 있었다. 몸속에 흐르는 땀을 닦으면서 요시모토는 다시 중얼거렸다.

"아직도 연락이 안 오는군."

"서두를 것 없습니다. 차츰 밤이 길어지는 철이니까요."

셋사이는 중얼거리듯 말하며 요시모토에게 부채 바람을 보냈다.

오다 노부히데를 대단한 적으로 생각하는 사람은 아직 아무도 없었다. 다만 오카자키성의 히로타다가 너무 허약한 까닭에 이대로 두면 지난해에 뺏긴 안조성을 발판으로 삼아 오카자키성까지 손을 뻗어올 우려가 있었다. 오카자키를 점령하여 거기에 뿌리내린다면 성가신 일이다. 요시모토의 목적이 머잖아 상경하려는 데 있는 한 오다 따위가 그렇듯 설치게 내버려둘 수는 없었다.

"히로타다가 아버지 기요야스만큼만 강하다면."

"말씀대로 마쓰다이라만으로 끝날 일이겠지만 아무튼 아직 너무 어리니까요."

"상대가 오다이니 대수로울 건 없겠지만 본때를 보여줘야겠지."

문벌 있고 학식 있고 예절에 밝은 요시모토에게는 오다의 대두가 무지한 불량배의 분수를 모르는 행동으로 보였다.

오다와라의 호조 가문은 지난해 7월 외숙부 우지쓰나(氏綱)가 55살에 세상 떠나 그의 아들 우지야스(氏康)가 뒤를 잇고, 가이의 다케다 가문에서는 노부토라(信虎)와 신겐 부자가 끊임없이 서로 다투고 있었다. 따라서 이 가을에는 그가 성을 나가더라도 배후를 찔릴 염려가 없는 절호의 기회였다. 그렇지 않다면 요시모토는 아마 노부히데 따위를 치기 위해 일부러 직접 성을 나서지는 않았을 것이다.

"너무 늦는군!"

더위에 지쳐 다시 중얼거렸을 때 마님에게서 전갈이 왔다. 노녀 하나가 요시모토 앞으로 나와 눈치를 살피듯 말했다.

"가이의 장인께서 출전 축하 말씀을 올리시겠다는 전갈입니다."

요시모토는 씁쓸히 웃으며 셋사이를 돌아보았다. 셋사이는 모르는 척 외면했다. 가이의 장인—그것은 요시모토의 처남 다케다 신겐과 의논하여 이 성에 연금해 둔 맹장(猛將) 다케다 노부토라를 가리키는 말이었다.

그 맹호를 여기 잡아두어 신겐의 치정(治政)을 도왔다. 그것도 요시모토의 남다른 외교 수완을 보여주는 일로, 오늘 아무 걱정 없이 출전할 수 있는 이유의 하나이기도 했다.

"그런가? 장인께서 북쪽 성의 마님과 의논하시던가?"

"예."

"그래, 마님께서는 뭐라시던가?"

"주군 뜻대로 하시라고 했습니다."

요시모토는 빙그레 웃으며 고개를 끄덕였다. 그의 아내인 신겐의 누이 또한 이 범 같은 아버지를 몹시 꺼리고 있었다.

"군사 의논이 바쁘니 축사는 받지 않겠다고 말씀드려라."

더위에 축 늘어진 사람들이 깜짝 놀랄 만큼 날카롭게 말한 다음 다시 목소리를 누그러뜨렸다.

"마님께 잘 말씀드려라."

신겐과 사이좋은 아내에게 배려하는 말을 남기는 것도 자신이 없는 동안 무사함을 바라는 마음에서였다.

요시모토의 성품으로는 멀리 오와리로의 원정에 밤길을 떠날 리 없었지만, 오늘 출발을 앞두고 히쿠마노(曳馬野) 성주 이오 부젠(飯尾 豊前)에게서 좀 마음에 걸리는 보고가 들어왔기 때문이었다. 다름 아니라 이번 싸움에서 결코 오다 쪽에 가담하지 않을 거라고 오카자키의 히로타다가 장담했던 미즈노 노부모토의 거취에 수상쩍은 기척이 보인다는 것이었다.

요시모토는 오카자키성까지 직접 갈 작정이었다. 도로 뺏으려는 안조성은 거기에서 몹시 가깝고, 그 너머에 노부모토의 가리야성이 있었다.

따라서 노부모토의 거취는 요시모토의 군사 배치에 큰 영향을 미친다. 미즈노 노부모토가 오다에 가담한다면 오카자키성으로 가는 것은 너무 깊이 들어가는 셈이다.

"서두를 것 없으니 좀 더 기다리십시오."

셋사이의 의견에 따라 히쿠마노에서 다음 소식이 오기를 기다리고 있었지만 밤 10시가 지나도록 끝내 아무 보고가 없었다.

"곧 날이 새겠다. 내일은 묘일(卯日). 자, 떠나자."

12시가 지나자 마침내 질그릇잔이 깨어지고 보급대가 조용히 성 밖으로 나섰다.

이 행렬 또한 오다 노부히데의 들무사 같은 가벼운 차림에 비해 아주 장중했다. 성을 벗어나면 요시모토는 아마 가마로 바꾸어 탈 작정인 듯했다. 활부대와 창부대 뒤에 보병이 따르고, 수많은 보급품 속에는 진중의 사기를 돋우기 위한 술과 안주가 들었으며, 그 밖에 익살꾼과 농악패까지 거느리고 있었다. 오사카(大坂) 쪽에서는 가장 번화한 시장 거리가 있는 슨푸였다. 온갖 물건을 조달하는 사람, 10명이 넘는 시동, 그 밖에 누가 보아도 측실임을 알 수 있는 여자가 가마에 하나, 말 위에 둘.

그 긴 행렬을 성안 사람들은 저마다 집 밖으로 나와 땅바닥에 무릎 꿇고 전송했다. 요시모토는 호화로운 갑옷 차림으로 그 사람들에게 이따금 가벼운 답례를 했다. 그것은 교토 풍속의 풍류로 말할 수 없는 위엄과 친밀감을 풍기며 야릇하게 성안 사람들 마음을 사로잡았다.

"고마운 주군님이야."

"유례없는 대장님이지. 이런 대장님에게 오와리의 오다 따위가 어찌 맞서온담."

"그렇고말고, 반드시 이기고 돌아오실 거야."

그러나 드디어 성을 벗어나 아베강(安倍川)을 건너 새벽을 맞자 요시모토는 그리 기분이 좋지 않았다. 아직 어리다고는 하나 자기가 후원하여 오카자키의 성을 맡겨준 히로타다. 너무도 무력한 그에게 무럭무럭 화가 치밀었다.

'무엇 때문에 일부러 미즈노의 딸을 맞아들인 것인가.'

자신은 가이의 다케다 가문에서 아내를 맞아들여 그 아버지를 멋지게 사로잡고 처남 신겐을 교묘하게 누르고 있다.

오이강(大井川)이 차츰 시야에 들어올 무렵이었다. 요시모토는 측근무사 나쓰메(夏目)를 불러 준엄한 목소리로 명했다.

"오카자키의 노신에게 히쿠마노까지 곧 나오라고 알려라. 아베 오쿠라가 좋겠구나. 뒤에 남는 진지의 대비에 방심하지 말도록 이르고."

이마가와 요시모토가 슨푸를 떠나고부터 오카자키성에는 동서 양군에서의 정보가 빗발치듯 들어왔다.

오다 노부히데도 이미 나고야를 떠난 모양이었으나 어느 성채에 들르고 어디에 있는지 도무지 알 수가 없었다. 오카자키 바로 앞의 안조성에 나타나 다짜고짜 깃대를 세울 작정임에 틀림없으리라.

"기분 나쁜 분이야. 신출귀몰한단 말이야."

여기에 비해 요시모토의 진군은 어디까지나 당당했다. 그날그날의 야영지에서는 북소리가 들리고 노랫소리가 우아롭게 하늘에 울려퍼졌다. 백성들의 평판은 비교도 될 수 없었다.

"과연 이마가와 님……."

그 풍류를 동경하는 소리마저 들려온다. 사람은 늘 어딘가에서 문화를 그리워한다. 그 향기는 이마가와 쪽에 있으며, 오다 편에는 없었다.

군율은 오히려 오다 쪽이 엄격하건만 백성들은 한결같이 두려워하고 있었다. 그 가장 좋은 예는 부녀자였다. 그녀들은 오다 쪽 잡병들에게 겁탈당할까 봐 전율하면서도 이마가와 쪽에는 교태마저 보이고 있었다.

명령을 받고 오카자키의 아베 오쿠라가 히쿠마노까지 나가 요시모토와 대면한 뒤, 오카자키성으로 들어가 전군을 지휘할 예정이던 요시모토의 계획이 별안간 바뀌었다. 오카자키로 가지 않고 아쓰미(渥美)반도의 다와라성(田原城)에 들어가기로 했다.

다와라 성주는 도다 단조(戶田彈正). 그는 물론 영광으로 생각하며 기뻐했지만 오카자키에서는 그 반대였다. 젊은 성주 히로타다의 실력을 의심하고 불신을 나타낸 셈이었던 것이다.

아베 오쿠라가 돌아오자 오카자키성 대청에서 히로타다를 에워싸고 회의가 열렸다.

"요시모토 님은 우리 주군이 어리셔서 못 믿는다는 말이오?"

사카이 우타노스케가 서슴없이 말하자 오쿠라는 신경질적인 표정으로 씁쓸해하는 히로타다를 흘끗 보았다.

"아무튼 여기는 적과 너무 가깝소. 주군의 종조부인 노부사다까지 적 편이 되었으니 만일의 경우 적 한가운데 고립되면 큰일이라 여겨 그것을 걱정하시는 것 같소."

"걱정해도 소용없는 일은 그 밖에 또 있소."

이시카와 아키가 중얼거리듯 말하자 히로타다는 날카롭게 가로막았다.

"아키…… 그것은 가리야의 거취 문제를 말하는 거겠지. 똑똑히 말해라."

"그렇습니다. 다다마사 님은 단연코 오다 편에 서지 않겠다고 말씀하셨지만 노부모토 님은 누가 보아도 지금 흔들리고 있습니다."

"그러니 어쩌라는 건가? 이제 와서 불평한들 무슨 소용 있나?"

"불평하는 게 아닙니다. 요시모토의 불안을 어떻게 씻어내느냐가 문제입니다. 만일 오카자키에 오지 않는다고 결정되면 가리야의 마음이 결국 움직이게 됩니다. 이마가와 쪽에서 오카자키를 버릴 작정……인 것을 알면 다시 우리 편에 서지 않으리라는……."

이시카와가 여기까지 말하자 히로타다는 다시 찌르듯 말을 던진다.

"알았다! 그대는 오다이를 베란 말인가!"

이곳도 역시 늦더위가 심하여 이미 해 질 녘이 되었건만 바람 한 점 없었다.

"무슨 당치도 않은 말씀을…… 마님을 베어 무슨 소용 있겠습니까? 그야말로 노부모토 님뿐 아니라 다다마사 님까지 노엽게 만들어 적 편으로 내모는 것이나 다름없지요."

"그렇다면 다시는 그런 말 하지 마라. 듣기 싫다."

사람들은 슬며시 얼굴을 마주 보았다. 막상 싸움이 벌어지게 되니 히로타다는 역시 믿음직하지 못했다. 그 마음을 이제 아무도 감추려 하지 않았다. 젊은 히로타다는 모욕당한 것 같아 견딜 수 없었다.

아베 오쿠라가 손을 흔들었다.

"조용들 하시오. 군사회의에서는 기탄없이 말하는 게 마쓰다이라 가문의 관습이오. 이마가와 님이 나에게 잔을 내리면서 이렇게 말씀하셨소. 히로타다가 빨리 성장하여 아버지 기요야스만큼만 되었으면 하고."

히로타다는 깜짝 놀랐다. 이보다 심한 말은 없다. 아버지보다 못한 자식이라고 준엄한 꾸지람을 들은 것과 마찬가지였다.

"그게 바로 요시모토 님의 속마음임을 우리는 똑똑히 알고 있어야 하오. 그렇다 해서 그것이 우리 주군을 모욕하는 말이라고 생각해서는 안 될 것이오. 우리 노신들이 잘 보필하여 어서 성장시키라는 당부의 말로 듣고, 나는 3년만 지켜봐 달라고 부탁드리고 왔지요."

과연 아베 오쿠라는 능수능란했다. 진실을 말하면서도 17살 난 주군의 패기를 손상시키지 않았다. 그런데 바로 뒤 이것을 파괴하는 자가 있었다.

"앗핫핫, 노인은 말솜씨가 여간 아니군요. 그게 바로 애송이여서 믿을 수 없다는 말이 아니고 무엇이오. 그런 말에 넘어가면 안 되오."

오쿠보 신파치로였다. 형 신주로가 노려보았다.

"여봐, 신파치―"

아우 진시로(甚四郞)도 얼굴을 찌푸리며 히로타다의 눈치를 살폈으나 신파치로는 태연했다.

"아무튼 요시모토 님은 오카자키에 오지 않을 거라고 생각하는 게 좋을 거요. 눈썹을 붙이고 이를 물들이고 북에다 여자들까지 거느린 본진, 온다 해도 그리 반갑지 않소."

히로타다는 다시 꿈틀하며 윗몸을 일으켰다.

"신파치, 말이 지나치지 않은가?"

"아닙니다. 오히려 모자라지요. 싸움은 아이들 전쟁놀이가 아니라 생명이 왔다 갔다 하는 중대사요. 나는 이번 싸움에서 오다 편의 승산이 6할은 된다고 봅니다."

"무슨 근거로 그렇게 보시오?"

"몸이 가벼운 쪽이 강한 법이지요. 그러니 우리는 그들 둘이 맞부딪치는 장소를 잘 보아두어야만 하오. 이마가와 군이 패주하더라도 적이 뒤쫓지 못할 선을 분명히 확보해 두어야만 하오."

사카이가 끼어들었다.

"그렇다면 어디까지 적을 유인할 작정이오?"

"사카이 님은 어디가 좋을 것 같소? 나는 아즈키 고개(小豆坂)라고 생각하는데."

"뭐! 아즈키 고개?"

"아즈키 고개는 오카자키 동쪽인데, 성을 적 속에 남기겠다는 거요? 그렇다면 농성을?"

신파치로는 가볍게 고개를 끄덕였다.

"처음부터 농성해야 하오. 우리 오쿠보당이 살고 있는 산속으로 적을 끌어들여 반드시 무찔러야지요. 결사적인 각오임을 처음부터 똑똑히 보여준다면 가리야성은 오다와 쉽게 손잡지 못할 것이오."

"흠, 아즈키 고개라—"

모두들 갑자기 조용해졌다. 신파치로는 요시모토가 두려워하는 농성을 최초의 결의로 적과 아군에 알리자는 것이다…….

회의는 결국 신파치로의 의견을 받아들이기로 하고 끝났다.

요시모토는 아직 노부히데의 실력을 자세히 알지 못하고 있다. 요시모토가 다와라성에 머무는 것은 노부히데를 두려워해서가 아니라, 만일의 경우 오카자키에서 그들에게 추태를 보여서는 안 된다는 체면에 얽매인 조심성인 듯했다. 물론 히로타다의 힘을 의심한 결과였다.

그에 대해 오다 편에서는 노부히데의 아우 노부미쓰(信光)를 대장으로 일족의 정예를 뽑아 야하기강을 단숨에 건너 원정군을 맞을 게 틀림없다. 그리고 그 기세에 힘입어 원정군과 마쓰다이라 군을 먼저 물리치고 돌아가는 길에 허술한 오카자키성을 손에 넣으려 할 것이다. 거기에 넘어가면 여지없이 성을 빼앗기고 갈 곳 없는 마쓰다이라 군은 그길로 떠돌이 군사로 전락한다. 그 지경이 되면 싸울 의사가 없는 미즈노 부자도 일어서지 않을 수 없을 것이다.

그러므로 주력부대는 처음부터 오카자키에 남겨두고, 만일 이마가와 군이 적을 물리치고 야하기강 언저리까지 나오면 그때 비로소 성을 박차고 나간다. 만일 이마가와 군이 패하게 되면 가미와다(上和田) 언저리에 자리 잡은 오쿠보당이, 이기고 돌아가는 오다 군을 배후에서 추격하여 그들을 오카자키에 다가오지 못하게 하자는 것이었다.

오카자키성 안에 온전한 병력이 있는 한 그들은 결코 오쿠보당을 오래 상대하고 있을 수 없게 된다. 그러면 오카자키는 일단 안전하지만 이 결정은 젊은 성주 히로타다에게 못 견디게 불만스러웠다. 이래서는 안조성을 되찾기 위해 슨푸에 진언하여 싸움을 벌이게 한 히로타다의 체면이 말이 아니다. 목적은 오카자키의 안전을 도모한다는 소극적인 것이 아니라 이마가와 군의 힘을 빌려 적극적으로 안조성을 되찾는 데 있었다. 바로 눈앞의 안조성에, 히로타다를 어리다고 깔보며 오다 편이 된 종조부 노부사다와 그 무리들이 뻔뻔스레 드나드는 것을 보기 괴로웠기 때문이다.

회의가 끝나자 히로타다는 마음속 불만을 어깨에 짊어지고 거친 걸음으로 안채로 돌아갔다.

해는 이미 저물어 있었다. 성곽에서 망루에 걸쳐 엄중한 전투태세를 갖춘 성안은 괴괴하도록 고요하고 어디나 벌레 소리로 가득했다. 낮의 더위가 거짓말같이 여겨질 만큼 선선해졌다. 이슬의 감촉이 마음에 스며들었다.

문득 정신이 들고 보니 가을 풀 무늬가 여기저기 비치는 장지문 앞에서 오다이가 방그레 웃는 얼굴로 두 손을 짚고 있다. 히로타다는 그러한 오다이를 신기한 것이라도 바라보듯 내려다보았다. 앞으로 석 달만 있으면 아기가 태어난다. 그러나 부푼 배는 겉옷 아래 교묘하게 가려지고 생리적인 수척함이 요염스러운 가련함으로 눈에 스며들었다.

"오다이—"

"네."

"모두들 나를 아버님만 못하다고 생각하는 모양이야."

히로타다는 거실로 곧장 들어가 보료 위에 앉았다.

오다이는 가슴이 철렁 내려앉았다. 한숨짓는 히로타다의 눈에 눈물이 가득 고여 있다.

"유리, 성주님 진짓상을 이리로 가져오도록."

오다이는 사뿐히 옷자락을 헤치고 히로타다의 아래쪽으로 돌아가 앉으며 그의 목덜미가 한층 더 여윈 것 같아 마음이 아팠다. 오다이는 자신도 울고 싶어졌다. 그러나 히로타다의 마음을 어지럽혀서는 안 된다고 여겨 억지로 웃는 얼굴을 지었다.

유리가 상을 날라왔다. 오다이는 손수 조그만 항아리를 곁들여놓으며 나직한 소리로 말했다.

"소중한 몸이시니."

그리고 유리에게 물러가도 좋다고 눈짓했다. 곁들여놓은 항아리에 든 것은 소였다.

"오다이—"

"네."

"아버지보다 못하다는 말을 들으니 서글프군."

오다이는 잠자코 접시에 소를 담았다.

"요시모토 님은 나를 믿지 못해 이 성에 안 오신다는구려."

그 말에는 대답하지 않고 오다이는 살며시 촛대 심지를 잘랐다.

"우리 가문 중신들도 나를 하찮게 여기고 있어. 아버지가 지휘했다면 용기충천하여 오와리로 쳐들어갔을 그들이 나에게는 성으로 물러나 적을 맞으라는군. 내가 그토록 미덥지 못한가?"

오다이는 일부러 구김살 없게 대답했다.

"노여워 마셔요. 중신들은 그만큼 성주님을 아껴서 하는 말씀이겠지요. 오카자키의 보배는 그 중신들이라고, 가리야의 아버님께서—늘 부러워하신걸요."

히로타다는 조용히 국그릇 뚜껑을 열고 젓가락을 들었다. 뭐라고 말하려다 잠자코 국그릇을 입으로 가져갔다.

오다이의 배에서 태아가 꿈틀하고 크게 움직였다. 오다이는 배를 가만히 누르며 새삼 히로타다의 얼굴을 보았다. 태내의 아기가 팔다리를 힘껏 뻗는 그 꿈틀거림이 곧바로 히로타다에 대한 애정으로 이어졌다. 오다이는 그것이 신기해 견딜 수 없었다. 처음에 느꼈던 오히사에 대한 불안과 질투는 태내의 아기가 꿈틀거릴 때마다 희미해져 가고 차분한 애정이 그것을 대신했다. 어느덧 오다이는 히로타다에 대한 비판을 그치고 진심으로 그를 걱정하기 시작했다. 무장으로서 신경이 예민하고 몸이 허약한 것이 자기 일처럼 마음에 걸렸다. 요즘 히로타다가 잠을 이루지 못하는 것도 오다이는 잘 알고 있었다. 아버지 기요야스 시대에는 꽉 눌려왔던 마쓰다이라 일족이 걸핏하면 히로타다를 깔보는 게 못 견디게 분한 모양이었다. 잠자리에 들면 잠꼬대를 하기도 한다. 답답한 듯 몸을 뒤척이다가 불쑥 중얼거리는 일도 있었다.

"—윽, 노부사다!"

"—구란도 숙부도 마음 놓을 수 없어."

그런데 이번에 요시모토의 후원을 얻어 안조성을 탈환할 수 있을 거라고 흥분하고 있었는데 보아하니 그 싸움은 그의 머리 위를 지나가 오다와 이마가와의 야심을 건 커다란 싸움으로 바뀌었고, 그 자신은 그 세력의 충돌 속에서 집안의 안전을 도모하기에 급급하지 않으면 안 되는 비참한 처지로 떨어지고 만 것이다.

히로타다는 가끔 이를 으드득 갈며 나물을 씹었다. 음식을 먹는 사람이 아니라 무언가 생각에 잠겨 노여움을 떨치지 못하는 침울한 얼굴이었다.

식사가 끝났다. 유리가 상을 내가자 히로타다는 섬뜩할 만큼 골똘히 생각에 잠긴 표정으로 오다이에게 돌아앉았다.

"오다이—강한 아이를 낳아줘! 나처럼 아버지만 못한 약한 자식을 낳아선 안 돼."

너무나 뜻밖의 말이라 오다이는 저도 모르게 고개를 갸웃하며 되물었다.

"뭐라고…… 뭐라고 말씀하셨어요?"

"강한 자식을 낳아달라고 했어……."

히로타다는 갸름한 얼굴로 천장 한구석을 노려보았다.

"나는 왜 이렇듯 중신들에게까지 안절부절못하며 신경 쓰는 것일까? 내가 알고 있는 아버지는 키가 작지만 바위처럼 듬직했고, 중신들에게 늘 이래라저래라 엄격히 명령할 뿐이었어. 그러면 모두들 그 한마디에 선뜻 움직였지. 그런 점이 믿음직스럽다는 것을 알면서도 나는 왜 못할까?"

수척한 볼이 파르르 떨리며 불빛을 받아 반짝이는 눈물이 목을 타고 흘러내렸다.

"아버지는 아무것도 생각하지 않았어. 나는 이런저런 생각을 하지. 생각하지 않는 아버지는 신뢰받고, 생각하는 나는 신뢰받지 못하는군. 중신들은 내가 지휘하면 눈앞의 안조성에도 쳐들어가려 하지 않는단 말이야."

오다이는 당황하여 고개 저었다.

"오해시겠지요. 모두들 성주님을 끔찍이 생각하고 있어요."

"오다이! 나는 바로 그것이 분하단 말이야."

히로타다는 불끈 쥔 주먹을 무릎에 세우고 경련하듯 또 눈물을 흘렸다. 그 모습이 오다이는 애처로웠다. 그럴 때의 히로타다는 꼭 끌어안고 얼굴을 비비고 싶을 만큼 어린 소년처럼 보였다.

"내가 그토록 나약해 보이는 걸까. 모두를 조마조마하게 걱정시킬 만큼 힘이 없어 보이는 것일까?"

"아니에요, 그……그럴 리 없어요."

"거짓말 마. 난 다 알고 있어. 난 확실히 아버지보다 못해. 모든 것에 신경 쓸 만큼 약한 거야……."

'그러나 어떻게 하면 신경 쓰지 않게 된단 말인가…….'

히로타다는 여기서 소리를 삼키고 이번에는 응석 부리는 강아지 같은 눈이 되었다.

"오다이—"

"네."

"기원하자. 올해는 범해(寅年)야. 범처럼 늠름하고 강한 자식을 점지해 주십사고 신불에게 기원하자. 내 자식에게는 이토록 분한 일을 겪게 하고 싶지 않아……."

"네……."

"이마가와에 의지하지 않고, 오다에게 굴하지 않고 혼자서 유유히 천하를 걸어갈 수 있는 자식……"

히로타다는 자신에게 부족한 꿈을 그리며 마침내 오다이의 손을 잡았다.

'이 싸움에서 어쩌면 전사할지도 모른다……'

이마가와가 이기든, 오다가 그것을 물리치든 히로타다는 그 나름대로 무인의 기개를 보여주어야 했다. '죽음'은 결코 공상 속에 있는 게 아니라 이미 자신의 어깨 위에 내려앉아 있었다. 히로타다는 자신의 생명을 잉태하고 있는 오다이의 몸에 애절한 정을 느끼며 아무 거리낌 없이 오다이의 목덜미에 눈물을 뚝뚝 떨구었다.

"오다이…… 부탁해. 이 히로타다에게 만약의 일이 생기더라도…… 당신은 반드시 살아줘. 태어나는 자식을 위해 살아야 해."

뜨거운 목소리로 속삭인 다음, 오다이의 도톰한 귓불에 입술을 가져갔다. 오다이 역시 소리 내어 울음을 터뜨리며 히로타다에게 안겨들었다. 이런 때 우는 것이 히로타다의 마음을 얼마나 약하게 만드는 일인지 알면서도 억누를 수 없는 커다란 감정의 물결이 밀려들었다.

금생미래(今生未來)

오다이는 이미 히로타다의 애정에 아무 불안도 갖고 있지 않았다. 여성의 싸움에서는 그럭저럭 오히사를 이긴 셈이었다. 그러나 이길 마음으로 싸웠던 것은 아니었다. 어디까지나 순수하게 아내로서의 위치를 지키려 한 것에 지나지 않았다. 아기가 배 속에 든 것을 알았을 때도 생리의 변화가 야릇하게 느껴지기는 했지만 그 때문에 살아가는 방식이 변한 건 없었다.

오히사도 지금 둘째 아이를 임신하고 있었다. 그 아이가 어떻게 잉태되었는지를 생각하면 온몸이 화끈거렸지만, 그러한 질투심은 삼가야 한다고 여기며 억눌렀다. 아니, 그러한 관습에 대한 인종도 날이 갈수록 오히려 남모르는 연민으로 바뀌어갔다. 누가 정했는지 그것은 알지 못한다. 그러나 오히사가 낳는 자식은 정실인 자기 배 속에서 태어나는 자식과 태어나기 전부터 이미 신분이 다르다.

'어째서 다른 것일까?'

그 의문을 오다이는 풀 수 없었다. 눈에 보이지 않는 커다란 힘, 전생의 약속에 의한 것이라고 오늘날까지 그렇게만 알고 지내왔다.

그런데—

히로타다의 뜻밖의 고백이 오다이의 마음을 크게 흔들었다. 히로타다도 그의 아버지도 다 같은 마쓰다이라 집안 혈통 속에 태어났다. 그 집안을 이어야 할 신분으로 태어난 점도 역시 같았다. 그러나 그 아버지는 호방했고, 그 자식은 나약한 마음에 눈물짓고 있다. 그러한 기질의 차이를 대체 누가 만들어내는 것일까?

자신의 많은 형제들도 저마다 기질이 달랐다. 그 때문에 걸어가는 운명도 자연히 다르리라. 인간의 행복과 불행은 오다이가 생각한 것처럼 단순한 게 아닌 듯싶었다. 그러고 보니 현재 오다 가문에서도 끄트머리 집안에 태어난 노부히데가 어느덧 종가 위에 군림하고 있다.

그것은 새로운 발견이며 더없이 큰 불안이기도 했다. 지금까지 연민을 느껴온 오히사의 태아가 갑자기 마음에 걸렸다.

'만약 내가 낳는 자식이 마음 약한 비극의 싹을 짊어지고 태어난다면 어떻게 될까?'

현명함과 어리석음의 차이 위에 사람의 운명을 좌우하는 또 하나의 보이지 않는 힘이 있었던 것이다.

히로타다는 그날 밤도 오다이 옆에 누워 오래도록 잠드는 기척이 없었다. 잠을 이루지 못하는 자신에게 화나는지 가끔 이를 으드득 갈고 혀를 차기도 한다.

오다이도 그날 밤 잠들지 못했다.

'어떻게 하면 좀 더 씩씩하고 강한 자식을 낳을 수 있을까?'

날이 밝기 시작하자 갑자기 성안이 떠들썩해졌다. 어제의 결정에 따라 새로이 군량을 옮기고 공격을 막기 위한 재목이며 흙부대 등을 나르는 모양이었다. 중신들이 지휘하는 소리에 섞여 말 울음소리도 들려왔다.

오다이는 자리에서 일어났다. 새벽녘에야 겨우 마음이 안정된 듯 잠든 히로타다의 가냘픈 얼굴을 보니 왠지 가슴이 죄어드는 것 같았다. 히로타다는 확실히 너무 약하다. 난세에 이렇듯 약하게 태어났다는 것이 이미 하나의 불운이 아닐까……?

바깥의 소란스러움에 잠이 깬 히로타다는 서둘러 바깥채로 나갔다. 시동이 받쳐든 밥을 서둘러 입 속에 집어넣으며 그동안에도 안절부절못하며 중신들 생각에 마음 쓰고 있는 게 틀림없었다. 그 모습이 오늘 아침에는 오다이의 눈에 환히 보이는 듯했다. 무슨 일만 있으면 그들은 말한다.

"—선대 주군께서는 이러이러하셨습니다."

아침에는 가신들보다 일찍 일어나고 밤에는 늦게 잠들었다고 중신들은 입버릇처럼 말했다. 그렇게 하지 않으면 이 어지러운 세상에 수많은 일족과 그 가족들을 부양할 수 없다. 무슨 일이 있을 때마다 중신들이 히로타다를 압박하는 것은 자기들 생활 역시 거기에 이어져 있기 때문이었다.

일족의 우두머리로 인물다운 인물을 얻을 수 없다는 것은 얼마나 큰 비극인가. 가신들의 불안도 불안이지만 꼭대기에 앉혀진 사람의 불행은 그 이상이었다. 자기가 낳을 자식이 머잖아 그 자리에 앉아 눈에 보이지 않는 채찍질을 당하며 살아갈 것을 생각하니 오다이는 어제까지 가엾게 여겼던 오히사가 차라리 부러워졌다.

6시에 사카이가 찾아와 만일을 위한 마음의 준비를 내전에 이르고 갔다. 8시에는 오쿠보 신주로, 신파치로, 진시로 삼 형제가 왔다.

"저희는 지금부터 가미와다의 영지로 가서 전투 준비를 하겠습니다. 이 세상에서의 하직 인사가 될지도 모르겠군요. 부디 안녕히 계십시오."

오다이에게 인사하고 복도를 쿵쾅거리며 서둘러 돌아갔다. 그들과 엇갈려 게요인이 오다이를 찾아왔다. 싸움에 익숙한 이 어머니는 염주를 굴리면서 여느 때처럼 침착한 태도로 탐색하듯 딸을 보며 미소 지었다.

"또 시끄러워지겠구나. 준비는 다 되었느냐?"

오다이는 이날 어머니 모습이 여느 때보다 훨씬 커 보이는 게 이상스러웠다. 어머니는 어떻게 저토록 침착하실 수 있는 것일까?

"방금 오쿠보 형제가 작별 인사하러 왔었어요."

"그래, 나도 저기서 만났다. 모두들 분발하고 있더구나……."

게요인은 곧장 윗자리로 가서 앉았다.

"가리야에서 나쁜 소식이 왔다. 노부치카가……."

말하면서 다시 미소 지었다.

"구마무라의 여자 집에 숨어들었다가 노부모토로 오인받아 살해되었다는구나."

"오빠가…… 여자한테?"

"사람에게는 누구나 저마다의 운명이 있는 법. 모든 게 전생의 업보이겠지."

오다이는 숨을 삼켰다. 오빠를 따라 이 성으로 시집온 게 어제 일 같은데 이미 오빠는…… 그런데 어머니는 어쩌면 저토록 담담하게 말하는 것일까……? 자기 자식의, 말하자면 무인으로서는 있을 수 없는 비참한 죽음을 미소 띤 얼굴로 이야기하고 있다. 오다이가 어머니를 찬찬히 쳐다보니 게요인은 갑자기 엄숙한 얼굴이 되었다.

"태어나는 자, 떠나가는 자…… 만일 히로타다 님이 전사하신다면 그 뒤 어떻게 할지 너는 이미 각오가 되어 있겠지?"

"……네."

오다이의 목소리는 여느 때와 달리 흔들렸다. 히로타다가 지니고 태어난 비극적인 성격을 이모저모 생각하고 있으므로 얼른 대답이 나오지 않았다.

"남자들은 모두 싸움을 좋아하는 것 같구나."

게요인은 탄식인지 비난인지 알 수 없는 투로 말하며 이마에 염주를 가만히 갖다 댔다.

"그것이 부처님 노여움을 산 모양이야. 이 같은 말법수라(末法修羅) 세상으로 만드는 싸움에는 죽음이 따르는 법, 각오가 없어서는 안 된다."

"네…… 네."

"만약 히로타다 님이 전사하신다면 너는 어떻게 하겠느냐?"

게요인의 말 속에 강하게 힐문하는 듯한 울림이 있는 것을 느끼고 오다이는 당황했다. 자기 마음을 새삼 돌아보고 어느 것이 진정한 소망인지 정하지 않으면 안 되었다. 태어나 처음 알게 된 사랑도 따르고 싶고, 살아남아 아이도 낳고 싶었다. 아니, 그런 것들보다도 히로타다를 잃고 싶지 않은 감정이 훨씬 더 강했다.

게요인은 어찌할 바 모르는 딸의 이러한 심정을 잘 이해할 수 있었다. 그녀 자신도 젊은 날에 몇 번이나 맛본 비극이었기 때문이다. 더욱이 여자는 남자들이 멋대로 빚어내는 이 비극 속에서 완전히 무력한 존재라 해도 좋았다. 일단 싸우기 시작하면 남자들은 미친 짐승이나 다름없었다.

"역시 뒤따라 자결하고 싶으냐?"

"네."

"이 어머니도 그랬다. 하지만……."

게요인은 여기서 다시 미소 지었다.

"그래서는 여자가 지는 거란다."

"지다니요?"

"여자도 마찬가지로 싸움을 즐기는 것일까? 남편을 잃는 그러한 싸움을 때로 즐기는 것일까?"

"글쎄요…… 그건."

"저주할 뿐, 좋아하지는 않을 거야."
"네."
"그렇다면 여자에게는 여자의 싸움이 있을 터."
오다이는 아직 어머니의 뜻을 이해하지 못해 고개를 갸웃하고 있다. 뜰 안의 해는 서서히 차양의 그늘을 좁혀가고, 여기저기 말뚝 박는 소리가 시끄럽게 들려왔다. 더위가 더욱 심해지는 듯하다. 게요인은 눈을 가늘게 뜨고 뜰의 볕을 바라보았다.
"어미는…… 사랑하는 남편과 자식을 잃지 않아도 되는 평화로운 세상을 원한다. 그런 세상을 만드는 것이 여자의 임무라고 생각해."
"평화로운 세상을……."
"그래. 싸우고 미워하고 미움받는 이 끝없는 아비(阿鼻)지옥. 남자 손으로는 이 지옥을 끊을 수 없어. 너는 아직 그것을 모르겠느냐?"
"그건 알지만 그다음을 모르겠어요."
"이 어미가 너라면……."
게요인은 다시 한번 염주를 이마에 갖다 댔다.
"이젠 한눈팔지 않겠다. 내 배 속의 자식에게 이 싸움의 뿌리를 끊을 수 있는 힘을 내려주소서 하고 열심히 빌겠어. 이겨도 한탄하고 져도 죄 많은 싸움 같은 건 거들떠보지도 않고 기도하는 마음으로 낳아 키우겠다. 온 나라 안의 모든 어머니가 그렇게 기원한다면 이 업화도 언젠가 반드시 사라지겠지. 너도 이걸 알아야 한다. 싸움을 잊고 평화로운 세상을 펼칠 부처님 화신을 점지해 주십사고 빌어라."
힘차게 말을 마치자 어머니의 맑은 눈이 그제야 붉어졌다. 오다이의 배 속에서 또 세차게 태아가 꿈틀거렸다.
반 시간 남짓 이야기하고 어머니는 돌아갔다. 오다이는 둘째 성벽까지 전송했다.
"부디 배 속의 자식을 위해."
흙부대는 거기에도 쌓여 있었다. 다급하게 오가는 궁수(弓手)들의 머리 위에서 쓰르라미 우는 소리가 처연하다. 오다이는 어머니 모습이 안 보일 때까지 성벽 그늘에 서서 지켜보았다. 오빠 노부치카의 죽음을 이야기할 때 미소 짓던 어머니가 이 난세의 업화를 없앨 자식을 낳으라고 할 때는 눈에 가득 눈물이 고여 있었다.

오다이는 어머니의 분노와 비탄을 그제야 알았다. 오빠 노부치카의 죽음을 누구보다 저주하고 슬퍼하는 것은 역시 어머니였다. 어머니는 온몸으로 어지러운 세상에 항의하고 있었다. 무엇 때문에? 두말할 필요 없이 그것은 오로지 자식을 생각하는 마음이었다.

일하던 하인들이 일일이 걸음을 멈추어 머리에 쓴 것을 벗고 인사하므로 어머니 모습이 보이지 않게 되자 오다이는 곧 거처로 돌아왔다.

어머니 말에 의해, 태아에 대한 애정의 형태가 차츰 또렷해졌다. 어머니에 못지않은 어머니가 되지 않으면 태어나는 자식에게 미안하다. 아무튼 지금 드리는 기도가 정말로 자식 머리에 영향을 주게 되는 것일까……?

오다이는 책상 앞에 앉아 한참 동안 가만히 생각했다. 남녀의 사랑이 낳는 자식, 때로는 환영받지 못하는 자식도 있을 것이다. 불의, 밀통에 의해 다만 쾌락의 결과로 태어나는 자식도 있을 것이다. 그러한 자식의 운명과 좋은 자식을 점지해 주시도록 한결같이 기원하여 낳는 자식의 운명은 확실히 다를 듯이 생각되었다. 그러나 그것은 태어나기 전에 기원한 까닭이 아니라 태어난 뒤 양육의 차이가 아닐까? 이렇게 생각하다가 오다이는 갑자기 섬뜩해졌다. 태어난 뒤 양육할 수 있을지 없을지—이러한 힘이 과연 인간에게 허락되어 있는 것일까……?

살그머니 주위를 둘러보니 갑자기 두려움이 덮쳤다.

"—너는 몇 살까지 살 수 있느냐?"

이 물음에 몇 살까지라고 대답할 수 있는 인간은 이 세상에 단 한 사람도 있을 리 없다. 어떤 환상에 사로잡혀 모두들 슬픈 착각 속에 허우적거리고 있을 뿐이다. 오다이는 크게 한숨을 내쉬며 다시 한번 주위를 둘러보았다. 삶과 죽음은 인간 손이 닿지 않는 곳에서 인간의 하찮은 지혜를 차갑게 비웃고 있다.

"—반드시 훌륭하게 키우겠다."

엄밀한 의미에서 이런 말은 이 세상에 있을 수 없다. 내일을 내다볼 수 없는 게 인간인 것이다. 자식의 미래를 생각한다 해도 단지 오늘 하루를 비는 데 지나지 않는다.

오다이는 갑자기 자신이 하찮고 가엾은 존재로 여겨졌다. 책상 앞에서 눈에 보이지 않는 것을 향해 합장하고 있으니 저도 모르게 별안간 눈물이 쏟아져나왔다.

"마님…… 무슨 일이십니까?"

정신이 들고 보니 유리가 근심스러운 듯 두 손을 짚고 그녀를 올려다보고 있었다. 오다이는 유리에게 이 감정을 어떻게 설명해야 할지 몰랐다. 갈피를 잡을 수 없는 마음의 초점을 찾는 눈길로 오다이는 물었다.

"유리, 너는 몇 살까지 살 작정이지?"

그 말을 어떻게 받아들였는지 유리는 대답한다.

"마님 분부대로 언제까지라도 모시겠습니다."

오다이는 고개를 끄덕였다. 상대가 아무리 잘못 알아들어도 일단 고개를 끄덕이는 게 오다이의 습관이었다.

"내가 그런 지시를 전혀 하지 않는다면……?"

"글쎄요……?"

"네가 타고난 수명을 알 리가 없지."

"네. 하지만 싸움에서…… 만약 능욕당하게 된다면 그때는 자결하겠어요."

오다이는 다시 끄덕인 다음 천천히 고개를 저었다. 말이란 늘 소원을 말하기는 쉽지만 진리에 닿기에는 부족한 것, 인간의 가련함은 그 이면에 있는 듯했다.

"그래, 이런 말은 너한테 묻지 않으마. 그보다 산에 있는 약사여래님에게 내 기원문을 갖다드려 다오."

"기원문……이라면, 싸움의 승리를 비는?"

오다이는 미소 지을 뿐이었으나 이때부터 마음이 굳게 결정되었다. 아니, 결정되었다기보다 격렬한 어머니 애정에 눈떴다 해도 좋았다.

이마가와 군이 드디어 히쿠마노성을 나가 미카와로 접어들 무렵 오카자키성에서 마을로 새로운 소문이 퍼졌다.

"마님께서 산의 약사여래님께 기원드리고 계신다더군."

"음, 그 몸으로 밤마다 후로타니(風呂谷)의 얼음 같은 우물물을 100번이나 바가지로 퍼서 목욕재계하고 기도하신다니 놀라운 일이야."

"몸에 해롭다고 성주님이 말리시는 모양이던데……."

"모두들 농성을 각오한 일을 아시고 안 들으신다더군. 정말 훌륭한 열녀시지."

"아마 군사들 사기가 부쩍 오를 거야."

"이겨야 하는데."

"물론이지, 미카와 무사가 여자한테 질 수야 있나."

오다 군의 배치도 알려졌다. 어디 있는지 알 수 없던 노부히데가 후루와타리의 새로운 성에 나타나 선봉이 곧 미카와로 출발했다는 정보였다. 총대장은 물론 노부히데. 노부히데를 보좌하는 부대장은 오다 기요마사(織田清正). 무사대장은 오다 노부미쓰이고 그 막하에 나고야(名古野), 나가타(永田), 나이토(內藤), 나루미(鳴海), 가와지리(河尻), 야리(槍) 등 이름난 부장(部將)이 거의 망라되어 미노에 대한 대비가 비어버리지나 않았는지 의심스러울 만큼 정예들로만 갖춰져 있었다.

그 정예들이 아마 안조성에는 들어가지 않고 단숨에 오카자키로 밀고 들어갈 계획인 듯하다는 보고가 있었던 8월 8일—

그날 밤에도 오다이는 달마저 져버린 한밤의 우물가에서 태어날 아기를 위해 열심히 빌고 있었다. 바람은 없었다. 벌레 소리마저 잠든 듯 이 옛 성 전체가 죽음 같은 정적에 싸였을 때였다. 북녘 하늘에 꼬리를 끌고 있던 혜성이 한층 강하게 빛을 번뜩이더니 그대로 스르르 사라져갔다.

오다이의 의식에는 물의 차가움도, 밤기운의 정적도, 멈춘 바람도, 사라지는 별도 전혀 없었다. 있는 것은 오로지 태어날 아기의 행복에 응집된 '어머니 마음—' 뿐이었다. 그것은 이미 '마음'이 아니라 '모습'이라고 하는 편이 좋을지도 몰랐다.

처음에는 히로타다처럼 안절부절못하며 초조해하지 않는 자식을 점지해 달라고 빌고 어머니가 말한 '부처님 화신'을 낳고 싶다고 생각하기도 했지만, 이렇듯 빌고 있노라니 기도 그 자체가 지닌 쾌감이 어느덧 그녀를 야릇한 황홀 속에 녹아들게 했다. 무념무상(無念無想)이라는 딱딱한 표현으로는 해석할 수 없는 선(善)과 올바름에 대한 만족이며 도취이며 자신감인 듯했다. 진실한 신앙이라고나 할까? 황홀하게 삼매경으로 들어가니 어디선지 누군가가 그녀의 소원에 크게 고개를 끄덕여주었다.

"오다이—"

"네."

"너는 훌륭한 어머니야. 네 소원이 이루어지리라."

"네."

"이제는 너의 지혜로 헤아리도록 해라. 어떻게 하면 태어나는 자식을 위해 네 마음이 바라는 대로 잘될 것인지 헤아리도록 해라."

그 소리를 들은 사람이 만일 지혜가 얕고 마음이 고통으로 뒤틀려 있다면, 그것은 미신이나 사교가 되고 또 위험한 자만이 될 수도 있었을 것이다. 그러나 오다이는 순수했다. 솔직하게 생각하고 솔직하게 행동하며 솔직하게 귀 기울였다. 그런 점에서는 백지상태나 다름없었다. 그녀는 이 소리를 '하늘의 소리'로 듣지 않았다. 누군가가 수긍하여 자기에게 생각하는 지혜의 힘을 주었다고 순진하게 믿었다.

날이 차츰 밝아올 무렵, 오다이는 문득 마음속에 커다란 충격을 느꼈다.

"어떻게 하면 좋을까요?"

이 물음에 하나의 답이 주어진 것이라고 생각했다.

오다이는 서둘러 젖은 흰옷을 벗고, 하얀 하반신을 수건으로 문질렀다. 기분 좋은 따사로움이 화끈하게 되살아오는 배 속에, 또 하나 다른 운명을 지닌 인간이 조그맣게 웅크리고 있는 것을 생각하니 문득 미소가 떠오르며 그 생명을 위해 빌어줄 만족감이 다시 다른 감동으로 가슴을 죄어왔다.

'그렇다, 이 아이를 위해 가장 올바른 일을 해주자…….'

히로타다는 줄곧 바깥채에서 머물며 열흘 남짓 내전에 얼굴을 보이지 않았다. 우물가를 떠나자 유리와 고자사가 그림자처럼 뒤따랐다.

거실로 돌아온 오다이는 고자사를 먼저 쉬게 하고 유리를 가까이 불렀다.

"유리, 너에게 부탁할 일이 있다. 내가 산실(産室)에 들어가거든 너희들은 곧 산에 모신 약사여래를 참배해 다오."

"산실로 들어가시면……?"

유리는 의아스러운 듯 되물은 뒤 생긋 웃었다. 이 젊은 여주인은 싸움에 이겨 산실로 들어갈 수 있으리라 믿는다—유리의 마음이 활짝 밝아졌다.

"무슨 계시라도?"

"그래. 내가 사내아이를 낳았다는 것을 알게 되거든 곧 법당의 불상을 하나 훔쳐오너라."

유리는 오다이의 말을 이해하지 못하고 되물었다.

"법당의 불상을 하나……."

오다이의 볼에 발그레한 핏기가 오르고 물기 머금은 눈동자가 반짝반짝 빛나고 있다. 무언가에 깊이 골몰한 오다이 모습이 유리의 몸을 긴장시켰다.

"너는 호라이사(鳳來寺)의 약사여래에 12불상이 안치되어 있는 것을 아느냐?"

"네…… 십이지(十二支)를 본뜬 여래보살, 저도 한 번 뵈었지요."

오다이는 고개를 끄덕였다. 언제 누구 손으로 새겨졌는지는 알지 못한다. 그러나 십이지를 본떠 저마다 태어난 해에 맞추어 만들어진 이 불상이 절의 보물로 여겨지는 일을 넘어서 어느덧 그즈음 사람들의 현재와 미래를 주관하는 신비로운 수호불(守護佛)로 믿어지고 있었다.

유리는 말띠이므로, 금강 화살을 가진 허공장(虛空藏)보살 산저라(珊底羅)대장을 참배하러 간 적 있었다. 오다이는 돼지띠, 틀림없이 흰 불자(拂子 ; 말꼬리나 중국산 얼룩소 꼬리털을 묶어 거기에 자루를 단 것. 중이 번뇌나 장애를 물리치는 표지로 쓰임)를 손에 든 미륵보살일 터였다. 그 수호불에게 산실을 나올 때까지의 무사함을 빌고 오라는 말이라면 잘 알 수 있다. 그러나 훔쳐오라는 건 예삿일이 아니었다.

유리가 의아한 듯 고개를 갸웃거리자 오다이는 눈을 똑바로 뜨고 바라보았다.

"유리—"

"네."

"너한테만 털어놓겠다. 결코 말을 내어서는 안 돼."

"네, 결코……."

"너는…… 12불상 가운데 셋째 번에 있는 진달라(眞達羅)대장…… 호랑이가 새겨진 신창(神槍)을 들고 서 있는 보현(普賢)보살을 훔쳐오너라."

"호랑이가 새겨진 신창을 든……."

"태어날 아이의 수호불이다."

집요한 목소리로 허덕이듯 말한 뒤 오다이는 주위를 둘러보았다.

"걱정할 것 없어, 부처님의 현몽이시니. 신창을 든 보현보살을 너에게 점지할 테니…… 소중히, 소중히 키우라는 계시야."

"보현보살……?"

오다이는 긴장하여 고개를 끄덕이다가 가슴이 철렁했다. 놀라는 유리의 표정이 역시 임신한 오히사의 놀라움으로 보였던 것이다.

'신창을 든 진달라대장의 화신한테는 못 당하겠지.'

이러한 감정이 불현듯 마음속을 스쳤으나 오다이는 이것을 비열한 질투라고 생각지 않았다. 생사의 열쇠는 눈에 보이지 않는 손에 쥐어져 있다. 이것이 자식에 대한 어머니 임무라고 생각했다.

"—알겠느냐? 너는 진달라대장의 환생이니 결코 비겁한 짓을 해서는 안 된다."

이 한마디로 히로타다처럼 소심하지 않은 굳셈과 자신감을 갖게 해주고 싶은 것이 소원이었다. 이러한 오다이의 말을 유리는 어떻게 받아들인 것일까.

"그러면 그 불상을 그대로 아기님 수호불로 삼으시려고요?"

오다이는 가볍게 고개를 저었다.

"아니, 스스로 이 세상에 태어나셔서 한동안 절에서 모습을 숨기고 싶다고…… 이것도 보살님의 현몽이시다."

오다이의 마음을 이해하지 못해 유리는 다시 눈을 깜박거렸다. 오다이는 이제 망설이지 않았다. 될 수만 있다면 여기서 유리에게도 이것을 참다운 현몽으로 믿게 해두고 싶었다. 모든 것이 자식을 생각하는 진실한 마음이니 결코 부처님 뜻에 맞지 않을 리 없다는 자신감이 차분히 마음에 자리 잡았다.

"알겠느냐, 부처님의 현몽을? 부처님은 몸소 이 세상에 태어나신다. 사람 모습으로 태어나 수고하시고 중생을 구하시기 위해 절에서 몸을 숨기겠다고 말씀하셨다. 그리고……."

오다이는 다시 좀 더 목소리를 낮추었다.

"한결같이 충성스러운 네 손으로 해야 된다고, 이것도 부처님의 계시다."

"네? 제 손으로……."

유리는 놀라며 숨을 삼켰다. 그러나 곧 희미한 미소를 입가에 보이며 두 손을 맞잡았다. 아마 오다이의 마음을 짐작한 모양이다.

오다이는 무엇엔가 홀린 듯한 투로 말을 이었다.

"네가 아니고는 이 큰일을 완수할 사람이 없다고 말씀하셨다. 탄생 보고와 더불어 몸을 숨겼다가 그 아기가 세상을 떠나면 다시 본디 자리로 돌아가겠다, 그때까지 네 손에 의해 아무 눈에도 띄지 않는 곳에 숨어 있고 싶다고 말씀하셨어. 그러니 네가 이 큰일을 완수해 주기 바란다."

"네, 목숨을 걸고라도."

"알았지? 진달라대장이 둘 있으면 세상 사람들이 갈피를 잡지 못해."

"염려 마셔요. 반드시 숨겨드리겠습니다."

"말이 나면 안 된다."

"네."

유리는 대답한 뒤 다시 살며시 웃어 보였다.

"저는 결코 말을 내지 않겠지만 세상 사람들이 곧 알게 되겠지요."

"그럴 테지."

"먼저 절에서 깜짝 놀랄 거예요. 호랑이해에 신창을 든 불상이 별안간 사라지다니 이게 어찌 된 일일까 하고 생각하다가 마님의 기도를 기억해 낼 테지요…… 오! 마쓰다이라 댁에 아기가 탄생했구나 하고…… 하지만 그 태어나신 아기가 만약…… 여자라면……."

유리는 여기서 황급히 손을 내저었다.

"결코 그럴 리 없어요. 하지만 만일의 경우를 생각해 현몽에 대한 것은 마님도."

"그래. 나도 말을 삼가야지."

오다이는 대답했지만, 그 일에 대한 걱정은 왠지 조금도 들지 않았다. 남자는 왼쪽에 들어서는 거라고 노녀 스가로부터 들었다. 불상이 없어진 뒤 태어날 아들의 모습이 또렷이 눈에 보이며 아들 앞에 엎드리는 수많은 사람들 모습이 어른거렸다. 그것은 오히사가 낳은 간로쿠이기도 했다가, 중신들이기도 했다가, 가리야의 오빠이기도 했다. 이러한 공상이 요즈음 부쩍 늘어난 것도 생리적인 탓일까.

어느덧 창문이 훤해지고 있다. 오다이는 이제야 무거운 짐을 내려놓은 듯 갑자기 피로와 졸음이 밀려오는 걸 느꼈다.

"그럼, 좀 주무셔요. 몸에 해로우면 안 되니까."

유리가 일어나 이부자리를 펴고 있을 때 별안간 밖에서 소라고둥 소리가 요란하게 울리기 시작했다.

겨울이 오면

아래채로 거처를 옮긴 미즈노 다다마사의 병세는 겨울로 접어들면서 더욱 심해졌다. 식욕도 있고 가래도 그리 나오지 않았으나 몸 마디마디가 이따금 쑤시듯 아파온다. 젊을 때부터의 싸움터 생활이 쌓여 늙음이 일찍 찾아온 것이리라. 오다이를 보낼 무렵에 비해 머리는 더욱 백발이 되고 눈도 흐려졌다. 얼굴만 붉은 것은 변이 고르지 못한 탓일까.

"용케도 살아왔어. 이해가 다 가도록……."

한 시녀에게 어깨를 두드리게 하며 아무 생각 없이 영창문을 바라보고 있노라니 휙 지나가는 새 그림자가 비쳤다.

"얼마 안 있으면 설이니 또 한 살 더 먹는구나. 다다미 위에서 죽을 수 있으려나?"

"네? 뭐라고 하셨습니까?"

문득 손을 멈추고 시녀가 묻자 다다마사는 몇 번이나 고개를 끄덕였다.

"올해는 너무도 어수선한 해라서 말이다. 아즈키 고개 싸움에는 참가하지 않아도 되었지만 그 대신 노부치카를 잃었으니."

"노부치카 님 일은…… 정말 애석했어요."

"너희도 그렇게 생각하느냐? 그 애는 고지식하고 착한 아이라고 생각했는데…… 여자에게 빠진 게 잘못이었어."

다다마사는 여기서 자기 손등의 주름살에 눈을 떨구고 한숨지었다.

"노부치카가 괴한에게 살해된 뒤에 구마 저택의 딸도 뒤따라 자결했다더군……."

"네, 오쿠니 님이라는 아주 예쁘지만 쓸쓸해 보이는 분이었어요."

"너희들은 어떻게 생각하느냐? 그 오쿠니라는 여자의 죽음을?"

"네, 행복한 분이라고 생각합니다. 좋아하는 분의 뒤를 따라……."

젊은 시녀가 황홀한 듯 말하자 다다마사는 또 몇 번이나 거듭 고개를 끄덕였다.

"인간의 행복이란 의외로 그런 데 있는지도 모르지. 나도 다다미 위에서 죽을 수 있다……고 생각한 뒤부터 조금씩 세상을 보는 눈이 달라졌다."

"어떻게요?"

"처음에는 참으로 못난 놈이라고 화났었지, 노부치카에게 말이다. 그러나 지금은 그렇게 생각지 않아. 사랑하는 여자에게 다니는 거나, 적의 성에 맨 먼저 쳐들어가는 것이나 근본은 마찬가지, 결국 어느 것이나 다 용감한 자란 말이야."

"오쿠니 님은 정말 행복한 분이에요."

"그래, 행복했다……고밖에 달리 할 말이 없겠지."

목덜미를 두드리게 하려고 짧은 목을 오른쪽으로 기울이며 다다마사는 스르르 눈을 감았다. 노부치카의 얼굴에 포개어져 오카자키성으로 출가한 오다이의 얼굴이 별안간 눈에 떠올랐다.

아버지로서는 죽는 행복보다 살아주기를 원한다. 지난 초가을의 싸움에서는 서두르는 노부모토를 눌러 오카자키와 싸우지 못하게 했지만 자기가 죽고 나면 어떻게 될 것인지?

'더욱이 오다이는 남편을 뒤따라갈 곧은 기질인데…….'

다시 한숨을 내쉬었을 때 햇빛을 가득 받은 오른쪽 장지문이 조용히 열렸다. 죽은 노부치카와 닮은 막내아들 다다치카가 들어왔던 것이다.

"아버님, 병환은 좀 어떻습니까?"

다다마사는 나른한 듯 눈을 치켜뜨며 햇빛 속에서 아들의 모습을 보았다.

"오, 다다치카냐, 오늘은 무척 따뜻하구나. 그래서 아픈 데도 좀 덜한 것 같다."

"다행이군요. 들어가서 이야기를 좀 해도 괜찮겠습니까?"

"괜찮으니 들어오너라. 들어와서 아즈키 고개 싸움 이야기를 오늘도 계속해 다오."

다다마사가 말하자 이제 16살로 앞머리를 갓 깎은 다다치카는 옷자락을 펼치고 딱딱한 자세로 앉아 아버지에게 무릎걸음으로 다가앉았다.

"지난번에는 오다 군이 고전하던 끝에 야리가 전사한 데까지 말씀드렸지요."

"그래, 오다 기요마사도 부상을 입었으나 기세가 조금도 꺾이지 않고 이마가와 군 대장 에바라 아와노카미(庵原安房守)의 진지로 돌입했다는 데까지 이야기했지."

"그럼, 그다음을 말씀드리지요. 기요마사 님이 앞장서 적진으로 돌입하는 것을 보고 도망치려던 오다 군은 용기를 되찾아 기요마사 님을 전사케 해서는 안 된다며 노부미쓰 님을 선두로 16살 난 시모카타(下方), 삿사 마고스케(佐佐孫助), 나카노(中野) 등이 오카다(岡田), 삿사 하야토(佐佐隼人) 등과 함께 아수라처럼 이마가와 군에 돌격하여 오와리 군을 승리로 이끌었습니다. 이들을 아즈키 고개의 일곱 용사라고 한다는군요. 그 가운데 16살 난 젊은 무사가 넷이나 있으니 명예로운 일이지요."

동갑인 16살의 다다치카가 부러운 듯 눈을 빛내자 다다마사는 고개를 끄덕이며 말했다.

"그 뒤에는 오카자키 군이 분전했겠구나."

"예, 히로타다 님 지휘 아래 무너지는 이마가와 군을 구하려다 일족인 노부요시(信吉)와 그 아들 가쓰요시(勝吉)가 전사했다고 합니다."

"흠, 그러나 그 덕분에 이마가와 요시모토 님은 간신히 오카자키성으로 돌아갈 기회를 얻었다지 않느냐?"

"네, 이를 검게 물들이고 눈썹을 그린 요시모토 님이 뚱뚱한 몸으로 말안장에 매달려 가까스로 오카자키성으로 도망치는 게 보기 좋은 모습은 아니었다고 소문이 자자합니다."

"그러나 오다 군도 그다음에 마쓰다이라 군 때문에 골탕 먹고 안조성으로 도망쳤다지?"

"도망친 게 아니라 철수한 것이지요. 아버님, 역시 오다 군은 용감해요. 이마가와 군과는 무기부터 다릅니다. 그 긴 창으로 찔러대니 칼이며 단창으로는 어림없지요. 앞으로는 무기도 변할 거라고 형님들도 말하고 있습니다."

이 막내아들도 어느덧 오다의 힘에 매혹되어 기대를 걸고 있는 모양이었다. 다다마사는 다시 눈을 감았다. 허리 언저리에 희미한 통증이 느껴졌다.

"이마가와 쪽 대장 에바라 아와노카미의 목을 벤 자는 누구였느냐?"

"네, 역시 16살 난 젊은 무사 가와지리(河尻)였습니다. 가와지리가 적의 대장을 죽였을 때, 건장한 어른들은 모두 고개 중턱까지 달아나 있었다더군요."

"그래? 그도 16살이었구나."

"아버지…… 다다치카도 싸움터에 나가고 싶습니다."

"음, 그럴 테지. 나도 젊었을 때 그랬으니까."

말하다 문득 소리가 끊어지는 듯싶더니 주름진 다다마사의 뺨에 한 줄기 눈물이 주르르 타고 내렸다.

아즈키 고개 싸움에서는 마쓰다이라의 중신들 작전이 보기 좋게 적중한 모양이었다. 다다마사가 볼 때, 오다와 이마가와 양군의 승패는 어느 쪽이 이겼다고 결정하기 어려웠다. 멀리 슨푸에서 말을 몰아온 요시모토는 당황하여 오카자키성으로 달아났다.

겉으로는 오다 군이 이긴 것처럼 보였지만 그 오다 군도 오카자키는 손대지 못했다. 그들 역시 마쓰다이라 군에 쫓겨 허둥지둥 안조성으로 달아난 것이다.

오카자키성에서 이것을 확인하고 요시모토는 일단 군사를 거두어 슨푸로 돌아갔으며, 오다 노부히데도 노부미쓰를 안조성에 남겨두고 자신은 오와리의 후루와타리로 서둘러 돌아갔다. 요시모토의 원정은 실패로 돌아갔고, 오다 또한 많은 가신을 죽였을 뿐 얻은 게 없다. 만약 이 싸움에서 무엇이 남았느냐고 묻는다면, 그것은 양군 사이의 뿌리 깊은 '원한'뿐이었다.

다다마사는 문득 그것이 슬퍼졌다.

'—여자의 행복이란, 좋아하는 남자 곁을 지키는 것.'

백성들 소원은 그보다 훨씬 절실하고 소박한 것이리라. 그 소원을 짓밟아 백성과 땅을 서로 빼앗고 빼앗긴다.

"업보, 나쁜 업보야……."

싸움 이야기를 듣는 동안 다다마사의 마음은 어느덧 막막하고 끝없는 공간을 헤매기 시작했다. 그러나 젊은 다다치카는 그러한 아버지를 위로하려는 뜻에서인지 점점 더 싸움 이야기에 열중했다.

"노부히데 님은 이번에야말로 본때를 보여주겠다고 우에노(上野)성을 공격하려고 전투 준비에 여념 없다더군요."

"그럴 테지, 그럴 거야."

"이마가와 쪽에서도 셋사이 스님이 다시 미카와로 군사를 보내 기회를 노리고 있답니다."

"다다치카—"

"예."

"오다 편에서 노부모토에게 다시 사자가 왔느냐? 왔겠지?"

"예…… 예."

"그래서 너는 나를 설득하러 왔구나. 그렇지?"

"아닙니다. 그건……."

다다치카는 당황했다. 다다마사는 눈을 가늘게 뜨고 그 모습을 바라보았다.

"만약 미즈노 군이 가담했더라면 아즈키 고개 싸움에서 오카자키성을 쉽사리 빼앗았을 거라고 노부모토를 설득했겠지. 어쩌면…… 이번에도 외면하면 먼저 가리야부터 희생시키겠다……는 말을 했을지도 모르고."

"아버님!"

"왜 그러느냐?"

"난세입니다. 적당주의는 용납되지 않아요. 오다냐, 이마가와냐, 분명히 거취를 정해야 할 때라고 생각합니다."

다다마사는 대답하지 않았다. 다시 죽은 노부치카와 오다이의 얼굴이 눈앞에 떠오른다.

다다치카는 한무릎 나앉았다.

"아버님! 형님은…… 노부모토 님은…… 아버님이 돌아가시기 전까지는 가담하라는 말을 하지 말아달라고 사자에게 말했지만 한마디로 거절당했습니다. 그때까지 기다릴 수 없다!—이것이 오와리의 통첩입니다."

다다마사의 두툼한 어깨가 꿈틀 움직였다. 예상하고 있던 일이었으나 화가 치밀었다. 다다마사는 눈을 감은 채 조용히 물었다.

"그래서 노부모토는 뭐라고 대답했느냐?"

다다치카는 다시 힐문하듯 말했다.

"아버님…… 새삼스레 그걸 물으시는 아버님 심정을 저는 모르겠어요. 작은 성을 지닌 슬픔, 대답은 하나뿐이겠지요."

다다마사는 잠자코 있었다. 바람이 자는지 귀에 익은 파도 소리도 들리지 않고 햇빛이 하얗게 비치는 장지문이 기분 나쁘리만큼 조용했다.

다다마사는 낮은 소리로 시녀에게 주무르는 손을 멈추게 했다.

"이제 됐다. 물러가거라. 수고했다."

시녀는 절하고 소리 없이 사라져갔다.

또 한참 침묵이 이어졌다.

"다다치카."

"네."

"노부모토에게 하는 이 아비의 유언이다. 가서 단단히 일러라."

"네."

"노부모토에게 효심이 있다면…… 아비가 살아 있는 동안은 오다에게 따르지 못한다고 일러라. 어쩔 수 없는 일이면 싸우겠다…… 그렇게 대답하라는, 이 아비의 유언이다."

다다치카는 눈이 동그래져 아버지를 보았다. 늙은 아버지의 어디에 이런 기백이 있었던가 하고 다시 볼 정도의 말투였다.

"그럼, 아버님은 가문의 운명을 걸고라도 오다 막하에는 들어가지 않으시겠다는 겁니까?"

다다마사는 고개를 끄덕였다.

"내가 살아 있는 동안은 안 된다. 그러나 다다치카, 노부모토에게도 무장의 고집이 있을 테니 만약 막하에 들어가 오카자키를 치겠다는 변경할 수 없는 약정을 맺었다면 정을 버리고 먼저 이 아비를 베라고 일러라."

다다치카의 얼굴이 굳어졌다.

"옛! 아버님을…… 안 됩니다. 그런…… 어리석은 짓을—"

그리고 세차게 고개를 내저었다.

"말씀해 주십시오, 아버님! 아버님의 그 결심, 까닭이 있겠지요. 그 까닭을 말씀해 주십시오."

다다마사는 그 말에는 대답하지 않았다.

"다다치카, 날 좀 뉘어다오."
요 위에 몸을 눕히고 또 한참 동안 물끄러미 창문의 햇빛을 바라보았다.
"노부치카, 나는 세상의 여느 무인들과는 좀 다르게 죽고 싶구나."
"다르게라니요?"
"요즘 세상에는 흔히 무략이나 전략만 생각하여 사돈을 맺고 또 베어버리기도 하지. 하지만 나는…… 나만은 그것과 다른 길을 걸어 황천으로 가고 싶구나."
다다치카는 찢어질 듯이 눈을 크게 뜨고 가만히 몸을 굳히고 있다.
"노부모토가 오다를 따르는 것은 막지 않겠다. 그러나 나는 오카자키의 장인이니 진심으로 사위를 걱정하다가 죽겠다고 마음먹었느니라. 내가 오다이를 히로타다에게 보낸 게 세상에 흔히 있는 정략결혼이 아니었다는 증거를 보이고 그 뒤에 남는 것을 보고 싶다…… 알아듣겠느냐? 원한의 씨를 남기지 않으면 대체 무엇이 남는지를……."
다다치카는 아버지를 물끄러미 바라볼 뿐이었다. 아버지가 생각하는 것을 알 듯하면서도 알 수 없었다. 그럼에도 불구하고 만일 오다 편에 따르도록 더 이상 권한다면 나를 베고 가라고 말할 것 같은 결심만은 분명하게 알 수 있었다.
"그럼…… 오와리에 가담하는 것은 무슨 일이 있어도 안 되겠습니까?"
"이 아비의 눈에 흙이 들어가기 전에는 안 된다. 그러나 다다치카, 오와리에 가담하지 않는다 해서 당장 싸움을 벌여야 한다고 생각한다면 그건 젊은 혈기 탓이다."
"하지만 오와리의 사자 나이토는 승낙하지 않을 경우에는 싸움터에서 만나자고……."
다다마사는 입가에 희미한 미소를 떠올렸다. 다다치카도 노부모토도 아직 어리다. 상대의 계략에 휘말리고 있음을 잘 알 수 있었다.
"다다치카, 그게 술책이라는 것이다."
"……그럴까요?"
"오와리가 아닌 오카자키에 붙겠다는 게 아니라 아버지가 병중이어서 아무 쪽에도 가담할 수 없다는데 구태여 적으로 돌릴 만큼 오다 편에 인물이 없다고 너는 생각하느냐?"
"글쎄요…… 그건?"

"아무튼 노부모토에게 분명히 일러라. 이 아비를 베든가, 오와리나 슨푸 어느 쪽도 편들지 않든가, 둘 중의 하나, 어느 쪽을 선택하느냐는 노부모토의 생각에 맡기겠다고. 알겠느냐? 알았거든 물러가거라. 혼자 조용히 누워 있고 싶구나."

다다치카는 고개를 갸우뚱한 채 얼른 물러가려 하지 않았다. 그는 다다마사의 추측대로 형 노부모토로부터 아버지를 설득하라는 명령을 받고 왔다. 그러나 아버지는 아직 오다 편에 가담하지 않고도 버틸 수단이 있다고 믿는 것 같았다. 가볍게 눈을 감고 할 말을 다 했다는 듯 조용한 표정으로 누워 있다. 다다치카는 지그시 입술을 깨물었다.

"—아버지는 병환이 나신 뒤로 마음이 몹시 약해지셨다. 그런 성품이 아니셨는데."

형 노부모토는 말했지만 다다치카는 반대로 생각했다. 마음이 약해지기는커녕 한결 더 굳고 완고해져 있었다. 오다 편에 가담하지 않아 체면이 서지 않는다면 자기를 베어 체면을 세우라고 한다. 이처럼 강한 말이 또 있을까.

이 말을 그대로 노부모토에게 전한다면 그는 아버지를 베려고 할지도 몰랐다.

"—일족을 위해, 가신을 위해 늙은이 한 사람의 고집은 용납할 수 없으니 사사로운 정을 죽여야지……."

막내아들 다다치카로선 이런 상상이 견딜 수 없었다. 뭐라고 말해야 아버지 마음을 움직일 수 있을까? 다다치카는 차마 일어나지 못하고 앉아 있었다.

다다마사가 가늘게 눈을 떴다.

"다다치카…… 아직도 거기 있느냐. 누가 복도를 건너오는구나. 서두르는 발걸음인데."

"예……?"

이 말에 귀 기울이니 과연 쿵쾅거리며 마루를 밟는 거친 발소리가 들렸다.

다다마사는 먼 곳을 바라보는 눈으로 말했다.

"저 발소리는…… 히지카타로구나. 무슨 일일까? 허둥대는 것 같은데."

이때 안마당 너머에서 크게 소리치며 다가오는 다다마사의 총신 히지카타의 목소리가 들렸다.

"성주님! 큰성주님! 오카자키의 아씨에게서 전갈이 왔습니다!"

그것은 누워 있는 다다마사를 멀리서부터 일으켜 세우려는 속셈인 듯했다.

"오카자키에서 아드님이 태어나셨습니다! 성주님! 아들입니다. 사내아기입니다."
다다마사의 눈이 번쩍 빛났다.
"다다치카, 나를 일으켜라!"
"네."
다다치카가 부리나케 아버지를 안아 일으킨 것과 장지문을 드르륵 열어젖히고 문지방 너머에 단정히 앉아 야릇한 모습으로 히지카타가 웃어댄 것이 동시였다.
"성주님! 흐흐흐흐."
"히지카타, 사내아이라고?"
"예, 사내아이입니다……."
"그래, 사내아이가 태어났어!"
"그것도 보통 사내아이가 아닙니다."
"보통 사내아이가 아니라니? 설마 병신은?"
다다마사가 묻자, 시동에서부터 올라온 이 총신은 가슴을 젖히며 손을 내저었다.
"아닙니다. 우선 진정하시고……."
그는 머리맡으로 성큼성큼 다가와 1초도 기다릴 수 없는 듯 앉으며 말했다.
"출생 시각은 오늘 새벽 인시(寅時 ; 오전 4시쯤). 세자께서 호랑이해 호랑이시에 태어났다고 오카자키성 집집에서 일시에 함성이 터져나왔다고 합니다."
"흠, 호랑이시라."
"산실에서 오늘을 위해 정갈히 해둔 우물물을 길러가는 동안 마쓰다이라 마을의 로쿠쇼(六所) 사당에서도 신정(神井)의 물을 길어왔답니다……."
"허!"
"모두들 얼마나 기다린 아기인지 이 한 가지로도 알 수 있지 않습니까? 사카이가 탯줄을 끊고 이시카와가 활시위를 울리자 히로타다 님도 매우 기뻐하시며 일부러 산실 밖까지 가셔서 아기 울음소리를 들으셨다 합니다."
여기까지 말하자 히지카타의 눈도 다다마사의 눈도 불그레하게 젖어간다. 다다치카만이 엄숙한 자세로 앉아 있었다.
"그랬느냐…… 그랬느냐…… 그래, 자네한테는 누가 알리러 왔나?"

"유리가 왔습니다. 유리가 전부터 내명(內命)을 받고…… 아니, 그 밖에 또 하나! 성주님, 믿을 수 없을 만큼 상서로운 징조가 또 있습니다."

"무엇이냐. 어서 말해보아라."

"하오나 이것은……."

히지카타는 가슴을 쓱 젖히더니 두툼한 손을 무릎에 얹고 다시 흐흐흐흐 웃었다.

"성주님! 성주님은 호라이사의 약사여래를 아십니까?"

"알고말고, 사내아이를 점지해 주십사고 나도 기원문을 바쳐두었지."

"오다이 님도 그 약사여래에게 기원을 드리셨는데, 아기가 태어난 날 밤에는 제 자식 유리가 대신 가 있었다더군요."

히지카타는 어느새 다다마사의 머리맡에 바싹 다가앉아 가만히 다다마사를 쳐다보았다. 이 총신만은 다다마사의 마음속 소원을 알고 있는 것 같았다.

다다마사는 오카자키에서 온 통지를 자기보다 더 반가워하는 히지카타의 모습이 딱하기도 하고 기쁘기도 했다.

"그러면 호라이사에 있던 유리가 아기가 태어났다는 말을 듣고 곧장 가리야로 달려온 거로군."

"물론이지요—오다이 님 지시로. 그런데 오늘 밤 예정대로 출생 소식이 전해져 주지와 중들이 법당에 올라가 순산 감사기도를 드리려다 보니, 글쎄 절의 보물인 불상 하나가 홀연히 사라졌다지 않겠습니까?"

"뭐, 불상이 사라졌다고?"

"흐흐흐, 이상한 일이라고 생각하시겠지요. 호라이사는 물론이고 오카자키성 아래로부터 스고(菅生) 마을 일대가 벌써 이 소문으로 들끓고 있습니다."

"불상을 도난당했단 말이냐? 그런데 자네는 어째서 그것을 기뻐하는 거지?"

히지카타는 답답한 듯 혀를 찼다.

"도난이 아닙니다. 홀연히 사라졌지요. 그 불상은 고명한 12신상 가운데 첫 번째인 석가여래도 아니고 두 번째인 금강보살도 아니고……."

"이 무슨 번거로운 말을 하는고. 대체 무엇이 사라졌단 말이냐?"

"예…… 세 번째인 호랑이신 보현보살 진달라대장입니다. 이 진달라대장은 모든 악을 물리치는 신창을 손에 들고 있는 보현보살, 보현보살은 말할 것도 없이 법

체편만(法體遍滿)하여 모든 미혹을 끊고 지극한 깨달음에 이르게 하는 여러 부처와 여러 보살 가운데서도 가장 현명하시지요."
"흠."
"아미타여래(阿彌陀如來)의 여덟 번째 왕자, 자비와 정행(定行)을 구현하는 이 호랑이신이 호랑이해 호랑이시에 홀연히 자취를 감추자, 동시에 오카자키성에서 옥같은 사내아기가 고고성을 우렁차게 울린 것입니다."
다다마사는 잘도 움직이는 히지카타의 입술을 어이없는 듯 바라보고 있었다. 그 침착한 태도가 히지카타는 불만스러웠다.
"성주님! 호라이사의 중이 곧잘 설법하지 않았습니까. 이 보살은 널리 나타나는 신력(神力)을 지니고 33신(身), 19설법(說法), 어디든 원하는 곳에 자유자재로 나타난다고. 그러므로 정해진 모습은 없으나 나타날 때는 어떤 모습으로든 자유자재로 이 세상에 현신(顯身)하시지요. 이것이 마침내 오카자키성에 이 난세를 구하려는 비원(悲願)을 가지고 모습을 나타낸 게 틀림없다고……."
"잠깐! 히지카타, 그런 말을 대체 누가 하던가?"
"절에서 마을로 순식간에 퍼진 소문이라고 유리가, 저에게 말하더군요."
"뭐, 절에서 마을로 순식간에……."
다다마사는 생각에 잠기듯 고개를 갸웃했다.
"거참, 난처한 소문이 났구나."
"무슨 말씀입니까. 그 때문에 온 마을에서부터 오카자키성 안 사람들까지 용기백배하여……."
다다마사는 갑자기 양미간을 모았다.
"그게 난처하단 말이다. 누구의 얕은꾀인지는 모르나 마을 사람들이라면 또 모르되 무사까지 그런 소문을 퍼뜨리다니 될 말인가. 자네가 유리에게 단단히 이르게. 그런 말을 퍼뜨려서는 결코 안 된다고."
히지카타는 불만스러운 듯 멍하니 입을 벌린 채 다다마사를 쳐다보았다. 히지카타가 입을 다물자 곁에 있던 다다치카도 의아한 듯 고개를 갸우뚱한다.
"오카자키에 태어난 아기에 관련된 기이하고 상서로운 징조를 어째서 퍼뜨려서는 안 됩니까?"
젊은 다다치카는 이러한 기이한 일에 매우 흥미가 끌리는 듯한 표정이었다. 다다마사는 일부러 무뚝뚝하게 고개를 저었다.

"그것이 얕은꾀라는 거다. 너희들은 정녕 불상이 저절로 사라질 수 있다고 생각하느냐?"

"그런데 그게 사라졌으니 이상한 일이라고……."

"단순하게 생각해서는 안 돼. 불상이 사라졌다면 사라지는 방법이 몇 가지 있을 터, 그 점을 잘 생각해 보아라."

"아이참, 성주님께서는 흥이 깨지는 말씀을 하시는군요."

"그래, 세상에 흥미로운 일은 그리 흔히 일어나는 법이 아니다. 첫째로, 누군가가 지각없이 훔쳤을 경우, 둘째로 누군가가 그런 소문을 위해 일부러 훔치게 했을 경우, 셋째로는 호라이사에 아첨을 좋아하는 중이 있어 마쓰다이라 가문의 비위를 맞추려고 숨겼을 경우."

히지카타는 신음 소리를 냈다.

"흠."

굳이 따진다면 정녕 그 말대로였으나, 모처럼 터질 것 같은 기쁨을 풀어놓을 곳이 없었다.

"자네들이 기뻐하는 마음을 잘 안다. 그러나 그 애가 환생한 보현보살이라는 소문이 퍼진 까닭에 어리석은 무리들이 이에 따르는 미신이 생긴다면 어찌할 텐가?"

"상관없지 않습니까. 연이은 싸움에 지친 백성들은 기적을 기다리고 있습니다."

"거참, 답답한 사람이로군. 게다가 태어난 아기까지 그 이야기를 믿게 된다면 화근이 더욱 깊어지지. 생각해 보게. 세상 사람들이 완전히 그 소문을 믿고 본인도 그렇게 생각하고 있을 때 도난당한 불상이 엉뚱한 곳에서 불쑥 나온다면 어떻게 되겠나. 그럴 경우 낙심한 사람들을 대체 누가 달랠 수 있는가."

히지카타는 저도 모르게 숨을 삼켰다. 과연 그것은 심각한 문제였다.

"그렇다면…… 만약 불상이 발견되면 태워버리게……."

다다마사는 다시 손을 내저었다.

"당치도 않은 소리! 그런 잔재주는 불벌(佛罰)의 원인이 된다. 알겠느냐? 누군가가 얕은꾀로 훔치게 한 첫째와 둘째의 경우 불상이 아기로 환생한 것이니 세상을 떠나면 다시 본디 자리에 모습을 나타내지 않으면 앞뒤가 맞지 않아. 만약 아기가 여든, 아흔까지 살 수명을 타고났다면 대체 누가 불상을 돌려놓겠느냐?"
"……"
"셋째의, 아침을 좋아하는 가풍은 집안이 망할 징조지. 당치도 않은 일이라고 유리에게 잘 타일러 돌려보내라. 사내아이의 출생만으로도 충분한 경사야."
여기까지 말하고 다다마사는 빙그레 웃었다.
"이제야 저승에 가져갈 좋은 선물이 생겼다. 저세상에 가서 기요야스의 어깨를 칠 수 있겠구나. 자네가 아무리 적이니 편이니 하고 소리쳐봤자 자네 손자와 내 손자는 하나일세, 하고 말이야. 핫핫핫하. 다다치카는 형 노부모토에게 알려줘라. 오카자키로 서둘러 축하 사자를 보내도록 하라고."
다다마사는 흐뭇한 듯 히지카타의 부축을 받으며 다시 자리에 누웠다.

갠 날 흐린 날

어제는 눈이 엷게 내렸다. 성안에서는 그 눈까지도 상서롭다고 떠들어댔다. 달력으로는 이미 정월이라 바깥채에서는 아기 탄생과 신년 축하연이 함께 열리고 있었다.

같은 산실이라도 오다이가 있는 후로타니의 산실은 아마도 따사로움이 넘쳐 터질 듯한 분위기이리라. 그러나…… 이곳 시녀들 방 끝에 부정을 피하여 하녀 방을 개조한 오히사의 산실은 쓸쓸하기 이를 데 없었다. 어제도 오늘도 찾아오는 사람이 없다. 시녀 만이 혼자 시중들며 산모를 위해 질냄비 아래의 숯불을 불고 있다.

"아기님 이름은 할아버님 아명(兒名)을 받아 설날인 첫이레에 다케치요(竹千代) 님이라고 부르기로 했대요."

만은 낙숫물이 떨어지듯 끊어가며 말한 다음 한바탕 불을 불어댔다.

"간로쿠 님이 태어나셨을 때는 성주님이 일부러 방까지 건너오셨었는데."

오히사는 새하얀 창을 바라보며 이따금 가냘프게 한숨만 쉴 따름이었다.

"호랑이해 호랑이시에 보현보살님이 환생하셨다고 노녀 스가 님이 오쿠보 님에게 복도에서 알리자 그 익살스러운 진시로 님이 옳지, 이제 천하는 마쓰다이라네 것이 되었다 하고 덩실덩실 춤추며 걸어가셨대요."

"……."

"호랑이해 호랑이시라면, 이 아기님도 같은 때 태어났는데 어느 쪽이 진짜 보현보살인지 알 게 뭐람."

그러고 보니 오히사의 오른쪽에도 조그만 요가 깔려 있고 얼굴을 찡그린 갓난아기가 잠들어 있다. 오히사는 그 아기가 마님이 낳은 다케치요와 한날한시에 태어난 게 이상하기도 하고 가엾기도 했다. 이런 데까지 여자의 싸움은 계속되는 것일까.

"—마님께서 해산기가 있답니다."

이 말을 들었을 때 오히사의 배도 갑자기 아파오기 시작했다.

해가 저무는 섣달 25일—

26일이 호랑이날이라 그때까지 낳지 말아야지 하는 의식이 뚜렷했는데 밤 12시쯤 지나자 눈앞이 아찔해지는 진통이 밀려왔다. 아버지 노리마사가 보낸 산파가 터질 듯한 목소리로 외쳤다.

"오, 태어났습니다. 호랑이날 호랑이시에 아기가 태어났어요. 사내아기입니다."

오히사는 성안을 도는 딱따기 소리를 들으며 희미하게 의식이 스러져갔다. 그러나 그 속에서도 감정이 안개처럼 달라붙어 떨어지지 않았다.

'이겼어! 틀림없이 이겼어!'

이 승리감은 마님께서도 한날한시에 역시 옥 같은 사내아기를 낳았다는 말을 듣는 순간 비참하게 허물어졌다. 같은 사내아기지만 한쪽은 측실의 둘째 아들이고 한쪽은 정실의 적자(嫡子)였다. 한쪽은 마쓰다이라 가문의 큰 뜻을 지닌 다케치요라는 이름이 주어졌건만 한쪽은 첫이레가 지나도록 아직 이름이 없다.

오히사는 분했다. 어째서 상대가 여자아이를 낳지 않았을까. 어째서 조금이나마 시각을 달리 낳지 않았을까?

오히사가 약사여래의 기적에 대한 이야기를 들은 것은 26일 낮 1시가 지나서였다. 같은 시각에 같은 사내아이를 낳았다는 것만으로도 이미 패배감에 쫓기고 있는데 이런 말이 들려왔다.

"마님 산실에는 마쓰다이라 마을에서도, 로쿠쇼 사당에서도 아기를 씻길 물을 길어 보냈대요."

더욱이 상대는 보현보살의 환생이라고 한다. 누가 그렇게 정했는지 모르지만, 얼마 뒤 오히사가 낳은 아기는 그 거룩한 부처님의 화신을 섬기기 위해 따라 태어난 거라는 소문이 났다. 오히사는 그때 머리로 피가 왈칵 치솟는 걸 느꼈다. 높은 열이 나면서 눈이 뒤집히고 온몸이 경련되어 이틀 남짓 내리 앓았다.

'그런 말도 안 되는…… 같은 씨…… 같은 애무 속에 태어난 자식인데…….'

산후 상태가 좋지 않다는 말을 들으면 히로타다가 몸소 달려오지는 못할망정 사람은 보내주리라고 생각했다.

'누가 뭐라든 진정한 사랑은 내가 쥐고 있다.'

이렇게 믿어왔으므로 어지럽게 흐르는 핏줄 속에 히로타다를 부르고 싶은 여자의 일념이 숨어 있었다. 그러나 히로타다에게서는 아무 소식도 없고, 성안은 오직 마님의 아기 탄생을 축하하는 소리로 가득할 뿐…….

오히사는 처음부터 다시 생각해 보지 않으면 안 되게 되었다. 지금까지 애정의 우월감을 느끼며 미워하지 않았던 오다이가 갑자기 큰 적으로 보였다. 아니, 오다이뿐만이 아니다. 그 오다이의 색향(色香)에 매혹된 남자의 배반에 마음이 쓰라리고 아팠다.

"아씨, 죽이 다 되었어요."

하얗게 김이 오르는 그릇을 받쳐들고 만이 머리맡으로 다가오자 오히사는 갑자기 심하게 기침을 했다. 아직도 온몸의 피가 가라앉지 않아 감정이 흥분될 때마다 생명이 그대로 쏟아져나올 것만 같았다.

"만, 아직 먹고 싶지 않구나. 저리 밀어놓아라."

"하지만…… 좀 드셔야지요."

"먹기 싫대도……."

만은 난처한 듯 그릇을 받쳐든 채 방 안을 한 바퀴 돌았다.

"정말 화나는 일이에요."

"무엇이 말이냐?"

"사카이 님 하인이 스가 님에게 말했대요. 아기가 태어나시던 날 목욕 시중을 들던 여자도 아기를 낳았다던데 사내아기냐, 여자아기냐고요."

"뭐, 나를 목욕 시중꾼이라고……."

"예, 성주님 마음속도 모르면서 아씨를 종처럼 생각하고 있어요. 대체 누가 그런 말을 퍼뜨렸는지."

만은 위로할 작정이었지만 오히사는 앞으로 엎어지며 울음을 터뜨렸다. 만은 성주님 마음도 알 수 없다고 덧붙였지만 지금의 오히사에게는 그 자신감도 없었다. 아무튼 그 어린 소녀 같은 오다이의 어디에 히로타다를 농락할 힘이 있었던 것일까……? 깜짝 놀라며 바라보는 만의 시선 아래 오히사는 오래도록 몸을 떨며 울었다.

창이 얼마쯤 어두워진 것은 해가 다시 구름에 가려진 탓이리라. 어디선지 노랫소리가 들려왔다. 저것도 오다이의 아들이 탄생한 것을 축하하는 노래일까…….

오히사는 한참 뒤 문득 눈을 크게 떴다. 노랫소리가 아버지 노리마사의 목소리로 여겨졌기 때문이다.

'아버지가 와 계시구나…….'

그렇다면 오늘은 정월 초사흘이리라. 새해 인사를 나누며 아기 탄생을 느긋한 마음으로 축복하는 이 성 한구석에서 자기 딸이 울고 있는 것을 아버지는 알고 계실까?

오히사를 측실로 히로타다에게 억지로 보낸 것은 아버지가 남달리 종가를 생각했기 때문이었다. 그때 오히사는 아직 15살이라 남자와 여자의 신체 구별도 똑똑히 알지 못했다.

"—너는 성주님 곁으로 가게 됐다. 알겠느냐? 명심하고 잘 모셔라."

아버지가 말하고 나서 어머니에게 인계하자 어머니는 엄격한 얼굴로 남녀의 몸 차이부터 설명했다.

"—성주님은 성인관례를 치르셨지만 아직 13살이라 늦되시는 것 같으니 네가 마음 써드려야 한다."

그것이 옷이나 식사에 대한 말이 아닌 것을 알았을 때 오히사는 얼굴이 달아오르며 새빨개졌다. 어슴푸레 상상하고는 있었지만 아기가 태어나는 곳에 대해 아직 의아심도 뚜렷이 느낀 일 없는 오히사였다. 그러한 오히사에게 자세하게 가르쳐주는 어머니가 조금이라도 부끄러움을 엿보였다면 오히사는 방을 뛰쳐나갔을 게 틀림없었다. 여장부로 소문나 아버지도 그 점을 인정하는 어머니는 엄하게 말했다.

"—자손을 남기는 소중한 행위이니 꿈에도 소홀히 생각해서는 안 돼."

그리고 덧붙였다.

"—그다음 일은 네가 연구하도록 해라."

벚꽃이 피는 철에 어머니를 따라 성으로 와서 아랫성 말터 꽃나무 아래에서 오히사는 처음으로 히로타다를 보았다. 곁에 시동과 게요인이 서 있었다.
"—히로타다 님, 앞으로 시중드는 일은 이 오히사에게 분부해요."
게요인이 조용한 목소리로 소개하자 아직 어린 히로타다는 말했다.
"—응, 히사라고 하느냐? 한 바퀴 더 달리고 올 테니 기다리고 있어."
그리고 다시 말터 쪽으로 달려갔다.
그날 밤부터 오히사는 히로타다의 목욕 시중을 맡았다. 그녀는 어머니 말대로 자기와 히로타다의 몸 생김새가 다른 것을 발견하고 가슴이 두근거렸던 일을 기억하고 있다. 그러나 히로타다 쪽에서는 반년쯤 그것을 전혀 깨닫지 못하는 눈치였다.
'분부가 없으시면 가만히 있어도 되겠지.'
생각하면서도 왠지 마음이 진정되지 않아 히로타다 앞에서는 몸이 굳어졌다.
그러한 오히사에게 히로타다가 처음으로 남자의 눈길을 보내온 것은 가을도 깊어진 뒤였다.
"—히사, 너와 나는 몸이 다르게 생겼구나. 어째서 그럴까?"
그때도 목욕탕에서였다. 장난꾸러기처럼 빛나는 그의 눈이 오히사를 당황하게 만들었다.
"—정말 이상해. 너도 옷을 벗어봐. 내가 등을 밀어줄 테니까."
오히사는 그때 비로소 어머니가 일러준 말을 그대로 히로타다에게 해주었다.
히로타다의 성장도, 습관도, 기호도, 절도도 모두 알고 있건만 이렇듯 오다이에게 지다니……?
'아버지와 어머니의 가르침에 뭔가 부족한 점이라도……?'
이때 산실 앞에서 나막신 소리가 멈췄다. 산실을 찾아온 발소리의 임자는 문 앞에서 한가로이 중얼거렸다.
"아, 참으로 좋은 날씨로다."
오히사의 아버지 노리마사였다. 산실이 열리기까지 21일 동안은 불의 기운을 꺼려 남자들은 산실에 들어가지 못한다. 밖에서 목소리라도 들려주려고 들른 것이려니 생각한 오히사는 자리 위에서 살며시 얼굴을 들었다.
술기운이 좀 있는 듯한 노리마사는 중얼거렸다.
"아직 남자가 들어가선 안 되지만…… 이렇듯 경사가 잇따르니 안 들어갈 수 있

나. 나무아키바(南無秋葉) 신령님 용서하소서."
눈이 녹으며 묻은 진흙을 털고 나막신을 벗더니 문을 드르륵 열고 핫핫핫 쾌활하게 웃어젖혔다.
"나는 오늘 남자가 아니다. 산모를 문안하러 온 여자야, 여자. 간로쿠는 외가에서 할머니와 잘 놀고 있다. 걱정할 것 조금도 없어."
오히사는 눈을 커다랗게 뜨고 고개도 끄덕이지 않고 웃지도 않았다. 지금 아버지가 말할 때까지 친정에 맡겨둔 간로쿠에 대해서는 전혀 생각하지 못하고 있었다.
말투와 반대로 노리마사의 자세는 몹시 단정하고 엄격했다. 그는 먼저 간로쿠 소식을 딸에게 알린 다음 무릎 아래로 두 손을 짚고 둘째 외손자와 대면했다.
"오…… 주군을 많이 닮았구나."
두 손을 짚은 채 노리마사의 이마에서 눈 가장자리로 가득 주름이 잡혔다.
"다케치요 님과 한날에 태어나다니 참으로 기이한 일이로다."
말끝이 야릇하게 흐려져 오히사는 깜짝 놀라며 아버지를 다시 보았다. 일족 중에서 고지식한 사람으로 어떤 이에게는 호감을 주고 어떤 이에게서는 멸시받기도 하는 아버지. 자기가 낳은 아이를 보고 그 아버지가 눈물지은 것이다. 아버지에게만은 자기의 분함과 안타까움이 통하고 있다…… 오히사의 베개가 다시 눈물로 젖었다.
"간로쿠가 울지 않던가요?"
"오냐, 데리고 가던 날부터 벽장문의 호랑이를 좋아하기에 그 옆에 자리를 깔고 재웠지."
"호호호."
방 한구석에서 만이 웃었다. 웃고 나서 얼른 매무새를 고쳤다. 노리마사의 동작에는 어딘지 그런 온화함과 익살스러움이 느껴졌다.
"하하하, 시녀까지 웃는구나. 그래, 웃어야지. 형 간로쿠가 호랑이 그림 옆에서 자고 있을 때, 그 아우가 태어났단 말이야……."
오히사의 볼이 그제야 조금 허물어졌다.
'그래…… 이 아이에게는 간로쿠라는 형이 있어.'
형제 둘이 힘을 합하여 살날이 다케치요보다 먼저 오리라 생각했을 때, 아버지가 들고 온 부채로 무릎을 탁 쳤다.

"호랑이 위엄에 맞서는 형, 호랑이해 호랑이시에 태어난 아우, 모든 게 경사스러운 일뿐이구나. 이 둘이 마음을 합하여 보현보살의 화신이신 다케치요 님을 보좌한다면 천하에 무서울 게 없을 거다. 이렇듯 좋은 징조가 겹치는 것은 예삿일이 아니야. 마쓰다이라 가문 만만세지. 아, 웃어라 웃어, 얼마든지 웃어라, 하하하……."

오히사는 저도 모르게 얼굴을 돌렸다. 아버지는 역시 오히사의 마음 같은 건 전혀 알지 못하는 것이다.

"일족끼리 서로 싸우는 것만큼 어리석은 일은 없어. 사쿠라이의 노부사다 님을 봐라. 사사키(佐崎)의 산자에몬(三左衛門) 님을 봐라. 일족이 한 사람씩 불평을 가질 때마다 마쓰다이라 집안은 작아졌다. 선조 대대로 살던 안조성을 잃고, 와타리(渡理), 쓰쓰바리(筒針)까지 적을 불러들이게 되지 않았느냐. 힘을 합하여 날갯짓하면 이보다 더 큰 힘이 없지만 혈육끼리 싸우면 이보다 더 비참한 일이 없는 법이야. 그 이치를 알겠느냐?"

무사태평주의인 노리마사는 보아하니 오히사의 불평을 누르기 위해 일부러 산실로 찾아온 모양이었다.

"나는 오늘도 미쓰기(三木)의 구란도 님에게 넌지시 충언을 드리고 왔다만, 주군의 숙부님이신 이분 역시 주군의 연약함을 못마땅해하고 계시더구나. 큰 것을 바라는 자에게 이런 조바심은 무엇보다도 금물이다. 힘이 없다면 그것이 솟아날 때까지 모두들 꾹 참고 기다리는 인내가 중요해."

견디다 못해 오히사는 얼굴을 외면한 채 아버지에게 말했다.

"아버님—저는 아직 마음이 가라앉지 않았으니 혼자 있고 싶어요."

"오, 그래그래, 내가 미처 몰랐구나. 곧 가마."

"저는…… 첫이레를 맞아도 이름도 얻을 수 없는 자식을 낳아…… 머리가 무겁습니다."

"그래! 바로 그거야. 그 일로—"

노리마사는 그제야 생각난 듯 또 한 번 흰 부채로 무릎을 쳤다.

"오히사, 기뻐해라. 나는 이 아이의 이름을 알리러 왔단다."

"네? 그럼, 아기에게……."

"그래, 좋은 이름을 지었지."

"뭐라고…… 뭐라고 지으셨나요?"

"게이신(慧新)이라고 한다."

"게이신……? 게이신? 마쓰다이라 가문과 관계있는 이름인가요?"

"하하하……."

노리마사는 웃었다. 웃으면서 눈 속에 또다시 엷게 눈물이 괴는 것은, 이 성실하고 평범한 아버지 눈에도 딸이 가엾게 비쳤기 때문이리라.

"게이는 지혜의 게이(慧), 신은 새로운 신(新)이다. 게이신, 나날이 새로운 슬기로 세상을 개척해 나간다는 뜻이니 얼마나 좋은 이름이냐. 물론 마쓰다이라 가문에 이런 이름이 있었던 건 아니다. 이 이름은 마쓰다이라라는 작은 울 안의 것이 아니야. 삼천세계를 포용하는 부처님 아들의 크나큰 이름이다."

"네? 부처님 아들의 이름이라니요……."

"불제자(佛弟子)란 말이야. 승려, 태어나면서부터 명승지식(名僧知識)이 되는 거지."

노리마사는 갑자기 얼굴을 돌리더니 눈썹을 심하게 꿈틀거렸다.

"울지 마라! 다케치요 님과 한 해 한날한시에 태어난 것이 이런 불운……이 아닌 행운이다. 두 호랑이가 서로 겨루다 상처라도 입으면 큰일이니 그보다는 차라리 처음부터 불문에 들어가 다케치요 님의 무운과 조상의 넋을 위로하는……."

여기까지 말하자 오히사는 창백한 얼굴을 들고 떨리는 목소리로 아버지를 똑바로 보며 말했다.

"그것은…… 그것은…… 어느 분의 계획인가요?"

노리마사는 또다시 당황하여 얼굴을 돌리며 자신에게 타이르듯 중얼거렸다.

"울지 마라, 울면 못써—"

오히사는 찢어질 듯 눈을 크게 뜨고 옆에 잠들어 있는 아기와 아버지를 번갈아보았다.

다 같은 히로타다의 자식이면서도 오다이가 낳은 아기는 온 성안이 열화 같은 기쁨 속에 환영하는데, 자기 배 속에서 태어난 아기는 거들떠보지도 않는다. 그것만으로도 어미로서는 못 견디게 분한 일인데, 그 아이를 처음부터 출가시킨다는 것이다.

"울지 마라. 좁은 소견으로 그것을 불행이라고 생각해선 안 돼."

노리마사도 태어난 아기가 가엾어 못 견디겠는지, 다시 두 손을 짚고 들여다보면서 코를 훌쩍였다.

"이것은 다만 저마다 타고나는 자연의 지위가 다를 뿐이야. 부처는 왕가에 태어났으면서도 왕위를 버리고 불도를 세우셨다. 왕위에 만족했다면 단지 조그만 한 나라의 왕에 지나지 않았겠지만 지금은 삼천세계에 군림하고 계시잖느냐."

"하지만 이것은 여느 출가와 뜻이 달라요."

"아니다, 이런 출가가 더 거룩한 거야."

"아니에요! 저는 그렇게 생각되지 않아요."

"허허, 철없는 소리 마라. 그럼, 어떻게 생각한단 말이냐?"

"이 아이는…… 처음부터 방해꾼 취급을 받았어요. 저는 그게 분합니다."

"허, 정말 난처한 산모로군. 울지 말래도."

노리마사가 얼굴을 돌리자 오히사는 틈을 주지 않고 다그쳤다.

"출가란 스스로 이 세상을 버리고 불문에 들어가는 것이지요. 태어나면서부터 세상에서 버림받고 출가하는 경우를 저는 들은 적도 본 적도 없습니다. 그런 가혹한 일이 대체 누구의 지시로 결정되었는지, 어서 말씀해 주세요."

노리마사의 목덜미가 꿈틀했다. 한참 동안 아무 대답이 없었다. 방 한구석에서 화로 위의 물이 갑자기 솔바람 소리를 내며 끓기 시작했다.

"그 말이 꼭 듣고 싶으냐?"

"네, 아기를 위해 들어두어야겠어요."

"그럼, 말해주마. 그것은 이 아비의 청으로 결정된 일이다."

"네, 아버님이?"

"오히사, 참아야 한다. 참고 살아야 하는 세상이니라. 누군가가 마음을 버리고 참지 않으면 안 된다. 그게 인간 세상의 법칙이지."

"아버님이……."

"내가 새해 인사를 겸해 축하하러 왔더니 온 성안이 들끓는 듯한 기쁨 속의 그 한구석에 흐린 날 같은 어둠이 있더구나. 똑같은 시각에 두 아이가 두 어머니 배 속에서 태어났으니, 이것이 대체 길한 징조냐 불길한 징조냐고 아베 형제를 비롯하여 사카이도 이시카와도 판단 내리지 못하고 있는 모양이더라. 그래서 내가 이건 아주 길한 징조라고 말해줬지. 알겠느냐? 이러한 아비의 마음을…… 오히사,

너를 주군께 보낸 당초의 우리 마음이 무엇이었더냐. 일족을 위해 참는 게 아니었느냐. 화합이 번영의 바탕이니 측근을 어지럽히는 자를 접근시키면 안 된다고……그래서 너를 보낸 것 아니더냐. 오히사, 용서해라. 아비의 계획으로 그랬으니 용서해 다오. 참아다오."

스스로 범용(凡庸)을 좌우명으로 삼는 이 아버지는 어느덧 딸 앞에 단정히 두 손을 짚고 울고 있었다.

"일족의 화합 없이 이 난세를 어떻게 살아가겠느냐. 직속무사도 보호받는 자도 모두 그때그때의 상대 형편에 따르는 법이다. 서쪽에서는 오다라는 이리가 으르렁대고, 동쪽의 이마가와 역시 형세에 따라 바뀔 것이니, 만약 화합의 결속 없이 우리 일족이 서로 싸우게 된다면 그야말로 어느 쪽에든 좋은 밥이 되고 말 게다. 중신들도 그 점을 잘 알기 때문에 두 호랑이의 탄생에 조심하고 있는 거라고 보았다. 물론 주군께서도 마찬가지다. 너를 피하고 나에게 조심스럽게 대하며 마음 쓰고 있는 것을 나도 안다. 이런 때 만약 네가 불만을 터뜨린다면 어떻게 되겠느냐?"

오히사는 어느새 베개에 이마를 묻고 온몸을 경직시킨 채 울고 있다.

"하고 싶은 말이 있는 것은 나도 잘 안다. 그러나 세상에는 해야 할 말과 못 할 말이 있다. 이 아비가 보기에 너는 지금까지 주군을 잘 모셨다…… 그렇지 않느냐?"

"그러니…… 더 분한 거예요."

"바로 그 점이다, 오히사—"

노리마사는 방 한구석을 돌아보고, 만이 함께 울고 있는 것을 보더니 목소리를 낮추었다.

"너는 주군을 사랑하고 있겠지?"

"……네."

"태어난 아기도 사랑스럽겠지."

"……네."

"그렇다면 더욱 인내가 중요하다는 것을 모르겠느냐? 네가 만약 이 계획에 불만을 가진다면 주군 곁에서 물러나게 된다는 걸 모르겠느냐?"

"네……?"

"뒷날의 화합을 생각해 누군가 태어난 아기의 목숨을 노릴 거라고 생각지 않느냐? 마쓰다이라 일족 중에는 가문을 위해서라면 눈물을 머금고 일을 도모할 충복이 다섯 손가락도 넘는다는 사실을 모르느냐?"

"……."

"이 아비는 너도 아기도 무사하고 화목을 해치지 않는 방법이 없을까 깊이 생각하고 계획했다. 알겠느냐? 결코 주군을 원망해서는 안 된다. 중신들을 원망하지 마라. 원망한다면 이 아비를…… 알겠느냐, 오히사!"

오히사의 베개에서 다시 애처로운 흐느낌 소리가 꼬리를 끌었다.

바로 그 무렵—

오다이의 산실에서는 이미 부자의 대면이 끝나고, 다케치요라고 이름 지어진 갓난아기가 아기방으로 정해진 산실 옆방에 누워 천진스러운 눈을 반짝이며 허공을 쳐다보고 있었다. 살결이 발그레하고 조그맣게 주먹 쥔 손목은 이중으로 주름 잡혀 있다. 거실은 전에 시녀들이 쓰던 방의 일부라 호화롭지는 않지만 깨끗이 꾸며져 있었다. 그 곁에 유모도 두 사람 벌써 뽑혀와 있다. 한 사람은 가신인 아마노(天野)의 아내 오사다(貞). 또 한 사람은 와타리(渡) 마을 시미즈(清水)의 아내인 가메조(龜女). 두 사람 다 발그레한 갓난아기에 못지않게 혈색이 좋고, 내전 근무에 아직 익숙지 않아 긴장된 모습이 엿보였다. 산실에는 물론 아무도 들어가지 못했지만 이곳에는 벌써 중신들이 찾아든다. 오는 이마다 새로 온 유모를 꾸짖고 가므로 두 사람은 더욱 긴장하고 있었다.

또 부르는 소리가 난다.

"신파치로가 다케치요 도련님께 새해 인사를 드리러 왔다고 여쭈어라."

상대의 목소리에서 술기운을 느낀 가메조가 허둥지둥 문 앞으로 나가 두 손을 짚었다.

"어서 드시지요."

그러자 신파치로는 주위가 떠들썩할 만큼 큰 소리로 꾸짖어댔다.

"무엄하구나! 다케치요 님이 어리시다고 깔보아 형편도 여쭈어보지 않고 마음대로 행동하다니 고얀 것이로다. 네 이름이 무엇이냐?"

"네, 가메조라고 합니다."

"가메조라, 좋은 이름이군. 이름을 봐서 오늘의 실수는 봐주지. 어서 도련님 형편을 여쭈어보게."

"……네."

가메조는 깜짝 놀라 방으로 들어가 아직 눈도 보이지 않는 갓난아기와 오사다에게 구원을 청하듯 눈길을 돌렸다.

예부터 미카와의 중신들은 호탕한 기골과 기개를 솔직하게 표현하는 것을 자랑으로 삼고 있었다. 까다로운 이치는 덮어두고 오로지 주군에게 충성을 바쳤다. 문무(文武) 두 토끼를 쫓는 자는 결국 한 마리의 토끼도 얻지 못한다는 엄격한 깨달음이 가풍이었다.

물론 그것이 어느 시대에나 해당되는 건 아니었다. 그러나 싸움으로 날을 지새우는 난세에서는 문무 양쪽으로 뜻을 나누고 있다가는 결국 둘 다 미숙한 채 끝나고 만다. 오늘을 살면서 내일을 모르고, 그동안 회의를 느낄 틈조차 없는 게 현실이라면 인생을 단순하게 이해하고 열심히 무술을 연마하는 게 싸움터에서 살아남는 비결이었다.

그 가운데서도 오쿠보 일족은 호탕한 기골로 소문나 있었다. 단순한 부하로 사는 것이 가장 안전하게 활개를 펴고 개성을 지닐 수 있는 길임을 깨닫고 있었다. 그 오쿠보 일족 중에서도 특히 난폭한 신파치로가 술에 취해 한 인사이니 두 유모가 얼굴을 마주 보며 움츠러드는 것도 무리가 아니었다.

신파치로가 다시 소리쳤다.

"어서 여쭙지 못할까. 도련님께선 기분이 좋으신가?"

가메조는 난처하여 넌지시 오사다에게 귀띔했다. 오사다는 고개를 끄덕이며 갓난아기의 발치에 두 손을 짚었다.

"도련님께 여쭙겠습니다. 가미와다의 오쿠보 집안에서도 무용(武勇)으로 이름나신 신파치로 님이 새해 인사를 여쭙고자 오셨습니다. 어떻게 하오리까?"

밖에서 듣고 있던 신파치로는 빙그레 웃었다.

"아마노의 여편네가 제법 재치 있는걸. 그러나 무용으로 이름나다니 이건 아첨이 지나치군. 혼내줘야지."

이윽고 그 신파치로 앞에 오사다가 정색한 표정으로 나왔다.

"아마 지금쯤 오실 때가 되었다며 도련님께서 기다리고 계시니 어서 들어오십시오."

"뭐, 기다리고 계시다고? 도련님이 분명 그렇게 말씀하셨던가?"
"네."
"거참, 조숙하시네. 태어난 지 열흘도 되기 전에 말씀을 하시다니 놀라운 일인걸."
"네, 보현보살의 화신이신 까닭인가 봅니다."
"왓핫핫하, 그렇다면 들어가야지."
여기서는 누구나 기쁨을 감추지 못하고 있다. 신파치로는 입을 꾹 다물고 어깨를 으쓱하며 들어갔다. 신파치로는 문지방 너머에 단정히 앉아 깍듯이 꿇어 엎드렸다. 그는 나름대로 여기서 한 가지 교육을 베풀려 생각하고 있었다.
"도련님…… 오쿠보 신파치로입니다. 여느 때와 조금도 변함없는 존안을 뵙고……."
말하다가 그는 이것이 다케치요와의 첫 만남임을 깨닫고 천천히 사방을 노려보았다.
"예, 좀 더 가까이 오라는 말씀입니까? 분부대로 하지요."
방 한구석에서 고자사가 웃음을 터뜨렸다. 그러나 신파치로는 그쪽을 돌아보지도 않았다. 비 온 뒤의 두꺼비를 연상시키는 무뚝뚝한 무릎걸음으로 다가앉아 살며시 흰 비단이불 속을 들여다보았다.
"허—"
그는 굵직한 털이 내다보이는 귀를 갓난아기 코끝에 살그머니 갖다 댔다. 부드러운 숨결이 조용히 귀를 간지럽히자 으흐흐 하고 얼굴을 허물어뜨리다가 다시 엄숙하게 입을 다물었다.
오사다가 옆에서 참견했다.
"도련님이 뭐라고 하십니까?"
"음, 좀 비밀스러운 말씀을 하시기에 내가 귀를 갖다 댔는데 그걸 보고 웃다니 무슨 짓이냐."
"당치도 않은 말씀을. 아무도 웃지 않았는데요."
"아니, 웃었어. 이 신파치로는 잘 알고 있다. 속으로 틀림없이 웃었지."
"무슨 말씀입니까. 기뻐서 웃는 얼굴을 그처럼 오해하시다니 난처한 일이 아닙니까?"

"뭐, 기뻐서 웃는 얼굴…… 음."

여기서 그는 다시 한무릎 뒤로 물러앉아 진지하게 엎드렸다.

"예. 마음 상하시는 것도 지당한 일이라 생각되오니 이 신파치로가 엄하게 일러놓지요. 여봐라, 아마노의 아낙네."

"네."

"지금 도련님께서 말씀하시기를, 내 측근에 경박한 자들이 있으니 신파치로가 꾸짖고 돌아가라는 말씀인데, 그대는 짐작이 가나?"

오사다는 깜짝 놀라 또다시 가메조와 얼굴을 마주 보았다. 한쪽 구석에서는 고자사가 옆을 보며 웃음을 참고 있다.

"어린 분에게 젖을 드릴 때는 상당한 조심이 필요한 일이야."

"그 일이라면……."

"알고 있다고 금방 똑똑한 척하는군…… 그 점이 나쁘다고 말씀하시잖은가."

"네."

"아기는 뭐니 뭐니 해도 유모의 기질을 이어받는 법. 그대는 집안에서도 현명하다고 칭찬받는 여자이니 남의 얼굴을 보고 이름난 무용이니 어쩌니 하며 경박한 아첨은 삼가야 해."

오사다는 아하 그 일이었구나 하고 역시 신파치로에게 지지 않는 진지한 태도로 절을 했다.

"명심하고 모시겠으니 용서하십시오."

"그런 일이 가장 싫다고 도련님이 말씀하신다. 알겠는가? 아첨을 좋아하는 얼뜨기로 키우지 말아달라고 말씀하셨어."

"죄송합니다."

"경박하게 웃으며 기뻐하는 버릇도 들지 않도록 해달라고 말씀하셨지. 빨리 기뻐하는 자는 빨리 시드는 법, 가벼운 희로애락은 어리석고 못난 짓에 불과하다고 하셨어."

"아무쪼록 조심하겠습니다."

"자, 전하는 말씀은 이것으로 끝내고 나머지는 내 사사로운 볼일인데, 어떻든 경사스럽군, 왓핫핫하."

신파치로의 꾸중이 끝난 것을 알고 오사다도 가메조도 안심했다.

마쓰다이라의 가신들 가운데 오쿠보 집안이 가장 장부다운 기골을 지니고 기발한 행동을 잘했다. 그 일족은 30여 명. 종가는 신주로, 신파치로, 진시로 세 형제였다. 아우 진시로도 다케치요가 탄생했다는 말을 듣자 곧 자기 자식을 측근 시동으로 드리고 싶다고 간청하여 히로타다를 어리둥절하게 만들었다고 한다. 진시로의 아들은 아직 태어나지도 않았다. 배 속에 있는 동안은 남녀를 구별할 수 없으니 태어난 다음에 보자는 말을 듣고 진시로는 뜻밖이라는 표정을 지었다고 한다.

"—주군께서는 이 진시로를 못 믿으십니까. 이런 때 계집아이를 낳게 할 만큼 충성심이 없는 사내로 생각하셨습니까?"

이렇게 다그쳐대므로 히로타다는 그만 어이가 없었다.

"—알았네, 알았어. 그러나 갓난아기만 한꺼번에 몰려와도 난처하니 다케치요도 그대의 아들도 걷게 된 뒤에 다시 이야기하세."

이 이야기를 듣고 신하들은 모두 오쿠보 집안의 고지식함에 대해 웃었지만, 그것은 물론 그 말의 표현 그대로 멍청해서가 아니었다. 멍청이는커녕 그들의 기발한 행동 뒤에는 늘 풍자와 야유가 얼마쯤 숨겨져 있었다. 요즘 히로타다와 사이 좋지 않은 미쓰기의 숙부 구란도에 대한 통렬한 야유이며 위협이기도 했다.

"—우리는 아직 태어나지도 않은 자손에게까지 충성을 가르치고 있다. 하물며 혈육인 숙부이면서……."

이런 뜻으로 사람들 눈을 번쩍 뜨이게 하는 기골이 말 속에 담겨 있었다.

신파치로는 유모들과 허물없이 이야기 나누다가 다시 정색하여 인사하고 물러갔다.

"도련님은 태어나시기 전부터 무용의 덕을 지니신 분이야. 그대들은 그것을 알겠는가? 배 속에 계실 때부터 우리를 지켜주셨어. 지난해 가을 아즈키 고개 싸움에서 말이지."

돌아갈 무렵 크게 웃으며 소리친 것은 물론 안방의 오다이에게 들리라고 한 말이었다.

오다이는 자리 위에 일어나 앉아 이 말을 곰곰이 되새겼다. 신파치로는 아기가 오다이의 배 속에 있었기 때문에 미즈노 가문이 오다 쪽에 가담하지 않았으며, 아즈키 고개에서의 승리는 그 때문이었다고 말하는 것 같았다.

그가 돌아가자 오다이는 살며시 합장했다. 신하들은 다케치요의 탄생을 더할 나위 없이 기뻐하고 있었다. 취기를 띤 신파치로의 오늘 행동도 말하자면 그 표현의 하나였다. 그보다 더욱 오다이를 감격시킨 것은 아랫성에 은거하면서 요즘 렌가(連歌 ; 두 사람 이상이 와카(和歌)의 상구(上句)와 하구(下句)를 번갈아 읽어나가는 형식의 노래)만 짓고 가신들을 통 만나지 않고 있던 86살 난 고조부 도에쓰(道閱)까지 사람 등에 업혀 다케치요를 보러 와준 일이었다.

도에쓰는 히로타다의 아버지 기요야스의 할아버지이며, 오다 노부히데에게 종사하고 있는 노부사다의 아버지였다. 노부사다가 오다에게 종사하게 된 뒤부터 완전히 정치에서 물러나, 오다이가 시집왔을 때도 만나려 하지 않았다.

"—나는 세상을 버린 사람, 늙은이란 추한 존재야."

그런 그가 다케치요를 보러 와서 눈물을 흘렸다.

"—고맙구나, 고마워."

오다이는 두 손 모아 그 행복에 감사했다.

별안간 옆방에서 우렁찬 목소리로 다케치요가 울음을 터뜨렸다. 햇빛이 하얗게 비쳐드는 장지문 앞에서 오다이는 두 손을 모은 채 언제까지나 움직이지 않았다.

티끌의 탄식

사방 어디를 둘러보아도 강물뿐이었다. 북쪽에 흐르는 가모강(加茂川), 시라강(白川), 가쓰라강(桂川), 요도강(淀川), 우지강(宇治川)이 모두 이곳으로 몰려와 큰물을 이루었다. 동남쪽의 도묘지강(道明寺川), 야마토강(大和川) 또한 이리로 흘러든다. 따라서 크고 작은 온갖 배가 드나들어 멀리 당나라, 남만, 조선(朝鮮)의 배까지 있었다.

옛날에 나니와즈(難波津)라고 불렸던 오사카(大坂)는 본디 배의 출입이 많은 데다 지금으로부터 50년쯤 전에 혼간사(本願寺) 8대 주지인 고승 렌뇨(蓮如)가 무사의 성을 방불케 하는 수도 도량인 석산당(石山堂)을 열었던 곳이다. 처음에는 그 일대를 나니와 숲이라고 일컬었다. 그런데 그곳에 모여드는 사람들이 어느덧 이곳을 오사카 법당이라고 부르게 되어, 그 오사카가 지명이 되었다.

중앙 법당을 에워싼 사방 8정의 대가람은 성벽이 되고 망루가 되었으며 천연의 강은 그대로 요새를 이루고 있다.

"정말 훌륭한 성이군."

"암, 그렇고말고, 이러니 우리에게 도움도 주시는 거지. 이 안으로 도망치면 영주는 물론 쇼군의 힘도 미치지 못해."

"나무아미타불…… 하고 염불하면 어떤 악인에게도 자비를 내리시지. 극락왕생을 의심할 겨를이 있거든 염불을 하라는 게 조사(祖師)님의 가르침이니까."

"고마운 일이야, 나무아미타불."

"나무아미타불……."

법당 앞에는 저마다 염불을 외는 참배자들이 물 흐르듯 이어졌다. 지금 이 법당 주인은 렌뇨의 손자인 쇼뇨(証如)였다. 이 견고한 법당 안에서 전국에 지령을 내린다면 어떤 무력도 당하지 못하리라.

법당을 둘러싼 견고한 회랑 뒤에서 따가운 여름 볕을 피하며 삿갓 아래로 꼼짝 않고 참배자들의 흐름을 바라보는 한 무사가 있다. 옷은 먼지로 빛바래고 칼은 칠이 벗겨져 있었다. 긴 여행을 했는지 감발도 짚신도 해져 있었다. 어쩌면 배를 곯고 있는지도 몰랐다. 어깨에 비해 허리가 몹시 가늘어 보였는데, 삿갓 끝에 손을 대고 법당 지붕들을 대충 돌아보더니 시선이 그대로 움직이지 않는다.

그때 절을 순찰하던 가사(家司)가 그 무사 곁으로 성큼성큼 다가섰다. 가사와 방관(坊官)은 유사시에 신자들을 지휘하는 절의 무사이다.

"여보시오, 떠돌이무사 양반. 아까부터 여기서 무엇을 보고 계시오?"

불심검문을 받게 된 무사는 천천히 삿갓에서 손을 떼었다.

"삿갓을 벗으시오. 여기는 부처님 법당 앞이오."

"벗지 않으면 실례된다는 말씀이오?"

되묻는 말에 가사는 당황하여 손을 내저었다.

"아니, 그뿐만이 아니오. 여기는 속세 밖이오. 속세의 은원(恩怨)은 이곳까지 닿지 않소. 안심하고 삿갓을 벗어 바람을 쐬어도 됩니다."

"그래요?"

삿갓 쓴 사나이는 천천히 고개를 끄덕인 다음 끈을 풀기 시작했다. 상대는 무심한 표정으로 그 동작을 지켜보고 있다. 삿갓을 벗으니 앞머리가 길게 자란 수척한 얼굴이 나타났다. 가사는 깜짝 놀랐다.

"아니…… 당신은 미즈노 노부치카 님, 노부치카 님이 아닙니까?"

노부치카는 귀찮은 듯 고개 저었다.

"나를 그 노부치카라는 사람으로 곧잘 오인하는 사람들이 있던데, 노부치카란 대체 누구요?"

상대는 백발 섞인 머리를 뒤로 묶고 있었다. 건장한 어깨, 날카로운 눈, 피부에서도 팔뚝에서도 싸움터에서 단련된 체취가 느껴졌다. 그는 노부치카를 똑바로 쳐다보며 말했다.

"가리야의 미즈노 님을 모르시오?"

"전혀."

"거참, 신기할 만큼 닮았구려. 하지만 잘 생각해 보니 내 착각인지도 모르지……."

상대는 여기서 중얼거리는 듯, 탐색하는 듯한 투로 억양을 바꾸었다.

"노부치카라는 분은 지금으로부터 3년 전 가리야성 언저리의 구마 마을에서 살해된, 노부모토 님의 아우님인데…… 실은 그 노부모토 님의 아버님이신 다다마사 님이 세상 떠나실 때, 어쩌면 노부치카가 어디 살아 있을지도 모른다……고 말씀하셨다기에."

노부치카는 깜짝 놀랐다. 아버지가 세상을 떠나셨다니. 의혹과 그리움이 가슴 속에 왈칵 치밀어올랐다.

"이거 참, 뜻밖이군요…… 가리야 성주의 아우로 보다니……."

"가리야를 아시오?"

"나그네로 떠돌다 잠시 발을 멈춘 적 있었소. 그때는…… 다다마사 님의 따님이 오카자키의 마쓰다이라 가문에 갓 출가한 뒤라 그 소문으로 떠들썩했는데, 그렇다면 그 다다마사 님이 돌아가셨단 말인가요?"

"돌아가셨지요. 오카자키에 계신 따님이 아기를 낳은 이듬해…… 즉 지난해 7월이지요. 그래서 미즈노 집안 분위기도 완전히 바뀌었답니다."

"그럼, 당신도 이전에 그 신하였소?"

"다다마사 님이 별세하시고 노부모토 님이 오다를 따르기로 결정되었을 때 쫓겨난 히지카타라는 가신이 있었지요."

"히지카타……?"

"아십니까? 나는 그 아우 곤고로(權五郞)라고 하지요. 이거 참, 엉뚱한 말로 비약했구려. 속세의 수라장이 싫어 부처님 제자가 되었으면서도 여전히 옛 주인을 잊지 못해 가끔 환상을 봅니다그려."

그는 다시 노부치카를 흘끗 쳐다보았다.

"원하신다면 묵을 방이 있소만. 또 만약 우리처럼 부처님께 종사할 뜻이 있다면 이 앞 모리(森) 마을에 천수암(千壽庵)이라는 암자가 있으니 거기 가서 발을 씻고 부처님 가르침을 들어보도록 하시오. 들어오는 사람 거절하지 않고 떠나는 사람 붙잡지 않으니 마음대로 하시구려."

상대가 가버리자 노부치카는 크게 한숨을 내쉬었다.

'그래, 히지카타의 아우였구나…….'

어딘지 낯익은 듯한 느낌이 들었던 것은 히지카타를 닮은 눈썹과 얼굴 때문이었다. 아무튼 큰 변화였다. 아버지는 이 세상에 없다. 그 대신 오다이에게 아이가 태어나고, 형은 끝내 오다 편에 가담했다고 한다.

그의 가슴속에 갑자기 커다란 슬픔이 밀려왔다. 아버지가 세상을 떠났다면 가리야에는 영영 다가갈 수 없다. 형 노부모토가 오다 편에 붙었다면 오카자키의 어머니와 누이 신상에도 모진 바람이 불어닥치고 있으리라.

노부치카는 조용히 삿갓을 쓰고 일어섰다.

가리야를 떠날 때의 그는 아직 감상적인 한 젊은이에 지나지 않았다. 세상의 모든 관습에서 오점을 찾아내어 심한 분노를 터뜨렸다. 오로지 그것만으로도 불쾌하고 혼탁한 세상을 맑게 할 수 있다고 단순하게 생각하는 젊음을 가지고 있었다.

그러나 이 2, 3년 동안의 유랑은 그에게 큰 혼란만 주었다. 그는 죽은 것처럼 꾸미고 음험한 형의 흉악한 손아귀를 벗어나 길을 떠나면서 어딘가 해방된 듯한 기쁨을 느끼고 있었다. 일본 전국을 돌아다니면서 자신을 크게 키울 기회를 얻었다—는 자부심이 혈육에게 쫓겨나 헤매는 슬픔 속에도 확실히 있었다.

그는 처음에 스루가로 갔다가 다음에 가이를 헤맨 끝에 긴키(近畿)로 나갔다. 그 무렵부터 그의 마음속에 야릇한 고독이 뿌리내리고 있었다. 노부치카는 죽었다고 스스로에게 이르노라면, 바람과 서리 사이를 정처 없이 떠도는 현실의 자기 정체를 도무지 알 수 없게 되었다.

'추위를 견디고 허기를 참으며 나는 대체 어디로 가고 있는 것일까?'

그 뒤 그는 이즈모로 발길을 돌렸다. 구마의 나미타로가 달빛 속에서 헤어질 무렵 던진 말이 오직 하나의 구원처럼 생각났던 것이다.

"이즈모의 히노카와에 있는 대장장이를 알고 있지요. 성은 고무라, 이름은 사부로자."

노부모토에게 배반당한 오쿠니도 역시 죽은 것처럼 꾸며 그곳으로 보낼 터이니 의지할 곳이 없거든 찾아가보라는.

일단 이즈모로 목표를 정하자 그의 마음속에 이상한 망상이 솟아올랐다. 형인 줄 알고 미친 듯 매달려오던 오쿠니가 남이 아닌 것 같은 착각을 느끼게 한다. 형과의 인연은 일시적인 것이고, 자기야말로 오쿠니와 슬픔을 함께 나누고 있는 듯 여겨졌다.

교토에서 이즈모까지 두 달 걸렸다. 그동안 조금씩 쌓여온 고독은 어느덧 그에게 오쿠니의 목소리와 숨결과 체취까지 그의 것으로 만들어버리게 했다.

대장장이 고무라는 그를 반갑게 맞이했다.

"오, 당신이……."

나미타로와 어떤 관계인지 모르지만, 그를 맞는 고무라의 태도는 매우 공손했다.

그러나 그때 이미 오쿠니는 제정신을 지닌 사람이 아니었다…… 노부모토에게 배반당한 슬픔 탓일까, 아니면 지독한 향수 때문일까. 고무라가 무녀로 만들기 싫어 낳자마자 다른 곳에 맡겨두었던 딸인 것처럼 하여 창살 달린 방에 가둬놓고 있었다.

이웃에는 사당에 종사해야 할 몸이 사당을 싫어하고 고집부리다 신벌을 받은 것으로 소문났고, 더욱이 그 미친 처녀를 누가 범했는지 지금 임신하고 있다고 했다.

날짜를 따져볼 때 물론 형의 자식은 아니다. 그 오쿠니가 남자를 볼 때마다 형 이름을 부르며 안겨든다는 말을 듣고 그는 망연자실하고 말았다. 그가 몰랐던 것은 세상만이 아니었다. 한 처녀의 마음조차 헤아려 알지 못했던 것이다. 그때부터 절망의 구름이 무섭게 그를 휘감았다…….

노부치카는 천천히 회랑 밖으로 나갔다. 참배자들은 아직도 끊임없이 이어지고 있다. 그러나 그 가운데 무사의 모습은 드물었다.

장사꾼 아낙네와 처녀가 눈에 띄게 많은 것은 이 오사카가 석산당 덕분에 점점 크게 발전하기 시작한 증거이리라. 그들 한 사람 한 사람에게 모두 남이 알지 못하는 온갖 슬픔, 번민, 고통이 깃들어 있다고 생각하자 다시금 머리가 도는 것 같고 임신한 오쿠니의 모습이 슬프게 눈앞에 어른거렸다.

이즈모에서 만났을 때 오쿠니는 형 이름을 부르면서 그에게 몸을 기대왔다.

"아, 노부모토 님, 노부모토 님."

"난 노부모토가 아니오, 노부치카요."

고무라가 보고 있는 게 민망하여 저도 모르게 방 안에서 오쿠니를 뿌리치자 고무라는 그에게 두 손을 모아 쥐었다.

"부탁입니다. 마음이 진정될지도 모르니 잠시만 그런 척해주십시오. 이 처녀에게는 죄가 없습니다."

그는 오쿠니와 함께 하룻밤을 지냈다. 둘만이 되자 오쿠니는 염치도 수치심도 없었다.

"보셔요, 당신의 아기가 태어나요. 이 속에서 이렇게 꿈틀대고 있어요."

고개 숙이며 그의 손을 가만히 배로 가져갔다. 그때의 젖가슴과 살결의 감촉이 아직도 손바닥에 선명하게 남아 있다. 빨아들일 듯 보드라웠다. 옷을 통하여 지나치리만큼 완전하고 부드러운 온몸의 선이 상상되어 그것이 한층 더 애절하고 가엾었다. 무엇 하나 부족한 데가 없었다. 참으로 아름답고 단정했다. 그런데 정신만 미쳤다는 것이 믿을 수 없어 이 처녀가 미친 척하는 게 아닐까 의심날 정도였다.

"노부모토 님."

"예."

"왜 오쿠니를 좀 더 꼭 안아주지 않으셔요? 저는 이렇게 기다리고 있는데."

"이렇게?"

"더, 더, 더 세게!"

"이렇게?"

"더, 더, 더! 언젠가처럼 귀여운 작은 새라고 하시며, 그리고……."

그는 울면서 가만히 오쿠니를 끌어안고 하마터면 자기도 무서운 번뇌의 함정 속에 빠져들 뻔했던 것을 기억하고 있다. 만약 미친 여자의 배 속에 정체 모를 생명이 싹트고 있지 않았던들…… 그 생명도 역시 이러한 동기에서 깃든 게 아닐까 하는 상상이 없었던들…….

이튿날 아침, 그는 달아나듯 이즈모를 떠났다. 그리하여 넓은 세상에는 성주의 고민과는 비교도 안 될 만큼 비참한 고뇌가 있다는 것을 알았다. 스스로 내일을 헤아릴 힘도 없이 벌레처럼 살다가 벌레처럼 죽어가는 악몽 같은 백성들의 삶이 있다는 것을.

그러한 서민을 구제하겠다는 비원을 세우고 궐기한 것이 이 석산당을 연 렌뇨 선사였다. 지금은 그 렌뇨의 손자 쇼뇨 선사가 후계자로서 전국 신도에게 지령을 내리고 있는데, 과연 쇼뇨에게 그 가엾은 서민의 고뇌를 구할 힘이 있는 것일까? 이런 생각을 하면서 육중한 망루 문을 나오려는데 다시 그를 부르는 사람이 있었다.

"노부치카 님."

사람들 틈에서 다시금 자신의 이름이 불리자 흠칫하며 삿갓에 손을 갖다 댔다.

"오, 역시 틀림없군요. 그런데 노부치카 님은 돌아가셨을 터, 이름이 무어라 하시오?"

뜻밖에도 구마 저택 주인이며 오쿠니의 오빠인 나미타로였다. 나미타로는 아직도 앞머리를 깎지 않고 있었다. 전과 마찬가지……라기보다 오히려 한층 더 화려한 옷차림으로 칼끝에서 번쩍이는 황금이 햇빛을 튕겨내고 있다.

그로부터 3년이 지났건만 이 사나이는 전혀 늙지 않았다. 오히려 전보다 어려 보여 오쿠니보다 2, 3살 아래인 동생 같았다.

"나미타로 님 아니오. 그 뒤로 내 이름은 오가와 이오리(小川伊織)라 하오만."

노부치카는 그리움이 밀려와 저도 모르게 목소리가 떨렸다.

"실은 이즈모에 다녀오는 길이오. 오쿠니 님 소식은 아시는지?"

나미타로는 천천히 고개를 저었다.

"알고 있지요. 그러니 이야기하지 맙시다."

깨닫고 보니 나미타로는 혼자가 아니었다. 그의 뒤에 어디서 본 듯한 처녀가 보랏빛 보자기를 들고 서 있었다. 나미타로의 시녀인 듯했다.

노부치카의 시선이 그 처녀에게 향하자 나미타로는 희미하게 미소 지었다.

"낯익겠지요. 본디 가리야의 가신 히지카타 일족의 딸로 오토시(於俊)라고 합니다."

아, 그랬었지 하고 노부치카도 생각났다. 이 처녀는 오다이를 따라 오카자키로 간 유리의 사촌동생으로 아까 만난 곤고로의 딸이었다. 그러나 오다이가 출가할 때 다른 가마를 타고 가다가 그길로 행방불명되었는데, 이 처녀도 여기 있는 것을 보니 곤고로 집안 모두 이 법당에 종사하고 있는 모양이다.

"나의 옛 친구인 오가와 이오리 님이시다."

오토시는 노부치카에게 공손히 절했으나, 이 변모한 나그네가 옛 주인의 셋째 아들이라는 것을 눈치챈 기색은 없었다.

"여기서 만난 것도 무슨 인연 같은데, 나를 따라오지 않겠소?"

"어디로? 참배는 이미."

"아니, 참배가 아니라 재미있는 인물을 만나러 가는 길이오. 아직 20살도 안 되는 사내지만 히에이산(比叡山)의 신조사(神藏寺)에서 자란, 아주 기이한 말을 하는 애송이 중이오. 그 애송이 중이 이 앞 모리 마을 천수암에 와서 염불에 열중해 있는데, 숙소가 없다면 그냥 묵을 수도 있으니 가보지 않겠소?"

"천수암……."

바로 아까 이 석산당의 호위무사가 되려거든 가보라고 곤고로가 알려준 그곳이었다.

"같이 가볼까요?"

그는 고개를 끄덕였다. 갈 곳도 없고 나미타로가 그립기도 했다. 나미타로를 통해 가리야의 그 뒤 소식을 좀 더 알고 싶었다.

나미타로와 오토시의 뒤에서 노부치카는 걷기 시작했다. 나미타로의 화려한 옷차림과 한창 피어나는 오토시의 모습에 비해 그의 모습은 말 그대로 진토(塵土)의 사람처럼 초라했다.

가리야나 오카자키의 성채와는 비교도 안 될 만큼 견고하게 구축된 법당 성곽이었다. 그 성곽을 나서니 동에서 서로, 서에서 북으로 종횡으로 뻗은 천연 해자에 하늘의 구름이 비치고 있었다.

그 물길 사이사이에 수많은 인가가 즐비하여, 이 또한 새롭고 특별한 힘의 상징같이 보였다. 교토와도 다르고, 신도(神都)인 우지(宇治)와 야마다(山田), 불도(佛都)인 나라(奈良)와도 전혀 다른 느낌이었다. 풍아(風雅)함, 장려함과는 거리가 먼 대신, 허물어도 허물어도 다시 모여들어 쌓아올리는 개미탑 같은 느낌이었다.

시가지는 대개 정치권력에 따라 발전해 나가는 법인데, 이 거리에는 처음부터 그 권력에 거역하여 일어서려는 저항 분위기가 느껴졌다. 그러한 오사카 시가지가 서서히 석산당을 에워싸기 시작하고 있었지만 그 한 모퉁이의 모리 마을에는 아직 원시의 푸름이 울창하게 남아 있었다.

천수암은 그 모리 마을의 커다란 숲을 등지고 있었다. 천태종(天台宗)이나 진언종(眞言宗)같이 으리으리한 산문(山門)도 없고 숭엄함을 감춘 신비로운 느낌도 없었다. 말하자면 그것은 부처님이 벌거숭이로 진토의 세상에 나온 느낌이었다. 암자 양쪽에 대나무 기둥으로 지은 초가집이 늘어서고 정체 모를 사내들이 하는 일도 없이 살고 있는 듯했다. 노부치카는 처음에 마구간을 떠올리고 다음에는 산적 소굴을 연상했다. 오두막에서 정어리 굽는 냄새가 풍겨왔기 때문이다.

나미타로는 단정한 자세로 그 오두막들 사이에 있는 정면의 암자로 들어갔다.

상식적으로 말하면 그것이 본당인 모양이다. 아미타상(阿彌陀像)이 하나 안치되고 그 앞에 거적이 깔려 있다. 거적 위에 바쳐진 것은 정성스러운 연꽃이며 촛불이 아니라 산과 들에서 나는 채소였다. 오이가 있고, 가지가 있고, 연근이 있고, 당근이 있었다. 따라서 석산당의 호화로운 법당을 보고 온 눈에는 아미타상을 장식한 채소 가게로밖에 보이지 않았다.

그 가게 점원 같은 모습으로 18, 19살쯤 된 기이한 사내가 해진 옷자락 사이로 털이 숭숭 난 정강이를 드러낸 채 책상다리를 하고 앉아 있었다. 골격이 다부지고 눈빛도 심상치 않은 날카로움을 지녔다. 1치쯤 되게 자란 머리카락은 사방으로 뻣뻣이 곤두서 밤송이를 연상시켰다. 그 기괴한 인물 양쪽에 상스럽게 웃통을 벗고 여기저기 칼자국 상처가 난 험상궂은 인상의 떠돌이무사들이 늘어앉았으나 이 한 사람의 기괴한 인물 때문에 그리 존재를 드러내지 못하고 있었다.

나미타로는 신발을 벗어 문 앞에 가지런히 놓은 뒤 그 기괴한 인물을 향해 미소 지었다.

"애송이 중, 또 왔어."

"오, 망집이 풀릴 때까지는 몇 번이라도."

나미타로는 이 말에 대답하지 않고 우아한 몸짓으로 처녀에게서 보랏빛 보자기를 받아들었다.

"오토시, 이리 다오."

그 속에서 나온 것은 이 초암에는 도무지 어울리지 않는 백자 향로였다. 그는 거기에 가져온 향을 유유히 피웠다. 땀내와 먼지내 나는 방 안에 그 명향(名香)이 연한 보랏빛 연기를 올리며 퍼져나가자 기괴한 인물은 코를 벌름거렸다.

"어때, 나쁘지 않지?"

"음, 좋군요."

노부치카는 오토시의 오른쪽에 앉아 가만히 두 사람의 거동을 지켜보았다. 단려한 풍채의 나미타로와 수챗구멍에서 기어올라온 듯한 기괴한 인물의 대조가 노부치카에게는 우스꽝스럽게 보였다. 하지만 무엇이 우스꽝스럽냐고 묻는다면 대답할 말이 없었다. 양쪽 다 지지 않으려는 태도를 보이면서도 기묘하게 침착하다. 세차게 대립하는 마음과 마음을 느끼게 하면서도 그 사이에는 이상한 온화함과 익살이 들어 있다.

한참 뒤 나미타로는 노부치카를 돌아보았다.

"소개해 드리지요. 어디서 태어났느냐고 물었더니 하늘 밑이라고 대답했소. 이름은 아시나 헤이타로(芋名兵太郎), 나이는 모른다고 하오."

여기서 나미타로는 입 속 웃음을 흐흐흐 웃었다.

"건방진 애송이 중이오. 히에이산으로 올라간 뒤의 이름은 즈이후(隨風)라고 하며, 바람 불듯 하나의 이치를 깨우쳤다고 자랑하고 있지요. 도깨비 중에서도 큰 도깨비인데, 이 도깨비가 과연 하계(下界)에서도 쓸모 있을지 없을지. 그렇잖나, 애송이 중? 싸움을 밥 먹기보다 좋아해 가는 곳마다 쫓겨나건만, 본인은 그것 역시 바람 부는 대로라고……."

나미타로로서는 드문 독설이었지만 이 괴승은 히죽 웃으며 그 말에 덧붙였다.

"아직 소개말이 부족하군요. 지금은 즈이후지만, 이 일본의 중생을 내 힘으로 구할 수 있다는 신념을 갖는 날에는 덴카이(天海)라고 이름을 고치겠소. 밥을 먹기 위해 아미타불 이야기를 지껄이거나 법화경(法華經)을 설한다는 핑계로 거지 노릇하며 돌아다닐 만큼 악당이 될 수 없는, 지극히 소심한 애송이 중이지요."

이러한 자기 자랑을 듣자 노부치카는 선뜻 대꾸할 말이 나오지 않았다. 그건 그렇고 입이 어쩌면 저토록 큰 것일까. 주먹 하나가 들어갈 만큼 큰 입을 꾹 다물고 있다. 입이 크다고 평한다면 이렇게 대답할지도 몰랐다.

"그러니까 덴카이지요."

나미타로가 다시 말을 꺼냈다.

"이 애송이 중은…… 석산당 후계자에게 충고하러 왔다는데, 후계자가 상대해 주지 않아 노발대발하고 있답니다."

"핫핫하, 노발대발할 것까지는 없지만 확실히 실망은 했지요. 3대째는 대개 바보라는데 과연 모자라거든. 렌뇨의 뜻을 전혀 모르는 소인이란 말이오."
참다못한 듯 왼편 가슴에 심한 칼자국이 난 무사가 외쳤다.
"말이 너무 지나치잖소!"
그러나 즈이후는 해롱해롱 웃었다.
"구더기는 거름통 밖의 일은 모르는 법이다. 잠자코 있어."
"뭐……뭐……뭣이!"
"성내면 성낸 것만큼 손해라는 것을 모르나? 당신들은 여기서는 나를 베지 못할걸. 히에이산에서 온 망나니를 이대로 살려서 돌려보내선 안 된다, 그러나 도량을 피로 더럽혀서는 안 되니 이곳을 나가서 베도록 하라. 핫핫핫하, 이렇게 명령받아 나에게 아직 손대지 못하고 있는 거지."
정확하게 알아맞히자 상대는 뜨끔하여 숨을 삼켰으나 즈이후는 벌써 그쪽은 쳐다보지도 않고 노부치카를 돌아보았다.
"당신은 거름통에서 기어나와 밖에도 세상이 있다는 것을 좀 알고 온 모양이군."
노부치카는 당황한 시선을 즈이후에게로 돌렸다.
"내 출생지는……."
말하려는데 즈이후는 귀찮다는 듯 손을 내저었다.
"그런 건 들을 것도 없소. 그러나 당신은 렌뇨 선사가 왜 이렇듯 오사카, 나가시마(長島), 가나자와(金澤), 요시자키(吉崎), 돈다(富田) 등지의 요새지를 골라 부역이 면제되고 아무나 함부로 출입할 수 없는 도량을 열었는지 그 뜻을 아시오?"
"중생을 구제하기 위해서겠지요."
"흠, 중생을 어떻게 구제하지요?"
"글쎄요, 그건……."
"왜 여태까지 있던 절로는 안 되었을까요? 왜 이런 성곽 같은 것을 지어서 고통받는 서민의 고혈을 이중으로 짜내는 걸까요? 그 뜻을 당신은 아십니까?"
노부치카는 대답 대신 조용히 나미타로를 돌아보았다. 나미타로는 천연덕스러운 표정으로 말했다.
"들어봐주시지요. 말하지 않으면 이 애송이 중은 속이 터져 미쳐버릴 겁니다."
성내지 않을까 생각했던 즈이후는 몸을 뒤흔들며 웃어댔다.

"핫핫핫하, 그렇소. 지금의 후계자는 그것을 일종일파(一宗一派)의 가르침을 펴는 일이라고 해석하고 있지요. 그건 결국 허섭스레기일 뿐이오. 땅 밑에서 선사님이 울고 계시리다. 종조(宗祖) 신란(親鸞)의 뜻을 참답게 이어받아 훌륭하게 발전시킨 렌뇨의 성스러운 업적을 짓밟고, 망집에 사로잡힌 어리석은 백성을 뜯어먹고 있소. 무엇이 구원이고 무엇이 구제란 말이오!"

커다란 입을 꽉 다물자 크게 부릅뜬 눈에 번쩍이는 것이 보였다.

"오닌의 난 뒤로 이 일본에 하루도 편한 날이 있었던가요? 지주는 지방장관에게 쫓기고, 지방장관은 반역자 손에 죽어 천하는 토호(土豪)의 사사로운 병사들이 제멋대로 나눠 가졌지요. 부모 형제끼리 서로 죽이고 부부와 주종 사이에도 죽이지 않으면 죽임당하는 기묘한 지옥을 이루어 지금껏 옥토를 황폐하게 만들고 있잖소. 무사는 흉기를 지녔으니 그나마도 괜찮으나, 그 밑에서 마소처럼 부려먹히다 굶주려 길거리에 쓰러지는 백성들의 고생은 어떻게 한단 말이오……."

"맞는 말이오."

"당신이나 나는 아직 그 흉기를 지닌 쪽에 속하여 그들의 비탄을 모르고 있소. 밭갈이하다가 쫓기고, 무르익으면 약탈당하며, 항거하면 죽고, 집을 지으면 불살라버리지요. 싸움이 있을 때마다 난입하는 미친 병사들에게 아내는 능욕당하고 딸을 빼앗겨 단바(丹波), 아와지(淡路) 등지에서는 여자 대신 마소를 범하고 개와 살고 있는 형편이랍니다. 참으로 유사 이래의 비참한 광경, 배알이 있다면 가만히 있을 수 없는 축생의 길에까지 빠져들고 있소. 이런 시대에 산문을 걸어 잠그고 무엇이 불제자며 무엇이 승려란 말이오."

여기서 즈이후가 경련하듯 쉰 목소리를 낸 것은 격한 감정의 흐느낌 때문이었다.

나미타로는 그의 속명(俗名)을 아시나 헤이타로라고 소개했다. 아마 아이즈(會津) 지방의 아시나 일족 출신인지도 몰랐다. 가엾은 백성들을 위해 외치는 이토록 순수한 분노의 소리를 들은 것은 처음이었다.

노부치카가 숨죽이고 있는 것을 보자 즈이후는 때 묻은 주먹으로 눈물을 훔쳤다.

"렌뇨 선사는 그러한 백성들의 불행을 자기 품속에 안아들이려고 비원하여 큰 단안을 내려 궐기했지요. 미쳐 날뛰는 흉기에서 백성들을 구하려면 이 길밖에 없다고 믿어 일어선 것이오. 그런데 이 구더기들은 이미 그 이유조차 잊어버린 것이오."

즈이후는 노부치카에게서 나미타로, 나미타로에게서 무사들을 노려보며 다시 말을 이었다.

"어쩌면 무리도 아닐지 모르지. 지금의 거지며 앉은뱅이 같은 중들에게 부처의 이상이란 아득히 먼 구름 같아서, 어두운 밤에 손으로 더듬어 경문을 읽고 제 몸 하나 구할 수 없는 타락의 구렁텅이에서 움츠리고 있으니까요. 그래서 나는 렌뇨의 달견(達見)이 더욱 그립습니다. 신란은 부처를 살짝 들여다보았고, 렌뇨는 부처를 속속들이 꿰뚫어보았다고 나는 생각합니다."

나미타로가 또 흐흐흐 웃었다.

"무엇이 우습소?"

"그 말은 종종 들었어. 헐뜯고 칭찬하고 꽤 능란한걸. 그 신란이 들여다보고 렌뇨가 속속들이 꿰뚫어본 부처란 대체 어떤 부처인가? 그걸 들어보세."

즈이후는 물어뜯듯 대꾸했다.

"오, 말하고말고. 그거야말로 불교의 참뜻이지요. 진정한 부처의 염원은 지상에 극락을 이루는 것 하나뿐이오. 그것을 위해서는 어떤 투쟁도 마다하지 않지요! 부처 스스로 극락으로 통하는 길을 발견하고 그곳에 도달할 수 있다고 신념을 가진 거요. 백만 권의 경문(經文)은 모두 극락세계 건설, 지옥세계 혁명을 가르친 것이오. 그것을 단순한 가르침으로 착각하고 고보 대사(弘法大師)만큼도 노력하지 않고 있소. 대사는 몸소 병에 시달리는 이의 맥을 짚고 약을 구하여 육신의 고통에서 구제의 본보기를 보이셨지요. 그런 다음 마음을 고치고 정치를 바꾸려 했소. 그런데 언제부터인지 그것이 해이해져 버렸소. 경당(經堂)에 들어앉아 위정자를 다루어 이른바 남의 손을 빌려 극락을 만들려는…… 이렇듯 몸을 아끼는 것이 타락의 첫걸음이 되었소. 부처는 그런 게으름뱅이가 아니었소."

노부치카는 다시 가만히 나미타로의 얼굴을 살펴보았다. 나미타로의 표정도 어느덧 엄숙하게 긴장되어 있었다. 진지하게 귀 기울이고 있는 증거였다.

"백성들의 시주로 이루어지던 절이 언제부터인가 권력자의 명으로 세워지게 되었소. 그것은 기쁨의 표시가 아니라 백성의 고혈을 짜낸 원한의 탑이지요. 신란은 그 탑 속에서 걸어나왔소. 일신을 버리고 온 나라를 돌아다니며 가엾은 백성들에게 한결같이 왕생성불(往生成佛)의 안락과 진제문(眞諦門)을 설법하고 다녔소. 그러나 렌뇨는 그 진제문에서 속제문(俗諦門)으로 한 걸음 나아가 일상생활의 혁명을 대중들에게 설법했소. 그의 절은 권력자의 절이 아니라 의지할 곳 없는 백성들의 삶을 지키는 성채였소. 극락을 꿈꾸며, 그것이 실현될 수 있다고 믿어 애처로운 노력을 계속하는 사람들의 개미탑이었으며 슬픔의 탑이기도 했지요. 더욱이 그 탑 속에 미친 병사를 들여놓지 않기 위해 렌뇨를 둘러싼 대중들이 얼마나 고생했는지, 가까스로 이루기 시작한 지 얼마 안 되는 혁명세계를 지키기 위해 어떠한 태도를 취해야 했는지…… 내가 렌뇨를 우러러보는 것은 그 결단에 있었소. 미쳐 날뛰는 흉기를 끝내 문안으로 들여놓지 않았던 용기. 이거야말로 지금의 난세에서 고보 대사의 의료 행적에 버금가는 오늘날 꼭 필요한 일이오. 그리하여 그 필요성이 점점 더 강해져 가고 있는 이때 후계자와 그 일당들이 안채에 미녀를 거느린 명령자가 되어서야 말이 되겠소! 그래서야 세상의 영주들과 어디가 다르오? 렌뇨의 이름으로 꾸짖지 않는다면 극락 건설을 위한 비원(悲願)의 무기가 후계자들의 어용(御用) 흉기로 바뀌고 말지요……."

즈이후는 다시금 눈물을 주르르 흘렸다. 늘어앉은 무사들이 서로 눈짓했다. 이야기가 다시 후계자에 이르렀으므로 한 사나이가 슬그머니 칼을 끌어당겼다. 즈이후는 무사들의 얼굴이 험악해지는 것을 아는지 모르는지 말을 이었다.

"이래서는 렌뇨의 유산이 참된 유산이 될 수 없소. 렌뇨는 미친 권력자들의 손길이 미치지 않고 흉기를 들여올 수 없는 극락 지역을 여러 군데 마련하여 가엾은 백성들이 곤경에 빠지면 오도록 손짓해 불렀소. 그것이 바로 이 석산당이지요. 물론 부랑자가 흉기를 들고 쫓아오더라도 힘으로 못 들어오게 할 작정이었소. 그 용기! 그 결단! 이거야말로 부처를 아는 일로서 평범한 중들은 생각지도 못하는 큰 비원, 구원받을 길 없는 백성들을 위한 단 한 줄기의 빛이었지요. 그런 까닭에 백성들 역시 필사적으로 그 거룩한 성을 지키기 위해 염불을 외었고, 가가(加賀)에서는 지방장관 도가시(富樫)가 지나친 뇌물을 강요하다가 끝내 맞아 죽고 말았소. 그런데 이게 뭐요? 백성들을 위한 오직 하나의 극락이 요즘 쌍칼을 찬 괴한들을 숨기는 장소가 되고, 백성을 위한 석산당은 후계자 일문의 사치를 돕는 징세(徵稅) 장소로 바뀌어버렸소. 보시오. 백성들은 영주와 절에 이중으로 공물을 빼앗겨 도탄에 빠져 있잖소. 렌뇨도 수많은 여자들을 거느리고 수십 명의 자식을 낳기는 했지요. 그것만은 나도 찬성할 수 없지만 지금의 종단은 너 나 할 것 없이 이 악습만 배워 렌뇨의 적이 되고 말았소!"

참다못해 왼쪽에 있던 무사가 즈이후에게 다짜고짜 칼을 휘둘렀다. 노부치카도 오토시도 저도 모르게 숨을 삼켰다.

"잠깐!"

그때 나미타로의 손에서 하얀 물체가 직선을 그으며 무사의 손목을 향해 날아갔다. 향로받침이었다. 손목에서 빗나간 그것이 두 동강으로 깨졌을 때 아슬아슬하게 옆으로 몸을 피한 즈이후는 부들부들 떨며 도와준 나미타로에게 대들었다.

"이런 놈들을 숨겨주는 장소가 되어서야 어찌 렌뇨가 성불할 수 있겠소!"

나미타로도 흥분하고 있었다.

"기다리시오! 용납할 수 없는 점이 있다면 굳이 당신들 손을 빌리지 않아도 되니 서두르지 마오."

빠른 말로 무사들을 눌러놓고 그는 즈이후를 돌아보았다. 눈을 무섭게 빛내며, 한쪽 무릎을 세워 칼에 손대고 있는 그의 모습은 겨울 아침의 서리 같았다. 무사들은 자리를 고쳐 앉았다. 즈이후만이 대담한 얼굴로 이러한 나미타로를 쏘아보고 있었다.

"애송이 중!"

"뭐요?"

"그렇다면 자네는 이곳의 후계자에게 무엇을 바라는 거지?"

"뻔한 일이지, 무기를 들고 일어나라는 말이오. 흉기로 변해가는 석산당의 무기를, 백성 구제를 위한 렌뇨의 비원으로 돌아가게 하여, 일본 전국의 흉도(兇刀)에서 백성을 지키란 말이오."

"애송이 중!"

"또 뭐요?"

"그러면 부처님 뜻에 맞는다고 생각하나?"

즈이후는 다시 껄껄 웃었다.

"불교란 있지도 않은 저세상의 지옥과 극락으로 어리석은 백성을 속이고 장례나 지내주면서 사사로이 배를 채우는 게 아니오."

"말을 돌리지 말고 묻는 말에 대답해. 그러면 부처님 뜻에 맞는단 말인가?"

노부치카는 당장에라도 나미타로가 칼을 뽑을 것만 같아 온몸을 긴장하며 침을 꼴깍 삼켰다. 그로서는 즈이후의 말도 기이하게 들렸지만 나미타로의 무서운 변모도 그 이상 놀라웠다. 구마 마을 그의 집에서는 한 번도 본 적 없는 기백이었다. 어딘지 날카로운 칼날을 느끼게 하지만 동시에 여자 같은 유약함도 섞여 있었는데, 지금 여기서는 투혼 바로 그 자체가 아닌가.

이처럼 격정적인 나미타로가 형 노부모토의 그 불신은 어째서 용납했을까? 왜 노여움을 폭발시켜 형을 베지 않았을까? 그 생각을 하니 등골이 서늘해졌다.

그러나 즈이후는 도무지 그 살기를 느끼는 기색이 없었다. 어리석은 것인지, 무신경한 건지 알 수 없었다.

"불제자가 칼을 들고 일어서는 게 부처님 뜻에 맞는단 말인가?"

매섭게 힐문받고 내뱉듯 대답했다.

"물론 맞지. 마땅한 이치지!"

그러고는 살기 속으로 무릎을 확 내밀었다.

"오늘날의 고통과 환란을 제거하지 못하는 불법이 무슨 소용 있소. 앓는 이에게 약을 주고, 굶주린 자에게 먹을 것을 주는 이것이 참다운 불법이오. 모든 고통과 환란에서 곧바로 중생을 건져내는 게 부처님 뜻이지. 병마가 창궐하면 병마와 싸우고, 강권이 판치면 강권과 싸워야지. 지금처럼 미친 자들이 날뛰는 세상에서 죽은 뒤의 안락을 설법해 무슨 구원이 있소? 어찌하여 현세에서 칼을 막아내려 하지 않는단 말이오?"

"미쳐 날뛰는 칼에 칼로 맞선단 말인가."

"융통무애(融通無碍). 관자재(觀自在). 일어서지 못하는 것은 겁먹고 있기 때문이오. 대체 누구를 꺼려야 한단 말이오? 먼저 살아 있는 몸을 돕고 내세를 구원하는 것이 도(道)지요."

"애송이 중!"

"뭐요?"

"그 말에 진정 목숨을 걸 수 있겠나?"

"왓핫핫하, 목숨 따위가 아닌 정법(正法)을 걸고 있는 게 아직 당신 눈에는 안 보이오?"

"닥쳐!"

사람들은 깜짝 놀랐다. 나미타로의 몸이 움직이는 순간 주위에 피보라가 튈 것을 예상했기 때문이었다. 그러나 나미타로는 칼을 뽑지 않았다. 그는 칼집에 든 채로 칼을 허공에서 한 번 휘두른 다음 곧 세우고 있던 무릎을 뒤로 물렸다.

한순간 노부치카는 어리둥절했다. 아니, 노부치카뿐만이 아니었다. 무사들도 오토시도 안도의 숨을 내쉬며 어깨를 내렸다.

"애송이 중!"

"뭐요."

"자네 생각과 내 생각이 비슷한 것 같군. 할 이야기가 있으니 따라오게."

"후계자를 만나게 해주려는 거요, 아니면 벨 작정이오?"

이번에는 나미타로가 희미하게 웃었다.

"후계자는 이미 만났어."

"뭐, 만났다고?"

"후계자도 자네와 같은 뜻을 가지고 있는 것을 내가 확인했지. 그리고 자네는 이미 베였어."

"누구에게?"

"물론 나한테지. 어서 따라오게."

즈이후는 이상한 눈으로 나미타로를 쳐다보더니 이윽고 고개를 끄덕이며 순순히 자리에서 일어났다.

나미타로는 뒤돌아보지 않았다. 평소의 그 침착하고 차분한 태도로 천천히 짚신을 신고 밖으로 나갔다. 그 뒤를 즈이후, 오토시, 노부치카의 순서로 따라갔다.

해는 아직 높았다. 그러나 숲속 여기저기서 들려오는 쓰르라미 울음소리가 진토의 사람 폐부에 슬프게 스며들었다.

윤회

나니와 마을을 벗어나면 남쪽으로 좀 높은 곳에 양지바른 마을이 하나 있다. 노송나무껍질로 이은 지붕에 창문이 많은 구조로 다른 지방에서는 볼 수 없는 경쾌하고 밝은 분위기가 감돈다. 이 언저리 주민들이 석산당 덕분에 마음 놓고 살고 있기 때문이리라.

가까이 가보니 삼면이 강으로 둘러싸인 이 마을은 생각보다 집들이 크고 유복해 보였다. 예전에 옥을 다듬어 만든 물건을 조정에 진상했던 장인(匠人)들 마을이었다.

이 마을로 들어서서도 나미타로는 뒤돌아보지 않았다. 여전히 나미타로, 즈이후, 오토시, 노부치카가 순서로 저마다 앞사람의 그림자를 따르고 있다. 남쪽에 강이 보였다. 이대로 걸어가면 강으로—라고 생각했을 때 나미타로는 왼쪽 문을 향해 구부러져 들어갔다. 이 마을에서는 보기 드물게 배 만드는 튼튼한 판자로 담을 친 소나무가 많은 저택이었다.

현관 처마 끝에 쇠붙이로 만든 낯선 육각등롱(六角燈籠)이 걸려 있는 것은 남만식이라고 할까, 기둥은 비교적 가는 통나무이고 벽은 수수한 갈색이었다.

오른쪽으로 비스듬히 돌계단을 내려가면 강으로 나가게 되어 있다. 배는 자유로이 댈 수 있으나 짐을 넣는 광 같은 것은 없다. 누군가의 별장일 거라고 노부치카는 생각했다.

별안간 오토시가 종종걸음으로 달려갔다.

"지금 돌아오셔요—"

그 목소리에 현관 안에서 사람 기척이 나더니 안에서 양쪽으로 문이 열렸다. 오토시와 같은 옷차림의 처녀 8명이 단정하게 두 손을 짚고 맞이한다.

나미타로는 말없이 짚신을 벗더니 뒤에 있는 두 사람에게 사양 말고 올라오라는 시늉을 하고는 곧장 안으로 사라졌다.

"색다른 구조로군. 무애광(無碍光)의 정취와는 달리 난초와 사향 향기와 바다 내음이 나는군."

즈이후는 떨어진 짚신에서 비어져나온 발가락 자국을 현관마루에 점점이 남기며 방약무인하게 여자들을 돌아보면서 뒤따라갔다.

"뭍에 있는 해적들 거처는 의외로 풍취가 있다고 들었는데, 기둥이 너무 가늘군."

노부치카 혼자 현관에 남았다. 여자들에게 등을 돌리고 짚신 끈을 풀고 있으려니 오토시가 발 씻을 물을 받쳐들고 왔다. 샘물인 듯 시원한 감촉이 피부 아래에서 짜릿하게 여수(旅愁)를 불러일으킨다.

"고맙소."

오토시는 소맷자락을 입에 물고 여행에 지친 노부치카의 발에 손을 댔다.

"노부치카 님……."

노부치카는 깜짝 놀랐다. 잘못 들은 것일까 하고 사방을 돌아보았다.

"노부치카 님, 저는 첫눈에 노부치카 님인 줄 알았어요."

잘못 들은 것은 아니었다. 등을 돌리고 있는 오토시였다. 오토시는 소중한 것을 다루는 손놀림으로 먼지에 더럽혀진 발에 물을 끼얹어 쓰다듬고 있다.

"너무나 애처로워요."

노부치카는 당황했다.

"이, 이보시오! 나는 그 노부치카라는 사람이 아니고 오가와 이오리요."

"네."

오토시는 순순히 고개를 끄덕이고, 굳어진 종아리를 부드러운 손가락으로 누르며 어깨를 떨기 시작했다.

어느덧 여자들 모습은 거기에 없었다.

오토시는 다시 중얼거렸다.

"너무나 변했어요. 모든 것이…… 큰성주님께서 돌아가셨기 때문에……."
노부치카는 오토시에게 발을 맡긴 채 다시 한번 주위를 둘러보았다.
"여기는 뉘 집인가?"
"구마 도련님 저택이에요. 그때……."
말하다가 오토시는 소중한 것을 받쳐들 듯 노부치카의 오른발을 손바닥에 얹었다.
"오다이 님을 모시고 무사히 오카자키에 도착했던 유리…… 그 유리도 이제 오카자키에 없습니다."
"뭐……뭐라고 했지?"
"오카자키의 일을 아직 모르시나요?"
"오, 오카자키의 오다이에 관한 일인가?"
"네, 노부모토 님이 오다 편에 가담하신 다음 마쓰다이라 댁에서 이마가와를 두려워하여."
"음, 있을 법한 일이야."
"오다이 님은 히로타다 님 곁에서 쫓겨나 비참한 대접을 받고 있답니다."
"뭐, 오다이가 쫓겨났다고?"
"네."
오토시는 다시 고개 숙이고 어깨를 떨며 얼른 발을 닦았다.
노부치카는 번쩍이는 눈을 가만히 오토시의 목덜미에 떨구었다. 조금 전에는 오다이가 아기를 낳았다는 기쁜 소식을 들었건만.
'역시 그랬구나…….'
방으로 안내된 뒤에도 노부치카의 마음은 한동안 나미타로와 즈이후의 대화에 끼어들지 못했다.
아이를 낳고 쫓겨난다…… 그렇다면 그들의 어머니 게요인의 운명과 너무나도 흡사하다. 어머니도 가엾고 오다이도 가엾고 오쿠니도 가엾다고 생각하노라니, 그 생각은 이윽고 남자에게로, 인간 모두에게로 돌아간다. 남자들 역시 좋아서 싸우고 여자를 괴롭히는 것은 아니다. 오히려 싸움을 피하기 위해 괴롭히는 경우가 더 많을지도 모른다…… 여성 멸시 풍조는 어쩌면 사랑하는 여자를 강탈당했을 때의 고통을 예상하고 애써 슬퍼할 것 없다고 스스로에게 타이르는 억지 수

단인지도 모른다.

해도 지기 전인데 저녁상이 들어왔다. 술은 없었지만 산해진미가 자리를 빛내는 가운데 나미타로와 즈이후의 이야기는 끝없이 계속되었다. 가슴속 깊이 간직한 생각을 서로 털어놓았는지 즈이후는 나미타로의 말에 동의하고 나미타로는 즈이후의 말을 수긍했다.

한 사람은 그 시대마다 나타나는 가장 고질적인 병폐를 효과적으로 구제하는 행위가 참다운 불도의 길이라며 이러한 전국동란(戰國動亂)의 세상에서는 먼저 무력으로 무력을 누르는 수밖에 없다고 했고, 나미타로는 지방마다의 풍속에 따라 방법을 강구해야 한다고 말했다.

즈이후는 웃었다.

"어느 쪽이 이길까. 나는 온 일본의 무장을 한 사람씩 찾아다니며 부처님이 뜻하는 혁명의 길에 기꺼이 동참하게 만들겠소. 먼저 가이의 다케다, 에치고(越後)의 우에스기, 사가미(相模)의 호조……."

손을 꼽으며 큰소리치자 나미타로는 냉정하게 말했다.

"나는 한 사람을 골라 똑같은 일을 해 보이겠어."

그리고 미소 지으며 간간이 노부치카를 돌아보았다. 그는 이 자리의 분위기에서 노부치카에게 무언가를 깨닫게 하려는 모양이었다. 그러나 노부치카는 두 사람의 담론이 차츰 성가스러워졌다.

그것을 눈치챘는지 상을 물리자 나미타로는 오토시를 불러 가볍게 명령했다.

"오가와 님을 침실로—그대가 잠자리 시중을 들도록 해라."

"네."

오토시의 귓불이 순식간에 새빨개졌다.

미즈노 가문에서 쫓겨난 히지카타 일족. 더욱이 오토시는 오다이가 출가할 때 오다이의 대역으로 뽑혔던 처녀였다. 안조성에서 오다 노부히데 앞에 끌려나가 그 이름을 묻자 두려움 없이 마지막으로 대답한 오토시였다.

"오다이라고 합니다."

물론 살아나리라고는 꿈에도 생각지 않았으며 온갖 참혹한 꼴을 당할 것을 예상하고 웃음거리가 되지 않으려 결심했던 오토시였다. 그런데 노부히데의 손에 베이지 않고 나미타로에게 넘겨졌다.

다른 다섯 처녀와 함께 구마 저택에서 한동안 신전을 지키고 있는 동안 오토시의 긴장된 마음은 차츰 풀어졌다.

전 주군 다다마사의 죽음을 전해 듣고, 그에 잇따른 일족의 추방과 오다에게 굴복한 노부모토. 특히 이 처녀의 마음을 아프게 흔들어놓은 것은 나미타로의 누이 오쿠니와 노부치카의 일이었다. 구마 저택에서 남몰래 이즈모로 떠나갈 때, 울다 지쳐 기진맥진했던 오쿠니의 모습.

오토시는 그 무렵부터 마음의 줄이 끊어지고 말았다. 붙잡고 있던 굵은 밧줄이 사라지고 매달릴 길 없는 회의만 남았다. 주군이란 무엇일까? 남자란? 여자란? 이러한 오토시를 나미타로는 이 오사카 저택에 격리시켰다. 다른 다섯 처녀에 대한 영향을 두려워해서였으리라.

아버지 곤고로도 나미타로와의 인연으로 석산당에 몸을 의탁했으니, 만약 오토시에게 전같이 다부진 데가 남아 있었다면 나미타로의 은혜가 그대로 그녀의 마음에 통했을 터였지만, 그것마저 기묘하게 믿어지지 않았다. 나미타로가 신을 모시면서 오로지 도 닦는 일에만 전념하는 석산당에 많은 기부를 하는 뜻도 알 수 없었고, 이마가와 편인가 하면 오다와 사귀고, 오다 편인가 하면 아버지와 노부치카를 비호했다. 이러한 움직임 하나하나가 이해되지 않았다.

아무튼 자신이 노부치카를 침실로 안내하여 그 잠자리 시중을 하게 될 줄은 꿈에도 생각지 못했다. 이 오사카에서는 손님의 잠자리 시중을 드는 여자가 있었다. 만약 나미타로가 그런 여자에게 노부치카의 침실 준비를 명했다면 어쩌면 오토시는 자기에게 맡겨달라고 했을지도 모른다. 아직 가리야며 오카자키에 관해 이야기해 줄 것이 많이 있었다.

나미타로는 그러한 마음의 움직임까지 꿰뚫어보았다. 여태까지도 그랬었다. 앞으로도……라고 생각하니 왠지 등골이 오싹했다.

"준비가 다 되었습니다."

자리에 향을 피워놓고 방으로 돌아가자 나미타로는 노부치카에게 말했다.

"피로하실 테니, 쉬시지요."

그리고 오토시 쪽은 쳐다보지도 않고 즈이후와 요즘의 히에이산 이야기를 계속했다.

"그럼, 먼저 실례하겠소."
노부치카는 일어나 복도로 나갔다. 오토시가 앞장섰다. 이때 노부치카의 앙상한 어깨가 생각나 오토시는 갑자기 흐느껴 울기 시작했다.
"왜 그러나?"
"아니에요…… 아무것도……."
침실 문 앞에 손을 짚고 노부치카를 들여보낸 다음, 노부치카가 칼걸이에 칼을 놓자 오토시는 절박한 목소리로 말했다.
"모시라는 분부를 받았으니 가까이 가겠습니다."
노부치카는 한결 서늘해진 밤기운 속에서 긴장하여 고개 숙이는 오토시를 바라보았다. 여자를 모르는 노부치카도 아니고 이런 접대를 처음 받는 것도 아니었다.
그렇건만 오토시가 몹시 가엾어 보이는 것은 아이를 낳고도 남편 곁을 떠나야 했던 오다이의 소식이 아프게 마음을 사로잡고 있기 때문이었다. 난세의 여인—그 애처로움이 오토시에게도 생생하게 깃들어 있다.
"나미타로 님이 그대에게 잠자리 시중을 명했는가?"
오토시는 대답 대신 물끄러미 노부치카를 바라보았다.
"그대는…… 이렇게 가끔 손님의 수청을 드느냐?"
오토시는 세차게 고개를 저었다. 당치도 않다는 듯 조그만 입술이 떨렸다.
"그럼, 그대와 둘이서 가리야 이야기나 하라는 뜻이겠지! 아, 덥구나! 불을 끄고 이 창가로 오너라."
오토시는 시키는 대로 불을 껐다. 갑자기 창문이 검어지고 그 검은 테두리 속에 별과 노부치카가 떠올라 보였다.
자기 표정이 상대에게 보이지 않게 되자 오토시는 어느새 마음이 차분해졌다.
"오다이 님은…… 오카자키와 이혼하실지도 모른다고…… 사촌언니 유리가."
"이혼한다고……."
"네. 유리는 한발 먼저 오카자키를 떠나 하리사키(針崎)의 절에서 삭발했지요."
노부치카는 고개를 끄덕이면서 물끄러미 오토시를 바라보고 있었다. 어둠에 눈이 차츰 익숙해지자 오토시의 모습이 기묘하게도 하얗게 떠올랐다. 노부치카는 그 그림자에 오다이의 얼굴을 상상하고 오쿠니의 모습을 떠올렸다. 오토시의 목소리는 오다이보다 오쿠니를 닮았다. 강기슭에서 가까운지 철썩철썩 속삭이듯 밀려오는 물소리에 밤배의 노 젓는 소리가 가끔 섞였다.

"그래. 오카자키에서 이혼당한다……."

"언니가 말하기를 히로타다 님과의 금슬은 남 보기에도 가엾을 만큼 다정하더군요."

"음."

"그렇건만…… 뜬세상의 의리는 너무도 가혹해요."

노부치카는 다시 입을 다물었다. 오토시가 방바닥에 털썩 엎드려 울음을 터뜨렸기 때문이다.

형 노부모토가 오다 편에 가담했기 때문에 이마가와로부터 어쩔 수 없는 교섭이 있었을 게 틀림없다. 처남 매부 사이니, 이마가와를 배반하지 않겠다는 증거를 요구해 왔을 것이다. 그러니 오다이와 인연을 끊어 두 마음이 없음을 나타내는 수밖에 도리가 없었으리라.

"그래, 두 사람 사이는 좋았단 말이지."

이 무슨 얄궂은 운명일까. 히로타다의 아버지 기요야스는 노부치카의 어머니를 아버지에게서 억지로 빼앗아갔다. 그리고 그 히로타다는 지금 이마가와로부터 아내와의 이별을 강요당하고 있다.

'대체 이것은 어디에서 비롯된 비극일까……?'

이때 엎드려 울고 있던 오토시가 갑자기 노부치카의 무릎에 매달렸다.

"도련님…… 부탁이에요. 이 오토시를 당신 손으로…… 당신 손으로 죽여주셔요, 도련님!"

노부치카는 깜짝 놀라 뒤로 물러났다. 필사적으로 매달리는 오토시의 얼굴이 미친 오쿠니로 보였던 것이다. 체취도, 뜨거운 손도, 하얀 살결도, 목소리의 떨림까지도…….

"저는 부처님의 구원이 믿어지지 않아요. 내일의 행복도 바랄 수 없어요…… 이대로 있다가는 틀림없이…… 틀림없이 미쳐 죽을 거예요. 생각할수록 여자가 싫어졌습니다. 죽여주셔요…… 부탁이에요…… 노부치카 님."

오토시는 노부치카에게 돌아갈 곳이 없음을 본능적으로 알고 있었다. 불가사의한 비운의 별을 짊어지고 일족 속에서 빠져나와 버린 노부치카. 노부치카는 저도 모르게 오토시의 몸에 손을 댔다. 그것은 오토시의 허무를 두려워하여 피하려는 손길 같기도 하고 가엾어 끌어안으려는 손길 같기도 했다.

어깨에 손을 얹자 오토시는 더욱 세차게 매달려왔다. 오토시는 깨닫지 못했으나 노부치카에게 매달린 순간 지금까지의 모든 이성(理性)이 사라지고 없었다. 옛 주인을 향한 그리움과 불운한 처지에 대한 동정이 이상한 방향으로 불을 붙였다. 고집스럽게 억제해 온 여자의 생명력이 폭발한 것인지도 모른다.

"부탁이에요…… 노부치카 님, 부탁이에요……."

목소리가 목구멍에서 얽히며 달콤한 응석으로 바뀌었다. 그것은 노부치카에게 더욱 오쿠니를 떠오르게 했다. 오쿠니도 이렇게 매달려왔었다. 이렇듯 무언가 바라고 무언가 호소해 왔다.

"노부치카 님……."

"오쿠니……."

무엇에 홀린 듯 노부치카는 오쿠니의 이름을 불렀다. 그러나 오토시는 그것조차 깨닫지 못하고 다시 강아지처럼 심하게 흐느껴 울었다. 노부치카의 눈에 오쿠니가 떠올랐다. 체취가 되살아나고 목소리가 들리며 살결이 보였다. 그리고 그다음에는 자포자기한 정감이 난폭하게 그의 손을 움켜잡았다. 무언지 몹시 슬프면서도 그 슬픔까지 넘어서게 하는 다른 손이 그를 사로잡았다.

"오쿠니……."

"……네."

오토시는 자기 이름까지 잊어버리고 노부치카에게 온몸을 던졌다.

별이 가냘프게 울고 있는 듯한 것은 바람이 부는 탓이리라. 일단 가셨던 땀이 다시 축축이 배어나오자 이윽고 집 안을 도는 딱따기 소리가 들렸다. 벌써 10시였다.

나미타로와 즈이후의 이야기는 여전히 계속되고 있겠지만 여기까지는 들려오지 않았다.

노부치카는 문득 제정신으로 돌아와 조용히 오토시를 떼어놓으려 했다. 그러나 오토시의 몸은 그것을 두려워하는 듯 따라온다. 물론 오토시에게도 이성이 돌아왔을 것이다. 수줍음인지, 놀라움인지, 아니면 20여 년 동안 이성을 접촉한 적 없는 자신의 몸에 대한 애석함인지. 온몸을 굳히고 숨결마저 죽이고 있는 듯했다.

노부치카는 다시 몸을 뺐다. 그러나 오토시는 여전히 노부치카를 놓지 않았다. 검은 머리에서 풍기는 향내가 새삼스럽게 노부치카의 후각을 안타깝고 격렬하게 찔렀다. 노부치카는 다시금 자제심을 잃고 팔에 힘을 주었다.

이성은 가끔 자연스러운 소망을 부자연스럽게 압박한다. 그와 반대로 본능도 역시 이성에게 가끔 방향을 바꾸게 한다. 노부치카와 오토시는 둘 다 죽을 작정이었다. 그리하여 오토시를 안은 팔을 풀었을 때 노부치카의 그 결심은 움직일 수 없는 것이 되었다. 여자의 가련함—그것에 마음이 끌렸다고는 하나 오쿠니의 환상을 더듬으면서 오토시를 사랑하는 자신의 불순함에 견딜 수 없는 혐오를 느꼈다.

노부치카는 생각했다.

'그 속죄로…… 오토시를 베고 나도 죽자.'

오토시도 노부치카의 품에서 떨어질 때까지는 그럴 작정이었다. 수줍음은 있어도 후회는 없었다. 옛 주인이었던 노부치카이고 보니 상대가 바라지 않는다면 사랑을 호소할 길 없는 시대였다. 가리야의 내전에서 오다이의 시중을 들면서 가끔 문틈으로 엿보았던 노부치카. 이 세상을 떠나려고 마음먹은 날 그 노부치카한테 우연히도 사랑을 받았다.

'마지막 장식…….'

이런 말이 문득 떠오르며 보이지 않는 것으로부터 동정받은 만족감을 가지고 그에게서 떨어졌다.

"오토시, 불을 좀 켜다오."

"네."

오토시는 어둠 속에서 옷매무새를 고치고 눈부신 시선을 등에 느끼며 조용히 부싯돌을 쳤다. 아름다운 불꽃이 주위에 환하게 흩어졌다. 오토시의 가슴은 야릇하게 두근거렸다. 불이 붙었다. 가느다란 심지였으나, 그 불은 처음으로 이성을 안 여자의 모습을 상대에게 또렷이 보여줄 게 틀림없었다. 갑자기 부끄러운 생각이 솟아올랐다. 온몸이 새빨개지는 것을 스스로도 알 수 있었다.

"오토시—"

"네."

"그대만 죽이지 않겠다. 나도 죽겠어. 생각해 보니……."

노부치카는 눈을 감았다.

"구마 저택에서 살아남은 게 잘못이었어. 그대도 나도 어지간히 운이 없는 모양이야."

오토시는 살며시 얼굴을 들었다가 얼른 다시 숙였다. 창가에 기대어 눈을 감고 있는 노부치카에게 왠지 와락 달려들고 싶은 애정을 느꼈던 것이다.

고개 숙인 채 오토시는 말했다.

"안 돼요. 그건 안 돼요. 당신은 죽게 할 수 없어요. 그러면 제가 주인을 죽인 게 되고 말아요."

말하고 나서 자신도 깜짝 놀랐다. 생각지도 않은 말이 문득 입에서 나온 것이다. 그리고 그 말이 이번에는 거꾸로 오토시를 지배하기 시작했다.

'그래, 나는 죽더라도 노부치카 님을 죽게 해서는…….'

결코 안 된다고 오토시는 생각했다.

노부치카는 쓸쓸하게 웃었다.

"그런 걱정은 필요 없는 일이야. 나 역시 살아서는 빛을 받을 수 없는 몸이니 내 몸은 내 마음대로 하겠어."

"안 됩니다! 그건 안 됩니다! 그러시다면 저는 죽을 수 없어요."

오토시는 다시 서서히 끌리듯 노부치카에게 다가갔다. 바람 소리가 차츰 귀에 들리기 시작했다. 주위가 고요해진 탓이리라. 노부치카의 얼굴에 문득 뉘우치는 빛이 스쳤다. 갸륵했다. 갈 곳 없는 노부치카를 주인이라고 부르는 사람이 있다. 그것만으로도 이제 죽어도 좋다는 생각이 들었지만 무릎에 매달린 오토시의 간절한 눈은 그 말을 입에 담지 못하게 했다.

"그렇다면 그대는 나더러 무엇을 하며 살라는 말인가?"

그제야 오토시는 자기가 한 말뜻을 깨달았다.

'노부치카를 죽이지 않으려는 것은 나 자신도 살고 싶어서일까?'

무엇 때문에, 누구와, 어떻게? 오토시는 살그머니 상대의 무릎에서 손을 뺐다. 스스로 노부치카를 섬기는 듯 말해놓고 반대로 노부치카로 하여금 봉사하게 하려는 것이 아닐까?

그러나 그 사이에 불순한 계산은 없었다. 그렇기는커녕 자신도 생각지 못한 뜻밖의 방향으로 감정이 급류처럼 떠내려가고 있었다. 봉사하게 하는 한이 있더라도 섬기고 싶다! 살려놓고 살고 싶다! 오토시는 깜짝 놀랐다.

'이런 게 사랑 아닐까……'

"왜 말이 없나? 그대 혼자 죽고 싶으니 나더러는 죽지 말라는 말인가?"

오토시는 세차게 고개를 저었다. 그리하여 다시 노부치카에게 매달렸을 때 장지문 밖에서 나미타로의 목소리가 들렸다.

"오가와 님, 주무십니까? 왠지 불안하여 불러보았습니다. 주무신다면 내일 아침에 다시."

노부치카는 허둥지둥 일어나 문을 열었다.

"아직 잠들지 않았소. 가리야 이야기를 이것저것 하느라고."

"실례되지 않을까요?"

나미타로는 두 사람 사이를 환히 알고 있는 듯 문득 한쪽 볼에 볼우물을 보이며 방으로 들어왔다.

"즈이후의 호언장담에 무언가 느낀 바가 있습니까?"

"즈이후의……"

"그렇소. 앞으로 가이의 다케다를 출발점으로 하여 온 일본의 명사와 명장(名將)에게 부처의 뜻을 설법하고 다니며 어지러운 세상에 평화를 되찾아오겠다, 살아 있다면 꼭 보고 있으라, 덴카이 대사가 이 부처님 길을 살려 보이겠다고 말이오. 아주 거창하고도 즐거운 꿈이지요."

오토시는 그동안 얼른 이불을 한쪽으로 밀어놓았다. 노부치카보다 오토시 쪽이 오히려 침착했다. 그 자리의 분위기를 민감하게 눈치챈 나미타로는 다시 미소지었다.

"실은 즈이후가 노부치카 님이 걱정되는지 나에게 보고 오라고 하더군요."

"즈이후가, 이…… 나를?"

"그렇소. 모든 희망을 잃고 계시니 될 수 있으면 삭발하게 하여 앞으로의 길에 동행하고 싶다고…… 그것도 즈이후식 사고방식으로."

"나더러 출가하라고, 즈이후가…… 참으로 뜻밖이군요."

노부치카가 긴장하며 바라보니 오토시도 눈을 크게 뜨고 있다. 무슨 생각을 했는지 나미타로는 큰 소리로 껄껄 웃었다. 오토시도 노부치카도 섬뜩하여 나미타로의 웃음이 멈추기를 기다렸다.

"즈이후의 사고방식은 모두 엉뚱하지만 귀 기울일 가치가 있지요."

나미타로는 우습다는 듯 어깨를 흔들어댔다.

"당신은…… 오가와 이오리 님은 출가의 뜻을 아시는지요?"

노부치카는 다시 오토시와 얼굴을 마주 보았다.

"나더러 출가하라는 것은 버림받은 세상을 다시 버리라는 뜻으로 생각되는군요."

"하하하…… 그러고 보니 당신도 출가를 세상을 버리는 사람으로 해석하는구려. 나도 즈이후에게 호되게 꾸지람 들었지요. 출가란 세상을 버린 사람이기는커녕 현재의 관습에 만족하지 못해 지상에 극락왕국을 건설하기 위하여 집을 나가는 전사(戰士)라더군요."

"출가자가 전사라고……."

"핫핫하, 좀 기이해서 이해가 안 될 겁니다. 나도 되물었으니까요. 그런데 즈이후의 대답은 청산유수더군요. 출가란 집을 나간다고 쓴다, 이 경우의 집은 이른바 현재의 모순으로 가득 찬 집, 그 집을 버리는 건 새로운 목적을 위한 것이라고 그는 설명했습니다. 집을 나간다……는 것만을 출가로 여겨 그 목적을 빠뜨리는 것은 어리석은 일이 아니냐고 꾸짖더군요."

노부치카는 대답할 수 없었다.

'글자의 뜻은 분명 그렇지만 이 경우의 목적이란 대체 무엇일까……?'

"번뇌에서 벗어나 광풍제월(光風霽月)의 경지로 들어간다, 깨달음을 얻어 커다란 행복을 터득한다—이 소망을 위해 출가하는 게 아니냐고 했더니, 역시 크게 꾸중하더군요. 그 애송이 중은 걸핏하면 꾸짖는답니다."

나미타로는 즐거운 듯 눈을 가늘게 떴다.

"이러한 경지는 현세에서의 개인의 탈락이자 도피로 하찮은 것이다, 그런 보잘것없는 자기만족의 길을 설파하기 위해 석존이 무엇 때문에 그런 고행을 했단 말인가, 석존은 인간이 소유욕에서 벗어날 때까지는 이 세상에 피비린내 나는 싸움이 그치지 않을 것을 깨닫고 먼저 스스로의 욕심을 버리고 몇십 대 몇백 대 후대에 지상의 극락국을 쟁취하려고 발원(發願)하셨다, 그리하여 스스로 혁명가이며 자신을 따르는 자 역시 혁명가라 하여 그 옷차림까지 현세의 지옥인(地獄人)과 구별 짓게 하셨다, 삭발은 그 혁명의 첫째 전술이고 법의(法衣)는 둘째이며 염주는 셋째다, 이렇게 설파하는 통에 나도 얼마쯤 질렸지요. 어떻습니까? 즈이후와 동행하여 난세의 큰 인물을 찾아나서는 게? 어쩌면 뜻밖에 재미있을지도 모릅니다. 자칫 잘못하면 기요모리(淸盛) 중처럼 까까머리 폭군들이 우글거리고 나타날지 모르나, 그래도 염주를 지녔으니 지옥의 무장보다는 좀 낫겠지요."

노부치카의 눈이 차츰 빛을 띠었다. 그는 비로소 출가의 의미를 깨달은 듯했고 그 나미타로의 호의에 감동했다.

"그렇다면 즈이후가 나를 제자로 삼겠다는 말씀이오?"

"제자고 스승이고 없지요. 바람 부는 대로 여러 곳을 돌아다니는 겁니다. 지옥에 사는 자는 모두 마음속으로 극락을 그리워하는 법, 머리 깎지 않은 이는 문전에서 쫓겨나도 삭발하면 공양한다며 만나주는 법이지요…… 핫핫핫, 이것도 즈이후식 전술입니다만."

이 말을 듣고 노부치카는 나미타로 앞에 두 손을 짚었다.

"고맙소! 그럼, 곧 즈이후를 따라……."

그러나 이튿날 나미타로가 눈을 떴을 때 방에는 이미 노부치카도 오토시도 없었다. 두 사람은 아마 '사랑'을 선택한 모양이었다.

모략

바람은 가을을 머금고 왔다. 염전의 건조 속도가 부쩍 나빠져 그 언저리는 사람 그림자가 드물었다. 그 대신 이나리 신사(稻荷神社) 왼편에 있는 50정보쯤 되는 논은 3년 만의 풍작으로 이삭을 주렁주렁 늘어뜨리고 있었다.

노부모토는 모래사장에서 논을 둘러본 다음 천천히 성 쪽으로 말을 몰았다.

'소금은 거두었고, 벼도 오랜만에 광을 그득 채우겠군.'

아버지 다다마사가 세상 떠난 무렵에는 가신들뿐 아니라 백성들에게도 이런 평판이 나돌았다.

"아버지보다 못하다."

노부모토는 그것을 알고 있었다.

'못한지 나은지 두고 봐라.'

노부모토는 먼저 아버지의 총신들을 내치고 성을 개축했다. 성을 개축하면 반드시 백성들의 반감을 사게 되는 일을 잘 알면서 굳이 단행한 것은 면모를 일신하여 가문을 통솔하겠다는 마음을 새롭게 다지기 위해서였다.

개축이 끝나자 염전 확장에 들어갔다. 계속되는 부역으로 불평이 많으리라는 것은 예상하고 있었다. 그러나 만들어진 소금을 나눠주었을 때 백성들의 기쁨은 컸다. 벼나 피는 그들의 땀으로 거두어들였지만 소금은 그들의 힘으로 만들 수 없는 것이었다. 돈보다 땀보다 귀중한 것을 얻자 그때부터 소문이 달라졌다.

"참으로 명군(名君)이시다."

노부모토는 속으로 웃었다.

지난해 벼농사는 7할밖에 거두어들이지 못했다. 그는 공물을 반으로 깎아주었다.

"백성은 우리의 보배다. 굶주리게 하지 마라."

그리고 지난 추석에는 바다에 150척의 배를 띄워 많은 등불을 떠내려보내 아버지의 넋을 위로했다. 그 멋진 광경은 백성뿐만 아니라 향사(鄕士)와 호농(豪農)들의 눈길을 완전히 사로잡았다.

"도성에도 없는 풍류로다."

"노부모토 님은 요즘 세상에 보기 드문 기질을 지니셨다."

노부모토는 그것도 미소로 들어넘겼다. 그의 목적은 그런 조그마한 데 있지 않았다.

그는 교토에서 여러 지방을 돌아다니는 노래 선생을 초빙하여 요즘 내내 공부하고 있다. 가만히 앉아서 여러 곳의 사정을 듣고 그들의 인물평을 들어보기 위해서였다.

지난날 구마 저택으로 오쿠니를 찾아다닐 때 자주 보이던 성급한 데가 없어지고 얼굴에 살이 올랐으며 눈길과 몸짓에도 안정감이 배었다.

이러한 노부모토의 마음에 단 한 가지 걸리는 것은 오카자키의 매부 히로타다의 현실을 내다볼 줄 모르는 점이었다.

'아직 어리니, 잘 이끌어줘야지.'

오다이는 이미 다케치요를 낳았다. 머잖아 그 조카가 자라 영주가 될 것을 생각하니 외삼촌으로서 걱정되지 않을 수 없었다.

오늘도 그는 염전에서 논길을 빠져나가 짓소사(實相寺)로 말을 몰면서 문득 그 일을 생각했다.

'이마가와는 지는 해, 오다는 뜨는 해. 할 수만 있다면 히로타다에게 이것을 인식시켜 오다를 따르게 해야 할 텐데.'

짓소사 숲으로 들어서자 노부모토는 이마에 손을 얹고 앞을 내다보았다. 정면에서 곧장 이쪽을 향해 달려오는 기마무사가 있었다. 몹시 급하게 달려온다. 누구일까보다 무슨 일일까 생각하는 노부모토였다.

다가온 것을 보니 막냇동생 다다치카였다. 이 아우만은 아버지의 지극한 사랑을 받았으면서도 노부모토에게서 쫓겨나지 않고 있었다. 성격적으로 형의 뜻을 이해하고 있기 때문이었다.

"형님, 나고야에서 사자가 왔습니다. 히라테가……."

"다다치카, 뭘 그리 허둥대느냐? 땀이나 닦아라, 이마의 땀을."

노부모토는 웃으면서 우선 아우를 나무라기부터 했다.

"히라테가 올 때는 반드시 비밀스러운 중요한 볼일일 텐데, 너는 그게 무슨 일이라고 짐작되느냐?"

다다치카는 말 위에서 땀을 씻으며 고개를 설레설레 저었다.

"그 두꺼비에게는 표정이 없으니까요."

"하하하…… 눈을 뜨고 보면 천지만물에 표정을 갖지 않은 게 없을걸. 이 벼이삭도……."

노부모토는 천천히 말을 몰며 앞장섰다.

"잘 영글게 해줘서 기뻐 못 견디겠다고 하고 있지 않느냐. 만물의 소리를 들을 줄 아는 자가 사내구실도 한다고 세상 사람들은 말하지."

다다치카는 이 형도 점점 아버지를 닮아간다고 생각했다. 말끝마다 그럴듯하게 훈계가 따른다. 기분 나쁘면 거친 목소리로, 기분 좋으면 자신만만하게.

그러나 오늘의 형은 앞장서서 성으로 향하며 말이 없었다. 히라테는 오다 가문의 주춧돌. 올해 12살이 되어 처지 곤란한 장난꾸러기인 데다 요즘 성적으로도 조숙해져 마을 처녀에게 엉뚱한 소리를 한다는 기치보시.

"이것 봐, 옷을 쳐들어 엉덩이를 보여줘."

아버지 노부히데로부터 그 기치보시의 교육을 간곡하게 부탁받고 있는 인물이었다.

형제는 성으로 들어갔다. 본성 큰 서원으로 들어갈 때까지 두 사람 다 히라테의 용무에 대해 이것저것 머릿속으로 생각하고 있었다. 미노로 출병할 테니 후방에서 대기하라는 것일까, 아니면 이마가와에 도전하는 선봉을 맡길까?

싸리꽃이 흐드러지게 피어 있는 안뜰에 새로 지은 큰 서원으로 들어가니, 다다치카에게 두꺼비라는 소리를 들은 히라테가 등을 구부리고 앉아 줄곧 코털을 뽑고 있다.

"어서 오시오. 급한 볼일이라기에 옷도 갈아입지 않았소, 용서하시오."

노부모토가 말을 건네자 그는 코털을 잡은 채 손을 내저었다.
"인사치레는 필요 없소, 나와 귀하 사이에."
두꺼비는 빙그레 웃음 지으며 휴지를 꺼내 천천히 코털을 처리했다.
"날씨가 좋아 풍년이 들 것 같군요."
"그렇소, 이제 백성들도 마음 놓고 생기를 되찾고 있소."
"그런데 구마 저택의 나미타로가 어디 갔는지 혹 모르시오? 요즘 10여 일 동안 집을 비운 모양이던데."
"모르겠군요. 집에 없단 말인가요?"
히라테는 천천히 고개를 끄덕였다.
"아 참, 잡담보다 먼저 사자의 용무부터 말해야지. 노부모토 님, 실은 이번 사자로는 내가 적격이 아니라고 여러 번 사양했지만 주군께서 허락하지 않으시는군요. 그래서 하는 수 없이 왔소만……."
답답하리만큼 침착한 투로 말하며 물끄러미 노부모토를 바라보았다.
노부모토의 가슴이 뛰기 시작했다. 히라테가 재삼 사양했다니 심상치 않은 용건이리라. 한무릎 다가앉으며 노부모토는 다음 말을 기다렸다.
"다름 아니라 오카자키 일로—특히 귀하께서 힘써주셨으면 하는 말씀이었소."
노부모토는 긴장된 표정으로 고개를 끄덕였다.
'역시…….'
스스로 침착하게 대응하고 있다고 생각했으나, 오카자키를 어떻게 하려는 것인지 뒷일은 짐작되지 않았다.
히라테는 이러한 노부모토의 두근거리는 가슴속까지 완전히 계산에 넣고 있는 침착한 태도로 또 엉뚱한 곳으로 화제를 돌렸다.
"마쓰다이라 히로타다 님, 귀하의 매부뻘 되시지만 의외로 예의범절이 엄하고 건실한 사람이라……."
노부모토는 초조했다.
"귀하의 누이께서 출가했을 때도 전의 애첩 때문에 마음 쓰느라 처음에는 무척 냉정하게 대했다더군요."
"예, 아직 철없는 젊은이라 가끔 중신들을 난처하게 만들고 있지요."
"그런데 요즘은 부부 금슬이 좋아 곁에서 보기에도 부러울 정도라고 들었는데,

알고 계시오?"
"글쎄, 사이가 나쁘지는 않다더군요."
"그 말을 들으니 이제 안심이 됩니다. 실은 귀하의 매부 히로타다 님을 이번에 우리 쪽으로 끌어들이도록, 처남의 정을 다하여 위엄 있게 설명한다면 반드시 이해할 테니 단단히 그 뜻을 전하고 오라는 게 이번의 사명입니다."
"히로타다를 오다 쪽에 따르게 하라는 말씀인가요?"
"그렇습니다."
히라테는 눈을 가늘게 뜨고 고개를 끄덕여 보이는 품이 처음에 재삼 사양했다는 말은 잊어버린 듯했다.
"귀하의 도량이라면 문제없겠지요. 그런 다음 이마가와의 공격을 기다리자……는 것이 우리 주군의 뜻인 모양이오. 맡아주시겠지요?"
노부모토는 고개를 들어 히라테를 쳐다보았다. 이마가와가 머지않아 공격한다는 정보는 아직 들어오지 않았으나 만약 그럴 속셈이 있다면, 이마가와 쪽에서도 오카자키를 엄중하게 감시하고 있을 터. 그런데 문제없을 거라고 가볍게 말하는 히라테가 얄미웠다.
"사자의 용건은 잘 알았습니다. 물론 말씀대로 오카자키와 담판하는 수밖에 없겠지요. 하나 귀하도 아시다시피 히로타다는 아직 어립니다. 병적인 신경증 때문에 분별보다 의리와 인정에 빠져들고 있지요."
"그러니 귀하께서 매부의 정으로 움직여달라는 말 아닙니까."
"글쎄, 바로 그 점이."
노부모토의 이마에 깊은 주름이 잡혔다.
"나에 대한 인정과 이마가와에 대한 의리…… 히로타다가 과연 어느 쪽을 택할 거라고 생각합니까?"
"아하하."
히라테는 여자처럼 부드러운 소리로 웃었다.
"이거 참, 놀랍군요. 나에게 오히려 질문하시다니."
"물론이지요!"
노부모토도 웃었으나 얼굴은 기묘하게 굳어졌다.
"마음속에 아무 생각 없이 사자로 오실 귀하가 아니지요. 히로타다가 만일 이마가와에 대한 의리를 중히 여겨 이 노부모토의 청을 거절할 때는 어떻게 하시겠소?"

히라테가 다시 웃었다.

"아하하, 금슬 좋은 오카자키 마님의 오빠로서 거절당한다고 그냥 물러날 성주님은 아니겠지요."

노부모토는 등골이 으스스해지는 동시에 예전의 격렬한 성격이 튀어나왔다.

"히라테 님!"

"왜 그러시오."

"그렇다면 오다 님은 이마가와가 공격해 오기 전에 이 노부모토더러 오카자키를 공격하라는 말씀이오?"

히라테는 유유히 노부모토의 눈을 보며 잠자코 있었다.

"오다이의 인연에 의지하여 우리 편으로 만들어라, 아니면 싸우라는 이야기 같은데 이렇게 해석해도 틀림없겠지요?"

"……."

"왜 대답이 없으시오. 나머지는 알아서 하라는 뜻이오?"

"노부모토 님."

히라테는 갑자기 목소리를 낮추었다. 백발 섞인 이마가 늙은 고양이처럼 온화해 보인다.

"너무 성급하시군요. 그 밖에 다른 생각은 떠오르지 않으시오?"

"다른 생각……이라니?"

"귀하는 상대가 응하지 않을 경우를 지나치게 가정하고 계시오."

"그렇소."

"그리고 나머지는 한결같이 거기에 대한 수단만 생각하고 계신 듯한데."

"……그게 무슨 말씀이오?"

"그 뒤 상대 쪽에서 어떤 태도로 나올지도 좀 생각하시는 게 어떨는지? 귀하가 형제의 정으로 설득했으나 상대는 의리 때문에 하는 수 없이 이마가와를 편들 거라고 가정해 봅시다. 그때 귀하가 그러면 하는 수 없다며 조용히 물러난다면 상대가 어떻게 나올까요?"

노부모토는 정신이 번쩍 들면서 저도 모르게 얼굴이 붉어졌다. 자기가 조용히 물러난다면 히로타다는 대체 다음에 무슨 짓을 할까? 과연 거기까지는 생각하지 않았다. 히라테는 여기서 또 입을 다물었다. 노부모토에게 생각할 시간을 주려는 것이었다. 그 침착한 태도를 보니 노부모토는 화가 무럭무럭 치밀었다. 이것은 여지없는 노부모토의 패배였다. 자신이 할 행동만 생각하고 상대가 취할 행동은 검토하지 않았다. 얕은 생각이라고밖에 할 수 없다. 노부모토는 감정을 죽이고 히로타다의 성격을 생각해 보았다.

"히라테 님."

"예."

"내가 조용히 물러나면 히로타다는 오다이를 나에게 돌려보낼지도…… 모르지요."

히라테는 빙그레 웃었다.

"그럴지도 모르겠군요."

"이마가와에 대한 의리…… 그리고 만약 싸워서 질 경우…… 오다이에 대한 염려도 있을지 모르고. 어쨌든 이혼은 면할 수 없겠군요."

히라테는 고개를 깊숙이 끄덕였다.

"실은 나도 그것을 생각하고 있던 참이오. 오다이 님이 쫓겨난다면 이번에는 귀하 차례요. 아하하, 꼭 바둑 같군요. 귀하는 그 바둑돌을 어떻게 받으시겠소?"

노부모토는 또 불그레해졌다. 그것도 미처 생각해 보지 않았다. 노부모토의 당황하는 태도를 히라테는 못 본 척했다. 본디 노부모토와 오다이는 그리 마음이 통하는 남매간은 아니다. 노부모토의 당황은 자기의 얕은 생각을 숨기려는 것이지 가련한 누이 때문에 마음 어지러워서는 아니다. 히라테는 그 점은 안심할 수 있었다.

노부모토는 잠시 말없이 비참한 심정을 억눌렀다. 이건 마치 어른과 아이의 문답이나 다름없다. 문제가 하나하나 던져지고 나서 상대에게 대답을 암시받는다. 암시받지 않고는 대답이 떠오르지 않는 자신이 왠지 두려웠다. 한없이 얄밉기도 하지만 히라테는 어쩌면 이렇듯 사려 깊은 사나이일까. 아니, 이런 히라테를 수족처럼 부리는 노부히데는…….

노부모토가 침묵을 지키자 히라테는 온화한 목소리로 구원해 주었다.

"귀하의 기질로 보아 그럴 때는 호의와 인정을 짓밟았다 하여 군사를 내어 공격하실 거요…… 이건 물론 나의 서툰 바둑이오만."
노부모토는 자세를 고치고 고개를 끄덕였다.
"그렇소. 나로서는 달리 방법이 없소."
"그러나 노부모토 님, 귀하께 승산이 있습니까?"
노부모토는 반사적으로 대답했다.
"물론이오!"
그렇게 대답하지 않고는 견딜 수 없는 압박과 모멸감을 느꼈기 때문이다. 그러니 마음속으로는 뜨끔하여 얼굴이 창백해졌다. 그는 아버지가 세상 떠난 뒤 줄곧 가신들을 정리해 왔지만 아직 가문의 단결에까지는 이르지 못하고 있었다.
그러나 오카자키는 이와 반대였다. 히로타다 자신은 약했지만, 마쓰다이라 집안이 기울어도 결코 떠나지 않는 뛰어난 중신들이 든든하게 히로타다를 받치고 있었다. 자기와 히로타다는 비교도 안 되지만 가신과 가신을 견준다면 가리야가 이기기는 어려운 일이다.
당황하여 자기 뒤에는 오다의 후원이 있으니 염려 없다고 덧붙이고 싶었으나 이 자리에서 차마 그 말은 할 수 없었다.
"노부모토 님."
노부모토는 섬뜩하여 다시 엄하게 눈썹을 치떴다.
"왜 그러시오."
"그 자신만만한 대답을 듣고 보니 나도 사자로 온 보람이 있군요."
"자신은 있소. 뭐, 히로타다쯤이야."
"믿음직합니다."
히라테는 점점 더 허심탄회한 얼굴이 되었다.
"이것으로 사자의 임무는 끝났고, 이제부터는 히라테 개인의 조언입니다. 만약 소용되신다면."
"조언이라면?"
"싸움에 앞서 오카자키의 중신들을 베시는 게 어떨지요? 오카자키가 강한 것은 중신들 때문……이라고 나는 생각하오만."
노부모토는 다시 소름이 끼치는 걸 느꼈다. 모든 것을 꿰뚫어보고 있는 데 대한 으스스함이었다.

"감정대로 당장 일전을 벌이겠다고 나서지 마시고 의리 때문에 하게 되는 그 이별을 귀하도 진심으로 슬퍼하신다면 어떨까요. 히로타다 님과 함께 우는…… 그 심정, 틀림없이 상대에게 전해질 겁니다."

노부모토는 자제심을 잃고 몸을 앞으로 내밀었다.

"싫증 난 것도, 미워하지도 않는 아름다운 부부의 이별. 중신들은 모두 부인에게 심복하고 있으니 아마 이별을 애석해하며 가리야 영내까지 전송할 것입니다. 그때 모조리……."

여기까지 말했을 때 히라테의 눈이 무섭게 번쩍인 다음 호호호 하고 여자처럼 웃었다.

노부모토는 여전히 어깨를 치켜올린 자세로 있었으나 마음속의 두려움과 놀라움을 그 눈빛에서 감추지 못했다. 어디선가 쓰르라미가 울고 있었다. 식량창고를 수리하는 망치 소리와 무기창고의 소나무에 스치는 바람 소리를 확인한 것은 자신의 존재를 새로이 되새겨보고 싶은 심정에서였다.

'침착하자! 훌륭한 장수는 결코 까닭 없이 이 세상에 태어나는 것이 아니다……'

노부히데가 보잘것없는 집에 태어났으면서도 일족 위에 군림하는 이면에는 이 같은 명신(名臣)의 뒷받침이 있었기 때문이구나 하고 새로이 히라테를 고쳐 보았다.

이 사나이가 노부히데의 아들 기치보시를 돌보고 있다. 노부모토의 두려움은 두 배 세 배가 되었다. 노부히데의 강건함, 히라테의 지혜, 거기다 사람을 사람으로 여기지 않는 기치보시의 성격이 하나가 되어 노부모토를 마구 압박해 왔다.

오다이가 이혼당한다. 중신들이 이별을 슬퍼하며 배웅 나온다. 그들을 모두 베어버리고 오카자키를 공략한다. 노부모토가 속으로 다시 한번 순서를 되풀이하는 동안 히라테는 벌써 그 일은 잊어버린 듯한 얼굴로 화제를 엉뚱한 방향으로 돌렸다.

"인간의 발자취란 이상한 것이라…… 스스로 원해서 태어난 것도 아닌데, 살아 있다는 걸 깨달았을 때는 이것저것 욕심내며 아귀의 길을 걷고 있지요."

"맞습니다."

"죽을 때도 역시 자기 마음대로 안 되는 법이오. 세상에 남는 것은 그 태어남에서 죽음에 이르는 얼마 안 되는 시간의 자취일 따름이니."
노부모토는 다시 크게 고개를 끄덕였으나 히라테가 또 무슨 말을 하려는 것인지는 알지 못했다.
"거기에 비하면 여자가 좀 낫지요. 애써 돌아다니지 않아도 자식이라는 자취가 남으니 부럽지 않습니까?"
아마 히라테는 오다이 이야기를 하는 모양이었다. 어쩌면 노부모토가 오다이를 가엾게 여기는 줄 알고 위로하는 건지도 모른다—고 생각했다.
"오카자키의 부인 역시 이미 아기를 남긴 데다 목화씨를 널리 백성들에게 나눠 주시어 훌륭히 자취를 남기셨소. 완고한 중신들이 마음을 열고 사모할 만한 자취를 말이오."
이렇게 말하고 나더니 히라테는 갑자기 억양을 바꾸며 손을 내저었다.
"이거 참, 실례했습니다. 허물없이 이야기하다 보니 그만 노부모토 님께 지시하는 것처럼 되었군요. 이건 어디까지나 저 개인의 참견에 지나지 않습니다."
노부모토는 긴장된 태도로 새삼 머리 숙이면서 그제야 가슴이 철렁하며 그 말뜻을 깨달았다. 그것은 노부모토를 위로하는 게 아니고 오다이는 이미 그 역할을 다했으니 가엾게 여기지 말라고 엄격히 명하고 있는 것이었다.
"알겠습니다. 고맙소."
노부모토가 오다 노부히데의 그 의미심장한 밀명을 받아들이고 있을 즈음, 오카자키성에는 히로타다를 문병한다는 구실로 슨푸의 이마가와로부터 오카베(岡部)가 많은 어릿광대들을 이끌고 요란하게 도착한 참이었다.
히로타다는 오다이와 나란히 슨푸에서 문병 온 사자를 큰 서원으로 맞아들였다.
"저희 주군 요시모토 님께서 성주님 병환을 몹시 걱정하시어 무대를 만들어 위안해 드리고 오라는 분부십니다."
히로타다보다 겨우 2, 3살 위인 이 사자는 활달하게 말한 다음 큰 서원에 선물을 차근차근 쌓아올렸다.
"문병 가는 것이니 한집안이신 세키구치(關口) 님을 파견하시는 게 어떠냐고 셋사이 선사께서 말씀하셨습니다만, 젊은이는 젊은이끼리 어울리는 게 좋으니 저더러 가라고 대감께서 직접 분부하셨습니다. 아플 때는 마음이 울적하니 함께 놀면서 위로해 드리라는 뜻으로 알고 기꺼이 찾아왔습니다."

이렇게 말한 다음 사자는 정중히 인사하는 히로타다의 머리 너머로 오다이를 날카롭게 쳐다보았다.

"참 이상하군요. 히로타다 님께서 편찮으신 줄 알았더니 마님 얼굴빛이 훨씬 더 좋지 못하시군요. 틀림없이 병환이 나신 모양입니다."

여기서도 쓰르라미가 울고 있었다. 잘 손질된 회양목 너머로 새하얀 갈대 이삭이 맺히기 시작하고 있었다. 강 건너에서 불어오는 초가을 바람 속에 수많은 매가 날개를 퍼덕이는 소리가 들려왔다.

얼굴빛이 좋지 못하다는 소리를 듣고 히로타다는 오다이를 돌아보았다. 오다이도 이미 인사를 끝내고 밝은 표정으로 얼굴을 들고 있다. 병은커녕 싱싱하게 무르익은 과일을 연상케 하는 혈색이 아닌가. 히로타다가 의아스러운 듯 오다이에게서 뜰의 부용(芙蓉)으로 시선을 옮기자, 사자는 히로타다의 눈에도 수상쩍게 보일 만큼 어색한 위엄을 띠고 말을 던졌다.

"부용잎의 반사 때문이 아닙니다. 아마 병세가 꽤 중하신 모양이니 이곳은 염려 마시고 어서 들어가 쉬시게 하십시오."

오다이를 물러가게 하라는 뜻이거니 하고 히로타다는 고개를 끄덕였다. 그렇다 해도 이 건강한 혈색을 병이라고 하는 얕은 수작은 불쾌했다. 히로타다뿐 아니라 늘어앉은 중신들도 사자를 따라온 이들도 모두 놀라는 눈빛이었다.

"인사가 끝났으니 그대는 물러가구려. 병중이니 사양 말고."

오다이는 시키는 대로 절을 하고 얌전히 물러갔다. 히로타다는 그녀를 보내놓고 다음에 나올 중대한 이야기를 기다리는 자세로 사자의 얼굴빛을 살피듯 말했다.

"노신들은……."

이대로 있어도 괜찮으냐는 뜻이었다.

그러나 오카베는 태연히 말했다.

"히로타다 님은 춤을 잘 추신다고요? 광대들이 춤춘 뒤 그 솜씨를 꼭 한 번 보여주십시오."

어린아이처럼 웃으며 한동안 춤 이야기를 늘어놓았다.

"아 참, 오늘 밤의 광대들 춤은 마님께도 되도록이면 구경시켜 드리고 싶군요.

어쩌면 그 병환으로 드러누워 못 일어나시게 될지도 모르니까요."

이렇듯 불길한 소리를 하고는 히로타다의 눈치를 흘끗 살폈다. 히로타다는 흠칫 놀랐다. 오다이를 물리친 것은 중요한 밀담을 하기 위해서가 아닌 것 같았다.

"어쩌면 이별을……."

그렇게 생각하자 그의 마음속에 노여움이 이글이글 끓어올랐다. 히로타다는 남의 지시대로 움직이는 게 못 견디게 싫었다. 젊은 탓이리라.

"말하지 않아도 요점은 알고 있소."

지시받기 전에 그것을 알아차리고 상대를 대하고 싶다. 때로는 그것이 지나쳐 노신들이 난처해하며 얼굴을 돌리는 일조차 있었지만.

그러한 히로타다가 자진해서 사카이의 집으로 물리치고 있는 오다이와의 이별을 이 젊은 오카베에게서 또 암시받은 것이다. 그는 수척하여 더욱 커진 눈을 오카베에게 정면으로 던지며 쏘아붙였다.

"요즘 오카자키에 고약한 돌림병이 유행하므로 나도 명심하고 있소."

"허허, 돌림병이라. 그러면 그 치료는 어떻게?"

젊은 사자는 입가에 경멸의 빛을 떠올렸다.

"히로타다 님은 총명하시니 아마 돌림병 귀신도 어리둥절해하고 있을 겁니다. 하하……."

히로타다의 눈꺼풀이 파르르 떨렸다.

"그렇소. 이 병에 걸리면 절조를 잃고 의리를 잊어버리지요. 더욱이 전염성이 있어 가리야에서 온 시녀들을 먼저 돌려보내고 아내 역시 사카이에게 맡겨 오카자키에 만연되지 않도록 손써놓았소."

"그거참, 잘하셨습니다그려! 실은 그 일로 셋사이 선사님으로부터 은밀히 들은 이야기가 있습니다. 다름 아니라 그 불의를 자아내는 병의 뿌리를 이번에 선사께서 몸소 총대장이 되시어 일소할 테니 오카자키에 그 병이 이미 만연되어 있는지 어떤지 보고 오라는 분부였습니다."

"걱정할 것 없소. 가서 히로타다는 잘 있다고 전하시오."

옆에서 듣고 있던 이시카와가 무릎을 탁 쳤다. 섣불리 말꼬리를 잡히지 말라는 신호였으나 사자는 이미 빙그레 웃으며 한무릎 다가앉고 있었다.

"바로 이 일로 슨푸성에서는 내기를 걸고 있지요."

"내기라니?"

"소심한 자들은 어디나 있는 법이라서요, 핫핫핫하. 아무튼 오카자키에는 게요인 님을 비롯하여 가리야와 인연 있는 자가 많다, 이번 싸움은 참으로 중요하니 우리 대감님께서는 그런 자들을 먼저 베라고 반드시 명령하실 것이다…… 이것이 한 패. 또 한 패는 배짱 세고 도량 넓은 대감님이시니 설마 그런 일은 없을 것이라고 했지요—그리하여 후자가 보기 좋게 이겼답니다."

이시카와는 또 무릎을 쳤다. 히로타다가 성급하게 무언가 말하려 했기 때문이었다.

"대감님은 오카자키는 의리가 강하고 마음이 통한다, 내가 그런 잔인한 명령을 하지 않더라도 히로타다는 해야 할 일은 하는 사람이라고 말씀하시며 활달하게 웃으셨지요. 히로타다 님, 이게 얼마나 뜻깊은 말씀입니까. 해야 할 일은 하는 분이라고……"

히로타다는 입술을 깨물며 황급히 노신들을 돌아보았다.

"술상은 아직 멀었나!"

"예, 곧 나올 겁니다. 지금까지 사자의 이야기…… 아니, 말솜씨가 어찌나 능란한지 그만 끌려들어 촌뜨기들이 멍하니 듣고 있었습니다그려. 그렇지 않소, 여러분?"

오쿠라가 시치미 떼며 사람들을 둘러보자 신파치로가 왓핫핫하 하고 눈물을 삼키며 큰 소리로 웃어젖혔다. 오다이의 이혼을 재촉하고 있는 사자의 속셈이 이미 누구의 눈에나 환히 들여다보였다.

전국(戰國) 부부

해가 부쩍 짧아졌다. 돌세면대를 뒤덮은 후피향나무잎 그늘에 하얀 고양이가 새끼를 데리고 나와 있다. 해 지기 전의 한때 오다이는 마루에 서서 새끼를 핥아 주고 있는 고양이의 동작에 시선을 주었다.

본성 성벽을 넘어 작은 북소리가 들리고 뜰을 사이에 둔 서원의 장지문은 호젓하게 닫혀 있다. 성안이지만 이곳은 별성과 해자를 사이에 둔 외곽이다.

사카이 우타노스케의 집이었다. 3년 전 오다이는 가리야에서 이 집으로 왔다. 그때는 아직 풀 한 포기 나지 않은 이른 봄이었으나 어딘가에 반짝반짝 기대의 별이 빛나고 있었다. 그때 처음으로 안내된 곳이 이 건너편 서원이었다. 거기서 오다이는 어머니 게요인을 대면하고 아직 본 적 없는 히로타다의 기질이며 아내의 마음가짐에 대해 가르침을 들었다.

'그래, 그때는 14살이었지…….'

지금은 17살이 되어, 맞아지는 사람이 아니라 이 집의 조그만 별채에서 대나무 울타리 속에 갇히는 신세가 되어버렸다.

그저께 슨푸에서 사자가 왔을 때는 노신들이 의논한 끝에 부부가 함께 맞아들이도록 결정되었다. 오다이는 오랜만에 들뜬 마음으로 남편 곁에서 시중들며 본성 사람으로 돌아갔었는데, 그것이 오히려 화근이 되었다. 얼굴빛이 좋지 못하다고 물리쳐져 다시 이 별채로 물러나오자 사카이의 가신들이 문 없는 대나무 울타리를 치려고 왔다. 고개 숙인 채 검게 물들인 종려 밧줄로 울타리를 치던 가신들은 오다이를 보고 황급히 얼굴을 돌렸다. 모두 울고 있는 것을 본 오다이는 이것이 누구의 명령이냐고 물어볼 용기가 나지 않았다.

고자사도 유리도 이제 없다. 단 하나 딸린 종은 아직 이야기가 통하지 않는 12살 난 계집아이였고, 문도 없는 이 별채에 서슴없이 찾아오는 것은 축생인 고양이뿐이었다. 그 고양이는 새끼를 데리고 있었다. 쫓는 사람이 없으니 길게 다리 뻗고 누워 네 마리 새끼들에게 젖을 물리고 털을 쓸어주었다.

그 광경을 보고 있으니 오다이는 가슴이 뭉클했다. 아직 어머니라고 부르지도 못하고 '음마음마' 하며 겨우 입을 놀리는 다케치요의 모습이 눈에 선하다. 유모인 아마노의 아내 오사다의 젖이 잘 맞아 다케치요는 흙을 뚫고 나오는 죽순처럼 쑥쑥 자라고 있었다. 이마에 의젓하게 가로 주름을 새기고 두 주먹을 꼭 쥐고 있다. 길게 찢어진 눈매, 큼직한 코, 동그스름하고 잘록한 턱은 외할아버지 다다마사를 꼭 닮았다.

그 다케치요는 지금 별성에 있다. 그저께 얼핏 보았을 때 눈에 띄게 자랐던데…… 하고 생각했을 때 후피향나무 너머 부용 그늘에서 울타리 너머로 주위에 신경 쓰는 어머니 게요인의 목소리가 들렸다.

"무엇을 보고 있느냐?"

오다이는 그리움에 가슴이 떨려 허둥지둥 일어나 뜰에서 신는 나막신을 발에 걸쳤다. 그러자 곧 그것을 말리면서 게요인이 말했다.

"그대로 있거라, 그대로. 남의 눈에 띄면 안 된다. 아무 일 없는 듯 마루에서 이 어미의 혼잣말을 듣거라. 대답은 필요 없다. 대답해서는 안 돼."

"……네."

오다이는 입 속으로 조그맣게 말하면서 눈으로는 후피향나무 그늘을 더듬었다. 보랏빛 두건이 보였다. 고요한 한순간의 정적을 모녀의 한숨 소리가 누비고 지나간다.

"너는 다케치요를 위해 묘신사(妙心寺)에 구리로 만든 약사여래상을 헌납했지."

오다이는 마루에서 대답 대신 몇 번이나 고개를 끄덕였다.

"묘신사 스님들이 네 심정을 동정하여 호마(護摩) 의식(재앙과 악업을 불태워 없애는 의식)을 올렸더니 불길이 일찍이 본 적 없을 정도로 왕성했다고 하더라. 다케치요의 무운은 더할 나위 없이 좋으니 어떻게든 너에게 알려주었으면 하고…… 마음 쓰고 있다더구나."

오다이는 입술을 깨물며 흐느낌을 삼켰다.

"그리고……."

어머니는 잠시 말을 끊고 후피향나무잎을 만지작거렸다.

"슨푸의 사자는 내일 아침 일찍 돌아간단다. 노신들이 울분을 참으며 춤 구경하는 것도 오늘 밤뿐이라고, 이것은 이 집 주인 사카이가 부인에게 한 말이다."

나뭇잎이 조그맣게 소리 내며 흔들리는 것으로 보아 어머니가 쥐었던 작은 가지를 꺾는 모양이다.

"이것저것 많은 일이 있단다. 가리야의 노부모토한테서는 추방을 면한 고자사의 오빠 스기야마(杉山)가 히로타다 님에게 오다 편에 가담할 것을 권하러 와서 이시카와네 집에 묵으며 슨푸의 사자가 돌아가기를 기다리고 있다는구나. 아마…… 사자가 돌아간 뒤 히로타다 님과 만나겠지. 그러나 일이 되어가는 형편은 뻔하다……고, 이것은 신주로가 나를 찾아왔을 때 한 혼잣말이다."

오다이는 온 신경을 귀에 모아 살그머니 마루 끝에 앉았다. 젖을 실컷 먹은 새끼 고양이 한 마리가 서툰 걸음걸이로 어미 품을 떠나 저절로 난 붉은 맨드라미 이파리 밑에서 장난치기 시작했다.

"성주님은……."

말을 꺼내다가 게요인은 고쳐 말했다.

"히로타다 님은…… 네가 가엾다면서 요즘 내전에 발걸음도 하지 않으신단다. 오히사에게도 얼굴을 보이시지 않는다고, 노녀 스가가 안뜰에서 딴 첫 감을 가지고 나한테 왔을 때 말했다."

"……."

"여자의 행복이란…… 그런 조그마한 데 있는 법. 이 어미는 전남편 곁을 떠나 자식들과 헤어질 때도 진심으로 사랑받았다……고 생각하는 게 위안이 되었었다."

"……."

"히로타다 님이 머잖아 너를 몰래 찾아올 거다. 그때 눈물을 흘리지 않도록 해라. 너의 분별이 일족뿐 아니라 다케치요의 안태(安泰)에 영향을 미친다는 것을, 아버지의 자식이라면 잘 헤아려 비웃음받지 않도록 해라. 부부의 인연은 끊겨도 모자의 인연은 끊어지지 않는 법이란다."

오다이는 갑자기 그 자리에 푹 엎드렸다. 무엇 때문에 어머니가 울타리 너머로 찾아왔는지 그제야 똑똑히 알았던 것이다.

이 집에 오다이를 맡길 때 히로타다는 말했다.

"내가 어째서 사카이의 집을 선택했는지 그대는 잘 알 거요."

핼쑥한 얼굴에 분노와 슬픔을 떠올리며 오다이의 어깨를 세차게 흔들었다. 오다이는 이미 히로타다의 마음을 속속들이 알고 있었다. 히로타다는 가리야의 처남 노부모토가 오다 편에 가담했다고 들었을 때, 한껏 냉정한 태도로 다음에 닥쳐올 비극의 물결을 피하려 했다.

"그대는 다케치요의 어머니, 나의 아내요. 그 아내를 내전에서 쫓아내는 내 심정을 이해하겠지."

히로타다는 이마가와 편에서 싫은 소리를 하기 전에 선수 쳐서 오다이를 사카이에게 맡겼던 것이다. 자진해 멀리하여 이마가와에게 어떤 구실도 주지 않으려 했다. 오다이는 그 행위 속에 깃든 남편의 애정을 되새겼다.

그리고 그녀가 갈 곳을 사카이의 집으로 정한 것은 히로타다 자신이 오다이를 몰래 찾아갈 날이 있을 것을 고려해서 한 일 같았다. 이 충직한 노신은 두 사람의 은밀한 감정을 아무 데도 말을 낼 염려가 없었다.

사실 오다이가 여기 맡겨진 뒤로 히로타다는 닷새에 한 번, 이레에 한 번 몰래 찾아왔다. 내전에는 많은 시녀들 눈이 있지만, 이곳에는 어린 종 하나뿐이었다. 히로타다도 오다이도 이런 환경 속에서 처음으로 서로 마음 편히 안아보았다. 인생의 물결은 짓궂게도 언제나 슬픔과 기쁨을 함께 싣고 밀려온다. 오다이는 여기 와서 몸과 마음이 슬픈 가운데에서도 여자로서 비로소 행복을 알게 되었다.

히로타다도 이부자리 속에서 그런 말을 했다. 장애를 넘어 몰래 만나는 애절함이 참다운 부부의 맛이라고.

"헤어질 수 없어. 그대는 다케치요의 어머니요, 이 히로타다의 아내야."

그러므로 이 별채 둘레에 대나무 울타리가 둘러쳐져도 오다이는 그리 걱정하지 않았다. 슨푸의 사자에 대한 체면을 생각해서이리라 여기고 몰래 만나러 오는 히로타다의 불편을 염려하기도 했다.

그런데 어머니가 뜻밖의 말을 했다. 아니, 뜻밖의 말이 아니라 줄곧 두려워해 온 일이었는데…… 히로타다가 다시 몰래 만나러 올 것이니 그때 울지 말라고 한다. 어머니에게는 남편이었던 미즈노 다다마사의 딸이라면, 부부의 인연이 끊어지더라도 흉한 모습을 보여 비웃음받지 말라고 한다.

해 지기 전의 마지막 햇살이 강하게 정원 나무에 내리쬐어, 후피향나무 너머에 있는 어머니 모습이 그 빛 속에 녹아들고 있다. 이 소식을 가져온 어머니가 오다이보다 더 안타까울 게 틀림없었다. 이렇듯 서로 아끼고 사랑하는 부부를 잔인하게 갈라놓으려 하는 것은 대체 무엇일까? 이마가와 요시모토는 그토록 사람 사이의 정을 이해하지 못하는 사람일까.

"그럼, 나는 이만 돌아가겠다."

잠시 뒤 게요인은 두건 끝자락으로 눈물을 닦는 것 같았다. 본성에서는 점점 더 빠른 가락으로 북소리가 들려온다.

"네가 가더라도 나는 남아 있을 것이다. 다케치요는 이 할미가 꼭 지킬 터이니 너는……."

이번에는 말끝이 주위를 꺼리지 않는 흐느낌으로 변했다. 오다이는 이때처럼 북소리가 밉살스럽게 들린 적 없었다.

게요인이 떠나는 기척에 오다이는 저도 모르게 일어섰다.

"어머니—"

정신없이 부르자 응석과도 비슷한 감상이 어머니라는 말과 더불어 가슴 가득 퍼졌다.

"어머니—"

저도 모르게 나막신을 더듬었다. 게요인은 저물어가는 햇살 속에서 걸음을 멈추었으나 자신의 젊은 날과 똑같은 고뇌의 길을 걸어가는 딸을 돌아보지는 않았다.

"이 세상에서는 이제 다시 못 뵐지도……."

목소리도 말도 여느 때의 마님에서 17살 난 딸의 응석으로 돌아가 있다. 게요인은 대답하지 않는다. 그렇다고 걸어가려고도 하지 않았다. 등을 돌린 채 가만히 딸의 숨결을 마음속에 새기고 있는 듯했다.

아직 하고 싶은 말이 많았지만 입에 담을 수 있는 이야기가 아니었다. 가리야의 노부모토가 오다 쪽으로 분명하게 거취를 정한 이상 마쓰다이라에 중립은 있을 수 없으며, 오다이가 떠나는 것은 이 땅이 다시 싸움터가 된다는 뜻이었다. 한

편은 남편과 자식. 한편은 남매 사이의 슬픈 전쟁을 이 딸이 과연 견뎌낼 수 있을지?

"어머니, 한 번만 더……."

완전히 평정을 잃은 오다이의 말을 듣자 게요인은 돌아보는 대신 앞가슴의 염주를 만지작거리며 조용히 울타리를 떠났다. 오다이는 푸른 대나무 너머로 몸을 내밀었다.

해가 떨어졌다. 무기창고 지붕 위에서 연보랏빛 노을이 빠르게 주위로 퍼져가자, 저물어가는 가운데 서원의 장지문만이 슬프도록 하얗게 떠올라 보였다. 오다이는 입술을 깨물며 울지 않으려 애썼다. 어머니의 모습을 그대로 망막 속에 남겨 잊지 않으려고 필사적이었다.

이마가와의 사자는 그 이튿날 오전 8시쯤에 광대들을 이끌고 오카자키를 떠났다. 히로타다는 노신들을 거느리고 이케다 마을(生田村) 끝까지 나가 전송했다.

작별 인사를 나눌 때까지는 그런대로 밝아 보인 히로타다였으나 돌아올 때는 이마에 신경질적인 굵직한 힘줄이 서고 핼쑥한 볼은 장밋빛으로 물들어 있었다.

"이 길로 그대 집에 가자."

이시카와의 집에서 기다리고 있는 가리야의 사자 스기야마를 본성으로 안내하지 않고 만나려는 것이었다.

"주군!"

"뭔가."

"참으셔야 합니다."

이시카와가 타이르자 히로타다는 말 위에서 하늘을 노려보며 내뱉듯 말했다.

"나는 참기 위해 태어난 사람이란 말인가!"

"그렇습니다."

"언제나…… 언제나 참아야 한단 말인가, 죽을 때까지!"

"그렇습니다."

히로타다는 입을 다물었고, 노신들은 말없이 뒤따라갔다. 역참 어귀에 이르자 히로타다는 말에서 내렸다.

그는 붉어진 두 눈으로 이시카와에게 말했다.

"내가 잘못했어. 가리야의 사자를 본성으로 정중히 안내해라."

어제부터 일기 시작한 바람이 아직 잦아들지 않고 망루의 큰 지붕 위로 구름이 빠르게 흐르고 있었다.

히로타다와 가리야에서 온 사자의 대면은 사자의 말을 듣기만 하는 것으로 끝나버렸다. 무슨 말을 해도 히로타다는 단지 '음, 음' 하고 고개를 끄덕일 뿐 대답은커녕 상대의 노고를 위로하지도 않았다. 어쩌면 머릿속으로 완전히 다른 생각을 하고 있었는지도 모른다.

함께 자리한 이시카와가 옆에서 끼어들었다.

"주군께서는 요즘 건강이 좋지 않아 아직 심기가 불편하시오."

그제야 정신이 든 듯 히로타다는 마지막으로 말을 맺었다.

"노부모토 님께 말씀 잘 전해주시오. 아무튼 이쪽에서도 사자를 보내드리고 싶은 말이 있소. 이시카와의 집에서 천천히 쉬어가도록 하시오."

스기야마는 이시카와에게 인도되어 곧 물러났다.

사자가 물러가자 히로타다의 이마에 다시 신경질적인 힘줄이 떠올랐다.

"그대들은 왜 물러가지 않나. 나의 참을성이 아직 부족하단 말인가!"

연장자인 오쿠라가 말했다.

"아닙니다. 그 심정은 충분히 헤아리고 있습니다."

그 말에 이어 신파치로가 입을 열었다.

"주군은 성안 늙은이들이 그토록 거슬리십니까?"

"뭐, 뭐라고 했나!"

"참는다는 건 당치도 않은 말씀이오. 참을 작정으로 참아서는 아니 되오."

"참을 작정을 하지 않으면 참을 수 없어."

"안 된다면 노하시는 게 좋겠지요. 주군! 주군께서 노하신다면…… 노하셔서 싸움을 벌이신다면 오카자키 일족은 기꺼이 그 뒤치다꺼리를 하다가 죽겠습니다. 마음대로 하십시오."

"여보게, 신파치!"

형 신주로가 옆에서 가로막자 신파치로는 '우우' 하며 머리를 크게 흔들었다.

"형님, 알고 있소, 알고 있소. 나는 다만 주군께 이마가와나 가리야의 사자 따위에게 우물우물 마음 쓰시지 말라고 말씀드리고 싶어서 그러오. 사자 네댓쯤은 하찮게 보시어 참는다는 생각 따위 거두시고 일상적인 일처럼 배짱 크게 생각해

주십사는 거지요."

히로타다는 신파치로를 물끄러미 바라보았다.

"알았어, 신파치. 그대 말이 옳아. 나는 지나치게 마음 쓰고 있어."

신파치로는 진절머리가 나서 고개를 돌렸다. 이렇듯 단번에 드러내는 심약함에 대해 간언하고 있건만 그것이 잘 통하지 않는다.

"주군!"

"또 뭔가."

"마음이 울적하실 때는 성안이 발칵 뒤집히도록 마음대로 하십시오. 이 늙은 이들이 기겁해 나자빠지도록 말입니다."

이번에는 옆에서 사카이가 말렸다.

"신파치, 그만하게. 주군께서 피곤하실 테니, 우리도 이만 물러가도록 합시다."

오다이가 갇혀 있는 대나무 울타리 앞으로 히로타다가 온 것은 그날 밤 8시 무렵이었다.

"칼을 다오."

시동에게서 칼을 받아들고 히로타다는 고함치듯 말했다.

"나는 들어가야겠다!"

그리고 울타리를 후려베었다. 대나무 울타리를 한칼 내리친 히로타다의 얼굴은 창백했다. 손과 무릎이 부들부들 떨리고 있었다. 다시 칼을 휘둘렀다.

"에잇!"

메마른 소리가 나며 이번에는 십자로 동여맨 매듭이 비스듬히 베어졌다.

그 소리에 놀라 별채의 영창이 안에서 열렸다. 깜짝 놀란 오다이의 얼굴이 침침한 불빛에 떠올라 그 눈만 반짝반짝 살아 있다.

"신파치 놈이 멋대로 행동하라고 했겠다. 건방진 놈!"

"주군!"

"나도 내 마음대로 행동하고 싶은 심정이 태산 같다. 그러나 내가 마음대로 행동하면 일족과 신하들은 어떻게 된단 말인가."

"주군, 목소리가……."

너무 크다고 말하려는데 히로타다의 칼이 세 번째로 번뜩였다. 대나무 울타리는 그곳만 네모꼴로 길이 열려 발밑에 내린 이슬이 불빛에 반짝였다.

"나는 이 울타리가 견딜 수 없어. 마음대로 하라기에 베었을 뿐이야!"

오다이는 저도 모르게 시선을 내리깔았다. 미친 듯한 히로타다의 흥분이 어디서 오는 것인지 오다이는 이미 알고 있었다.

'가엾은 분…….'

언제나 자신의 약한 마음과 싸우고 가신들과 싸운다. 그 싸움을 계속하기에는 히로타다의 신경이 너무도 여렸다. 생각했다가는 후회하고 후회했다가는 노하고 노했다가는 다시 반성하며 늘 중압감에 짓눌렸다. 아마도 이곳에 울타리를 두르게 한 것도 이마가와의 사자를 꺼려서 내린 히로타다의 지시였을 것이다. 그리하여 그 약함에 대해 지금 스스로 화내며 칼을 휘두르고 있다. 그렇게 한 뒤 또 후회하지 않을까 생각하며 오다이는 이런 시대에 마쓰다이라 가문의 후계자로 태어난 히로타다의 비극이 가슴 아팠다.

히로타다는 시동에게 칼을 주었다. 손과 무릎이 여전히 부들부들 떨리고 있었다. 뻣뻣하게 굳은 걸음걸이로 오다이가 있는 마루로 성큼성큼 다가갔다. 뒤에서 조심스럽게 따라오는 시동을 보더니 또 한 번 온몸을 크게 떨며 고함치듯 꾸짖었다.

"물러가라! 누가 따라오라고 했느냐?"

그 목소리는 물론 사카이의 집 안에 다 들렸을 것이다. 그러나 아무 데서도 달그락거리는 소리 하나 나지 않았다. 괴괴한 고요가 이 젊은 주인의 마음속에 몸부림치는 고민을 애도하고 있는 듯했다.

시동이 발소리를 죽이며 물러가자 히로타다는 눈앞에 고개 숙이고 서 있는 오다이를 조그맣게 불렀다.

"오다이……."

거친 운명에 대한 노여움이 물러가자 끝없는 쓸쓸함이 안개처럼 솟아나기 시작한 모양이었다.

"나는 오늘 밤 당당하게 그대를 만나고 싶었어. 아무에게도 거리낌 없이 활개를 펴고 만나고 싶었어."

"성주님! 저는 기쁩니다."

"알겠나? 잘 보아둬. 이것이 미카와에서 선조의 유업을 이어받은 오카자키 성주가 내전을 드나드는 모습이란 말이야."

여기까지 말한 뒤 목소리를 낮추었다.

"다케치요라는 후계자의 어머니. 이 세상에 단 한 사람뿐인…… 그리운 그대를 찾아오는 모습."

"성주님……."

오다이는 저도 모르게 달려가 그 손에 매달렸다. 이마에 납빛 땀이 맺혔으나 그 손은 가냘프고 마음속에 스미는 싸늘함이 있었다. 히로타다는 오다이에게 손을 잡힌 채 방으로 들어갔다. 어린 종은 옆방으로 물러가고 흔들거리는 등불 빛이 두 사람의 그림자를 다다미에 어른거리게 했다.

뜰에서는 벌레들이 다시 울기 시작하고 히로타다의 숨결도 차츰 가라앉았다. 오다이는 히로타다의 손을 놓기가 무서웠다. 무섭게 거칠어진 뒤 끝없이 가라앉아 가는 히로타다의 마음을 잘 알고 있다.

히로타다는 자기 손을 놓지 못하고 푹 고개 숙이고 있는 아내에게 말했다.

"그대는…… 내 마음……을 알겠지?"

"네."

"나는 그대와 맺어지기에는 모자라는 사람이었어."

"아니에요, 아니에요, 분에 넘치는 분이에요."

"나는 내 약한 마음을 잘 알고 있어. 그대는 여장부, 그대는 여장부이니 그대 눈에 안타깝게 보일 거야."

"아니에요! 아니에요!"

오다이는 세차게 고개 저으며 그런 것을 알고 있는 히로타다가 가엾어 견딜 수 없었다.

"다케치요는 그대의 피, 그대의 기질을 타고났어. 틀림없이 나보다 강할 거야. 그 애는 울지 않거든. 요전에도……."

"네."

"뜰 한구석의 소나무 뿌리에서 기어나온 새끼 매미를 발견하고 잡으려다 마루에서 떨어졌다더군. 오사다가 깜짝 놀라 달려갔는데 그쪽은 돌아보지도 않고 원하는 것을 잡고 나서야 비로소 오사다를 돌아보았다는구려."

"어머나…… 울지도 않고."

"그뿐 아니라 방긋 웃었다더군."

오다이는 어느새 얼굴을 들고 히로타다를 지그시 쳐다보고 있었다. 다케치요를 만나지 못하는 슬픔이 컸지만 남편이 들려주는 그런 말을 들을 수 있는 행복감에 어느덧 눈시울이 뜨거워졌다.

히로타다도 같은 생각을 한 모양이었다. 그의 왼손이 어느덧 오다이의 어깨로 돌아갔다. 잡고 있는 오른손에 차츰 온기가 돌며 두근거리는 가슴의 고동도 함께 뛰는 게 느껴졌다.

"그대도 가리야의 노부모토 님이 오다와 뜻을 함께했다는 건 알고 있겠지?"

"……네."

"그 노부모토 님에게서 또 사자가 왔다는 건?"

오다이는 고개를 저었다.

"스기야마가 와서 나에게도 오다 편에 가담하라고 하더군."

오다이는 숨을 꼴깍 삼켰다. 히로타다가 또 흥분하지나 않을까 하고 가슴 쪽으로 눈길을 보냈다. 그러나 히로타다는 흥분하지 않았다. 더욱 차분한 목소리로 머리 위에서 고개를 끄덕였다.

"무리도 아니지. 후원자가 없으면 일어설 수 없는 세상이야. 오다냐, 이마가와냐. 그러나 어느 쪽이 이기고 어느 쪽이 질지는 나도 알 수 없어. 그렇다면 나는 선조 때부터의 의리를 지켜 경거망동해서는 안 되겠지. 그런 나의 고뇌를 이해해 주겠지?"

"네…… 네."

"다케치요를 위해, 되도록 온전하게 이 성을 남겨주고 싶어. 온전하게 남기는 것…… 이것이 나로서 할 수 있는 최대한의 일이라고…… 요즘 그것을 생각하고 있어."

오다이는 조용히 흐느껴 울기 시작했다. 이제 겨우 20살에 자신의 무력함을 깨달아가는 히로타다의 성숙함에 대꾸할 말이 없었던 것이다…….

히로타다가 다시 중얼거렸다.

"사람이 제 뜻대로 살아갈 수 있다면……."

오다이는 그것을 이 난세에 태어난 모든 사람들 마음의 소리라고 생각했다.

"나는 그대와 다케치요를 데리고 아무도 없는 산속에서 살고 싶다!"

"저도…… 저도 그러고 싶어요."

"하지만 그건 안 될 말. 그대는 이해해 줄 테지."
"네."
"다만…… 나는 그대와 헤어진 뒤의 쓸쓸함을 견뎌낼 수 있을지 그것을 가끔 생각해."
오다이의 눈썹이 꿈틀했다. 마침내 히로타다는 이혼 이야기를 꺼냈다. 각오하고 있었지만 피가 얼어붙었다. 어쩌면 히로타다가 한 오늘 밤의 난폭한 행동은 이 말을 꺼내기 위해 스스로를 채찍질한 허세였는지도 모른다.
"더 이상 자세한 사정은 설명하지 않겠어. 그대의 슬기는 이미 그것을 짐작하고 있을 거야…… 짐작하고 있을 테지?"
오다이는 대답하지 않았다. 이제는 울지 않으려 생각했고, 울게 하지 않으려고 게요인까지 일부러 찾아와준 것도 알고 있다. 그러나 여자의 감정은 그렇지 않은 모양이었다. 자기가 매달려 있는 이 무릎에 어쩌면 영영 안길 수 없게 될지도 모른다는 생각이 미치자 그만 냉정함을 잃었다. 히로타다가 자기에게 좀 더 박정했다면…….
오다이의 흐느낌이 높아지자 히로타다는 무엇에 홀린 듯 말이 빨라졌다.
"왜 이리 알아듣지 못하나? 이 히로타다는 그대보다 더 슬퍼. 그러니 참아줘! 아무튼 뜻대로 안 되는 게 뜬세상 일이야. 오늘이 이 세상에서의 이별이 될지도 모르겠어. 그렇지, 이별이 될 거야. 그러나 내세가 있잖아. 저세상이라는 곳이 있잖아. 그대가 없어지면 내 건강은 오래가지 못하겠지. 하지만 죽은 뒤 극락이라는 연꽃받침 위에서 그대를 기다리고 있겠어."
여기까지 말한 다음 갑자기 말투를 바꾸었다.
"이번 일로는 결코 가신들에게 지시받지 않겠어. 어디까지나 내 생각대로 말하는 거야. 알겠어? 이해해 줘."
오다이는 남편이 가엾어 더 울고 있을 수도 없었다. 히로타다의 말은 오다이를 타이르는 듯하면서도 모든 게 정말은 자신을 타이르고 납득시키려는 것이었다.
오다이는 얼굴을 들어 다시금 똑바로 히로타다를 쳐다보았다.
"성주님! 저는 성주님 얼굴을 눈에 새겨 넣고 가겠어요."
"오, 나도 그대 얼굴을 눈에도 마음에도 새겨 넣고 있어. 내 마음을 헤아려주구려."

오다이는 고개를 끄덕였다. 끄덕이면서도 눈길은 돌리지 않았다.
"부디 몸조심하시고."
"오……."
"그리고…… 그리고…… 한 번만 더 성주님 품에 안긴 다케치요를 만나게 해주세요."
"다케치요를……."
"만나게 해주세요! 한 번만 더 만나게 해주신다면 저는 결코 울지 않겠어요. 성주님, 왜 대답을…… 성주님……."
히로타다는 갑자기 오다이의 등에 얼굴을 대고 소리 죽여 울기 시작했다.

가을 천둥

구마 마을로 돌아온 나미타로에게 방문객이 이어졌다.

맨 처음 찾아온 것은 기치보시를 데리고 온 히라테로 나미타로와 두 시간 남짓 밀담을 나누었다. 밀담 내용은 아무도 알 수 없었지만 나미타로가 교토와 오사카에서 얻은 지식을 상세히 전해주었으리라는 것은 짐작할 수 있었다. 오다와의 이러한 접근으로 나미타로가 대체 무엇을 얻으려고 하며 무엇을 바라고 있는지 이것도 자세히는 알 수 없었다.

다만 그는 그 밀담을 나눈 뒤 한동안 비워두었던 신전에서 밤새워 기도를 올렸다. 히라테는 이 나미타로의 기도를, 노부히데와 기치보시 부자를 통하여 평화가 이루어지도록 기원한 것이라고 기치보시에게 알리고 신전으로 데리고 가서 타일렀다.

"이 집 주인은 남조의 모든 것을 맡고 있는 수도자로, 조정의 위세를 도련님 위에 내려주십사 빌고 있으니 삼가 귀 기울이셔야 합니다."

그 기치보시와 단둘이 되자 나미타로는 전혀 다른 말을 했다.

"기치보시 님은 지금 이대로 오다 가문의 뒤를 이을 수 있다고 생각합니까?"

3년 동안 키가 훌쩍 자라고 장난도 기질도 더욱 거칠어져 악귀 같은 눈을 하고 있는 기치보시는 11살 난 아이로는 생각되지 않을 만큼 날카롭게 되물었다.

"나에게 그만한 기량이 없단 말이냐?"

나미타로는 웃는 것도 웃지 않는 것도 아닌 여느 때의 조용한 표정으로 가만히 고개를 저어 보였다.
"그렇다면 어째서 그런 말을 묻지?"
"도련님은 좀 지나치게 영리하셔서."
"지나침은 모자라는 거나 같다는 훈계인가?"
나미타로는 고개를 끄덕였다.
"도련님에게는 형제분이 많으십니다. 노부히데 님은 도련님을 후계자로 삼으려 하시지만 그것을 탐탁지 않게 생각하는 분들도 계시지요."
"그러니 어리석어지라는 말인가?"
"또 앞지르시는군요. 그러시면 점점 더 적을 만들어 후계는커녕 목숨마저 위태로워집니다. 어리석어지십시오. 무슨 일에나 생각이 모자라는 것처럼 하십시오."
기치보시는 잠자코 나미타로를 노려볼 뿐 대답하지 않았으나 나미타로가 그를 위해 기도하는 동안 여느 때보다 얌전했다. 그리하여 기도가 끝나 물러갈 때는 나미타로의 마음을 읽은 듯한 말투로 입을 열었다.
"어리석게 보이되 그 어리석은 행위를 여태까지의 어리석은 자와는 다르게 하라……는 것이겠지?"
그러고는 덧붙였다.
"알았어. 잘 명심해 두지."
기치보시가 나고야로 돌아가고 나자 괴승 즈이후가 홀연히 찾아왔다. 즈이후는 이번에는 나미타로와 세상일에 대해 거의 이야기하지 않았다. 그는 드디어 그의 뜻대로 온 일본의 무장을 불제자로 만들기 위해 길을 떠날 모양이었다. 오사카에서 만났던 미즈노 노부치카와 오토시의 사랑의 도피 따위는 잊어버린 모습으로 사흘을 묵고 다시 담담하게 어디론지 떠나갔다.
그 밖에 가까이 사는 그의 부하 같기도 하고 아닌 것 같기도 한 방문객이 4, 5명 찾아온 뒤 가리야 성주 노부모토에게서 오랜만에 사자가 찾아왔다. 노부모토가 보낸 사자는 나미타로가 알지 못하는 30대 사나이였다. 어쩌면 아버지 다다마사가 세상 떠난 뒤 들어온 총신인지도 몰랐다. 싸리나무가 많은 구마 도령의 집으로 들어오자 주군의 체면을 생각해서인지 사내는 연방 옷깃을 여미었다.
서원으로 안내되어 나미타로와 마주 앉자 거만하게 이름을 댔다.
"아쿠타가와 도마(芥山東馬)라고 하오. 잘 부탁드리오."

그러고는 주인 노부모토가 나미타로를 얼마나 그리워하고 있는지 누누이 설명했다.

"선친과는 비교도 안 되는 명군이신 분의 총애를 받으니 행복하시겠소."

손아래 나미타로를 어르는 투로, 노부모토가 일부러 나미타로를 성안에 초대하여 모레 보름날 함께 국화 구경을 하고 싶어 하니 고맙게 여기라는 말을 했다.

나미타로는 도자기처럼 냉랭한 표정으로 대답했다.

"그날은 달리 찾아올 손님도 있고 하니 다음 기회에 뵙겠다고 노부모토 님께 말씀 잘 전해주시오."

사자는 눈을 크게 떴다. 공물을 면제받고 있다고는 하나 영내 백성이 아닌가. 그렇건만 영주의 초대를 거절한다는 것은 그로선 있을 수 없는 일로 여겨졌다.

"허 참, 뜻밖이군요. 주군께서 각별히 말씀드리라고 일부러 나를 보내셨는데 거절하신다면 실례가 아니오? 선약 같은 건 취소하시오, 취소해요."

나미타로는 쌀쌀하게 고개를 저었다.

"선약을 취소하는 건 실례가 안 된단 말씀이오?"

"사람에 따라서지요. 이쪽은 영주님 아니오."

"그렇다면 선약한 분에게 영주님 명령이시니 양해해 달라고 사람을 보내지요."

나미타로는 손뼉을 쳐서 무녀를 불러, 사자에게 가볍게 목례한 다음 말했다.

"보름날 제사를 영주님 명령으로 취소하겠다고 사자를 보내야겠으니 곧 채비하도록 하여라. 사자를 보낼 곳은 후루와타리의 오다 노부히데 님, 그리고 안조성에 계시는 노부히로(信廣) 님 부자이시다."

사자의 얼굴빛이 싹 달라졌다.

"무엇이! 자, 잠깐만 기다리시오."

물러가려는 무녀를 불러 세웠다.

"선약이란 노부히데 님 부자였소?"

나미타로는 상대의 시선을 피하며 뜰의 싸리를 바라보았다. 그 싸리 사이로, 얼마 전 미친 채 아이를 낳았다는 누이 오쿠니의 모습이 떠올랐다. 그러자 별안간 자신이 싫어졌다. 이러한 빈정거림으로 오쿠니의 원한을 드러내는 자기가 너무도 속 좁고 하찮게 생각되었다.

나미타로는 파랗게 질려 있는 사자를 돌아보고 그제야 웃었다.

"오다 님 부자와의 선약을 노부모토 님 명령으로 취소했다고 하면 노부모토 님이 곤란하실 거요. 아마 나에게 무슨 용건이 있어서 부르시는 것일 테니 오늘 당장 성으로 들어가지요."

그런 다음 무녀를 돌아보며 가볍게 말했다.

"이제 됐다. 볼일이 없어졌어."

노부모토의 사자는 나미타로보다 한발 앞서 허둥지둥 성으로 돌아갔다.

나미타로는 말구종에게 고삐를 잡게 하여 구마 저택을 나와 오랜만에 주변의 가을 경치에 눈길을 옮겼다. 후지(富士)산이 또렷이 보였다. 구름이 감청색 사이로 아름답게 비쳐 보이고 발밑에는 들국화가 만발해 있었다.

'어느덧 100년이나 싸움이 계속되고 있다…….'

거짓말 같은 기분이 들었지만 가을 경치 속에 점점이 흩어진 농가의 초라함이 무엇보다 뚜렷이 그것을 나타내고 있다.

백성들은 이제 이 세상에 싸움이 끊이지 않을 것으로 생각하고 있다. 헤이안(平安) 시대나 나라(奈良) 시대의 평화는 한낱 꿈이 되어버려 그들은 이 세상을 고해(苦海)라 부르고 있다. 이 세상이 고통의 연속이라면 아이를 낳는 것은 죄악이다. 태어난다는 것은 재난이 아닐 수 없었다. 나미타로는 말 위에서 저도 모르게 한숨지었다.

곤타이사(金胎寺) 숲에서는 새들이 줄곧 지저귀고 있었다. 벼농사도 풍년이었다. 무사 집 담장 너머로 보이는 소나무도 해마다 가지가 뻗어나고 가을 풀들은 삶을 즐기고 있는 듯했다.

'왜 사람만이 고해에 살지 않으면 안 되는 것일까…….'

이상한 생각이 들었으나 이상한 일은 아니었다. 다른 동식물처럼 자연에 순응하지 않고, 자기들이 자연으로부터 생명을 부여받은 사실조차 어느새 잊어버리고 있다. 저마다 마음대로 계급을 만들고 영토를 정하여 무고한 희생을 서로 강요하며 한탄하고 있다.

'그 어리석은 생각을 인간은 대체 언제 깨달을 것인가.'

그때까지 싸움이 그치지 않으리라 생각하니 또 한숨이 나왔다.

부처님은 그 싸움의 원인이 인간의 소유욕에 있음을 꿰뚫어보고 스스로 먼저 지위도 권력도 버리고 벌거숭이가 되었다. 마찬가지로 일본 황실에서도 신의 뜻에 따라 자연을 거스르지 말고 살도록 제사를 통해 가르침받고 있다. 그러한 지혜는 이제 구름에 가려 흔적도 보이지 않았다. 인간들은 한 치 땅을 제 것으로 만들려고 싸울 뿐 아니라 자연이 평등하게 낳아놓은 같은 인간까지도 자기 가신으로 소유하려 한다. 세상에 부모 형제 관계는 존재해도 주종 관계는 있을 수 없다. 초목에 주종이 있을 것인가. 산야에 주종이 있을 것인가, 새에 주종이…….

여기까지 생각했을 때 창을 든 무사들이 우르르 나미타로 앞을 가로막았다.

"말에서 내려라. 여기가 어딘 줄 아느냐?"

정신이 들고 보니 그곳은 성 정문이었다. 아랫성을 지나 별성을 빠져 본성까지 가려면 10정 가까운 거리였다. 아버지 다다마사 때는 여기서 말을 내리게 하지 않았었다.

'노부모토 따위가 이렇듯 거만해지다니.'

만백성을 보배라 부르며 자식처럼 여기던 예부터의 도덕은 이제 무력 앞에 무릎 꿇고 말았다. 그리고 약자는 대부분 기꺼이 그 무력에 종사했다.

'불쌍한 놈!'

나미타로는 말에서 내려 상대에게 고삐를 주고는 유유히 앞자락을 걷었다. 그리고 해자를 향해 오줌을 누었다. 감히 이런 짓을 하는 자가 없었으므로 부하들은 얼굴을 서로 마주 보며 잠자코 있었다.

노부모토는 새로 지은 큰 서원에서 나미타로를 맞았다. 구마 저택에 다닐 때보다 좀 살찌고 말씨와 눈길도 날카로움을 감추고 있었다.

"오, 도령이 오셨군. 그대는 전과 조금도 달라지지 않았어. 무슨 불로장수의 명약이라도 먹고 있소?"

반가운 듯 눈을 가늘게 뜨더니 이번에는 엄하게 가까이 있는 사람들을 물리쳤다.

"생각해 보니 그 뒤로 3년이 지났구려. 참 빠르기도 하지."

"그렇습니다."

"그때는 여러 가지로 폐를 끼쳤네. 나는 지금도 가끔 오쿠니를 생각하지."

나미타로는 대답 대신 새 벽장에 그려진 초록빛 박하잎을 보고 있었다.

"가을은 사람에게 무언가 생각하게 한다고 누군가 말했지만, 나도 자네가 그리워서 오랜만에 함께 국화나 구경할까 했지…… 그러나 선약이 있다니 어쩔 수 없는 일이지."

노부모토는 여기서 문득 목소리를 낮추었다.

"오쿠니는 정말 안됐어!"

나미타로는 시선을 슬쩍 들어 상대를 쳐다보았다. 미움도 연민도 내색하지 않는 거울같이 차고 맑은 눈이었다.

"어쨌든 나는 이제 이 성의 주인이야. 조금만 더 조신하게 있어주었더라면 지금쯤 성으로 맞아들였을 텐데. 아무튼 쿠니 혼자만의 죄는 아니지만. 노부치카 놈이 잘못했지."

나미타로는 노부모토가 불쌍해졌다. 이런 거짓말을 자꾸 쌓아올리다가 대체 어디서 마음의 위안을 구하려는 것일까?

나미타로의 표정이 조금도 움직이지 않는 것을 보고 노부모토는 팔걸이에서 몸을 내밀었다.

"아니, 이것은 노부치카도 나무랄 수 없어. 그 애는 나와 오쿠니의 사이를 몰랐을 걸세. 그렇다면 죄는 오쿠니의 아름다움에 있다고나 할까."

"……."

"어떻든 가슴 아픈 일이었어. 나는 국화를 볼 때마다 오쿠니의 모습이 생각난다네, 커다란 흰 국화 향기 속에 그녀의 혼백이……."

"노부모토 님."

"오—"

"용건을 말씀하시지요."

"이거 참, 생각 없이 이야기했군. 오쿠니에 대한 일은 서로 괴로울 뿐이지. 그러나 오늘 할 이야기는 실은 그 일과 전혀 상관없는 것도 아닐세."

"그러시면?"

"자네도 누이가 소중하겠지. 나도 그렇네. 실은 오카자키로 출가한 오다이에 관한 일인데……."

노부모토는 한층 더 목소리를 낮추었다.

"아마도 히로타다와 이혼하기로 결정된 모양일세."

나미타로는 시선을 다시 노부모토에게로 돌렸다.

"이유는 말하지 않아도 알겠지. 나와 오다 님과의 관계를 오카자키에서 도무지 마음에 들어 하지 않는 모양일세. 그래서 자네한테 부탁이 있는데."

"……."

"이 이혼 이야기에 가담한 오카자키의 중신들 말인데, 겉으로는 자기들 탓이 아닌 것처럼 꾸며 반드시 우리 영토 안까지 오다이를 전송할 게 틀림없어……."

노부모토가 여기까지 말하자 나미타로의 얼굴에 홍조가 떠올랐다.

"거절하겠습니다!"

"뭐, 거절한다고?"

"그렇습니다."

"거참, 이상한 일이로군. 나미! 나는 아직 용건을 다 말하지 않았어."

"말씀하지 않아도 알 수 있지요."

"어떻게 아는가?"

"신의 알림으로—"

노부모토는 신음했다.

"음."

본디 성급한 노부모토였다. 이것저것 배려하면서 이야기하고 있는데, 그 말을 미처 다 하기도 전에 거절당해서야 그냥 끝날 리 없었다.

"그런가? 신불을 들먹이는데야 어쩔 수 없지. 자네는 신을 모시는 몸이니."

"그렇습니다."

"좋아, 물러가게! 그러나 나미, 자네는 그러고도 내 영내에서 살 작정인가?"

"애초부터 살고 있지 않습니다."

"뭐……뭐……뭐라고? 내 영내에 살고 있지 않다고?"

나미타로는 큰 소리로 껄껄 웃어젖혔다. 오쿠니의 얼굴이 아른거리며 가슴속의 분노가 한꺼번에 폭발했지만 생각해 보니 점잖지 못한 일이었다. 신은 모든 인간을 위해 땅을 내렸지 개인을 위해 주지 않았다. 그것을 누군가가 제 것으로 만들려 하기 시작했을 때부터 그 신벌로 '싸움—'을 내렸다. 그 철리(哲理)를 지금 여기서 노부모토에게 설명한들 무슨 소용이 있겠는가.

"제가 있는 곳은 오다 님도 공물을 면제해 주시는 곳……이라는 뜻일 뿐입니다. 하하…… 너무 허물없어 그만 농담이 지나쳤군요. 그럼—"

나미타로는 공손히 절하고 일어섰다.

노부모토는 물어뜯을 듯한 눈으로 가만히 지켜보더니 나미타로의 모습이 복도로 사라지자 비로소 으드득 이를 갈며 손뼉 쳤다. 그러고는 시종이 나타나기도 전에 자리에서 벌떡 일어나 급히 마루로 나갔다.

"아쿠타가와, 게 없느냐? 아쿠타가와, 신발을 가져오너라."

아쿠타가와가 하인 차림으로 마루에 다가오자 짤막하게 말했다.

"구마의 애송이를 무사히 돌려보내선 안 된다! 너는 귀가 밝으니 우리 이야기도 들었겠지?"

아쿠타가와파의 이 닌자는 태연한 얼굴로 고개를 끄덕였다.

"주군, 실수하셨습니다. 이건 남에게 이야기할 게 못 됩니다."

"바, 바, 바, 바보 같은 놈!"

한바탕 퍼부어대려 할 때 손뼉 소리를 들은 측근무사가 서원으로 들어오고 있었다. 노부모토는 당황하여 아쿠타가와한테서 떨어졌다.

"부르셨습니까?"

장지문가에 손을 짚고 엎드린 측근무사를 노부모토는 꾸짖었다.

"불렀으니 왔을 게 아니냐!"

그러고는 큰 걸음으로 방 안을 빙빙 돌기 시작했다. 꼴사나운 모습을 가신들에게 보여서는 안 된다—고 생각하면서도 노부모토는 보료 위에 곧 앉을 수 없었다.

'어떻게 한담? 나미타로와—오카자키의 늙은이들을……?'

측근무사가 재촉했다.

"분부하십시오."

노부모토는 한참 동안 방 안을 서성거린 뒤 가까스로 가슴의 분노를 가라앉혔다. 나미타로가 전처럼 자기 명령에 순순히 따르리라고 생각한 것은 잘못이었던 것 같았다.

'그때는 나미타로에게 야심이 있었지.'

누이를 이 성안에 들여놓아 일족으로서의 영달을 바랐을 터인데 오쿠니의 죽음으로 안개처럼 사라져버렸다. 더구나 그 나미타로는 지금 이상한 힘으로 오다에게 접근하고 있었다. 신을 모시고 신의 이름을 입에 담는 간사한 인물이니 어쩌면 자기보다 더 노부히데를 잘 움직일 요령을 터득하고 있는지도 모른다.

'조심해야겠어!'

냉정해질수록 나미타로의 존재가 기분 나빴다. 화내는 일도 머뭇거리는 일도 없다. 언제나 가만히 상대의 마음속을 주시하고, 거침없이 소리 내며 흐르는 물과 같을 뿐이었다.

'무서운 놈!'

그 두려움은 이윽고 오카자키에 대한 또 하나의 노여움에 기름을 붓는 결과가 되었다. 나미타로는 힘을 가지고 있다. 노부히데를 움직이는 치밀한 두뇌와 앞을 내다보는 안목을 갖추고 있다. 거기에 비해 히로타다는 어쩌면 그토록 어리숙하고 답답하단 말인가.

노부모토는 이미 자신의 출세를 위해 히로타다의 중신을 베려 했던 일은 잊어버리고 새삼스레 초조해졌다. 자기에게 대항하여 오다이와 이혼하려는 것이 분수를 모르는 불손함, 용납할 수 없는 무례로 느껴졌다.

"아직 거기 있었느냐?"

노부모토는 그제야 마루 끝의 밝은 햇살로부터 문 앞에 있는 부하에게 눈길을 옮겼다. 이미 목소리는 평정을 넘어 위장되어 있었다.

"스기야마를 불러다오. 스기야마에게 시킬 일이 있다."

부하는 절하고 물러갔다. 노부모토는 다시 마루로 나가 석남꽃 덤불 저쪽을 향해 손짓했다. 아쿠타가와가 다시 천연덕스러운 표정으로 손을 비비며 나타났다.

"부르셨습니까?"

"아쿠타가와."

"예."

"지금 여기 스기야마를 불러 명령할 것이 있다."

"예."

"스기야마는 아버님이 총애하시던 모토에몬(元右衛門)의 아들이다. 내 명령을 충실히 지키는지 잘 감시해라."

"예."

"그리고 스기야마가 충실히 움직이더라도 실수가 있을 경우의 대비도 하고 있도록."

"그러시면 오카자키의 히로타다 님을 기습해서 목이라도?"
노부모토는 깜짝 놀라 고개를 저었다. 기습해 목을 베어올 만큼 히로타다에게 아직 증오를 느끼지는 않았다.
"언제나 성급하군. 내가 스기야마에게 명령하는 것을 잘 들은 다음……."
이렇게 말하고 노부모토는 하늘을 쳐다보았다.
"하늘이 개었구나. 보아라, 아쿠타가와, 하늘의 푸름이 그대로 흘러내려 도라지꽃이 되었군."
뒤에서 스기야마가 다가오는 발소리를 알아차리고 짐짓 유쾌한 듯 일곱 가지 초목이 심어진 정원으로 눈길을 보냈다.
스기야마에게는 노부모토의 말이 바늘처럼 따끔하게 들렸다. 하늘은 맑게 개어 있었다. 그러나 결코 전체적인 푸름이 아니고 동산 왼쪽에서 가을치고는 보기 드문 소나기구름이 뭉게뭉게 피어오르고 있다.
'어쩌면 천둥이 칠지도 모르겠는걸.'
영주 집안에서 세대가 바뀌면 중신들은 언제나 방황한다. 사랑받던 자는 물리쳐지고 물리쳐졌던 자는 주인에게 그때까지의 불만을 이것저것 호소한다. 섬기는 자로서는 그때마다 주인의 눈치를 살피지 않으면 안 되었다.
스기야마도 아버지 모토에몬이 중용되었던 뒤이니만큼 이것저것 마음 써야만 했다.
"주군, 스기야마 대령했습니다."
아버지 모토에몬이 그대로 가장으로 있었다면 물론 쫓겨났을 것이다. 주인 쪽의 세대가 바뀜과 동시에 모토에몬도 물러나 스기야마에게 뒤를 잇게 한 것은 이러한 폭풍에 대비한 호신책이었다.
"오, 스기야마, 이리 가까이 오너라."
노부모토는 성큼성큼 자리로 돌아갔다.
"오다이가 오카자키로 갈 때 아마 자네 누이가 따라갔었지?"
"예, 그렇습니다."
"이름이 뭐였던가?"
"고자사입니다."
"그래, 고자사. 그 아이는 오카자키에서 가련하게 쫓겨왔지. 그러나 이제 고자사의 일로 끝날 수 없게 되었어."
스기야마는 노부모토의 마음을 헤아릴 수 없어 다다미에 두 손을 짚은 채로 있었다.
"걱정할 건 없다. 나는 그대를 책망하는 것이 아니야. 그대는 오카자키에 사자로 갔었다. 그런데 히로타다는 내 충고를 받아들여 오다에 가담하려고 하지 않는다."
스기야마는 주인 어깨 너머로 소나기구름의 움직임을 흘끗 쳐다보았다. 빠르게 움직이고 있다. 이미 창문의 절반은 기분 나쁜 납빛으로 물들고 거기에 빛이 어지럽게 비치고 있다.
"나는 그대가 히로타다를 설득한 방법이 잘못되었다고는 생각지 않아. 히로타다가 어리석어서 그렇지."
"죄송합니다."
"죄송할 것 없어. 그러나 그대도 분했겠지. 아무리 생각해도 무례하기 이를 데 없어."
"……예."
"고자사를 추방하고, 사자로 간 그대의 체면을 짓밟고, 이번에는 또 오다이의 이혼을 통고해 왔다."
"역시 이혼을……."
"그대의 분함이 바로 나의 분함—이것을 그대로 내버려둬도 좋다고 생각하느냐?"
스기야마의 어깨가 꿈틀하며 거칠게 물결쳤다.
"그냥 내버려둘 수 없지. 본때를 보여주지 않고는 가리야의 체면이 말이 아니다. 그래서 그대에게 큰 임무를 명하겠다."
훌륭한 장수는 결코 그 신하를 사지(死地)에 몰아넣지 않는다. 그렇건만 노부모토는 먼저 분하다는 말을 내세워 어려운 일을 명령했다.
'죽이라는 수수께끼인 것일까……?'
스기야마가 문득 생각했을 때 노부모토는 기분 나쁘게 목소리를 낮추어 명했다.
"알겠나? 오다이를 전송하여 한 발이라도 내 영내에 들어오는 자가 있다면 용납하지 말라. 10명이 들어오거든 10명 다 베어라. 100명이 들어온다면 100명을 다 베어라. 그것이 히로타다에 대한 나의 인사다. 만약 한 사람이라도 무사히 오카자키로 돌려보낸다면 그때는 그대의 집안이 없어지는 줄 알아라."

끝내 번개구름이 창문을 가렸다. 그래도 빛은 그 절반쯤 되는 면적에 남아 있는데 번쩍하고 번갯불이 날카롭게 창턱을 두드리고 천둥이 멀리서 우르릉 하늘을 뒤흔들었다.

"예!"

스기야마는 주인에게라기보다 그 가을 천둥에 대답하듯 머리를 숙였다. 오카자키에서 오다이의 인망이 얼마나 두터웠는지 고자사에게 들어서 잘 알고 있었다. 그 오다이가 어지러운 세상의 희생자가 되어 오카자키에서 쫓겨오는 것이다. 이별을 아쉬워하며 전송하는 자가 많이 있을 게 틀림없다.

"황송하오나……."

우선 경건하게 명령을 받들고 나서 스기야마는 자기 집안에 닥쳐올 거센 바람을 생각했다.

"만일 그때, 저쪽에서 아씨를 해치려 하면 어떻게 할까요?"

"오다이를 해친다고……? 오다이를 볼모로 삼아 죽이겠다고 협박할 경우 말인가?"

"송구하오나 틀림없이 그렇게 되리라 생각합니다."

"그때는 사정을 두지 말라."

"예?"

"오다이는 일단 오카자키에 보냈던 사람, 사정 볼 것 없다……."

"그러시면 아씨께서 무슨 일을 당하시든 그냥 상대에게 덤벼들라는 말씀입니까?"

"무사 집안의 고집이다. 인정사정 볼 필요 없다—"

단호하게 말한 뒤 혈육에 대해 너무 가혹하다고 생각했는지 덧붙였다.

"스기야마, 나의 분한 마음을 헤아려다오. 물론 오다이는 가엾다. 하지만 그대로 두면 오카자키는 가리야를 멸시하고 무슨 일을 저지를지 모른다."

스기야마는 다시 공손히 머리를 숙였다. 왠지 소름 끼치는 생각이 드는 것은, 오다이의 가련함과 자기 집안의 애절함이 함께 연상된 탓이었다. 은거하고 있는 아버지에게 이야기하면 분명 그 청을 받아들이지 말라고 하리라. 오다이는 전 주군이 깊이 사랑하던 딸이다.

"떠돌이무사가 되어도 할 수 없지. 전 주군께 죄송하다."

아버지의 목소리를 멀리 어디선가 들으며 스기야마는 다시금 황공한 듯 노부모토를 쳐다보았다.

"인원은 얼마나 데리고 갈까요?"

"200명쯤 데리고 가도록 해라."

"200명……."

"아니, 300명은 동원해야겠군. 그들을 영내 경계선 온 지역에 매복시켜 두어라."

"예."

"그러나 일을 너무 서두르지는 마라. 되도록 깊숙이 유인한 뒤 시작해야 한다. 몇 번이고 습격하여 한 사람도 살아서 돌아가지 못하도록 깨끗이 처리해라."

빗방울이 뚝뚝 떨어지더니 번갯불이 다시 가로세로 번쩍이며 귀청이 찢어질 듯 요란하게 벼락이 떨어졌다.

두 사람은 저도 모르게 창밖으로 시선을 옮겼다. 처마 끝의 낙숫물받이에 마취목(馬醉木)이 옆으로 쓰러져 있었다. 그 그늘에서 아쿠타가와는 중얼거렸다.

"흥, 스기야마 님이 놓친 송사리를 베는 것이 내 일이란 말인가?"

그리고 불만스러운 역할에 혀를 차면서 처마 밑으로 느릿느릿 들어가 비를 피했다.

별리(別離)

스고강 바닥은 싸늘하게 맑았으며 가고사키(籠崎)의 모래사장에는 오늘 아침까지 가을비가 내리고 있었다. 후로타니 골짜기에서 들려오는 듯한 여우 울음소리가 두세 번 귓전에 울리자 닭 울음소리가 멎고 저택 안은 싸늘한 정적에 싸였다.

사카이는 무기창고의 지붕을 빠르게 흘러가는 아침 안개를 보고 걸음을 멈추었다.

"벌써 가을이구나……."

불쑥 입 밖으로 나온 말의 불길함에 저도 모르게 주위를 둘러보았다. 오늘은 오다이가 이 성을 떠나는 날이다.

'마님은 양기(陽氣)를 지니고 시집오셨었는데…….'

다시금 문득 나오려는 한숨을 누르며 고개 저었다.

'생각하지 말아야지…….'

그는 이 집에서 오다이를 맞이했다. 그리고 이 집에서 다시 오다이를 떠나보내려 하고 있다. 인간 세상의 슬픔이라기보다 더 준엄한 감정이 가슴을 적셔 자칫하면 몸을 가누지 못해 비틀거릴 것만 같았다.

그는 먼저 현관 안팎을 돌아보고 다녔다. 하인 셋이 부지런히 길을 쓸고 있다. 쓸고 지나간 자리에 이따금 낙엽이 다시 떨어져내렸다.

"수고하네, 수고해."

하인의 인사에 답하면서 그는 밤새 세우게 한 문밖의 대나무 울타리를 살펴보고 다녔다. 출가해 올 때도 그랬지만, 이혼당하여 떠나가는 오다이를 전송하려고 오늘도 가신들과 아낙네들이 모여들 게 틀림없었다. 감정이 북받쳐 오다이의 소맷자락에 매달리는 이가 있거나 하면 자식을 두고 가는 오다이의 마음이 어지러워진다.

'이제 겨우 17살이시니…….'

히로타다는 오다이에 대한 애정을 가신에게까지 굳이 감추려 애쓰고 있다. 이마가와의 눈치를 보는 어려움 외에 가리야에 지지 않으려는 심정도 있었다.

"뭘, 그까짓 여자 하나 가지고."

어린아이 같은 태도 속에 자신의 비탄을 가신들에게 보이지 않으려는 필사적인 노력이 깃들어 있다. 오다이가 이성을 잃게 되면 이러한 히로타다의 마음 씀은 헛일이 된다. 떠나는 어미 새의 자세는 뒤에 남는 다케치요에게 그대로 그림자를 드리우기 때문이다.

'—과연 도련님의 어머니라 씩씩하시구나…….'

이런 인상을 남기게 하고 보내는 것이 오다이에 대한 도리라고 생각되었다.

"새삼스레 말할 것도 없지만 누구든 마님께 매달리는 자가 있으면 삼가라……고 꾸짖도록 해라."

문밖 청소를 점검하고 있는 청지기 오다(小田)에게 다짐을 두자 그는 시무룩하게 되물었다.

"그래도 다가가는 자가 있으면 어떻게……."

함께 목화를 심고 베짜기를 배운 아낙네들이 오다이에 대해 품고 있는 흠모의 정을 알기 때문이었다.

사카이는 가슴이 메어, 다시 문안으로 발길을 돌리면서 말했다.

"그럴 때는…… 주군의 심기를 상하게 하여 이혼당한 거라고 말해."

차츰 안개가 개고 있었다. 구실잣밤나무잎에서 이슬이 뚝뚝 떨어졌다. 사카이는 그 이슬 아래로 나아가 오다이가 오카자키에서의 마지막 꿈을 꾼 별채 쪽으로 걸어갔다.

아직 해는 뜨지 않았다. 막 일어난 어린 종이 부엌에서 아침을 짓느라 연기를 피워올리고 있었다. 그는 그쪽에는 말도 건네지 않고 시들어가는 늦게 핀 백일홍

나무 밑으로 돌아가다가 흠칫 걸음을 멈췄다.

바로 눈앞에 오다이가 쪼그리고 앉아 있었다. 머리는 벌써 단정하게 빗어져 있었다. 화장한 것 같아 보이지는 않았으나 옆얼굴이 향기로울 만큼 탐스럽고 눈두덩이 좀 부어 있었다. 부르려다가 그는 살며시 몸을 뒤로 물렸다.

오다이는 턱 밑에 하얀 손을 모아 쥐고 있었다. 그 방향에는 후로타니에 자리한 다케치요의 거처가 있었다. 무엇을 빌고 있는지, 뒤에 그가 와서 선 것도 모르고 가만히 앞만 응시하고 있다.

사카이는 한 걸음 더 물러나 백일홍나무에 다가가 손을 짚었다. 목덜미에 꽃과 이슬이 함께 떨어져내려 슬픔이 짜릿하게 마음속으로 스며들었다.

'—운명…….'

그것과 정면으로 얼굴이 마주친 느낌이었다.

이 젊은 어머니는 여기 갇힌 뒤 다케치요를 한 번도 만나지 못했다. 만나게 해달라고 히로타다에게 졸랐던 것을 그는 알고 있었다. 만나게 해주려면 방법은 얼마든지 있었다. 유모 오사다가 데리고 사카이 부인을 방문하는 것처럼 하면 되었다.

그러나 히로타다는 허락하지 않았다. 자신은 대나무 울타리를 베면서까지 찾아가면서도 다케치요를 만나게 해주면 오다이를 일부러 이곳에 가둔 의미가 없다고 생각하는 모양이었다.

오다이의 기도가 끝나기를 기다려 사카이는 다가갔다.

"마님."

오다이는 깜짝 놀라 사카이를 돌아보았다.

"끝내 이별할 날이 왔습니다."

말해놓고 사카이는 당황하여 물들기 시작한 동녘 구름 쪽으로 시선을 돌렸다.

"이별을 아쉬워하며 아낙네와 하인들이 문 앞으로 많이 밀려들 것입니다. 그때 잘 눈여겨보십시오."

"무엇을 보라는 말인가요?"

맑은 목소리였다. 슬픔과 싸워 이미 그것을 이겨낸 울림이었다. 가슴이 뜨거워지는 것과 반대로 사카이의 목소리는 굳어져갔다.

"많은 여자와 아이들 속에 섞여 무심하게 마님을 전송하는 이가 한 사람 있을 겁니다. 스고강 성벽 옆 큰 팽나무 밑에서 오사다 님에게 안겨."

"다케치요 말인가요, 사카이 님?"

"글쎄요, 그것은 모르겠습니다."

"다케치요에 대한 일이라면 염려 마세요."

"그러시면 안 만나시겠다는……."

"사카이 님."

"예."

"그 마음씨는 참으로 고마워요. 하지만 나는 구원을 얻었어요. 이 눈으로 보고 만나는 일만이 만남이 아니라는 것을 깨달았어요. 다케치요……와는 줄곧 마음 속으로 만나고 있어요."

그는 참다못해 두세 걸음 다가섰다.

"마님…… 제가 오히려 당황되는 것 같습니다. 용서하십시오. 용서하십시오."

"신세 많이 졌어요. 이곳을 떠날 때는 남의 눈도 있고 하니 말할 수 없을 거예요. 깊이 감사드리겠어요."

오다이는 성큼 일어나 짧은 소맷자락을 안듯이 하며 허리를 굽혔다. 출가해 올 때는 인형처럼 보였건만 이제는 사카이가 옷깃을 여며야 할 만큼 기품과 침착함을 지니고 있다.

"마님, 아무 말씀도 마십시오. 다만 저희들 힘이 아직 미치지 못하는 형편이라 의리라는 게 원망스러울 따름입니다. 그 대신……."

그는 기를 쓰는 어린아이 같은 태도로 가슴을 쳤다. 그렇게 하지 않고는 견딜 수 없을 만큼 그의 가슴은 슬픔으로 미어지고 있었다.

"다케치요 도련님은…… 다케치요 도련님은 저희가 맡겠습니다! 오카자키의 중신들이 목숨 바쳐 반드시 이 나라 으뜸가는 무장으로 키워드리겠습니다."

"오, 해가 뜨는군요. 저 푸른 하늘!"

"마님!"

"사카이 님이랑 여러분에게 반드시 밝은 해가 비칠 거예요."

오다이는 웃지 않았지만 우는 얼굴도 보이지 않았다. 남의 눈에 띄면 히로타다의 마음을 배반하는 것이라고 생각한 모양이었다. 가벼운 목례를 남기고 곧 별채로 사라졌다.

출발은 그로부터 세 시간 뒤인 오전 8시였다. 가는 길은 사카이의 집을 나와 스고 망루로 해서 강을 따라 부정문(不淨門)으로 돌아가게 되어 있다. 표면상으로는 어디까지나 좋지 못한 일로 이혼당하여 쫓겨가는 형식이라 가리야에서는 마중도 오지 않았다.

"오빠 노부모토의 잘못이 크므로 이혼해 돌려보낸다."

오다이의 이혼으로 같은 마쓰다이라 일족인 히로이에(廣家)에게 출가한 오다이의 언니 오센도 이날 함께 가리야로 돌려보내지게 되었다.

7시가 되자 사카이의 집 뒷문 앞에 사람들이 모여들기 시작했다. 아낙네들은 얼굴을 가리지 않았지만 남자는 모두 삿갓을 쓰고 있었다. 맨 처음 온 자는 그 어깨너비로 누구나 다 짐작할 수 있는 오쿠보 신파치로였다. 그는 아낙네들 사이를 마구 헤치며 대나무 울타리 앞으로 나가 몸을 구부려 짚신 끈을 단단히 조였다. 호송자 뒤를 따라 오다이를 전송할 작정인 것이다. 다음에는 이 집 주인 사카이가 역시 짚신을 신고 나와 신파치로의 차림새를 보고 빙그레 웃었다.

가마는 스고문 밖에 대기해 있어 오다이는 거기까지 걸어가게 되었다. 표면적인 호송자는 가네다 쇼유(金田正祐)와 아베 사다지(阿部定次) 두 사람이었으나, 이윽고 모여든 사람들 가운데 아베 오쿠라와 이시카와와 신파치로도 섞여 있었다.

오다이가 나오자 먼저 아낙네들 사이에서 흐느낌 소리가 일었다.

"가엾으셔라. 신도 부처님도 안 계신단 말인가?"

"정말이야, 저렇듯 훌륭하신 분을."

"성주님은 너무 슬퍼하셔서 병나셨대요."

여자들은 어느새 사건의 진상을 알고 오다이가 걸어나오자 목 놓아 울었다. 오다이는 그 여자들 속에서 게요인의 모습을 찾았다. 자기와 다케치요의 덧없는 인연도 슬펐으나 어머니와 자기의 처지도 견딜 수 없었다.

스고문 성벽을 나서려 할 때 날카로운 소리를 지르며 달려오는 한 여자가 있었다.

"마님!"

"보게, 흉한 모습 보이면 안 돼!"

가네다가 소리 질렀지만 매달린 여자를 떼어놓지는 않았다. 반대로 두 사람에게 등 돌리고 주위 사람들을 막았다.

“조용히들 하시오.”

여자가 내전의 노녀 스가이므로 오다이는 저도 모르게 발을 멈췄다. 유리와 고자사가 가버린 뒤부터 내전에서는 이 노녀만이 변함없는 오다이의 충복이었는데, 그 스가가 가리키는 쪽을 보다가 오다이는 깜짝 놀랐다.

‘오! 다케치요…….’

그렇게 생각하는 순간 안고 있는 여자가 누구인지 알아보았다. 그것은 유모인 오사다도 가메조도 아니었다. 측실 오히사였던 것이다. 오히사는 다케치요를 치켜든 모습으로 큰 팽나무 아래 서 있었다. 그녀 역시 표정이 창백하고, 두 눈에 반짝이는 게 보였다.

그뿐만이 아니었다. 그녀 오른쪽에는 6살 난 간로쿠가 서 있고 왼쪽에는 다케치요와 동갑인 게이신이 하녀 만에게 안겨 나란히 있었다. 이것은 보기에 따라 여러 가지로 해석될 수 있다. 오다이에게 히로타다의 사랑을 뺏긴 오히사가 오다이의 불행을 조롱하고 있는 것 같기도 하고 그 반대인 것 같기도 했다.

‘당신의 괴로움을 충분히 이해합니다.’

그러나 이러한 동정치고는 얼굴빛이 너무 창백했다. 따라온 중신들 가운데 저도 모르게 얼굴빛이 달라지는 이도 있었다. 커다랗게 뜬 오다이의 눈에 마음속의 폭풍이 역력히 내비쳤기 때문이다.

오다이는 숨도 쉬지 않았다. 눈도 깜빡이지 않고 걸음을 내딛지도 않았다. 그렇다고 이미 오히사를 보고 있는 것도 아니었다. 입으로는 꿋꿋하게 말했지만 자식의 모습을 보는 순간 뼈와 피가 얼어버리는 듯한 충격을 받았던 것이다.

다케치요는 여전히 토실토실 살쪄 있었다. 조그만 주먹은 오늘도 꼭 쥐어져 있고 손목은 잘록했다. 이따금 하늘을 보고, 사람들을 보고, 오히사의 귓불 언저리를 보기도 했다. 눈은 생기 있게 빛나고, 위를 올려다볼 때마다 시원스러운 이마에 주름이 잡혔다. 물론 아직 어머니의 얼굴을 기억할 나이는 아니다. 하지만 뒷날 자란 뒤 이렇듯 떠나간 이 어미를 언젠가 생각해 낼 날이 있을까……?

오다이는 나오려는 눈물을 눈꺼풀 속으로 억눌렀다. 이것이 오늘 이 자리에서 줄 수 있는 필사적인 어머니의 사랑이었다.

‘그 애 어머니는…….’

남들에게서 저 아이의 어머니는…… 하는 말을 듣고 싶지 않았다. 허영심에서

가 아니었다. 그런 어미한테서 태어난 자식이니 하고 경멸받게 된다면 평생의 후회가 될 것이다.

'이것이 이 세상에서 모자가 만나는 마지막 날……'

오다이는 그만 감정을 억누를 수가 없었다. 시선을 얼른 팽나무 쪽으로 돌렸다. 눈을 더욱 크게 뜨고 다시 눈물을 삼키면서, 오히사가 왜 이렇게 다케치요와 함께 자기를 전송해 주는 것일까 하는 일에 생각을 돌리려고 애썼다. 오다이의 성품으로는, 이것을 오히사의 보복으로 생각할 수 없었다. 다케치요를 도와 형제가 마음을 합하여 우애 있게 살아갈 테니 안심하라고 필사적으로 알리고 있는 것 같았다.

"스가, 오히사 님께 잘 부탁한다고 전해줘요."

오다이는 발밑에 몸을 던져 울고 있는 스가에게 말한 다음 스고문으로 걸어갔다.

가마가 성을 떠나도 뒤따르는 사람의 수는 줄지 않았다. 전송하는 이들 가운데 50여 명이 어느덧 따라나섰다. 아마도 가리야의 노부모토와 오카자키의 가신들 생각은 다른 듯했다. 노부모토는 그들을 영내로 유인해 몰살하려 하고 있는데, 그들은 오다이를 가리야까지 은밀하게 전송함으로써 노부모토의 마음을 풀어주려 했다.

야하기강(矢矧川)을 건널 즈음 옆으로 다가온 아베 사다지가 말을 건넸다.

"신파치, 자네는 어디까지 전송할 작정인가?"

"말할 것도 없는 일, 가리야성 앞까지지."

"왜 전송하나?"

신파치로는 무뚝뚝하게 대답했다.

"오다이 마님과 헤어지고 싶지 않네. 혼례는 좋아하지만 이별은 좋아하지 않아. 노부모토 님도 괴로울 걸세. 자네는 정식 호송인이니 성으로 들어갈 수 있지? 성에 들어가거든 우리가 작별을 애석해하며 끝내 성문 앞까지 이르렀다고 말해주게."

하늘이 맑게 갠 것이 오히려 슬퍼서 오다이는 이따금 눈을 감았다. 사람들 앞에서는 울지 않았지만 가마에 들어앉자 눈물이 걷잡을 수 없이 쏟아졌다. 그 눈물 속에서 언제까지나 사라지지 않는 것은 역시 오히사에게 안긴 다케치요였고,

이복형제와 함께 배웅해 준 오히사의 갸륵한 마음씨였다. 오히사 역시 온갖 감회가 있었을 것이다. 여자로서의 질투도, 승리감도, 마음을 파고드는 슬픔도.

'그런데도 오히사는 나를 배웅해 주었어…….'

여자의 좁은 소견으로 소중한 일족의 결속을 어지럽히는 못난 짓을 하지 않겠어요—발돋움하고 그렇게 외치던 것처럼 오다이에게는 생각되었다.

오다이는 오히사에게 지고 싶지 않았다. 끝까지 냉정하게 분별을 지닌 모습을 보이는 게 오히사에게 보답하는 길이며, 다케치요에 대한 작별 선물이라고 생각했다.

강을 건너자 주위의 가을 경치가 갑자기 짙어졌다. 가을걷이를 끝낸 논 사이에 점점이 보이는 대나무밭의 초록빛마저 벌써 겨울을 기다리는 듯했고, 군데군데 붉은 잎 섞인 옻나무가 빛을 반사하고 있었다.

'사람의 일생에도 가을이 있다…….'

오다이는 그 가을을, 머잖아 맞을 겨울과 봄을 위해 겸허하고 꿋꿋하게 지내지 않으면 안 된다고 생각했다.

오다와 마쓰다이라가 피 흘리며 싸운 안조성이 보이자 오다이는 가마 안에서 조용히 말했다.

"가마를 멈춰요."

너무 갑작스러운 일이라 가네다가 깜짝 놀라 다가왔다.

"가마에서 내릴 테니 신발을."

"예."

사람들 눈이 가마로 쏠렸다가 서로 마주 보며 고개를 끄덕였다. 오다이가 여기서 마침내 오카자키에 마지막 인사를 하는 거라고 생각한 것이다.

오다이는 가마 밖으로 내려섰다.

"여러분들 마음을 나는 평생 잊지 않겠어요. 하지만 여기서부터는 적의 땅이니 여기서 여러분들과 헤어지고 싶어요."

아베 사다지와 가네다는 깜짝 놀라 사람들을 둘러보았다.

신파치로가 고함치듯 말했다.

"그건 안 됩니다. 주군의 분부시니 가리야성까지 바래다드리는 게 저희들 임무입니다."

사카이도 삿갓 속에서 나무라듯 말했다.

"만약 마님께 무슨 변이라도 생긴다면, 주군께는 물론 가리야 성주님께도 면목 없습니다. 당치도 않은 말씀을 하십니다."

그는 오다이가 출가해 오던 날의 위험을 생각하고 있었던 모양이다. 그 말투는 자식을 꾸짖는 듯한 울림을 띠고 있다.

오다이는 그 목소리 쪽으로 시선을 돌렸다. 맑은 대기가 그대로 살갗에 반영되어 떠오르듯 해맑아 보였다. 오다이는 17살 난 여자로 여겨지지 않는 훈계하는 듯한 목소리로 말했다.

"그 정성을 나보다도 다케치요에게 기울여줘요. 여러분은…… 다케치요를 위해…… 다시없는 보배이니, 더 이상 전송해 주는 게 나는 결코 기쁘지 않아요."

아베 사다지가 못마땅한 듯 대답했다.

"이상한 말씀을 하시는군요. 그 소중한 다케치요 님의 어머니시니, 만일을 염려하는 거지요. 쓸데없는 생각일랑 말아주십시오."

오다이의 눈에 다시 엷게 눈물이 배어나왔다. 입가에 가냘픈 떨림이 일어나는 것은 감정에 지지 않으려 애쓰고 있는 탓이리라.

"이유를 말하지 않고는 안 되겠군요. 그럼, 들어보세요."

"……."

"가리야의 오빠에 대해서는 여러분보다 내가 더 잘 알고 있어요. 조급하고 거친 성품이라고 할 수 있지요. 이 정도면 내 마음을 헤아려주시겠지요."

"……."

"여러분에게 만일의 일이 생긴다면 다케치요가 자란 뒤 매정한 어머니였다고 내가 원망받게 될 거예요. 그토록 뛰어난 무공을 지닌 사람들을 일시적인 슬픔에 사로잡혀 적지로 끌고 가 비참하게 목숨 잃게 한 못난 어미였다는 소리를 듣게 돼요."

번쩍 정신이 든 듯 가네다가 얼굴을 들고 모두를 둘러보았다. 사람들은 돌처럼 가만히 서 있었다. 오다이는 살그머니 눈시울을 눌렀다.

"조심은 미리 해야 하는 것…… 이것은 아버님이신, 다다마사 님의 가르침이었어요. 그뿐만이 아니에요. 다케치요와 노부모토 님은 외삼촌과 조카, 그 사이에 원한의 씨앗을 남기지 않도록 하는 게 나의 소임이라고 생각해요. 부탁이에요! 다케치요의 앞날을 위해 부디 돌아가주세요."

갑자기 남자들의 울음소리가 터져나왔다. 한두 사람이 아니었다. 모든 사람의 어깨와 삿갓이 잔물결을 일으키며 흔들리기 시작했다.

사카이가 쥐어짜는 듯한 소리를 냈다.

"마님! 17살 나신 마님 앞에 부끄럽습니다…… 이 나이에 얼마나 어리석은지…… 그렇습니다. 성에는 우리의 소중한 다케치요 님이 기다리고 계십니다. 여러분! 돌아갑시다. 돌아가서 오늘 마님께서 말씀하신 이 훈계를 잊지 맙시다."

오다이의 가마는 아베 사다지가 불러온 농부 손에 맡겨졌다. 오다이의 재촉을 받고 오카자키의 중신들은 돌아보고 또 뒤돌아보며 성으로 돌아갔다.

그들이 보이지 않게 되어서야 오다이는 가마를 메게 했다. 비로소 온몸을 죄어오는 고독에 흐느껴 우는 소리가 가마 밖까지 새어나왔다.

오다이의 언니 히로이에 부인은 이런 배려를 하지 못하여 그녀를 전송한 16명의 호송자는 노부모토에게 하나도 남김없이 살해되었다.

하늘에 한 조각의 구름도 없는 날에…….

희망의 매화

여기저기 매화가 피기 시작하고 그 위로 엷게 눈이 내리고 있었다.

세배하러 성에 들어온 가신들은 거의 물러나고 큰방 정면에서 세배받는 성주 히로타다는 가끔 등을 구부려 기침했다. 열도 좀 있는 듯했다. 얼굴이 분홍빛으로 달아오르고 눈은 물을 부은 듯 젖어 있었다.

아베 오쿠라가 허연 머리에 수심을 담은 눈길로 사카이를 돌아보았다.

"그럼, 우리도 이제 물러가볼까."

사카이는 히로타다 앞으로 다가가며 아우에게 이르듯 말했다.

"그럼, 부디 감기 조심하시고 도다 단조(戶田彈正) 님 따님이신 마키히메(眞喜姬 ; 히메(姬)는 여성을 아름답게 일컫는 말) 님에 대한 일을 잘 생각해 보십시오."

히로타다는 고개를 끄덕이며 또 두어 번 기침했다. 히로타다는 무언가 멍하니 생각에 잠겨 있었다. 이제 겨우 20살의 새봄을 맞았건만 이미 인생에 지친 빛을 드러내고 있다.

오쿠라는 잠자코 있었으나, 사카이는 그것이 무척 안타까웠다. 이마가와 요시모토를 두려워하여 지난해 가을에 돌려보낸 오다이를 아직 잊지 못해 괴로워하고 있다. 일족을 결속시켜야 하는 무장의 처지로, 한번 결단 내린 일에 언제까지나 연연해하는 나약한 모습을 보이는 게 견딜 수 없었다.

주위 사정은 점점 더 험악해지고 있다. 바로 눈앞의 안조성에서는 노부히데가 아들 노부히로를 성주로 내세워 착실하게 싸움 준비를 하고, 오다이의 오빠 노부모토도 오다이의 이혼으로 이제 뚜렷이 적의를 품고 오카자키성을 노리고 있다. 슨푸의 이마가와는 상경할 뜻을 거둘 리 없고, 강대한 두 세력 사이에 낀 마쓰다이라의 운명은 눈 내리는 오늘의 하늘보다 더 암담했다.

경사스러운 설날. 이 한 해를 어떻게 헤쳐나갈지 마음속으로 불안해하는 일족에게 힘찬 한마디를 들려주었으면 싶었다.

"올해는 기어코 한번 해보겠다."

히로타다는 연말에 보았을 때보다 더 수척해져 있다. 도리이(鳥居)와 오쿠보 형제들이, 재혼 말이 나오고 있는 다와라 성주 도다 단조의 딸 이야기를 꺼내도 말끝을 흐리며 결단 내리지 않았다.

두 사람은 큰방을 나오자 서로 얼굴을 마주 보며 한숨지었다.

"무리도 아니지. 마님과 그토록 금슬이 좋았으니."

오쿠라가 중얼거리자 사카이는 혀를 찼다.

"그게 안타깝단 말이야. 듣자 하니 연말부터 내전에 들어앉아 혼자 술을 마셔대고 있다잖소."

"그보다도 나는 가슴병이 아닌가 싶어 걱정이오."

"아무튼 올해도 일이 많을 테니 노인도 감기 들지 않도록 조심하시오."

두 사람은 나란히 현관으로 나갔다. 오쿠라가 다시 말을 걸었다.

"이대로 돌아가겠소?"

"이대로는 돌아갈 수 없겠는걸."

사카이는 낮게 깔린 하늘에서 너풀너풀 내리는 눈을 손바닥에 받았다.

"이렇게 우울한 기분으로 돌아가면 집에 가서 야단나지."

"그럼, 기분풀이나 하러 갈까?"

"그럽시다."

사카이는 첫마디에 응하며 그제야 빙그레 웃었다. 두 사람이 기분풀이로 들렀다 가자는 곳은 아랫성이라고는 하나 이름뿐인, 후계자 다케치요가 있는 성이었다.

다케치요도 오늘은 유모 오사다에게 안겨 상심한 아버지와 한동안 함께 있었는데, 그는 아버지와 달리 혈색이 좋았다. 아버지 히로타다는 허약한 체질이지만 다케치요는 무척 건강하여 두 돌을 맞았을 뿐인데도 벌써 서툰 말을 옹알거리며 주위를 돌아다니려 했다. 히로타다는 그 천진난만한 기운에 질리는지 잠시 뒤 눈살을 찌푸리며 말했다.

"데리고 물러가거라. 감기가 옮으면 안 되니."

누가 보아도 다케치요는 아버지보다 쫓겨난 어머니 오다이를 닮았다. 아니, 오다이보다 그녀의 아버지 미즈노 다다마사를 몹시 닮았다. 동그스름하고 두둑한 턱에, 일자로 다문 입술이 귀여웠으며, 두 눈은 가끔 금빛을 반짝 뿜었다. 그러나 외조부 다다마사를 닮았다는 말은 아무도 하지 않았다. 모두들 히로타다의 아버지 기요야스를 닮았다고 말하며 그렇게 생각하고 싶어 하는 듯했다. 히로타다의 허약함에 대한 말이 나올 때마다 오카자키 사람들은 기요야스의 무용을 그리워하며 그를 사모했던 것이다.

"도련님에게는 활기가 있어. 할아버님을 꼭 닮았지."

지금도 성벽을 나가 사카다니 골짜기에 이르자 아베 노인은 말하며 길가에 핀 매화를 한 가지 꺾어들었다.

"다케치요 도련님에게 드릴 선물이오?"

"그렇소. 그 다케치요 님이 첫 출전을 나가실 때 나는 이미 이 세상에 없겠지요. 이 추위 속에 피는 매화의 의기를 닮도록 잘 부탁하오, 그대들에게."

"핫핫하……."

그제야 사카이는 소리 내어 웃었다. 오늘 집에서 나온 뒤 처음 웃는 웃음이었다.

"한매(寒梅)의 의기, 그것을 바치겠다는 말씀이오?"

말하면서 아베 노인의 귀밑털에 붙은 눈송이를 털어준 다음 품속에 손을 넣어 이상한 모양의 것을 꺼냈다.

"뭐요, 그건?"

"나도 선물을 준비했지요."

"보릿짚으로 만든 고양이인가?"

"천만에. 말이오, 노인."

"허, 그게 말인가."

"내가 손수 만든 것이오. 견마지로(犬馬之勞)를 뜻하는 말이지요."

"핫핫하……."

이번에는 아베 노인이 웃기 시작했다. 웃으면서 늙은 눈에 살짝 눈물이 배어나왔다. 허약한 주군에 만족하지 못해 아직 어린 젖먹이에게 기대를 거는 작은 성의 무사가 지닌 애절한 마음 때문이었다. 그런가, 한 가문의 중신인 몸으로 손수 그 장난감을 만들었단 말인가.

"거참, 좋아하시겠는걸. 참으로 좋은 선물이오. 자, 어서 갑시다."

눈은 점점 세차게 퍼부어, 아베 오쿠라가 꺾어든 매화 가지가 꽃인지 눈인지 알 수 없을 만큼 하얘졌다. 두 사람은 가끔 고개를 흔들어 귀밑머리에 붙은 눈을 떨어뜨리며 망루를 따라 걸어갔다.

아랫성 문을 들어서자 두 사람은 함께 소리쳤다.

"이리 오너라."

그 소리에 지금까지 없었던 가벼운 기분을 서로 느끼며 다시금 얼굴을 마주 보고 웃었다.

부르는 소리를 듣고 하녀가 나오기 전에 두 사람 모두 문 앞에 즐비한 많은 신발을 보았다.

"아니, 모두들 여기 모여 있는 모양이로군."

사카이가 중얼거리자 안에서 신파치로가 큰 소리로 말했다.

"올 줄 알고 기다리고 있었지. 어서들 오시오."

두 사람은 얼굴을 마주 보며 옷자락을 털고 곧장 안으로 들어갔다.

정면에서 곧바로 힘찬 다케치요의 목소리가 들렸다.

"할아범!"

"예—예."

대답하며 아베 노인이 먼저 앉았다. 다다미 8장짜리 두 칸을 터놓은 수수한 구조의 방으로, 정면의 도코노마에 설을 축하하기 위해 홍백(紅白)의 떡이며 제기에 담은 쌀과 마른반찬이 조금 차려져 있었다.

그 장식을 등지고 한 걸음 먼저 본성에서 나온 도리이 다다키치가 싱글벙글하며 다케치요를 안고 앉아 있었다. 오쿠보 형제도 이시카와도 아베 시로베에(阿部四郎兵衛)도 모두 모여 잔을 돌리고 있었다. 사카이도 아베 노인과 나란히 앉았다.

"새해 복 많이 받으십시오."

입을 모아 말하며 절하자 머리 위에서 또 몸을 흔들면서 다케치요가 버둥거렸다.

"할아범—"

아직은 어느 가신을 보든 할아범이라고만 불렀는데, 그 한마디에 그만 가슴이 메어온다.

'이 아이는, 자기에게 기대하는 일족 신하들의 간절한 마음을 알고 있을까?'

매화 가지를 들고 아베 노인은 다다키치 곁으로 다가갔다.

"오, 할아버님을 꼭 닮았군. 자, 이번에는 나한테 좀 안겨보시오, 선물을 드릴 테니."

자기보다 머리가 더 허옇게 센 다다키치에게서 다케치요를 받아안고 높이 추키며 아베 오쿠라는 또 눈이 벌게졌다.

"할아버님은 오와리까지 공격하셔서 오다 따위에게 조금도 지지 않으셨습니다. 할아버님을 닮으셔야 합니다."

사카이는 품속의 보릿짚 말을 쥐고 얼굴을 돌렸다. 이 어린 몸으로 벌써 어머니와 생이별이라니. 아버지는 일족의 신뢰를 얻지 못해 괴로워하고 있고, 막강한 성 사이에 낀 슬픈 작은 성이라 친척들 사이에도 오다파와 이마가와파의 암투가 눈에 띄게 늘어갔다.

오직 하나, 살아남기 위해 이 아이의 어머니를 쫓아내야 했던 아버지도 가엾고 그 자식도 애잔하다. 그보다도 의논이라도 한 듯 이곳에 모인 가신들의 속마음도 슬펐다. 모두들 마쓰다이라 대대로 내려오는 기둥, 조부 때 완수하지 못하고 아버지 대에도 이루지 못한 삶의 안정을 바라는 소망을, 이 철모르는 어린아이에게 한결같이 걸며 살아가고 있다.

아무것도 모르는 다케치요는 사람들이 자꾸만 모여드는 게 좋은지, 아베 노인이 준 매화 가지를 잘록한 손으로 쥐고는 별안간 또 소리쳤다.

"할아범—"

그리고 다다키치의 허연 머리를 사정없이 때렸다.

"어이쿠, 씩씩하기도 하셔라."

꽃잎이 우수수 주위에 날았다. 그러자 별안간 기묘한 소리를 지르며 신파치로가 울음을 터뜨렸다. 마침 그가 들고 있던 잔 속에 매화꽃잎이 하나 날아든 것이었다.
"신파치, 이게 무슨 소리야, 설날부터!"
형 신주로가 꾸짖자 신파치로는 대꾸했다.
"운 게 아니오, 형님. 너무 기뻐서 웃은 거요. 보시오, 내 잔 속에 매화 한 잎이. 올해는 내 소원이 이루어질 거요. 그게 즐거워 웃은 거란 말이오."
"이 고집쟁이가 또 억지를 쓰는군. 자네 소원은 자식에게 솜옷을 사주는 것 아닌가?"
"왓핫핫하, 그것도 있지. 그것도 있어."
신파치로가 울다가 웃는 얼굴을 술잔 쪽으로 숙이자 사카이가 품속에서 슬며시 장난감 말을 꺼내 다케치요에게 내밀었다. 다케치요의 눈이 빛났다. 그것이 말이라는 것을 모르는 모양이었다. 입술을 꼭 다물고 조심스레 노려본 뒤 매화 가지를 들고 이번에는 사카이를 철썩 때렸다.
"멍!"
사람들이 웃음을 터뜨렸다. 모두들 히로타다의 상심으로 침울해진 마음을 이 어린아이를 보며 털어내려는 것이었다.
"꽤 아픈데. 멍멍이가 아니라 말이랍니다, 말, 말."
"말."
다케치요는 흉내 내더니 매화 가지를 내던지고 그 장난감에 덤벼들었다.
싱글벙글 웃으며 보고 있던 다다키치가 아베 노인에게 속삭였다.
"이 도련님이 말을 타게 될 때까지만이라도."
노인은 고개를 깊이 끄덕이며 돌아온 잔을 받아들고 다케치요를 유모 오사다에게 안겨주었다.
"오래도록 살아야지. 그럼, 잔을 받겠소."
이리하여 그 잔이 사카이에게 돌아왔을 때였다. 이시카와는 그가 마시기를 기다렸다가 사카이에게라기보다 여기 모인 마쓰다이라 집안의 기둥들에게 의논하는 투로 입을 열었다.
"당신은 못 들었소, 내전의 소문을?"
"내전의 소문이라니…… 주군께서 술 마시는 것 말인가?"
이시카와는 조용히 고개를 저었다.

"새로운 여자 말이오."

"뭐, 주군이 새 여자를…… 그런 일이 있을 수 있나. 마님을 가리야성으로 돌려보내신 뒤로 오히사 님한테도 안 가신다고 하오. 그토록 마님을 생각하셨던가 하고 시녀들까지 딱해할 정도인데."

"그렇다면 그게 원인이겠지요."

"뭐라고요?"

"술기운에 그러셨겠지. 밤중에 목욕하시다가 하녀더러 오다이냐고……."

"뭐……뭐……뭣이?"

신파치로가 옆에서 참견하자 형이 말했다.

"가만있어. 그렇다면 하녀가 마님으로 보였단 말이오?"

"어딘지 좀 닮은 모양이지. 그 하녀에게 손대시고는 술만 취하면 목욕하신다더군."

이시카와가 여기까지 말하자 여태껏 말없이 눈을 감은 채 듣고 있던 도리이 다다키치가 엄한 말투로 여러 사람들에게 말했다.

"그 이야기가 새어나가면 안 되니 말조심시키도록 하시오."

다케치요는 어느 틈에 도코노마의 장식 곁으로 걸어가 장난감 말을 세우고 있었다.

사카이는 팔짱을 끼고 생각에 잠겼다. 아무리 흥망성쇠를 알 수 없는 어지러운 세상이라지만 이것은 너무 비참한 일이다. 집안을 위한 일이라며 히로타다를 억지로 설득해 14살 난 오다이를 오카자키성으로 맞아들이게 한 것은 그였다. 마쓰다이라의 무사함을 위해 어쩔 수 없는 혼사였지만 17살 난 히로타다는 그 정략을 몹시 싫어했다.

오다이 역시 마찬가지였으리라. 그러나 이 신부는 시대를 보는 눈도 체념도 남편보다 훨씬 앞서 있었다. 끈질긴 인내로 히로타다의 마음을 서서히 사로잡았고, 이윽고 가신들의 신망까지 한 몸에 모았다.

둘 사이에 다케치요가 태어났다. 그때 신하들의 기쁨이 바로 어제 일처럼 아직 그의 마음속에 남아 있다.

그러나 지금은 윗사람에게도 신하에게도 어지러운 세상. 살아남기 위해 짝지어진 부부는 살아남기 위해 이번에는 생나무를 쪼개듯 갈라졌다. 오다이의 오빠 노부모토가 오다 노부히데에게 붙었기 때문에, 이마가와가 두려워 오다이와 이혼하는 수밖에 도리 없었던 것이다.

오다이는 남편과 자식에게 마음을 남겨두고 오카자키를 떠났다. 그날의 슬픔 역시 히로타다 못지않은 무상함으로 그의 마음을 죄어오고 있었다. 히로타다가 오다이를 잊지 못하는 것을 알므로 더더욱 도다 단조의 딸을 빨리 후실로 정하도록 권하고 있었다.

'그런가, 마님의 환상을…….'

안타까운 심정은 또 있었다. 인정에 끌리고 있을 시대냐고 꾸짖고 싶기도 했다. 그러면서도 가엾은 생각이 밀물처럼 철썩철썩 마음을 적신다. 공연히 호족 집안에 태어난 죄로 혼인도 이혼도 정략적으로 해야 했고, 거기에 대한 불만이 병든 몸을 점점 더 괴롭히는 듯했다.

술—

그것도 어쩔 수 없으리라.

여자—

그것이 젊음을 발산하는 길이라면 사카이는 오히려 안심했을 것이다. 그러나 술로 달랠 수 없는 신경이 야릇한 환상을 보여주어 이별한 아내라고 착각한 여자 이야기라면 사정이 너무도 비참했다.

히로타다는 무장의 그릇이 못 되었다. 아버지 기요야스와는 비교할 수도 없다. 어릴 때부터 그 성장 과정에 관여해 온 자신에게 책임이 없다고 할 수 없었다.

'간언해야 되겠지…….'

그때 도리이 노인이 조용한 목소리로 이시카와에게 말을 걸었다.

"그 소문은 어디서 들었소?"

"예, 주군의 승마 시중을 드는 하인들이 한 하녀에게서 들었다더군요."

"입막음해야겠지요?"

"물론이지요."

"어쨌든 이처럼 혼란에 빠진 내전이 걱정스럽구려, 사카이 님……."

이름이 불리자 사카이는 도리이 다다키치의 가면처럼 표정 없는 얼굴로 시선을 옮기며 조용히 다음 말을 기다렸다.

밖에 눈이 그쳤는지 영창이 좀 밝아져왔다.

도리이 다다키치는 와타리 마을에 살며 히로타다의 측근에 있지 않았다.

히로타다 곁에서 정치—직책의 이름이 아직 정해지지 않은 시대라 중신들은 어른이라고도 늙은이라고도 불리고 있었는데—는 혼다 헤이하치로(本多平八郎), 사카이 우타노스케, 이시카와 아키, 우에무라 신로쿠로(植村新六郎), 그리고 아베 오쿠라 다섯 사람이 맡아보고 있다.

그러나 대대로 섬겨온 신하 가운데 가장 장로인 도리이 다다키치의 말은 그들에게 큰 영향력이 있었다. 이름이 불린 것은 사카이 혼자였으나 모두의 시선이 어느덧 다다키치에게로 쏠렸다. 이러한 긴장을 의식하고 다다키치는 우선 가볍게 말을 돌려 했다.

"흔히 있는 일이오. 나는 곧 와타리 마을로 돌아가야 하니 당신이 중신들에게 잘 이야기해 주시오. 다와라의 단조 집안과 혼삿말도 있으므로 중요한 것은 그 여자의 신분일 거요. 그렇지 않소?"

아베 노인은 고개를 끄덕였다.

"그렇지요. 마쓰다이라 일족에는 의논이라도 한 듯 여기 모인 외골수들만 있는 게 아니니까요."

"바로 그 점이오. 사카이, 아시겠소?"

사카이는 고개를 끄덕였다. 과연 노인들은 주의 깊다. 설마 그럴 리야 없겠지만 어떤 연줄의 어떤 손길이 성안까지 뻗어오지 않는다고 할 수 없다. 강할 때는 없던 싸움이 약해지면 반드시 일어난다. 오다파, 이마가와파가 있는 것은 어쩔 수 없다 치더라도 때로는 그 약소함을 틈타 야심을 펴려는 자가 나오게 된다. 그렇게 되면 본디의 마쓰다이라 일족과 그 세 파가 넷이 되어 멸망의 소용돌이를 일으키게 될 것은 예나 지금이나 마찬가지다. 먼저는 종조부 마쓰다이라 노부사다가 오다 편과 밀통했고, 지금은 또 숙부 노부타카가 히로타다에 대한 불평을 계속 늘어놓고 있다.

"주군의 마음이 어지러워질 징조가 있소. 실성했다는 소문이라도 나게 되면 그야말로 큰일이니."

"알고 있소."

"게다가 한 가지 더 마음에 걸리는 것은 다케치요 님 신변이오."

다다키치는 마루방에서 철없이 놀고 있는 다케치요를 돌아보았다.

"어떨까요? 마님이 계시던 때처럼 본성의 주군 곁으로 옮겨 히사(緋紗) 님에게 양육을 부탁하면? 지금 당장 그 대답을 들으려는 것은 아니오. 중신들끼리 잘 의논해 보시구려."

히사는 다케치요에게 왕고모가 되는 선대 기요야스의 누님이었다.

"다케치요 님을 아랫성으로 옮긴 일은, 존중한 것 같으면서 오히려 경솔히 대우한 게 되지 않을까요. 이 거처에서는…… 아무튼 다케치요 님은 우리의 희망 줄이니 말이오."

"잘 의논해 보지요."

그 일은 사카이도 같은 의견이었다. '적자(嫡子)'의 위엄을 세우기 위해 이곳으로 옮긴 뒤 바로 남몰래 후회하고 있었다. 이 역시 강하다면 물론 하지 않아도 될 후회였지만 지금은 성안까지 안심할 수 없는 분위기였다. 이도 저도 다…… 하고 생각하다가 사카이는 히로타다가 못마땅하게 여겨졌다. 설마 그럴 리야 없겠지만, 만약 손댄 그 여자에게 적의 손이 뻗어온다면 어떻게 할 것인가?

그들이 다케치요의 방에서 물러난 것은 오정이 가까워서였다. 다케치요는 혼자가 되는 것을 알고 오사다의 팔 속에서 버둥거렸다. 가지 말라는 말을 할 줄 몰라 두 손을 뻗으며 할아범, 할아범 하고 불러댄다. 그때마다 모두들 돌아보며 손을 흔들었다. 어머니와 이별하고 아버지에게서 멀리 떨어져 있는 외로움이 어린 것에게 한없이 사람을 그리워하게 만들고 있는 것이다. 오쿠보 형제는 눈이 벌게져 사람들과 제대로 인사도 나누지 못하고 성문을 나가 야마나카(山中)로 돌아갔다.

'다케치요 님을 본성으로 돌려보내야 한다…….'

성안에 거처가 있는 사카이는 성문께까지 다다키치를 배웅하고 거기서 앞산을 바라보며 한참 생각에 잠겼다. 모두들 다케치요를 사모하며, 다케치요를 중심으로 살고자 하는 것은 결국 히로타다가 무력하기 때문이었다.

헤어질 때 다다키치는 사카이에게만 들리는 소리로 웃으며 말했다.

"다케치요 님은 우리의 기치요."

그 말대로였다. 마쓰다이라 일족은 오다이와의 이혼과 히로타다의 상심으로 기치를 잃어가고 있다. 그것을 강하게 일으켜 세우기 위해서는 다케치요라는 깃발을 히로타다 곁에 세워놓고, 오다이에 버금가는 부인을 하루속히 성으로 맞아들여 본진을 강화하지 않으면 안 된다.

사카이는 엷게 덮인 눈 속에서 가까이 보이는 산과 나무들을 바라보는 동안 갑자기 마음이 바뀌었다. 이대로 집에 돌아갈 수는 없다. 혼자 되돌아가 주군을 만나야 한다고 생각했다. 형식적인 새해 인사가 아니라 내전까지 들어가 히로타다와 함께 술을 마시며 이야기하는 친밀감을 유지하면서 일을 진행시키는 것이 자신의 임무라고 고개를 끄덕이며 발길을 돌렸다. 도중에 여러 가신들을 만나 그들이 저마다 건네는 인사에 응하며 고개 숙이면서도 생각은 이미 그곳에 없었다.

눈은 그치자마자 바로 녹았다. 군데군데 머위 새순이 눈에 띄고 시커먼 땅바닥이 마음을 들뜨게 할 만큼 눈에 스며들었다.

"그래, 어서 봄을 불러들여야지……."

아무튼 히로타다를 옆에서 모시고 있으면서도 그에게 생긴 여자에 대해 모른다는 것은 소홀하기 이를 데 없는 일이다. 무릎을 맞대고 앉아 짐짓 장난삼아 그 여자를 부르라고 가볍게 말하여 그 신분과 환경을 알아두어야 했다.

사카이는 다시 뚜벅뚜벅 바깥현관으로 들어갔다. 무사들이 깜짝 놀란 표정으로 그를 맞았다.

"주군께서는 어디 계신가……."

큰 서원을 들여다보니 히로타다는 이미 거기 없었다. 화로의 숯불이 하얀 재가 되어 하늘하늘 움직이고 있었다.

사카이는 곧장 안으로 이어지는 복도를 건너갔다. 일부러 큰 기침을 하면서 시녀 스가의 방 앞에 멈춰 서자 고함치는 듯한 소리로 말했다.

"여봐라, 사카이가 설날 술에 취해 목욕하고 싶어 왔으니 주군께 아뢰어라."

욕실문답

히로타다는 소문의 그 여자를 방으로 불러들여 허리를 주무르게 하고 있었다. 방으로 돌아오자마자 단숨에 들이켠 술의 취기가 가까스로 기침을 가라앉히며 가슴에서부터 허리까지 따뜻해졌다. 눈을 스르르 감고 졸고 있노라니 주무르는 손가락의 부드러운 감촉이 다시금 오다이를 연상케 했다.

얼마 안 되는 세월이었지만 오다이는 이미 히로타다의 몸의 일부가 되어 있었다. 이혼하고 나서 그것을 뚜렷이 깨달았다. 한 팔이 꺾인 게 아니라 '배 속'의 무언가가 빠져나간 듯한 느낌이었다.

"오다이—"

중얼거리면 언제나 가슴이 뜨거워지면서 눈시울에 이슬이 맺혔다. 가신들은 그것을 보고 나약하다고 비난한다. 그러나 비난받을수록 환영은 더 짙어졌다.

'인정도 모르는 사람들…….'

인간이란 여자를 아무리 여럿 거느려도 결국 '아내'는 한 사람뿐이 아닐까? 그 한 사람을 만났고 스스로 쫓아버렸다…….

측실은 따로 한 사람 있다. 일족인 마쓰다이라 노리마사의 딸 오히사. 그 사이에 다케치요의 이복형 간로쿠와, 다케치요와 한날한시에 태어나 그의 운을 방해하지 않도록 기저귀를 찬 채 출가시킨 게이신 등 두 아들이 있었지만 오다이를 돌려보낸 뒤로는 오히사를 찾아갈 마음이 들지 않았다. 왠지 오다이에게 미안한 생각이 들었다.

이렇듯 고독을 곳씹고 있는 것은 자기 혼자만이 아니다. 오다이도 어디선가 꾹 참고 있으리라……고 생각하자 오다이보다 더 깊은 고독에 빠져듦으로써 이 비탄을 초월해야 한다고 생각했다. 그러지 않고는 구원받을 수 없었다.

'망각을 바라는 것은 비겁하다…….'

인간의 깊이는 무슨 일이든 늘 정면으로 맞서며 몸을 피하지 않는 데서 생겨난다. 집안 가신들은 그것을 알지 못한다.

'이제 히로타다는 그대들의 인형이 아니다.'

이런 심정으로 술을 마신 것이 그만 오하루(春)에게 손대는 원인이 되었다. 지난해 섣달 26일이었다. 다케치요의 생일을 축하하는 뜻에서 스가를 상대로 술잔을 거듭 기울이다가 그날도 오다이 이야기를 하게 되었다. 추위가 유난히 심해 잠자리에 들기 전에 목욕을 하기로 했다. 밖에는 젖빛 안개가 자욱이 일고, 욕실은 그보다 더 새하얀 김으로 가득했다. 이런 날 밤 오다이는 무엇을 하고 있을까…… 알몸으로 더운 김 속에 앉아 문득 그런 생각을 했을 때, 김 속에서 희미하게 오다이가 떠올랐다.

"등을 밀어드리겠어요."

"아!"

히로타다는 넋을 잃고 여자의 손목을 잡았다. 여자는 벌벌 떨었다. 그 떨림은 가리야에서 시집온 날 밤 오다이의 떨림과 같았다.

"오다이구나, 오다이지……?"

"아니에요, 오하루라고 합니다."

"아니, 오다이야."

"용서하세요. 오하루…… 오하루예요."

"또 그러느냐, 오다이라는데도."

허리를 주무르게 하면서 그때 일을 다시 생각하고 있을 때 복도의 정적을 깨고 사카이의 목소리가 들려왔다.

"주군께서는 어디 계신가. 사카이가 목욕하러 왔다고……."

히로타다는 오하루의 손을 가만히 누르며 귀 기울였다. 사카이가 아마도 노녀 스가를 찾고 있는 모양이었다. 스가가 어느 한 방에서 급히 달려나왔다. 두 사람이 나누는 이야기 소리는 들리지 않고 사카이의 목소리만 점점 다가왔다.

“거실에 계시다면 안내는 필요 없네. 군신의 수어지교(水魚之交)는 오카자키 대대로 내려오는 관습이니까.”
“아룁니다. 사카이 우타노스케 님……”
스가가 옆방에서 아뢰자 히로타다는 미간에 주름을 잡으며 밖에까지 들리는 소리로 대답했다.
“사양할 것 없으니 들어오라고 해라. 군신수어는 오카자키의 관습이 아니냐.”
그리고 서둘러 물러가려는 오하루를 돌아보며 꾸짖었다.
“괜찮다, 계속해라.”
사카이는 빙그레 웃으며 스가 뒤로 와서 천천히 앉아 절을 했다.
“목욕하고 싶다고 했나?”
“예, 설날 술을 과음했는데 이럴 때는 목욕이 좋다고 해서……”
“누가 그러던가?”
“예, 이시카와가 그러더군요. 그는 또 말구종 하인한테서 들었다고.”
히로타다는 얼굴을 외면한 채 씁쓸히 웃었다.
“그 욕실이라면 지금 내가 쓰고 있다만.”
“과연 훌륭한 욕실입니다.”
사카이도 지지 않는다. 그는 시선을 똑바로 오하루에게 쏟으며 옆얼굴, 어깨, 허리, 무릎을 훑어보았다. 과연 키도 몸매도 오다이를 닮았다. 겁먹어 내리깐 눈 속은 보이지 않았으나 부드러운 살결, 날씬한 목덜미가 왠지 마음을 들뜨게 한다.
사카이는 옆에서 우물쭈물하고 있는 노녀 스가를 돌아보며 서슴없이 턱짓했다.
“이름을 뭐라고 하나?”
“네, 오하루라 합니다.”
“출생은?”
“가모군(賀茂郡) 히로세(廣瀨) 태생, 가신 이와마쓰 하치야(岩松八彌)의 친척입니다.”
“뭐, 하치야의 친척……?”
이와마쓰 하치야는 오늘도 무사 대기실에 출사하여 바위 같은 어깨를 으쓱거리며 앉아 있었다. 지난번 아즈키 고개 전투에서 한쪽 눈을 잃은 뒤로 애꾸눈 하치야로 불리고 있다.
"그래, 애꾸눈의 친척이라……."
사카이는 한 번 더 찬찬히 오하루를 살핀 다음 다시 스가를 돌아보았다.
"스가, 그대의 임무는 무엇인가?"
"네, 내전 하녀들을 다스리는 일입니다."
"흠, 그것이 소임이라면 그대는 장님이란 말인가? 눈은 잘 보이는 거야?"
"……네."
"내 눈에는 이 오하루, 이미 주군의 손길이 닿은 것으로 보이는데 자네에겐 그렇게 보이지 않나?"
"……네, 그게."
"보인다면 어째서 처리하지 않는가. 이대로 하녀로 두는 건 주군께 죄송한 일 아닌가?"
엄한 목소리로 꾸짖자 참다못해 히로타다가 일어났다.
"말이 많구나, 사카이. 내가 아직 방을 주지 않았네."
히로타다가 일어나 앉자 사카이는 그 눈을 뚫어지게 바라보았다.
"허, 주군답지 않으신 말씀을. 가까이에서 모셨는데 그냥 내버려둔다면, 이 사카이가 중신들을 볼 낯이 없습니다."
"그러면 보지 말게."
"보았기 때문에 조치를 취하려는 것입니다. 그것을 주군께서 이러니저러니 참견하시는 것은 점잖은 일이 아닌가 합니다."
"또 불평이고 훈계인가."
사카이는 호탕하게 웃어넘겼다.
"핫핫하, 정초부터 노여움을 사고 싶지는 않군요. 그렇잖은가, 스가."
"……네."
"그대의 실수는 내가 주군께 잘 말씀드리겠네. 주군께서 좀 적적하신가 보군. 주군, 드시고 남은 술을 좀 주십시오."
히로타다는 찌르는 듯 사카이를 노려본 뒤 기운 없는 소리로 말했다.
"술을 내오너라. 나도 좀 마셔야겠다."
오하루라 불린 하녀는 다시 우물쭈물하며 히로타다를 쳐다보고 사카이의 눈치를 살폈다.

이러한 거동을 사카이는 짓궂게 가만히 지켜보았다. 가모군 히로세 출신이라는 것이 뜨끔하게 마음에 걸렸다. 히로세 '성채'에는 사쿠마(佐久間) 일족 구로에몬(九郎右衛門)이 있었다. 설마 그럴 리 없겠지만 거기까지 오다의 손이 결코 미치지 않았다고는 할 수 없다. 하지만 애꾸눈 하치야의 친척이라면 그런 염려는 하지 않아도…….

사카이는 다시 불러 세웠다.

"잠깐, 애꾸의 친척이라고 했지. 어떤 사이인가?"

옆에서 스가가 대답했다.

"네, 사촌누이입니다."

"사촌이라…… 좋아, 그녀에게도 거들게 하게."

히로타다는 사카이의 지시를 '백치'처럼 흘려듣고 있다. 이성(理性)으로는 그들의 고심을 알면서도 감정으로는 못 견디게 불쾌했다. 입만 열면 아버지 기요야스의 이름을 들먹이며 위에서 서서히 죄어온다. 반발과 체념에 피로까지 겹친 끈적끈적한 침묵이었다.

여자들이 나가자 사카이는 소리 낮추어 부르며 다가앉았다.

"주군! 중신들 모두의 소원입니다. 다케치요 님을 본성으로 불러들이는 일을 허락해 주십시오."

"어째서? 나 하나로는 불안하다는 말인가?"

"비꼬지 마십시오. 딴마음을 품은 자가 나타나 다케치요 님에게 만일의 일이 생기면 큰일이라……."

"그것도 중신들 뜻이라면."

사카이는 혀를 찰 뻔하다가 가까스로 입술을 다물었다. 고생을 너무 많이 한 탓인지도 모른다. 날카로운 성질이 언제부터인지 비뚤어진 말로 바뀌어 나오기 시작했다. 선대 기요야스에게는 없던 일이라고…… 말하려다가 그것도 억제했다.

"다케치요 님과 새 마님이 옆에 계시면 덜 적적하지 않겠습니까?"

"그렇다면 이것은 다케치요의 성이란 말이지. 조부로부터 다케치요에게로. 나는 필요 없겠군."

사카이는 어깨를 치켜들고 저도 모르게 정면으로 히로타다를 노려보았다.

"주군! 그것은 무장으로서 할 수 없는 말씀인 줄 압니다."
"나도 무장이란 말인가? 그대들은 그렇게 인정하나?"
"갈수록 당치 않은 말씀을. 이 난세에 살아남으려는 마쓰다이라 일족의 주군이 무인의 마음을 버리셨단 말씀이오?"
"측실 하나에 이르기까지 간섭받는 나는 그대들의 꼭두각시 같은 존재가 아니고 무언가?"
사카이는 울고 싶어졌다. 농담이라도 그런 말은 삼가주었으면 싶었다. 그렇지 않아도 신하들은 이 주군에게 불만을 품고 있다.
오다이가 가버린 뒤부터 이런 소문이 퍼지고 있었다.
"마님이 곁에서 빛을 내고 계셨었어."
이도 저도 다 젊은 주군이 정직한 탓이라고, 중신들은 그런 소문을 일축해 오고 있건만 갈수록 저렇듯 비뚤어지기만 하니.
"주군……."
사카이의 어깨가 한숨으로 크게 흔들렸다.
"소신들이 마음 쓰는 게 그토록 거슬리십니까?"
"웬걸, 고마울 따름이지."
"아까 그 여자…… 그녀 역시 신분이 중요하다고 한 것은 요즘의 심상치 않은 분위기 때문입니다."
히로타다는 손을 내저었다.
"알고 있어. 그대들의 충성심은 알고 있으나, 나는 내가 정말로 살아 있는 건지 시험해 보았을 뿐이야."
"살아 계시다는 건……."
"오히사도, 오다이도 모두 그대들이 나에게 강요한 여자였어. 이번에는 또 도다 단조의 딸을 강요할 테지. 그래서 시험해 보았던 걸세."
"저 목욕 시중을 드는 여자를 말씀입니까?"
"그렇지. 내가 내 손으로 택한 첫 번째 여자. 나에게 가장 잘 어울릴 것 같아."
여기서 갑자기 히로타다는 눈을 빛내며 목소리를 낮추었다.
"사카이, 이리 가까이. 그대 눈에는 내가 바보로 보이나?"
"옛?"

"그렇게 보인다면 그래도 좋아. 나는 일족의 마음을 좀 탐색해 보는 중이네."

사카이는 숨을 들이마신 채 찬찬히 히로타다를 지켜보았다. 정말 같기도 하고 궁지에 몰려 농담하는 것 같기도 했다.

"일족 가운데 누가 의심스러우신 겁니까?"

"숙부 구란도."

"……노부타카 님이."

"그리고 은거해 있는 고조부님도."

"예?"

"다케치요의 조모도, 그대의 본가 쇼겐(將監)도 마음 놓을 수 없어."

사카이는 또 세게 입술을 깨물었다.

"어때, 그대 생각과 맞는가 안 맞는가?"

"황송하오나…… 맞다고……만 할 수는 없습니다."

"맞지 않는단 말인가?"

"주군! 그처럼 의심을 품으시면 다가오는 자까지 적으로 만들게 된다……고 생각지 않으십니까?"

"알았네, 그만하게. 나는 목욕물 시중드는 하녀에게 빠진 것처럼 보이게 하고 반역심을 품은 자들을 멋지게 찾아내고 말 테니까."

이때 스가를 앞세우고 하녀들이 술상을 내왔다. 오하루도 따라왔다.

히로타다는 여자들 가운데서 그녀를 불렀다.

"오하루, 이리 오너라."

사카이는 술자리가 마련되어 잔이 돌아와도 여전히 히로타다에게서 눈을 떼지 않았다.

다케치요를 본성으로 데려오는 일도, 도다 단조의 딸과 혼인하는 것도 크게 반대하지 않는 눈치이다. 그런데도 왠지 마음에 걸린다. 오다이가 있던 무렵에는 없었던 이상한 고집이 요즘 눈에 부쩍 띈다. 오하루라는 여자만 해도, 뭔가 생각이 있어 가까이했다고는 생각되지 않는다. 오다이를 잊지 못하는 외로움 때문에 그랬을 텐데, 뜻밖의 말을 하는 것이다.

숙부 구란도를 경계하는 데는 이유가 있지만, 같은 성에 사는 90살에 가까운 증조부나, 다케치요의 할머니이며 오다이의 생모 게요인까지 의심한다는 것은 씁쓸한 일이었다. 심신의 쇠약이 어쩌면 의심의 망집을 품게 하여 가신을 모조리 의심하기 시작한 게 아닐까?

히로타다는 팔걸이에 몸을 기대고 오하루를 안았다. 오하루는 여전히 함께 자리한 사람들을 꺼려 어깨를 떨어뜨리고 떨고 있다.

"자, 네 손으로 한 잔 따라다오. 사카이, 그대도 들라."

사카이는 절을 하고 부자연스러운 히로타다의 모습에서 눈길을 돌렸다. 주연에 익숙해져 다른 여자들의 거동은 야릇하게 요염해져 있건만, 히로타다에게는 사카이를 의식하는 어색함이 있었다.

"오늘부터 그대는 내 곁에서 자도록 해라. 사카이가 허락했다. 모두들 들었지?"

사카이는 스가가 따른 잔을 들이켜며 속으로 생각했다.

'역시 오늘은 오지 말걸 그랬구나…….'

병 탓이리라. 무슨 일이든 몹시 압박을 느끼는 모양이다. 그 압박이 반발이 되지 않았으면 좋으련만 때로 차마 들을 수 없는 도전적인 말이 되기도 했다. 다와라 성주 도다 단조의 딸과의 혼사도, 다케치요의 일도 자기 의지로 하는 일이 아니라면서 창백한 얼굴에 자조하는 미소를 띠는 오하루를 곁에서 놓지 않는다.

"사카이, 잘 부탁하네."

깊은 생각이 있어서 한 일이라고 사카이의 간언을 막아놓고는 그것을 무척 의기양양해하는 듯 보였다.

해 지기 전에 사카이는 암담한 심정으로 히로타다의 거실을 나왔다.

'이대로 내버려둘 수 없다!'

그러나 정초부터 더 이상 감정의 알력을 초래해서는 안 된다고 스스로를 달랬다.

하카마의 주름을 바로잡으면서 옆방으로 다음 방으로 해서 마루로 나가다가, 거기에 단정히 앉아 있는 하치야의 모습을 보고 정신이 번쩍 들었다. 하치야는 바위 같은 어깨를 떡 버티고, 안쪽을 등지고 병풍처럼 앉아 있었다. 옆에 소도(小刀)가 놓이고, 어떤 수상쩍은 자도 가까이 오지 못하게 하겠다는 기개가 슬프게 외눈에 번쩍이고 있다.

"하치야."

"예."

"이토록 추운데, 줄곧 거기 앉아 있었는가?"
"제 임무니까요."
사카이가 자리를 뜬 뒤 떠들썩해진 거실의 소리가 복도까지 크게 흘러나온다.
사카이는 하치야 옆에 조용히 한쪽 무릎을 꿇고 나직이 불렀다.
"하치야…… 오하루가 자네 사촌누이인가?"
"예."
"주군께서 기분이 울적하신 모양이야. 지금까지는 내전을 잘 다스려온 주군이신데……."
"그렇다면 오하루를 베라는 말씀입니까?"
사카이는 또 정신이 번쩍 들어 하치야의 애꾸눈을 다시 보았다. 번들번들 기름을 부은 듯한 한쪽 눈에 이슬이 또렷이 엿보였다.
"베라고 한다면 어떻게 할 텐가."
"언제든지."
대답한 다음 무릎에 눈물방울이 뚝뚝 떨어졌다. 오하루는 잘못이 없다, 주군이 초래한 일이라고 그 눈물은 사카이에게 호소하고 있는 듯했다.
"하치야."
"예."
"친척이라면 생각하는 것, 하고 싶은 말이 있을 테지."
"없습니다. 있어서는 충성이 되지 않습니다."
"그렇게 말하지만 자네 눈에는 주군의 잘못이라고 씌어 있어."
"당치도 않은 말씀을! 노인 말씀이 너무 지나치십니다."
"하치야, 나도 자네를 나무라는 건 아닐세. 이것이 자연스러운 인정이겠지만, 원망하지 말아주게. 주군의 심정이 가엾어. 곁을 떠나신 마님을 지금껏 잊지 못하고 계신단 말이야."
하치야는 고개 숙이는 대신 점점 더 어깨를 치켜들며 보이지 않는 눈에서도 줄줄 눈물을 흘렸다.
"난 아직 자세한 사정은 잘 모르네. 욕실에서의 소문은 사실인가?"
하치야는 대답 대신 외눈을 흘끔 사카이에게로 돌렸다.
"그날 밤은 자네가 번을 섰나?"

하치야는 힘없이 고개를 끄덕였다.

"벨 날을 지시해 주십시오."

사카이는 미소 지으며 고개 저었다.

"자네 친척이니 벨 것까지는 없네. 미련한 주군이 아니니 곧 스스로 깨달으시겠지. 스가에게 명하여 오하루를 측실로 들여보낼 테니 욕실에서의 일이 부디 소문나지 않도록 주의하게."

하치야는 사카이를 지그시 바라본 채 눈물을 줄줄 흘렸다. 이 무뚝뚝한 자가 이토록 오하루를 사랑하는구나, 그날 밤 히로타다의 행위에 어지간히 배알 틀린 일이 있었음에 틀림없다, 생각하다가 사카이는 문득 하나의 의문에 부딪혔다.

"오하루가 아직도 주군 앞에서 겁먹고 있는 것 같은데, 자네 무슨 짐작되는 일이 없는가?"

"있습니다."

"말해보게. 앞으로 알아야 할 일이니까."

하치야는 고개를 푹 수그렸다.

"오하루에게는 정혼한 남자가 있습니다."

"뭐, 정혼자가…… 이제 알겠다. 그래, 그 정혼자는 누구인가, 자네 친구인가?"

하치야는 고개를 저었다.

"누구야. 어서 말해보게."

"예…… 바로 이…… 이와마쓰 하치야…… 접니다."

"무엇이, 자네라고……!"

마루가 어두워지자 추위가 다시 살갗 깊숙이 스며들었다.

"그래, 자네란 말이지……."

사카이는 다시 한번 나직이 신음한 다음 한동안 할 말을 찾았다. 뭔가 눈에 보이지 않는 불길한 실이 다케치요의 생모 오다이가 가버린 뒤의 성안에 거미줄처럼 드리워져 있는 것같이 등골이 서늘해지는 불안이었다.

목욕물 시중꾼이라면 물론 히로타다의 눈에 띄지 않을 거라고 생각했을 것이다. 한결같이 우직한 애꾸눈 하치야가 자신이 그늘에서나마 히로타다의 안전을 지키기 위해, 욕실 밖에서 자기 아내 될 여자에게 단단히 보살피게 하려 한 충성이었으리라고 짐작되었다. 그런데 그녀가 히로타다의 마음을 사로잡고 가버린 오다이를 닮았을 줄이야…….

하치야의 눈물을 이제야 이해할 수 있었다. 오하루를 빼앗긴 슬픔만이 아니다. 그의 마음속에는, 이러한 연줄로 출세를 바란다고 쑥덕댈 세상의 소문에 대한 두려움도 있을 것이다.

"그래, 자네 약혼자군. 그런데…… 주군도 그 사실을 아시는가?"

"모르실 겁니다. 아시기 전에 미리 숙모님과 인연을 끊어두었습니다."

"내 부주의야. 하치야, 용서해 주게."

하치야는 다시 어깨를 펴 자세를 고치고는 한일자로 입을 다물었다. 격렬한 마음의 투쟁 때문인지 이마에 땀방울이 맺혔다.

상대가 우직한 사나이라 사카이는 더욱 견딜 수 없었다. 어지러울 대로 어지러워진 세상이라 전혀 유례없는 일은 아니다. 적의 성을 공격하면 여자 또한 하나의 노획물.

그러나 가신과 여자를 다투는 주군은 아직 마쓰다이라 집안에 그 예가 없었다. 그런데 그 과오를 히로타다에게 범하게 하고 만 것이다. 더욱이 히로타다는 아직 그 사실을 모르고 있다. 그것을 안 뒤 예민한 성격인 히로타다의 고민이 염려되었다.

"부탁일세, 주군께는 아무 말 말아주게."

"걱정 마십시오. 하치야는 이미 그 일을 잊었습니다."

"쉽게 잊을 수 있는 일이 아니지. 그러나 상대는 모르고 한 일이야. 아무튼 내가 자네 색싯감을 주선하겠네. 깨끗이 잊게."

"스고강 물에 다 흘려보냈습니다."

"고마우이. 조그만 상처도 크게 느껴지는 지금의 오카자키 아닌가. 참아주게. 부탁하네."

말하는 동안 사카이는 그만 눈물이 나올 것 같아 허둥지둥 그 자리를 떠났다.

거실의 떠들썩함이 다시 웃음소리가 되어 마루로 흘러나왔다. 그 흐름 속에 가만히 앉아, 주군에게 빼앗긴 여자가 주군에게 차츰 정을 기울여가는 모습을 마음속으로 바라보는 괴로움을 아마 다른 사람은 모르리라. 외곬으로 생각하는 사나이니만큼 여자에게 순직한 정을 쏟고 있었음에 틀림없었다.

큰 복도에 이르는 모퉁이에서 사카이가 다시 한번 조용히 하치야를 돌아보니,

저물어가는 복도에 큰 바위가 하나 놓인 것처럼 그는 가만히 앉아 있다.

그 외눈만이 살아 있는 것처럼 젖어서 빛나는 것을 보고 사카이는 고개를 조금 숙이며 복도를 돌아갔다.

"용서해 다오."

이미 성안에 사람 그림자는 거의 없고 여기저기 등불이 켜지기 시작하고 있었다. 하늘은 그제야 구름이 개어 내쉬는 숨이 하얗게 보였다.

남편을 그리며

오다이는 그날 밤도 히로타다와 다케치요가 흰 물결 이는 바다에서 구원을 청하고 있는 꿈을 꾸었다. 눈을 뜨니 영창에 해가 하얗게 떠올라 있고 젖가슴 사이에 촉촉이 땀방울이 맺혀 있었다.

오다이는 한동안 숨죽이고 천장을 올려다보았다. 밀물 때인 듯, 베개 밑으로 돌축대에 밀려와 철썩이는 파도 소리가 들려온다.

14살까지 오다이가 자란 가리야성 시오미 저택(汐見殿)의 한 모퉁이로, 솔바람도 파도 소리도 옛날 그대로지만, 성안 분위기는 오다이가 오카자키성에서 맞았던 변화에 못지않았다. 아버지 다다마사는 이미 이 세상에 없고, 아버지의 측근들도 모두 쫓겨났다.

배다른 오빠 노부모토는 생전의 아버지를 떠오르게 하는 것은 성안에 하나도 남기지 않으려는 듯 전면적인 개혁과 개조를 해치웠다. 가끔 교토에서 찾아오는 노래 스승의 취미에 맞추어, 그 자신의 거실도 큰 서원도 낯선 성에 온 듯한 느낌을 줄 만큼 달라져 있었다.

사이좋았던 친오빠 노부치카도 없고, 단 하나 딸린 하녀도 아직 정들지 않았다. 그러므로 생각은 한층 더 오카자키를 떠나지 않았다. 눈을 감으면 다케치요의 얼굴이 보이고, 잠자리에 들면 히로타다의 목소리가 들렸다.

오다이는 일어났다. 손뼉 쳐 하녀에게 세숫물을 가져오게 하여 말없이 아침 단장을 하기 시작했다. 젖가슴 사이의 땀을 닦고 양치질한 다음 머리를 빗자 여느 때처럼 손수 영창을 열었다.

친정에 돌아왔다—기보다도 유배당한 거나 다름없는 쓸쓸한 이별 뒤의 생활, 오카자키가 있는 쪽의 아침 하늘을 향해 합장하는 것만이 판에 박힌 듯한 습관이었다. 처음에는 다케치요와 히로타다의 무사함을 눈에 보이지 않는 신불에게 기도할 작정이었는데, 언제부터인가 헤어진 남편과 자식에게 직접 합장하는 애절함으로 바뀌어 있었다. 여성에게는 빌어야 할 신불이 따로 있는 게 아니라고 생각되었다. 남편이야말로, 자식이야말로 신이고 부처였다.

"다케치요, 이제 일어났겠지?"

마음속으로 중얼거리며 오다이는 혼자 미소 지었다. 새삼스레 합장하지 않아도 마음에서 한시도 사라진 적 없는 자식. 그 자식이 있기 때문에 살아갈 힘을 얻고 있는 오다이.

"자식이야말로 구원의 부처님……."

기도는 언제나 길었다. 바다가 붉은빛을 엷게 띠고, 주변의 나무에 새들의 지저귐이 날아들 때까지 정신없이 계속되었다.

기도가 끝나기를 기다려 하녀가 말을 건넸다.

"아씨, 말씀 여쭙겠습니다."

오다이와 동갑인 17살, 시노(信乃)라는 졸개의 딸이었다.

"스기야마 님께서 급히 뵙겠다고 산문 밖에 와 계십니다."

오다이는 저도 모르게 소리 지르며 돌아보았다.

"오—안내해라. 그러잖아도 나도 부탁할 일이 있었는데."

시노는 아직 피지 않은 꽃봉오리의 딱딱함을 온몸에 지닌 무표정한 동작으로, 30살 남짓 된 무뚝뚝한 무사를 데리고 왔다.

"이른 아침이지만 긴히 말씀드릴 게 있어서."

스기야마는 이 성안에서 외톨이가 되어버렸다 해도 과언이 아닌 아버지의 총신으로, 오빠 옆에 출사하는 것을 가까스로 허락받은 중신 가운데 한 사람이었다.

스기야마가 오다이와 마주 앉자 시노는 곧 물러갔다. 그것을 기다렸다는 듯 오다이는 스기야마에게 눈길을 보냈다.

"오카자키에서 무슨 소식이라도?"

"예, 사카이 님으로부터 도련님께서 무사히 새해를 맞이하셨다는 소식이 왔습니다."

"참 반가운 소식이군요. 마음이 지쳐서 그런지 꿈자리가 좋지 못해 걱정하고 있었어요."

"아씨—"

"예."

"오늘 아침 주군을 모시고 말터에 갔다가 돌아오는 길입니다만……."

스기야마는 수심을 머금고 날로 아름다움을 더해가는 오다이의 모습에서 눈길을 돌렸다.

"주군께서 드디어 아씨께 재혼을 권하고 오라 하셨습니다."

오다이는 미소 지은 채 대답하지 않았다.

"주군 말씀으로는, 오카자키보다 늦어지면 아씨가 가엾다고."

"오카자키보다 늦어지면……."

"예, 오카자키에서는 다와라의 도다 님 따님이 출가하기로 결정되었답니다."

오다이의 얼굴이 긴장되었다.

"뭐, 다와라의…… 그래요? 다와라의……."

각오하고 있었지만 가슴에 짜릿하게 야릇한 열기가 치밀어올랐다. 현실적으로는 헤어진 남편. 질투가 있을 리 없을 텐데 마음을 쑤시는 이것은 무엇일까? 다케치요에게 어머니라고 불릴 사람에 대한 질투일까, 아니면 미련 때문일까?

이러한 심정을 잘 아는 스기야마는 여전히 밝은 창문에서 눈을 떼지 않았다.

"남녀 사이의 일은 주군께서 잘 아신다고 하시더군요. 이번처럼 이혼한 뒤에는 먼저 가는 쪽이 이기는 것, 뒤에 남게 되면 가엾으니 가서 권하고 오라고……."

"……."

"어떻습니까, 아씨, 한번 생각해 보시는 게?"

"스기야마 님—"

"예."

"조금만…… 조금만 더 이대로 있게 해주세요."

"아씨께서는 그렇듯 간단하게 말씀하시는군요. 그것은 주군의 마음을 모르고 하시는 말씀입니다. 주군께서는……."

그는 말하다가 주의 깊게 주위를 돌아보았다.

"한번 고집에 사로잡히면 시비의 분별을 잃어버리는 분이니."

오다이는 그것도 잘 알고 있었다. 히로타다가 이마가와를 두려워하여 오다이와의 이혼을 받아들였을 때 노부모토는 불처럼 노하여 오카자키에서 오다이를 전송해 오는 사람들을 모두 베어버리려고 대기하고 있었다. 오다이는 그것을 짐작하고 야하기강을 건너자 곧 전송 나온 사람들을 오카자키로 돌려보내 무사할 수 있었지만, 이런 성격을 지닌 오빠이니 방심하지 말라는 뜻인 모양이었다.

"아씨는 아직 모르십니다."

스기야마는 다시 무겁게 말소리를 낮추었다.

"가실 곳은 두 군데, 하나는 히로세의 사쿠마(佐久間) 님, 또 하나는 아구이(阿古居)의 히사마쓰(久松) 님. 어느 쪽이든 선택하지 않으시면 아씨의 목숨이 위태롭습니다. 주군은 고집 센 분이라 혈육이라 해서 용서하지 않으니까요."

오다이는 당황하여 스기야마의 입을 가로막았다.

"그런 말이 오빠 귀에 들어가면 어쩌려고."

스기야마는 그 말에는 대꾸하지 않고 한무릎 다가앉으며 목소리를 한층 더 낮추어 말했다.

"아씨는 노부치카 님의 최후에 대한 소문을 못 들으셨습니까?"

노부치카란 오다이가 마쓰다이라 집안으로 출가한 지 얼마 안 되어 성 밖의 구마 마을에 사는 나미타로의 여동생을 만나러 다니다 오다 쪽 자객에 의해 쓰러진 성주 노부모토의 동생, 오다이에게는 친오빠였다.

오다이는 물론 그 소문을 듣고 있었다. 영주의 자식으로 태어나 성 밖에 여자를 두는 것만도 이례적인 일인데, 그 때문에 끝내 목숨을 잃은 얼뜨기라고 오카자키성까지 그 소문이 들려왔다.

"그 노부치카 님이 실은 아직 살아 계시다는 소문이 요즘 자주 들립니다."

"뭐, 살아 계시다고?"

"예, 그래서 주군의 무참한 소행이 알려지게 된 거지요…… 아씨, 노부치카 님은 주군을 거역했기 때문에 엉뚱한 누명을 쓰고 성으로 돌아오지 못하고 이리저리 떠돌아다니신다더군요."

"그것이…… 그것이 정말인가요?"

스기야마는 고개를 끄덕였다.

"그러니 아씨께서도 주군께 거역하셔서는 안 됩니다."

"……."

"사쿠마 님이냐, 히사마쓰 님이냐. 어쨌든 마음을 정해야 할 때가 왔습니다."

오다이는 숨을 삼키며 스기야마를 지켜보았다.

오빠 노부치카가 형을 거역하여 함정에 빠졌다니…….

스기야마는 다시 무표정한 눈으로 돌아가 말을 이었다.

"노부치카 님은…… 주군이 오다 편에 가담하는 것을 반대하셨답니다. 그 반대를 막기 위해 주군은 자신이 다니시던 구마 저택 나미타로 님의 누이 오쿠니한테 노부치카 님을 보내시어 부정한 사람이라는 오명을 씌워 살해하려 하셨지요…… 그러나 노부치카 님도 무술이 뛰어나신 분이라 살해당한 것처럼 꾸미고 가까스로 위험을 벗어나셨다고 합니다. 주군은 일단 마음을 정하면 결코 수단을 가리지 않습니다."

바로 이때였다.

"여봐라, 거기 스기야마 있느냐? 스기야마!"

성벽을 따라 늘어선 벚나무 가까이에서 말굽 소리가 들려왔다. 성급한 성주 노부모토는 스기야마를 보낸 것만으로는 직성이 풀리지 않아 말터에서 돌아오는 길에 직접 들른 모양이다.

스기야마는 씁쓸히 웃었다.

"성급하시게도…… 예, 저는 여기 있습니다."

큰 소리로 대답한 다음 빠른 말로 속삭였다.

"하루 이틀 안으로 어느 쪽이든 결정하여 대답하실 거라고 말씀드려 두지요."

그리고 얼른 일어나 현관으로 나갔다. 그러나 노부모토는 이미 하인에게 고삐를 건네주고 채찍을 두 손으로 휘게 하면서 터질 듯 큰 소리로 외치며 뜰을 돌아오고 있었다.

오다이는 두 손을 짚고 오빠를 맞이했다.

"오다이, 좋은 아침이구나. 바다가 붉게 타고 있어. 나와봐라. 아침 해가 대야만큼이나 크구나."

"어서 오세요."

노부모토는 다시 활달하게 웃고 나서 툇마루에 걸터앉았다. 히로타다의 힘없는 웃음에 익숙해진 오다이에게는 이 오빠의 목소리가 가슴을 치는 채찍으로 여겨졌다.

"어떠냐, 정했느냐?"

"예, 하루 이틀 안으로 결정하시겠다고 합니다."

스기야마가 곁에서 좋게 말하자 노부모토는 그를 무시하고 말했다.

"하루 이틀 안으로…… 벌써 결정되어 있어야 할 텐데."

그리고 주위에 울려퍼지도록 큰 소리로 말했다.

"오다이, 오카자키의 히로타다 놈은 정말 얼뜨기라는 게 확인되었다. 도다의 딸을 후실로 삼는다는구나. 이건 마쓰다이라 가문에 백해무익한 혼사야."

오다이는 보일락 말락 고개를 끄덕이며 무릎 위의 손가락으로 눈길을 떨어뜨렸다.

"내 눈은 틀림없어. 머잖아 오다와 이마가와 두 가문이 맞붙을 때 마쓰다이라 집안에 선봉 명령이 내려질 것은 뻔한 일. 그때 뒤에서 도다가 후원해 주리라 여기고 하는 일이겠지만, 도다 일족에게 그런 의리가 있을 성싶으냐? 그렇지 않은가, 스기야마?"

"……예."

"불리하다고 판단되면 마쓰다이라 뒤에서 언제든 활을 쏠 놈이야."

"그럴지도 모르지요."

"그것도 모르고 나를 거절하고 도다와 인연 맺다니. 마쓰다이라 집안의 망해가는 운이 가련하구나…… 오다이."

"네."

"너도 한때는 불쌍했지만, 이러고 보니 오히려 너에게 이롭게 되었다."

"……."

"하루 이틀 안이니 하지 말고 오늘 중으로 생각을 정하도록 해라. 히로세든 아구이든 네가 선택하는 대로 맡기는 것은 이 오빠의 깊은 정이다."

오다이는 다시 시선을 무릎에 떨구고 가까스로 눈물을 참았다. 겉으로 스치고 지나가는 슬픔도 아니요 반감도 아니었다. 더욱 절박한 '여자의 운명' 앞에 세워진 애수였다. 마쓰다이라 가문으로 출가할 때도 그러했지만, 오다이는 언제나

이 가리야성을 굳히기 위한 하나의 초석에 불과했다. 어느 집안과 어떻게 인연 맺는 것이 살아남는 길이냐는 계산이 그녀의 앞길을 결정한다. 아니, 그것은 오다이 한 사람의 운명이 아니라 끊임없는 전란으로 모든 질서와 도의가 무너져버린 이 시대 모든 여성의 운명이었다.

"마쓰다이라와 맺어지면 미즈노와 마쓰다이라가 다 함께 편안할 줄 아버님은 아셨지만, 세상은 늘 살아 움직인다. 지금은 위급할 때 오다 쪽에 붙는 자가 아니면 혼인 맺을 필요가 없다. 오다는 떠오르는 아침 해, 이마가와는 지는 저녁 해, 너는 석양에 쫓겨 오히려 아침 햇살 속으로 오게 되었으니 너도 행운이고 나도 행운이다. 알겠느냐? 오늘 안으로 생각을 정하도록 해라."

노부모토는 일어나 스기야마를 재촉했다.

"스기야마, 한 바퀴 더 말을 달리자. 정말 좋은 아침이다!"

오다이는 마루에 두 손을 짚고 말없이 머리 숙이고 있었다.

시노가 내온 밥상에 오다이는 젓가락을 대는 듯하다가 그대로 상을 물리게 했다. 배는 고픈데 전혀 식욕이 없었다.

'나는 대체 오카자키에 무엇을 잊고 왔을까……?'

다케치요가 자기 생명의 절반을 빼앗아 태어났다고도 여겨지고, 히로타다의 애무가 자기 몸속에 약한 마음을 스며들게 했다고도 생각된다. 그러나 그 허탈감이 이토록 오래 계속되리라고는 생각지 못했다. 왠지 온몸이 노곤하고 가끔 가벼운 기침이 났다. 어쩌면 히로타다의 병이 옮아온 건 아닐까…… 생각하자 그 병까지 그리워졌다.

될 수 있으면 이대로 삭발하고 '암자'에 들어가고 싶다. 다케치요를 가졌을 때처럼 기도하며 일생을 보내고 싶다. 그러나 그것마저 허락될 것 같지 않았다.

오다이는 한참 동안 멍하니 방에 앉은 채 꼼짝도 하지 않았다. 장지문에는 햇볕이 가득 내리쬐어 잎을 떨군 단풍나무 그림자가 그려놓은 듯 비치고 있다. 가끔 그곳에 새들이 와서 요란한 소리로 지저귀었다.

바다가 가깝고 서풍이 적은 탓으로 오카자키성 안보다 봄이 이르다. 손꼽아보니 결심하고 헤어져온 지 벌써 반년이 되려 하고 있다. 그렇건만 살아가려는 의지는 없고 조용히 죽음을 기다리고 싶은 생각이 언제나 머리를 떠나지 않는다.

물론 이번 재혼 상대 둘 다 오다이는 알지 못했다. 이렇듯 약한 마음으로 낯선 남자에게 시집가 과연 살아갈 수 있을지……?

9시쯤 되어서야 오다이는 비로소 시노를 불렀다. 오가와의 겐콘사(乾坤寺)에 있는 아버지 묘소를 찾아갈 생각이 났던 것이다. 오빠에게 말하면 가마를 내주겠지만 그것이 번거로워 시노와 하인 하나를 데리고 몰래 성을 나섰다. 점점 따뜻하게 내리쬐는 햇살 속에 벌써 줄무늬가 되어 자라기 시작한 보리 이삭이 보기 좋았다.

히로세의 사쿠마냐.

아구이의 히사마쓰냐.

어느 쪽을 택하건 오다이의 행복과는 상관없는 일 같았다. 그러나 그 어느 쪽인가를 그녀는 정하지 않으면 안 되었다. 아버지 무덤에 참배하여 무슨 암시라도 받을 수 있으면 좋겠다는 덧없는 희망을 품고 걸어가노라니, 화창한 햇살마저 눈부셔 오히려 부담스럽게 느껴진다.

구마 마을 어귀에 접어들었을 때였다.

"여보시오, 부인."

삿갓으로 깊숙이 얼굴을 가린 떠돌이무사인 듯한 사람에게 불려 오다이는 아무 생각 없이 발을 멈추었다.

"당신들은 가리야의 미즈노 댁 하인인 듯한데…… 오카자키에서 이혼해 오신 오다이 님을 혹시 모르시오?"

"오다이……."

그 목소리가 귀에 익었다.

'살아 있다는 오빠 노부치카가 아닐까?'

오다이가 깜짝 놀라 장옷을 들추자 이번에는 무사가 앗! 하며 몸을 홱 돌렸다.

"여보세요……."

오다이는 하인에게 눈짓한 뒤 저도 모르게 두세 걸음 달려가고 있었다. 뼈대는 억세었으나 키도 목소리도 꼭 닮았다. 오다이의 눈짓으로 하인은 남자 뒤를 좇았다. 시노가 의아한 듯 오다이를 쳐다보며 따라온다.

길은 앞쪽에서 정(丁) 자 모양으로 갈라져 있었다. 정면은 구마 도령으로 불리는 다케노우치 나미타로의 집 해자이고, 그 너머에는 견고한 흙담이 있었다. 하인은 무사 뒤를 따라 오른쪽으로 돌아갔다. 길 한쪽으로 점점이 억새 그루터기가 이어지고, 군데군데 잎을 떨군 개암나무가 서 있다.

길이 갈라진 곳까지 간 오다이는 정신이 번쩍 들었다. 맑게 갠 하늘 아래 개암나무에 까마귀가 네댓 마리 무리 지어 있었는데 그 울음소리가 문득 마음을 가다듬게 했다. 2년 전 구마 저택에서 살해되었을 터인 오빠 노부치카. 살아 있다는 것은 큰오빠 노부모토와의 불화를 깊게 하기 위한 농간이 아닐까. 아니, 그 소문이 사실이어서 정말 살아 있다면 더더욱 좇아가서는 안 될 상대일지도 모른다.

오다이는 후회했다.

"시노, 하인을 불러와라. 성묫길이 멀어지겠다."

"네."

시노는 달려갔다. 그런데 20, 30걸음도 가기 전에 앞길 모퉁이에서 해자를 따라 돌아나오는 하인 모습이 보였다. 하인은 혼자가 아니었다. 앞머리를 반드르르하게 내리고 보랏빛 상투 끈을 맨 화려한 무늬비단 옷차림의 젊은이와 함께 걸어오고 있다.

시노는 되돌아오며 오다이에게 알렸다.

"구마 도련님이 함께."

오다이는 고개를 끄덕이며 장옷 속에서 관례를 올리지 않은 차림의 나미타로를 바라보았다. 이 구마 마을 토호 다케노우치 나미타로는 아버지가 살아 계실 때 두 번 만난 적 있다. 아버지는 거룩한 제신(祭神)을 섬기는 일족이니 소홀히 대접해서는 안 된다면서 남북조 시대부터의 전설 같은 이야기를 곧잘 들려주었다.

그 나미타로의 누이 오쿠니에게 오빠 노부치카가 반해 자객 손에 죽고 만 것이다. 그런데 나미타로의 이 신비로운 젊음은 어디서 오는 것일까? 오다이보다 4, 5살 위일 텐데, 여전히 앞머리도 깎지 않고 눈이며 입술이 예나 다름없이 젊었다.

가까이 오자 나미타로는 눈가에 맑은 미소를 지으면서 말했다.

"아씨, 성묘 가시는 길이라고요? 아버님 영혼이 우리를 만나게 해주신 모양입니다. 잠시 들렀다 가시지요."

오다이는 대답하지 않았다. 이 집에 얽힌 오빠 노부모토와 노부치카의 다툼이 순간적으로 결단을 가로막고 있었다. 그 망설임을 눈치채고 나미타로는 거리낌없이 웃어 보였다.

"이 하인이 어느 분과 비슷한 분을 보았다는데, 그가 우리 집으로 들어갔다는군요. 그 일은 모르겠지만 아무튼 소개해 드릴 분은 확실히 계십니다. 자, 안내할 테니 들어오십시오."

뒤에서 하인이 이상하다는 듯 고개를 갸우뚱한 채 오다이의 얼굴빛을 살피며 중얼거렸다.

"아까 그 무사가 구마 저택으로 사라지는 걸 분명히 보았는데요……."

오다이는 여전히 잠자코 해자를 바라보고 있다. 깊숙이 가라앉은 수면에 까마귀 그림자가 그린 듯 뚜렷이 비치다가 사라졌다. 오다이가 구마 저택에 들렀다 갈 마음이 든 것은 그곳이 오빠 노부치카가 목숨 잃은 장소라고 들었기 때문이었다.

"정 그러시다면."

살아 있든 죽었든 혈육인 오빠를 애도하는 마음으로 갔다면 노부모토의 노여움을 살 것까지는 없으리라.

'들렀다 가자…….'

결심하고 나자 자기를 보고 달아난 아까 그 남자의 뒷모습이 점점 마음에 걸렸다.

나미타로는 그 일에 대해서는 아무 말도 하지 않았다. 그는 앞장서서 제단이 있는 방으로 오다이를 안내하여 참배를 마친 다음 서원식으로 꾸민 객실로 안내했다.

제단이 마련된 곳은 신전처럼 꾸며졌으며 거기서부터 양옆으로 방이 늘어서 있다. 말하자면 조그만 신사를 중심으로 하여 사방에 담을 둘러싼 고풍적인 성곽 구조로 객실 창문에서 뜰을 건너 흙으로 된 성벽과 망루가 바라보였다.

나미타로는 오다이를 객실로 안내하자 일어나 손수 창문을 열고 뜰을 가리키면서 자리에 앉았다.

"저 시든 싸리가 있는 곳…… 저 언저리에서 노부치카 님이 목숨을 잃으셨다고만 생각하십시오."

오다이는 고개를 끄덕이며 햇볕 속으로 시선을 던졌다.

"그날 밤은 싸리꽃이 만발하고 달이 유난히 아름다웠지요. 자객은 저 세면대 뒤에 숨었다가 느닷없이 노부치카 님에게 덤벼들어……."

나미타로는 말을 멈추고 문득 또 미소 지었다.

"내가 아씨께 새삼스레 이런 말씀을 드리는 뜻을 아시겠습니까?"

"네."

"모두 다 오다냐, 이마가와냐 하는 싸움이 원인이었지요."

"그러시면 도령께서는 형제 싸움의 원인까지 알고 계신가요?"

나미타로는 고개를 끄덕였다.

"예, 내가 이 세상에서 본 가장 추악한 수라장…… 덕분에 나도 누이를 잃었습니다."

"누이라면 오쿠니 님?"

"그렇습니다. 노부모토 님은 정말 무서운 분입니다."

나미타로는 여전히 미소를 잃지 않았다. 오다이는 잠자코 있었지만 가슴속이 후벼 파는 듯 아팠다.

'소문은 역시 사실이었구나…….'

오쿠니를 사랑하여 이 집에 다닌 것은 노부치카가 아니라 노부모토였던 모양이다. 그런데 오다냐 이마가와냐 하는 의견 차이로 노부치카를 여기까지 유인해 자기 연인과 함께 죽이다니…….

나미타로는 수심에 찬 오다이의 옆얼굴에서 눈을 떼지 않고 말했다.

"아씨께서도 그 여파로 나 이상의 슬픔을 겪으셨습니다…… 그렇다고 여기서 지면 안 되지요. 오카자키에 남아 계신 아기를 위해 최선을 다하셔야 합니다."

오다이는 결심한 듯 말했다.

"도령께서 저와 만나게 해주고 싶다던 분은 누구신지요?"

"그 소개해 드리고 싶은 분이란……."

말하다 말고 나미타로는 다시 모호하게 웃었다.

"노부치카 님의 영혼은 아닙니다."

"노부치카 님의 영혼……."

"묻지 마십시오. 영혼이 슬퍼하실 겁니다. 그것은 다름 아니라 나는 신에게 종사하는 몸으로 영혼과 자유자재로 통하니, 영혼의 슬픔과 기쁨을 알 수 있는 거라고 생각해 주십시오."

"……네."

오다이는 손을 짚고 나미타로의 표정을 읽어내려고 했다. 나미타로는 그 모습에 고개를 조금 끄덕여 보였다.

"재혼 말이 있으시다고요?"

"네."

"히로세냐, 아구이냐…… 그 때문에 망설이고 계시다고, 이것도 영혼이 알려주었습니다만."

오다이는 고개를 끄덕였다.

'역시 오빠는 죽지 않았어…… 나미타로와 관련된 곳에 살고 있는 거야.'

그러자 궁금한 일이 가슴 가득 넘쳐왔지만 물어서는 안 되었다. 큰오빠 노부모토의 눈을 피해 살아 있는 유령. 그 유령을 밝은 곳으로 끌어내는 것은 너무 가혹하다. 혈육끼리 서로 죽이는 지금 세상에 이러한 유령들이 얼마나 많을 것인가.

"그래…… 마음을 정하셨습니까?"

"글쎄요, 그것이……."

"그것도 나는 알고 있지요."

나미타로는 여기서 껄껄 소리 내어 웃었다.

"많이 망설이고…… 잘 생각하라……는 것도 영혼의 알림입니다."

"네."

"아씨 생각으로는 오카자키와 멀어지는 게 두렵다, 만일의 경우 자식과 적이 되면 어쩌나 해서…… 망설이고 계시겠지요?"

오다이는 깜짝 놀라며 고개 숙였다. 무서울 만큼 정확하게 자신의 두려워하는 마음을 꿰뚫어보니 얼른 대꾸할 말이 없었다.

하녀가 차를 내왔다. 창밖의 햇살은 점점 더 화창해지고, 지난날의 비극을 알고 있는 싸리 밑동에 메추라기가 날아와 한가로이 모이를 쪼고 있다.

나미타로는 천천히 차를 마시며 오다이의 감정이 가라앉기를 기다리고 있었다.

"혈육으로서, 여자로서 무리가 아니지요. 나도 그 심정은 이해합니다. 그러나…… 그 미망(迷忘)에 빠져 앞날의 파도를 잘못 보셔서는 안 됩니다."

"……네."

"평생을 함께할 수 없는 운명이라면, 그 운명을 헤쳐나갈 수단이 있을지도 모르니 망설여지긴 하겠지만 잘 생각해서……라고 지금 말씀드려 봤자 무리한 일이겠지요. 그런데 아씨께 소개드리고 싶은 분……이 있다고 말씀드렸는데, 어떠십니까?"

오빠를 만나게 해주려는 것은 아닌 듯하다. 대체 누구일까? 오다이는 나미타로의 호의를 생각하여 거절할 수가 없었다.

"만나기 전에 누구신지 알면 안 될까요?"

"아씨도 신분을 감추신 채 만나시는 게 좋을 겁니다."

"알겠습니다."

나미타로는 만족한 듯 고개를 끄덕였다.

"이것이 무슨 암시가 된다면, 역시 영혼의 인도겠지요. 그럼, 잠시 여기서 기다리시도록……."

나미타로는 절을 하고 방에서 나가더니 얼마 뒤 되돌아왔다.

"저와 친척이라고 소개하겠습니다. 이리 오십시오."

오다이를 안내하여 바깥채로 가는 복도를 걸어갔다. 이곳은 새로 꾸며 족자도 훌륭하고 향로대와 화병대 모두 우아한 자개로 되어 있었다. 아마 객실도 최근에 마련한 것이리라. 왼쪽 서원 창문으로 비쳐드는 햇빛에 병풍의 《이세 이야기》 그림이 뚜렷이 떠올라 보였다. 정면에 11, 12살 난 소년과 그 시종인 듯한 두 무사가 앉아 있었다. 왼쪽에 앉은 자는 이미 사십을 넘은 중늙은이, 또 하나는 24, 25살로 보인다.

오다이가 나미타로에게 인도되어 들어가자 정면의 소년이 무례하게 오다이를 내려다보며 말했다.

"정말 오쿠니를 닮았군."

"친척이니 닮았겠지요. 자, 좀 더 앞으로 나와 앉으십시오. 기치보시 님이 잔을 내리신다니까."

늙은 무사가 소탈하게 오다이를 손짓해 불렀다.

"오노부(信) 님이라고 하셨지요?"

"……네."

"나는 여기 계시는 오다 기치보시 님의 부하 히라테 마사히데(平手政秀). 이 사람은 아구이의 히사마쓰 도시카쓰(久松俊勝)라 하오."

오다이는 깜짝 놀라 소년을 다시 본 다음 히사마쓰를 보며 두 손을 짚었다.

'이 아이가 유명한 오다 노부히데의 귀한 아들이구나…….'

다른 한 사람이 지금 오다이의 혼담 상대로 말이 있는 히사마쓰 도시카쓰라는 것보다도, 느닷없이 기치보시에게 소개된 놀라움이 더 컸다.

히라테가 말했다.

"기치보시 님, 잔을—"

"잔을 들게 해라."

소년은 쾌활하게 시녀에게 턱짓하며 말하더니 앉아 있던 한쪽 발을 갑자기 오다이 앞으로 내밀었다.

"그대는 무엇을 좋아하나? 오쿠니는 고와카(幸若 ; 무사에 관한 노래를 부르며 부채로 장단 맞춰 추는 춤)도 잘했지만 노래도 잘 불렀어."

오다이는 깜짝 놀라 뒤로 물러났다. 그때 벌써 소년은 손에 든 부채를 펼치고 변성하기 시작한 목소리로 낭랑하게 노래 부르기 시작했다.

죽음은 정해진 일
추억거리로
무엇을 할까
죽음 이야기로 지새우는 밤…….

히라테가 웃으며 손을 쳐들었다.

"그만두십시오. 오노부가 놀랍니다."

"할아범은 이것을 싫어하지."

소년은 다시 훌쩍 다리를 오므리고 오다이에게 물었다.

"그대는 무엇을 할 줄 아나?"

"배운 게 없어 아무것도 할 줄 모릅니다."

대답하면서 오다이는 갑자기 가슴속에서 싱싱하게 움트는 감정에 부딪쳤다.

'이 아이가 오다의 아들…….'

오카자키에 두고 온 다케치요와 머잖아 한 치의 땅을 다투며 싸움터에서 맞설 숙명의 아이가 아닌가. 오다이는 저도 모르게 빛나는 자기 눈을 마음속으로 꾸짖으면서 조용히 물었다.

"도련님은 노래를 좋아하십니까?"
오다이가 묻자 기치보시는 웃음을 터뜨렸다.
"허튼소리 마라, 나는 무장이야."
"그러시면?"
"노래를 좋아한다고 말했다간 여기 있는 할아범에게 혼나지."
"호호호……."
"무장은 첫째로 말타기, 둘째로 매사냥, 셋째로 무용담, 넷째로 강낚시야. 그렇지, 할아범?"
"그렇습니다."
"고와카니 노래니 하는 것은 할아범이 없을 때 하는 일이야. 진짜로 좋아하는 것은 따로 있지……."
"그게 무엇인가요?"
"첫째, 아무 데나 서서 오줌 갈기는 것."
"네?"
"그다음은 선 채로 물에 밥 말아 먹는 것."
"선 채로……."
"음, 그대는 그렇게 먹어본 적 있나? 창자가 똑바로 펴지니까 얼마든지 들어가거든. 일고여덟 그릇은 술술 넘어가지. 반찬은 된장이면 그만이야."
여기까지 말하자 히라테가 부채 자루로 다다미를 찍었다.
"이것도 안 된단 말이야? 나 참."
오다이 곁에서 나미타로가 소리 내어 껄껄 웃었다. 저도 모르게 오다이도 웃었지만 어딘가 웃어넘길 수만은 없는 감정도 남았다.
오다 노부히데는 지금 안조성에 둔 측실의 맏아들 노부히로보다 이 기치보시에게 훨씬 기대를 걸고 있다고 한다. 그래서 오다 가문의 지혜주머니라 일컬어지는 총신 히라테를 스승으로 삼아 훈육하고 있는 것이다. 어리석어 보이는 장난 속에 안하무인의 대담한 성격이 엿보인다.
히라테도 이것을 충분히 알고 가끔 고삐를 죄는 모양이지만, 또 한 사람 히사마쓰 도시카쓰는 근엄한 성격인지 무뚝뚝한 표정으로 앉아 있었다.
오다이는 하녀가 받쳐든 술병에서 술을 조금만 따르게 하고 잔 뒤에서 다시 한번 기치보시의 풍모를 훔쳐보았다.
"감사히 받겠습니다."
눈썹이 씩씩하게 치켜올라가 있고 눈빛이 범상치 않다. 히라테에게 꾸중 듣고 뿌루퉁하니 부어오른 붉은 볼은 말할 것도 없고 방석에서 삐져나온 왼쪽 무릎을 덜덜 떠는 모습이 아주 괴상하고 망측했다.
오다이가 잔을 내려놓자 나미타로가 재촉했다.
"그럼, 이만."
"매사냥을 오게 되면 또 만나자."
오다이가 공손히 절하고 일어서자 기치보시는 또 말을 던졌다.
"다음에는 고와카를 추어 보일 테니, 그대도 뭔가 배워둬."
복도로 나오자 나미타로는 오다이를 돌아보았다.
"어떻게 생각하십니까?"
"활달하신 도련님이군요."
"단지 그것뿐입니까?"
"눈빛에 여간 아닌……."
말을 시작하자 나미타로는 미소 지으며 오다이의 마음을 들여다보는 듯 말했다.
"오카자키의 아드님과 좋은 경쟁 상대……라고 생각되지 않습니까?"
오다이도 애매하게 미소 지어 보였다.
"다케치요는 이제 3살인데요."
"그러니 장래를 생각하는 게 중요하지요……."
나미타로는 다짐하는 듯한 눈초리로 말한 다음 아까 있었던 방으로 걸어갔다.
오다이는 따끔하게 가슴에 느껴지는 게 있었다. 이 집 주인 나미타로는 은연중에 오다이의 재혼을 권고하고 있는 게 아닐까. 머잖아 오다 기치보시와 마쓰다이라 다케치요의 시대가 올 것이다. 이 두 사람 또한 할아버지며 아버지처럼 숙명적으로 싸움터에서 만나지 않으면 안 되는 것일까.
"오닌의 난 이래 여기저기서 전란이 너무 오래 계속되었다고 생각되지 않습니까?"
방으로 돌아가자 나미타로는 손뼉 쳐 차를 가져오게 하고는 가만히 장지문의 햇살을 바라보며 손을 꼽았다.

"에치고의 우에스기, 가이의 다케다, 사가미의 호조, 스루가의 이마가와…… 모두 왕도를 향해 움직이고 있다……는 것은 싸움에 지친 백성의 마음을 헤아려 천하통일을 생각하고 있는 증거라고 나는 보는데, 모두 왕도와 너무 멀어서……."

오다이는 온몸을 긴장시킨 채 뜰의 햇살에 시선을 보내고 있었다.

"만약 노부치카 님이 이 세상에 계시다면 뭐라고 하실까요. 마쓰다이라와 이마가와는 영원히 떨어질 수 없다고, 아직도 생각하고 계실지 어떨지."

오다이는 어느덧 하얀 볕 속에 기저귀를 찬 다케치요의 얼굴과 헤어진 남편을 나란히 놓고 있었다. 히로타다의 생애에서 이마가와와 결별한다는 것은 꿈에도 생각할 수 없는 일이다. 그리고 그것은 바로 이마가와가 있는 한 오카자키는 무사하다는 뜻이기도 했다. 그러나 그 반대 경우도 없다고 할 수 없다. 만약 오다가 미카와를…… 하고 생각하니 거기에는 오카자키의 슬픈 최후밖에 없었다.

오다이가 깨달은 것을 눈치채고 나미타로는 자연스럽게 화제를 돌렸다. 그가 최근에 보고 온 교토 이야기, 나니와 이야기, 석산당 신도들 이야기, 그리고 번화한 사카이 이야기 등.

이야기 끝에 나미타로는 오다 노부히데가 가끔 기치보시를 이 집에 보내는 이유를 말한 다음 미소 지었다.

"히사마쓰 님은 의리가 두터운 분입니다."

역시 오다이에게 아구이로 시집가 언젠가 다케치요와 기치보시의 시대에 대비하라는 권고인 모양이다.

그 말을 적당히 흘려들으며 오다이는 구마 저택에서 물러나왔다.

해는 아직 높았다. 끝없이 맑고 푸른 하늘에 히로타다와 히사마쓰, 다케치요와 기치보시의 얼굴이 안타깝게 겹쳐졌다. 헤어진 남편—그가 왜 이리도 그리울까.

"아까 그 떠돌이무사는 사람을 잘못 보신 것이었습니까?"

하인이 묻는 말에 고개를 끄덕이면서 오다이는 지그시 입술을 깨물었다.

"오늘 성묘는 그만두겠어."

불쑥 말하는 소리에 깜짝 놀라 시노가 얼굴을 들었을 때, 오다이의 눈에서 눈물이 햇빛을 받아 반짝반짝 빛나고 있었다. 시노는 하인과 얼굴을 마주 보았다.

성에 들어갈 때 오다이는 두 사람을 돌아보며 부드러운 목소리로 다짐을 두었다.

"구마 저택에 다녀왔다는 말은 하지 말도록."

벚꽃탕

말터에는 벚꽃이 만발해 있었다. 땅이 이미 반쯤 하얗게 뒤덮였다. 히로타다는 그 꽃 사이로 쉬지 않고 세 번이나 말을 몰았다. 오랫동안 매사냥을 나가지 않고 말터에도 나오지 않은 탓으로 몹시 숨차고 땀이 배어나왔지만 마음속의 울적한 감정은 이것 말고는 풀 길이 없을 것 같았다.

"하치야, 따라와!"

네 번째에 다시 해자가에서 만쇼사(滿性寺) 지붕을 바라보며 말을 돌리자, 근위 무사 하치야는 창을 멘 채 돌부리를 걷어차고 비틀거리다 말 앞에서 고꾸라졌다. 히로타다가 자랑하는 희고 검은 바탕에 회색 얼룩점이 있는 말이 깜짝 놀라 앞발을 곤두세워 히로타다의 눈앞에 만발한 꽃이 물결치듯 너울거렸다. 땅바닥에 떨어진 꽃잎이 산산이 흩어지고, 히로타다의 몸은 엉덩방아를 찧은 하치야와 나란히 땅바닥에 놓였다.

"훌륭하신 낙마 솜씨입니다."

"이놈!"

들고 있던 채찍이 하치야의 어깨에서 철썩 울리자 하치야의 외눈이 원망스러운 듯 히로타다를 응시했다.

"다치지 않으셔서 다행입니다."

히로타다는 급히 일어나 옷자락에 묻은 풀잎을 털었다.

"하치야!"

"예."
"너는 나를 원망하느냐."
"무엇 때문에…… 그런 당치도 않은 말씀을."
"나에게 오하루를 빼앗겼다고 생각하고 있지?"
"당치도 않은 말씀을. 오하루와 저는 아무 관계도 없습니다. 오늘은 새 마님께서 출가해 오시는 경사스러운 날, 다치지 않으셔서 다행이라고……."
여기까지 말했을 때 또 한 번 채찍이 머리 위에서 철썩 울렸으므로 하치야는 외눈을 깜박거렸다.
"뭐가 경사스러우냐, 듣기 싫다!"
"예, 말씀드리지 않겠습니다."
"내가 원해서 맞는 아내가 아니다. 너나 오하루는 그것도 모르고 나를 원망하고 있구나."
"말대꾸 같습니다만 원망 따위는 추호도."
"닥쳐라!"
"예."
"나는 오하루를 너한테서 빼앗았다. 기왕 빼앗았으면 좀 더 총애하라고 네 외눈이 말하고 있어."
히로타다는 이미 땅에 꿇어앉은 하치야를 보고 있지 않았다. 채찍을 두 손으로 휘게 하면서 자기 감정을 마음대로 다루지 못해 초조하게 꽃나무 아래에서 서성거리고 있다.
말은 히로타다를 떨어뜨리고 나서 한가로이 풀을 뜯고 있고, 뒤따라오던 하인은 아직 말터에 모습을 나타내지 않았다.
하치야는 벌떡 일어나 말고삐를 주워들었다.
"한 바퀴 더 도시겠습니까?"
히로타다는 대답하지 않았다. 깨닫고 보니 눈에 눈물을 가득 담고 주위를 빙빙 돌고 있다. 하치야는 자기도 울고 싶어졌다. 히로타다는 요즘 가까스로 마음이 안정되어 이제 괜찮으리라 여기고 있는데 기분 상하게 하는 소문이 다시 들려왔다. 가리야로 돌아간 오다이 부인이 오다 쪽에 가담한 집안으로 재혼해 간다는 소문이었다. 상대는 아구이의 히사마쓰 도시카쓰. 그 소문을 시녀 스가가 들려주었을 때 히로타다는 미친 듯이 웃어젖혔다.

"핫핫핫하, 오다이가 히사마쓰 따위의 마누라가 된단 말인가. 아, 참으로 우습다, 핫핫핫하."

그 웃음이 심상치 않다고 생각하는데 이윽고 손에 들었던 찻잔을 정원의 돌을 향해 내던졌다. 그 뒤로 아무도 오다이에 대한 이야기를 하지 않았다. 물론 히로타다도 말하지 않았다. 그런데 그날 밤부터 몹시 기분이 상해서 방이 하나 주어진 오하루의 방에도 발걸음을 끊었다.

노신들은 스가를 꾸짖었다. 그 때문에 도다 집안과의 혼사가 앞당겨지게 되었다.

그리고 오늘 드디어 혼삿날이 되어 하치야도 안심하고 있었는데 하필이면 이날 낙마하고 만 것이다.

하치야는 애원하듯 말했다.

"주군—한 바퀴만, 한 바퀴만 더 달리시지 않겠습니까?"

히로타다는 걸음을 멈추고 눈을 딱 부릅뜨며 하치야를 돌아보았다.

"하치야!"

"예."

"너는 사람을 믿느냐?"

"예, 사람과 사람으로 이루어진 세상, 믿지 않고는 살 수 없습니다."

"음, 인생은 전광석화(電光石火), 목숨은 이슬 같고 번개와도 같으니 믿지 않으면 안 되겠지."

"한 바퀴, 한 바퀴만 더 달리고 오시면?"

"하치야."

"예."

"벚꽃을 흔들어 떨어뜨려라."

"예?"

"벚나무에 말을 매고 내가 후려칠 테니 너는 꽃잎을 주워 모아라. 옷을 벗어 그 속에 담도록 해."

"옷을 벗어서……."

"그래, 나는 지지 않는다. 벗어라!"

"예."

하치야가 어리둥절한 표정으로 옷을 벗는 동안, 히로타다는 고삐를 잡고 아직 어린 벚나무에 말을 매었다.

"알겠나, 하치야?"

"예."

하치야의 늠름한 오른쪽 팔뚝에서 가슴께로 얽힌 듯한 칼자국을 보자 히로타다는 높이 채찍을 휘둘렀다.

"좋았어!"

그러나 처음에 한 번 철썩 내려친 것은 말이 아니라 하치야였다.

"하치야, 재미있지?"

"예."

두 번째부터는 세찬 소리가 말 목덜미에서 울렸다. 말은 깜짝 놀라 미친 듯이 날뛰었다. 그럴 때마다 꽃보라가 벌거숭이 하치야를 에워쌌다.

"왓핫핫하, 말이 설치면 꽃이 진다는 게 참말이었군. 자, 꽃을 모아라, 꽃을 모아, 핫핫하."

나중에는 말만 때리는 게 아니었다. 춤추는 듯한 몸짓으로 닥치는 대로 이 가지 저 가지를 후려쳤다. 대체 무슨 목적으로 이런 기묘한 짓을 하기 시작한 것일까? 이 일로 히로타다의 기분이 풀린다면 하치야는 그것으로 족했다.

"경사스러운 날이다, 경사스러운……."

아직 쌀쌀한 3월 바람을 맨몸에 받으며 하치야는 외눈을 분주히 움직여 옷에 부지런히 꽃잎을 주워 담았다. 한참 동안 사람도 말도 꽃 속에서 춤추었다.

흥분한 동작 탓인지 히로타다의 얼굴은 이윽고 타는 듯한 분홍빛에서 하얗게 질린 얼굴로 바뀌어갔다. 그러자 이마에 축축이 땀이 솟아, 거기에 꽃잎이 하나둘 달라붙었다. 히로타다는 요즘 무슨 일을 하든 빨리 지쳤다.

"왓핫핫하."

웃음소리가 별안간 발작적인 기침으로 바뀌었다.

"이제 됐다."

히로타다는 옷 속의 꽃잎을 들여다보더니 갑자기 엄한 얼굴이 되었다.

"말을 몰아라, 돌아가자."

"예."

하치야는 창을 메고, 꽃잎을 싼 옷을 옆구리에 끼고는 말고삐를 풀어가지고 왔다. 말은 아직 흥분이 가시지 않아 눈에 인광을 번뜩이며 발을 놀리고 있다. 히로타다는 말 목덜미를 툭툭 치고는 휙 올라탔다.

"하치야, 따라와."

이번에는 아까처럼 마구 달리지 않았다. 강을 따라 스고 곡성(曲城)으로 들어가 사카다니 문까지 가는 동안 가끔 말 위에서 하치야를 돌아보았다.

오늘은 큰 대문에서 이곳까지 말끔히 청소되어 있다. 출가해 오는 마키히메를 맞이하는 준비였다.

본성에 이르자 측근무사가 눈을 둥그렇게 뜨고 두 사람 곁으로 다가왔다. 웃통을 벗은 하치야를 보고 무슨 일이 일어났는가 싶어 깜짝 놀란 모양이었다.

히로타다는 말없이 말에서 내려 측근무사에게 고삐를 넘겨주고 큰 현관으로 들어갔다.

"하치야, 따라 들어오너라."

숨을 헐떡이며 하치야도 뒤따라 들어갔다. 성안을 벌거숭이로 다니는 것만도 괴이한 일이건만 히로타다는 바깥채 거실에 들르지 않았다. 주방 옆의 큰 복도를 지나 곧장 내전으로 구부러져 들어갔다.

하치야가 잠깐 머뭇거리자 다시 턱짓했다.

"들어와—"

그리고 지난번에 본성으로 옮겨와 왕고모 손에 자라고 있는 다케치요의 방 앞에서 문득 발을 멈추고 잠시 귀 기울이더니 그곳도 지나쳤다. 대체 벌거숭이 하치야를 어디까지 데리고 가려는 것일까.

"저, 주군—"

이제는 주위에 여자들뿐이므로 하치야는 다시 불러보았으나 히로타다는 아랑곳하지 않았다.

"따라와!"

전에 오다이의 거실이었던 곳도 지나 안뜰을 따라 오른쪽으로 꺾어들을 때 어지간한 하치야도 앗! 하고 소리 질렀다. 지금은 오하루 아씨라 불리는 고종사촌 누이 오하루의 방으로 갈 작정인 것이다. 여기서 또 언제나처럼 뒤틀린 빈정거림을 당해야 하는 일이 무뚝뚝한 하치야로선 살을 에는 것보다 더 괴로웠다.
문 앞에서 히로타다는 하치야를 흘끗 돌아보았다. 하치야는 체념했다. 오늘은 역정 나게 하면 안 된다. 꽃잎을 싼 옷을 들고 문 앞에 불쑥 얼굴을 내밀자, 안에서 오하루와 하녀가 깜짝 놀라 히로타다를 맞아들이고 있는 참이었다.
"오하루, 바구니를 가져와 벚꽃을 담아라. 하치야가 추울 테니 빨리해."
오하루는 하치야를 보자 애처로울 정도로 겁을 먹었다.
히로타다는 하치야가 걱정하는 만큼 기분 나쁘지는 않은 듯했다. 각오하고 있던 뒤틀린 소리도 하지 않고 오하루가 바구니를 가져오자 말했다.
"꽃을 비우고 옷을 입어라."
그리고 문득 밝은 미소를 보였다.
"참 재미있었지, 하치야!"
"예, 이 꽃으로 무엇을 하실 겁니까?"
"이것 말인가. 이것으로 사람을 믿지 못하게 된 내 마음을 씻고 싶다."
"주군의 마음을……."
"그래, 이제 옷을 입고 물러가거라."
하치야는 그제야 마음 놓고 옆방으로 가서 얼른 옷을 입고 물러갔다.
하치야가 물러가자 오하루는 조심스레 히로타다에게 축하 인사를 했다.
"성주님, 축하드립니다."
"뭐, 축하한다고…… 거짓말 마라."
"네?"
"너까지 누구한테 배워서 마음에도 없는 소리를 하는가? ……꾸짖는 게 아니니 겁낼 것 없어. 나는 오늘 어린아이로 돌아가 마음을 바르게 갖고 싶다."
그러고는 지그시 오하루를 바라보았다.
"역시 닮았어……."
오하루도 이제는 그 뜻을 알고 있다. 그녀를 오하루로서 사랑하는 게 아니라 오다이 부인의 그림자로 가까이 두고 있는 것이었다.
"히사마쓰 따위의 마누라로……."
"뭐라고 하셨어요?"
"아니다, 넌 모르는 일이야. 너는 그 꽃이나 들고 와."

"이 꽃을…… 어디로 가지고 갈까요?"
"욕탕으로. 목욕물은 데워놓았겠지?"
"네."
"지금 들어갈 테니 들고 와."
"네."
"탕 속에 그 꽃을 가득 띄워라."
오하루는 고개를 갸웃하며 히로타다 뒤에서 따라 들어갔다. 오늘은 경사스러운 혼인날. 말터에서 한바탕 달린 뒤 목욕하고 상투를 트는 일은 아무 이상할 것 없지만, 이 꽃을 욕탕에 띄우라니 무슨 의미일까? 지금의 오하루로서는 욕실에 가는 것도 괴로운 일 가운데 하나였다. 전에 친구였던 하녀들이 자기를 어떤 눈으로 볼까 하고 생각만 해도 몸이 움츠러든다.
"목욕물 시중을 들러 가서 성주님을 호리다니. 여자의 기량은 솜씨에 달렸어."
측실로 들어가기 전에 이런 소리를 듣고 쥐구멍에라도 들어가고 싶은 심정에 사로잡힌 일도 있었다.
"벚꽃이란 한꺼번에 피고 한꺼번에 지는 결백한 꽃이다."
"네."
"두 남편을 맞을 만큼 미련스러운 꽃이 아니야."
"네."
"사람의 목숨이란 이슬 같고 번개 같은 것. 자, 너도 옷을 벗어라."
"네? 하지만 그것은……."
정신이 들고 보니 욕실 문 앞에 옛 동료가 두 손을 짚고 엎드려 있다. 그러나 히로타다는 그쪽은 쳐다보지도 않았다.
"너와 둘이 벚꽃탕에서 목욕하는 거야. 마음을 씻고 내 무사도를 꽃과 겨루어 보이는 거야. 자, 들어와."
오하루는 두려움과 수줍음 때문에, 엎드려 있는 하녀에게 물러가라고 말할 분별조차 없었다.
히로타다는 갑자기 옷을 훌훌 벗었다. 하녀는 얼른 받아들고 곧 오하루 뒤로 돌아갔다.
오하루는 비명 소리를 냈다.

"아……."

수줍음보다 역시 두려움이 컸다.

"빨리해라."

샅가리개 하나만 걸친 히로타다는 다짜고짜 오하루의 손에서 꽃이 든 바구니를 빼앗아 들고 욕실 문을 활짝 열었다. 안에서 밀려나오는 하얀 김 속에 히로타다의 몸은 그 김보다 더 희게 보였다. 한구석에 붙어 있는 탕 쪽으로 달려가는 모습은 마치 도깨비라도 보는 듯 무서운 느낌이 들게 했다.

본디 이 무렵의 욕실에는 대개 욕탕이 없었지만, 여기 있는 욕탕은 평생 싸움터의 먼지에 묻혀 지낸 히로타다의 아버지 기요야스의 유물이었다. 싸움터에서 증기욕은 할 수 없다. 데운 물을 통에 퍼 담게 하여 때로는 가까이에서 화살 소리를 들으며 목만 내놓고 들어앉아 기요야스는 호쾌하게 웃어젖혔다.

"극락이란 이것을 두고 하는 말이지, 핫핫핫하."

그는 자기 집 욕실 안에까지 그것을 들여놓고 즐겼다.

히로타다는 지금까지 한 번도 탕에 들어가지 않고 늘 밖에서 몸을 씻었는데 오늘은 그 속에 꽃을 뿌리고 몸을 날리듯 탕 안으로 뛰어들어갔다. 가득 찬 탕 속의 물이 꽃과 함께 바닥으로 넘쳤다.

"왓핫핫하……."

히로타다의 심상치 않은 웃음소리가 좁은 욕실에 메아리치자 꽃향기가 김에 섞여 흘러나왔다.

"어서 오지 못하느냐? 이렇게 꽃으로 그득한데 뭘 하고 있어!"

"……네."

오하루는 비틀거리듯 안으로 들어갔다. 손을 뒤로 돌려 문을 닫고, 젖가슴을 누르며 몸을 오그린 뒤에야 비로소 안도의 숨을 내쉬었다.

문을 닫으니 안은 어둠침침했다. 김 서린 등잔 위에서 공기통으로 스며드는 빛이 천장만 희끄무레하게 비추고 있었다. 한참 동안 아무것도 보이지 않았으나 이윽고 등잔 주위부터 훤하게 밝아오기 시작했다.

바닥에 흩어진 꽃잎이 몸을 오그린 오하루의 발밑에 자개처럼 흩어져 있고, 탕 속은 아직도 새하얀 꽃잎투성이였다. 그 새하얀 꽃 속에서 히로타다가 목만 내놓고 두 눈으로 자기를 지그시 바라보고 있다. 오하루는 소름이 오싹 끼쳤다.

마음속에 공포를 품은 탓이었을까. 히로타다의 목이 어떤 그림에서 본 옥문에 매달린 효수당한 사람의 목처럼 보였다.

오하루는 당황하며 그 연상을 떨쳐버렸다. 경사스러운 날에 이런 불길한 것을 연상하는 자신의 방자함을 용납하지 않으려는 듯이.

"오하루—"

"네…… 네."

"일어서보아라."

"네."

"일어서라니까."

"네…… 네."

오하루는 얼굴이 일그러지려는 것을 필사적으로 참으며 문 앞에서 조심조심 일어섰다. 사랑받는다는 것은 여자로서 행복한 일일 거라고 오하루는 여태껏 생각하고 있었다. 뜻밖의 동기로 뜻밖의 사람에게 사랑받게 된 자기를 선택된 행운아라고 황홀하게 생각했던 순간도 있었다. 하지만 발끝으로 살얼음을 딛는 듯한 두려움과 불안이 언제까지나 따라다녔다. 왜 그럴까 생각해 볼 여유도 없었지만, 조심조심 문 앞에서 알몸을 드러낸 순간 한 가지만은 알 수 있었다. 다름이 아니었다. 상대의 뜻대로 조종되어 자기 의사는 전혀 무시되고 있다는 슬픈 자신의 입장 때문이었다.

오하루가 일어서자 히로타다는 다시 한참 동안 뚫어지게 오하루의 알몸을 바라보았다. 무슨 생각을 하며 보고 있을까. 비록 그것이 사랑스러운 응시라 할지라도 오하루로서는 매를 맞는 것이나 다름없는 고통이었다.

갑자기 히로타다는 꽃향기에 숨이 막혔다. 더운물에 담긴 꽃잎이 짙은 향기를 내뿜기 시작한 것이다.

심한 기침이 멎자, 그 기침 때문에 화난 듯 흥분한 투로 말했다.

"오하루! 웃어봐! 왜 울상을 짓는 거야? 웃으라고 했잖아!"

히로타다는 다시금 탕 속의 꽃잎을 흔들어댔다.

오하루는 웃었다. 웃었다고 생각했지만 그것이 얼마나 굳어서 일그러진 얼굴이 되는지 알면서도, 웃으려고 필사적으로 애썼다.

히로타다는 눈길을 돌렸다. 오하루는 앞이 캄캄해졌다. 눈길을 돌린 뒤 히로타다의 신경질이 어떤 형태로 폭발할 것인지 생각하자 자신의 신세에 눈물을 억누를 길 없었다.

오하루는 소리 내어 울었다.

'벨 것이다. 틀림없이 벨 것이다…….'

그러나 히로타다는 얼굴을 돌린 채 한참 동안 아무 말도 하지 않았다.

"오하루—"

다시 부르는 히로타다의 목소리는 작았다.

"네…… 네."

오하루가 얼른 얼굴을 들자, 히로타다는 온몸에 꽃잎을 붙이고 탕 속에 서 있었다.

"씻겨다오, 이대로 탕 속에서."

"네."

오하루는 구원된 듯 다가가 바가지에 물을 떴다. 욕탕 가장자리에 걸터앉은 히로타다의 등을 밀기 시작했다.

"오하루, 너는 나를 두려워하고 있구나. 내가 그토록 무서우냐?"

"네…… 아니요."

"내가 왜 이런 목욕을 하는지 너는 모를 거야."

"네."

"이것은 내가 살아서 하는 마지막 목욕이다."

오하루는 또 흥분시켜서는 안 된다고 여기며 잠자코 있었다.

"나는 태어나서 오늘날까지 단 하루도 내 뜻대로 살 수 없었다. 그러나 오늘부터 다시 태어나는 거야. 그러니 아버님이 즐겨 쓰시던 욕탕에서 갓난아기가 목욕하고 있는 거라고 생각해도 무방하다."

"네."

"그 갓난아기 목욕을 네가 시켜주었으면 해서 웃으라고 했다. 그랬더니 너는 울음을 터뜨렸어……."

말소리가 끊어져서 어깨 너머로 살며시 엿보니 이번에는 히로타다가 울고 있는 눈치였다.

"성주님, 용서하세요."

"진심으로 그런 말을 하느냐?"

"네, 어리석어서 성주님 마음을 모르고……."

오하루는 갑자기 히로타다에게 친밀감을 느끼며 다시 어루만지듯 여윈 어깨부터 씻기기 시작했다.

"성주님 같은 분에게는 깊은 슬픔이 없으실 줄 알았어요."

"그러냐, 무엇이든 마음대로 하는 줄 알았느냐?"

"네."

두 사람은 또 한참 잠자코 있었다. 오하루는 어린아이를 다루듯 오른팔에서 목덜미, 목덜미에서 왼팔의 순서로 씻어갔다. 히로타다는 하는 대로 맡겨두고 있었다.

"성주님, 밖으로 나오세요, 다리를……."

"음."

히로타다는 순순히 탕 속에서 나와 다리를 내밀었다. 그 다리를 받쳐 안듯이 때를 씻는 동안 오하루는 차츰 히로타다가 가엾어졌다.

'먼젓번 마님의 대신이라도 좋다. 이 외로운 분을 위로해 드려야지…….'

그러자 이번에는 오늘 출가해 오는 마키히메의 인품이 걱정스러워졌다. 적의도 질투도 아니고, 역시 두려움이리라.

'이제 성주님은 내 곁에 오지 않게 된다.'

히로타다가 말했다.

"오하루, 나는 평생에 단 한 가지, 인간으로서의 고집을 관철해 보일 작정이다."

"그러시면?"

"아무에게도 말하지 마라. 새 마님을 결코 가까이하지 않겠다."

"아니…… 어떻게 그럴 수가."

"있지. 해 보이겠다. 그러나 이것은 결코 이 성을 떠나 재혼한 오다이에 대한 고집은 아니다."

오하루는 가슴이 철렁하며 숨이 막혀왔다. 히로타다가 무슨 생각을 하고 있는지 그제야 어렴풋이 알게 된 것이다. 고집이 아니라고 말하는 게 벌써 고집부리고 있는 증거가 아닐까 하고 오하루는 생각한다.

"이것은 주위 사정의 변화에 따라 마음까지 움직이는 인간의 나약함에 대한 반항이다. 누가 어떻게 마음을 다른 곳으로 옮기든 나는 움직이지 않겠다."

별안간 히로타다의 손이 오하루의 어깨에 얹혔다.

"몸이 차구나."

오하루는 깜짝 놀라 손길을 멈추었다. 그러고 보니 어깨에 얹힌 히로타다의 손이 야릇하게 뜨거웠고 자기를 내려다보는 눈에 문득 빛이 깃들어 있었다. 오하루는 히로타다에게 처음으로 사랑받던 날과 같은 두려움과 수줍음을 느꼈다.

오다이 부인의 그림자. 오하루는 그것을 부정하지 않는다. 그러나 그 그림자를 밟고 서서 새로운 부인과 겨루어지게 된다는 것은 무서운 일이었다.

"성주님—"

"오하루…… 이젠 겁먹지 마라. 나는 너를 물리치지 않을 테니. 너는 나를 무서워하지 마라."

"네…… 네."

이제 완전히 익숙해진 눈에 욕실 안이 너무 밝을 만큼 똑똑히 보였다. 바닥은 꽃. 주위는 숨 막힐 듯한 꽃향기. 오하루는 비로소 히로타다의 얄팍한 가슴에 볼을 꼭 밀어붙였다.

춘뢰지연(春雷之宴)

사카이네 집 앞은 아낙네들로 붐볐다. 다와라 성주 도다 단조의 딸 마키히메의 행렬이 이제 막 도착한 것이다.

오는 도중 적지에서 습격받았던 오다이 부인의 출가 때와 달리 행렬은 아주 한가로웠다. 가마는 하녀의 것을 합하여 4채. 그것을 7명의 기마무사들이 호위해 왔다. 그리 호화롭다고는 할 수 없었지만 자개함, 옷상자, 문짝 두 개 달린 선반장, 당궤(唐櫃), 장궤(長櫃), 병풍상자, 호카이(行器 ; 음식을 나를 때 쓰는 나무로 만든 들것) 등 호족답게 혼수가 갖춰져 있었다. 사람들 눈을 가장 끈 것은 가마를 멘 인부들이 모두 짓토쿠(十德 ; 옆구리를 꿰맨 소맷자락 넓은 옷)를 입고 하얀 띠를 매고 온 것이었다.

"저것이 교토식이라는군."

"다와라 대감은 슨푸 대감을 본떠 일부러 교토식으로 하신 모양이야."

"그런데 아씨는 과연 어떤 분이실지."

"먼젓번 마님은 이름난 미인이었는데, 어떨는지?"

"주군님은 아직도 먼젓번 마님을 못 잊으신다니 걱정되는군요."

그들을 이끌고 온 자는 마키히메의 오빠 노리미쓰(宜光). 이번에도 사카이 부인이 신부 시중을 들었다.

가마가 현관마루에 놓이고 사카이 부인이 가마 문을 열자 사람들 눈이 한결같이 반짝인다. 먼저 희고 가냘픈 손이 나왔다. 사카이 부인은 그 손을 받쳐들 듯하며 무릎걸음으로 뒤로 물러났다. 겉옷은 마름모꼴 무늬 흰 비단옷, 가운뎃

옷은 가가 염색 비단, 속옷은 홍매화 무늬 명주. 사뿐히 일어서자 주위가 갑자기 환해질 만큼 늘씬하고 키가 컸다.

누군가가 말했다.

"어머나, 아름다우셔라."

"하지만 좀 여위신 것 같군."

"그건 먼젓번 마님과 비교하기 때문이지."

"정말이지 누가 더 예쁘다고 할 수 없군요. 취향이 저마다 다를 테니."

이런 소리가 귀에 들어갔는지 마키히메가 사람들 쪽을 흘끗 쳐다보았다. 그 눈은 무척 부드럽고 온화한 인품을 나타내고 있다. 재녀(才女)라는 느낌은 조금도 없었다.

사카이 부인은 전에 오다이를 인도했을 때와 같은 손으로 마키히메를 곧장 안방으로 안내했다. 여기서 잠시 쉬었다가 걸어서 본성으로 건너가 잔치 자리에 참석하는 것이다.

시녀들이 차례차례 가마에서 나와 안으로 사라지자 말을 끌고 나가는 자, 가마를 치우는 자들이 한바탕 집 앞에서 수선을 떨었다.

사카이는 마키히메의 오빠 노리미쓰를 별실로 안내하여 두 집안이 오래도록 번창하기를 비는 인사를 나누었다.

"두 집안의 앞날을 축하하듯 날씨조차 좋아 무엇보다 다행입니다."

"예, 앞으로 잘 부탁하겠소."

벚꽃차가 나와 두 사람 사이에 놓여 주객은 목을 축였다.

이어서 하인 하나가 사카이 곁으로 다가오더니 무언가 소곤소곤 귓속말을 했다.

"뭐, 주군 심부름으로 하치야가……."

사카이는 고개를 갸우뚱하며 중얼거린 다음 노리미쓰에게 절하고 방에서 나갔다.

"이런 때 주군께서…… 무슨 일일까?"

이미 모든 절차를 의논해 두었건만.

아직 형식적이고 번거로운 예법이 없는 시대인지라 사카이는 하치야가 기다리고 있는 방으로 들어가자 성큼성큼 윗자리로 가 앉았다.

"주군 심부름으로 왔다고? 말해보게, 무슨 전갈인가."

하치야는 외눈을 한 번 굴린 다음 자세를 고쳐 앉았다.

"마키히메 님 행렬을 본성으로 모실 수 없다고 하십니다."

"뭐……뭐……뭐라고! 이제 와서 주군께서 그런 말씀을 하셨단 말인가?"

"예, 분명히 말씀드리고 오라는 분부십니다."

사카이는 내뱉듯 말했다.

"말도 안 되는 소리를! 오카자키 집안 잔치인데 본성으로 안내하지 않고 어디서 혼례식을 치른단 말인가."

"예, 본성은 다케치요 님이 계시는 곳이니 마키히메 님을 들여놓지 않으시겠다고."

"이제 와서 그런 당치도 않은 소리를!"

"하오나 이것은 제 의견이 아닙니다. 주군 명령이십니다."

사카이는 신음했다.

"음."

곧잘 입버릇처럼 이 성은 아버지 것이고 자식 것이며 내 것은 아니라고 비뚤어진 생각을 하던 히로타다였다. 그 비뚤어진 생각이 이런 큰일에 즈음하여 다시 빈정거림으로 나타났음에 틀림없다.

'미친 짓이야!'

"이미 여기까지 온 행렬을, 그러면 어디로 안내하라고 하던가."

"아랫성으로 안내하라십니다."

"아랫성…… 하치야!"

"예."

"자네 제정신인가? 한 성의 주인마님 되실 분의 혼례를 아랫성에서 올리다니, 상대에게 어찌 얼굴을 들 수 있단 말인가."

"거듭 말씀드립니다. 이것은 제 의견이 아닙니다."

사카이는 입술을 깨물었다. 어쩌면 이토록 심술궂은 짓을 하실까. 이 말을 듣고 마키히메의 오빠 노리미쓰가 어떤 굴욕을 느끼고 어떤 분노를 나타낼 것인지 생각이나 해보았을까.

사카이는 일어났다.

"좋다! 내가 직접 주군께 여쭤보지. 일부러 상대를 노하게 해서 무슨 혼인이고 무슨 잔치란 말인가."

"그럼, 말씀은 분명히 전해드렸습니다."

"알았네, 자네는 내가 간 뒤 돌아가도록 하게."

사카이는 현관으로 달려갔다.

한 시간 남짓 쉬고 본성으로 들어가기 위해 이미 중신 부인들은 신부 옷을 갈아입히고, 인부들은 현관 옆방에서 짚신도 벗지 않은 채 기다리고 있었다.

사카이는 달려가면서 또 혀를 찼다. 밖은 아직 햇살이 밝았다. 아랫성은 길 청소도 되어 있지 않다. 뛰다시피 하여 본성 큰 현관으로 들어서니 노신들 지시로 거기는 이미 촛대까지 마련되어 있었다.

"주군! 주군! 주군은 어디 계시오?"

주위 사람이 깜짝 놀랄 만큼 큰 소리로 외치며 사카이는 본성 바깥채에 있는 히로타다의 휴게실에 뛰어들었다.

"사카이입니다. 주군은 여기 계십니까?"

방 안은 잠잠했고 한마디도 대꾸가 없었다. 히로타다는 욕실에서 나와 분홍빛으로 상기된 얼굴로 거실에 앉아 시동에게 상투를 틀게 하고 있는 참이었다.

사카이는 대들 듯한 기세로 그 앞에 앉았다.

"주군!"

히로타다는 스르르 눈을 감은 채 입을 열었다.

"사카이인가?"

아마도 여느 때처럼 흥분하리라 생각하고 왔는데 뜻밖에 목소리도 태도도 차분했다.

"하치야에게 일러둔 말, 들었겠지?"

"그 일 때문에 왔습니다. 이제 와서 그 분부대로 거행할 수 없습니다."

"내 생각이 너무 늦었어. 한 시간쯤 늦어지더라도 하는 수 없으니, 아랫성에 마련하도록 해라."

사카이는 다시 한무릎 다가앉았다.

"주군! 마키히메 님은 측실이 아닙니다."

"……"

"어째서 본성으로 모시지 못하게 하시는지 도무지 이해가 안 됩니다."

히로타다는 대답하지 않고 여전히 조용히 눈을 감고 있다. 사카이는 애가 탔다.

"주군! 어째서 말이 없으십니까. 시간이 흘러가고 있습니다."

"그러니 아랫성에 준비하라고 하지 않나."

"어째서 아랫성에…… 이것도 저희들에 대한 반발이십니까? 하기야 저희들은 다케치요 님을 아랫성에 두시는 게 위험하니 본성으로 옮기시도록 청을 드렸습니다. 이도 저도 다 집안을 위한 일인데, 저 혼자만의 생각이라고 여기신다면 입장이 난처한 것은 물론 오늘 일이 낭패입니다."

히로타다는 그제야 눈을 크게 떴다.

"사카이, 그대는 지금 나에게 명령하는 건가? 그대가 언제부터 성주가 되었나? 오늘 일은 나에게 생각이 있어 정한 일이니 준비한 물건들을 어서 아랫성으로 옮기도록 해라. 그대가 지시하지 못하겠다면 내가 할까?"

사카이는 히로타다에게로 시선을 쏘아붙이며 갑자기 입술을 일그러뜨렸다. 언제부터 성주가 되었느냐는 말에는 차마 대꾸할 말이 없었다.

거기에 역시 하치야의 연락으로 온 듯 이시카와와 혼다 헤이하치가 큰 소리로 부르면서 들어왔다.

"주군! 주군은 어디 계시오?"

히로타다의 눈이 번쩍 빛났다.

노려보듯 앉아 있는 사카이의 모습을 보고 이시카와는 사정없이 히로타다에게 대들었다.

"주군, 혼례식을 아랫성에서 올린다는 게 정말입니까?"

히로타다의 이마에 신경질적인 힘줄이 불끈 일어났다 사라졌다.

"듣기 싫다! 사카이."

"예."

"내 명령대로 하지 못하겠나? 어떤가."

"글쎄올시다…… 그건……."

"이 생각은 나 이외의 사람에게는 이해되지 않을 거야. 예를 들어……."

말을 시작하다가 히로타다는 다시 눈을 감았다.

“내가 과연 마키히메를 사랑할 수 있을지 어떨지, 그대들은 모를 거야. 만일 화합하지 못해 그 때문에 원한을 사게 된다면 같은 성 안에 다케치요를 놓아둘 수 있다고 생각하나? 굳이 마키히메를 본성으로 안내하겠다면 다케치요를 아랫성으로 옮긴 뒤 하도록 해라.”

여느 때와 다른 차분한 목소리로 설득하자 세 노신은 그제야 비로소 얼굴을 마주 보았다.

“내가 일을 즐겨 만들어서 그러는 게 아니야. 마키히메에게 본성은 다케치요의 거처라고 하면 그만이지. 내가 늦게 깨달아서 그렇다. 그러나 준비된 물건들을 옮기기만 하면 되는 일. 이래도 납득되지 않는가?”

히로타다의 추궁을 받고 세 사람은 또 얼굴을 마주 보았다. 어딘지 모르게 석연치 않다. 그러면서도 말은 옳았다. 곰곰이 생각해 보면, 히로타다의 말 이면에 마키히메와 화합할 뜻이 전혀 없다는 것을 알 수 있었을 텐데, 때가 때이니만치 당황하는 마음이 앞섰다.

“아직도 모르겠나? 다케치요 가까이에 낯선 여자들을 접근시키고도 그대들은 불안하지 않단 말인가?”

이런 힐문을 받고는 수긍하는 수밖에 도리 없다. 세 사람은 서로 재촉하여 자리에서 일어났다.

세 사람이 나가자 히로타다는 안도한 듯 크게 어깨를 흔들며 시동을 돌아보았다.

“이제 됐다.”

갑자기 성안이 떠들썩해졌다. 마키히메의 행렬이 성안으로 들어온 뒤 예정되어 있던 혼례식장뿐 아니라 내실의 거처까지도 바뀌었으니 당황하는 게 당연한 일이다. 사카다니 골짜기로부터 외곽 정문에 이르는 길을 청소하는 자, 본성에서 부랴부랴 주방을 옮기는 자, 촛대를 나르는 자, 병풍을 메고 가는 자 등 마치 불난 집 같았다.

이 성의 본성은 하치만성(八幡城)이라 불리며 히로타다의 아버지 기요야스가, 지금은 오다씨 손에 함락된 안조성 터주를 옮겨 지은 것이었다. 돌축대 높이는 평지에서 4간 5자, 그 입구인 이층 문에서 사카다니 골짜기를 거쳐 아랫성 바깥 문까지 거리는 2정 20간 남짓. 아랫성 축대는 지상에서 겨우 2간밖에 되지 않아 본성에서 아랫성으로 가는 길은 고갯길이 되어 있다. 더욱이 좌우로 꾸불꾸불하며 대여섯 개의 문을 지나야만 했다.

사람들이 움직이기 시작하는 것을 보고 사카이는 자기 집으로 돌아갔다. 본성에 들어가기로 되어 있던 시간은 오후 3시였는데 이미 2시가 지나려 하고 있었다.

그보다도 걱정스러운 것은, 마땅히 본성으로 안내될 줄 알고 따라오는 행렬이 아랫성으로 접어들었을 때 마키히메와 그 오빠 노리미쓰가 품을 의혹이었다. 한쪽은 지상에서 4간 5자. 한쪽은 지상에서 2간 남짓. 누가 보아도 그 차이를 뚜렷이 느낄 수 있다. 만약 마키히메가 기질이 드센 여자라 왜 본성으로 안내하지 않느냐고 묻는다면 뭐라고 대답하여 납득시킬 것인가. 또 노리미쓰의 기질은 자세히 모르지만 아버지 단조라면 분연히 자리를 걷어차고 일어나 돌아가겠다고 할지도 몰랐다.

그러나 히로타다의 말에도 역시 사카이의 마음에 걸리는 것이 있다. 아니, 사카이만이 아니었을 것이다. 아무튼 사람 마음을 믿을 수 없는 난세이므로 만약 새 마님과 주군이 화합하지 못해 그 불만이 다케치요에게 미치기라도 한다면 큰 일이므로, 그것은 노신들 모두의 가슴을 철렁하게 하는 불안이었다.

'이거 참, 큰일 났구나…….'

사카이는 우선 자기 방에 들어가 손수 약탕기의 약을 따랐다. 마음을 진정시켜 배짱을 정하지 않고는 함부로 노리미쓰 앞으로 나갈 수 없었다.

이때 옷자락 스치는 소리를 내며 부인이 방으로 들어왔다.

"마키히메 님 옷을 다 갈아입혔습니다. 노리미쓰 님이 기다리고 계셔요."

"서두르지 마시오."

사카이는 무뚝뚝한 얼굴로 이질풀 달인 것을 쭉 들이켰다.

사카이는 노리미쓰를 기다리게 해둔 방으로 돌아가 헛웃음을 웃으며 자리에 앉았다.

"이거 참, 전쟁놀이에는 익숙하지만 이런 일에는 서툰 자들뿐이어서…… 실수가 있어서는 안 되겠기에 다시 한 바퀴 돌아보고 왔습니다만 도무지 일이 잘 진척되지 않는군요, 왓핫핫하."

노리미쓰는 아직 아무것도 모르고 있는 듯하다. 의외로 성질이 느긋한지 대범하게 응해왔다.

"그렇겠지요. 어차피 이런 일은 예정한 대로 진척되지 않는 법입니다."
사카이는 속으로 얼마쯤 마음 놓였다.
"그렇습니다. 만약 비라도 내린다면 밤까지 걸릴지도 모르는 형편이라."
"뭐, 밤이 되려면 아직 멀었잖습니까."
그런 다음 두 사람은 슨푸의 인물평 등을 한참 동안 주고받았는데, 간곡히 부탁해 두고 온 이시카와한테서 오후 4시가 지나서야 통지가 왔다.
대기하고 있던 인부들을 정렬시켜 사카이의 집에서 행렬이 나간 것은 주위가 장밋빛 노을에 싸인 저녁나절이었다.
이번에도 양쪽에 신하의 가족들이 늘어서서 전송했다. 맨 앞에 사카이, 그와 거의 나란히 도다 노리미쓰, 그 뒤에 사카이 부인의 손을 잡은 마키히메가 좌우로 세 시녀의 호위를 받으며 무심히 걸음을 옮겼다.
바람이 자는 조용한 저녁노을 속에 우수수 벚꽃이 졌다. 도리가 9간 4자, 들보가 2간 반인 본성 앞 행랑 문 앞에 이르자 노리미쓰가 사카이에게 말했다.
"음, 과연 훌륭하군요."
사카이는 가슴이 철렁했다. 거기서 본성을 우러러보는 노리미쓰의 눈이 무서웠다.
"저것이 하치만성이지요?"
"그렇습니다."
"선대 기요야스 공께서 안조성의 터주를 옮겨 모셔와 그 이름이 지어졌다고 들었는데요."
"예."
"그때 손수 소나무를 한 그루 심으셨다고…… 아, 저것이군요."
흰 부채로 망루 담 너머로 보이는 사부로(三郞) 소나무라 불리는 나무를 가리키자 사카이는 그만 울고 싶어졌다.
"그렇습니다."
그들은 행랑 문에 들어섰다. 그리하여 방금 소나무를 가리킨 쪽과는 반대 방향으로 사카이가 말없이 구부러져 돌아가자 생각했던 대로 노리미쓰는 고개를 갸웃하며 걸음을 멈추었다. 사카이는 겨드랑이에서 식은땀이 뚝뚝 돋는 듯한 느낌이었다.

"그쪽이오?"
"예, 이쪽입니다."
"그럼, 저것은 하치만성이 아닌가요?"
사카이는 공손히 절하며 말했다.
"하치만성에는 지금 도련님이 계십니다."
"흠."
노리미쓰는 숨을 내쉬며 마키히메를 흘끗 돌아보았다. 사카이는 온몸을 굳히고 마키히메의 눈치를 살폈다. 마키히메에게는 아직 주위 풍경을 돌아볼 만한 마음의 여유가 없는 모양이었다. 좀 쓸쓸해 보이는 갸름한 얼굴에 아내의 길로 한 걸음 다가가는 무감각한 수심이 엿보일 뿐이었다.
노리미쓰는 다시 한번 본성의 사부로 소나무로 시선을 옮겼다가 사카이에게 나직이 말했다.
"그럼, 안내를."
사카이는 살갗에 땀이 흥건히 배어나왔다.
마키히메는 오카자키 쪽에 16살이라고 해두었으나 실은 19살로 액년(厄年)이었다. 여자들의 혼기는 16, 17살인데 왜 이렇듯 혼인이 늦어졌을까. 그녀 또한 가슴병에 걸릴 염려가 있었기 때문이었다.
신랑인 성주는 20살, 그런데 벌써 세 아이가 있다는 말을 듣고 마키히메는 남몰래 자기의 늦은 혼인을 서글프게 여겼다. 두 아이는 측실 오히사 부인의 아들. 한 아이는 정실 오다이 부인의 적자(嫡子). 적자가 있는 집으로 출가하는 것은 여자로서 하나의 무거운 짐이기도 했다.
측실 오히사 부인에 대해서는 다와라까지 들리지 않았으나 정실 오다이 부인에 대한 이야기는 마키히메의 귀에도 이것저것 들어갔다. 출가할 때 목화씨를 가지고 가서 백성들에게 나눠준 이야기, 소젖으로 소(치즈)를 만들어 성주를 기쁘게 한 이야기, 다케치요 도련님을 낳기 위해 약사여래불에 기도드린 이야기 등 모두 오다이 부인의 슬기로움과 성실함을 나타내는 것뿐이었다. 게다가 오다이 부인의 아름다움은 이 지방에서 으뜸간다는 소문이었다.
'그런 분의 뒷자리로 출가하는 것은…….'
마키히메는 이 혼인 말이 났을 때 정색하며 사양했으나 아버지와 오빠가 들어주지 않았다. 그러므로 오다이 부인과 겨룰 마음은 전혀 없었으며, 처음부터 여자로서 자신이 뒤떨어진다고 체념하고 있었다.

그러나 체념한 그대로의 모습을 과연 히로타다가 사랑해 줄 것인지 어떤지 그것만은 자나 깨나 걱정이었다. 오카자키 성주가 미남이라는 것 역시 이 지방에 이름나 있었다. 따라서 측실 오히사 부인에 대한 질투보다 이혼당한 오다이 부인에 대한 선망이 마음속에 더 컸으며, 자기가 아랫성으로 안내되는 것은 아직 모르고 있었다.

다와라는 본디 작은 성. 거기에 비하면 바깥 구조는 훌륭하나 내부는 의외로 수수한 듯했다. 이것도 무용으로 이름난 가문 탓으로만 알고 그리 마음에 두지 않고 큰방에 마련된 자리에 앉았다. 두 집안의 예물이 쌓이고, 주고받는 인사와 축사가 끝날 때까지 그저 마음만 졸이고 있었다.

'대체 어느 분이 성주님일까?'

혼례 의식에 교토식과 시골식이 섞여 있는 데다 장소가 다르고 가풍이 다르다 보니 어디서 신랑이 나타날지 알 수 없었다.

예물 교환이 끝났다. 사카이 부인이 다시 신부에게 손을 내밀어 휴게실로 안내했다. 그곳 역시 세워진 병풍만 근사할 뿐 방 구조는 다와라보다 떨어지는 것 같았다. 물론 오빠 일행과 헤어져 사카이 부인과 데려온 세 시녀뿐이었다.

"여기가 앞으로 새 마님의 거실이 된답니다."

이 말을 듣고 마키히메는 살며시 주위를 돌아보았으나 그리 불만스럽게 여겨지지 않았다. 검소한 것이 가풍이라면 출가해 온 사람이 거기에 익숙해져야 하는 게 도리라고 생각했다. 그때 한 시녀가 귀띔했다.

"여기서 성주님과 대면하시는 게 관습이지요."

"그래? 거울을 이리 다오."

갑자기 가슴이 두방망이질했다. 마키히메가 막 거울을 치우게 하자 시동이 왔다.

"주군께서 지금 이리로 건너오십니다."

그 전갈에 이어 발소리가 다가왔다. 마키히메는 혼인이 늦어진 자신의 혈관이 살갗 밑에서 수줍어하면서도 설레는 것을 느꼈다. 다소곳이 고개 숙이고 자신의 심장 소리를 듣고 있노라니 문 앞에 성큼 흰 그림자가 다가와 섰다. 그림자는 거의 멈춰 서지 않았다. 칼을 든 시동 하나를 뒤에 거느리고 시원스러운 목소리를 던지며 마키히메의 윗자리로 간다.

"실례하겠소—"

마키히메는 두 손을 무릎에서 조금 내리고 그를 맞이했다.

"마키히메 님이오?"

"예, 마키히메입니다."

"내가 히로타다요."

여기서 말이 잠시 끊어졌다가 다시 이어졌다.

"먼 길을 오느라 지쳤겠소."

"언제까지나 변함없이 보살펴주시기를."

"나도 부탁하리다."

히로타다는 비로소 소탈하게 마키히메에게 시선을 옮겼다. 마키히메도 얼굴을 들고 자기 생애를 맡길 상대를 처음으로 바라보았다. 소문대로 단정한 용모였다. 시원스러운 눈매와 단정한 입술을 보고는 당황하여 다시 시선을 깔았다. 행복하다기보다 울고 싶은 감동과 더불어 몸속이 떨리는 한순간이었다.

'이 사람이…… 이 잘생긴 사나이가 오늘부터 내 남편이 되는 것일까…….'

이때 멀리 북녘 산맥 너머에서 천둥소리가 들려왔다.

"오, 때아닌 봄 천둥이군요."

사카이 부인이 말하자 히로타다는 문득 그 소리에 귀 기울이는 듯했다.

마키히메와 시녀도 함께 그 소리에 맞장구쳤다.

"정말 천둥소리네요, 신기하기도 해라……."

먼 천둥소리가 산에서 마을로 바쁘게 내려오는지 묵직한 울림이 공간을 짓누르는가 싶더니 주위가 갑자기 어두워졌다.

그때 오늘의 잔치 자리에 나오는 차림새로 13, 14살 되어 보이는 두 소녀가 차와 과자를 받쳐들고 들어왔다. 시녀들은 그것을 받아 히로타다와 마키히메 앞에 놓았다. 히로타다는 봄 천둥소리를 들으며 차를 마셨다.

"비가 오려는 모양이구나."

"예, 비가 오면 땅이 굳어진다는 말이 있지요."

"경사스럽다는 말인가?"

문득 히로타다는 사카이 부인을 돌아보았다.

"난 또 벼락이 후처를 때리러 온 줄 알았지."

이 말을 듣자 시녀들은 저도 모르게 소매를 입으로 가져가 웃음을 터뜨렸다. 후처를 때린다는 것은 그즈음 두 번째 신부를 맞으면 쫓겨난 전처가 친척 여자들을 모아 절굿공이며 밥주걱이며 빗자루 등을 쳐들고 새로 온 후처를 때리러 가는 풍습이 남아 있었기 때문이었다.

'재미있는 분이시다…….'

후처 소리를 듣는 것은 씁쓸했지만 이 한마디로 마키히메의 마음은 갑자기 풀려버렸다. 그녀 역시 소매로 입을 가리고 저도 모르게 웃었다.

사람들이 웃음을 터뜨린 것과 동시에 비가 내리기 시작했다.

"준비가 다 되었습니다."

세 번째 시동이 와서 신랑 신부가 휴게실을 나올 무렵부터 비가 억수같이 퍼붓기 시작했다. 이 비를 맞으면 만발한 벚꽃도 오늘이 마지막이 되리라. 그러나 아무도 그 말은 입에 담지 않았다.

"비가 오면 땅이 굳어진다고 합니다."

"과연 상서로운 징조입니다."

이렇듯 속이 들여다보이는 소리들을 하면서 자리에 앉았다.

히로타다가 마키히메와 나란히 앉으니 과연 늠름한 신랑감이었다. 여기가 아랫성만 아니었던들 노리미쓰의 마음이 훨씬 더 즐거웠을 게 틀림없다. 그런데 유서 깊은 본성인 하치만성을 아들에게 내준 것은 무슨 까닭일까? 일족이 많은 오카자키성의 일이므로 무슨 다른 생각이 있어서일 거라고 노리미쓰는 선의로 해석하고 잔이 다 돌기를 기다렸다.

비는 점점 더 세차게 쏟아졌다. 가끔 번개도 섞여 늘어세워 둔 촛불보다 더 환하게 창살을 비추었다. 홍백 암수 나비 모양으로 접은 종이 장식이 달린 술병으로 신부 잔에 번갈아 술을 따르고 있을 때, 가까운 곳에 벼락이 떨어지는 소리가 났다. 순간 마키히메는 바르르 떠는 듯했으나 그래도 잔을 무사히 받았다.

"좀처럼 멎지 않는군요, 천둥이."

"예, 이 부근 땅을 맑게 해줄 작정인지도 모르지요."

"새 출발이니까요."

"이제 드디어 두 집안은 만세이고, 이마가와 가문도 만만세일 겁니다."

마키히메는 잔을 내려놓고 잔치로 들어가기 전에 다시 한번 옷을 갈아입으러 나갔다. 조금 마신 언약의 술에, 천둥소리가 야릇한 흥분을 느끼게 해주었다. 눈앞에 신랑 히로타다의 늠름한 얼굴이 줄곧 떠오르며 그때마다 온몸이 화끈 달아올라 소리 지르며 무언가 꼭 움켜쥐고 싶은 충동에 사로잡혔다.

'나는 기쁜 마음으로 성주님을 모실 수 있어…….'

그리고 그 생활이 오늘 밤부터 시작된다고 생각하자 뺨과 귓불이 불처럼 뜨거워졌다.

데려온 시녀 하나가 옷 갈아입는 것을 거들며 소리 낮추어 말했다.

"아씨, 여기는 오카자키의 아랫성이랍니다."

여느 때 같으면 예사로 들어넘길 수 없는 말이었지만, 마키히메는 첫날밤에 대한 몽상을 하느라 그 말을 새겨들을 여유가 없었다.

"성주님이 살고 계시다면 그곳이 바로 본성…… 너희들이 잘못 들었겠지."

시녀는 뒤로 돌아가 띠를 매면서 말했다.

"하지만…… 본성에 새 측실이 있다나 봐요."

"알고 있어. 버릇없구나."

물론 오히사 부인을 말하는 건 줄 알고 꾸짖었지만, 이렇게까지 말하니 시녀들도 입을 다무는 수밖에 없었다.

비는 밤 10시 가까이 되어서야 멎었다. 그 전부터 벌써 잔치 자리는 고와카와 노래로 떠들썩했고 작은북과 피리 소리가 아랫성 가득히 울려퍼지고 있었다. 잔치가 끝난 것은 새벽 4시가 지나서였다.

그날 밤 히로타다는 애타게 기다리고 있는 마키히메의 잠자리에 끝내 모습을 나타내지 않았다. 이것도 관습일까 하고 신부는 지그시 타오르는 자신을 억눌렀다.

아득한 염원

"마님을 뵙겠다고 낯선 나그네 한 분이 찾아오셨는데요……."

졸개 요스케(與助)가 손에 한 통의 서한을 들고 뜰에서 들어왔다. 오다이는 바느질하던 손을 잠시 멈추고 편지를 받아들었다. 겉봉에는 과연 자기 이름이 씌어 있고, 뒷면에 구마 마을 다케노우치 나미타로라고 되어 있었다. 구마 마을에서 서한을 가지고…… 왜 남편 도시카쓰가 아닌 자기 앞으로 보낸 것일까 하고 오다이는 고개를 갸웃했다.

여기는 얼마 전 고을지기로 임명된 아구이의 히사마쓰 도시카쓰의 저택. 오다이가 재혼해 온 지 벌써 여덟 달 남짓한 세월이 흘러 계절은 가을로 접어들고 있었다. 이 저택은 그리 큰 성채 구조가 아니고 구마 저택보다 좀 손쉽게 평지에 지은 처소였다.

남편은 어제 나고야로 가서 아직 돌아오지 않았다.

살며시 봉함을 뜯어보니, 그것은 오다이가 남편 도시카쓰에게 잘 말해서 가신한 사람을 써줄 수 없겠느냐는 추천서였다. 나미타로의 일족으로 이름은 다케노우치 히사로쿠라고 한다. 아마도 도시카쓰는 나고야나 후루와타리의 성에 나가 있어 부재중이리라 생각되니 마님에게 부탁드린다고 씌어 있었다.

"어떤 사람인지 이리로 들게 해요."

예전에는 겹겹이 해자를 두른 성안 마님이었지만, 지금은 영주라 해도 이름뿐인 한 고을지기의 아낙이었다.

오다이가 바느질감을 치우고 기다리노라니, 졸개가 마구간 옆 감나무 밑에서 키가 훌쩍 큰 한 남자를 데리고 나타났다.

'아니, 어디선가……'

그 남자를 무심코 바라보며 생각한 순간 오다이는 가슴이 철렁했다. 그는 구마 저택 밖에서 본 다음 줄곧 마음속에서 떠나지 않고 있던 오빠 노부치카가 틀림없었다. 오다이가 깜짝 놀라 말을 걸려고 하자 졸개 뒤에서 노부치카가 가만히 고개를 저었다. 아무 말도 하지 말라는 눈짓이 분명하다.

"마님, 대령했습니다."

선 채로 졸개가 말하자, 노부치카는 뜰아래 한쪽 무릎을 꿇고 인사했다.

"서한에 적혀 있는 다케노우치 히사로쿠입니다."

"다케노우치 히사로쿠……."

오다이는 그 이름을 마음속에 새기듯 하며 물었다.

"그대는 나미타로 님 일가인가요?"

"예, 아주 먼 일가입니다. 맨 끄트머리 일가입니다."

"그래요? 요스케, 잠깐 물러가 있어라."

졸개는 아무렇게나 고개를 꾸벅 숙여 보이고 가버렸다.

"오빠……."

노부치카는 또 가로막았다.

"쉿…… 히사로쿠라는 놈입니다. 될 수 있다면, 이 댁 졸개로 써주십사고 찾아왔습니다."

오다이는 잠시 말을 잇지 못하고 몰라보리만큼 변한 오빠의 모습을 지켜보았다. 히사로쿠는 그러한 오다이의 놀라움은 조금도 개의치 않고 단숨에 말했다.

"또 머지않아 싸움이 벌어진다고 하더군요. 오카자키의 히로타다 님은 다와라 부인을 맞으시더니 갑자기 전의를 불태워 가까운 시일 안에 안조성을 되찾고 말겠다며 말을 모으고 창을 벼르고 있다 합니다."

그리고 웃지도 않고 다시 한번 고개를 꾸벅 숙였다.

다와라 부인이란 오다이가 떠난 뒤 오카자키성의 히로타다에게 출가한 도다 마키히메를 마쓰다이라 가문에서 부르는 호칭이었다. 다와라 부인에 대한 소문은 오다이도 듣고 있었다. 아니, 마음속 어딘가에서 늘 끊임없이 탐지하고 있었다

해도 과언이 아니다. 히로타다와 금슬이 좋지 않으며, 원인은 히로타다가 부인을 본성으로 들이지 않은 탓이라는 소문이 자자했다. 오다이는 그런 히로타다의 마음을 알 수 있을 것 같았다.

"내 아내는 그대 하나뿐."

이별할 때 중얼거리던 그 열띤 목소리가 애절하게 가슴에 맺혀 있다. 그렇건만 오다이는 이 집으로 출가해 왔다. 히로타다의 환상이 눈앞에 떠오를 때마다 오다이는 되풀이해 말했다.

'용서하셔요…… 언젠가…… 언젠가…… 다케치요에게 도움될 때가 있으려니 하고.'

그러한 오다이 앞에 죽었다던 노부치카가 졸개 모습으로 나타나, 머지않아 히로타다가 안조성의 오다 노부히데에게 도전할 거라는 소식을 알려온 것이다. 오다이는 잠시 눈을 감고 히사로쿠라고 자칭하는 오빠의 마음속을 헤아려보았다.

"그래…… 그 싸움은 어느 쪽에 승산이 있을까요?"

얼마 뒤 눈을 뜨고 묻는 오다이의 목소리는 떨리고 있었다.

"예, 제 짐작으로는 십중팔구…… 마쓰다이라 쪽에 승산이 없다고 봅니다."

"어째서 그렇게 생각하나요?"

"예, 노부히로 님 성이라고는 해도 그 배후에 노부히데 님이 계십니다. 그리고 또 마님의 오빠이신 미즈노 노부모토 님, 이 댁 주인이신 도시카쓰 님, 히로세의 사쿠마 일족도 이제는 노부히데 님 편이나 다름없고, 마쓰다이라 일족이신 노부사다 님은 전부터 오카자키성의 원수이며, 게다가 이번에는 미쓰기(三木) 고을 노부타카(信孝)의 거취도 미심쩍다는 소문이니…… 이쯤 되면 승산이 없을 거라고……."

오다이는 또 잠시 오빠의 얼굴을 지켜보았다. 그 오빠의 얼굴에 아무것도 모르고 천진난만하게 오카자키 본성에서 뛰어놀 사랑하는 아들의 얼굴이 겹쳐졌다.

"일족 가운데 거취가 미심쩍은 사람이 또 생겼다는 걸 보면……."

"예, 히로타다 님 평판은 썩 좋지 못합니다."

"마음씨 착하신 분인데, 어째서 그럴까요?"

"예…… 이런 시대의 무장에게는 그 착한 마음이 도리어 나약해지거나 외고집이 되어…… 오카자키성 노신들은 이번 출전 결정에도 모두들 얼굴을 찌푸리고 있다더군요."

십중팔구 승산 없는 싸움. 그 싸움을 감히 하겠다고 나선 히로타다의 고집 또한 오다이는 슬프게도 이해할 수 있을 것 같았다.

히로타다는 입버릇처럼 말했었다.

"나는 일족의 꼭두각시가 되고 싶지 않다."

그러한 남편의 울분을, 오다이는 자신의 사랑으로 한껏 감싸주었다. 하지만 지금은 그럴 사람도 없었다.

오다이는 오빠에게서 시선을 돌려 맑게 갠 하늘을 올려다보았다. 하늘이 한결 높아지고 추녀에 드리워진 노송나무 그늘 사이로 흰 구름이 흘러가는 게 보였다.

어디선가 때까치가 목청을 칼로 찢듯이 울고 있다. 가을은 이미 대지를 덮기 시작했지만, 아직 농부의 가을걷이는 끝나지 않았다. 지금 싸움을 시작하면 다시금 백성들 원한을 사고 유랑민과 도적 무리가 늘어나리라. 하지만 오카자키성은 오다이 손이 닿지 않는 하늘의 구름이었다.

"히사로쿠 님."

"히사로쿠라고 낮춰 부르시기를."

"아직은 그럴 수 없어요."

오다이는 눈언저리로 가만히 옷소매를 가져갔다.

"싸움을 멈추게 할 방법이 없을까요?"

오빠의 대답은 엄숙했다.

"없습니다. 저는 한낱 하인에 지나지 않습니다."

"그럼, 이 집에 종사하려는 속마음은?"

이번에는 오빠가 하늘을 올려다보았다.

"예…… 이 댁 대장의 말고삐를 잡고 어떤 싸움터로든 모시고 싶은, 다만 그 마음뿐입니다."

"……."

"운이 있다면 공도 세울 수 있겠지요. 오카자키성에 맨 먼저 쳐들어가는 용사, 그 꿈을 졸개의 꿈……이라고 웃어넘기지는 말아주십시오. 무사집에 종사하는 졸개로서 그 밖의 꿈은 가질 수 없는 시대입니다. 어떻습니까? 구마 저택 주인도 마님께 사정드리라고 하셨습니다. 천거해 주시도록 부탁드립니다."

오다이는 고개를 끄덕였다.

"알았어요. 아까 그 졸개는 요스케라고 하는데, 그의 방에 가서 주인이 돌아올 때까지 기다리세요."

"감사합니다. 그럼……."

예전의 미즈노 노부치카는 몸에 익은 하인배다운 태도로 오다이에게 공손히 절하고 사라졌다.

오다이는 입술을 꼭 깨물고 그 뒷모습을 바라보았다. 오다이가 이 집에 시집오기로 결심하게 한 것은 구마 저택의 나미타로였다. 나미타로는 오다이에게 오다 편 사람에게 출가해 만일의 경우 다케치요의 목숨을 구할 수 있도록 하라고 암시했다. 그 나미타로가 이번에는 이 집에서 오빠를 부리도록 보내온 것이다.

아직 그 깊은 내막까지는 오다이로서 알 수 없다. 나미타로에게 오빠가 조종당하고 있는 것인지, 오빠가 나미타로를 이용하고 있는 것인지? 다만 두 사람 사이에 무언가 보통 아닌 연결이 있는 것만은 잘 알 듯했다.

오다이는 다시 바느질감을 펼쳤다. 요즈음 오다이는 손을 움직이는 편이 오히려 깊은 생각을 하기 좋았다. 오카자키에 맨 먼저 쳐들어가는 용사……라고 오빠는 말했다. 만일의 경우 자기 손으로 다케치요를 사로잡아 그 공을 내세워 구명을 도모할 생각임에 틀림없다. 하지만 이러한 음모의 소용돌이 속에 아무것도 모르는 남편 도시카쓰를 끌어들여도 되는 건지……?

갑자기 사람과 말이 웅성거리는 소리가 문 앞으로 다가왔다. 도시카쓰가 나고야에서 돌아온 모양이었다. 한 시간만 일렀어도 오빠와 이야기를 나눌 사이도 없었을 것이다. 오다이는 안도의 숨을 내쉬며 바느질감을 주섬주섬 챙겨 넣은 다음 거울 앞에 앉아 머리를 매만졌다.

오른쪽 큰 문에서 도시카쓰의 기운찬 목소리가 들렸다.

이 집에도 안채와 바깥채의 구별은 있었다. 오다이는 머리를 매만지고 나서 바깥채와 복도 하나를 사이에 두었을 뿐인 안채 입구 장지문 뒤에 무릎 꿇고 남편을 기다렸다.

밖에서는 벌써 도시카쓰가 가신을 불러 소리 높여 명하고 있었다.

"드디어 출전이다!"

평소의 고지식한 목소리가 오늘은 매우 긴장되어 있었다. 아마도 단정한 자세로 눈을 부릅뜨고 있으리라.

"지난번 미노 공격에서 주군 노부히데 님이 승리하지 못하고 물러나신 일을 마쓰다이라가 얕보고 안조성에 쳐들어온다고 한다."

도시카쓰는 여기서 부자연스럽게 껄껄 웃었다.

"이것이야말로 천재일우의 호기(好機). 오다 군의 질풍신뢰(疾風迅雷) 같은 무력을 모르는 어리석음이다. 파발마로 언제 다음 명령을 보내올지 모른다. 알겠느냐, 빈틈없이 준비해라."

"예, 그런데 영지에서 모으는 부역 인부 수는 얼마쯤이면 되겠습니까?"

"음, 농부들에게 남녀노소를 막론하고 일제히 벼를 베어들이라고 영을 내려라. 만일의 경우 논의 벼가 짓밟히면 빨리 베는 손해의 몇 갑절이 된다. 그리고 15살 이상 30살까지의 장정들은 준비를 단단히 하고 다음 명령을 기다리도록."

"15살 이상 30살까지."

"그렇다. 그리고 그들이 출전하면 나머지 남녀노소도 손을 쉬면 안 된다. 한 해 동안의 목숨 줄이니 벼 타작을 게을리하지 말라고 일러라."

"예."

그때 누군가 차를 내온 모양이었다.

"괜찮다. 안에서 마시겠다. 참, 그리고 짐 실을 말은 40필쯤 준비하도록."

그대로 기다리노라니 오다이가 앉아 있는 맞은편 장지문이 홱 열렸다.

"어서 돌아오셔요."

오다이는 두 손을 무릎에서 내려 그 손을 뻗어 옷소매로 싸안듯 남편의 칼을 받았다.

"부인, 수고했소."

도시카쓰는 아내에게 그지없이 부드러웠다. 장지문 너머에 있을 때와는 목소리마저 달라져 있다.

코끝에 마른풀과 땀 냄새가 스쳐 지나가자 오다이는 조용히 그 뒤를 따랐다.

"활짝 개었군, 좋은 날씨야."

거실에 이르자 도시카쓰는 잠시 추녀 밖을 내다본 다음 책상다리를 하고 앉았다.

"오랜만의 풍작이니 이대로 날씨만 좋으면 백성들이 얼마나 기뻐할 것인가. 그런데 분수도 모르고……."

도시카쓰는 혀를 끌끌 찼다.

"어리석은 사람이지!"

그것은 물론 추수를 기다리지 않고 전쟁을 걸어온 아내의 전남편 마쓰다이라 히로타다를 가리키는 것이었다. 오다이는 몸이 오그라드는 듯한 느낌으로 칼걸이에 칼을 걸자 사뿐히 남편 앞으로 돌아갔다.

"부인—"

"네."

"드디어 당신 원한을 풀 때가 왔소. 하룻강아지 범 무서운 줄 모른다더니 오카자키성이 안조성을 넘보며 군사를 일으킨다 하오. 따끔한 맛을 보여줘야지."

오다이는 잠자코 고개를 떨어뜨렸다. 이혼당한 아내이므로 오카자키에 원한을 품고 있다—고 단순하게 단정해 버리는 남편이 서운하고 원망스러웠다.

"안조성은 본디 마쓰다이라네 조상이 쌓은 성이니 그에 집착하는 마음을 모르는 바 아니지만, 지금의 마쓰다이라 형편으로……."

도시카쓰는 하녀가 가져온 물수건으로 목덜미에서 이마로 천천히 닦았다.

"뺏을 수 있을 것인지 어떤지 그것을 모른단 말이야. 당신도 이제 마음이 후련할 거요. 오다 노부히데 같은 분이 자기 맏아드님에게 지키게 한 성을 쉽사리 내줄 것 같소? 히로타다의 운명도 이것으로 끝장난 거요. 자업자득이지."

오다이는 그래도 얼굴빛만은 바꾸지 않았다. 하녀가 날라온 찻잔을 조용히 남편 앞에 놓았다.

"차 드세요."

"음, 고맙소. 아주 맛있군! 도중에 목이 타서 몇 번이나 말을 내릴까…… 생각했지만 참은 뒤의 감로수(甘露水)를 낙으로 삼고 달려왔지."

"그러시면 한 잔 더—"

"주구려. 맛있군!"

두 잔을 맛있게 마시고 나서 도시카쓰는 더욱 온화한 눈길을 아내에게 던지며 조그맣게 말했다.

"싸움이오! 우리도 후루와타리에서 재촉이 오면 곧 출진해야 하오, 알겠소?"

"네."

"각오는 되어 있겠지?"

"무사의 아내예요."

"핫핫핫…… 내가 말실수했소, 미즈노 노부모토 님 누이인데. 이번에 내가 반드시 당신 원수를 갚아줄 작정이오."

"……."

"나도 갑옷을 벗으면 평범한 지아비, 싸움터에 즐겨 나갈 마음은 없소. 하지만 이러한 난세이니 어쩔 수 없는 일, 당신도 그 점을 헤아려주구려."

오다이는 다시금 남편의 땀 냄새를 슬픈 마음으로 맡았다. 뛰어나게 용맹스럽거나 남달리 활달하다고는 할 수 없지만, 정직하고 성실한 도시카쓰였다. 각오하고 출가해 온 이상 그 고지식함에 보답해야 한다고 마음먹으면서도 왠지 아직 정이 들지 않는다. 가장 괴로운 것은 잠자리에서의 꿈이었다. 도시카쓰가 덮쳐오면 오다이의 몸은 불타오르지만, 잠들고 꾸는 꿈속의 남편은 언제나 히로타다였다.

"마음은 전남편, 몸은 지금의 남편에게……."

여인에게 있어 재혼이란 얼마나 안타까운 비극이란 말인가. 이런 꿈을 꾼 뒤에는 으레 베개가 축축하게 젖어 있었다. 도시카쓰는 그것을 모르고 있다.

"나에게 당신 친정은 분에 넘치는 가문이오."

"송구한 말씀을."

"아니오. 나는 늘 마음속으로 당신을 소중하게 생각하고 있소. 그러니 더욱……."

"네."

"그런데 마음에 걸리는 일이 하나 있소."

"말씀하세요. 무슨 일인지요?"

"당신과 나 사이에 아직 아이가 없다는 것…… 이것이 하나."

오다이는 다시 고개를 떨어뜨렸다.

"아직 소식 없겠지?"

"……네."

오다이는 다시금 자기 마음이 불성실하다는 것을 깨달았다. 그러고 보니 오다이는 도시카쓰를 위해 아직 한 번도 무운을 빈 적이 없고 자식에 대해서는 생각한 일조차 없었다. 오카자키성에 있을 때는 다케치요를 점지해 주십사고 추운 겨울에 찬물을 끼얹으며 치성드렸건만.

"나는 당신을 위해서라도 공을 세우겠소. 가리야의 사위가 하찮은 무사가 되어서야 쓰겠소? 그런데……."

도시카쓰는 옆방을 흘끔 보며 말을 이었다.

"식사는 아직 더 기다려야 하오? 나고야에서 아침식사도 들지 않고 왔는데……."

오다이는 깜짝 놀라 벌떡 일어섰다. 여기서도 자기 생각만 하며 도시카쓰를 잊고 있었던 것이다. 마음속으로 자신이 미워졌다.

하지만 한번 결심하면 포기하지 않는 오다이였다. 주방에서 상을 차려 내오게 하면서 오다이는 다케노우치 히사로쿠라 칭하고 나타난 오빠를 도시카쓰와 어떻게 만나게 할 것인지 생각했다.

밥상 역시 오카자키의 히로타다와는 비교도 안 될 만큼 간소하여 마른 정어리 한 마리에 강된장을 곁들이고, 급히 차리느라 탕도 없었다. 밥은 물론 현미였는데, 도시카쓰는 그 밥에 뜨거운 물을 부어 맛있게 먹기 시작했다. 시중은 하녀의 소임으로 결코 오다이가 손대지 못하게 한다. 무사 집안이면서도 부인에 대한 예우가 높았다.

먹고 나서 도시카쓰가 채소절임 그릇을 부신 물을 공기에 옮겨 마시기 시작하자 오다이는 간접적으로 나미타로의 인물평을 통해 남편의 마음을 떠보기로 했다.

"구마 저택의 나미타로 님을 어떻게 생각하시지요?"

"구마의 나미타로 말이오? ……상당한 인물이지. 구마의 떠돌이무사 무리와 연줄이 닿고 나니와에서 사카이에 걸쳐 해적들까지 조종하고 있소. 뭍의 세력은 대수롭지 않지만……."

도시카쓰는 여기까지 말하고 별안간 무슨 생각이 났는지 무릎을 탁 쳤다.

하녀가 상을 물리러 들어왔다. 그 모습이 보이지 않게 될 때까지 도시카쓰는 아무 말도 하지 않더니 조심스럽게 주위를 둘러보았다.

"아무도 엿듣는 이 없겠지?"

"네."

오다이도 일어나서 뜰을 살폈다.

"그는 오다의 숨은 군사(軍師)라오."

"네?"

"노부히데 님이 기치보시 도령을 이따금 구마 저택으로 보내는 것도 그 이유 때문이지만, 앞으로 천하는 근왕시대라면서……."

"근왕이라시면……?"

"교토의 쇼군 아시카가 집안은 이미 운이 다했다고 단언했소. 이것은 남조와 싸우고 북조를 휘저어놓은 천벌이지. 그러므로 아시카가 뒤를 이어 천하의 민심을 얻을 자는 먼저 근왕, 즉 천황을 내세워 싸워야 한다는 거요…… 알겠소?"

오다이는 갑자기 정색하는 남편의 태도 속에서, 자기가 꾀하는 목적의 달성 여부를 알아내려고 심각한 얼굴로 살그머니 남편에게 다가앉았다.

"천황을 내세워 싸우는 것이란 어떤 건지요……?"

도시카쓰는 장밋빛으로 달아오르기 시작하는 아내의 볼을 지켜보며 속으로 생각했다.

'내 아내지만 정말 아름다워…….'

도시카쓰는 얼마쯤 자랑스럽기도 했다. 오다이의 뺨이 이처럼 아름답게 빛난 것은 시집오고 나서 처음 있는 일이었다.

"헤이지(平氏)가 망하면 겐지(源氏)가 흥하고, 밤이 가면 아침이 오는 게 천하의 이치 아니오. 지금 천황에게 방자한 아시카가 쇼군은 저물어가는 황혼, 다음에 일어날 자는 근왕의 아침이라고 할 수 있지. 당신도 알고 있을 거요. 그래서 노부히데 님은 일부러 천자님께 헌금하고 황공하게도 봉서(奉書)까지 받은 것이오…… 아쓰다 신사(熱田神社)와 이세 신궁(伊勢神宮)에도 막대한 봉물을 계속 바치고 있소. 그 다리 역할을 한 것이 바로 구마의 나미타로, 알아듣겠소?"

오다이는 잘 이해되지 않았다. 어째서 그런 헌금이 쇼군을 멸망하게 하는 것일까.

"치성드리는 건가요? 아니면 무슨 신앙으로서……."

도시카쓰는 빙그레 웃었다.

"아니, 그 어느 쪽도 아니오. 이것을 정치라고 하는 거지. 아니, 그 양쪽 모두이므로 정치라고 할까?"

"……."

"이를테면 하나의 기치라는 말이오. 이 난세를 초래한 것은 신과 천황을 괄시한 보복이다, 자, 나를 따르라, 나를 따라 신과 천황을 공경하면 이 난세는 태평세월로 바뀐다! 이렇게 외쳐대며 싸워야 비로소 인심이 모여들고 이길 수도 있는 거요. 그리고 또 하나……."

도시카쓰는 오다이의 표정이 차츰 진지해지는 것을 보고 자세를 바로잡았다.

"당신은 화승총에 대해 들어본 적 있소?"

"아니, 없어요."

"없을 거요. 나도 그 이야기를 들으니 정말 간담이 서늘해집디다."

"무슨…… 음식 이름인가요?"

"아니! 무기요, 무기! 세상에도 무서운 공중을 날아가는 무기지. 활로는 도저히 미치지 못하는 곳에 탕! 하고 소리가 나면, 눈에 아무것도 보이지 않는데 사람이 벌렁 자빠져 죽지. 아니, 말로 해서는 도저히 믿지 못할 거요. 소리가 사람을 죽이다니…… 참으로 무서운 무기가 등장했소."

"……?"

"그런 무기를 그 나미타로가 사카이 언저리에서 손에 넣어 그것을 잘 다루는 명수들과 함께 노부히데 님에게 바쳤소. 이것은 거짓말이 아니오. 기치보시 님도 벌써 극비밀리에 그 사용법을 배우고 있소. 이 무기와 근왕으로 뭇 백성의 고난을 구원하시라며 엄숙한 치성과 더불어 선물한 거요."

너무도 생소한 이야기라 오다이는 도무지 이해할 수 없었다. 하지만 남편 도시카쓰가 나미타로를 신임하며 그 이상으로 두려워하고 있는 것을 알았다.

"그렇다면 구마 도령은 결코 예사 분이 아니군요."

"대단한 사람이지."

오다이는 마음속으로 안도하며 편지를 내놓았다.

"사실은 그 구마 저택의 나미타로 님이 부하를 한 사람 천거해 왔어요. 이것을……."

도시카쓰는 고개를 갸웃하며 그 편지를 펴보더니 몇 번이고 되풀이해 읽었다.

"그래, 이 히사로쿠라는 자는?"

"졸개 방에서 기다리게 했지요."

"흠."

다시 한번 신음한 다음 그는 별안간 의아해하는 얼굴이 되었다.
"아무튼 만나보지."
히사로쿠가 다시 뜰 앞에 불려올 때까지 그는 몇 번이고 고개를 갸웃거리더니 히사로쿠가 고개를 들자 조심스럽게 캐물었다.
"이상하군? 그대를 어딘가에서 만난 적 있는데, 혹시 후루와타리성에서 만나지 않았나……?"
"아닙니다. 그런 곳은 가본 적도 없습니다."
"흠, 이 편지는 아내 손을 거쳐서 보았네. 그대를 추천한 분과는 나도 가까워지기를 원하고 있지. 그러나 한 가지, 의심쩍은 점이 있어."
오다이는 섬뜩했지만 뜰아래의 오빠는 천치라도 된 듯 멍하니 서 있었다.
"구마 저택 주인의 천거가 있으면 구태여 나처럼 지위 낮은 사람 밑이 아니더라도 후루와타리성에든 나고야성에든 가서 일할 수 있을 텐데 어째서 나를 골랐나?"
"예…… 저도 잘 모르겠습니다."
"모른다고?"
"예, 저는 그저 무사 집안에 들어가 주인을 섬기고 싶었을 뿐입니다."
"그러면 나미타로 님이 나한테 찾아가라고 했단 말인가?"
"예, 이 댁 주인은 도량이 넓고 앞으로 출세하실 분이라 미욱한 너를 잘 가르치며 써주실 터이니 맹세코 충성을 다하라고 분부하셨습니다."
"흠. 그런데 그대와 나는 틀림없이 어디선가 만난 일이 있어. 그대는 정녕 기억이 없나?"
"예, 전혀……."
도시카쓰는 다시 한번 고개를 갸웃하며 곰곰이 생각하더니 오다이를 돌아보았다.
"부인, 당신이 보기에는 어떻소?"
오다이는 두 손을 짚고 말했다.
"나리께서 보셨다는 사람은 이자와 매우 닮은 사람이 아니었을까요? 저도 처음에는 가슴이 섬뜩했어요."
"당신도…… 본 사람 같았단 말이오?"

"그래서 한동안 말도 할 수 없었습니다."

"누구와 닮았지?"

오다이는 방긋 미소 지었다.

"가리야의 오빠와……."

도시카쓰는 무릎을 쳤다.

"오, 그렇군. 그러고 보니 가리야의 노부모토 님을 닮았어. 그러니 좀처럼 생각나지 않았던 게 당연하지. 한쪽은 그대, 한쪽은 가리야의 성주, 풍채가 너무 달라. 좋아, 여기 있도록 허락하마. 아무쪼록 구마 저택 주인의 말을 잊지 마라!"

"예, 명심하고 또 명심하겠습니다."

"됐네, 방에 들어가 곧 할 일을 지시받게. 자네의 대장은 히라노 구조(平野久藏)다."

"고맙습니다."

히사로쿠는 다시 재빨리 물러갔다.

도시카쓰는 그 뒷모습을 계속 쏘아보며 시선을 떼지 않는다.

"부인—"

"예."

"저자에게 방심해선 안 되오."

"무슨 수상한 점이라도?"

그러자 도시카쓰는 다시 표정을 부드럽게 했다.

"당신을 의심하고 노부히데 님이 보낸 첩자인지도 모르오. 당신이 오카자키에 자식을 두고 왔기 때문에. 그러나 염려할 건 없소. 당신 마음은 누구보다 내가 잘 알고 있소."

오다이는 안도의 숨을 내쉬며 마음속으로 이 선량한 남편에게 처음으로 두 손을 모아 쥐었다.

안개에 파묻힌 성

뜰 앞에 화톳불이 피워져 있었다. 동녘 하늘이 훤해지며 불길은 차츰 기세를 잃어가고 있다.

그러나 실내의 등잔불은 사람 그림자를 뚜렷이 벽에 어리게 하고, 늘어앉은 부장들 사이에 일종의 처절한 기운마저 흐르고 있다. 오른쪽에는 아베 오쿠라와 그 아우 시로베에(四郎兵衛). 왼쪽에는 사카이 우타노스케와 이시카와 아키, 중앙의 히로타다를 에워싸듯 마쓰다이라 게키(松平外記), 오쿠보 형제, 혼다 헤이하치로, 아베 시로고로(阿部四郎五郎)의 차례로 둥글게 진을 이루고 있다.

모두 경무장이 아닌 중무장에 가까운 갑옷 차림이고 표정은 나무로 깎은 나한(羅漢)을 보는 것 같았다.

히로타다가 말했다.

"다케치요를 이리로—"

히로타다는 거의 무표정하다. 새하얀 이마에 두른 쇠테에 불빛이 어른거려 갑옷을 차려입으니 오히려 우아하고 가련하기까지 하다. 황실 인형 같은 분위기마저 감도는 듯한 느낌이었다.

히로타다의 고모 즈이넨인(隨念院)이 다케치요를 안고 히로타다 앞으로 나아갔다.

"아, 버……."

잘 돌아가지 않는 혀로 다케치요가 벙글벙글 웃으며 아버지 쪽으로 손을 뻗자,

히로타다는 턱도 목도 손목도 토실토실하게 살이 오른 아들을 물끄러미 지켜보았다. 다케치요는 즈이넨인의 품 안에서 버둥거리며 아버지 쪽으로 가려 한다. 즈이넨인은 그 뜻을 알아차리고 다케치요를 내밀었다.

"안으시겠어요?"

히로타다는 무릎의 지휘채를 놓으려 하지 않았다. 희미하게 고개를 흔들면서도 눈은 여전히 다케치요에게서 떼지 않고 조용히 말했다.

"잘 부탁드립니다."

즈이넨인은 고개를 끄덕였다. 아베 오쿠라와 사카이 우타노스케만이 고개를 돌려 이 이별을 외면했다.

"아마 5시는 됐겠지."

시동이 술과 전쟁의 승리를 비는 밤을 가져왔다.

즈이넨인은 다케치요를 안고 히로타다의 뒤로 가서 여전히 혀 짧은 소리로 떼쓰는 다케치요를 달래고 있었다.

히로타다에게서부터 질그릇 술잔이 돌기 시작했다. 아무도 입을 열지 않았지만, 비장감은 그리 없고 히로타다가 다케치요를 바라볼 때보다 오히려 분위기가 누그러졌다.

"들겠소?"

오쿠보 진시로가 혼다에게 잔을 건네자 헤이하치로는 새 허리갑옷 속에서 흐흐흐 하고 웃었다.

"좋지."

뜰 앞으로 말이 끌려온 모양이다. 갑자기 말 울음소리가 크게 들려왔다.

"자, 준비되었겠지."

히로타다는 걸상에서 일어나 질그릇 잔을 내던졌다.

"오―! 오―! 오―!"

모두 한목소리로 손을 쳐들고 아베 시로고로를 선두로 성큼성큼 뜰에 내려섰다. 엄숙한 출전 의식 같지 않고 어딘지 한가로운 분위기였다.

말을 끌고 왔을 때 뒤에서 또 천진난만한 다케치요의 목소리가 들렸다.

"아, 버, 버……."

오카자키 군은 날이 새기를 기다리지 않고 성을 나섰다.

어제의 정보로는 안조성에 아직 오다 노부히데의 원군이 도착하지 않았다고 한다. 성안 병사 약 600명. 어쩌면 적은 아직 이 기습을 모르고 있을 거라고, 대장의 말고삐를 잡고 이슬 내린 풀을 밟고 나아가며 하치야는 생각했다. 아직 날이 완전히 새지 않았기 때문에 부채꼴 마표(馬標)는 졸개가 짊어지고 뒤에서 뚜벅뚜벅 따라온다.

말 위의 히로타다는 성을 나와서도 거의 입을 열지 않았다. 그는 이 작전을 적이 설마 모르고 있으리라고는 생각지 않았다. 녹록지 않은 오다 노부히데의 솜씨를 잘 알고 있다. 성을 나설 때까지 무거운 불안이 마음을 짓눌렀다.

이 작전이 모험인 것은 부정할 수 없는 사실이었다. 중신들은 모두 생각을 돌리라고 말렸다. 그러나 히로타다는 그의 체력이 날로 쇠약해져 가는 것을 알므로 가만히 있을 수 없었다. 선조가 쌓고, 조부 때까지 마쓰다이라 가문의 본거지였던 안조성. 그것을 자기 대에 와서 적에게 빼앗긴 채 되찾지 못하고 죽는다면, 돌아가신 아버지를 대할 면목이 없다.

가슴에 병이 있는지, 오다이가 가버린 뒤 기침과 가쁜 숨결이 심해졌다. 이대로 피를 토하며 앉아서 적이 짓밟아오기를 기다리기보다는 하고 초조해하며 기회를 엿보고 있을 때 미노에 쳐들어갔던 오다 군의 패전 소식이 날아들었다.

'기회다!'

그리하여 안조성 공격을 결심했던 것인데, 그 이면에는 다와라 부인과의 불화도 크게 영향을 주고 있었다.

지금도 말 위에서 히로타다는 문득 그 일을 생각한다.

'나도 너무 잔인해…….'

부인은 아직 처녀 그대로였다. 히로타다는 오하루만 총애하고 정실부인에게는 손가락 하나 대지 않았다. 부인은 그것을 원망했다. 더욱이 그녀에게는 오다이처럼 부드럽게 상대를 끌어당길 줄 아는 지혜도 없었다. 노신들의 간언을 받아들여 이따금 아랫성에 들르면 체면을 내던지고 매달렸다.

"—저의 어디가 마음에 안 드십니까?"

몸을 와락 던지며 흐느껴 울었다.

"—놓지 않겠어요. 놓지 않겠어요. 말씀을 듣기 전에는 놓지 않겠어요."

때로는 도를 지나쳐 이렇게 말한다.

"—자결하겠어요. 자결해서 다와라가 어떻게 마쓰다이라의 박대를 받았는지, 아버지와 오빠에게 알리겠어요."

그런 때 히로타다는 저도 모르게 멍해졌다. 그녀와 달리 시키는 대로 움직이는 오하루와 견주어볼 때 안아줄 기력은커녕 먼저 피로가 느껴졌다.

"—용서하오. 나는 병자요."

끝내는 그것이 노여움으로 바뀌어 거칠게 떠다밀고 돌아오기도 했다.

그 다와라 부인이 언제부터인가 돌아서서 히로타다를 병신이라고 욕하며, 이름 없는 천한 계집은 사랑할 수 있지만 다와라 집안의 딸은 사랑하지 못할 거라고 비웃었다. 그 소리가 귀에 들어올 때마다 히로타다의 가슴에는 알지 못할 초조와 분노가 끓어올랐다.

갑자기 선두에서 소라고둥 소리가 울리기 시작했다. 어느덧 날이 훤하게 밝아 있었다. 젖 같은 안개가 서늘하게 뺨을 스쳤다.

"마표를 가져와라!"

히로타다는 처음으로 엄한 목소리로 외치고, 그것을 말안장 위에 세우도록 했다. 그러자 또 소라고둥 소리가 울려퍼졌다.

선발대가 이미 강둑에 다다랐다는 신호이다. 인원수는 대략 500명. 그들이 누렇게 익은 논을 따라 몇 가닥으로 갈라진 샛길로 흩어지며 안개 속에서 함성을 지르며 진격한다.

성안의 병사들도 물론 나와서 싸울 것이다. 하지만 이 언저리 지리는 아군에 훨씬 유리했다.

안개 속에서 오늘의 직속무사 우두머리인 아베 오쿠라가 달려왔다.

"드디어 도착한 것 같군요, 부디 경거망동이 없으시기를……."

히로타다는 '음' 하고 크게 고개를 끄덕이며 눈도 마음도 이미 냉철한 전의를 지니고 있음을 확인했다. 11, 12살 때부터 자주 밟아온 싸움터 분위기는 히로타다에게 그리 생소하지 않았다. 죽음이냐 삶이냐? 그것마저도, 성을 나서니 자기 몸이 자신의 것이 아닌 것처럼 느껴진다.

"오쿠라, 따르라."

본진은 안조성 서남쪽에 있는 나지막한 언덕을 골라 나아가, 안개가 걷히기 전에 산개를 끝내고 거기서 모든 것을 지휘할 예정이었다. 전열의 지휘는 아베 오쿠라, 히로타다의 호위는 우에무라 신로쿠로(植村新六郞)와 창을 멘 애꾸눈 하치야가 맡았다.

여기저기 안개 속에서 함성이 오르기 시작했다. 아군끼리도 아직 서로의 모습이 보이지 않는다. 성안 군사들은 허둥지둥 당황하고 있으리라.

목표로 삼은 성 앞의 언덕이 희미한 먹구름처럼 떠올라왔을 때였다. 그 너머의 누렇게 익은 벼 포기 사이에서 참새 떼가 언덕을 뒤덮듯 날아올랐다.

아베 오쿠라는 저도 모르게 말을 멈추고 외쳤다.

"주군!"

그러나 그 목소리는 히로타다에게 닿지 못했고 차츰 걷혀가는 안개 속의 히로타다는 자꾸 말을 재촉하고 있다.

해는 벌써 떠올라 있었다. 아버지 기요야스 때부터의 마표인 금부채가 안개 속에서 아름답게 반사되며 투구 장식이 곧장 언덕을 올라가고 있었다. 아베 오쿠라는 말을 몰아 히로타다를 따라잡았다.

"주군! 방심은 금물입니다. 성안 군사들이 벌써 밖으로 나왔을지도 모릅니다."

"뭣이, 성안 군사들이 우리를 맞아 싸우러 나왔다고?"

"예, 참새가 놀라 날아오는 방향이……."

말을 건넸을 때 두 사람 머리 위로 한 무리의 참새 떼가 짹짹거리며 다시 아군 쪽으로 날아왔다.

히로타다는 싱긋 웃었다. 적병이 성에서 나와주는 게 오카자키 군에게 승산 있었다. 성채에 의지하지 않고 야전이 되면 모두들 일기당천(一騎當千)의 용맹을 발휘한다.

"우리가 이긴 거나 다름없지 않은가, 오쿠라?"

오쿠라는 고개를 저었다.

"성을 나왔다면 그만한 승산이 있어서라고 봐야 합니다. 상대는 이름난 오와리 군입니다."

"알고 있어. 아무튼 이 언덕에 기치를 세우도록 해라."

기치를 세우고 난 무렵부터 안개가 서서히 걷혔다. 어디를 보아도 이삭을 드리운 황금빛 논으로, 그 사이를 나아가는 아군의 모습이 개미처럼 이어져 있다. 아직 기를 눕힌 채 사방에서 성문으로 육박하고 있지만, 성안에서는 화살 하나 응수해 오는 기척이 없다.

히로타다는 말에서 내리려고 하치야에게 고삐를 주고 문득 뒤돌아보았다. 아직 거기까지 가 있을 리 없는 곳에서 창끝이 번뜩였다.

"아니? 오쿠라, 저것은……."

아베 오쿠라가 달려와 이마 위에 손을 대고 내다본다.

"음, 역시……."

"아군인가?"

"적군입니다."

"뭣이, 적……."

히로타다의 목소리가 어지럽게 높아졌을 때 뿌—뿌—하고 엉뚱한 방향에서 소라고둥이 울리고 동시에 흰 기치가 논둑 위로 솟아올랐다.

하나, 둘, 셋—

그 선두의 한 기치에서 검게 물들인 오요성(五曜星)을 보았을 때 히로타다는 말 위에서 외쳤다.

"우욱! 건방진 히사마스 도시카쓰 놈!"

아베 오쿠라는 침묵을 지키며 아직도 뚫어질 듯 후방을 지켜보고 있다. 참새 떼가 또 머리 위를 지나 아군 쪽으로 날아갔다.

"주군, 벌써 원군이 도착한 모양입니다."

"음."

히로타다는 신경질적으로 팔을 떨었다.

"하치야, 고삐를—"

"예."

일단 잡았던 고삐를 다시 건네주자, 히로타다의 말은 껑충 뛰어오르더니 언덕 쪽으로 달리기 시작했다.

오쿠라의 목소리가 그것을 전송했다.

"주군! 가볍게…… 가볍게 움직여서는 아니 됩니다. 주군!"

하치야는 외눈을 번뜩이며 쏜살같이 말보다 앞서 달렸다.

적의 소라고둥이 뿌, 뿌 하고 또 울린다.

확실히 그것은 무모한 짓이었다. 그러나 선두의 기치가 오다이의 남편 히사마쓰 도시카쓰라는 것을 안 순간 히로타다의 피는 거꾸로 치솟았다.
"이놈, 도시카쓰 놈!"
오다이가 아직 오카자키성에 있던 무렵, 히로타다는 도시카쓰의 아버지 사다마스(定益)와 오노(大野) 성주 우에노 다메사다(上野爲貞)의 분쟁을 화해시켜 준 적 있었다. 그 은혜도 생각지 않고 오다이의 남편으로서 자기에게 덤벼드는 도시카쓰에게 히로타다의 증오가 폭발한 것이다. 원군부터 단숨에 무찔러버리지 않으면 아군은 앞뒤로 적을 맞게 된다. 성안 군사들이 쳐나오기 전에—하는 생각도 있었지만 그보다 인간적인 분노가 훨씬 컸다.
언덕을 달려내려간 순간 몇 개의 화살이 히로타다를 향해 날아왔다. 그 화살 속에서 히로타다는 칼을 뽑아들었다. 화살들을 좌우로 후려쳐 보기 좋게 떨어뜨리자, 투구 앞 장식에 비스듬히 칼을 세워 곧장 도시카쓰의 직속무사들에게 쳐들어갔다.
오다 노부히데는 이때 이미 히사마쓰의 배후까지 깃발을 내린 채 진격해 와 있었다. 그는 안장을 두드리며 크게 웃었다.
"오카자키의 애송이 놈이 돌았구나, 왓핫핫하…… 여봐라, 고둥을 울려라, 고둥을!"
"주군, 기치는?"
"세우지 마라. 아직 이르다. 성안 군사들이 박차고 나온 다음 놀라 자빠지도록 애송이 코앞에 세워줘라."
이때 이미 하치야는 칼을 꼬나들고 도시카쓰 군의 선봉대를 향해 뛰어들었다. 그것은 찌른다기보다 사방을 후려쳐 히로타다의 진로를 터주는 것처럼 보였다.
"하치야다! 길을 비켜라."
좌우로 우르르 흩어지는 군사들 속에서 한 졸개가 앞으로 나왔다.
"다케노우치 히사로쿠다. 덤벼라!"
"건방진 놈! 애꾸눈 하치야를 알고서 덤비는 게냐?"
히사로쿠라고 이름을 댄 졸개는 그 말에는 대꾸 없이 도시카쓰에게 고함질렀다.
"주군! 물러가십시오."

도시카쓰는 순순히 말을 돌렸다.

"도망치느냐, 도시카쓰! 게 섰거라!"

그러나 좁은 논둑길을 가로막은 한 명의 졸개 때문에 전진이 여의치 않았다.

"하치야, 빨리……."

앞발을 번쩍 쳐드는 말 위에서 히로타다는 재촉했지만 히사로쿠는 빈틈없이 하치야에게 창을 겨누고 침착한 표정으로 꼼짝도 하지 않는다.

등 뒤에서 함성이 올랐다. 성안에서 군사들이 치고 나온 모양이었다.

"발칙한 놈!"

히로타다의 말이 다시금 뛰어올랐다. 금부채 마표를 향해 날아오는 화살이 점점 많아지더니 그 하나가 말 엉덩이를 맞힌 것이다.

애꾸눈 하치야는 그때 비로소 자기 이마에 땀이 흐르는 것을 깨달았다. 빗방울 같은 구슬땀이 보이는 한 눈의 움푹한 곳으로 줄줄 흘러들었다. 그때마다 상대의 모습이 흐릿해졌다. 그런데도 상대의 이마에는 땀 한 방울 보이지 않았다.

'보통 놈이 아니다…….'

그런 느낌과 함께 그는 본능적으로 자신이 불리한 것을 알았다. 이러다가는 곧 퇴로가 끊어질 우려가 있다.

"주군, 피하십시오."

그러나 그 목소리는 히로타다에게 닿지 않았다.

"주군, 아베 시로고로—"

"오쿠보 신파치로 다다토시!"

위급함을 느끼고 두 사람이 양옆에서 히로타다를 감쌌다. 아베 오쿠라는 이미 가까이에 없었다.

"주군! 물러가십시오!"

바로 등 뒤에서 히로타다가 탄 말의 숨결을 느끼며 하치야가 다시 한번 외쳤을 때, 오른쪽 풀숲에서 와하고 또 함성이 일었다.

누군가가 부르짖었다.

"앗! 오다 노부히데의 마표다!"

하치야는 생각했다.

'아뿔싸!'

노부히데가 여기 나타났다면 이미 승산이 없다. 신출귀몰함을 자랑하는 이 용맹한 장수는 반드시 히로타다의 진로를 끊고 말 것이다.

"주군! 퇴각을……."

다시 외쳤을 때였다. 대지를 뒤흔들며 이상한 소리가 탕 하고 울려퍼지는 동시에 하치야는 털썩 오른쪽 무릎을 꿇었다. 화살도 맞지 않고 창에 찔린 것도 아니었다. 그런데도 오른쪽 허벅다리가 부젓가락에 찔린 것처럼 쿡쿡 쑤셔왔다. 하치야는 고개를 갸웃하며 적의 창을 기다렸다.

그러나 상대는 하치야를 찌르지 않았다. 이 애꾸눈 호걸무사의 목이 오늘의 싸움터에서는 얻기 어려운 보물일 텐데, 히사로쿠라 자칭한 졸개는 하치야로서는 의미를 알 수 없는 말을 중얼거렸다.

"아하, 이것이 화승총이라는 거로군…… 대장의 방패가 되어 잘 싸웠다."

그러고는 그대로 창을 거두고 돌아서 도시카쓰의 직속부대로 돌아갔다.

하치야는 순간 멍하니 있다가 허벅다리의 피로 눈길이 갔다.

"이상한 놈이다! 적을 동정하다니."

그는 아직도 히사로쿠에게 찔린 줄로만 알고 있었다. 소리만으로 쓰러뜨리는 무기는 상상조차 할 수 없었던 것이다. 더욱이 허벅지의 상처는 꿰뚫려 있었다.

'너무도 재빨라 창을 내지르는 것도 안 보였어.'

그는 준비했던 헝겊을 허리춤에서 꺼내 허벅지를 묶었다. 벌써 사방이 포위되어 가는 것을 알고 움직이지 못하는 자신의 생명이 끝날 때가 왔다고 생각했다. 소라고둥 소리, 칼 부딪치는 소리, 함성, 활시위 울림, 그런 것들이 점점 멀어지며 파란 하늘만이 의식 가득히 덮쳐왔다. 이때 누군가 옆에서 자기를 꾸짖는 것을 깨달았다.

"하치야, 일어서!"

"……예."

"혼다 헤이하치로다. 그러고도 오카자키의 무사라고 할 수 있겠느냐!"

"……예."

"일어서지 못하면 기어라. 기어서라도 주군을 끝까지 지켜라."

"예, 기겠습니다."

하치야는 두 손을 짚고 땅바닥을 기었다. 깨닫고 보니 눈앞이 거의 보이지 않았다.

"주군! 주군은 어디 계십니까. 하치야는, 하치야는……."

하치야는 기어가다가 자기 몸이 길에서 논두렁으로 굴러떨어지는 것을 깨달았다. 그리고 연분홍빛 안개가 그를 가득 덮어왔다.

"주군! 하치야는…… 하치야는 기겠습니다."

헤이하치로는 이미 곁에 없었다.

이때 이미 오른편 풀숲에서 행동을 개시한 노부히데의 원군은 오카자키 군 본진을 두 겹으로 에워싸고 서서히 포위망을 죄어오고 있었다.

마쓰다이라 군은 완전히 두 쪽으로 갈라져 앞뒤로 적을 맞고 있는 형국이었다. 성문을 박차고 나온 정예병과, 이미 도착하여 성에 들어가지 않고 있던 원군이 교묘하게 쳐놓은 거미줄에 걸려들고 만 것이다.

앞에도 적, 뒤에도 적.

오다이에 대한 감정으로 오요성 기치를 보자마자 언덕을 달려내려온 것이 돌이킬 수 없는 실책이었다. 히로타다는 그것을 깨달았다. 아버지도 노부히데 손에 죽고 자기 역시 똑같은 손에 쓰러지려 하고 있다.

'어차피 죽을 바에는…….'

그는 고삐를 당겨 말 머리를 노부히데의 본진 쪽으로 돌렸다.

"게키, 나를 따르라! 마지막 싸움이다."

곁에 있는 일족인 마쓰다이라 게키를 향해 준엄하게 말한 뒤 푸른 하늘에 흰 칼날을 휙 쳐들었다.

"옛!"

게키가 호응하며 히로타다를 따랐다. 히로타다의 말에는 이미 화살이 세 개나 꽂혀 있었다. 맑게 갠 가을 햇살 아래 상처 입지 않은 것은 금빛으로 번쩍이는 마표의 부채뿐이었다.

노부히데는 이 광경을 보고 다시 안장을 두드리며 기뻐했다. 참으로 마음먹은 대로 척척 들어맞는 꼴이다.

"쏘지 마라. 탄환이 아깝다."

그는 처음으로 싸움터에 갖고 나온 화승총이 상대의 무지로 말미암아 예상보다 공포심을 불러일으키지 못하는 것을 깨닫고 있었다. 더욱이 최초의 귀중한 한

방이 히로타다에게 맞지 않고 그 앞에서 분전하던 애꾸눈 하치야를 맞혔다. 그리고 그 하치야조차 자기를 쓰러뜨린 게 무엇인지 모르는 눈치였다.

"아군이 이미 포위하고 있다. 빗나가면 우리 편이 상하니 이제 쏘지 마라."

사실 화승총을 동원할 필요도 없이 히로타다의 마표를 보고 사방에서 오와리 군이 창을 겨누며 앞다투어 덤벼들었다. 활부대 역시 히로타다를 겨냥하고 쏘아댄다.

노부히데는 초조해하는 히로타다가 우스웠다. 두 사람의 거리는 아직 200간 남짓 되리라. 그 사이의 분지를 누비며 시냇물이 번쩍이고 있다. 히로타다가 그 분지까지 닿을 수 있으리라고는 믿어지지 않았다.

맨 먼저 창을 들이대는 한 군사를 히로타다는 한칼로 베어 넘겼다. 그와 동시에 화살이 하나 말 목덜미에 명중했다. 말이 곤두서자 금부채가 그림처럼 번쩍였다.

"과연 그 아비에 그 아들이다. 말을 돌리지 않는구나."

히로타다는 마침내 분지까지 이르렀다. 금부채가 떨기나무 그늘에 가려 노부히데의 시선을 가로막았을 때, 오카자키 군 속에서 한 무사가 시위를 떠난 화살처럼 분지로 뛰어들었다. 히로타다의 최후가 박두한 게 틀림없었다. 등꽃 속에 큰대자가 쓰인 작은 기치를 등에 꽂고 있다.

"오쿠보 신파치 녀석이 급했군."

그러자 또 한 사람, 이번에는 접시꽃 기치에 화살이 꽂힌 채 열십자로 칼을 휘두르며 히로타다에게 다가갔다.

"혼다 헤이하치로인가?"

노부히데의 관측은 틀림없었다. 난전 속에서 최초로 히로타다의 위급을 발견한 것은 오쿠보 신파치로, 다음에 깨닫고 아수라처럼 포위망을 뚫고 접근한 것은 혼다 헤이하치로였다. 아니, 그들 외에도 마쓰다이라 게키와 아베 시로고로 등이 겨우 히로타다의 말 앞에 있을 뿐, 차츰 죄어드는 오와리 군의 포위를 이제 뚫고 나갈 여지가 없었다.

"주군! 함께 죽읍시다."

신파치로는 외치며 왼편의 적에게 덤벼들었고, 헤이하치로는 칼을 휘두르며 다가와 느닷없이 말 재갈을 움켜잡고 오른편 시냇물 속으로 뛰어들었다.

"정신이 돌았느냐, 헤이하치! 곧장 쳐들어가라. 노부히데의 본진은 바로 눈앞에 있다."
"무슨 개수작이야!"
헤이하치로는 이미 주종 사이의 말조차 쓰지 않는다.
"도망쳐야 해! 바보야."
"기다려!"
"못 기다린다. 여기서 나가봐, 적의 화살이 소나기처럼 쏟아질 테니."
히로타다는 이를 갈며 뭐라고 외쳤으나, 헤이하치로는 분지로 말을 마구 끌고 들어갔다.
시냇물 양쪽에는 나무다운 나무가 거의 없었다. 갯버들나무와 감탕나무와 야생 뽕나무가 아직 잎을 조금 달고 있을 뿐이다. 그래도 가까스로 두 사람이 숨을 만한 곳에 이르자 헤이하치로는 물어뜯을 듯이 히로타다를 돌아보았다.
"그러고도 마쓰다이라의 주군이오?"
"말이 지나치다, 헤이하치로."
"지나치고 나발이고 어서 말에서 내리기나 하시오."
"뭐……뭐라고! 나에게 명령하는 거냐?"
"그렇소!"
헤이하치로가 느닷없이 히로타다에게 덤벼들었다. 그것은 이성의 격투가 아닌 흥분한 사나이와 사나이의 싸움이었다. 이렇게 되면 히로타다로서는 당할 재간이 없다. 피로감이 그를 기진맥진하게 하고 있었다.
"에잇!"
한마디 외치며 헤이하치로는 히로타다의 몸을 번쩍 들어 논둑에 내던졌다.
"무, 무……무례한!"
"무엄한 건 나중에 사죄하면 돼. 그렇지만 목숨은 하나뿐."
내던진 것만으로 끝내지 않고 헤이하치로는 히로타다의 가슴을 떠밀고 그 위에 올라탔다.
"무슨 짓이냐?"
"투구를 빌리는 거다."
"헤이하치! 너는……."

"사죄는 저승에서 하겠소."
히로타다에게는 이미 저항할 힘이 없었다. 눈 깜짝할 새 투구가 벗겨지고 그의 머리에는 유난히 무겁고 땀내 나는 헤이하치로의 투구가 쥐어박듯이 씌워졌다.
"잘 계시오."
등의 작은 기치를 빼어 히로타다의 등에 꽂아주며 헤이하치로는 외쳤다.
히로타다는 투구를 고쳐 쓸 힘도 없이 거친 숨을 몰아쉬며 가까스로 고개를 들었다. 그 시야 속에 아버지 이래의 금부채 마표가 번쩍 빛났다가 사라져갔다.
오다 노부히데는 시야에서 사라져버린 히로타다가 다시 분지에서 모습을 나타내리라고는 생각지 못했다. 자청해 사지로 들어온 것이다.
'가엾은 놈…….'
나이 차이를 생각하자 문득 어떤 감개가 가슴을 스쳤지만, 그 때문에 경계를 게을리할 만큼 감상적이지는 않았다.
그의 양편에는 히로타다가 시냇물을 건너 모습을 나타낼 경우에 대비해 궁수 20명이 시위에 화살을 메워 대기하고 있었다. 창부대는 그 앞쪽에 매복시켜 두었다.
"이상한데."
노부히데는 이마 위로 손을 가져갔다. 떨기나무 사이에서 금빛 마표의 움직임을 다시 발견한 것이다.
"아직 살아 있구나. 끈질긴 놈……."
중얼거렸을 때 말이 앞쪽에서 온몸을 드러냈다. 화살이 일제히 날아갔다. 빨려들 듯 히로타다의 갑옷에 꽂혔지만, 말도 사람도 전혀 두려워하는 기색이 없었다.
창부대가 고함지르며 말을 향해 뛰어나갔다. 그래도 여전히 말은 멈추려 하지 않았다. 헤이하치로가 히로타다의 마표를 세우고 세상 끝 땅끝까지라도 달려가겠다고 마음을 다한 마지막 돌격이었다.
창부대는 짓밟히고 걷어차여 순식간에 거리가 좁혀졌다. 노부히데는 뚫어질 듯이 사람과 말을 쏘아보고 있었다. 이미 온몸에 중상을 입고 있을 텐데, 자세가 꼿꼿하고 말고삐 다루는 솜씨도 전혀 어지럽지 않다. 무서우리만치 처절한 투지가 노부히데의 가슴에 짜릿하게 느껴졌다.
노부히데는 신음 소리를 냈다.

"음! 과연 기요야스의 아들이구나. 적이지만 용감하다."

노부히데가 나가서 맞아 싸우려는 것을 보고 누군가 뒤에서 말렸다.

"주군!"

후군 참모로 나고야에서 온 기치보시의 사부 히라테 마사히데였다.

노부히데는 쓴웃음 지으며 고개를 끄덕였다. 그러자 그 양쪽에서 다부진 두 젊은이가 오다 군의 자랑인 긴 창을 꼬나들고 달려나갔다. 양쪽 모두 창자루에 붉은 칠이 되어 있다. 지난번 아즈키 고개 싸움에서 7인창의 명예를 얻은 창이었다.

"오다 노부미쓰! 히로타다 님에게 도전하오."

"아즈키 고개 7인창의 나카노 마타베에(中野又兵衛)!"

터질 듯 소리치며 두 사람은 동시에 민첩하게 말 콧등에 창끝을 들이댔다.

말은 비로소 멈춰 섰다. 그와 동시에 말 위에 있는 장수의 투구 장식이 조금 기울었다. 팔이 축 늘어지더니, 이번에는 윗몸이 힘없이 오른쪽으로 크게 흔들렸다. 그리고 두 사람이 한 발 물러섰을 때 그대로 말에서 털썩 떨어졌다. 떨어지기 전에 뭐라고 말한 듯한데 목소리는 들리지 않았다.

"마쓰다이라 히로타다, 오다 노부히데에게 도전하노라."

아마 이렇게 말했으리라. 말에서 떨어진 뒤 나카노가 다짜고짜 창을 내지르려 했을 때 노부히데가 제지했다.

"멈춰라! 이미 숨이 끊어졌다."

노부히데는 천천히 시체로 다가가 금부채 마표를 뽑아 투구 위에 놓았다. 그리고 큰 눈을 스르르 감았다.

"장하도다!"

순간 온갖 소리가 멈춘 듯 사방이 고요해졌다.

히라테가 성큼성큼 걸어나왔다.

"얼굴을 확인합시다. 히로타다가 아닐 겁니다."

한쪽 무릎을 꿇고 투구에 손을 가져가자 노부히데가 말렸다.

"알고 있네, 알고 있어. 혼다 헤이하치로겠지. 알고 있다…… 그러나 마쓰다이라 히로타다로 대접하는 게 좋을 거다. 정말 장하도다."

히라테도 합장했다.

이 소동으로 분지에 쳐들어간 사람들 모습은 어느덧 사라지고 없었다. 오쿠보 신파치로도, 아베 시로고로도, 마쓰다이라 게키도. 누가 지휘했는지 오카자키 군은 기치를 말고 물러가기 시작했다. 어쩌면 그것도 히로타다 곁으로 달려가기 전에 혼다 헤이하치로가 한 지시였는지도 몰랐다.

해는 아직 높았다.

추격전에 대비한 오카자키 군의 양동(陽動)작전이 예측되었지만, 승패는 이미 판가름 났다.

안조성 망루에는 여전히 오다 깃발이 빛나고 있었다.

도라지꽃 채찍

다와라 부인은 새 성의 뜰에 서서 가을의 일곱 가지 풀을 꺾고 있었다. 일곱 가지 풀이라고는 하나 솔새는 너무 쓸쓸해 보인다. 그 대신 국화를 곁들여 본성으로 히로타다를 병문안 가려는 것이었다.

그녀 곁에는 다와라에서 데려온 시녀 가에데(楓)가 시무룩한 표정으로 웅크리고 앉아 부인이 잘라주는 꽃을 받고 있다.

"가에데, 난 히로타다 님을 미워하는 것일까 그리워하는 것일까?"

가에데는 습관처럼 재빨리 사방을 둘러보았다.

"아직 숫처녀인 것을…… 아시면 다와라의 성주님이 얼마나 노하실까요."

"그럼, 역시 미워하고 있는 것일까?"

"미워해도 되련만 사모하고 계셔요. 그것이 저는 분해 죽겠습니다."

다와라 부인은 쓸쓸하게 도라지꽃을 꺾었다.

"도라지꽃에는 향기가 그리 없는 것 같구나."

"마님."

"뭐냐?"

"오하루 님은 측실 아닙니까?"

"그래서 어떻다는 거냐?"

"성주님 곁에서 왜 쫓아내지 않으셔요? 저는 마님 마음을 알 수 없어요."

다와라 부인은 대답하지 않았다. 다시 허리 굽혀 다른 꽃을 찾으면서, 매정한 말을 한다고 시녀를 원망했다. 히로타다가 자기 몸에 손도 안 대는 것은 오하루가 있기 때문인 건 틀림없다. 하지만 히로타다의 성미를 부인도 이미 알고 있었다. 마음의 불길이 타오르는 대로 남편에게 하소연하면 남편은 늘 꽁무니를 뺐다.

"—소원을 달성할 때까지는."

선조의 거성이었던 안조성을 되찾을 때까지 다른 일은 전혀 생각할 수 없다는 것이었다. 그 때문에 성급하게 전쟁을 벌이게 되었고 오카자키 군은 엄청난 피해를 입었다.

만일 헤이하치로의 죽음이 없었다면, 남편은 목숨을 잃고 노부히데에게 성을 빼겼을 거라는 소문이 자자했다. 사실 남편도 상처 입고 오쿠보 신파치로에게 업혀 성으로 돌아오자 병석에 드러누워 버렸다.

가에데는 먼 산을 보며 말했다.

"마님, 저 같으면 어떤 수단을 써서라도 먼저 오하루 님을 내쫓아버리겠어요."

"가에데, 버릇없구나. 그러면 성주님 마음이 더욱 멀어지실 게다."

"아니에요, 멀어지지 않아요. 멀어지지 않도록 해야지요."

부인은 또 입을 다물었다.

"오하루 님이 어떤 짓을 하고 있는지 아세요?"

"어떤 짓이라니?"

"지난번 싸움에서 다쳐서 돌아온 애꾸 하치야의 집에 드나든다잖아요!"

넌지시 한마디 던지고 가만히 부인의 얼굴을 지켜보았다.

"만일 이대로 지내시면 성주님은 다시 싸울 결심을 하시고 어떤 불행을 초래할지 모릅니다. 오하루 님을 멀리하도록 하시고 성주님 마음을 마님 손으로 부드럽게 해드리는 게 여자의 길인가 생각합니다."

다와라 부인은 어깨를 흠칫 떨었다.

"하치야한테? ……그것이…… 참말이냐?"

오카자키에 시집온 지 이미 여섯 달. 아직도 부부 관계를 거부당하고 있는 다와라 부인이었다. 질투와 한탄으로 몇 번이나 자결을 생각했는지 모른다. 아니, 그것이 이 성을 떠나간 오다이를 잊지 못해서 한 박대인 줄 알았다면 부인은 오래전에 오카자키의 흙이 되었을 게 분명하다. 오다이 부인에게는 당하지 못할 거라는 체념이 언제부터인가 부인에게 있었던 것이다. 하지만 히로타다는 부인에게 그런 내색을 하지 않았다. 어쩌면 그것을 느낄 수 있는 예민한 감각이 부인에게 없었던 탓인지도 모르지만…….

자신도 한때 병약했었고 히로타다도 허약해 보였다. 그 허약한 몸으로 떠오르는 태양 같은 오다 노부히데와 조상이 쌓은 성을 다투어야 하는 히로타다의 숙명을 지켜보며 그녀 역시 참아왔다. 그러나 그것에도 한계가 있어 그녀는 이따금 혼자 눈물지었다. 자기도 다시 옛날처럼 가슴병으로 죽었으면 하고 곧잘 생각했다. 그런데 얄궂게도 출가 이후 병색은 씻은 듯 사라지고, 있는 것은 오로지 히로타다에 대한 생각뿐이었다.

전혀 만나지 못하고 있으면 혹시 체념도 생기련만 히로타다는 한 달에 한두 번 부인을 찾아왔다. 가에데는 그것을 노신들의 지시라고 말하지만 부인은 그렇게 생각하지 않았다. 히로타다를 볼 때마다 부인의 몸속에서 타오르는 안타까움은 더욱 쌓여만 갔다.

'오늘 밤에야말로…….'

온몸을 불사르며 기대하다가 히로타다가 벌떡 일어설 때의 그 쓸쓸함은 가에데도 아마 모르리라. 그런 밤에는 으레 끔찍한 꿈을 꾸었다. 오하루가 뱀이 되어 차가운 살갗으로 히로타다를 꽁꽁 감아 빼어가는 꿈이었다.

'오하루만 없다면…….'

아무리 생각하지 않으려 해도 여자는 약한 존재. 고독과 질투와 애절한 사모로 언제 미쳐버릴지, 지금은 그것을 두려워하고 있었다.

그 오하루가 히로타다의 눈을 속이고 애꾸눈 하치야를 찾는다고? 그게 사실이라면 자기의 지난날 고뇌를 생각해서라도 용서할 수 없었다.

"오하루는 천한 종에서 성주님 눈에 띄어 총애받게 된 여자라면서."

"네, 목욕탕에 등을 밀러 들어갔던 여자래요."

가에데는 주인의 감정에 불을 붙여놓고, 이번에는 애태우듯 말했다.

"도라지꽃을 좀 더 꺾지 않으시겠어요?"

부인은 아득히 먼 산맥 위의 구름을 말없이 바라보고 있었다. 눈동자에 파란 하늘이 비치더니 이따금 눈썹이 꿈틀거렸다. 날마다 남편을 기다리게 되자, 다와라에 있을 때와는 몸이 달라져 있었다. 전에는 어딘가 메마른 느낌이었는데, 요즘은 손가락을 스치면 끈끈할 만큼 윤기가 돌았다.

"가에데—"
"네."
"네가 한 말이 헛소문만은 아닐 테지?"
"오하루 님…… 말씀입니까?"
"하치야는 성주님의 근위무사. 나중에 잘못 안 거라고 말했다가는 큰일 날 줄 알아라."
가에데는 꽃그늘에서 웃었다.
"호호호…… 두 사람은 전부터 그런 사이였는데 성주님이 갈라놓으셨다는 걸 본성의 시녀라면 모르는 사람이 없어요."
가에데는 벌써 24살. 평생 시녀로 지낼 여자로서 차츰 잔인한 버릇이 생길 나이였다. 그녀는 흘끔 부인을 보며 슬그머니 꽃 속에서 병든 잎을 따냈다.
"소문은 그것뿐만이 아니에요……."
"그것만이 아니라니?"
"먼젓번 마님이라면 벌써 끝장내셨을 텐데, 다와라 마님의 다스림은 허술하다면서……."
"뭐, 내 다스림이 허술하다고……?"
"네, 가풍이 어지러우면 가문의 수치이니 사람들이 소문을 근심하는 것도 마땅하지요."
그녀는 또 잠시 입을 다물고 있었다.
'가에데 말에도 일리가 있다…….'
규방의 비밀이야 어쨌든 부인은 이 성의 안주인이었다. 성에서 부리는 여자들의 단속을 잊어서는 안 되었다. 부인은 갑자기 어지러워졌다.
'성주님을 위해서도 그냥 내버려둘 수 없다!'
나약한 히로타다의 총애를 혼자 차지하고도 그 같은 소문의 주인공이 되다니 용서할 수 없는 괘씸한 여자로 여겨졌다.
"가에데—"
"네."
"오하루한테 가서…… 불러오너라."
가에데는 깜짝 놀란 듯 얼굴을 들었다.

"그래도 괜찮을까요?"
"괜찮다. 나는 이 성의 안주인이다."
"하지만…… 만일 성주님 귀에 들어가게 된다면?"
"아랫것들의 쑥덕공론이 사실이라면 내가 성주님에게 알리겠다."
가에데는 차츰 새파랗게 질려가는 부인 얼굴을 짓궂게 쳐다보았다. 뒷감당할 만한 능력이 과연 그녀에게 있을까? 그 방법을 가르쳐주고 싶었음에 틀림없다.
"오하루 님은 마님 마음대로 되겠지만 하치야는 성주님 근위무사이니 마님 손이 미치지 못합니다."
가에데는 여기서 고개를 갸웃하고 생각하더니 지금까지의 선동은 잊어버린 듯이 말했다.
"마님, 이 일은 단단히 결심하고……."
"결심이 섰으니 불러오라는 거 아니냐."
"그렇지만…… 성안에서 간통하는 못된 여자이니 마님이 오하루 님을 용서하신 뒤 하치야가 성주님에게 고해바쳐 마님이 질투하시는 거라고 중상한다……면 그 때는 어떻게 하시겠어요?"
"그때는……."
부인은 당황했다. 거기까지는 역시 생각하고 있지 않았다.
"그때는 어떻게 하면 좋을까? 가에데—"
가에데는 어느 틈에 여자 특유의 착각에 빠져들고 있었다. 자기 마음속에 행복한 동성(同性)의 불행을 원하는 질투가 숨어 있는 줄 모르고 이 선량한 주인을 위해 계책을 세우지 않을 수 없었다. 그것이 충성이라고 착각한 것이다.
가에데는 또 버릇처럼 사방을 둘러보았다.
"마님! 그런 소문이 나게 한 건 오하루 님의 잘못, 그것만으로도 죄이니 오하루 님이 두 번 다시 성주님이나 하치야를 만나지 못하도록 엄한 벌을 내리셔야 해요."
"엄한 벌이라니?"
가에데는 세 번째로 사방에 눈길을 주고 나서 갸름한 얼굴을 굳히며 목소리를 낮췄다.
"남자라면 그 자리에서 목을 베듯……."

오하루는 그날도 히로타다의 병문안을 다녀왔다. 화살 상처가 거의 아물자 히로타다의 눈빛에 적개심이 되살아났다. 하지만 식욕은 아직 없었다. 자리에 일어나 앉아 노신들의 뒤처리 이야기를 들을 때는 고통으로 일그러진 얼굴이 되었다. 밀담을 나눌 때는 물론 여자들을 물리쳤지만 어렴풋한 사정은 짐작할 수 있었다.

오다 노부히데는 승리한 여세를 몰아 오카자키성으로 쳐들어올 기색은 없으며, 본대는 오와리로 철수해 미노를 방비하고 오카자키를 배후에서 쓰러뜨리려고 이것저것 책략을 꾸미는 모양이었다. 즉 히로타다의 병과 이번 패전을 이용하여 일족과 부하들의 이간을 도모하기 위해 우에노성(上野城)의 사카이 쇼겐(酒井將監)을 감시하고, 히로타다의 숙부 마쓰다이라 노부타카(松平信孝)에게 밀정도 보내는 모양이었다.

이런 상황에서도 히로타다는 이따금 앙상한 어깨를 으쓱거리며 노래를 부르곤 한다.

"—나는 재상을 섬기는 자. 여기 온 것은 이번에 궁중의 경사가 있어 죄인 대사면령이 내려졌으므로, 나라 안의 유배인을 풀려고……."

이마에 구슬땀이 흐르고, 여윈 얼굴이 더욱 해쓱해지며 슌칸(俊寬 ; 12세기 고승 슌칸이 섬에 유배되었을 때 지은 가무극의 하나) 같은 노래를 부르면 오하루는 저도 모르게 눈물이 글썽여졌다.

'이분 역시 기카이섬(鬼界島) 같은 곳에 계시는 분…….'

즐거워 노래하는 것도 아니고 심심파적 삼아 읊는 것도 아니다. 어디까지나 가신들에게 필사적으로 외치고 있는 것임을 알기 때문이었다.

'나는 이렇게 건재하다. 모반 따위 꾸미지 말라.'

히로타다의 번민에 물들어갈수록 여자 마음은 더욱 미묘하게 움직였다. 처음엔 무서웠다. 다음에는 자기가 오하루라는 여자로서 사랑받고 있지 못하는 게 슬펐다. 하지만 지금은 그 슬픔도 사라지고 자기가 성주님이 그토록 잊지 못하는 오다이 부인처럼 될 수 있다면 얼마나 좋을까 하고 생각하게 되었다. 이렇게 되자 약탕을 달이는 데도, 죽을 권하는 데도 그 마음이 반영되는지 오하루에 대한 히로타다의 총애는 더욱 깊어졌다.

이즈음에는 오하루도 마음속으로 오다이에게 감사하고 있었다. 그토록 성주님을 사로잡은 영특한 사람을 닮은 자기를 행복하게 여기는 일조차 있었다.

오하루는 자기 방에 돌아오자, 문득 이 길로 사촌오빠 하치야를 문병할까 하고 망설였다. 하치야의 상처는 히로타다와 비교할 수 없을 만큼 중상이었다. 허벅다리가 꿰뚫려 논에 쓰러져 한참 뒤 정신이 깨어나, 그곳이 이미 적진 속인지도 모르고 무작정 주군을 찾아 분전했던 모양이다. 살아서 돌아온 게 이상할 정도라고 히로타다도 말했다.

이제는 자신이 오하루의 마음을 다 사로잡은 줄 알고 있는 히로타다가 오하루에게 말했다.

"문안을 가봐라, 가까운 친척 아니냐."

허락 내린 뒤 오하루는 벌써 네 차례 하치야를 문병했다. 목숨은 건질 것 같지만 피를 많이 흘려 회복이 늦었다.

오하루는 벗으려던 겉옷을 다시 고쳐 입고 방을 나섰다. 나서자마자 하녀가 전했다.

"다와라 마님에게서 사람이 왔어요."

"마님이 나에게……?"

복도를 보니 가에데가 굳은 표정으로 서 있었다.

'다와라 마님의 심부름?'

오하루는 아무 의심도 없는 맑은 눈동자로 가에데를 쳐다보았다. 그녀는 그 시선을 피하듯 공손히 인사했다.

"다와라 마님이 아씨에게 직접 하실 말씀이 있으니 모시고 오라는 분부십니다."

"직접 하실 말씀이라니……."

"성주님의 병구완을 위로하시려는 게 아닐까 합니다만……."

"일부러 이렇게……."

수고했어요—라고 말하려 했으나 아직 측실로서의 위엄이 몸에 배지 않은 오하루였다. 물론 거절할 마음은 전혀 없었다.

'무슨 일일까?'

문득 다시 생각했지만 겸연쩍은 듯이 가에데 뒤를 따랐다.

"그럼, 안내를……."

아직 17살인 오하루의 눈에는 가에데가 이미 의젓한 노녀로 보였다. 성주에게 사랑받는 행복을 누리고 있지만 정실부인의 투기가 자기에게 쏠리고 있는 것까지는 몰랐다.

내전 현관에서 하녀를 돌려보내고 두 사람은 곧장 '다케치요의 성—'이라고 불리는 하치만성을 나서서 정실부인이 있는 아랫성으로 향했다.

화창하게 갠 가을 햇빛이 부드럽게 목덜미에 비치고 마님 앞으로 처음 나가는 데도 기가 꺾이는 마음이 없었다. 같은 성주에게 사랑받고 있는 여자로서의 자학적인 친근감이 있는 탓인지 몰랐다.

"마님 심기는 어떠신지?"

오하루가 묻는 말에 가에데는 호호호 하고 크게 웃었다.

"오하루 님이 이것저것 성주님 시중을 들어주시니 고마워하고 계시겠지요."

오하루는 그 말을 그대로 받아들여 입 속으로 중얼거렸다.

"황송해라."

이 말을 듣고 가에데는 또 웃었지만, 별다른 말은 하지 않았다.

이제 감귤도 차츰 물들기 시작했고, 색이 변하지 않은 것은 젓꼭지나무와 소나무뿐이었다. 군데군데 옻나무와 단풍에 붉은 잎이 섞이고, 스고강 물에 새하얀 구름이 비치고 있었다.

가에데는 현관에서 오하루를 돌아보며 문득 찌르는 듯한 야유를 던졌다.

"이 새 성과 하치만성은 어느 쪽이 훌륭할까요?"

"네……?"

오하루는 되물으며 잠자코 신을 가지런히 벗었다. 여기까지 오니 가슴의 고동이 좀 빨라졌다. 하지만 그것은 결코 두려움 때문이 아니었다.

"아씨를 모셔왔어요."

가에데의 말을 건성으로 들으며 오하루는 문지방 너머에 두 손을 짚었다.

"부르심받고 온 오하루입니다."

아무 대답이 없었지만, 오하루는 상기된 얼굴을 조용히 들었다. 순간 가슴이 철렁했다. 다와라 부인의 물기 머금은 듯한 눈이 날카롭게 자기를 기다리고 있다.

부인은 아직 아무 말도 하지 않는다. 깨닫고 보니 모양 좋게 다문 입술이 바르르 떨리고 있는 것 같았다.

가에데가 말했다.

"마님, 아씨가 임신하신 것 같은데, 마님 눈에는……."

오하루는 볼이 화끈 달아올라 당황하여 무릎에 옷소매를 겹쳤다. 혹시나 하고 생각은 했었지만, 아직 자신이 임신한 것을 모르고 있었다. 그러고 보니 살갗이며 눈꼬리에 임신인 듯한 수척함이 희미하게 엿보인다.

"오하루……."

부른 다음 부인은 또 시기하듯 오하루의 온몸을 훑어보았다.

'이 여자가 성주의 애무를…….'

생각만 해도 현기증이 날 듯한 기분인데, 오하루는 애무의 흔적을 이미 태내에 품고 있다. 부인은 속이 왈칵 뒤집혀왔다.

눈앞에 커다랗게 한 덩어리로 얽혀 미쳐 날뛰는 뱀 무리가 보였다. 모든 피가 머리로 솟구쳤다가 다시 한꺼번에 끝없는 나락으로 떨어지는 것처럼 느꼈다.

"오하루—"

"네."

"그런 모습으로 잘도 내 앞에 나타났구나……."

"네, 부르신다……고 하셔서."

"너는 그러고도 성주님을 대할 낯이 있다고 여기느냐?"

"성주님을…… 무슨 말씀인지……?"

"방자스럽다! 너, 그 배 속의 자식이 누구 아이냐?"

오하루는 순간 멍해졌다가 얼굴이 새빨개져서 고개 숙였다. 자기가 임신했다고는 아직 생각지 못하는 오하루인 것이다.

"넌…… 성주님의…… 총애를 받았겠지."

"……네."

"자, 내 앞에서 말해봐. 지난번 안조성 싸움이 끝난 뒤에도 총애를 받았겠지?"

"……네."

오하루는 부인이 무엇 때문에 화내고 무엇을 묻고 있는지 잘 알 수 없었다.

'어쩌면 싸움이 끝난 뒤 부상 입으신 성주님에게 애무를 졸랐다고…… 그래서 꾸짖으시는 것일까……?'

만일 그것이라면 오해였다.

"말씀드리겠습니다. 저는 결코 그러한……."

"뭐라고?"

"성주님이 먼저 손대시어……."

"뭐, 성주님…… 성주님이…… 먼저……."

아마도 부인으로서는 이 한마디가 귀를 막고 싶을 만큼 슬픈 말이었을 것이다.

"아!"

가에데가 놀라 일어섰을 때, 다와라 부인은 이미 성주의 거실을 장식하려고 잘라두었던 도라지 꽃다발을 움켜잡고 오하루를 때리고 있었다.

"뻔뻔스럽게…… 잘도…… 성주님 이름까지 더럽히는구나! 이젠 용서 못 한다! 용서할 수 없어!"

한 번 후려칠 때마다 꽃잎이 날고 줄기의 쓴 냄새가 방에 넘쳤다.

"용서하세요, 마님. 용서를……."

꽃다발 밑에서 오하루는 몸을 엎드리고 계속 빌었다. 머리가 흐트러졌다. 목덜미에 꽃잎이 흩날렸다. 뺨에 파란 자국이 났다.

"용서하세요."

"용서 못 한다! 자, 그 자식의 아비를 대거라."

"아비라니, 그게 무슨……?"

"아직도 버틸 작정이냐? 그것은 성주님 핏줄이 아니야. 저 하치야란 놈과 간통한 불의의 씨라는 걸 성안에서 모르는 사람이 없는데도…… 성주님이 먼저…… 성주님이 먼저 손대셨다고……."

경련하듯 미쳐 날뛰는 다와라 부인의 목소리를 들으며 오하루는 비는 것을 멈추고 있었다. 하치야라는 이름을 들은 순간 오하루의 마음에 이상한 반감이 되살아났다. 이름 없는 졸개의 딸로 태어나 강하고 억세게 살아온 생활이 번쩍 눈을 뜬 것이다. 본능적으로 이것은 마님의 질투임을 깨닫고 함정에 빠졌음을 곧 느꼈다.

'빌어서 끝날 일이 아니다…….'

상대는 이 일로 자기를 성주 곁에서 쫓아내려는 것이다. 이렇게 눈치채자 이를 악물고 때리는 대로 내버려두었다.

다와라 부인은 그래도 여전히 한참 동안 매질을 그치지 않았다. 가에데도 가만히 부인의 오른편에 서서 지켜보고 있다. 그러나 매질하는 데는 매질해도 좋을 정도의 반항이 필요했다. 아무 저항이 없어서는 때리는 편의 피로만 쌓일 뿐이다.

"어째서 잠자코 있는 거냐?"

거친 숨결로 부인이 때리는 손을 멈추자 가에데는 웃었다.

"할 말이 없겠지요. 이처럼 소문이 났으니 변명은 통하지 않아요. 성주님이 조사하라시는 명을 내리셨으니까요."

성주님이라는 소리를 듣고 오하루는 다시 흠칫했지만, 그러나 아무 말도 하지 않았다. 아니, 변명하려고 하지 않을 뿐 아니라 이제 울지도 않았다.

그즈음 졸개는 아주 가난했다. 딸이 태어나 7살이 될 때까지 솜옷 한 벌 새로 지어 입힐 수 있다면 이웃의 부러움을 받는다.

"—저 아이는 복도 많구나."

그러한 생활 속에서 자란 졸개의 억센 피가 오하루의 몸속에서 눈을 뜬 게 틀림없으리라.

"성주님의 내명도 있었어요. 어떻게 하시겠어요?"

가에데가 또 그 말을 입에 담자, 다와라 부인보다 먼저 오하루가 입을 열었다.

"성주님은 그런 말씀을 하시지 않습니다."

자신에 넘친 싸늘한 목소리. 두 사람은 흠칫하며 서로 얼굴을 마주 보았다.

"성주님 이름으로 베시겠다면…… 베어보시지요. 제가 하치야 님을 문병한 것은 성주님 심부름이었습니다."

"닥쳐라!"

이번에는 가에데가 파랗게 질렸다. 만일 사건이 복잡해지면 다와라 부인에게는 그것을 처리할 능력이 없다.

가에데가 점점 해쓱해질수록 오하루의 볼에는 핏기가 올랐다. 조용한 표정으로 두 사람을 번갈아보며 말했다.

"이대로 물러갈까요, 아니면……."

가에데의 손이 살그머니 품 안의 단도로 옮아갔다. 그것을 보고 오하루는 천천히 다와라 부인에게로 눈길을 돌렸다.

다와라 부인은 꽃잎이 흩어진 도라지 줄기를 아직 손에 쥔 채 부들부들 떨고 있다. 어깨가 여전히 파도치고 숨결도 아직 거칠다. 눈동자의 노여움은 이미 사라지고 야릇한 공포가 깃들기 시작하고 있다.

증오와 난처함이라기보다는 한순간 호흡의 차이로 목숨과 목숨의 대결이 될지도 모르는 긴박감이었다.

이것도 하나의 슬픈 전쟁.

밖은 아직도 눈부시게 밝다. 누군가 이 자리에 나타난다면, 그야말로 사건은 여자들이 감당할 수 없을 정도로 확대되어 있음을 알게 되리라.

어딘가에서 낭랑한 노랫소리가 들려오고 있었다.

한 톨의 쌀

진눈깨비 섞인 비가 후드득후드득 내리는 아구이 골짜기에는 그림물감을 칠한 듯한 안개가 서려 있었다. 겨울이 벌써 발밑까지 다가오고 있다.

도시카쓰는 안채 거실 툇마루에 서서 오다이에게 자기 가문의 내력을 설명하며, 집집마다 굴뚝에서 연기가 피어오르는 아구이 골짜기를 자랑스럽게 가리켜 보였다.

"보시오, 오다이, 어디나 굴뚝에서 연기가 오르고 있지. 영주에게는 이것이 무엇보다 기쁜 일이라오."

오다이는 다소곳이 고개를 끄덕이며 남편이 가리키는 아구이 여덟 마을의 골짜기와 언덕을 굽어보았다.

"이번 가을의 내 지시는 잘못된 게 아니었어. 아무튼 이 아구이 골짜기의 쌀밥 맛은 오와리에서 미카와에 걸쳐 으뜸일 거요. 토질이 좋거든. 찰흙이니까. 그 맛 좋은 쌀맛을 나는 내 마음으로 삼고 싶소. 그래서 부하들을 저기…… 저 왼편에 보이는 우리 집안 조상의 유패를 모신 도운사(洞雲寺)에서 참선시키며 늘 이 말을 음미하게 하는데……."

여기까지 말하고 도시카쓰는 품 안에서 종이쪽지를 하나 꺼내 오다이에게 건넸다.

한 톨의 쌀에 해와 달을 간직하고

반 되들이 냄비 속에 산천을 삶는다.

"그 한 톨의 쌀이 지닌 풍요로움…… 그 속에 우리 가문에 전해오는 덕으로 백성들을 대하려는 마음이 있지. 당신한테 조상님 이야기를 한 적 있었소?"

오다이는 조용히 고개를 저었다.

"그런가. 그럼, 이야기해 주리다. 우리 집안 선조는 간코(菅公 ; 헤이안 시대 귀족·학자인 스가와라 미치자네(管原道眞)의 경칭)의 손자뻘 되시는 아구이 마로(英比麿)라는 분으로 배를 타고 가다 오노(大野)에 표류하시어 이 아구이에 살게 되었다 하오."

"그 말씀이라면 들었어요."

"뭐, 이야기했소? 그런가."

도시카쓰는 고개를 끄덕이며 말을 이었다.

"그 조상님은 결코 강제로 토지를 뺏고 주인을 쫓아내는 무도한 짓을 해서 이 골짜기의 영주가 된 게 아니오. 어디까지나 덕…… 덕이 으뜸이라고 스스로 삼가며 이 골짜기의 토민을 대하는 동안 자연히 영주님, 영주님 하고 따르게 되어……."

이 이야기 역시 오다이는 벌써 여러 번 듣고 있었다. 하지만 처음 듣는 표정으로 고개를 끄덕여 보이니 오늘도 도시카쓰의 이야기는 역시 이런 말로 끝맺어졌다.

"여기 비하면 오카자키 같은 건 말도 안 되지."

오다이는 몸을 에는 듯 쓰라렸다.

"당신 친가인 미즈노씨는 오가와(緖川)에 겐콘사(乾坤寺)라는 훌륭한 칠당가람(七堂伽藍)을 건립해 조상과 백성들을 위해 축원한 집안이므로 다르지. 하지만 오카자키는 조상도 분명치 않소. 완력으로 사방을 뺏어 차지하는 동안 어느새 토호가 되었던 거요. 그러니 결국 싸움으로 망할 이치겠지만……."

오다이는 살그머니 남편에게서 얼굴을 돌려 도운사 소나무 사이로 보이는 지붕을 쳐다보았다. 지붕 위에 깃털이 젖은 비둘기 세 마리가 앉아 있다. 그 가운데 한 마리가 새끼 비둘기이려니 생각하자 저도 모르게 가슴이 뜨거워졌다. 그처럼 덕이 모자라는 오카자키라면 내 몸을 바쳐서라도…… 하는 미련이 아직 슬프게 가슴에 맺혀 있다.

어미인 듯한 비둘기 한 마리가, 몸을 가까이하며 새끼 비둘기의 깃털을 쪼아주기 시작했다.

"뭘 보고 있소?"

별안간 도시카쓰가 오다이 앞으로 얼굴을 가져오며 유쾌하게 웃었다.

"오, 저 비둘기 모자로군. 핫하하하, 내 마음도 당신과 마찬가지요. 저 새끼 비둘기, 우리 사이에도 빨리 저런 것을 갖고 싶소……."

오다이는 또 건성으로 고개를 끄덕이며 자신의 죄가 깊다고 뼈저리게 생각했다. 남편은 이처럼 자기를 진심으로 사랑해 주고 있는데, 오다이의 가슴에는 아직 히로타다와 다케치요의 두 그림자가 도사리고 있다.

다케치요는 내 아들이다. 비록 평생 가슴에 살게 하더라도 신과 부처님은 용서하시리라. 하지만 남편 있는 몸이 남편 아닌…… 하고 생각하자, 마음속에 전남편을 품고 도시카쓰에게 몸을 맡기는 자기가 불결해 견딜 수 없었다. 출가하기 전에 굳게 마음먹고 온 일인데 왜 끝없이 이처럼 얽매이게 되는 것일까.

도시카쓰는 어느새 오다이와 몸을 가까이 대고 서 있었다.

"지난번 싸움에서 목숨만 겨우 건져 허둥지둥 도망갔는데, 오카자키에서는 아직도 끈덕지게 안조성 탈취를 꿈꾸고 있다 하오. 그 망집도 나는 신불의 벌일 거라고 생각하오. 뺏은 것은 뺏기는 게 당연한 이치. 그런데도 빼앗던 때의 일을 잊고, 뺏겼을 때의 분함만 느끼고 있거든. 이번에는 다와라와 요시다(吉田)의 두 도다씨를 통해 이마가와에게 원병을 청하고 있다더군."

오다이는 놀라며 남편을 돌아보았다.

"그러면 또 전쟁을……."

도시카쓰는 태연하게 웃었다.

"그랬는데 다와라의 단조에게 보기 좋게 거절당한 모양이오."

오다이는 안도의 숨을 내쉬었다. 병약한 히로타다에게 더 이상 무리한 전쟁을 시키고 싶지 않았다.

"싸움에 진 분풀이로 내전이 몹시 어지러워진 모양이오. 다와라 부인과 측실의 다툼이 있어, 부인이 친가에 고자질한 게 원인되어 거절당했다는 소문인데, 그런 일은 난 자세히 알고 싶지도 않소."

"다와라 부인의 고자질이라면……?"

"아무튼 여자들의 다툼이겠지. 오다 편에서도 오카자키의 이런 분란을 틈타 여러 가지 수단을 강구하고 있소. 그러니 이제는 직접 이마가와에 의지하여, 누군가 볼모라도 내주어 도움을 청할 수밖에 도리 없을 거요."

그때 한 시동이 도시카쓰를 부르러 왔다. 밖에 무슨 볼일이 생긴 모양이었다.

도시카쓰가 나가자 오다이는 장지문을 닫고 멍하니 방에 앉아 있었다. 만일 오카자키에서 이마가와의 도움을 청하기 위해 내줄 만한 볼모가 있다면 그게 누구일까? 다와라 부인은 설마 아닐 테지. 오히사가 낳은 간로쿠일까? 아니면 자기가 낳은 다케치요일까……?

사방은 벌써 어둑해져서 어지러운 빗소리가 한결 애절하게 마음을 때린다. 오다이는 살그머니 일어나 잠시 바깥의 기척을 살폈다.

자기가 떠난 뒤 연거푸 나쁜 소식만 들려오는 오카자키. 패전, 병, 내전의 혼란…… 등 마음 아프지 않은 일이 없다.

'무슨 저주가 아닐까…….'

문득 생각하다가 오다이는 온몸이 오싹해졌다. 그 원인이 지금의 남편을 속이고 있는 자기의 부정에 있는 듯한 느낌이 들어 견딜 수 없다. 자기가 미련을 갖고 있는 까닭에 히로타다의 미련도 그것에 연결되어 거기서 끝없이 불행이 태어난다. 부처님의 가르침인 윤회에 문득 생각이 미친 것이다.

오다이는 가만히 주위를 둘러본 다음 방구석의 궤짝으로 다가갔다. 그 속에 오다이는 아직 끊지 못하는 미련의 유품을 도시카쓰 몰래 몇 가지 갖고 있었다. 맨 먼저 꺼낸 것은 접시꽃 무늬 찻잔받침이었다. 다음에는 다케치요의 출생을 기념한 '곧을 시(是) 자 향합.' 그리고 또 하나는 무늬 없는 바탕에 금가루를 뿌린 향합으로, 이것은 아직 오카자키성에서 불행한 여생을 보내고 있는 오다이의 생모 게요인이 즐겨 쓰던 물건이었다.

이러한 물건들을 저물어가는 건넌방 다다미 위에 늘어놓자 오다이는 다시금 생생하게 가슴이 떨렸다. 찻잔받침은 히로타다가 자기 거처를 찾아왔을 때 찻그릇을 얹어 내놓은 추억의 물건, '시 자 향합'은 다케치요, 금가루를 뿌린 향합은 게요인, 모든 애착이 그대로 오카자키와 이어져 있었다.

'이보다 큰 부정이 또 있을까……?'

죽은 셈 치고 출가해 왔는데, 그것들은 아직 생생한 집착이 되어 내부에서 줄

곧 오다이를 부르고 있었다. 다케치요의 얼굴이 보인다. 히로타다의 목소리가 들린다. 자주색 두건을 쓴 오다이와 꼭 닮은 게요인의 눈이 보인다.

"아……."

오다이는 그 집착 어린 물건들 위에 몸을 던지고 울기 시작했다. 이 물건들이 있는 동안 오다이는 완전한 도시카쓰의 아내가 되지 못하리라. 하지만 이것을 대체 어떻게 하면 좋단 말인가……? 갖고 있으면 부정이 되고 태우거나 버린다 해서 끝날 물건들도 아니었다. 하지만 이것이 부처님 뜻에 맞지 않는 물건인 줄 알고는 그대로 숨겨둘 수 없었다. 다케치요도 히로타다도 게요인도 모두 행복하시기를. 그리고 지금의 남편 도시카쓰도…… 하지만 도시카쓰의 곁을 떠나든가…… 아니면 오카자키를 향한 애정을 끊지 않으면 이 행복은 양립할 수 없다. 애착을 가지면 부정이 되니, 정조를 가지려면 애착을 끊어야 한다.

"오다이……."

갑자기 부르는 소리에 벌떡 몸을 일으켰다.

"왜 울고 있는 거요. 하녀들이 무슨 속상한 일이라도 저질렀소?"

언제 돌아왔는지 등 뒤에 도시카쓰가 조용히 서 있었다.

오다이는 당황했다. 스스로 자신을 나무라고 있을 때이니만큼 도시카쓰에게 속마음을 보이고 싶지 않았다. 만일 그것을 보게 되면 오다이의 불행이 아니라 오히려 도시카쓰의 불행이 된다. 남의 불행을 내 몸의 불행 이상으로 아파하는 천성을 지닌 오다이는 갑자기 도시카쓰에게 매달렸다.

"용서하세요. 모처럼 기분 좋으신 당신의 흥을 깨고 말았군요. 용서하세요."

그때까지 이러한 태도를 본 적 없는 도시카쓰도 깜짝 놀란 듯 오다이의 어깨를 안았다. 부드러운 몸이 격정으로 파도치며 도시카쓰의 손바닥에 탄력 있는 선율을 전해왔다.

"나는 당신을 주신 신불에게 늘 감사드리고 있소. 오늘도 그 감사 표시로 백성들의 세금을 2할쯤 줄여주고 왔소. 행복을 나 혼자 차지해선 안 되지 않겠소? 한 톨의 쌀 속에도 그러한 천지의 크나큰 가르침이 있는 것이오."

오다이는 더욱 격렬하게 도시카쓰에게 매달려 흐느껴 울었다.

도시카쓰는 다시 말을 이었다.

"나는…… 당신과 나 사이에 아직 아기가 없는 건, 내 덕이 모자람을 신불이 깨우쳐주려 하시는 거라고 믿고 있소. 이제부터라도 명심해 살생을 삼가리다. 자, 울음을 거두오. 울지 마오."

사방은 이미 어두웠다. 오다이의 집착을 오카자키와 이어주는 미련이 담긴 물건들은 아직 도시카쓰의 눈에 띄지 않았다. 오다이의 자세가 본능적으로 그것을 시야에서 가리고 있었다. 그래서 지나칠 정도로 선량한 도시카쓰의 독단적인 짐작이 오다이의 마음을 더욱 애절하게 찔러왔다.

하녀가 등불을 들고 들어왔다. 그 밝은 빛에 겸연쩍어진 도시카쓰가 얼른 물러섰다. 그 바람에 그 물건들이 도시카쓰의 눈에 띄었다.

"수고했다. 나는 안에서 저녁을 먹을 것이니 바깥주방에 그렇게 전해라."

하녀가 등불을 내려놓는 것을 기다렸다가 도시카쓰는 다시 성큼성큼 돌아왔다. 고개를 갸웃하며 먼저 게요인의 금가루 뿌린 향합부터 집어들었다.

오다이는 숨을 삼켰다. 아직 뭐라고 설명해야 좋을지 모르는 채 마침내 그것이 도시카쓰의 눈에 띄고 만 것이다.

"허, 칠이 참으로 훌륭하군……."

도시카쓰는 향합 뚜껑을 열어 잠시 코끝에 대고 맡아보았다.

"어떤 물건이오, 이것은……?"

"네."

오다이는 도시카쓰의 마음을 상하지 않게 하려고 필사적이었다.

"오카자키에 계신 어머니 물건입니다."

도시카쓰는 고개를 끄덕였다.

"아, 오토미(於富) 님의…… 지금은 아마 게요인이라고 한다지. 박복한 분이었어."

"네, 세상을 버린 거나 다름없지요! 오카자키성 한 귀퉁이에서 여생을 보내고 계십니다."

도시카쓰도 오다이의 생모에 대해 잘 알고 있었다. 이 지방에 소문난 미모의 소유자로, 그 때문에 남편을 여러 번 바꾸어야만 했던 가엾은 여인.

미야노 젠시치(宮野善七)라는 하급무사 집안에 태어나, 타고난 미모 때문에 오코우치고(大河內鄕)의 영주 사에몬노스케 모토쓰나(左衛門佐元綱)의 양녀로 간 뒤 모토쓰나의 정략 도구가 되어 이리저리 시집보내졌다.

그리하여 몇 번째 만에 출가한 오다이의 아버지 미즈노 다다마사에게서 다섯 아이의 어머니가 되고도 다시 마쓰다이라 집안으로 출가해야 했던 슬픈 사연을 간직한 여인…….

미즈노 다다마사가 히로타다의 아버지 기요야스와 싸우고 화의했을 때 가리야성 밖 구실잣밤나무 저택 주연석에서 오토미는 기요야스의 눈에 띄었다. 그때 오토미는 24살 난 기요야스보다 여섯 살이나 위였는데도 20살 안팎으로밖에 보이지 않았다고 한다. 히로타다와 달리 호걸이었던 기요야스는 오토미를 보자 다섯 아이의 어머니를 승전의 선사품으로 청했다…….

"참으로 미인인데. 나에게 주지 않겠소?"

'그렇구나. 그 어머니가 쓰던 물건을 보고 울고 있었군.'

이렇게 생각한 선량한 남편은 오다이가 한결 더 사랑스러워졌다.

"아마 게요인은 오카자키로 가기 전에 이혼하고 잠시 성 밖의 구실잣밤나무 저택에 계셨었지."

"……네."

"미즈노 다다마사의 부인으로서 오카자키로 출가하셨으니, 참으로 비참한 일이었지. 당신은 구실잣밤나무 저택을 기억하오?"

"네."

"지금도 가리야 사람들은 그 저택을 어머니집이라고 부른다더군. 당신 형제들이 어머님을 사모하여 부른 호칭이 그대로 남은 것이겠지. 이것 한 가지만 보아도 마쓰다이라의 말로를 알 수 있소."

도시카쓰는 이번에는 히로타다의 찻잔받침을 집어들었다.

오다이는 저도 모르게 눈을 꼭 감았다. 거기에는 접시꽃 무늬가 뚜렷이 그려져 있다. 만일 여기서 도시카쓰가 히로타다의 냄새를 맡아낸다면 대체 뭐라고 말해야 할 것인가. 눈을 감은 채 오다이는 마음속으로 합장했다.

싫어할 이유가 없는 남편. 늠름한 패기는 없어도 봄날의 따뜻한 흙의 온기 같은 선량함을 지닌 남편. 그 남편을 진정한 남편으로 맞아들이지 못하는 원인은, 지금 그 남편이 손에 들고 있는 찻잔받침에 숨겨져 있었다.

"접시꽃 무늬가 그려져 있군. 이것도 칠이 매우 좋은데?"

도시카쓰가 딸가닥 소리 내어 그것을 내려놓았을 때, 오다이는 다시 엎드려 흐느껴 울었다. 아마 도시카쓰는 어머니의 물건인 줄 안 모양이었다. 그 선량함도 견딜 수 없었지만, 이러한 남편을 속이는 죄의식에 몸이 난도질당하는 느낌이었다.

도시카쓰는 말했다.

"당신이 슬퍼하는 마음은 나도 알겠소. 오토미 님…… 게요인만큼 슬픈 바람에 시달린 꽃은 또 없을 거요. 지나치게 아름답게 태어난 게 불행이었소…… 하지만 울어도 소용없는 일. 하다못해 여생만이라도 편안히 보내시도록 나도 당신과 함께 빌겠소. 자, 내 밥상이 곧 올 거요. 가신들에게 눈물을 보여선 안 되오."

사방은 이미 어둠이 깔린 밤. 바람이 일기 시작했는지 도운사 노송나무에서 망루의 소나무 쪽으로 솔바람이 윙윙 건너온다.

도시카쓰는 오다이가 울음을 그치자 마음 놓이는 듯 식사를 마치고 바깥거실로 돌아갔다.

그 뒤 오다이가 상 앞에 앉았다. 먹고 싶은 마음이 없었다. 게요인과 다케치요와 히로타다와 도시카쓰가 끊기 어려운 애정의 인연 속에서 업화(業火)의 수레를 굴리고 있었다.

일찌감치 자리를 펴게 하고 몸을 뉘었지만 잠을 이룰 수 없었다. 새벽 2시 무렵 오다이는 마침내 자리 위에 일어나 무릎 꿇고 합장했다. 온갖 번뇌에서 벗어나지 않으면 숨도 쉴 수 없을 것 같은 절박한 고통이었다. 모든 것을 잊으려고 마음 모아 관음경을 외기 시작했다.

동녘 하늘이 불그스름해졌을 때 오다이는 문득 정신이 들었다. 뜰에서 들려오던 비질 소리가 뚝 그치더니 똑똑 덧문을 두드리는 소리가 났다.

"누구냐?"

오다이는 급히 옷을 갈아입고 덧문을 열었다. 뜰 앞에 서 있는 것은 다케노우치 히사로쿠라고 이름을 바꾼 오빠 노부치카였다.

오다이는 저도 모르게 주위를 둘러보았다. 비는 이미 개었지만, 촉촉이 젖은 안개가 자욱이 서려 있고 새소리도 아직 들리지 않았다. 오다이의 모습을 보자 히사로쿠는 얼른 땅바닥에 한쪽 무릎을 꿇었다.

"잠깐 알려드릴 일이 있어서……."

오다이는 다시 한번 주위를 둘러보았다.

"오카자키와 오와리의 불화가 좀처럼 풀릴 기미가 없습니다."

"또 전쟁이라도……."

"예, 해가 바뀌면 이번엔 오다 쪽에서 올해의 보복으로 쳐들어간다는 소문이 자자합니다."

오다이는 어깨를 크게 떨면서 잠자코 있었다. 그 일이라면 벌써 남편 도시카쓰에게서 들었다. 오카자키에는 승산이 없으며 이번에야말로 마쓰다이라 가문은 멸망할 것이라는 게 도시카쓰의 판단이었다.

"노부히데 님은 싸움에 노련한 장수라 요즘 히로타다 님이 가신들까지 의심하기 시작한 것을 보고 마쓰다이라 일족인 노부사다 님을 가미와다에서, 노부타카 님을 안조에서 쳐나가게 하여 단숨에 오카자키를 짓밟겠다고 마구 소문을 퍼뜨리고 있습니다."

"그것이 참뜻일까요?"

히사로쿠는 다시 나직이 머리를 떨어뜨리고 고개를 흔들었다.

"아마도 참뜻은 아닐 것입니다."

"그렇다면 무엇을 노리는 걸까요?"

"이 소문에 겁먹고 히로타다 님은 십중팔구 스루가의 이마가와에게 원병을 청하겠지요. 그 사신이 이미 세 번이나 오가고 있습니다."

"그러면 볼모니 하던 소문도 참말인가요?"

히사로쿠는 가만히 얼굴을 들고 오다이를 지켜보았다.

"죄송하오나 그 볼모가 이미 결정되었습니다."

"뭣이, 결정되었다고……?"

"예, 후계자 다케치요 님을 스루가에 보내기로……."

여기까지 말하자 오다이의 두 뺨에서 핏기가 걷히는 것을, 히사로쿠는 숨죽이며 지켜보았다.

"마님이 간직하신 물건들도 이제 절에 봉납하심이 좋을 듯합니다."

대답 대신 순식간에 오다이의 뺨에서 눈물이 굴러떨어졌다. 내년이면 6살이지만, 다케치요는 섣달 26일이 생일이니 겨우 5살 난 철부지 나이에 어머니뿐 아니라 아버지 슬하마저 떠나는 것이다.

"그게 정말인가요?"

잠시 있다가 뱉어내듯 오다이가 말하자, 히사로쿠는 눈을 번쩍이며 고개를 끄덕였다.

"배후에 다케치요 님에 대한 다와라 부인의 반감이 있을지도 모르고, 오다 편에 연결된 이 댁이니만치 만일의 경우 마님 몸에도 누가 미칩니다. 오카자키에서 가져오신 물건들은 한시바삐 없애십시오. 그럼……."

히사로쿠도 눈물이 나올 것 같은 모양이었다. 얼굴을 돌리고 일어서더니 빗자루를 든 채 곧장 안개 속으로 사라졌다.

오다이는 그 뒷모습을 잠시 넋 나간 눈길로 바라본 뒤 이윽고 무너지듯 무릎 꿇고 그 자리에서 합장했다.

밖에서는 어느덧 참새들이 힘차게 지저귀기 시작했다.

다케노우치 히사로쿠인 노부치카는 오다이가 마쓰다이라와 인연 있는 물건을 숨겼다가 오다 쪽으로부터 내통했다는 혐의라도 받으면 큰일이라고 염려하는 게 틀림없었다.

하지만 오다이의 마음은 전혀 다른 곳에 있었다. 자기 마음속의 불순함이 부처님 뜻에 맞지 않아 주위에 더욱 불행이 미치고 있다는 두려움이었다.

오다이는 도시카쓰의 허락을 받아 성안에 머물고 있는 화공을 초청했다. 그 화공에게 자기와 생모 게요인의 모습을 그리게 하고 그것에 두 사람의 위패를 곁들여 두 사람의 후생을 공양하는 식으로 그 물건들을 미즈노 가문의 보리사에 바치려고 마음먹었다.

그림은 열흘 남짓 걸려 완성되었다. 자신은 화공과 만났지만, 오카자키에 있는 게요인은 화공을 만날 방법이 없었다. 오다이의 설명이 부족한 탓도 있어 완성된 그림은 거의 쌍둥이라 해도 좋을 만큼 똑같았다.

'어머니를 닮지 않았어…….'

그러나 오다이는 생각을 바꾸었다.

'이만하면 됐어.'

살아 있는 사람의 모습 따윈 연기가 그리는 환상보다도 덧없는 것. 일족과 인연 맺은 사람들의 무사함을 한결같이 비는, 기원하는 마음이 같기만 하다면 그것으로 충분하다. 그러한 마음을 이 그림은 우연히도 그려낸 것이라고 생각했다.

'어머니는 나의 거울이다. 아니 내가 어머니의 그림자를 비추는 거울인지도 모

른다……'

오다이는 그 두 폭의 그림에 '거울 그림자'라 이름 붙이고 어느 맑게 갠 겨울날 아구이의 집을 나섰다. 남편에게 청하여 호위로 히사로쿠를 데리고 갔다. 일부러 가마를 타지 않고 집을 나선 것은, 한 발자국마다 지나간 과거의 자기를 잊고 싶은 마음에서였다.

히로타다의 아내 오다이는 이혼당하던 날 이 세상을 떠났다. 그리하여 지금은 히사마쓰 도시카쓰의 아내. 평범하고 선량한 한 여자가 되고 싶었다. 그렇게 하면 부처님도 틀림없이 자비를 내려 다케치요를 지켜주시리라.

그 물건들과 그림을 지닌 히사로쿠를 보고 있으니, 이 세상 일이 모두 슬픈 꿈처럼 여겨진다. 그를 노부치카라는, 가리야 성주의 아우로 보는 사람은 이제 아무도 없으리라.

두 사람은 낙엽 쌓인 산길을 빠져 오가와로 나갔다. 오가와의 겐콘사는 미즈노 집안 대대로 위패를 모시는 절이었다. 하지만 그 거대한 산문을 바라보았을 때 오다이의 마음이 별안간 바뀌었다. 오빠 노부모토 역시 오다 편이다. 마쓰다이라와 인연 깊은 물건을 여기에 바친 게 누설되면 큰일이 생길지도 몰랐다.

"히사로쿠 님!"

"예."

"이것은 가리야의 료곤사(楞嚴寺)에 바쳐야겠어요. 그 절에는 오다이의 오빠 노부치카 님의 작은 무덤이 있어요."

노부치카도 자기 무덤이 그곳에 있는 것을 알고 있었다.

"좋으실 대로 하십시오."

두 사람은 다시 쓸쓸한 들판을 지나 가리야 쪽으로 걸어갔다. 하늘은 개었지만, 삭풍이 우는 듯한 소리를 내며 불고 있었다.

오가와에서 가리야까지 배로 건넜다. 배는 구마 저택 뒤쪽에 하늘을 찌를 듯 솟아 있는 소나무 아래 닿았다.

옛날 이곳에 거문고를 잘 타는 부자가 있어 도성에서 동쪽으로 내려가는 귀인들의 좋은 숙소가 제공되곤 했었다. 그 부잣집 양딸이 어떤 귀인에게 사랑을 바쳐 그가 떠나버린 뒤 잊지 못해 날마다 그 비련을 거문고에 하소연하다가 끝내 애타 죽고 말았다는 전설의 소나무였다. 그 소나무 오른쪽 덤불에서 히사로쿠인 노부치카가 죽은 것으로 되어 있다.

아니, 그보다도 두 사람에게 더욱 슬픈 추억은 구마 저택을 지나 료곤사로 나가는 도중에 있는 구실잣밤나무 저택이었다. 그곳의 구실잣밤나무는 오늘도 사각사각 삭풍에 흔들리고 있는데, 그곳에 스며 있는 두 사람의 생모 게요인의 눈물을 생각하니 견딜 수 없었다. 사랑하는 다섯 자식을 남기고 마쓰다이라 집안으로 가야 했던 어머니. 오다이는 그 어머니에 비하면 자신의 슬픔은 하찮은 거라고 생각하려 했으나 윙윙거리는 삭풍 소리가 이따금 게요인의 목소리처럼 들려 걸음이 저절로 멈춰졌다.

히사로쿠 역시 같은 느낌이었을 게 틀림없었다.

"마님, 이제 이 저택은 쳐다보지 맙시다."

오다이의 발길이 멈출 때마다 얼굴을 돌리고 재촉했다. 료곤사에 닿은 것은 오후 2시가 지나서였다. 두 사람은 먼저 승려에게 안내되어 오가와에서 분골(分骨)된 아버지 다다마사의 묘를 참배했다.

오빠인 성주 노부모토는 이 절 주지스님과 노래 벗으로, 이곳에 새로이 조촐한 담을 쌓은 묘소를 마련했는데 그 한구석에 이름도 새기지 않은 노부치카의 비석이 하나 서 있었다.

여기서 히사로쿠는 처음으로 오빠다운 말을 오다이에게 건넸다.

"노부치카의 묘는 이처럼 이끼가 끼었다. 오다이도 오늘부터 번뇌를 여기에 묻는 거야. 모든 게 다시 태어나는 것처럼……."

오다이는 고개를 끄덕이며 한참 동안 꼼짝도 하지 않았다.

노주지가 걱정되어 맞으러 나왔다. 이미 일흔이 가까운 이 주지스님도 현세의 희로애락을 없앨 수는 없었지만, 흰 눈썹 아래 눈만은 깊고 맑았다.

"성묘가 끝나셨으면 차를 한잔 대접하고 싶으니 들어오시지요."

두 사람은 노주지에게 안내되어 객실로 들어갔다.

히사로쿠가 들고 온 물건들을 펼쳐놓자 주지스님은 흘끗 두 사람을 보며 한마디 했을 따름이었다.

"잘 생각하셨습니다……."

히사로쿠가 노부치카라는 사실도, 오다이의 마음도 다 알고 있는 듯한 태도로 그는 혼잣말처럼 중얼거렸다.

"그 마음씨가 아마 이제부터 좋은 불과(佛果)를 낳을 것입니다. 안심하십시오. 한 톨의 낟알 또한 끝없이 열매를 맺는 법이오."

그리고 후루룩 차를 마셨다.

오다이는 가슴이 미어지는 것 같아 한마디도 할 수 없었다.

'살아 있으면서 나의 죽음을 확인하는 날…….'

히사로쿠도 오다이 뒤에서 깊은 생각에 잠긴 눈길로 찻잔을 들고 있었다.

삭풍만이 아직도 윙윙거리며 법당 지붕을 스쳐 묘지 맞은편 덤불 언저리에서 울고 있었다…….

볼모로 가다

다와라 부인은 오랜만에 자기 거실에서 오빠 노리미쓰를 맞아 볼을 발그레하게 상기시키고 있었다.

이미 덴분(天文) 16년(1547) 초가을. 다와라성에서 노리미쓰의 전송을 받으며 출가해 온 지 2년 반 가까운 세월이 흐르고 있다.

노리미쓰는 아직 채 가시지 않은 늦더위를 부채로 식히면서 앉자마자 미소 지으며 물었다.

"행복한가?"

"네, 아니요……."

지나가버린 2년 반, 행복했다고도 할 수 없고 불행했다고도 잘라 말할 수 없다. 시집와 1년은 몸이 여윌 만큼 독수공방에서 몸부림쳤고, 그다음부터는 오하루와의 다툼이 이어졌다. 그 다툼이 마침내 다와라성의 아버지 귀에까지 들어가 노리미쓰의 아우 고로(五郎)가 격노하여 히로타다한테 자객을 보내려 했을 정도로 소동이 벌어졌다.

그런 뒤 일족인 도다 긴시치로(戶田金七郎)가 지키는 요시다성을 이마가와가 공격했고, 그 싸움에 오카자키도 가담하라는 명령을 받는 등 많은 일이 있었던 2년 반이었다.

그러한 분쟁의 이면에서 오빠 노리미쓰는 언제나 그녀 편을 들어주었다. 노리미쓰만은 그녀가 히로타다를 얼마나 사랑하는지 잘 알고 있었다.

"지금은 히로타다 님과 사이가 원만해졌겠지?"

"……네."

이것도 분명히 대답할 수 없다. 노신들이 나서서 아무튼 오하루를 어딘가로 보내버렸다. 그리하여 히로타다와 자기 사이에 비로소 부부 관계가 있었지만, 부인이 고대하고 있었던 만큼 깊은 몰아(沒我)의 교접이었다고는 할 수 없을 것 같았다.

히로타다는 늘 침울했고, 사실 너무나 다사다난했다.

"오빠 입장에서는 네가 마음에 걸린다. 여자의 행복을 남자들은 모르는 모양이야."

다와라 부인은 그 말에는 대답하지 않고 물었다.

"다케치요 님의 여행 일정은 정해졌나요?"

다와라 부인이 다케치요에 대해 묻자 노리미쓰의 눈빛이 갑자기 흐려졌다.

창 너머로 조심스레 뜰을 살피면서 오빠가 물었다.

"마키…… 어떨까? 이번에 너를 다와라성으로 일단 데려가고 싶구나…… 이번 싸움에서는 여기가 공격 목표가 될 거다. 지금이라면 다케치요를 데리고 오랜만에 어머님을 뵈러 간다고…… 어쨌든 명분은 서는데."

이미 오다 군 침공의 소문이 불길처럼 거리를 휩쓸고 다니는 긴박한 사태였다. 이렇게 되면 이마가와도 수수방관하지 못한다. 그의 목적은 서부 미카와가 아닌 교토에 있었다. 그 길목에 자리한 오다 세력은 언젠가 베어버려야 할 가시덤불이 분명했다. 그러면 오카자키의 마쓰다이라 가문에서 볼모를 받아놓고 선봉을 단단히 명해두는 게 상책이었다.

요즈음 오카자키성은 날마다 다케치요를 슨푸로 어떻게 보낼 것인가 하는 슬픈 의논으로 저물어가고 있었다. 도다 노리미쓰도 물론 의논에 참여하기 위해 이마가와 편 부장으로서 이 성에 와 있었다.

오빠 노리미쓰가 살피듯 묻자 다와라 부인은 순간 멍하니 상대를 바라보았다. 말뜻을 잘 몰랐던 것이다.

"어머님을 뵙기 위해서라니요……?"

"아니, 다케치요를 전송할 겸……이라는 뜻이다만."

노리미쓰는 여기서 잠시 고개를 갸웃거렸다.

"그 일로 아버님이며 고로한테서 무슨 소식이 없었느냐?"

다와라 부인은 고개를 조금 저었다. 자기와 히로타다 사이를, 오하루와의 싸움을 계기로 다와라성에 알렸을 때 아버지 단조는 몹시 노했고 동생 고로는 곧바로 이혼을 권했다. 물론 그녀는 그럴 의사가 없었기 때문에 그 일은 그것으로 끝나고 그 밖에는 별다른 소식을 듣지 못했다.

"실은……."

다와라 부인이 아무것도 모르는 걸 알자, 노리미쓰는 다시 더운 듯 살찐 가슴에 부채질했다.

"다케치요를 슨푸로 데리고 갈 호위도 여정(旅程)도 오늘 아침에야 겨우 결정되었다."

"그럼, 어떤 길로?"

"육로라면 적이 있을지 모른다. 니시고리(西郡)에서 바닷길로 오쓰(大津)에 상륙하여, 시오미 고개(潮見坂)의 임시숙영지에서 이마가와 쪽에서 오는 마중을 기다리기로 되었다. 다와라는 시오미 고개에서 가까우니, 다케치요를 다와라성으로 한번 데려가 우리 어머님과 대면시켜 주게 될지도 모르지. 어떠냐? 너도 함께 다와라까지……?"

그녀는 이 말에도 고개를 조금 저었다. 다케치요를 내주는 히로타다의 쓸쓸함을 이번에야말로 혼자 독차지해 자신의 애정으로 감싸주고 싶었기 때문이다.

노리미쓰는 한숨을 쉬었다.

"그래? 안 가겠느냐? 다짐 삼아 다시 한번 말해두지만 이번 볼모 일로 히로타다 님 입장이 크게 불리해질 것으로 나는 본다."

"어째서지요?"

"히로타다 님은 이 일로 이마가와의 원군을 얻을 수 있을 것으로 생각하지만, 이마가와 쪽에서는 그렇게 생각지 않는다. 이 볼모만 데리고 있으면 마쓰다이라 당의 정예(精銳)를 오다 편과 맞서 싸울 선봉으로 삼을 수 있다고 남몰래 쾌재를 부르고 있을 게 틀림없어. 이겨도 불리하고, 져도 불리하지. 아무튼……."

노리미쓰는 다시 사방을 둘러보았다.

"이 성에 큰 시련이 닥친다. 안 가겠느냐, 다와라성으로?"

그녀는 고개를 세 번 가볍게 저었다.

"어떤 일이 있더라도 저는 이 성에서 죽고 싶어요."

"그러냐? 그럼, 네 생각에 맡기기로 하마. 남자는 여자 마음을 잘 모른다…… 하지만 실은 알 것도 같아서 굳이 권하지 않는 거다."

노리미쓰는 여기서 문득 슬픈 듯이 눈살을 모았다가, 다시 안색을 펴며 미소 지었다.

"오다이 부인은 이 성에 마음을 남기고도 이혼당해야만 했다. 오하루인가 하는 여자는 네 운에 패해 쫓겨갔다. 히로타다 님 곁에는 네가 가장 깊은 운과 인연을 갖고 태어났는지도 모르지. 아니, 그렇게 생각하며 애써야 해."

노리미쓰는 조용히 일어섰다.

"그럼, 몸조심해라."

그리 민첩하게 태어나지 못한 이 누이동생을 위해 그는 다시 한번 무거운 한숨을 남기고 나갔다.

오빠를 배웅하고 거실로 돌아오자 이번에는 히로타다가 찾아왔다.

먼저 알리러 온 자는 애꾸눈 하치야로, 그는 안조성 싸움 때 입은 부상으로 다리를 절름거리면서 부인이 거처하는 새 성의 입구에 서서 큰 소리로 고함쳤다.

"주군과 다케치요 님이 건너오십니다. 마중하십시오."

그러고는 곧장 큰 현관 쪽으로 등을 돌리더니 없어졌다. 오하루 사건 뒤로 이 완고한 사나이는 새 성의 여자들에게 목례조차 하는 일이 없었다. 다와라 부인의 주선으로 시녀 가에데가 무사한 대신, 애꾸눈 하치야 역시 근위무사로 히로타다 가까이에 그대로 출사하고 있다. 오늘도 그는 허둥지둥 마중하는 가에데가 보기 싫어 견딜 수 없었던 게 분명하다.

마중 나온 여자들은 한결같이 혀를 찼다. 그러나 히로타다는 아무도 나무라지 않았고 안색이 몹시 좋지 않았다. 눈 주위가 회색빛으로 거뭇하고 좀 부어 보였다.

맨 앞에 히로타다, 다음에 다케치요를 안은 사카이가 뒤따랐다. 시동들은 관례에 따라 현관 옆방으로 들어갔으나 사카이만은 다케치요를 안고 곧장 내전으로 들어가려 했다.

"사카이, 기다려. 다케치요는 내가 안고 가겠다."

이 말조차 매우 힘없고 무겁게 들려 사카이는 거역할 수 없었다.

다케치요는 아버지에게 안겼다. 나이는 6살이지만, 섣달 26일에 태어나 아직 만 4살 7개월 남짓밖에 되지 않는다. 하지만 다케치요의 성장은 그 이름처럼 죽순을 연상케 했다. 몸집도 건강도 아버지에 비할 바가 아니었다. 길게 찢어진 눈과 꽉 구부려 다문 입술이 말이 없을 듯한 느낌이지만, 왕성한 지식욕 때문인지 말수가 많았다.

그는 아버지에게 안기자 똑똑히 말했다.

"아버님, 걷겠습니다. 저는 무거우니까요."

그러나 히로타다는 웃지도 대답도 하지 않고 그대로 내전으로 들어갔다.

바로 얼마 전까지 노리미쓰가 있던 대면실에서 아버지와 아들은 다와라 부인의 마중을 받았다.

"마중하시느라 수고하오."

어머니를 모르는 다케치요가 가르침받은 대로 아버지 품 안에서 인사하자, 히로타다는 비로소 쓴웃음을 지었다.

"다케치요, 어머님이시다."

다케치요는 다시 크게 고개를 움직이며 거듭 말했다.

"수고하오, 수고하오."

그때 다와라 부인 눈에 눈물이 번뜩였다. 다케치요의 인사를 받아서 기쁜 게 아니었다. 히로타다가 '어머님이시다'라고 한 말이 애절하게도 기뻤다.

히로타다가 다케치요를 안은 채 윗자리에 앉자, 다와라 부인은 서둘러 방으로 들어갔다. 될 수만 있다면 남편의 가래침도 마시고 싶었다. 발도 씻겨주고 싶다. 누구 하나 가까이 오지 못하게 하고 단둘만의 세계에 있고 싶다. 그래서 다와라 부인은 남편의 사랑을 얻기 위해 다케치요 앞에 꿇어 엎드리는 것도 잊지 않았다.

"다케치요 님이 건강하게 자라셔서……."

눈물을 담고 두 손을 짚자 다케치요가 먼저 대답했다.

"괜찮아요. 얼굴을 드십시오."

"오, 활달하기도 하시지……."

다와라 부인은 다케치요의 천진한 말에 기가 꺾여 손을 내미는 것조차 잊고 있었다.

히로타다가 다시 말했다.

"다케치요! 자, 어머님에게 안겨보아라. 잠시 이별해야 하니."

하지만 다케치요는 아버지 무릎에서 내려와 의아스러운 표정으로 옆의 보료에 앉은 채 다와라 부인 쪽으로는 가려 하지 않았다.

히로타다는 또 쓴웃음을 지었다.

"어머니를 모르는군. 따로 살도록 한 것이 내 잘못이었어."

"아닙니다."

부인은 다시 남편 앞에 꿇어 엎드렸다. 다케치요에게 무시당해도 남편의 부드러운 말이 구원이 되었다.

"보지 못했으니 모르는 게 당연하지요. 스루가에 무사히 도착하도록 저는 오로지 여행의 안전만을 빌겠습니다."

보지 못했으니 모르는 게 당연하다는 말을 히로타다는 비꼬는 것으로 받아들였다.

"대면시키지 않고 성을 떠나게 하는 건 그대에 대한 예의가 아닌 것 같아 데려왔으니 잘 봐두시오."

그뿐, 다시 무뚝뚝하게 입을 다물고 복도 밖을 바라보았다. 소나무는 변함없이 푸르다. 그 너머를 오가는 구름 모습도 변함이 없다. 바람이 잦아드는 한낮의 늦더위도, 군데군데 흰 이삭을 내민 억새풀도 해마다 눈에 익은 경치건만 그 속에 사는 인간만은 부산스럽게 변해간다.

"생자필멸(生者必滅), 회자정리(會者定離)……."

아버지 기요야스에게 안겨 이 근처 어딘가에서 오다이의 생모 게요인 앞으로 왔던 기억이 히로타다에게도 있었다. 그리고 지금 자기는 그 계모의 딸이 낳은 가장 사랑하는 자식을 다른 여자 앞에 데리고 와 있다.

기요야스도 없고 오다이도 없다. 오하루도 없다. 내일이면 다케치요도 그의 곁에서 떠나간다.

그리고 여기에 남는 것은 마음에도 없는 다와라 부인과 자기뿐이다. 아니, 그것조차 하나의 환영에 지나지 않는다.

무상감(無常感)과 고독이 물밀 듯 히로타다를 짓누르고 있을 때, 갑자기 곁에서 어린것이 입을 열었다.

"다케치요는 스루가로 가는 거야. 슨푸의 이마가와 댁에 손님으로 가지. 슨푸에는 맛있는 과자가 많이 있대."
"어머…… 다케치요 님은."
"그래서 작별하러 온 거야. 몸을 아끼도록 해."
"……네, 잘 알았습니다. 알아……."
"아버님, 이제 그만 돌아가요."
히로타다는 이러한 다케치요를 노려보듯 바라보더니 별안간 입술을 크게 씰룩거리며 으흐흑 하고 목 안에서 울기 시작했다. 아니, 그것은 운다기보다 우는 일을 겁내고 있는 부자연스러운 인간의 분노에 찬 소리로 여겨졌다.
"사카이를 불러라. 나는 아직 다와라에게 할 말이 있다."
문 가까이 대령해 있는 가에데에게 이르고 나서 말을 이었다.
"여정은 니시고리에서 오쓰까지 배로, 그다음부터는 육로로 정했소. 도중 다와라에서 신세를 좀 지게 될 거요. 그 이야기를 오빠한테서 들었소?"
얼굴을 외면하고 눈물을 감추려는 히로타다를 다케치요만이 의아스러운 듯 말끄러미 올려다보고 있었다.
사카이가 와서 다케치요를 데리고 나갔다. 다케치요는 이번에는 안기는 것을 마다하고, 아버지에게 단정히 인사하고 걸어서 갔다. 하지만 다와라 부인에게는 여전히 어머니에 대한 예를 드리지 않았다.
어머니—
느닷없이 이런 말을 들으니 다케치요에게는 납득되지 않는다. 자신이 납득되지 않는 한 누구의 명령이라도 이 어린아이는 듣지 않는다.
히로타다로서는 그것이 더욱 슬펐다. 한편으로는 그 성품이 믿음직하게 여겨지면서도 이래서는 어디에 가든 사랑받지 못할 게 마음에 걸렸다. 특히 이마가와 요시모토는 거만한 사람이었다. 예법을 좋아하는 사대주의자였다. 이 불손한 아이는 어딘가에서 틀림없이 요시모토의 분통을 터뜨리게 할 것이다. 하지만 그러한 요시모토에게 볼모를 내주고 내 집안의 안전을 도모할 수밖에 달리 길이 없는 그였다.
히로타다는 요즘 부쩍 심약해졌다. 오늘 이곳에 일부러 다케치요를 데리고 찾아온 것도 그 현상이다. 처음 출가해 왔을 때 다와라 부인을 본성에 들이지 않았을 때와는 비교도 안 될 만큼 약해져 있었다.

"다와라……."

단둘이 되자 히로타다는 치뜬 눈으로 뜰의 젖꼭지나무를 바라보았다.

"노리미쓰 님은 그대에게 뭐라고 하셨나? 설마 다와라성까지 그대에게 다케치요를 전송하라고 말하지는 않았을 테지."

다와라 부인은 어느 틈에 자기 몸을 히로타다에게 바짝 붙이고, 손바닥까지 뜨겁게 달아올라 있었다. 한 달에 한두 번의 상봉, 히로타다의 모습을 보고 목소리를 듣기만 해도 부인은 온몸의 피가 불타올랐다. 부인은 히로타다의 목소리만 겉으로 듣고 있을 뿐, 말뜻은 가슴에 통하지 않았다.

"네, 성주님 곁을 떠나지 않겠어요. 떠나서는 안 되는 거라고……."

"말했던가?"

"네, 말씀하실 것까지도 없는 일. 다와라는 성주님의……."

"그랬던가? 그럼, 다케치요의 여행길도 잘 지켜주겠지. 고맙소."

오카자키에서 슨푸까지 가는 길 도중에는 지난해부터 올해에 걸쳐 이마가와의 명령으로 부득이 공격한 도다 긴시치로의 잔당이 많이 잠복해 있었다. 그들의 소동을 누를 수 있는 것은 같은 일족인 도다 부자 외에 없었다.

히로타다가 눈시울을 붉히며 고개를 끄덕이자 다와라 부인은 갑자기 히로타다의 무릎에 엎드려 울음을 터뜨렸다. 어째서 우는 것인지 자신도 모른다. 그러면서도 울고 매달리고 몸을 뒤틀며 몸은 더욱 불붙었다.

"성주님! 울지 마세요. 저는…… 저는…… 성주님의 눈물을 보는 게 죽기보다 괴로워요."

히로타다는 잠자코 다른 일을 생각하고 있었다.

쓰르라미가 울기 시작했다. 맑고 구슬픈 그 소리는, 내일 이 성을 떠나는 다케치요에게 눈에 보이지 않는 자가 공양해 주는 독경과도 같은 느낌이 들었다.

'불길해…….'

그렇게 생각하는 동안 애절하고 맑은 그 소리는 더욱 커져갔다. 저쪽 소나무에서 이쪽 젖꼭지나무로 점점 더 요란하게.

정신이 들고 보니 어느새 다와라 부인이 울음을 그치고 히로타다의 무릎을 꼭 끌어안고 있었다. 아직 저녁 해가 높이 걸려 있는 밝음 속에서, 그것은 히로타다의 증오를 부채질했다. 뺨은 눈물로 얼룩지고 무릎에 대고 있는 얼굴과 손발도 불처럼 달아올라 있다. 아니, 그보다도 검은 머리에 밴 땀이 더욱 견딜 수 없었다. 온몸에서 음란함을 뿜어내는 발정기의 암캐를 연상시켰다.

'이 여자는 무엇을 바라며 살고 있는 것일까…….'

다짜고짜 떠밀어내는 대신 히로타다는 둘로 꺾인 부인의 등에서 허리를 지그시 지켜보았다. 울고 싶어졌다. 오다이에게서도, 오하루에게서도 느끼지 못했던 동물적인 압박감이 히로타다를 숨 막히게 했다. 히로타다의 체력이 쇠약해져 있음을 나타내는 것인지도 몰랐다. 먼저 오다이와 잊을 수 없는 이별을 강요당하고 지금 또 다케치요와 생이별을 한다. 그 무상함을 응시하고 있는 히로타다에게 이 끈질긴 여체의 욕망은 가슴 아픈 슬픔과 이성을 비웃는 자신에 대한 도전처럼 보였다.

"다와라! 일어나오!"

노여움이 울컥 치밀어올라 히로타다는 매정하게 부인을 떠밀었다.

"아!"

온몸을 전율시키며 애무를 고대하고 있던 부인은 이상한 눈빛으로 히로타다를 올려다보았다.

"무척 덥군, 부채질을!"

다와라 부인은 다다미에 던져진 부채를 원망스러운 듯 집어들었다. 그러나 그리 반항하는 기색도 없이 잠자코 부채질하기 시작했다.

예전의 히로타다였다면 이 같은 분노를 억누르고 한방에 머물러 있지 않았을 것이다. 그러나 오늘의 히로타다는 노여워한 뒤 곧 다시 어깨를 떨어뜨리고 말했다.

"다와라……."

"네."

"어쩌면 이것이 다케치요와의 영원한 이별이 될지도 모르오."

"불길한 말씀 하지 마셔요. 성주님은 이 지방 으뜸가는 명장이십니다."

히로타다는 다시 잠시 침묵한 뒤 불쑥 말했다.

"쓰르라미 소리가 너무 쓸쓸하군. 우리 의좋게 지냅시다, 다와라."

다와라 부인은 또 입술을 깨물며 울기 시작했다. 다케치요가 인질이 되었다.

마쓰다이라의 불행은 역시 다와라 부인에게 행복을 가져다주는 모양이다. 여자의 행복이란 때로 이런 얄궂은 데 숨겨져 있는 것일까. 다와라 부인은 울면서 히로타다에게 계속 부채질해 주었다. 만일 히로타다가 잊고 있다면, 한 시간이고 두 시간이고 잠자코 부채질하며 남편의 옆얼굴을 싫증 내지 않고 지켜보고 있을 그녀였다.

히로타다가 말했다.

"그만 됐소, 시원해졌어. 이제 됐으니 당신이 장인에게 편지를 써줄 수 없겠소?"

"네. 뭐라고요?"

"다케치요를 부탁한다고, 시오미 고개에서 히쿠마노까지 가는 길이 매우 염려스러우니 부디 부탁드린다고 써주오."

"네."

다와라 부인이 순순히 부채를 접고 탁자 앞으로 갔을 때, 큰 현관에서 애꾸눈 하치야가 또 고함치는 소리가 들렸다.

"주군—모시러 왔습니다. 다와라의 도련님이 떠나신다고 합니다."

도다 노리미쓰는 정문 양쪽에 늘어선 중신들 하나하나로부터 정중한 인사를 받았다.

"잘 부탁드리오."

"안심하고 맡겨주십시오."

그때마다 가볍게 답례하면서 성 밖에 매어둔 말 쪽으로 다가갔다.

도리이와 사카이는 일부러 문밖까지 달려나와 말고삐를 잡은 노리미쓰에게 또 말했다.

"귀하에게는 의조카님, 저희 모두에게는 다케치요 님이 무엇과도 바꿀 수 없는 내일의 희망입니다. 아무쪼록 잘……."

노리미쓰는 고개를 끄덕이며 말에 올랐다.

다케치요가 오카자키성을 출발하는 것은 내일 오후 6시. 니시고리까지 가마로 가고 거기서 뱃길로 아쓰미(渥美) 고을 오쓰까지 향하는데, 지금 그와 똑같은 길을 노리미쓰도 지나갈 것이다. 니시고리까지는 마쓰다이라 쪽에서 호위할 수 있었다. 그러나 그 앞쪽에는 그들 손이 미치지 않는다. 히로타다가 염려하고 노신들이 거듭거듭 부탁하는 것은 배에 오른 뒤부터의 길을 도다 일족에게 의지할 수 밖에 도리 없기 때문이다.

노리미쓰가 떠나려는데 말 탄 12명의 종자가 호위하기 위해 좇아왔다. 모두 전투복 차림으로 요즈음 유행하기 시작한 남만 갑옷이라는 무장을 갖추고 단창을 들었다.

거리를 벗어나자 그 가운데 하나가 노리미쓰와 말 머리를 나란히 하며 따지듯 말했다.

"형님, 히로타다가 눈치채지 못했겠지요?"

노리미쓰의 아우 고로였다. 노리미쓰는 고개를 끄덕이는 대신 말을 빨리 몰아 다른 종자와 거리를 두었다.

"이번에야말로 그 교만하고 버르장머리 없는 놈에게 본때를 보여줄 수 있게 되었다."

고로는 말 위에서 침을 퉤 뱉었다.

"제 실력도 모르고 매사에 도다 일족을 얕보다니. 나는 누님을 본성에 들이지 않고 아랫성에 들였을 때부터 두고 보자고 별렀소."

대꾸하지 않고 다시 말을 급히 모는 노리미쓰를 고로가 따라붙었다.

"다케치요를 전송한다며 다와라도 오는 게 틀림없겠지요, 형님?"

"목소리가 크구나, 고로."

"뭘요, 거리가 있는데. 누가 들으려고요."

"배를 탈 때까지는 마음 놓지 못한다. 바람의 방향도 알아봐."

고로는 말 위에서 고삐 쥔 손에 창을 함께 잡고 왼손을 펴 보였다.

"들릴 게 뭡니까. 하늘이 내린 때가 온 거요, 형님!"

"뭐가?"

"크게 놀랄 거요. 다케치요 녀석이 슨푸로 가지 않고 오와리에 도착하면."

형은 또 대답하지 않았다. 아우를 흘끗 쳐다보았을 뿐, 다시 눈길을 앞쪽의 하늘로 옮겨갔다. 바다에서 불어오는 산들바람, 하늘에 흩어진 구름, 이윽고 떨어지려는 저녁 해가 말 그림자를 앞쪽에 길게 드리우고 있었다.

노리미쓰는 도다 일족의 손으로 다케치요를 오와리에 납치한 뒤 누이동생 다와라 부인이 당하게 될 일을 아직도 머리에서 떨쳐내지 못하고 높은 하늘을 향해 계속 한숨을 내쉬었다.

"생각이 모자란다. 가엾은 것……"

이 말은 다와라 부인뿐 아니라 뒤에 따르는 아우 고로에게도 해당한다. 형 노리미쓰의 한탄은 거기에 있었다.

조수와 바람과 달이 돋는 세 가지를 헤아려 도다 형제는 밤중에 니시고리를 출발할 계획이었다. 배가 떠날 때까지 촌장 가마에몬(蒲右衛門)의 집에서 쉬기로 되어 있어 그 집에 이르자 형 노리미쓰가 가마에몬에게 다짐했다.

"이 언저리에 수상한 자가 잠복해 있는 기척은 없겠지?"

동생 고로는 싱긋 웃었다.

"수상한 자라―웃기는군요, 형님. 가장 수상한 자가 수상한 자를 수소문하다니."

"닥쳐!"

노리미쓰는 작은 소리로 아우를 꾸짖고 방으로 들어갔다.

차가 나오고 식사도 끝났다. 곁에 사람이 없게 되자, 노리미쓰는 비로소 아우에게 말했다.

"고로, 마키는 다와라로 돌아가지 않겠다고 하더라."

고로는 바윗덩이 같은, 그러나 어딘지 생각이 모자라는 듯한 느낌이 드는 붉은 얼굴을 형에게로 홱 돌렸다.

"뭐……뭐라고 하셨소? 누님을 오카자키에 남긴다고?"

"그것이 마키의 소원이야."

"그건 안 되오…… 그러면 누님은 저 히로타다 놈의 손에 죽게 되오. 그건 안 돼!"

노리미쓰는 날카롭게 고로를 훑어보았다.

"안 되면 어쩌려는 거냐?"

"어쩌다니…… 그건 내가 형님한테 묻고 싶은 말이오. 이마가와에게 충성합네 하고 일족인 도다 긴시치로를 멸망시킨 원한도 있지만, 그보다도 아버님이 히로타다를 용서하지 못하고 무슨 일이 있어도 이번 여행 도중 다케치요를 납치하려고 결심한 원인은 누님에 대한 모욕에 있는 거요."

노리미쓰는 가볍게 팔짱 끼고 눈을 감고 있었다.

"정실부인을 본성에 들이지 않는 것도 무례하기 이를 데 없거늘, 천한 때밀이 계집에게 빠져 아내에게 손도 안 대다니…… 그따위 모욕을 이대로 내버려둘 수 있겠소? 나는…… 누님의 분한 심정을 생각하면 오장이 뒤집히오."

"……."

"왜 아무 말이 없소, 형님은. 설마 나와 아버님의 이 계책에 이제 와서 딴전을 부리는 건 아니겠지요."

고로가 따지고 드는 바람에 노리미쓰는 슬그머니 주위를 둘러보았다.

"목소리가 크구나, 고로…… 이제 와서 딴전 부린다고 될 일도 아니다. 아버님은 이미 오다 편에 다케치요를 인도하겠다고 약속하고 계시다."

"그러니 납치해서 오다에게 넘겨준 뒤 누님은 어떻게 되느냐는 말이 아니오?"

"고로!"

"뭐요!"

"나는 아버지와 너의 이 계책에 동의하기는 했지만 너와 생각이 좀 달라."

"뭐, 나와 생각이 다르다고? 그럼, 누님에 대한 모욕 따윈 문제가 아니라는 말이오?"

노리미쓰는 천천히 고개를 끄덕였다. 그리고 조심스럽게 일어나 바깥의 어둠을 살펴보았다. 달이 떠오르려면 아직 시간이 있어서 칠흑 같은 어둠이 사방을 뒤덮고 있다. 여기저기서 청귀뚜라미 울음소리가 들려왔다.

노리미쓰는 다시 자리로 돌아가 조용한 목소리로 입을 열었다.

"고로, 너는 일족의 종가에 태어난 몸으로 생각이 좀 모자란다고 여기지 않느냐?"

고로는 몸을 떨면서 대뜸 받아넘겼다.

"뭣이, 생각이 모자란다고…… 누가 그렇게 생각한단 말이오? 일족의 중심이 될 집안이기에 더욱 무사의 치욕을 씻어야만 하는 거요."

노리미쓰는 다시 가볍게 눈을 감았다.

"잠깐, 무사의 체면은 네가 말하는 그런 데 있는 것이 아니다. 그 증거로 히로타다와 마키는 이미 화해하여 사이좋게 지내고 있다. 그런 일이라면 이미 원한이 사라지고 없어."

"뭐, 사라졌다고…… 그럼, 형님은 다케치요 납치를 그만두겠다는 말씀이오?"

노리미쓰는 온화하게 고개를 저었다.

"그럼, 한다는 거지요? 그러면서도 누님을 죽게 내버려두겠다는 말씀이오?"

"죽게 내버려두고 싶지 않으므로 나도 내 본심을 털어놓고 마키에게 권했던 것이다."

"형님의 본심이라니요?"

"고로, 내가 다케치요를 이번 여행에서 납치하는 일에 동의한 것은, 마쓰다이라를 미워해서가 아니다. 오히려 마쓰다이라의 장래를 생각해서였다."

"뭐, 마쓰다이라를 위해서라고요?"

노리미쓰는 천천히 고개를 끄덕였다.

"그러니 너와는 생각하는 게 다르다는 거야. 일족인 도다 긴시치로의 경우를 봐도 알 것이다. 요시모토는 너무 음흉해. 마쓰다이라의 볼모를 받으면, 그 볼모를 방패 삼아 오다 편에 맞서는 선봉을 마쓰다이라 군에 명할 게 뻔하다. 소문난 마쓰다이라의 용사들은 주군의 어린 아들을 볼모로 뺏겼으니 이를 악물고 싸울 게 분명해…… 요시모토는 목적대로 왕도로 올라갈 수 있을지 모르지만, 그때 마쓰다이라 집안에는 기둥뿌리 하나 온전히 남지 않게 될 게다. 그렇게 되면 요시모토가 순순히 다케치요에게 영토를 잇게 할 것 같으냐? 자기 심복을 성에 들여놓고 뭔가 구실을 내세워 마쓰다이라를 짓밟을 게 틀림없다. 히로타다는 그것을 모른다. 모른다기보다 눈앞의 원한에 사로잡혀 자멸의 길을 걷고 있어. 그보다는 차라리 오다 편에 볼모를 보내 히로타다의 망집을 깨뜨려주는 게 처남으로서의 내 의무라고 생각했다."

고로는 잠시 잠자코 형을 바라보고 있었다. 마쓰다이라를 구하기 위해 다케치요를 뺏는다…… 그런 이치는 그로서 전혀 상상 밖의 일이었다.

'그런가, 그 말을 듣고 보니 그런 것도 같군……'

고로는 다시 형을 보며 고쳐 앉았다.

"어쨌든 다케치요를 뺏는 것은 다를 바 없지요. 빼앗긴 걸 알게 되면 히로타다는 누님을 그냥 두지 않을 거요. 나는 그 누님을 어떻게 할 거냐고 묻는 거요."

"고로!"

"뭐요?"

"그 일에 대해서도 너와 나의 의견은 뚜렷이 차이난다. 네가 마키를 다와라로 불러오고 싶은 것은 목숨을 구하고 싶어서겠지."
"물론이지요. 친누님 아닙니까?"
"난 그렇지 않아. 내가 다와라로 오도록 권한 것은 다케치요를 딸려 마키와 함께 오다 편에 볼모로 주기 위해서였어."
"무, 무슨 소리를 하는 거요? 누님까지 오다 편에 볼모로!"
"그래, 그렇게 되면 마쓰다이라 가문의 조상을 위해서도 마키의 정절은 훌륭히 빛나게 된다. 비록 다케치요와 함께 죽음당하게 되더라도."
고로는 부들부들 떨며 고개를 흔들었다. 그로서는 누이를 죽게 하는 그런 위험은 싫었던 것이다.
"말도 안 돼! 누님을 죽게 하다니. 하지만 이대로 두면 죽고 말 거요. 이미 다케치요를 뺏을 절차는 끝났으니까."
고로가 급히 따지고 들자 형 노리미쓰는 또 잠시 입을 다물었다. 다와라 부인도 끝내 오빠의 마음을 몰라주었는데, 아우 역시 아직 알아듣는 눈치가 전혀 없었다.
'모두 너무 생각이 얕다……'
노리미쓰의 입에서 다시금 한숨이 나왔다. 도다 집안의 종가에 이처럼 어리석은 자들만 태어났다는 건 역시 집안이 망할 때가 온 것인지도 몰랐다.
"고로……"
"뭐요, 형님? 빨리 누님을 구해낼 방법을 생각해 보시오."
"너는 다와라성으로 마키를 데려오면 무사할 거라고 생각하느냐?"
"무사하지요. 아버지와 형제의 집인데."
형은 아우를 꾸짖었다.
"못난 놈! 그러니 생각이 모자란다는 거다. 다케치요를 넘겨주면, 오다 쪽에서는 이것을 미끼로 마쓰다이라에게 강화를 맺고 신하가 되라고 강요할 게 틀림없다."
"있을 수 있는 일이지요."
"그때 히로타다가 자식 사랑에 끌려 오다 편에 붙든가, 아니면 자식을 죽게 내버려두든가 둘 중의 하나밖에 택할 수 없다는 것을 알겠느냐?"
"흠, 물론 그 둘 중 하나겠지요."

"히로타다가 오다 편에 붙으면 이마가와가 가만히 있겠느냐?"
"싸움이 일어나겠지요."
"그때 너는 어느 쪽에 붙겠느냐? 마쓰다이라 편을 들겠느냐, 아니면 요시모토의 명령을 받들어 마쓰다이라를 공격하겠느냐?"
"양쪽 다 거절하겠소. 나는 둘 다 비위에 맞지 않으니까."
"바보 같으니! 다와라 같은 작은 성의 주인에게 양쪽 다 거절한다고 큰소리칠 자유가 있다고 생각하나? 그런 말을 해봐라. 당장 이마가와 군이 짓밟고 지나갈 것이다."
고로는 낮게 신음하며 입술을 깨물었다.
"그 반대여도 같은 결과가 된다. 히로타다가 자식이 죽게 오다 편에 내버려두는 한이 있어도 이마가와에 대한 신의를 지키겠다고 해도, 이마가와 군은 마쓰다이라를 죽게 내버려두지 말라며 역시 다와라를 짓밟을 게 틀림없다. 고로, 너와 아버님의 이 계책은 그러한 위험을 안고 있어."
"그럼…… 이 일로 우리 도다 일족은 이마가와의 분노를 사게 된단 말씀이오?"
"그것은 모르지. 하지만 짓밟을 구실만은 놓치지 않을 거다."
"그럼…… 그럼…… 어떻게 하면 좋단 말이오, 형님?"
"마키는 오카자키에 있어도 죽고, 다와라에 있어도 죽는다. 아니, 최전선이니 다와라 쪽의 시기가 훨씬 더 빠를 테지. 그러니 구태여 다와라까지 부를 필요 없다는 거다…… 알겠느냐, 고로……."
노리미쓰의 눈시울은 어느새 피를 뿜은 것처럼 붉게 변해 있었다. 고로는 갑자기 어깨를 축 늘어뜨리고 생각에 잠겼다. 듣고 보니 확실히 맞는 말이었다. 다케치요를 중간에 빼돌려 오다 노부히데에게 넘겨주고 마쓰다이라에 대한 사사로운 감정을 푼 다음 일족인 도다 긴시치로를 멸망시킨 이마가와와 결별한다, 다케치요를 납치해 히로타다의 콧대를 꺾고 새롭게 가담할 오다 노부히데에게 좋은 선물을 가져다주자—고 하는 아버지 단조와 고로의 생각은 분명 경솔한 것이었다.
'이 볼모 탈취는 아무래도 전쟁이 되겠어……'
전쟁이 일어나면 누님은 어디 있든 마찬가지일지 모른다. 고로가 시무룩하니 생각에 잠기자 형 노리미쓰는 또 남의 일처럼 중얼거렸다.

"도다 가문은 멸망할지도 모른다. 이 일이 원인이 되어."
"뭣이, 멸망한다고요?"
"그렇다. 다케치요가 오와리에 도착하면 오다로부터 상금을 받겠지. 하지만 상금으로는 우리 가문을 구하지 못해."
"무엇이 있어야 구원받겠소, 형님?"
"군대…… 그것도 오다 노부히데의 주력부대라야."
고로는 또 신음했다.
"음."
그런 병력을 노부히데가 다와라까지 보내줄 것 같지 않고, 전쟁을 피할 방법도 있을 것 같지 않았다. 별안간 불안이 가슴에 밀려들었다. 하지만 이제 와서 아버지가 이 계획을 단념하게 할 수도 없는 일이다.
'여기까지 알고 있으면서 형은 대체 왜 동의했던 것일까……?'
고로가 다시 그것을 형에게 캐물으려 했을 때 뜰에서 누군가 다가오는 발소리가 들렸다.
노리미쓰는 흰 부채를 펴든 채 어둠 속을 살폈다.
"누구냐?"
"예, 이 집 주인 가마에몬입니다."
어둠 속에서 소리부터 난 뒤 불빛 속에 얼굴이 떠올랐다.
"달이 떴습니다. 배도 준비되었고."
그러고 보니 하늘이 희뿌옇게 밝아오고 있다.
"고로, 출발하자."
노리미쓰는 동생을 돌아보며 칼을 잡은 뒤 집주인에게 다시 한번 다짐을 두었다.
"수상한 그림자는 없었겠지?"
니시고리 해변에서 도다 형제가 날이 채 밝지 않은 바다에 배를 띄웠을 무렵—
오카자키성 안에서는 다케치요의 길 떠날 채비가 시작되고 있었다.
어머니와 일찍이 생이별했지만, 그래도 다케치요 님의 성이라 부르는 본성에서 일족 가신들의 희망과 애정을 한 몸에 받고 자란 다케치요였다. 아직 4년 7개

월밖에 안 되는 어린아이므로 말을 타고 여행할 수는 없었다. 가마로 니시고리까지 가서 거기서 배를 타게 될 다케치요가 길 떠나는 모습은 늠름한 가죽신 차림이었다. 왕고모 히사와 노녀 스가, 그리고 할머니 게요인이 이따금 코를 훌쩍이고 눈시울을 닦으며 몸차림을 거들어주었다.

히로타다는 팔걸이를 끌어당기고, 놀이라도 가는 듯 눈을 빛내고 있는 다케치요를 묵묵히 지켜보며 꼼짝도 않고 있다.

"자, 이것은 인로(印籠 ; 작은 약상자. 본디 도장·인주를 넣음)다."

히사가 그것을 허리에 채워주고 게요인은 잠자코 앞쪽에 단도를 꽂아주었다.

몸차림이 끝나자 노녀 스가가 작은 걸상을 들고 와 아버지와 마주 보는 자리에 놓았다.

"이제 다 된 것이지?"

쿵쿵 가볍게 발을 굴러본 다케치요는 편안하게 걸상에 걸터앉았다. 인형 같은 얼굴로, 꼭 다문 입술빛이 선명했다.

"아주 훌륭하구나. 여행 중 몸조심하거라."

오히사가 말하자 게요인은 걸상 앞으로 돌아가 조그맣게 한숨지었다.

"다케치요, 할머니에게 한 번 더 얼굴을 보여다오."

히사의 눈에서는 벌써 눈물이 굴러떨어지고, 스가는 입술을 깨물며 옷소매로 얼굴을 가리고 있다. 그러나 게요인은 울지 않았다. 다케치요의 생모 오다이와 꼭 닮은 눈길로 이 불운한 손자를 말없이 지켜본다. 그것은 아득한 슬픔을 넘어 미래를 바라보는 체념의 눈길이었다.

"할아버님은 싸움터에서 쓰러지셨고 아버님도 그럴 각오를 하고 계실 거다. 다케치요도 어디를 가든 이 성의 대장……이라는 걸 잊어서는 안 된다, 알겠지?"

다케치요는 제법 알아듣는 듯한 얼굴로 고개를 끄덕였다. 그 끄덕이는 모습이 어릴 때의 오다이와 너무나 닮았다.

게요인은 새삼 생각했다.

'여자는 강하다!'

현세의 참혹함은 게요인에게도 오다이에게도 평화롭게 살 땅을 주지 않았다. 그러나 그들은 가는 곳곳에 이러한 생명을 남기고 있다.

"아, 이제…… 할머니는 할 말을 다했으니, 자, 아버님에게 작별 인사를."

주위에 사람들이 점점 불어났다. 중신들은 지난밤부터 있었지만, 다케치요를 따라가는 측근이며 가신들이 이 슬픈 날의 전송을 위해 성에 들어온 것이다.

"그럼, 아버님, 다녀오겠습니다."

"오."

히로타다는 팔걸이에서 몸을 일으켰지만, 다음 말이 나오지 않고 그만 눈앞이 흐려졌다.

이런 때일수록 아무에게도 눈물을 보이고 싶지 않았다. 하지만 말하면 그것이 곧 심한 흐느낌으로 바뀔 것만 같았다. 그는 침을 꿀꺽 삼키고 무서운 얼굴로 다케치요를 노려보며 말했다. 눈물을 삼키려는 것이다.

"다케치요……."

"예."

"너는 아직 어려서 잘 모를 거다. 그러나 너의 이번 여행은 이 성과 가문을 구하기 위한 중대한 사신으로 가는 것이다."

다케치요는 고개를 꾸벅 숙였다.

"아버지는 너에게 고맙다는 인사를 하고 싶다. 너를 전송하면서…… 아버지는 자신의 무력함을 부끄러워하며 이렇게 너에게 머리 숙였다고…… 알겠느냐, 성장했을 때 이것만은 반드시 기억해 다오."

히로타다는 다케치요 앞에 고개 숙이고 그대로 잠시 움직이지 않았다. 눈 속의 눈물이 마르기도 전에 새로운 감정이 쿡쿡 가슴을 찔러온다. 머리 숙인 채 이윽고 어깨, 가슴, 손, 무릎이 물결치듯 떨린다.

울어서 눈이 퉁퉁 부은 히사가 말했다.

"자, 이제 큰방으로 들어가셔요. 모두들 기다리는데."

큰방에는 오늘 여행에 다케치요의 종자로 따라갈 시동들이 그 아버지며 형들과 함께 다케치요를 기다리고 있었다.

아마노 가게타카(天野景隆)의 아들 마타고로(又五郞)는 가장 나이 든 11살로 온후하게 생겼다. 시동 우두머리는 이시카와의 손자 요시치로(與七郞), 이 아이는 다케치요보다 한 살 위인 7살로, 오늘 떠나는 여행에 대해 조부로부터 잘 설명 듣고 왔는지 눈썹을 치뜨고 가슴을 젖힌 채 소리 내며 타들어가는 촛대의 불꽃을 노려보고 있다. 다케치요와 한 가마에 마주 앉아 가는 길에 말동무가 되어줄 소년은 아베 진고로(阿部甚五郞)의 아들 도쿠치요(德千代), 역시 다케치요보다 한 살 위인 7살이었다. 히라이와(平岩)의 아들 시치노스케(七之助)는 6살, 일족인 마쓰다이라 노부사다의 손자 요이치로(與一郞)는 가장 어린 5살. 어느 아이나 모두 아직 철모르는 놀이 동무로 볼모로 가는 다케치요와 함께 부모 슬하를 떠나가는 것이다.

"진열된 무사 인형을 보는 것 같군."

아베 오쿠라가 불쑥 한마디 하자, 그와 나란히 앉아 흰 부채를 팔락팔락 폈다 접었다 하던 도리이는 눈을 깜박였다.

"모두에게 면목이 없군. 내게도 아들이 많이 있지만. 히코(彦 ; 나중의 모토타다(元忠))만은 꼭 모시게 하고 싶었는데 공교롭게도 홍역을 앓아 한창 열이 있으니 다케치요 님에게 병을 옮기면 큰일이므로."

옆에서 사카이가 거들었다.

"봉공(奉公)하는 길은 멀었소. 오늘의 수행만이 충성은 아니오."

"하지만 이 어린것들의 무사 차림을 보니 그만 주먹이 불끈 쥐어지는군. 이 아이들이 다케치요 님 곁에서 창을 휘두르고 말을 달릴 때를 상상하니 늙은 피가 끓어올라."

"아무렴요!"

우에무라가 고개를 끄덕였을 때 한 사람 건너에 앉아 있던 히라이와가 부채로 다다미를 탁 쳤다.

"이놈, 시치노스케!"

6살 난 시치노스케가 눈을 감고 꾸벅꾸벅 졸기 시작했던 것이다.

오쿠보 진시로가 웃었다.

"핫핫핫…… 과연 히라이와의 아들답게 그릇이 크단 말이야. 웬만한 배짱이 아니고는 오늘 아침 출발을 앞두고 저렇게 졸 수 없지. 꾸짖지 마시오, 꾸짖지 마오."

그러고 보니 이 시치노스케의 윗자리에 앉힌 요이치로의 순진함은 또 어떤가. 흰 이마에 드리워진 조그만 앞머리가 황실 인형 같은데 무심하게 사방을 둘러보며 콧구멍에 자꾸만 손가락을 집어넣고 있다.

아직 날은 밝지 않았다. 소리 내어 활활 타오르는 촛대의 불길을 따라 사람들 그림자가 말을 타고 있는 것처럼 율동적으로 움직였다.

아마노가 굵은 목소리로 사람들에게 알렸다.

"다케치요 님 준비가 끝나셨다. 곧 성주님과 함께 납신다."

"쉿."

한순간 주위가 조용해지고 히로타다의 가벼운 기침 소리만 들려왔다. 사람들 눈길이 이상하리만큼 번뜩이며 윗자리로 쏠렸다. 모두의 운명을 등에 짊어진 6살 난 성주의 아들…… 그 사실만으로도 사람들 가슴은 죄어오는 듯 굳어졌다.

히로타다가 왼쪽에 앉자 애꾸눈 하치야가 오른편 중앙으로 걸상을 날라왔다. 다케치요는 즐거운 듯한 걸음걸이로 좌우를 돌아보며 거기에 앉았다. 그리고 통통한 손으로 허리의 단도를 살짝 만지더니 좀 자랑스러운 듯 사람들을 보고 방긋 웃었다.

"……예!"

누구 입에서 나온 소리인지 모르지만 사람들은 아이의 미소에 끌려 입을 모아 대답하며 꿇어 엎드렸다. 결코 이 어린아이의 운명에 이끌려서 엎드린 것은 아니었다.

다케치요의 티 없는 웃음이 넓은 실내 가득히 신비로운 빛을 펼쳤다. 내일을 알 수 없는 난세. 자신의 의지로는 하루의 안전도 누릴 수 없는 작은 성의 무사. 그 슬픈 운명 속에서 다케치요의 웃음이 빚어낸 분위기가 저도 모르게 모두를 꿇어 엎드리게 한 것이다.

"믿음직하시군!"

"이만하면 어디에 가도 얕보이지 않을 거다."

"사람 마음을 누그럽게 만드는 이상한 재주를 지니셨어."

호위무사가 제지했다.

"쉬—"

히로타다가 무언가 말하려 했기 때문이다.

"내가 힘없는 탓으로 어린것을 떠나보낸다. 부자의 정은 나에게도 있다. 용서해다오."

이번에는 대답 소리가 들리지 않았다. 미카와 무사들은 이 같은 위로의 말을 싫어하는 것이다. 그러나 감정과 기개는 다른 듯 오쿠보 신파치로가 고개를 옆으로 돌리며 중얼거렸다.

"주군은 사람 마음을 침울하게 만드는 명인이시지."

여기저기서 부릅뜬 눈들이 벌겋게 물들기 시작했다.

"나도 참는다. 그대들도 참아다오. 그리고 다케치요와 함께 가는 이들은 잘 명심하여 타국에서 원한 사지 않도록 해라."

"옛."

"예!"

"옛."

어린 무사들이 저마다 대답했을 때, 이들을 슨푸까지 호위해 갈 가네다 요사에몬(金田與三左衛門)이 히로타다에게 절하고 사람들 쪽으로 홱 돌아앉았다. 나이 이미 40살을 넘긴 그도 히로타다의 측근에서는 애꾸눈 하치야와 겨루는 전형적인 완고한 미카와 무사였다.

어른들도 흠칫할 만한 큰 목소리로 그는 말했다.

"여러분에게 알려둘 일을 말하겠다. 우리 마쓰다이라 가문이 자랑으로 삼는 것은 말주변도 아니고, 풍류도 아니며, 오직 철석같은 단결이다. 알겠느냐?"

나오려는 눈물을 삼키며 어른들은 고개를 끄덕였지만 아이들은 무슨 뜻인지 알아듣지 못했다.

"충성은 입에 올리는 것이 아니다. 가슴속 깊이 새기고 도련님을 지켜야 한다. 만일…… 도련님에게 무슨 일이 있으면 한 사람도 살아서 오카자키 땅을 밟을 생각 말아라."

"옛."

"예!"

"예……."

어린아이들의 대답은 명랑하다.

"그럼, 이별 잔을……."

히로타다가 말하자 시동들이 술과 잔을 날라왔다.

창문이 차츰 훤해지며 차가운 아침 공기가 느껴졌다. 다케치요는 방 안 광경이 재미있는지, 얼굴에서 벙글벙글 미소가 떠나지 않았다.

이별 잔이 끝나자 다케치요를 선두로 어린아이들은 본성을 나섰다. 저마다 집에서 가르침받았는지 5살 난 요이치로 말고는 모두 현관마루에서 제 손으로 짚신을 신었다.

어린 종자 7명, 어른 21명. 이 어른들 중 19명은 시오미 고개의 가진막까지 호위하고, 거기서 마중 온 이마가와 사람들에게 그들을 인도하고 돌아올 작정이었다.

슨푸까지 함께 가는 자는 의술에 밝은 우에다(上田)와 가네다 두 사람. 그들보다 한발 늦게 이시카와와 아마노 두 사람이 특사로 슨푸를 찾아가, 호위무사 몇 명을 더 보낼 수 있도록 요시모토에게 다시 탄원할 계획이었다.

하치만성 문을 나서자 어느덧 서로의 얼굴이 보일 만큼 밝아졌다. 여기서부터 정문까지 어린아이들을 걷게 하는 것은 양쪽에서 전송하는 여자들에게 이별의 정을 나누게 하려는 것이리라.

날이 밝고 보니 공교롭게도 하늘이 흐려 있었다. 안개는 아니고 가느다란 가을비 같았다. 전송하는 사람들 머리에 그 빗물이 희고 고운 구슬이 되어 매달렸다.

전송하는 사람들 가운데 양산이 하나 세워져 있다. 그 아래 다와라 부인이 빨개진 눈으로 서 있었다.

"다케치요 님, 안녕—"

목소리를 듣자 다케치요의 눈이 반짝 빛나며 그쪽으로 돌려졌다. 모두들 고개를 크게 끄덕인다. 활짝 웃는 얼굴로.

"모두들, 다케치요 님을 잘 부탁한다."

"옛."

"옛."

"옛."

천진난만한 대답이 신호이기라도 한 듯 여기저기서 코를 훌쩍이는 소리가 터져 나왔다.

"잊지 마라, 도쿠치요. 어머니가 이른 말을 잊어선 안 돼."

아베 진고로의 아내가 꾸짖는 듯한 목소리로 다케치요의 뒤를 따르는 자기 아들에게 말을 걸자, 어디선가 으아 하고 울음을 터뜨리는 자가 있었다.

다케치요의 작은 칼을 공손히 받쳐든 도쿠치요는 노래 부르는 듯한 소리로 대답하며 지나갔다.

"어머니! 안녕히 계세요."

히로타다는 문밖까지 나가지 않았지만, 행렬이 지나가자 모두들 그 뒤를 줄줄 따랐다. 다케치요의 어머니가 이혼당해서 갈 때도 그랬지만, 누가 말리지 않으면 어디까지나 쫓아갈 듯한 분위기였다.

정문에 이르자 사카이가 제지했다.

"전송은 여기까지."

사람들은 멈춰 섰다.

아이들 앞에 가마가 네 채 놓였다. 첫 번째 가마에 다케치요와 도쿠치요가 마주 앉아 탔다. 그다음에는 요이치로와 아마노, 그다음에는 마다고로의 아우 산노스케(三之助)와 시치노스케, 그리고 마지막 하나에는 요시치로와 시치노스케의 삼촌뻘 되는 6살 난 스케에몬(助右衛門)이 입을 한일자로 다물고 올라탔다.

가마가 들어올려졌다.

다케치요의 가마 곁에서 따르는 가네다가 말을 던졌다.

"그럼, 출발이다."

전송 나온 사람들은 모두 고개를 숙였다. 빗방울이 점점 굵어져 사람들의 얼굴과 머리를 안타깝게 적시고 있었다.

하얀 안개가 밝아오는 대지를 다시 뿌옇게 감쌌다.

시오미(潮見) 고개

지나가는 가을비 속에 해가 저물고 있었다. 등잔을 받쳐들고 들어온 시녀가 발소리도 없이 물러가자, 도다 단조는 등을 웅크리며 문지방께에 있는 아들 고로를 손짓해 불렀다.

"무사히 닿았을까?"

고로는 고개를 꾸벅 끄덕이고 대뜸 말했다.

"아버님, 아무래도 싸움이 되겠는데요."

아버지 단조는 그것을 다케치요를 납치할 때의 일로 알아들은 모양이다.

"그렇게 많은 인원이 따라왔느냐?"

고로는 황급히 고개를 저었다.

"오와리에 인도하고 난 다음 말입니다, 다케치요를……."

"뭐, 오다 님에게 다케치요를 건네주고 나서 말이냐. 그런 걱정은 우선 없다고 생각해라."

"어째서 그렇게 단언하십니까?"

"요시모토는 가이의 다케다와 장인 일로 골치 앓고 있다. 오다 님은 미노의 사이토 도산이 성가스럽지. 그동안에 이쪽도 한 수 쓰면 돼."

"그 쓰실 수를 저에게 들려주십시오."

"히로타다의 숙부 노부타카, 그리고 마쓰다이라 산자에몬(松平三左衛門)과 안조성의 오다 노부히로 님, 이들이 힘을 합해 군사를 일으킬 때 이쪽도 오카자키를 공격한다. 요시다의 잔당도 일어설 테고 여차하면 오와리의 원병도 온다. 그렇게 되면 동부 미카와에 대해서는 요시모토도 섣불리 덤비지 못할걸."

단조는 정말 그렇게 믿는지 둥근 턱을 쓰다듬으며 눈을 가늘게 떴다. 고로는 고개를 갸웃하며 생각했다. 형 말을 들으면 불안해지고 아버지 설명을 들으면 그럴 듯싶다. 단조는 그 의아심을 털어주려는 듯 밝게 웃었다.

"나중 일을 가지고 지금부터 마음을 번거롭게 하지 마라. 그보다 다케치요 일행은 시오미 고개로 무사히 들어갔느냐?"

고로는 고개를 끄덕였다.

"그럼, 호위자 수는? 설마 이마가와에서 내건 조건을 넘지는 않았을 테지?"

아버지가 묻자 고로는 다시 고개를 끄덕였다.

"측근시동이 7명이지만 아직 모두 어린아이들입니다."

"아이들에 대해 묻는 게 아니다. 시오미 고개까지 호위해 온 어른 말이다."

"분명 21명입니다. 그쪽은 도착하자마자 형님이 다른 숙소로 안내했습니다만……."

단조는 다시 미소 지었다.

"그러냐. 그게 궁금했다. 좋아, 그만하면 만사가 잘되겠지. 너는 곧 되돌아가 다케치요 님에게 만일의 일이 생겨선 안 된다고 하며 우리 가신들로 그 숙소를 에워싸도록 해라."

"아버님."

"뭐냐?"

"오카자키의 누님은 히로타다 손에 베이겠군요."

단조는 소리 내어 껄껄 웃었다.

"그래서 그렇게 걱정하며 시무룩해 있었구나. 하하…… 걱정 없다. 걱정 없어."

"걱정 없다면…… 그 까닭을 저에게 들려주십시오."

단조는 몸을 벌떡 일으켜 사방을 둘러보았다.

"생각해 봐라, 고로. 오다 님에게 인도하는 볼모는 다케치요 한 사람뿐이다. 그 뒤에 다른 소중한 아이들이 남아 있다. 그 아이들이 내 손아귀에 있는 한 히로타다는 마키를 베지 못한다. 그런 것쯤 내가 모를 줄 알았더냐? 자, 너도 빨리 가서 형의 일을 도와라. 나도 준비를 갖춰놓아야 할 테니까."

그리고 손뼉을 쳐서 시녀를 불렀다.

도다 단조는 요시모토의 도쿄 풍류를 흉내 내어 한때 눈썹을 그리고 이를 까맣게 물들이기도 했었다. 지금도 겉으로는 이마가와에 충성하는 것처럼 꾸미고 있었고, 성안 생활도 모든 면에 풍류를 따르던 무렵의 여운을 남기고 있다.

자신의 거실에는 남자를 들이지 않았다. 14, 15살에서 17, 18살까지의 소녀를 4, 5명 늘 가까이 있도록 하여, 그 하나하나에게 다른 향주머니를 지니게 하고 자랑스러워했다.

"살아 있는 향의 배합이지."

잠잘 때는 서로 다른 향주머니를 가진 소녀를 양쪽에 눕히고, 그것이 불로장수의 비결이라면서 제법 경제에 밝은 듯 목소리를 낮추어 말했다.

"실은 모두 표면적인 구실이고, 다 경제적인 속셈에서지."

남자들은 가족을 먹여 살려야 하므로 상당한 녹미(祿米)가 필요하다. 그에 비해 여자는 싸게 먹힌다는 의미 같았다.

그는 손뼉을 쳐서 시녀를 부르자 어느 틈에 버릇이 되어 있는 은근한 목소리로 일렀다.

"너희들에게도 말한 오카자키의 다케치요 님이 무사히 시오미 고개 숙영지에 도착하셨다. 너희들도 알고 있겠지만, 시오미 고개는 임시숙영지로 아무 멋도 없는 곳. 그러니 오늘 저녁 이곳에 초대하여 다케치요 님을 외조모님과 만나게 할 것이다. 곧 여기로 맞을 테니 준비한 상을 실수 없이 날라다놓아라."

절반은 옆에 있는 고로에게 들으라고 하는 말이었다.

시녀가 공손히 절하고 물러가자 고로도 일어섰다.

"알겠습니다. 그러면……."

고로가 나가자 객실로 곧 상이 날라져왔다.

"나의 소중한 외손자, 아직 어리니 너희들이 잘 위로하도록 해라."

여기는 다케치요 자리, 여기는 노마님 자리, 여기는 내 자리, 여기는 노리미쓰, 여기는 고로, 하며 세세히 지시했지만, 음식상의 요리는 몹시 허술해 보였다. 당연한 일이었다. 다케치요가 무사히 이 자리에 앉게 된다면 단조 부자의 계획은 허사가 되는 셈이다. 여기로 초대한다며 임시숙영지에서 데리고 나와 도중에 준비한 배로 납치해 곧장 오와리에 넘겨줄 작정이었다.

상이 차려지자 단조는 갑자기 마음이 조마조마해졌다. 마쓰다이라 사람들은 풍류를 모른다. 그 대신 죽음의 공포를 모르는 이름난 고집불통들이 모여 있다. 선발되어 따라온 호위무사들이 과연 순순히 다케치요를 자기 부하에게 내줄지 어떨지?

"고로는 마음 놓이지 않지만…… 노리미쓰가 있으니 잘할 테지."

중얼거리며 팔걸이를 끌어다놓고 기대어 물끄러미 등잔불을 쳐다보고 있는데 총애하는 시녀 하나가 나타났다.

"아룁니다. 다케치요 님이 시오미 고개의 임시숙영지를 출발하셨다는 통지가 왔습니다."

"뭐, 출발했다고……? 그래, 종자 수는……?"

"측근시동 둘에 가네다 님 한 분이라고 하셨습니다."

"그래? 가네다 혼자라고……."

단조의 볼에 비로소 회심의 미소가 떠올랐다.

시오미 고개 임시숙영지는 급히 세운 것으로는 생각되지 않을 정도로 공들여 지어져 있었다. 네모꼴 빈터를 이중으로 설비하고 다케치요가 임시로 묵을 집을 둘러싼 담 뒤에 구경하는 자리까지 마련되어 있었다. 오쓰의 나루터에서 이 임시숙영지에 닿을 때까지의 요소요소에 무장한 도다의 신하들이 배치되고 그들을 맞이하는 노리미쓰의 태도도 정중하기 이를 데 없었다.

"과연 다와라 부인의 친가라 허술한 데가 조금도 없군."

완고한 가네다까지 어느새 마음의 긴장을 풀고 있을 때, 성안에서 초청한다는 전갈이 왔다. 다케치요의 외조모뻘 되는 도다 단조의 아내가 만나고 싶어 한다는 청이었다.

가네다는 사양했다.

"겉으로는 어떻든 사실상 볼모이니……."

"이마가와 댁에서 아직 마중 오기 전이니 그런 염려는 필요 없겠지요."

옆에서 노리미쓰까지 권유하자, 마침내 다케치요의 무료함을 달래주고 싶은 생각이 들었다. 그리고 아무리 공들여 지었다고는 해도 임시숙영지다. 오늘 밤만이라도 성에 들여보내 쉬게 하는 것이 안전할 거라고 가네다는 생각했다.

“정 그러시다면 그럼.”

비가 오락가락하여 임시숙영지에서 굽어보이는 바다 주위는 어디 할 것 없이 가을비가 내리고 있다. 바람은 전혀 느낄 수 없다. 그런데도 소나무 가지가 영혼에 스며들 듯 윙윙 울고 있다.

가네다는 문득 마음에 향수를 느꼈다.

‘언제 또 이 어린 주군과 만날 수 있을 것인가……?’

변화무쌍한 전국시대이니 무사히 바래다주고 오카자키로 돌아가면 또 전쟁이 기다리고 있다. 자기가 전사하든가 아니면 다케치요 님이…… 이렇게 생각하자 다케치요를 여기서 외조부모와 만나게 해주는 것은 실속 있는 일같이 생각되었다.

숙영지에 등불이 켜질 무렵, 성에서 노리미쓰의 아우 고로가 마중 왔다.

“아버님과 어머님이 기다리고 계십니다. 자, 가시지요.”

마중 온 가마는 두 채였다. 그러나 가네다는 그것을 수상히 여기지 않았다.

“저희는 도보로 모실 테니, 형님은 가마에 오르시오.”

이렇게 말하는 고로에게 노리미쓰는 다짐을 두었다.

“호위병사는 데리고 왔겠지. 귀한 손님이시다.”

고로는 가슴팍을 탁 쳐 보였다.

“모두 지형에 익숙한 고르고 또 고른 30명의 장정들이니 걱정 마시오.”

노리미쓰는 고개를 끄덕이며 가네다를 돌아보았다.

“그럼, 다케치요 님의 종자는 누구로 할까.”

아마도 다케치요에게 동자 하나만 딸려 성안으로 데려갈 작정인 모양이었다.

가네다는 말했다.

“송구하오나 저도 모시고 싶습니다. 슨푸에 도착하기도 전에 곁을 떠난다면 맡은 소임이 부끄럽습니다.”

노리미쓰는 대범하게 고개를 끄덕였다.

“옳은 말씀이오. 과연 오카자키에서도 손꼽히는 가네다의 마음가짐은 높이 살 만합니다. 오늘 밤 다케치요 님 옆방의 숙직을 그대에게 부탁하기로 하겠소.”

이렇게 담담하게 승낙하니 가네다는 감히 불안을 느낄 틈도 없었다.

뜰에는 벌써 화톳불이 빨갛게 피워져 있었다. 다케치요가 의젓한 표정으로 현관에 대령한 가마에 오르자, 그 맞은편에 도쿠치요가 탔다. 두 사람이 타고도 아직 가마는 넓었다.

전송 나온 아마노의 아우 산노스케를 다케치요가 천진스럽게 손짓해 불렀다.

"산노스케, 너도 와."

"예."

대답하며 산노스케가 가마에 오르는 것을 노리미쓰는 싱글벙글 미소 지으며 바라보고 있다.

가네다는 가슴이 뿌듯했다. 19명의 어른과 뒤에 남는 5명의 아이들은 지나칠 만큼 엄중한 호위를 받고 있다. 안심하고 성안의 손님이 될 수 있는 조그만 자유가 이 고지식한 가네다에게는 더할 나위 없이 고마웠다.

가마가 출발했다. 바다는 벌써 잿빛으로 저물고, 도다 집안 문장이 그려진 등불이 가느다란 빗발 속에 점점이 뻗어갔다. 솔밭을 나서자 심한 진흙길이 되었다. 엄중하게 무장한 자도 가마를 멘 자도 발밑을 조심하며 걸어간다.

가네다도 다케치요 곁에서 미끄러지지 않도록 등불의 불빛만 보면서 걸었다. 그리고 얼마쯤 이어지던 진흙길이 다시 모래땅으로 바뀌고 나서, 문득 고개를 들어 앞쪽을 보았다.

그러자 바로 눈앞에 안개비를 통해 흰 파도가 넘실대는 게 보였다. 해변인 듯하다—는 생각이 들었지만 아직 의심은 생기지 않았다. 깊은 호의를 가진 도다 형제가 함께 있으며 게다가 이곳 지리에 밝은 사람들이다.

눈 아래 젓꼭지나무 방풍림이 거무스름하게 울타리를 이루고 있었다. 선고(船庫)일까, 아니면 인가일까. 의식의 한구석에서 이렇게 생각하며 터벅터벅 모랫길을 내려갔을 때 옆 울타리 뒤에서 우르르 사람 그림자가 나타났다.

"멈춰라!"

노리미쓰가 물었다.

"누구냐!"

가네다는 순간적으로 칼자루를 잡고 가마를 등지고 섰다. 행렬은 이미 멈춰 서고 뒷가마에서 노리미쓰가 내려서는 기척이었다.

노리미쓰가 다시 말했다.

"웬 놈들이냐?"

어둠 속에서 침착한 목소리가 대답했다.
"이 행렬은 마쓰다이라 다케치요의 행렬일 테지."
"그렇다. 마쓰다이라 다케치요가 다와라성으로 외조모님을 뵈러 가는 길이다. 이 가마를 멈추게 한 자는 누구냐?"
그러자 상대는 거침없는 목소리로 외쳤다.
"우리는 멀리 오와리에서 이 가마를 마중 온 오다 노부히데의 수군(水軍)이다. 부질없이 맞서서 다케치요 님 몸에 상처라도 나면 안 되니, 순순히 내놓아라."
"여러분, 도움을!"
부탁한다!는 뒷말을 삼키며 가네다는 번쩍 칼을 뽑았다. 상대편 인원은 아직 잘 알 수 없었으나 이쪽만큼 많은 것 같지 않았다.
그런데 가네다의 목소리를 낚아채듯 고로가 제지했다.
"여봐라, 함부로 칼을 뽑지 마라! 다케치요는 어차피 볼모가 될 몸이다. 함부로 칼을 뽑아 목숨을 잃게 하는 것보다, 순순히 내주어 안전을 도모하는 게 낫다. 그렇지 않소, 가네다?"
웃음 섞인 질문을 받고 가네다는 온몸이 화끈 달아올랐다. 비는 여전히 소리 없이 내리고 있다. 그 속에 멈춰 선 호위무사들은 어느 틈에 가마와 가네다를 에워싸는 자세가 되어, 나타난 적에게 등을 돌리고 있었다. 아무리 단순한 가네다도 이제 도다 형제의 계략을 눈치채지 않을 수 없었다.
"음! 계략을 꾸몄구나."
가마 곁에서 이를 으드득 갈며 칼날에 흐르는 빗물을 어둠 속에서 뿌리치자, 고로가 또 비웃었다.
"닥쳐라! 마쓰다이라의 경호는 시오미 고개 임시숙영지에 들 때까지로 약속되어 있었다. 이제부터 우리가 알아서 일을 진행시키겠다는데 무슨 잘못이란 말인가. 여기서 싸워 목숨을 잃게 하면 큰일이다."
가네다는 느닷없이 칼을 휘두르며 고로에게 쳐들어갔다.
'죽을 때가 왔다!'
순간적으로 생각하며 목숨이 붙어 있는 동안에는 결코 넘겨주지 않겠다고 결심했다.
고로는 가까스로 피하여 칼을 마주 뽑았다. 아니 고로뿐만이 아니었다. 가네다의 공격을 신호로 일제히 칼날 울타리가 만들어졌다.

"괴한이냐? 덤벼라!"

조그만 칼에 손을 대며 도쿠치요가 얼굴을 내밀었다. 그러자 동시에 반대쪽에서도 조그만 얼굴이 밖을 엿보았다. 산노스케가 도쿠치요에게 지지 않으려고 오른쪽 어깨를 홱 낮추어 칼을 겨누고 있다.

"오, 용감한 아이들이구나."

호위무사의 울타리 뒤에서 괴한 가운데 지휘자인 듯한 사내가 등불을 들이대며 유쾌하게 웃었다.

"놀라게 해서 미안하구나. 하지만 용서해라. 너희들에게는 맹세코 해를 입히지 않을 테니까."

아이들도 가네다도 물론 그 얼굴이 낯설었지만, 만일 이곳에 다케치요의 어머니 오다이가 있었더라면 깜짝 놀라며 불렀을 게 틀림없다. 오다이의 오빠들과 친교가 있었던 가리야 언저리 구마 저택 주인 나미타로임에 틀림없었다.

나미타로는 웃으며 노리미쓰를 돌아보았다. 두 사람의 눈은 등불 빛 속에서 복잡하게 교차되었다. 그때까지 잠자코 빗속에 서서 고로와 가네다를 번갈아 바라보고 있던 노리미쓰가 조용한 목소리로 말했다.

"고로, 서두르지 마라."

노리미쓰는 가네다에게 다가갔다. 가네다는 첫 칼을 실수하여 벌써 거칠게 숨을 헐떡이고 있다.

"가네다—"

"뭐냐!"

"그대는 다케치요를 따라 이대로 오와리로 건너가주지 않겠는가?"

"흥."

가네다는 울부짖듯 고개를 흔들었다.

"내가 갈 곳이 슨푸 외에 또 있을 줄 아느냐!"

"가네다—"

"쓸데없는 핑계는 듣기 싫다. 도와주기 싫다면 잔소리 말고 베어라!"

"가네다, 나는 다케치요의 외삼촌이다."

"다……다……닥쳐라! 외삼촌이 이따위 비겁한 짓을!"

"우선 진정해라. 진정하고 내 말을 들어봐."

"싫다!"

"그대는 여기서 개죽음하는 것이 충성인 줄 아나?"

"형님, 베어버립시다. 이놈은 형님 이야기를 알아들을 놈이 아니오."

이번에는 고로 쪽에서 가네다에게 쳐들어갔다.

"기다려!"

짤막한 질타와 함께 덤벼드는 고로의 칼을 옆에서 날쌔게 수도(手刀)로 쳐서 떨어뜨린 자가 있었다. 형 노리미쓰가 아니라 어느 틈에 사람 울타리 앞에 나와 있던 구마 저택 나미타로였다.

그러나 나미타로는 그 이상 아무 말 하지 않고 곧 다시 노리미쓰에게 눈짓했다. 노리미쓰와 나미타로 사이에는 이미 무슨 의논이 있었던 게 분명했다.

노리미쓰는 다시 상대의 칼끝 앞으로 한 발 다가섰다.

"가네다—언젠가는 그대도 알 때가 있으리라. 다케치요를 이마가와에게 보내는 것은 마쓰다이라가 스스로 자멸의 길로 들어서는 일임을 모르겠나?"

"모른다! 우리는 주군 명령대로 움직인다."

가네다는 몸을 떨며 고함쳤지만 노리미쓰는 끄떡도 하지 않았다.

"우리와 같은 작은 성이 이 험한 세상에서 살아남는 길은 단 하나, 이마가와와 오다의 어느 쪽이 이길 것인지 구별 짓지 못하도록 두 세력의 균형을 도모하는 일이다. 마음을 가라앉히고 잘 들어봐. 양쪽의 어느 쪽이 이기든 약한 자는 모두 그 승자에게 짓밟힌다. 이 이치를 그대는 모르는가?"

"알든 모르든 그것은 쓸데없는 일. 주군을 배반하는 이론놀이는 마쓰다이라 일족이 결코 하지 않는 짓이다."

"살아남는 길을 알려주마. 도다, 마쓰다이라, 미즈노의 세 작은 성이 동맹을 맺고, 양군이 드디어 충돌하게 될 때 어느 쪽에도 편들지 않고 있는 거야. 이 세 성이 편들지 않으면 어느 쪽도 필승을 기약하지 못한다. 필승을 기약하지 못하면 전쟁은 일어나지 않는다."

"그……그……그것을 어떻게 알 수 있나? 꿈을 꾸지 마라. 미즈노는 이미 오다 편. 도다도 현재로서는 미심쩍다. 우리 주군이 그 같은 적의 계략에 어찌 호락호락 넘어갈 줄 아느냐?"

"그런 일이라면 걱정 마라. 여기 계신 다케노우치 나미타로 님이 다케치요를 오와리에 보낸 다음, 세 성의 동맹을 훌륭하게 맺어 보이겠다고 말씀하신다."

"뭐, 다케노우치 나미타로…… 그게 누구냐?"

나미타로는 웃지도 분개하지도 않고 말했다.

"구마의 도령……을 그대는 모르는가."

"뭐, 구마의 도령."

가네다의 눈이 삿갓 아래로 보이는 윤기 있는 나미타로의 앞머리로 쏠렸다. 알고 있으며 놀라는 눈이었다.

"네가 그 집 주인인가?"

나미타로는 고개를 끄덕였다.

"너는 언제부터 오다 노부히데의 가신이 되었나? 너의 조상은 남조시대의 존귀한 신분이었다고 들었다. 그런데 언제 오다의 해적이 되었느냐?"

노리미쓰가 다시 그 말을 가로막았다.

"가네다—미즈노와 마쓰다이라 그리고 도다가 힘을 합하지 않으면, 언젠가는 어느 한쪽에 멸망한다. 어떤가, 여기서 반항해 봤자 부질없는 일. 다케치요를 따라 우선 오와리로 가서 그의 장래를 지켜볼 생각이 없나?"

"없다고 한다면 어떻게 할 텐가?"

"하는 수 없지, 베어버리겠다."

"무엇이!"

가네다는 다시 한번 이를 으드득 갈았지만, 전과는 비교도 할 수 없게 약해져 있었다. 비는 어느덧 가네다와 노리미쓰의 등까지 후줄근하게 적시고 있었다.

가네다는 흘끗 가마 안을 보았다. 가마 안에서는 아직도 도쿠치요와 산노스케가 잔뜩 긴장한 조그만 얼굴로 등불을 노려보고 있었다. 안은 어두웠으며 다케치요는 조용히 앉아 있었다. 아직 이 세상의 공기를 4년 남짓밖에 들이마시지 못한 어린아이였지만 무서워하거나 당황하는 기색이 없다. 어쩌면 잠들어 있는 게 아닐까 싶을 만큼 잠잠했다.

"이 볼모를 오와리에서도 노리고 있었다니……."

가네다는 별안간 가슴이 답답해지고 뜨거운 것이 비에 섞여 볼을 타고 흘렀다.

'그렇다, 여기서 싸워봤자 승산은 없다. 지금은 그들의 말을 받아들여 일단 오

와리로 가는 게 순리일지도 모르겠다.'
선불리 소동을 벌이다가 만일 다케치요가 죽기라도 한다면 그야말로 큰일이라고 생각하면서도 다시 기만당한 분노가 온몸을 지글지글 태우는 듯했다.
"어떤가? 아직도 분별하지 못하겠나?"
노리미쓰가 말하자 가네다는 다시 되받아넘겼다.
"분별하지 못한다면 어쩔 테냐?"
"답답하다, 가네다. 그대를 베고서라도 다케치요를 오와리에 보낸다, 우리는."
"오와리로 보내 어떻게 하려는 거냐?"
"뻔한 일이지. 소중한 볼모다. 그 볼모가 없다면 오다 노부히데는 마쓰다이라 일족을 믿지 않을 거다."
"다시 한번 물어보겠다!"
가네다는 어느새 칼끝을 내리고 다시 젖은 몸을 떨었다.
"볼모를 오와리로 보낸 줄 알면 이마가와 편에서 가만히 있지 않겠지. 이마가와와 마쓰다이라가 싸우게 되면, 어떻게 할 텐가?"
"그럴 염려는 없을 거다. 마쓰다이라 쪽에서는 볼모가 납치된 거라고 훌륭하게 변명할 수 있을 테니까."
가네다는 외쳤다.
"좋다!"
무엇 때문에 그렇게 외쳤는지 몰랐으나 이 완고하기 짝이 없는 미카와 사람으로서는 더 이상의 문답을 참을 수 없었던 게 틀림없다.
'다케치요 님은 살해되지 않는다…….'
이것만 알면, 그는 자신의 고집을 훌륭하게 지켜 보이고 싶었다.
"너희들은 그만 됐다. 다케치요 님 곁을……."
떠나지 마라, 하는 목소리보다 먼저 양쪽의 가마 문을 철커덕 닫았다.
"앗!"
고로가 외마디 소리를 지른 것은, 가마 문을 닫자마자 가네다가 느닷없이 칼을 거꾸로 잡고 그 위에 자기 배를 던지듯 찔렀기 때문이다.
사람들은 목소리를 삼켰다. 이처럼 강렬한 자결은 본 적이 없었다.
"보……보……보아라!"

외치며 가네다는 땅바닥에 닿아 있는 칼자루를 오른발로 차올렸다. 칼은 배를 깊숙이 꿰뚫고 칼자루가 땅에 떨어진 순간 그의 몸은 비틀거리며 모래 위로 털썩 쓰러졌다.

옷자락에서 떨어지는 핏방울이 순식간에 모래를 물들이자, 가네다의 얼굴이 눈만 남은 느낌으로 노리미쓰를 향했다.

"이……이……이것이 마쓰다이라 일족의…… 마음이다!"

그러면서 갑자기 배에서 칼을 뽑더니 이번에는 칼끝을 목젖에 대고 그 위에 목을 던지듯 내리눌렀다. 칼끝은 목을 꿰뚫고 사방에 쏴 소리를 냈다. 피가 튀고 동시에 크게 눈을 뒤집은 가네다의 몸이 왼쪽으로 털썩 쓰러졌다.

고로는 깜짝 놀라 물러났다. 너무나 참혹하여 노리미쓰도 아무 소리 내지 않았다.

나미타로는 성큼성큼 걸어나가 가네다를 안아 일으켰다.

"과연, 이것이 그대의 고집인가. 알았네, 알았어."

가네다는 이미 숨이 끊어져 있었지만, 칼을 쥔 손의 세포는 아직 살아서 계속 경련하고 있다. 그 손에서 나미타로는 정중하게 칼을 받아쥐고 재촉했다.

"먼저 가마를……."

가마 안의 아이들에게 이 처참한 가네다의 죽음을 보이고 싶지 않았던 것이다.

다시 가마가 출발했다. 대세는 이미 결정되어 있었다. 그들의 행동을 저지하는 자는 이제 아무도 없었다. 세 단으로 돌을 깐 나루터에 세 척의 배가 호젓이 매어져 있었다. 가마는 그 한 척에 그대로 운반되어 실렸다.

그것을 지켜본 다음 나미타로는 다시 가네다 곁으로 돌아가, 아직도 멍하니 서 있는 노리미쓰 형제에게 주검을 가리키며 물었다.

"어떻게 하시겠소? 그대들이 괜찮다면 내가 맡으리다. 그래도 좋겠소?"

노리미쓰는 아우 고로와 얼굴을 마주 본 다음 조용히 고개를 끄덕였다.

"잘 부탁드리겠습니다."

"그럼……."

나미타로는 옆을 돌아보면서 말을 이었다.

"이것을 배에 실어라, 내 배에. 정중하게."

"옛."

도다의 가신들이 가네다의 주검을 들고 가자 고로가 말했다.

"바다에 버리시려는 거요?"

나미타로는 불끈하며 고로를 쏘아보았다.

"가네다의 마음은 다케치요 님 곁을 떠나지 않소. 그대는 그것을 모르겠소?"

"글쎄……?"

"무사에게는 무사의 정이 있을 것이오. 이 유해에게 다케치요 님이 자리 잡게 될 곳을 보여주려는 거요."

그리고 나미타로는 가볍게 혀를 차며 부지런히 시체 뒤를 쫓아갔다.

이 유해는 뒷날 다케치요의 거처 앞에 버려져, 가네다는 다케치요를 다시 납치하려고 아쓰다에 잠입하여 무사답게 싸우다 훌륭하게 죽었노라고 오카자키에 보고되었다…….

유해를 실은 배에 나미타로가 오르자, 고로도 허둥지둥 다케치요의 가마를 실은 배에 올랐다.

노리미쓰는 그들을 나루터까지 배웅했다.

"가마를 타시지요……."

남은 가신이 권했지만, 그는 가볍게 손을 흔들 뿐 비에 젖는 대로 그냥 서 있었다.

이윽고 다케치요와 고로가 탄 배가 먼저 기슭을 떠났다. 이어서 호위무사의 배, 마지막으로 나미타로의 배가 떠났다.

노리미쓰는 그 배들이 미끄러져 이슬비 내리는 바다로 사라질 때까지 가만히 서서 바라보았다.

배가 보이지 않게 되자, 노리미쓰는 망막 속에 하나하나 떠오르는 사람의 이름을 중얼거렸다.

"다케치요…… 마키…… 히로타다…… 고로……."

모두들 어떻게 될 것인지 알 수 없었다. 가엾은 나그넷길을 가는 사람들뿐…… 자기도, 아버지도…… 아니, 이마가와 요시모토며 오다 노부히데도…….

연모(戀慕)의 가을비

"성주님을 만나고 싶어, 성주님을 만나게 해줘……."

오하루가 무릎에 매달려오자 애꾸눈 하치야는 중얼거렸다.

"나는 죽고 싶다. 죽게 해다오."

"네? 뭐라고 했어요, 하치야 님?"

"아무 말도 안 했어. 나는 네가 좋아하는 것은 무엇이든 이루게 해주고 싶다고 말했어."

"그러면 성주님을 만나게 해주세요."

오하루는 초점 잃은 눈으로 허공을 보다가 벌떡 일어나 곧장 방을 나가려 한다.

"오, 성주님이 부르고 계셔…… 목욕탕에서."

하치야는 그 옷자락을 무릎으로 꽉 누르고, 목소리보다 먼저 눈물을 뚝뚝 흘린다. 뭐라고 해야 좋을지 몰랐다.

오하루가 측실로 결정되자 히로세(廣瀨)에서 성 아랫거리인 노미(能見)로 옮겨 온 가족은 그녀의 어머니뿐. 다와라 부인과의 불화로 오하루는 감시인이 딸려 어머니 집에 감금되었다.

다와라 부인의 시녀 가에데가 눈치챘던 대로 그 무렵 오하루는 임신하고 있었다. 애꾸눈 하치야는 그 태아만은 주군의 핏줄로서 오하루의 손으로 키울 수 있도록 허락될 줄 알았다. 그런데 그것마저 거부되어 태어난 다음 날 아기를 어디론가 데려가버렸으며, 오하루에게는 죽은 채로 태어났다고 알려주었다.

오하루의 희망도 아마 그 아이에게 있었던 게 틀림없다. 아니, 그 아이를 통해 슬픈 사모의 인연에 기대어보려던 오하루였다. 오하루는 오래도록 하혈이 그치지 않더니 드디어 그대로 미쳐버렸다. 하치야는 그 가냘픈 여자의 신경도 안타까웠지만, 그보다 주군의 무정함이 더욱 원망스러웠다.

오하루의 광란을 히로타다에게 알릴 기회도 없었는데, 히로타다 쪽에서 하치야를 불러 말했다.

"―하치야, 오하루를 너에게 주마. 본디 네 약혼자였으니 이제 정식으로 너에게 돌려주마."

주군이 아니었다면 하치야는 틀림없이 주먹을 움켜쥐고 그의 따귀를 힘껏 갈겼을 것이다. 이처럼 잔혹하고 이처럼 사나이 마음을 무시한 말이 또 있을 것인가.

주군이므로 이를 악물고 일부러 인연을 끊어 곁에서 모시도록 했던 오하루.

"―목숨을 걸고라도 사랑해 주십시오."

이승에서도 저승에서도 사랑해 주십사고 다짐하면서 인내 속에 슬픔을 묵묵히 견뎌온 것이다. 그런데 있지도 않은 소문을 트집 잡아 곁에서 쫓아냈을 뿐 아니라, 미치도록 사모하는 상대의 마음도 몰라주고 이번에는 자기 아내로 삼으라고 한다.

그뿐만이 아니었다. 그 뒤에 곧 도다 부자의 다케치요 강탈 소식이 전해지고, 그 때문에 슨푸의 요시모토는 군사를 내어 다와라성을 친다고 했다. 물론 오카자키에서도 출병할 것이라고 생각하고 있을 때, 뜻하지 않은 처분으로 성안의 집에서까지 쫓겨나고 말았다.

"너는 당분간 출사하지 않아도 좋다. 오하루와 혼인하고 나면 오하루의 집을 너에게 주마."

하치야는 울면서 오하루를 말렸다.

"이봐…… 기다리지 못해, 기다려다오."

오하루는 있는 힘을 다해 몸부림쳤다. 그 바람에 어깨에서 옷이 스르르 벗겨져 드러난 속살이 눈부시게 빛났다.

"놓아줘, 성주님이 불러요. 꽃잎이 잔뜩 흩어져 있는 목욕탕에서…… 성주님이 불러요."

오하루는 눈앞에 무언가 환각을 보고 있는 모양이었다. 어깨에서 옷이 미끄러지자, 이번에는 급히 허리띠를 풀기 시작했다.

"이봐, 이봐…… 이게 무슨 짓이야."

애꾸눈 하치야는 당황해서 오하루의 손을 위에서 누르다가 허리의 부드러운 감촉에 더욱 어쩔 줄 모르며 당황했다.

"왜 말려요, 하치야 님. 당신은 저를 원망하는 건가요?"

"무슨 소리야, 나는 너의 오빠…… 그렇지, 오빠로서 위로하고 있을 뿐이야."

"입으로는 그렇게 말하면서, 사실은 저와 성주님을 원망하고 있어요. 그 외눈이 그렇게 말하고 있다고 성주님이 저더러 말씀하셨어요."

"뭐, 주군이 그런 말씀을…… 틀림없이 그렇게 말했나?"

노여움이 왈칵 치밀어 되묻자 미친 오하루는 하치야의 팔 안에서 또 버둥거렸다.

"아, 좋은 냄새…… 벚꽃 향기야. 목욕탕 가득히 꽃향기가 나는구나."

"그렇지, 미쳤어. 미쳐서……."

"누가? 저는 미치지 않았어요."

"그래, 너는 미치지 않았어. 미친 것은 주군이야."

"성주님이 미치셨나요, 하치야 님?"

"아……."

대답하며 한숨지었다.

"틀림없이 미치셨어."

"어째서요?"

어느새 꼭 붙어 앉아 무릎에 매달리는 오하루의 눈동자는 어린 날 소꿉장난하던 시절의 그 얼굴이었다. 이것을 보자 하치야의 목구멍은 산비둘기 울음소리와도 같은 흐느낌으로 막혀왔다.

"주군은 너나 나 같은 오직 충성스러운 자의 마음까지 몰라볼 만큼 미치시고 말았어."

오하루는 고개를 끄덕이며 수염이 드문드문한 하치야의 턱으로 살며시 손을 뻗었다.

"그 증거로 다와라 부인의 비위를 맞추려다 끝내 다케치요 님을 뺏기고 말았다. 벌이 내렸지, 미친 벌이야."
"정말 딱딱한 수염이군요."
"미쳤기 때문에 요즘 주군이 하는 일은 하나도 제대로 되는 게 없어. 그래, 내가 원망하고 있다고 주군이 너에게 말했단 말이지?"
오하루는 또 무심하게 고개를 끄덕였다.
"하치야는 히로세의 사쿠마가 보낸 자객일지도 모르니, 저더러 방심 말고 감시하라고 하셨어요."
"뭣이, 나를 적의 첩자라고……."
"하치야 님."
"음…… 그래."
"제가 잘 말씀드릴 테니, 어서, 성주님을 만나게 해줘요."
"좋아, 좋아, 언젠가 꼭 만나게 해주지."
"언젠가는 싫어요. 지금 곧! 어서요, 하치야 님."
하치야는 오하루의 어깨에 돌린 팔을 풀지 않고 멍하니 허공을 노려보았다. 미친 오하루의 말이라고 여기면서도, 이토록 믿고 섬겨온 히로타다에게서 그런 의심을 받고 있었다고 생각하니 단순한 성미이니만큼 마음속에 숨어 있던 불길이 활활 타오르는 것 같은 심정이었다.
장지문이 열리고 오하루의 어머니, 하치야의 고모가 들어왔다.
"하치야…… 너에게 부탁이 하나 있다……."
고모는 핏기 없는 얼굴로 오하루를 꺼리면서 말했다. 고모를 돌아보며 하치야는 가슴이 아파오는 걸 느꼈다.
'수척해지셨어……'
모습은 오다이와 흡사했지만, 오하루와 오다이는 강한 품성에서는 비교가 되지 않았다. 그 나약함을 가엾은 고모도 지니고 있었다.
"부탁 말씀이란……."
하치야가 오하루의 어깨에 손을 얹은 채 암담한 표정으로 말하자, 고모는 무서운 것이라도 보는 듯한 눈초리로 오하루의 얼굴을 들여다보았다.
오하루는 어느 틈에 또 손을 뻗어 하치야의 수염을 더듬기도 하고 옷깃을 만지작거리기도 했다.

"하치야…… 이 고모의 부탁이야, 네 손으로……."

여기서 갑자기 이를 악물고 어깨를 떨며 작은 목소리로 빠르게 말했다.

"……죽여다오."

"옛…… 죽이라고요?"

고모는 고개를 끄덕이고 다시 오하루의 얼굴을 살펴보았다.

"요즈음 이 집 근처에 때때로 수상한 사람이 엿보고 다녀."

"무엇 때문에 온다고 생각하십니까, 고모님은?"

"뻔한 일이지. 오하루가 지껄이는…… 남이 들으면 안 되는 성주님에 대한 말을 들으러 오는 거지……."

고개를 끄덕이는 대신 하치야는 가만히 눈을 감았다.

'그렇구나, 그런 일도 있었단 말이지…….'

고모는 소리를 낮추어 또 혼잣말처럼 말했다.

"이따금 헛소리하는 가운데 끔찍한 말도 있단다. 가미와다의 일족, 마쓰다이라 산자에몬 님에게 모반의 징조가 있으니 은밀하게 베어버려라…… 하고 헛소리하는데…… 그런 헛소리를 하고 어떻게 무사할 수 있겠니?"

"……."

"남의 손에 죽기 전에, 네 손으로…… 그렇잖니, 하치야?"

하치야는 눈을 뜨기가 무서웠다. 고모는 고지식한 사람이었다. 그 고모가 이런 말을 꺼낼 때까지의 고뇌가 뼛속에 스며든다.

"나는…… 너와 오하루가 부부가 되어 의좋게 사는 날을 기다렸지만, 이젠 단념했어. 네가 베지 않으면 남의 손에 죽겠지. 나는 그걸 확실히 알고 있어. 그렇지 않니, 하치야?"

"……."

"응? 하치야……."

어머니의 말이 귀에 들어갔던지, 오하루는 고모의 말에 이어 또 응석을 부렸다.

"데려다줘. 내전에서 성주님이 기다리셔. 성주님은 이 세상에서 내가 가장 좋다고 말씀하셨어. 어서 데려다줘요, 하치야 님."

하치야는 얼굴을 돌렸다.

"고모님! 나도 이제야 이 세상살이의 참혹함을 알았습니다."

"부탁해, 하치야."

"나도 오하루를 남의 손에 죽게 하고 싶지 않습니다."

"이해해 주겠지, 내 마음을."

"알겠습니다. 내 손으로 한발 먼저 극락에 보내 내세에서는 고모님과 오하루를 누구에게도 주지 않겠습니다."

떨리는 목소리로 절규하듯 외치자, 애꾸눈 하치야는 한쪽 눈을 부릅뜨고 눈물을 뚝뚝 흘렸다.

오하루는 또 노래하듯 하치야의 무릎을 흔들며 어머니에게 말했다.

"오, 성주님이 오셨어. 이봐, 빨리 차를 내오너라, 차를……."

하치야는 오하루를 베기 전에 무언가 즐겁게 해주고 싶었다. 무뚝뚝한 사나이가 그런 심정이 된 것도 그의 마음에 의지할 게 없어졌기 때문이리라.

그는 오늘날까지 '충성'만을 미카와 사람의 기상으로 알고 지켜왔다. 누구에게도 못지않은 순수함으로 히로타다에게 진심으로 모든 것을 바치며 행복을 느껴왔다. 싸움터에서는 자청해 사지에 뛰어들었고, 오하루를 뺏기고도 원망하는 마음조차 품지 않았다. 히로타다는 그에게 있어서 물욕이나 사랑보다 한결 값진 평생의 대상이었다.

그러나 그에 대해 보답받은 것은 무엇이었던가. 행랑채에서 쫓겨나고 당분간 출사할 필요가 없다는 말을 들었을 때도, 그 이면에 히로타다의 증오나 경계가 숨어 있을 줄은 꿈에도 생각하지 않았다. 다만 다와라성 도다 단조와의 사이에 심상치 않은 풍문이 나돌고 있는 이때 그 싸움에 참가할 수 없는 데 대한 불만으로 은근히 히로타다를 원망하고 있었을 따름이었다.

그러나 그러한 불만 속에서도 히로타다의 위로를 느끼고 있었다. 지난해 안조성 공격 때 부상한 뒤로 걸핏하면 나빠지는 건강을 주군이 진심으로 염려해 주신다—고 생각하고 있었는데, 미친 오하루를 보고 있는 동안 그 생각은 산산이 부서져갔다. 측근에서 물러가게 한 것은 그로선 꿈에도 생각지 못할 사쿠마의 자객일 거라는 혐의 때문이었고, 오하루를 돌려준다고 한 것도 지금 와서 생각해 보니 자기 마음을 시험하기 위한 게 아니었던가 하는 생각이 들었다.

히로타다는 오하루의 집을 그대로 하치야에게 주겠다고 말했다. 그 이면에, 어떤 종류의 비밀을 아는 오하루를 하치야가 어떻게 처리하느냐에 따라 그의 본심을 캐보려는 야비한 적의가 느껴졌다. 의심을 모르는 그로서는 의심받는 것만큼 분한 일도 없었다.

더구나 그 분함이 미친 오하루의 처지로 인해 한결 더 그의 마음을 휘저어놓았다. 히로타다를 사모하는 오하루의 마음은, 하치야가 히로타다에게 바쳐온 순정과 같았다. 그런데도 히로타다는 오하루를 쫓아내고 아이마저 빼어 미치게 했다. 게다가 오하루에게 감시까지 붙여 미친 사람 입에서 새어나갈 비밀이 두려워 죽이려 한다…….

이러한 공기는 하치야도 느끼고 있었지만, 고모에게 말을 들을 때까지는 자기 손으로 죽이려는 결심이 서지 않았다. 오히려 자기가 죽고 싶은 심정으로 한탄해왔던 것이다.

그러나 이제는 각오를 정했다. 자기 손으로 죽이는 것이, 이 미쳐버린 육친에게 해줄 수 있는 가장 좋은 길이라고 생각했다.

"오하루……."

"네."

오하루는 또 순진하게 하치야를 올려다본다.

"주군은 미쳐서 너를 옆에 두지 못하는 거다."

"옆에 못 둔다고…… 다와라 마님이 아니고 성주님이…… 말씀하셨나요, 하치야님?"

하치야는 고개를 끄덕였다.

"주군은 이제 네가 필요 없게 되었어. 그래서 나에게 준다고 말씀하셨지. 내 아내가 되어주겠나?"

가능하면 아내로서 죽이고 싶은 게 하치야의 미련인 것 같았다. 오하루는 숨죽이고 눈을 크게 뜨더니 하치야를 빤히 쳐다보았다.

갑자기 오하루가 웃기 시작했다.

"호호호……."

하치야를 쳐다보고 있는 눈이 물기를 머금고 뜨겁게 번쩍이더니, 갑자기 호흡이 거칠어졌다. 아마도 미친 여자의 몸속에서 무엇인가에 불이 붙은 모양이었다.

"성주님이 또 농담을……."

"농담이 아니다. 주군은 틀림없이 미치셨어."
"성주님이 미치셨다고, 그럼…… 당신은 누구예요?"
"나는 하치야다. 모르겠나."
"호호…… 성주님은 언제나 오하루와 하치야 사이를 질투하셔. 성주님! 저는 정말 속상해요, 안타까워요."
오하루는 어느새 하치야를 히로타다로 착각하고 있는 모양이었다. 얼굴 가득 교태를 담고 무릎에 기댄 몸을 암고양이처럼 비벼댔다. 무뚝뚝한 하치야는 그것이 무슨 뜻인지 몰랐지만, 어머니는 역력히 알 수 있는 애무를 기다리는 여자 모습이었다.
"하치야, 자비를 베풀어다오. 제발, 지금."
괴로워하면서 그렇게 말한 어머니는 얼굴을 돌리고 비틀거리듯 방에서 나갔다.
"오하루, 왜 이러는 거지?"
"성주님—"
"내가 주군으로 보이나? 이봐!"
"이 목숨, 오하루는 성주님께 바쳤는걸요, 뭐."
"아—"
하치야는 밀어내려다가 생각을 고친 듯 다시 안았다. 무뚝뚝한 하치야도 오하루가 착각하고 있는 것을 알 수 있었던 것이다. 별안간 가엾은 생각이 가슴 가득 넘쳐왔다.
'그렇다, 착각에 빠진 채 죽게 해주자.'
"오하루……."
"네."
"밖으로 나가자. 날씨가 좋으니."
거짓말이었다. 이 방을 피로 더럽히지 않으려고, 금방이라도 한 줄기 쏟아질 듯한 뜰로 데려가며 툇마루 아래 오하루의 신발을 간추려주었다.
"아이, 좋아라."
오하루는 소녀처럼 하치야의 팔에 매달려 뜰에 내려섰다.
"보세요, 온 세상이 봄이에요. 어머나, 예쁜 벚꽃이 만발했네."
"그래, 벚꽃이……."

어둡게 흐려 비를 뿌릴 것 같은 하늘을 올려다보며 하치야는 몇 번이고 고개를 끄덕였다. 주위에는 벚꽃은커녕 봄나물이 올라오는 기색조차 없었다. 이웃한 월광암(月光庵)의 묘지 비석들이 억새풀 사이로 으스스하게 언뜻언뜻 보이고 있었다.

낙엽이 우수수 바람에 흩어졌다. 오하루는 기뻐하며 그 속을 걸었다.

"저것은 무엇일까요. 저 아름답게 차려입은 시동들은."

"저것 말인가…… 저건 무덤이야."

"저리로 모실까요. 어머나, 허리 굽히고 맞이하네."

"그게 좋겠군. 그렇게 하자, 오하루—"

"네."

"너는 내가 목숨을 달라고 하면 주겠지?"

"네."

하치야가 살며시 칼자루에 손을 대자, 오하루는 무슨 생각을 했는지 낙엽 위에 단정히 앉아 목을 내밀며 합장했다.

"드리겠어요, 성주님…… 어서, 이 언저리에서 베어주세요. 오하루는 행복해요."

무엇을 어떻게 착각하고 있는지, 하치야를 흘끗 돌아본 오하루의 눈은 슬프도록 맑았다. 그 눈을 꼭 감더니 꼼짝도 하지 않았다. 검은 머리를 살그머니 쓸어올리고 두 손을 모은 모습은 단정했다.

하치야는 뒤로 돌아서서 칼을 뽑았다.

나직하게 드리워진 하늘이 마침내 빗방울을 뿌리기 시작하여 칼날에 안개 같은 이슬비가 젖어들었다.

"이런 것이…… 사람 일생이란 말인가, 용서해 다오!"

칼을 훽 치켜들었다. 그러나 그 손은 허공에서 부들부들 떨고 있었다. 합장한 채 눈을 감고 목을 늘어뜨린 모습이 너무나 애처로워 내리칠 수 없었다. 가느다란 뒷덜미에서 흐트러진 머리칼이 가늘게 흔들렸다.

"오하루……."

하치야가 부르자 오하루는 자세를 흩트리지 않고 티 없이 대답했다.

"네."

애꾸눈 하치야는 비틀거리며 칼을 칼집에 도로 꽂았다.

"나는 못 베겠다……."

하지만 오하루는 합장한 손을 내리려 하지 않았다. 무심한 모습 속에 남자를 위해 모든 것을 바치고 후회하지 않는 숙명 같은 여자의 다소곳함이 배어 있다.

"오하루—"

하치야는 오하루 옆에 두 무릎을 털썩 꿇고 합장한 하얀 손을 자기 손으로 감쌌다.

"그대의 다소곳함…… 내 마음…… 그 어느 쪽도 주군은 다 몰라주시는 것일까."

으드득 이를 갈더니 그대로 입술을 일그러뜨렸다. 짙은 눈썹이 꿈틀거리고 젖은 볼에 눈물이 주르르 흘렀다. 오하루는 그것을 공허한 눈길로 바라보고 있었다.

'우는 것은 못난 짓. 울어봤자 소용없는 일이다…….'

하치야는 혼자 울고 혼자 고개를 끄덕인 다음 다시 일어났다.

"오하루, 오너라."

"예, 어디까지라도."

"봐라, 오하루. 여기부터 월광암의 묘지다. 인간은 늦건 빠르건 모두 이렇게 흙으로 돌아간다."

"네."

"그러니 너도 여기서 깨닫고……."

말하다가 하치야는 쓴웃음 지었다.

"깨닫지 못한 것은 나였어. 너는 그토록 순수한데."

조그만 오륜탑 사이를 지나 구실잣밤나무 고목에 다시 기대어 앉았다. 거기만이 가을비를 피하여 잔디가 마른 채 깔개가 되어 있었다…… 아니, 그보다는 그 또한 더 걸을 기력이 없었던 것이다.

"오하루, 극락에 가거라. 극락에는 너 같은 순수한 마음에 채찍질하는 자는 없을 테니."

오하루는 고개를 끄덕이고 이끄는 대로 하치야의 가슴에 안겼다. 머리 냄새를 확 풍기며 기대오는 뺨이 소녀처럼 따스했다. 하치야는 넋을 잃고 그 목에 손을 돌렸다. 오하루는 그에게 매달렸다.

"하치야 님……."

가슴이 철렁해 하치야가 다시 얼굴을 보려 하자 당황하여 고쳐 말했다.

"오하루는…… 행복해요."

"음."

하치야의 마음에 히로타다에 대한 증오심이 또 울컥 솟아올랐다. 동시에 오하루의 목에 감은 팔에 힘이 주어졌다. 처음에는 무의식적인 힘이었지만, 언제부터인가 하치야는 마음으로 의식하는 체념으로 바뀌어갔다.

'여기서 이대로 잠들게 하자.'

그의 가슴에 얼굴을 묻은 오하루가 갓난아기처럼 달콤한 표정으로 황홀하게 하치야를 올려다보았기 때문이다. 죽는 걸 알고 있는 것일까? 두 손을 나긋하게 하치야의 몸에 두르고 입술을 조금 벌리고 있다. 잿빛 하늘이 눈부신지 눈을 가늘게 사려 감은 눈썹 그늘이 뺨을 비비고 싶도록 귀여웠다.

"용서해라, 오하루…… 내세에서는 그대와 꼭 인연을 맺겠다. 아무에게도 주지 않겠다."

한 번 닦아낸 눈물이 또 뺨을 타고 줄줄 흐르기 시작했지만, 눈은 오하루에게서 떼지 않았다. 가늘게 뜬 눈으로 오하루도 지그시 마주 보고 있었다. 팔에 조금씩 힘을 주자 입술부터 먼저 보랏빛으로 붉어졌다. 볼이 발그레 물들고, 그러고 나서 조용히 눈이 감겼다.

"하치야 님……."

입술이 다시 가냘프게 움직였지만 목소리가 되어 나오지는 않았다. 하치야를 안고 있는 오하루의 팔에서 힘이 빠져가는 것이 느껴졌다.

"오하루!"

참다못해 불렀을 때 오하루의 몸이 앞으로 기울어졌다. 죽었다…… 가엾은 여자의 일생이 자기 품 안에서 닫힌 것이다. 하치야는 하늘을 올려다보며 소리 내어 통곡했다. 주위에 아무도 없는 것을 알고 체면도 내던진 통곡이었다.

별안간 사방이 조용해졌다. 가느다란 비단실 같은 빗소리가 영혼 속속들이 스며드는 듯 들려온다.

"죽고 나서야 진정으로 너를 안아보는구나……."

잠시 멍하니 오하루의 얼굴을 들여다보다가 정신 차리고 그는 일어서려 했다.

이대로 보낼 수 없을 것 같았다. 고모와 함께 오늘 밤 울 수 있는 대로 실컷 울어 주고 싶었다. 혈육의 눈물만이 이 불행한 여자에 대한 공양이 되리라.

오하루를 꼭 끌어안은 채 일어서다가 하치야는 문득 고개를 갸웃했다. 오하루의 품 안에서 가느다랗게 말려 있는 종이가 보였다.

'이게 뭐지?'

일단 세웠던 무릎을 다시 꿇고 하치야는 그것을 꺼냈다. 편지였다. 겉에 '하치야 님—'이라고 씌어 있었다. 하치야의 손끝이 떨렸다. 급히 펼쳐서 뚫어질 듯 들여다보았다.

—하치야 님, 저는 미친 채로 저세상에 먼저 가겠어요. 제 소원은 당신 손에 죽는 것, 오직 하나뿐인 이 소원이 이루어질지 어떨지. 다만 미친 채로 자결이라도 한다면 겉으로는 병으로 죽은 것으로 꾸미시고, 성주님에게는 하치야 님 손으로 죽이셨다고 말씀하시기 바랍니다. 미친 여인이 지껄이는 말, 온당치 못하므로 내버려둘 수 없어 죽였다고 하시면, 당신에게 씌워진 성주님 의심만은 벗겨질 거예요. 이 세상에서는 사죄드릴 수 없으니, 이 죽음이 제가 하치야 님에게 바치는 정조라고 알아주시기 바랍니다.

읽고 나서도 얼른 그 의미가 이해되지 않았다. 하치야는 다시 쫓기듯 처음부터 되풀이해 읽었다.

"……미친 여인이 지껄이는 말, 온당치 못하므로 내버려둘 수 없어 죽였다……고 하시면 당신에게 씌워진 성주님 의심만은 벗겨질 거예요……."

한 마디, 한 마디를 끊어서 읽은 뒤 하치야는 입술을 깨물었다.

"이럴 수가!"

'……이것이…… 이 죽음이 제가 하치야 님에게 바치는 정조라고 알아주시기 바랍니다.'

오하루는 미친 게 아니었다…… 주군의 무정함을 입에 담을 수는 없고 측근에서 물리쳐진 하치야를 위해 죽어가려 했던 모양이다. 미친 오하루가 주군의 비밀을 헛소리처럼 지껄이고 다녀, 주군을 위해 용서할 수 없어 죽였다—고 말하여 히로타다의 마음에 서린 의심을 풀게 하고 다시 한번 주군 곁으로 돌아가게 하려는 것이, 오하루의 마지막 궁리인 듯싶다.

하치야는 오하루의 얼굴을 가만히 들여다보았다. 숨이 끊어질 때의 홍조가 뺨에서 사라지고, 편안하게 잠든 새하얀 얼굴이었다.

"오하루……."

하치야는 그녀의 얼굴에 자기 뺨을 비볐다. 잠깐이었지만 체온이 이미 가을비 속에 흡수되어 있었다.

하치야는 다시 외쳤다.

"오하루—"

미치지 않았다면 죽이지 않았을 거라는 뼈아픈 후회가 가슴을 두드렸다.

"오하루—"

땅끝까지라도 함께 데리고 도망가고 싶었다.

"오하루!"

세 번 부르짖고 나서 오하루의 시체를 안은 채 애꾸눈 하치야는 어린아이처럼 땅을 굴렀다.

"너는…… 이 한결같은 마음을 의심하는 주군 곁으로 가서 나더러…… 다시 섬기라는 것이냐!"

빗발은 점점 굵어져 여기저기 이끼 낀 오륜탑을 축축이 적신다.

"나는 싫다! 싫다! 싫다!"

오하루를 안고 하치야는 옆에 있는 오륜탑을 마구 발길로 찼다.

"잘 들어라, 망자(亡者)들아. 무엇에 홀렸는지 내 주군은 의심밖에 모르게 되었어. 나도 주군을 의심해야겠다. 누가 믿어줄 줄 아느냐. 오하루를 의심하고…… 이 나를 의심했다…… 그 보답으로 나는 악귀가 되어……."

말하던 하치야는 그제야 정신이 드는지 흠칫하여 사방을 둘러보았다. 악귀가 되어 오하루의 원수를 갚아주겠다……고 말하려는 자신이 무서워졌던 것이다. 충성을 으뜸으로 알았던 자신이 주인마저 죽일지 모르는 분노의 화신이 되어 있었다.

내가 나쁜 것일까?

주군이 나쁜 것일까?

아니면 세상이 나쁜 것일까?

하치야는 다시 한번 오하루를 보고, 늘어선 무덤을 보았다. 그리고 욕지거리를 내뱉으며 다쳐서 짧아진 쪽 다리로 옆에 있는 오륜 석탑을 힘껏 걷어찬 뒤 빗속으로 나갔다.

내리는 빗속에 사방은 저물어가고 있었다. 모습은 보이지 않지만 하늘에서 기러기 울음소리가 들려왔다.

"나는 싫다!"

헝클어진 머리칼에 묻은 빗방울을 성난 듯 털어버리고 하치야는 절과 경계를 이루는 울타리가 무너진 곳으로 갔다.

"고모님…… 오하루는 죽어버렸어요."

조금 전까지 오하루가 있던 방 툇마루 끝에 조용히 서서 고모는 합장하고 있었다.

외로운 인질의 어머니

나고야에서 아구이 일곱 마을로 통하는 골짜기 길을 화살처럼 혼자 달려오는 무사가 있었다. 말은 윤기 나는 검은 털이 땀에 젖고 재갈 양쪽으로 거품을 잔뜩 물고 있다. 말 위의 무사는 허리갑옷을 걸치고 무장한 몸을 고꾸라지듯 앞으로 엎드려, 올해도 풍족하게 이삭을 맺었다가 이미 추수된 논 사이를 달려 순식간에 성으로 다가갔다.

히사마쓰 도시카쓰가 원군을 거느리고 안조성으로 출전하느라 비운 성 정문을 지키고 있던 졸개들이 우르르 말 앞을 가로막았다.

"누구냐?"

"수고하오!"

달려온 무사는 한마디 외치고 날렵하게 말에서 내렸다.

"다케노우치 히사로쿠, 진중에서 마님에게 드릴 소식을 가지고 왔소."

이미 얼굴을 알아보고 안심하는 졸개에게 말하고 말을 건네주었다.

"수고 많습니다. 싸움은 시작되었습니까?"

히사로쿠는 고개를 흔들고 미소 지으며 서둘러 해자를 건너 문안으로 들어갔다.

고용될 때 졸개였던 히사로쿠는 이번 출진 전에 측근무사로 등용되어 정문 밖에 조그만 집이 주어졌다. 동료의 시기를 받을 만한 우대였지만 히사로쿠의 경우에는 누구나 납득했다. 성안을 청소하거나 마구간 뒷바라지를 할 때는 그저 그런 사나이로 보이지만, 창을 쥐여주면 재빠르게 내지르고, 칼을 쥐여주면 능란하게 휘둘렀다. 심부름도 잘하고 공물 수납 주판 솜씨도 뛰어났다.

"—상당한 무사였던 모양이야."

졸개들이 이렇게 평하고 있을 때, 오다 노부히데가 히사로쿠를 양보할 수 없느냐고 도시카쓰에게 부탁했지만 정중하게 거절했다는 이야기가 누구 입에서인가 전해졌다.

"—좋은 부하는 가보(家寶)와 같으므로."

그러므로 오늘도 말 타고 온 사람이 히사로쿠인 것을 알고 아무도 의심하지 않았다. 언제부터인가 히사로쿠는 이 아구이성의 중신도 될 수 있는 인물로 인정받고 있다.

성에 이르자 그는 곧 오다이 마님 앞으로 나아갔다. 전에는 뜰에서 한쪽 무릎을 꿇고 이야기했지만, 지금은 거실마루에 마주 앉는 신분이 되었다.

"주군 말씀을 전해드리겠습니다."

그 말을 듣자 오다이는 옷매무새를 고치고 앉았다.

"수고하셨어요. 말씀하세요."

오다이도 목소리와 태도가 전과 달라져 있다. 온화한 모습은 일찍이 오카자키성에 있었을 때와 마찬가지지만 목소리는 그때보다 침착해지고 자신감이 느껴졌다. 마음의 동요를 떨쳐버린 증거이리라.

히사로쿠는 주위에 사람이 없는지 살펴보았다.

"먼저 주군의 전갈입니다. 싸움은 없습니다. 요시모토는 아마노(天野)에게 명하여 다케치요를 납치한 괘씸한 놈이라며 다와라성을 공격해 짓밟은 여세로 단숨에 오와리까지 쳐들어올 듯했지만, 다와라성에 성주대리 이토 스케토키(伊東祐時)를 앉혀놓고 그대로 스루가로 돌아갈 것 같습니다."

오다이는 가만히 귀 기울여 듣더니 조그맣게 말했다.

"듣던 중 반가운 소식이군요."

오다이가 고개를 끄덕이는 것을 보고 히사로쿠는 말을 이었다.

"아무튼 싸움이 금방 벌어지지는 않을 것이며, 머지않아 돌아갈 테니 집안일을 잘 부탁한다는 말씀입니다."

"수고했어요. 다와라의 도다 일족은 어떻게 되었는지 모르십니까?"

"그게…… 참으로 형편없이 된 모양입니다."

히사로쿠는 흘끗 뜰아래로 눈을 돌리며 이마의 땀을 닦았다.

"형 노리미쓰는 상당한 인물인 듯, 사건의 책임을 모두 아우 고로에게 지우고 오다 노부히데 님으로부터 받은 돈 백 관(貫)을 주어 어디론가 도망치게 한 뒤 성문을 열어 이미가와 편에 따르려 한 모양이었습니다만, 아우 고로가 듣지 않고……."

"성을 베개 삼아 전사했다는 건가요?"

"뿔뿔이 흩어진 가신들을 남겨놓고 성에서 자취를 감추었다고 합니다."

오다이는 또 조용히 고개를 끄덕이며 생각에 잠긴 눈으로 중얼거렸다.

"그것도 잘된 일이군요."

"잘되었다고요?"

오다이는 미소 지었다.

"돈 백 관의 상금에 눈이 멀어 다케치요를 빼돌린 바보라고 히사로쿠 님은 생각하시겠지요. 도다 일족의 어리석음을 애석히 여기지만…… 오다이가 말하는 건 그것이 아니에요."

"그럼, 무엇입니까."

"다와라 부인…… 일족이 살아서 종적을 감추었다면 부인의 생명에는 별 탈이 없겠지요."

이 말을 듣고 히사로쿠는 무릎을 탁 쳤다. 요즈음 오다이 부인은 히사로쿠보다 훨씬 앞을 내다볼 줄 알았다.

히사로쿠는 생각했다.

'훌륭하다!'

도다 일족이 어딘가에 살아 있다면 아무래도 부인을 베어버릴 용기가 나지 않을 것이다. 보이지 않는 자는 늘 무서운 법이다. 오다 편 대장으로 어디에서 나타날지 모르는 불안이 히로타다를 충분히 견제할 것이다.

사람이란 변하는 법이라는 생각이 새삼스럽게 들었다. 이전의 오다이라면 다와라 부인의 무사함을 알고 잘되었다고 말하지는 않았으리라. 더욱이 그 말 속에서 큰 자비가 느껴졌다.

"정말 그렇겠군요. 저도 마님에게 배웠습니다. 그럼, 아쓰타 일도 먼저 마님 의견부터 듣기로 하겠습니다."

아쓰타……라는 말을 듣자 오다이는 문득 시선을 뜰로 보냈다. 노랑과 흰색의 작은 국화 꽃송이가 가득 만발해 있었다. 그 속에서 오카자키를 떠날 때 보았던 다케치요의 얼굴이 또렷하게 떠올랐다.

하지만 전처럼 미칠 듯 인정에 끌리는 감상은 아니었다. 이 난세에서는 어차피 어머니와 아들이 함께 즐겁게 사는 행운을 기대할 수 없다. 어떤 파도가 밀어닥쳐 사랑하는 아들을 어디로 떼어놓든 올바른 지혜로 헤쳐나가야 한다. 그칠 줄 모르는 애정. 대지를 싹트게 하고 꽃피우고 무르익게 하면서 지칠 줄 모르는 것과 마찬가지인 애정을 냉철하게 주어 마지않는 마음이야말로 참다운 어머니의 환희임을 알았다.

물론 다케치요를 스루가에 볼모로 보내기로 결정되었을 때는 깜짝 놀랐고, 도중에 납치되어 배로 아쓰타에 보내졌다는 말을 들었을 때도 잠 못 이루는 밤이 계속되었다. 하지만 오다이는 그것에 지지 않았다.

'어떻게 하면 다케치요에게 이 어미의 마음이 통하게 할 수 있을까.'

이것을 늘 생각하는 것은 고통이 아니라 엄숙하고도 즐거운 싸움의 하나였다. 잠시 만발한 국화를 물끄러미 바라보며 마음을 가라앉힌 오다이는 깊이 생각하는 눈길로 히사로쿠에게 말했다.

"다케치요는 부사할까요?"

히사로쿠는 고개를 끄덕였다. 실은 이번에도 맡은 소임의 시간에 늦지 않도록 아쓰타에 있는 다케치요의 동정을 살피고 왔기 때문이었다.

"다케치요 님은 아쓰타의 임시거처에 들어가신 그대로 계십니다."

"가토 즈쇼(加藤圖書) 님 저택에."

"예, 노부히데 님이 정중히 모시도록 지시했다고 합니다. 도쿠치요, 산노스케 두 아이를 상대로 종이접기를 하시고 강아지와 장난도 치시고……."

그 한 마디 한 마디를 오다이는 마음속에서 되새겼다.

히사로쿠는 자신의 말을 오다이가 어떻게 받아들일지 계산하고 있는 침착한 태도로 의미심장하게 덧붙였다.

"언젠가는 이 볼모를 이용해 마쓰다이라에게 오다 편을 따르라고 권할 속셈이겠지요. 히로타다가 거기에 응할지 어떨지 그 뒷일은 예측할 수 없지만."

"노부히데 님 생각은 어느 쪽일까요."

"예…… 십중팔구 응할 거라고."

"응하지 않으면 그때는?"

"격한 성품이시니 볼모를 베어 미타 다리(三田橋) 가까이에 효수할지도 모르지요."

냉정하게 말한 다음 히사로쿠가 지그시 오다이를 바라보니 어깨가 가냘프게 움직였다.

"그럴 테지요. 애써 빼어온 볼모가 쓸모없어진다면 화날 거예요."

"그렇습니다."

"히사로쿠 님."

"예."

"그대 생각은 어떤가요? 오카자키 성주님은 다케치요를 구출할까요?"

히사로쿠는 대답하는 대신 조용히 오다이에게서 시선을 돌렸다. 오다이는 더 이상 묻지 않았고, 둥그스름한 턱을 가볍게 숙이며 스스로에게 말했다.

"워낙 고집 센 분이니."

"마님."

잠시 뒤 이번에는 히사로쿠 쪽에서 먼저 입을 열었다.

"이대로 내버려둬도 괜찮을까요?"

"무엇을?"

"다케치요 님을."

"네…… 하지만 이 몸은 히사마쓰의 아내이니, 남편 생각을 먼저 물어보아야 합니다."

그 말투가 너무도 조용하여 히사로쿠는 대꾸할 말이 없었다. 오카자키에 대한 번뇌를 이미 끊어버리고 다케치요의 운명을 냉정하게 바라보려는 것인가, 아니면 달리 무언가 생각하는 게 있어서인가?

히사로쿠는 잠시 뒤 오다이 앞에서 물러나왔다.

다시 말을 몰아 남편한테 가는 히사로쿠를 망루 아래까지 전송한 오다이는 그 모습이 보이지 않게 되자 돌아와 불단 앞으로 갔다.

저물기 쉬운 가을날은 벌써 사방에 싸늘한 어둠을 펼치고 있었다. 등불을 밝히고 향을 살라 오다이는 그 앞에서 합장했다. 염불하는 가운데 아들 다케치요를 구할 방법을 알아내려는, 조용하지만 그 뿌리가 영겁불변(永劫不變)한 어머니 마음이 소리 내며 타고 있었다.

강한 어머니. 불요불굴(不撓不屈)의 어머니.

히사마쓰 도시카쓰는 히사로쿠에게 전갈을 보낸 지 사흘 만에 성으로 돌아왔다. 이마가와 군은 도다 부자의 다와라성을 점령하자 거기에 성주대리를 두고 순푸로 철수했으므로 오와리에 쳐들어올 염려가 사라진 것이다.

"수고들 했다. 갑옷을 벗고 오늘은 처자를 기쁘게 해주어라."

무구(武具)를 일일이 검사하여 광에 집어넣고 말에게 먹이를 주고 나자 자신도 오다이가 기다리는 본성으로 서둘러 갔다.

오다이는 여느 때와 마찬가지로 복도 하나를 사이에 둔 내전 입구까지 그를 마중했다.

"무사히 돌아오셔서 다행입니다."

인사하고 칼을 받아 방으로 들어오자 곧 도시카쓰를 위해 차를 준비했다. 전에는 하녀에게 시켰던 차를 언제부터인지 오다이가 손수 내놓았다. 도시카쓰는 그것이 매우 흡족했다. 눈을 가늘게 뜨고 손바닥에 있는 따뜻한 찻잔을 바라보았다.

"오다이, 실은…… 히로타다 님은 끝내 아들을 버리기로 결정하고 그 뜻을 알려왔다더군. 냉혹한 사람이야."

그렇게 말하면서 살그머니 오다이를 살폈다. 오다이는 얼굴빛이 그리 달라지지 않았다. 요즘 배워 손수 만든 만두를 잠자코 남편 앞에 내밀었다.

"구마 도령 나미타로 님이 뒤에서 당신 오빠 노부모토 님을 움직여 애쓰게 했지만 아무 소용이 없었던 것 같소."

오다이는 조용히 남편을 올려다본 채 말이 없었다.

"야마구치(山口)가 정식 사자로 오카자키에 갔었지. 당신은 야마구치를 모를 거요. 아쓰타의 신관 아들로 사람을 설득하는 재주가 뛰어난 사람인데 이 야마구치가 온 힘을 기울여 권했지만, 히로타다 님 대답은 하나뿐이었다더군."

"어떤?"

"나는 진정한 무인이므로 지조를 바꾸지 않는다, 다케치요는 마음대로 하라고.

당신은 그것이 훌륭하다고 생각하오?"

오다이는 고개를 끄덕이지도 부정하지도 않았다. 히로타다의 성격으로는 그럴 거라고 이미 생각하고 있었다. 인간은 늘 이해관계에 쫓기면서도, 언제나 그것을 잊고 움직이는 숙명을 지니고 있다.

"오다이."

"네."

"당신 마음을 생각하면 나는 견딜 수 없는 심정이오. 하지만 이것을 알리지 않는 건 좋은 일이 아닐 것 같소. 다케치요는 아버지에게 버림받고…… 효수당하게 되었소."

"역시……."

"그렇소."

도시카쓰는 눈이 벌게졌다.

"나는 그렇게 못 해. 나라면 자식을 위해 지조를 굽히겠어. 오다이, 나는 나중에 그 목을 나에게 달라고 히라테 님에게 부탁해 두고 왔소. 그대 손으로 묻어주구려."

오다이는 다다미에 두 손을 짚었다. 울지 않으려 해도 눈물이 방울져 떨어진다. 그러나 목소리는 차분했다.

"죄송하지만 그 일은 단념해 주셔요."

"뭐, 단념하라고?"

"예. 만일 노부히데 님 의심을 받으시게 되면 히사마쓰 집안에 큰일이 되니 단념해 주셔요."

도시카쓰는 자신의 귀를 의심했다. 그 일은 그도 생각지 않은 바 아니지만 다케치요가 너무 가엾었다. 아니, 효수될 다케치요보다 그 소문에 마음 아파할 아내의 한탄이 더욱 가엾다……고 생각했기 때문에, 나고야성 중신인 히라테에게 넌지시 다케치요의 목을 달라고 청해두고 온 것이다. 그런데 오다이는 그것을 단념하라고 한다. 자신을 생각해 주는 마음에서라면 갸륵한 일이고, 히로타다에 대한 원망에서라면 그럴 수도 있으리라고 수긍될 뿐 미련으로는 생각되지 않았다.

"진심으로 하는 말이오?"

"네."
"다케치요가 가엾다고 생각지 않소?"
도시카쓰가 거듭 묻자 오다이는 다다미에 두 손을 짚은 채 또 눈물을 뚝뚝 떨어뜨렸다.
"그럴 테지. 가엾지 않을 리 있겠소. 나는 당신 마음을 이해할 수 있소. 어머니와 자식 사이의 사랑은 천지의 자연스러운 이치. 히라테 님이 잘 선처해 주시겠지. 걱정 말고 넋을 기려주도록 하시오."
오다이는 얼굴을 들었다. 그 눈의 이슬이 아직도 쏟아질 듯 흔들리고 있었다.
"소원이 있습니다."
"무엇이든 말해보오. 내가 할 수 있는 일이면 뭐든지 들어주리다."
"저를 나고야에 한번 보내주셨으면 합니다."
"뭐, 나고야에? 무엇 하러 가려는 거요. 다케치요가 있는 곳은 아쓰타요. 아쓰타의 신관 가토네 집이란 말이오."
"저는 지금 홑몸이 아니에요."
"뭐, 아이가 생겼다고. 허, 그것참."
도시카쓰는 몸을 내밀 듯이 하여 그것과 이 일이 무슨 상관 있느냐고 고개를 갸웃해 보였다.
"실은 그 공덕의 은혜를 빌고자 나고야의 덴오사(天王寺)에 참배하고 싶어요."
"뭐, 덴오사……라면 성안인데 그곳에 축원드리겠단 말이오?"
조급히 다그쳐 묻다가 도시카쓰는 별안간 무릎을 탁 쳤다.
"그렇군…… 그 참뱃길에 아쓰타에 들러볼 생각이군."
"네."
"죽은 뒤 넋을 기리기보다 현세에서 넌지시 작별하고 싶다는 말이오?"
오다이는 순순히 대답했다.
"네…… 승낙해 주셔요."
"음."
"하나를 잃고 하나를 얻는 것은 모두 신불의 뜻인 것 같으니, 잃을 것을 위로하고 그런 다음 낳으려 합니다."
도시카쓰는 잠시 아내에게서 시선을 돌리고 생각에 잠겼다. 죽은 뒤의 공양은 혹시 노부히데의 노여움을 살 염려가 있을지 모르지만, 신분을 숨기고 현세에서 찾아가는 거라면 뒤에 흔적을 남기지 않는다. 같은 일이라면 히라테에게 부탁하는 게 좋을지도 모른다고 그는 생각했다.

"좋소. 하지만 어디까지나 신분을 감추고 만나야 할 텐데……."

다짐하듯 속삭인 다음 목소리를 더욱 낮추었다.

"그리고 또 하나, 그대가 나고야의 덴오사에서 참배를 끝내기 전에 다케치요가 죽어 길가에 목이 걸린 것을 보더라도 놀라지 않고 돌아올 수 있겠소?"

도시카쓰의 다짐을 받고 오다이는 단호하게 고개를 끄덕였다.

"덴오사 참배만 승낙해 주신다면 뒷일은 모두 신불의 뜻으로 믿겠습니다."

"좋소. 그럼, 마음에 드는 자를 데리고 덴오사 참배 때까지는 도시카쓰의 아내로 가도록 하시오."

그날 밤 도시카쓰는 오다이를 위해 여러모로 마음 써주었다. 남자 걸음으로는 나고야까지 하룻길이지만 여자로선 하룻밤 묵어가는 여행이 된다. 그 묵을 곳을 부탁하는 일 외에, 오다이의 목적 또한 히라테에게만은 털어놓을 필요가 있었다. 그리고 모처럼 가는 길이니 죽기 전에 다케치요와 만나게 해주고 싶었다. 그편이 충격이 적을 듯했던 것이다. 도시카쓰는 그날 밤늦도록 히라테에게 보낼 서한을 손수 적었다. 이것만은 서기에게 쓰게 할 수 없었다.

여행길 수행에는 오다이가 청한 대로 히사로쿠가 선발되었다. 히사로쿠는 이 일에 대해 아무 의견도 말하지 않았다. 도시카쓰로부터 세세한 주의사항을 듣고, 이튿날 아침 7시에 아구이성을 출발했다.

오다이는 가마를 타고, 히사로쿠는 말을 타고 따랐다. 종자가 짊어진 궤 속에는 덴오사에 시주할 공물 외에 다케치요에게 줄 비단과 과자가 은밀히 숨겨져 있었다.

'다케치요를 무사히 만날 수 있었으면 좋겠는데.'

생각하며 이따금 가마 안으로 주의를 돌렸지만, 오다이는 거의 감정 없는 표정으로 언제나 조용히 눈을 감고 있었다. 가마는 도시카쓰의 지시대로 태아에 대한 영향을 고려해 흔들리지 않도록 최대한 천천히 나아갔다.

나고야에 도착한 것은 오후 3시가 가까워서였다.

오다이는 그곳에서 비로소 가마 문을 열게 하여 히사로쿠에게 말했다.

"성주 노부나가(信長) 님에게 인사드리고 가고 싶어요."

어지간한 히사로쿠도 당황한 빛을 감추지 못했다.

"중신 히라테 님을 먼저 뵙고 난 뒤 만나시는 게 어떻겠습니까?"

"아니에요, 성주님부터."

오다이는 조용히 말하고 문을 닫아버렸다.

성주 노부나가는 지난봄 14살로 성인관례를 갓 치른 기치보시. 그런데 오다 가문의 대체적인 평판은 몹시 나빴다. 마쓰다이라와 다투고 있는 안조성에 들어간 이복형 노부히로는 용기와 사려가 더불어 훌륭하다고 소문났지만, 후계자로서 마땅히 노부히데의 뒤를 이를 노부나가는 처치 곤란한 멍청이라는 평판이었다. 그 노부나가를 히라테보다 먼저 만나겠다고 한다…….

나고야성 문은 아구이성 따위에 비할 바가 아니었다. 오카자키성과 어느 쪽이 나을까? 이 성을 노부나가의 아버지 노부히데는 이마가와 우지도요(今川氏豊)로부터 하룻밤에 빼앗았다고 들었다. 철 장식을 박은 도리가 9간이나 되는 성문에 늙은 삼나무가 정정하게 뻗어 있고 고진(荒神), 와카미야(若宮), 덴오사의 바깥을 둘러싸고 깊숙한 해자가 파여 있었다.

문 앞에 이르러 행렬을 멈춘 뒤 히사로쿠가 찾아온 뜻을 전하고 있을 때였다. 그들 뒤에서 괴상한 풍채의 젊은이가 말을 걸었다.

"그 가마 안의 여자는 누구냐!"

오다이는 살그머니 문을 열어 안에서 엿보다가 저도 모르게 숨을 삼켰다.

"아!"

그 젊은이는 사람에게 고삐를 매달아 의기양양하게 목말을 타고 한 손으로 큼직한 주먹밥을 먹고 있었다.

"그 가마 속 여자가 누구냐고 묻지 않느냐."

황소 같은 생김새의 건장한 사나이에게 호화로운 말가슴받이를 달게 하고 홍백의 고삐를 감아 유유히 목말 타고 있다. 5, 6살 난 어린아이라면 말타기놀이를 하는 거라고 미소 지으며 볼 수 있겠지만, 타고 있는 사람은 이미 온몸에 청춘의 향기를 풍기는 젊은이. 머리는 짧게 잘라 뒤로 묶어 넘기고 상투 끈도 홍백이었다. 입고 있는 옷의 옷감도 물감도 예사롭지 않건만, 가슴이 드러나고 옷깃은 더럽혀져 있다. 허리에는 어디서 잡았는지 물고기 같은 것 대여섯 마리와 약상자와 부싯돌주머니를 함께 차고, 그 옆에 붉은 칠을 한 칼집에 4자쯤 되는 날이 좁은 큰 칼을 꽂고 있다.

아니, 그보다 더욱 기묘한 것은 왼쪽 소매를 팔꿈치까지 걷어붙이고 주먹밥을 먹어대는 그 태도였다. 갸름한 얼굴은 다부지고 탄력 있으며 눈은 이글이글 타고 있다. 하얀 이를 드러내고 꾸역꾸역 먹어대는 꼴이 미친 귀신이나 우리를 부수고 나온 어린 표범 같은 느낌이었다.

오다이의 종자인 졸개 하나가 놀라 창을 들이댔다.

"이봐, 이봐, 가까이 오지 마라."

그 창날은 거들떠보지도 않고 젊은이는 다시 말했다.

"가마 문을 열란 말이다."

오다이는 젊은이의 얼굴을 가마 안에서 지그시 보고 있다가 무릎을 탁 치며 얼른 안에서 문을 열었다. 분명 성주 노부나가(信長)였다. 지난해 가을 구마 저택에서 만났던 기치보시의 어린 모습은 이미 없었다. 하지만 그 눈의 광채와 수려한 눈썹이 오다이의 기억에 되살아났다.

가마 문을 열자 노부나가의 눈이 쏘아보듯 오다이에게 향했다.

"성주님이시지요? 히사마쓰의 아낙입니다."

"음, 무슨 일로 성에 왔나?"

"덴오사 참배를 허락해 주십사고 먼저 성주님께 인사드리러 왔습니다."

노부나가는 고개를 끄덕이더니 오른손의 고삐를 입에 물고 두 손을 탁탁 마주쳐 왼손가락 끝에 묻어 있던 밥풀을 사방에 털었다.

"그대는 덴오사의 제신(祭神)을 알고 있나?"

"네."

"말해봐. 나는 노력도 하지 않고 신에게 빌어대는 무리들은 질색이야."

"송구하오나 전쟁신 아메노코야네노미코토(天兒屋根命)를 모셨다고 들었습니다."

"그러면 자식의 행복을 빌기 위해서인가?"

"네, 그렇습니다—"

오다이가 또렷하게 대답하자, 두 눈동자에 문득 장난꾸러기 같은 미소가 어렸다.

"좋아, 가도 좋다. 나는 그대를 기억하고 있다."

그러더니 오른손의 채찍을 들어 타고 있는 사나이의 볼기를 철썩 갈겼다.

사나이는 사나운 얼굴을 더욱 사납게 하여 히히힝 하고 크게 울었다. 그것이 신호인 모양이었다. 멍하니 그 광경을 바라보고 있던 히사로쿠 앞에서 커다란 문이 삐걱 소리 내며 좌우로 열렸다. 그러자 목말 타고 있던 망나니 성주는 뒤도 돌아보지 않고 그대로 유유히 성안으로 사라졌다.

히사로쿠는 그제야 마음 놓고 오다이에게 다가갔다.

오다이는 노부나가가 사라져간 공간을 아직도 물끄러미 바라보며 눈을 깜박이는 것마저 잊고 있었다. 조금 전에 들은 노부나가의 한마디가 걱정스러웠다. 덴오사의 제신에게 자식의 행복을 빌러 왔느냐는 한마디였다. 그 자식이란 다케치요를 가리킨 것일까, 아니면 앞으로 태어날 히사마쓰의 아이를 말하는 것일까.

구마 저택에서 느닷없이 춤 구경을 하게 되었을 때부터 지금의 노부나가인 기치보시를 이상하게 생각했다. 상대에게 숨 돌릴 틈을 주지 않는 이상한 날카로움을 언제나 지니고 있다.

지난봄의 첫 출전도 무척 색달랐다고 남편한테서 들었다. 첫 출전이라고 해도 이제 14살이라 아버지 노부히데는 성인관례식의 연장쯤으로 생각한 모양이었다. 붉은 비단두건, 겉옷, 마갑(馬甲)의 현란한 차림으로 이마가와 군이 농성하는 미가와의 기라 오하마(吉良大濱)에 출동시켜 적에게 화살이나 한번 쏘고 돌아오게 할 작정이었다. 그런데 노부나가는 오하마에 들이닥치자 갑자기 사방에 불을 지르게 하고는 그 불길을 구경하며 적들 바로 앞에서 유유히 야영하고 돌아왔다. 적은 불길에 기죽어 무슨 방비가 있는 줄 알고 지레 겁먹어 이 소년이 하는 대로 내버려두었다 한다.

얼굴 생김새는 오카자키성의 히로타다를 닮았지만, 그와는 전혀 다른 펄떡거리는 맹조(猛鳥)와 흡사한 신경을 지녔으며 속에 넘칠 듯한 인정이 있다……고 오다이는 보았다. 그 노부나가의 소맷자락에 매달려 죽음을 눈앞에 둔 다케치요의 목숨을 구하려는 것이 오다이의 생각이었지만, 이 맹조는 자칫 잘못하면 무슨 짓을 저지를지 모르는 위험성을 지니고 있었다.

오다이는 성으로 안내되었다. 전에 버드나무성이라고 불렸던 별성으로 노부히데는 그곳에 이 성주와 어울리지 않는 히가시야마식 아취가 깃든 서원 구조의 거실을 지어주었다.

"그대는 구마 저택에서 나를 속였구나."

오다이가 들어가자 노부나가는 인사보다 먼저 이렇게 말하며 팔걸이를 사타구니 사이에 끌어안고 턱을 괴었다. 그런 다음 측근에게 거칠게 명령했다.

"모두들 물러가라! 그대는 구마 도령의 친척이 아니라 노부모토의 누이, 히로타다의 전처가 아니냐."

오다이는 말했다.

"죄송합니다."

빛나는 눈이지만, 길게 찢어진 그 눈 속에 솟아나는 듯한 짙은 정감의 빛이 위안되었다.

"그때는 나미타로 님의 좌흥(座興)인 줄 알고 시키는 대로 했습니다."

"좌흥이라……."

노부나가는 14살 난 젊은이라고는 생각할 수 없는 깊은 눈길로 미소 지었다.

"인생 자체가 좌흥인지도 모르지. 그런데 그대는 이번에 나에게 무슨 선물을 가져왔나?"

"네, 어미의 마음…… 그것뿐입니다."

"좋다, 그럼, 다오!"

느닷없이 한 손을 쫙 펴서 내밀자…… 오다이는 한무릎 더 다가앉았다. 필사적이었다. 남편 몰래 이 사람에게 매달리는 것 말고는 다케치요를 구할 길이 있을 것 같지 않았다.

"드리겠습니다, 받으십시오."

지그시 애원하는 눈빛으로 바라보던 오다이의 눈이 순식간에 눈물로 가득해졌다.

"드리겠습니다, 어미의 마음…… 어미의 마음을……."

격렬한 오열이 치밀어올랐다. 어깨가 물결치고 목소리가 흔들리더니 이윽고 눈물이 소리 내며 다다미에 떨어졌다.

14살 난 노부나가는 갑자기 큰 소리로 웃음을 터뜨렸다.

"받았다, 받았어. 그대의 선물을 틀림없이 받았어. 이제 됐다."

오다이는 조용히 고개를 떨어뜨리고 잠시 동안 움직이지 않았다.

노부나가는 손뼉 쳐 시동을 불렀다. 나타난 시동 역시 늠름했으며 나이는 얼마쯤 아래겠지만 생김새는 노부나가 못지않았다.

"이누치요, 이 사람은 히사마쓰 부인이다. 부인, 마에다 이누치요(前田犬千代)요. 서로 잘 알아두도록 해라."

이누치요는 오다이를 흘끗 보았다. 오다이가 이누치요에게 목례를 보내자, 노부나가는 또 무슨 생각을 했는지 핫핫핫 웃었다.

"이누치요, 너 아쓰타의 손님을 만나봤느냐?"

"아쓰타의 손님이라니요?"

"오카자키의 아이새끼 말이다."

이누치요는 고개를 저었다. 그 태도는 주종 간이라기보다 허물없는 장난꾸러기 친구 같은 느낌이었다.

"아직 안 만났군. 그럼, 너도 함께 가서 만나보고 오자."

이누치요는 그 말에 대답하지 않고 다시 흘끔 오다이를 보았다.

"이 여자도 함께 가는 건…… 삼가시는 게 좋겠습니다."

"어째서?"

"히라테 님이 또 걱정하십니다. 노히메(濃姬) 님과의 혼인도 있고 하니."

"핫핫핫……."

노부나가는 두 손으로 배를 집고 웃기 시작했다. 노히메란 미노의 이나바(稻葉) 성주 사이토 도산의 딸이었다. 그 딸이 머지않아 노부나가한테 시집오기로 되어 지금 두 집안 사이에 교섭이 진행되고 있었다. 이것도 물론 정략결혼이었다. 사이토 도산은 딸을 주어 숙적 오다 노부히데를 사위와 함께 농락할 속셈일 테고, 오다 쪽에서는 볼모를 받아두는 정도로 생각하는 것 같았다.

"이누치요!"

웃음을 거두고 부르더니, 노부나가는 곧 그 눈을 오다이에게로 돌렸다.

"이누치요 놈이 그대와 나 사이를 의심하고 있구나. 핫핫핫…… 그렇지, 이누치요?"

처음에 오다이는 그 의미를 몰라 고개를 갸우뚱하다가 얼굴이 화끈 붉어졌다. 14살 난 노부나가와 20살 난 오다이. 혼례 전이라 하여 그들 사이를 경계한다면 노부나가는 어지간히 조숙한 게 틀림없었다. 오다이의 얼굴이 빨개지자 노부나가는 또 서슴없이 말했다.

"이누치요의 눈도 때로는 정통으로 맞히는군. 나는 11살 때 이 부인한테 반했다. 그래서 오늘도 아쓰타로 함께 가는 것이지만, 안심해라. 오카자키의 아이새끼를 방문하고 돌아오는 길에 아쓰타 신사에도 참배시키고 그다음은 히라테 할아범에게 맡길 테니. 먼저 할아범한테 가서 아쓰타로 함께 가자고 이르고 오너라. 지금 곧."

이누치요는 절을 하고 일어나 나갔다.

오다이는 노부나가를 다시 보지 않을 수 없었다. 생김새가 늠름한 것은 닮았지만, 노부나가의 날카로움과 분별은 아무래도 이누치요를 압도하고 있었다. 지금 한 말이 지닌 여운은 사람에게 고삐를 매고 노는 '멍청이—'라는 인상이 털끝만치도 없다.

'분방하기 이를 데 없는 대장. 상식을 벗어나지만 정이 두터운 무인…….'

오다이는 마음속으로 두 손을 모아 쥐었다. 노부나가에게 합장하고 싶은 심정이었다.

이윽고 히라테가 나타났다. 히라테는 지금 이 나고야성의 젊은 '큰 멍청이—'를 하야시 신고로(林新五郞), 아오야마 산자에몬(青山三左衛門), 나이토 가쓰스케(內藤勝助) 세 사람과 함께 모시는 네 중신 가운데 한 사람이었다.

노부나가의 거실로 들어오자 그는 명령하듯 말했다.

"주군은 어서 준비를."

노부나가가 일어서 나가자 조그만 소리로 오다이에게 말했다.

"히사마쓰 님이 주신 편지가 있지요?"

이 중신은 자기 손으로 키워온 '큰 멍청이—'의 마음을 훤히 들여다보고 있는 듯, 히사마쓰의 편지를 받아 읽으면서 혼잣말처럼 주의를 주었다.

"구명운동은 일부러 하지 않는 게 좋을 거요. 남다른 성품이신지라, 남에게 지시받으면 반드시 화를 내시오. 모든 걸 맡길 테니 잘 부탁한다고 말하시오."

오다이는 이 주종이 부러웠다. 멍청이처럼 보이면서도 어딘가 비범하게 번쩍이는 기품을 숨긴 노부나가. 대낮의 등잔불처럼 굳이 빛을 내지 않고, 그러면서 한 치의 틈도 없는 분별을 지닌 히라테.

'다케치요에게도 이런 사부가 있다면…….'

저도 모르게 생각하고 있을 때, 노부나가는 벌써 성큼성큼 거실로 들어왔다.

"할아범—"

"예."

"그대는 히사마쓰와 친한 사이지. 부인을 오늘 그대 집에 묵게 해라."

"알겠습니다."

"출발하자, 늦겠어. 이누치요! 말을 대령했느냐?"

이누치요는 볼멘 낯으로 말할 것도 없지 않느냐는 듯이 고개를 꾸벅했다.

"부인의 가마는?"

"물론 준비하도록 했습니다."

"물론은 필요 없는 말이다. 말보다 먼저 도착하도록 달려가라고 해라."

이누치요가 알아듣고 달려나가는 뒤를 이어 노부나가, 오다이, 히라테의 순서로 현관에 나갔다.

이번은 놀이말이 아니었다. 희고 검은 바탕에 회색 얼룩점이 있는 늠름한 말이 오후의 햇살 아래 쉴 새 없이 발길질하고 있었다. 현관에 이르자 노부나가는 또 아이처럼 달려가 말에 올라탔다.

"앗!"

말할 사이도 없이 올라타는 것과 달리는 게 동시였다. 이누치요는 히라테의 눈짓을 받고 역시 밤색 말에 올라탔다.

두 줄기의 돌풍!

아무도 놀라지 않았다. 노부나가는 온갖 관습과 예의를 무시하고 있었다. 그런 모든 것들에 저항함으로써 자아의 소재를 확인하려는 것 같았으며 그것을 묵인하는 노부히데의 사고방식도 특이했다.

"자, 이리로."

노부나가가 아무리 멋대로 행동해도 히라테는 침착했다. 그는 오다이를 가마에 태우고 자신은 말에 올라탔다. 그리고 오다이의 곁을 따라 뚜벅뚜벅 성문을 나섰다.

오다이는 갑자기 가슴이 죄어오는 것 같았다.

'3살 때 헤어진 다케치요와 3년 만에 만나게 되는구나.'

이 감개가 심장의 고동을 빠르게 하고 목을 타게 하며 눈시울을 뜨겁게 했다.

오다이의 가마가 아쓰타의 가토 즈쇼네 저택에 들어선 것은 이미 저녁노을이 물들기 시작할 무렵이었다. 히로타다의 고집으로 버림받고 노부히데의 고집으로 효수당할 운명에 놓인 아들. 그 아들이 맡겨진 저택이니 엄중히 경비되고 있을 거라고 생각했는데 뜻밖에도 석양 속에 호젓하니 정적을 간직하고 있었다. 6척 몽둥이를 안은 두 졸개가 문을 지키고 있을 뿐 삼엄한 분위기는 어디에도 없었다. 담이 낮고 뜰에는 나무들이 가득하다. 녹나무, 구실잣밤나무가 많아 이곳은 쓸쓸하게 다가오는 겨울의 느낌이 없었다.

벌써 도착했는지 말 두 필이 잎 떨어진 오동나무에 매어져 있다. 현관마루에 가마를 내려놓아도 나와보는 사람조차 없었다. 그리고 하인이 안채 반대쪽으로 오다이 앞에 신발을 내놓자 히라테가 앞장서 두 사람은 뜰로 돌아갔다.

히라테는 조용히 걸음을 옮기며 말했다.

"이곳 별채에 계시는데…… 신분을 눈치채이지 않도록 하십시오."

오다이는 고개를 끄덕이며 따라갔다.

조그만 대나무 울타리가 안채와 경계를 이루고 사립문은 열려 있었다. 두 사람이 들어서자 납작하고 낡은 지붕을 인 별채의 마루가 눈에 들어왔다. 고풍스러운 서원 구조인데 그 종 모양 창틀에 사람이 하나 걸터앉아 있었다. 노부나가였다.

이누치요는 툇마루에 걸터앉고 그와 마주 보는 위치에 세 어린아이가 무언가 들여다보는 자세로 둥그렇게 앉아 있었다. 가까이 가보니 마루에 앉은 아이가 색종이 접는 것을 두 아이가 들여다보고 있었다.

오다이는 걸음을 멈추고 싶어졌다. 옷차림이 비슷하고 머리 모양도 꼭 닮았다. 누가 다케치요인지 알 수 없고 가까이 가는 게 두려웠다.

히라테는 천천히 마루에 다가갔다. 오다이도 그 뒤를 따르는 수밖에 없었다.

"어때, 잘 접었나?"

노부나가가 창틀에 걸터앉은 채 색종이를 접고 있는 소년에게 말하자 그 소년은 대답했다.

"조금만 더 하면 돼. 이 옷깃에 빨강과 자주와 노랑의 세 줄무늬를 만들면 더 예쁘게 보일 거야."

소년이 만들고 있는 것은 종이 인형인 듯하며, 지금 그 겉옷의 깃을 연구하는 중인 것 같았다.

오다이는 마침내 마루에 이르렀다. 색종이를 접고 있는 아이와 그것을 바라보는 두 아이의 얼굴을 번갈아 비교해 보았다.

아이들은 노부나가도 오다이와 히라테도 무시한 채 돌아보려고도 하지 않았다.

노부나가가 말했다.

"다케치요는 끈기 있구나."

오다이는 가슴이 철렁했다. 종이 인형을 접고 있는 아이가 자신의 아들인 모양이다. 다케치요는 대답하지 않았다. 또 고개를 갸웃하고는 옷깃에 갖가지 색을 나란히 배색할 수 있는 방법을 궁리하고 있는 모양이다. 오다이는 그 얼굴을 두 손으로 잡아 자기 쪽으로 돌리고 싶은 충동을 느꼈다. 종이접기에 열중하고 있어 오다이의 눈에 들어오는 것은 다케치요의 이마뿐이었기 때문이다.

'다케치요! 어머니다, 어머니가 네 옆에 서 있는 것도 모르겠니?'

오다이가 입술을 깨물며 다케치요의 손목을 바라보고 있으니 다케치요는 그제야 문득 얼굴을 들었다. 시원스러운 눈이었다. 그 눈이 흘끗 오다이를 올려다본 순간, 금빛으로 지는 해의 그림자가 비쳤다. 가슴이 철렁할 만큼 친정아버지 다다마사를 닮은 얼굴. 내 몸에 닥친 고난도 모르고 내일의 위험도 모르고 있다. 아니, 그보다도 자기 앞에 어머니가 온몸을 떨며 서 있는 것도 모르고 다케치요는 곧 다시 시선을 손목으로 떨어뜨렸다.

노부나가는 이러한 어머니와 아들의 모습을 장난꾸러기 같은 눈초리로 흘끔흘끔 쳐다보더니 갑자기 불렀다.

"다케치요."

"뭐야?"

다케치요는 고개도 들지 않는다.

"너는 내가 좋으냐, 싫으냐?"

"아직 몰라."

"그렇겠지. 그런데 넌 내가 누군지 모르느냐?"

"알고 있어."

"뭐, 알고 있다고? ……말해봐."

"오다의 아들이지, 노부나가 님이야."
"음."
노부나가는 신음하면서 오다이를 돌아보았다. 오다이에게 들려주려는 대화인 듯싶다.
"다케치요."
"왜 그래."
"넌 슨푸로 가던 길인데, 어째서 아쓰타에 오게 됐는지 알고 있나?"
"알아."
"만일 아쓰타에서 목이 베이면 너는 어떡할 거냐."
다케치요는 문득 입을 다물었다. 그러나 손의 움직임은 멈추지 않았다.
"나는…… 이 노부나가는 네가 동생 같은 생각이 드는데, 그래도 싫으냐?"
다케치요가 잠자코 있으므로 옆에서 산노스케가 손가락으로 슬쩍 무릎을 찔렀다.
"무슨 짓이야, 산노스케."
"대답하십시오."
"싫어, 나는 거짓말을 싫어한다."
"핫핫핫."
노부나가가 웃었다.
"거짓말을 싫어한다는 것을 보니, 아직 모르겠다고 한 건 거짓말이구나."
"거짓말은 아니야. 노부나가는 멍청이라고 모두 말하기 때문에 생각하는 중이야."
"멍청이라고? 버릇없이 말하는군, 이 어린 녀석이."
"멍청이는 딱 질색이거든."
"멍청이가 아니라면?"
"형제가 되어도 좋아. 그렇지, 산노스케?"
이번에는 도쿠치요가 손가락으로 무릎을 찔렀다.
다케치요는 종이접기를 끝냈다. 문득 입가에 미소를 띠며 눈앞에 쳐들어 보았다.
"이거, 노부나가 님에게 드릴까?"

"그래, 다오."
다케치요는 고개를 끄덕이며 종이 인형을 주었다.
"참 예쁜 옷을 입었구나. 누구의 대장이지?"
"그런 대장은 약해, 종이니까."
"그래? 이것과 똑같은 옷을 만들게 해서 입어볼까?"
"왜?"
"난 너무 강해서 난처하니까."
"왜 강해?"
"핫핫핫, 곤란한 질문이군. 나는 강하게 태어나서 난처해, 타고난 거야."
다케치요는 납득되는지 고개를 끄덕인 다음 벌떡 일어나 앞자락을 벌렁 걷어 올렸다. 오줌을 참고 있었던 모양이다.
"실례."
그러고는 오다이 옆의 댓돌가에 대고 쪼르륵쪼르륵 소리 내며 오줌을 갈겼다.
"다케치요."
"또 뭐야?"
"그 돌 밑에 지렁이는 없니?"
"있어도 괜찮아."
"그렇지만 지렁이에 오줌 누면 고추가 꼬부라진다고 하더라."
"꼬부라지지 않아."
"그럼, 넌 여러 번 갈겨봤구나."
다케치요는 고개를 끄덕이며 천천히 허리를 흔들었다. 오다이는 그러한 아들의 모습을 눈도 깜박이지 않고 지켜보았다.
노부나가는 오다이 옆의 히라테에게 흘끗 시선을 주었다. 히라테는 저녁 하늘을 보며 가볍게 몸을 일으켰다. 슬슬 돌아가자는 신호인 것 같았다.
"다케치요, 넌 쓸쓸하지 않니?"
다케치요는 또 대답하지 않는다.
"넌 마음에 안 드는 질문에는 대답하지 않기로 한 모양이구나."
"그래, 뻔한 일은 묻지 않는 게 좋아."
"허, 다케치요에게 꾸중 들었군. 그럼, 오늘은 이만 돌아갈까? 참, 그리고 또 하나, 넌 어머니를 기억하고 있니?"
"기억하고 있지 않다."
"만나고 싶지 않으냐?"
"대답 안 할 테야."
"핫핫핫…… 그것이 바로 대답이야. 이봐, 다케치요. 넌 내가 너를 죽지 않도록 해줘도 날 좋아하지 않을 거냐?"
뜻하지 않은 노부나가의 질문에 다케치요보다 오다이가 더 놀랐다. 아니, 오다이뿐 아니라 히라테와 이누치요도 깜짝 놀란 듯 다케치요에게 시선을 옮겼다. 노부나가에게 다케치요의 목숨을 구해줄 뜻이 있음을 아는 것과 동시에, 이 질문에 오카자키의 어린것이 뭐라고 대답할지 흥미로웠다.
다케치요는 노부나가의 얼굴을 보며 싱긋 웃었다. 그리고 약간 장난스러운 친근감을 갖고 천천히 말했다.
"좋아해 주겠어."
"그래? 그럼, 또 만나자."
"또……."
노부나가는 종 모양 창틀에서 뜰로 뛰어내렸다. 그리고 지금까지와는 전혀 다른 무뚝뚝한 표정으로 말에 다가가더니 뒤따라오는 오다이를 돌아보며 퍼붓듯 말했다.
"꼬마가 날 좋아해 주겠다는군. 활을 들고 만나는 날에는 또 다르지. 하지만 이 노부나가를 진심으로 미워하게 만들지는 마라. 미워하면 찢어 죽이겠어. 이누치요, 따르라!"
그러더니 말에 홱 올라타 이미 해 떨어진 문밖으로 번개처럼 달려가버렸다.
오다이는 잠시 멍하니 서 있었다. 어머니의 소원은 이루어졌다. 다케치요의 구명을 노부나가가 맡아준 것이다. 히라테가 조용히 재촉했다.
"자, 갑시다. 멋진 승부였소. 내 주군도 훌륭하시고, 다케치요 님의 그릇도 컸어요. 가리야 마님, 훌륭한 아들을 두셨군요."
"……네."
오다이는 아직 믿어지지 않는 듯 어리둥절한 눈길로 사방을 둘러보았다.

흐르는 별

히로타다는 거실 툇마루로 나와 시동에게 발톱을 깎게 하고 있었다.

"너무 짧게 깎지 마라. 언제 또 전쟁이 있을지 모르니까."

시동에게 주의 주면서 그 자신은 오랜만에 화창한 봄볕에 눈을 가늘게 뜨고 편안하게 팔다리를 뻗은 채 엎드려 있었다.

덴분 18년(1549) 3월 10일. 올해도 또 봄은 잊지 않고 찾아와 성안의 벚꽃이 활짝 피었다. 다케치요가 오와리로 납치된 지 벌써 1년 반 남짓, 생각하면 다사다난하고 황망한 세월이었다.

히로타다는 마루 끝에 지금도 측근무사로서 단정하게 앉아 있는 애꾸눈 하치야에게 말을 걸었다.

"하치야, 그로부터 전쟁이 몇 번 있었지?"

"그로부터라니요…… 제가 오하루를 베고 나서 말입니까?"

"아니다, 다케치요가 납치당하고부터."

하치야는 흘끔 히로타다를 쏘아보며 굵은 손마디를 천천히 꼽았다.

"첫째는 다와라성의 도다 공격."

"그래, 그것이 처음이었지."

"두 번째는 오카(大岡) 고을의 야마자키(山崎)성에 농성한 마쓰다이라 구란도님 토벌."

"음."

"그다음은 역시 같은 일족이신……."

하치야는 여기서 얼굴을 찡그리며 씹어뱉듯 말했다.

"마쓰다이라 산자에몬 님 암살."

만일 히로타다의 눈이 하치야를 보고 있었다면, 그가 이렇듯 집안사람들을 의심하고 일으키는 전쟁과 암살에 어떤 느낌을 품고 있는지 잘 알았으리라. 하지만…… 오늘 히로타다는 실눈을 가물가물 뜨고 있어 거기까지 생각이 미치지 못했다.

"아, 그것은 전쟁이 아니야. 산자에몬 놈이 모반을 일으킬 징조가 보여 베도록 한 것뿐이지. 그런데 그다음의 아즈키 고개 싸움은 치열했어."

"예, 가미와다의 산자에몬 님이 돌아가신 게 원인되어 오다와 이마가와의 전쟁으로 발전하여…… 그때 양군의 사상자가 엄청났지요. 하네(羽根) 마을에는 농군들이 졸개 무덤을 쌓았다더군요."

여기까지 말하다 문득 깨닫고 보니 히로타다는 소록소록 가벼운 잠이 들어 있었다. 하치야는 한쪽 눈으로 흘끔 뜰을 바라보며 입을 다물었다. 바람도 없는데 꽃잎이 너울너울 발아래까지 흩어져왔다.

하치야는 생각한다.

'보기 싫은 꽃이다.'

오하루가 측실이 되었을 때 미친 듯 목욕탕에 담아갔던 것도 이 꽃. 오하루를 언제나 눈물짓게 한 것도 이 꽃. 그리고 미친 척하며 죽어갈 때 오하루가 입에 담은 것도 이 꽃이었다.

하치야는 그 유서대로 오하루의 목을 가져가 히로타다 앞에 내놓았다.

"—주군의 비밀을 누설해서는 안 되겠기에 제가 오하루를 베었습니다."

그때 만일 히로타다가 박복한 오하루를 위해 한 방울의 눈물이라도 흘려주었다면, 하치야는 원한을 의리 속에 넣어 봉하고 한결같이 섬기는 데만 몰두했을 게 틀림없었다.

그러나 히로타다는 눈물 한 방울 흘리지 않았다. 다만 물끄러미 오하루의 목을 바라보며 말했다.

"—그대의 심중 잘 알았다. 내일부터 다시 내 곁에 출사하도록 해라."

그뿐 오하루를 어디에 묻으라는 지시조차 없었다. 그때 일을 생각하면 하치야는 지금도 머리의 피가 끓어오른다…….

히로타다는 잠깐 잠들었다가 나른한 듯 시동에게 말했다.

"아, 이번엔 허리를 주물러다오."

그리고 잠든 동안의 일을 잊은 듯한 얼굴로 하치야에게 말했다.

"그 아즈키 고개 싸움이 끝나면 노부히데가 다케치요의 목을 칠 줄 알았더니, 아직 그대로 둘 모양이지."

하치야는 일부러 못 들은 척 잠자코 있었다. 그로서는 다케치요를 마음대로 베라고 말한 히로타다의 마음 역시 잔혹한 성품 때문인 것으로 여겨져 견딜 수 없었다.

그때도 하치야가 옆에 있었기 때문에 잘 알고 있었다. 노부히데는 일부러 야마구치(山口)를 이 성에 밀사로 파견하여 다케치요의 근황을 자세히 전한 다음 여운 어린 교섭을 해왔다.

"—이마가와에 대한 사정도 있을 테니."

히로타다는 그 말을 전혀 들으려 하지 않았다.

"—나도 의리를 얼마쯤 아는 무인이니 잡힌 자에게 미련은 없소."

두말 못 하게 야마구치를 내쫓았다. 피와 눈물이 있어서는 살 수 없는 난세라고 머리로는 수긍하면서도, 마음속으로 한 가닥 쓸쓸한 분노가 고개를 드는 느낌이었다.

"노부히데 놈, 인정을 베푸는 척하며 내가 꺾일 때를 느긋하게 기다리겠다는 거겠지."

그래도 하치야는 대꾸하지 않는다.

그때 근위무사의 안내도 청하지 않고 사카이가 한 낯선 사내를 데리고 들어왔다. 하치야는 첩자인 듯하다고 생각했다.

"주군……."

"오, 사카이인가."

"사람을 물리쳐주십시오……."

히로타다는 천천히 일어나 앉으며 시동에게 물러가라고 턱으로 명령했다. 시동은 물러갔다. 사카이는 하치야에게 흘끗 시선을 보냈으나 이 과묵한 사내까지 물러가게 하지는 않았다.

"주군, 다케치요 님은 요즘 아주 잘 계시는 모양입니다."
히로타다는 첩자에게 흘끗 시선을 보냈다.
"알아낸 대로 말해봐."
"예."
무사 차림 사내는 마치 장사꾼 같은 태도와 말투로 입을 열었다.
"다케치요 님은 특히 노부나가 님과 마음이 잘 맞아 노부나가 님은 다케치요 님을 미카와의 아우라고 사람들 앞에서도 부르는 모양입니다."
"흥, 미카와의 아우라."
"소문에는 노부히데 님이 베려고 하시자 말린 것도 노부나가 님이라고 합니다. 아버지들 시대가 지나면 나와 다케치요의 시대가 온다, 그때는 오다와 마쓰다이라가 의좋게 지내자고 축제 날 같은 때 곧잘 함께 다닌답니다."
히로타다는 못마땅한 듯 얼굴을 외면하며 고개를 끄덕였다.
"너무 사이좋아서 이 두 사람을 맺어준 게 무엇인지 이리저리 알아본 결과, 그 원인을 겨우 알아냈습니다."
"두 사람 사이……라면 노부나가와 다케치요 말이냐?"
"예, 그 사이를 맺어준 것은 히사마쓰 님 내실, 즉 다케치요 님 생모님이 그늘에서 고심하신 덕분이었습니다."
"뭐, 오다이가!"
히로타다의 눈이 번쩍 이상한 빛을 띠고 첩자에게서 사카이에게로 스쳐갔다.
"사카이, 그대는 어떻게 생각하나?"
히로타다가 날카로운 말투로 묻자 사카이는 시치미 뗀 표정으로 되물었다.
"어떻게 생각……하다니요?"
"오다이의 주제넘은 짓 말이다. 계집 주제에 아버지들 시대가 지나면, 이라니……."
"그 일이라면, 과연 마님이시라고 참으로 탄복했습니다. 그래서 두 손 모아 아구이 쪽을 향해 절했지요."
"흠, 그대는 나를 거역할 작정이군."
사카이는 그 말에 대꾸하지 않고 말을 이었다.
"다케치요 님이 무사하시다는 말을 듣기만 해도 가신들이 얼마나 마음 든든하게 생각할지. 그뿐만 아니라 그늘에서 생모님의 따뜻한 손길이 뻗치고 계신 것을 안다면, 모두들 가슴을 쓸어내리며 수심 어린 주름살을 활짝 펼 것입니다."

"사카이—"

"예."

"그대는 생각이 너무 얕구나."

"무슨 말씀인지?"

"모든 게 노부히데 놈이 꾸민 함정이라는 걸 모르겠나?"

"함정이라도 목숨에 지장 없는 것이라면."

"닥쳐라!"

히로타다는 엄격히 누르고 뜰에 떨어져 있는 꽃을 응시했다. 전쟁, 또 전쟁. 병든 히로타다에게는 너무 가혹했던 지난 세월이 햇볕에 그을린 얼굴 뒤에 뚜렷이 지친 그림자를 아로새기고 있었다.

나이는 24살. 무장으로서 분별심과 안정감이 무게를 더해갈 나이건만, 히로타다의 경우는 반대였다.

"사카이."

"예."

"그대는 지금 오다이의 따뜻한 손길이 뒤에서 뻗치고 있다고 말했겠다."

"예, 여기 있는 첩자가 알아낸 바에 의하면 때때로 아구이성에서 몰래 속옷이며 과자 같은 것을 보내는 모양입니다."

"그 사자의 이름은 알고 있나?"

이번에는 첩자가 옆에서 대답했다.

"예, 알아냈습니다. 히사마쓰의 가신 다케노우치 히사로쿠라는 자가 대개 심부름하는데, 그는 아구이 골짜기 세금 징수 및 다른 중요한 일도 하고 있어 부득이할 때는 중신 히라노(平野) 님이 얼굴을 가리고 방문합니다."

"뭐, 히사마쓰의 중신들이……."

히로타다로서는 전혀 생각지도 못한 일이었다. 중신이 일부러 사자로 나선다면 오다이 혼자만의 생각이 아니다. 히사마쓰 자신이 이미 오다이의 그늘에 있다.

오다이가 두 번째 남편을 그토록 움직일 힘을 지녔다고 생각하니 야릇하게 가슴에서 불길이 치밀어올랐다. 히사마쓰가 직접 내리는 지시라면 더욱 방심할 수 없다. 잠시 찌르듯 땅바닥을 지그시 노려보며 생각하더니, 이윽고 히로타다는 조용히 머리를 흔들기 시작했다.

"베어야겠구나, 살려둘 수 없어."

"뭐……뭐라고 하셨습니까?"

"베어야 한다고 말했어."

"누구를…… 어느 분을?"

"물론 오다이지."

"예? 마……마님을."

사카이가 저도 모르게 괴성을 질렀을 때, 그들에게 등 돌리고 마루에 앉아 있던 애꾸눈 하치야의 어깨도 한 번 꿈틀거렸다. 너무나 뜻밖인 히로타다의 말에 사카이는 와락 한무릎 다가앉듯 몸을 내밀었다.

"주군! 진심으로 그런 말씀을 하시는 겁니까? 진심이라면 그 까닭을…… 먼저 듣겠습니다."

히로타다는 조용히 눈을 감고 있었다. 그을린 이마에 이상한 힘줄이 불끈 솟아오르고 눈썹이 꿈틀꿈틀 떨리고 있다.

"사카이, 이것은 오다이 혼자 생각이 아니다. 히사마쓰의 간계야."

"무슨 근거로 그런 말씀을?"

"중신들까지 심부름 보내는…… 것이 무엇보다 큰 증거지."

사카이는 웃어젖혔다.

"핫핫핫하. 그것이 마님의 인품 때문임을 모르십니까? 이 성에 계실 때도 가신들이 모두 따랐는데, 아구이 같은 작은 성에서는 더할 것입니다."

"그러면 그대는, 오다이가 남편 도시카쓰까지 조종한다는 말인가?"

"주군! 말씀이 틀립니다. 조종하는 게 아니고 부덕(婦德)이란 저절로 미치는 거라고 생각하십시오."

히로타다는 다시 눈을 부릅떴다. 언제나 지나치리만큼 맑은 눈. 그 눈꺼풀에 한 가닥 빨갛게 핏발이 서 있다.

"그러면…… 오다이는 온갖 부덕으로 그 도시카쓰라는 놈을 섬기고 있다는 말이렷다."

"말할 것도 없지요. 그렇지 않고서야 어찌 가신들이 심복하겠습니까?"

"사카이."
"예."
"그럼, 그대는 오다이의 주제넘은 행동 뒤에 아무런 다른 뜻이 없단 말인가?"
"거기에 있는 것은 이 세상 누구나 지닌 모자의 정…… 어떻게든 다케치요 님을 살리려고 하는 피눈물 나는 고심이 있을 뿐입니다."
"그래? 그럼, 내가 괜한 걱정을 했나? 나는 노부히데 놈이 이것저것 내 마음을 끈 다음 다케치요를 구슬리고 오다이를 구슬러 언젠가는 이 오카자키성을 손아귀에 넣으려는 간사한 꾀인 줄 알았는데, 내가 잘못 생각한 거라는 말인가?"
"황송하오나."
"알았다, 알았으니 물러가라. 나는 다케치요를 저버린 냉혹한 아비다. 오다이는 그것을 구한 어질고 훌륭한 어머니. 그리고 그 어미 마음을 헤아려 다케치요를 베지 않은 노부히데와 히사마쓰는 피와 눈물이 있는 장수의 귀감. 다케치요를 비롯한 모든 사람들이 그렇게 여기도록 하려는 간계인 줄 여겼더니, 그대가 그렇게 말한다면 틀림없겠지. 수고했다, 물러가라."
사카이는 으드득 이를 한 번 갈았지만 생각을 고치고 절했다. 얼마나 비비 꼬아서 하는 말인가. 그래도 오다이 부인을 베려는 무모한 생각만 단념해 준다면 구태여 거스를 필요는 없었다.
"그럼……."
첩자를 재촉하여 사카이가 물러가자, 히로타다는 잠시 팔걸이에 기댄 채 물끄러미 떨어진 꽃을 다시 쳐다보기 시작했다.
갑자기 사방이 조용해져 꽃잎이 땅에 떨어지는 소리까지 들리는 듯했다.
"하치야—"
"예."
"나는 베겠다! 오다이를 베겠어."
그 말을 듣고 애꾸눈 하치야는 천천히 히로타다 쪽으로 돌아앉았다. 히로타다의 말은 하치야에게 뜻밖이 아니었다. 오하루를 죽이고도 눈물 한 방울 흘리지 않았던 히로타다. 무사의 고집을 앞세워 다케치요를 저버린 히로타다. 동족인 마쓰다이라 산자에몬한테 자객을 보내 쓰러뜨린 히로타다. 이러한 히로타다가 사카이의 간언만으로 오다이 부인의 암살을 단념할 리 없다—고 생각하고 있을 때, 아니나 다를까 전보다 한결 집요해진 히로타다의 말이었다.
"역시……."
애꾸눈 하치야는 히로타다를 바라보며 천천히 말했다.
"어떻게…… 베시렵니까?"
히로타다는 잠시 사이를 둔 뒤 자신에게 들려주는 듯한 목소리로 말했다.
"히사마쓰 놈은 호인이다."
"호인……이라고 하시면?"
"오다이에게 접근할 수 있는 자를 아구이성에 보내 섬기게 한다. 호인이니 기회가 있을 테지, 하치야!"
"옛."
"우에무라에게 이리 들라고 해라."
"주군……."
"뭐냐?"
"그런 방법으로는 히사마쓰 님은 몰라도 마님에겐……."
"무리란 말인가?"
"예, 마쓰다이라 산자에몬 님 일도 있었던 만큼."
"하치야!"
"예."
"그대라면 어떻게 하겠나?"
"저라면……."
말하다가 하치야는 히로타다에 대한 분노와 경멸의 불길이 가슴 가득히 퍼져가는 것을 의식했다. 주군만 아니라면 당장 그 자리에 팔을 비틀어 엎어놓고 마음껏 두들겨 팼을 것이다.
'이 철면피! 이 몰인정한 놈!'
그의 단순한 머리로는 이별한 뒤 히로타다의 모든 초조함이 오다이와의 싸움이었다는 것까지 헤아리지 못했다. 억지로 갈라진 애정은 그리움으로 바뀌고 증오로 바뀌고 질투로 바뀌고 시기가 되어 끝날 줄 몰랐다.
오다의 밀사 야마구치에게 다케치요를 마음대로 하라고 대답한 말 뒤에도 오다이에 대한 고집이 없다고 할 수 없었다. 그 오다이가 지금 둘째 남편과 마음을 합쳐 다케치요를 살렸다. 이렇게 되면 히로타다의 입장이 난처해진다. 살기 위해 벨 수밖에 없다고 한 것은 절박한 히로타다의 발버둥이고 모든 미련의 변형이었지만, 그런 야릇한 심정을 애꾸눈 하치야로서는 이해할 수 없었다.

"저라면 다케치요 님에 대해 은밀하게 말씀드릴 게 있다고 하며 접근해 느닷없이 그 자리에서 찌르겠습니다."

히로타다는 고개를 끄덕였다.

"흠. 그럼, 너에게 명한다면 훌륭히 찌르고 돌아올 자신이 있느냐?"

"있습니다."

하치야는 대답한 뒤 드디어 이 주인과 헤어질 때가 왔다고 생각했다. 내 손으로 어떻게 이전 마님을 찌를 수 있단 말인가.

그 하치야의 마음을 꿰뚫어보고 있는 것처럼 히로타다는 말했다.

"아니, 너는 못 해. 우에무라를 곧 이리로 들게 해라. 사카이와 오쿠라는 모르게."

"그럼, 저에게 명하지 않으시는 겁니까?"

"너는 미덥지 못해. 우에무라의 의견을 들어보기로 하겠다. 어서 가지 못할까!"

조급하게 말하더니 벌써 손뼉 쳐 시동을 부르고 있었다.

하치야는 잠자코 히로타다에게서 등을 돌렸다. 집 지키는 개는 집 지키는 개답게……라기보다 마주 앉아 있는 것조차 지금은 부아가 끓었다. 아니, 마주 앉아 있으면 마음속에 소용돌이치는 불만을 눈치챌 게 틀림없었다. 등을 돌리고 칼을 끌어당긴 뒤 무릎에 주먹을 얹자, 그 주먹까지 부들부들 떨리기 시작했다.

'그렇다, 이 손으로 오하루의 목을 졸랐다……'

그는 저도 모르게 한쪽 눈을 감았다가 다시 부릅떴다. 등 뒤에서 히로타다는 충신 우에무라를 불러오라고 시동에게 명하고 있었다. 분부를 받고 시동이 물러갔다.

'이때다!'

그것은 바람처럼 가슴을 가로지르는 동시에 왈칵 불덩어리가 된 이상한 감정의 폭발이었다.

'이대로 있으면 머지않아 주군은……'

가장 사랑하는 아들을 저버리고 오다이 부인까지 베려고 한다. 이대로 두면 마쓰다이라 집안은 멸망할 거라고 하치야는 생각했다.

"주군!"

히로타다가 돌아보는 것과 하치야가 일어선 게 동시였다.

"애꾸 하치야, 주인을 베겠습니다."

"뭐라고 했나, 하치야?"

히로타다는 하치야가 오다이 암살을 자기에게 맡겨달라고 조르는 것으로 알았던 모양이다.

"그대는 미덥지 않다고 말했는데도 모르겠나?"

"모른다—"

하치야는 다시 한 발 히로타다에게 다가갔다. 손이 이미 칼자루에 가 있었다.

히로타다가 외쳤다.

"하—하치야가 미쳤다……."

"가문을 위해!"

말하는 것과, 하치야의 칼이 칼집에서 뽑혀 히로타다의 하복부를 칼자루까지 뚫고 나갈 만큼 세게 밀어댄 게 동시였다.

"윽."

히로타다는 한 번 비틀거렸다. 찔린 칼날을 움켜쥐고 히로타다가 일어나려 하자, 하치야는 그것을 잡히지 않으려고 날쌔게 칼을 뽑아 다시 오른쪽 겨드랑이 아래를 겨누었다.

"하……하……하치야."

"……."

"너도…… 너도…… 적의 첩자였나."

하치야는 부르르 고개를 흔들었다.

"가……가문을 위해!"

"으윽."

히로타다는 순식간에 허리에서 무릎으로 번지는 피를 보며 이번에는 힘없는 목소리로 말했다.

"하치! ……잘…… 잘…… 찔렀다. 나는 스스로 나 자신을 감당할 수가 없었다. 사는 것이 무서웠다."

"옛?"
"너는 모르겠지. 사는 일…… 사는 일이란…… 죄업을…… 한스러운 죄업을 쌓고 또 쌓는 일이라는 것을…… 뒷일을…… 뒷일을."
말이 끊어졌다. 입술이 새하얘지고 얼굴이 심하게 경련했다. 그러자 히로타다는 마지막 힘을 다해 팔걸이를 끌어당기고 거기에 몸을 기대며 늘어졌다. 애꾸눈 하치야는 눈도 깜박이지 않고 그 모습을 지켜보고 있었다.
조용한 봄날 오후. 멀리서 들리기 시작한 것은 중신 우에무라가 시동의 전갈을 받고 달려오는 발소리인 듯.
애꾸눈 하치야는 온몸에서 한꺼번에 힘이 빠져나갔다. 상대가 욕설을 퍼부으며 주인을 죽이는 놈이라고 떠들어댔다면 상처 입은 멧돼지처럼 날뛰었을지도 모른다. 하지만 마지막으로 남긴 히로타다의 말은 너무도 뜻밖이었다. 사는 것이 무서워졌다며 잘 찔러주었다고 말했다.
믿을 수 없다. 하지만 그것은 환각도 꿈도 아니었다. 10살에 아버지 기요야스와 사별하고, 그 뒤 14년 동안 살아남기 위해 발버둥 쳤던 한 인간의 마지막 말…… 그 말을 남기고, 마치 거짓말처럼 피웅덩이 속에 쓰러져 있었다…….
'죽음—'
하치야는 몸서리치며 뜰의 꽃을 보고, 그리고 두세 번 어린아이처럼 발을 굴렀다. 뉘우침도 노여움도 아니었다. 인생이라는 게 불가사의하며 마냥 안타깝고 답답했던 것이다. 오하루도 속절없이 죽어갔다. 히로타다도…… 그리고 그것은 모두 거짓이 아닌 진실인 것이다. 이처럼 약한 존재로 인간은 살고 있었던 것일까…….
하치야는 보이지 않는 존재를 향해 피 묻은 칼을 겨누었다.
"제기랄! 불길한 꽃 같으니! 어째서 우수수 떨어지는 것이냐, 에잇, 제기랄!"
그런 다음 소리 없이 땅속의 밑바닥으로 끌려들어가는 듯한 방심에 빠졌다.
복도에서 쿵쿵거리는 발소리가 다가왔다.
"하치야, 무슨 일이냐?"
그 소리가 먼저 들리고 다음에 이런 소리가 고막을 두들겼다.
"앗? 하치야가 미쳤다, 모두 모이시오! 하치야가 미쳤다."
이때도 아직 하치야는 오직 무언가를 확인하고 싶은 생각밖에 없었다.
고함부터 질러놓고 우에무라는 히로타다를 안아 일으켰다. 이미 숨이 끊어진 것을 알고 그는 다시 큰 소리로 부르짖었다.

"하치야 놈이 주군을 베었다! 상처는 깊지 않다. 상처는 깊지 않아!"

그 소리가 귀에 들어오자 하치야는 왠지 머릿속이 울컥 뜨거워졌다. 물론 주군의 죽음을 무턱대고 발표할 수 있는 시대는 아니었다. 하지만 하치야는 칼솜씨에 자신 있었다. 자기가 내려친 한 칼의 효과를 스스로 잘 알고 있었다.

'거짓말하는군!'

다만 그 사실만으로 알 수 없는 인생에 걷잡을 수 없이 화가 치밀었다.

우르르 달려오는 몇 명의 발소리 속에서 다시 우에무라의 목소리가 그를 사로잡았다.

"하치야, 칼을 놓아라!"

하치야는 울부짖었다.

"싫다!"

"닥쳐라! 네놈이 적에게 팔렸더란 말이냐?"

"제기랄! 나는…… 나는…… 가문을 위해 미치광이를 찌른 거다."

"허튼소리 마라. 미친 것은 바로 너다. 칼을 놓아라! 놓지 않으면 베겠다."

우에무라가 칼을 쑥 뽑자, 애꾸눈 하치야는 배를 들썩이며 웃어젖혔다.

"핫핫핫…… 오하루! 어디선가 보고 있느냐? 나는 모르겠다. 내가 무엇을 하고 있는지 전혀 모르겠어."

우에무라가 다시 날카롭게 외쳤다.

"칼을 놓아라! 칼을 놓지 않으면 베어버리겠다."

"뭐…… 나를 베겠다고?"

하치야는 또 웃었다.

'여기에도 거짓이 있어.'

그것이 야릇하게 우스웠다.

"우에무라, 나를 벨 자신이 있나?"

"하치야!"

"뭐냐?"

"벨 수 있다면 어떻게 하겠나?"

말끝에 격렬한 기합을 넣으며 싸움에 익숙한 솜씨로 비스듬히 후려치자 칼이 울었다. 하치야는 거의 반사적으로 뒤로 뛰어 물러났다. 그러자 동시에 그는 마루를 헛딛고 뜰아래에 벌렁 엉덩방아를 찧고 말았다.

"천벌이다! 받아라!"

우에무라는 숨 돌릴 새 없이 단숨에 마루에서 뛰어내리며 정면으로 거세게 덤벼들었다. 하치야는 땅바닥에서 일어날 틈도 없이 앞으로 고꾸라지며 옆으로 칼을 후렸다. 양쪽에 다 반응이 있었다. 우에무라의 옷자락은 갈기갈기 찢어졌고 하치야의 옷 뒷자락도 둘로 짝 갈라져 있었다.

"이래도 저항할 테냐?"

"덤벼라!"

하치야는 칼을 고쳐 겨누고 드러난 등에 닿는 따사로운 햇살을 느꼈다. 두 사람 사이에 벚꽃잎이 우수수 지고 있었다.

우에무라가 말했다.

"여러분, 도움은 필요 없소. 옳지 않은 자는 죽소. 내가 질 까닭이 없어!"

우에무라는 거칠게 가슴을 들썩이며 무서운 자신감으로 한 발 한 발 간격을 좁혀갔다. 하치야는 한 걸음 물러났다. 우에무라의 자신감이 아름답게 여겨지기도 하고 어린애 속임수로 생각되기도 했다.

'인생이라는 이상한 도깨비를 만나본 적 없는 자의 말이다…….'

그렇게 생각한 순간 갑자기 이 대결이 시시해졌다. 여기서 이겨 대체 어쩌려는 것인가? 삶이 꿈이냐? 죽음이 꿈이냐?

"이얏!"

우에무라는 그 틈을 노려 칼을 찔러왔다. 하치야의 칼이 그것과 얽히자 두 개의 칼은 소리 내며 오른쪽으로 날았다.

"덤벼라!"

우에무라는 맨손을 벌리고 몸을 굽혔다. 하치야에게는 어릴 적의 숨바꼭질이 연상되어 재미있었다.

"싫다."

그는 고개를 내젓고 손뼉 치며 도망가기 시작했다.

"앗!"

보고 있던 사람들이 소리치며 두 사람 뒤를 좇아간다. 꽃과 꽃 사이를 누비며 미친 것 같기도 하고 제정신인 것 같기도 한 어른들의 술래잡기가 잠시 이어졌다. 그러더니 사카다니 골짜기의 둑 너머로 사라졌다 싶자, 이윽고 우에무라의 갈라졌으면서도 힘찬 목소리가 해자 속에서 울려퍼졌다.

"사쿠마의 첩자, 이와마쓰 하치야를 우에무라가 처단했노라!"

사람들이 둑으로 달려갔을 때, 하치야의 주검 위에 올라탄 우에무라는 한 손에 소도(小刀)를 쳐들고 한 손은 무릎에 얹은 채 생각에 잠겨 있었다. 이미 목이 찔린 하치야는 자기가 사쿠마의 첩자로 몰린 것도 모르고 한 눈을 뜬 채 웃고 있었다.

다와라 부인이 사는 아랫성의 뜰 언저리에서 쬐꼬리 울음소리가 쉬지 않고 들린다.

주인 잃은 성

갑자기 사람들이 허둥대며 오카자키성에 드나들기 시작했다.

"주군께서 갑작스러운 병환으로 중태에 빠진 모양인데."

"아니, 병이 아니라던걸."

"유언비어는 삼가십시오. 하치야가 찔렀답니다."

"그렇대, 성주님이 낮잠을 주무시고 계실 때 느닷없이 칼을 뽑아……."

"아냐, 낮잠 주무실 때가 아니야, 내가 들은 바로는 시동이 손톱을 깎아드리고 있을 때 뒤에서 찔렀다더군."

큰방으로 잇따라 모여드는 사람들의 소문은 처음부터 구구했다.

"하치야는 니시히로세(西廣瀨)의 사쿠마가 보낸 자객이었다면서."

이렇게 말하는 자가 있는가 하면, 제법 아는 체 고개를 흔들며 이런 이야기까지 퍼뜨리는 사람도 있었다.

"아냐, 오다 노부히데에게 매수되어 오하루를 시켜 찌르게 하려 했지만, 오하루의 발광으로 실패하자 결국 자기 손으로 해치운 거지."

히로타다의 병문안이 아무에게도 허락되지 않아 소문이 꼬리에 꼬리를 이었다. 노신들 말대로 병이 틀림없다고 주장하는 자, 그 병의 원인이 실은 하치야가 입힌 상처에 있다고 말하는 자…… 하지만 히로타다는 숨을 거두었고 그 유해가 다이슈사(大樹寺)에서 노미하라(能見原)의 월광암자로 다시 옮겨져 몰래 땅속에 묻혔다는 것을 아는 자는 아무도 없었다. 월광암 묘지는 1년 전 같은 3일에 오하루가 하치야에게 목 졸려 죽어 남몰래 매장된 곳이기도 했다. 아베, 사카이, 이시카와 세 사람이 지시하고 거기에 우에무라가 가담했으며 다른 중신들에게는 나중에 보고되었을 뿐이었다.

히로타다의 거실 옆 휴식실에는 아직 이불이 그대로 깔려 있었다. 그 속에 눕혀져 있는 것은 히로타다의 옷을 감은 침구였다. 곧 그 침구를 공손하게 입관시켜 발상(發喪)해야 하는데, 중신들의 의논은 아직 거기까지 진행되어 있지 않았다.

빈 이부자리에 경건하게 병풍을 둘러치고, 히로타다의 평소 거처방에 모인 사람들은 하나같이 얼굴에 핏기가 없었다.

"아무튼 내 의견은 변함없소. 아무리 궁리를 거듭해도……."

이시카와가 말하며 아마노를 돌아보았다. 아마노는 무뚝뚝하게 대답했다.

"나도 동감이오. 이시카와 님은 이마가와의 힘을 빌리자고 말씀하지만, 그러면 오다 손에 있는 다케치요 님은 어떻게 됩니까? 주군은 이미 안 계시고, 다케치요 님은 적의 손에 있소. 이런 사정 아래에서 이마가와 휘하로 들어가 오다 군과 싸울 수 있다 생각하시오?"

"바로 그 점이오."

"그 점이라니, 무슨 말인지 들어봅시다."

"다케치요 님을 살리려고 오다 쪽에 붙어, 그 때문에 이마가와 쪽의 노여움을 산다면…… 예가 있소, 다와라의 도다씨가 그 때문에 멸망을 재촉했다는 걸 모르시오?"

두 사람이 거듭 양보하지 않고 우겨대자 그때까지 묵묵히 있던 도리이가 비로소 입을 열었다.

"두 분 다 잠깐…… 아무튼 뜻밖의 일을 당했소. 그러니 뜻밖의 일을 거듭 당하여 허둥거려서는 말대에까지 미카와 무사의 치욕이 될 것이오."

도리이는 조용히 우에무라를 돌아보았다.

"그대는 실성한 하치야를 처치했을 때, 사쿠마의 첩자라고 외쳤다던데, 먼저 그 까닭부터 들어봅시다."

우에무라는 무릎을 바로 하여 모두를 둘러본 다음 입을 열었다.

"그것은 주군의 유지(遺志)를 따르는 게 으뜸이라고 믿었기 때문에 나온 말이오."

아마노가 되물었다.

"주군의 유지라니?"

대답에 따라서는 용서하지 않을 기색이었다.

"다케치요 님을 잃는 한이 있더라도 이마가와에 대한 의리를 지키시려던 주군…… 계책의 좋고 나쁨이 아니오. 그 마음을 헤아린다면 오다 편과는 손잡을 수 없소. 하지만 갑자기 오다의 간첩이라고 하면 독단으로 흐를 것 같아, 오다 편으로 짐작되는 사쿠마의 간첩이라고 했던 것인데……."

도리이는 고개를 끄덕였다.

"알았소. 이번에는 우에무라 님의 그 의견을 좇아 주군이 사쿠마의 자객에게 당했다고 발표한 사카이 님 의견을 들읍시다."

사카이는 팔짱 낀 팔을 풀고 눈을 가늘게 떴다.

"우에무라와 의견이 같았기 때문이었소. 달리 말할 건 없소."

"그러면 이번 기회에 이마가와에게 의지하여 후사를 도모하려는 거로군요."

"그것 말고는 계책이 없으리다. 아니면 누군가가 주군을 찔렀다고 스스로 나서서 노부히데한테 달려가기라도 해야 한단 말이오?"

도리이는 다시 두세 번 고개를 끄덕였다.

"어떻소, 아마노 님. 당신한테 그것을 부탁드리면 안 되겠소?"

"그것……이라니요?"

"당신이 가문의 안위를 염려하여 황송한 일이지만 하치야를 시켜 어리석은 주군을 찌르게 했다, 그러니 아무쪼록 다케치요 님을 돌려달라, 오다 편에 가담하고 싶다고……."

아마노는 일그러진 표정으로 고개를 저었다.

다케치요의 안전을 비는 마음은 간절했지만, 주군을 살해한 장본인이 되는 것은 천만부당한 일이었다.

"그러면 달리 누군가 아마노 님을 대신해 오다 편에 갈 분 없소?"

도리이는 모두의 표정을 한 바퀴 둘러본 다음 조용히 물었다.

"그럼…… 이마가와 편으로 갈 자는?"

이 말에는 이시카와가 맨 먼저 한무릎 다가앉았다.

"그 사자로는 내가 가리다. 그토록 이마가와에 의지하신 주군이시니, 진심을 털어놓고 말하면 설마 오카자키성을 멸망시키려고는 하지 않을 거요."

"잠깐, 기다리시오."

당황해서 손을 쳐든 것은 혼다 헤이하치로 다다타카였다. 다다타카는 헤이하치로 다다토요가 몇 년 전 안조성 싸움에서 히로타다 대신 전사한 뒤, 그 뒤를 이은 이제 22살의 젊은 무사였는데, 그가 옷자락을 움켜잡고 이시카와에게 한무릎 다가앉아 오른편 어깨를 축 떨어뜨리며 말했다.

"지금은 우선 오다 쪽과 화목하는 게 으뜸이니 내가 오다 편에 사신으로 가겠습니다."

모두들 갑자기 조용해졌다. 별안간 주인을 잃고 속수무책이나 다름없는 오카자키성. 개려던 하늘이 다시 흐려졌는지 닫아놓은 장지문이 어두웠다.

뜻밖이라는 표정으로 도리이가 헤이하치로를 돌아보았다.

"허, 자네가 사자로 가겠다고?"

헤이하치로는 도리이보다 우에무라 쪽을 바라보았다.

"가문을 위해서라면 사사로운 원한과 분노를 잊겠습니다."

눈에 흙이 들어가기 전에는 아버지 원수 오다 노부히데를 그대로 용서할 수 없다고 입버릇처럼 말하던 헤이하치로 다다타카. 더구나 그 다다타카는 우에무라의 딸을 아내로 맞아 외아들 나베노스케(鍋之助 ; 뒷날의 헤이하치로 다다카쓰(平八郎忠勝))를 둔 장인 사위간이었다.

그 사위가 안색을 바꾸어 장인을 돌아보았다.

"이런 일에서는 성안이 두 파로 갈라져 싸우는 것도 부득이한 일. 아내는 다시 정식으로 돌려드리겠습니다."

옆에서 도리이가 미소 지으며 두 사람 사이를 가로막았다.

"어찌 그런 성급한 소리를. 먼저 자네 생각을 자세히 설명해 보게."

"예…… 지금은 이만저만 어려운 때가 아닙니다. 다케치요 님의 생명을 지키는 것이 첫째, 다음으로 오카자키성을 이마가와의 손에 넘어가지 않게 하는 것이 둘째. 하지만 가신들이 모두 오다 쪽에 붙기로 결정한다면 이마가와 편에서 가만히 있을 리 없습니다. 그러니 두 패로 갈라져 어느 쪽으로도 판가름 나지 않은…… 상태로 당분간 살아남는 것…… 그 밖의 계책은 없을 것입니다."

우에무라는 잠자코 사위의 얼굴을 쳐다보고 있었다.

"나는 아내와 이혼하겠습니다. 그러고 나서 오다 편이라며 오와리에 달려가 반드시 가신들을 모두 오다 편으로 만들고 말 테니 다케치요 님을 돌려달라고 하겠습니다. 장인어른은 이시카와 님과 함께 스루가로 가셔서 머지않아 모두 이마가와 편이 되도록 설득하겠다고 하여, 스루가 군이 움직이지 않도록 해주시기 바랍니다. 그 밖에는 계책이 없으리다."

"그러면 자네는 우리가 서로 합의하여 두 파로 갈라지자는 건가?"

"그렇습니다."

"과연 그것도 계략이 되겠군…… 여러분, 어떻게 생각하시오?"

도리이는 다시 조용히 좌중을 둘러보았지만 선뜻 대답하는 이가 없다.

다다타카는 아직 젊다. 노부히데가 그의 계략에 넘어가 순순히 다케치요를 내줄 것 같지도 않고, 내주고 난 다음 실은 이마가와 편이라고 기만하는 것도 히로타다의 고집을 지켜주는 길이 아니었다. 하지만 이 제안을 덮어놓고 물리칠 수도 없었다. 여기서 만일 다케치요가 살해된다면 마쓰다이라 집안은 순식간에 흩어지고 말리라.

도리이는 다시 되풀이했다.

"어떻겠소?"

헤이하치로는 사나운 눈빛으로 사람들을 노려보았다. 맨 먼저 아베 오쿠라가 고개를 숙였다. 그리고 이어서 사카이가…….

바로 그때였다. 오쿠보 신파치로가 얼굴빛이 달라져 들어왔다.

"여러분, 이미 모든 게 끝났소."

그는 한쪽 무릎을 꿇으면서 소리 내어 울기 시작했다…….

사카이가 맨 먼저 고개를 들었다.

"모든 게 끝났다니?"

헤이하치로 다다타카는 물어뜯기라도 할 듯 다가앉았다.

"말씀해 보십시오. 어떻게 된 일입니까?"

"스루가에서 이미 군대가 출발했다는 통지가 왔소."

"뭣이, 스루가에서……."

사람들은 서로 얼굴을 마주 보며 나직이 신음했다. 오쿠보 신파치로는 주먹으로 쓱 눈물을 닦더니 또 울었다.

"그들은 훤히 들여다보고 있소. 이마가와는 이 오카자키의 뱃속을 거울처럼 꿰뚫어보고 있단 말이오."

"사자는 아사히나(朝比奈), 그는 300여 기를 거느리고 이미 요시다성을 통과하여 야마나카(山中)에 이르고 있소. 구실은 뻔한 것 아니겠소. 모든 게 끝났소이다."

도리이도 아베도 눈을 감았다. 이 지시를 내린 것은 이마가와 요시모토 자신이 아니고 요시모토의 신임을 한 몸에 모으고 있는 셋사이 선사임에 틀림없었다.

신파치로가 말하듯 그 사자가 하는 말이란 들으나 마나였다. 다케치요를 구하려고 오다 편으로 기울어지는 것을 막기 위해 오카자키성에 군사를 들여보내 놓고 이렇게 요구할 게 틀림없다.

"—다케치요 님이 성년에 이를 때까지 이 성은 이마가와 쪽에서 맡겠소."

얼마나 발 빠른 움직임인가. 오카자키에서는 아직 발상도 하지 않았는데. 이제 의논할 여지도 없었다. 상대가 원하는 대로 일단 성을 내주든가, 아니면 농성하여 성에 들어오지 못하도록 실력으로 거부하든가.

도리이가 침통하게 눈을 떴을 때 모두는 여전히 팔짱을 낀 채 꼼짝도 하지 않고 있었다.

방비 없는 성.

주인 없는 성.

급전직하(急轉直下), 상황은 최악의 사태로 치닫고 있었다.

다다타카는 눈은 감은 채 중얼거렸다.

"이렇게 된 바에는…… 상(喪)을 감추고 한바탕 싸울 수밖에 도리가 없겠지요."

오쿠보 진시로가 그 말에 응했다.

"그렇소, 깨끗이 죽읍시다. 흉한 꼴로 분열하지 말고 마음을 하나로 합쳐서."

오쿠라가 조심스레 도리이를 돌아보았다.

"도리이 님, 어떻게 생각하시오?"

도리이는 이 말이 귀에 들어오지 않는 듯, 한 사람씩 차례차례 얼굴빛을 살폈다. 깜짝 놀라 넋을 잃는 이는 보이지 않았지만 모두들 절망의 빛을 숨기지 못하고 있었다. 사위의 입에서 성을 베개 삼아 한바탕 싸우자는 말이 나오자 우에무라의 표정이 처절한 빛을 띠었다.

도리이는 가벼운 탄식으로 그 응어리를 풀기 시작했다.

"우에무라 님, 아직 절망하기에는 이를 것 같은데."

"그러시면 무슨 좋은 생각이라도 있습니까?"

"그런 건 없소…… 아무튼 재미있을 정도로 우리 마쓰다이라를 괴롭혀주는군. 이쯤 되고 보면 오히려 배짱이 생기는 법이지. 하하하, 그렇지 않소, 사카이 님."

사카이는 이 노장의 얼굴을 꿰뚫어보듯 마주 본 채 나직이 말했다.

"아무렴요."

"아무튼 이 지경까지 괴롭힌다면 의리상으로도 순순히 단념하기 어렵지."

"끝까지 성을 내주지 말고 싸우자는 말씀이오?"

"그렇소, 마지막까지…… 끝까지 내주지 말아야 하오."

노인은 조용히 말하고 이번에는 이시카와 쪽으로 돌아앉았다.

"어떻든 상대는 이마가와 집안의 이름난 군사 셋사이 선사요. 서두르다 뒤통수를 맞는 것도 뻔한 노릇이니 먼저 상대의 이야기부터 차분하게 들어보아야 하지 않겠소?"

"그러시면 아사히나를 순순히 성에 맞아들여서……."

"그렇소. 그렇지 않고는 이야기를 들을 수 없으니."

"그래서 성을 내놓으라고 한다면 어떻게 하실 작정이오?"

"성을 내놓는 것이 이기는 길이라면 그 일도 사양치 않겠소. 마지막 승리…… 마지막 승리를 거두어야 하오."

겨우 그 수수께끼가 풀렸던지 아베 오쿠라는 무릎을 탁 쳤다. 오쿠보 형제가 혼다 다다타카의 혈기를 어떻게 누를 것인지 고심하고 있었다. 아니나 다를까, 다다타카는 치켜뜬 눈으로 도리이 노인을 뚫어져라 노려보기 시작했다.

이리하여—

마쓰다이라로서는 일단 이마가와의 사신을 맞아들이는 수밖에 달리 도리가 없었다. 성을 베개 삼아 죽는다면 너무나 어리석다. 상대의 이야기도 잘 검토해 살아남을 수 있는 길이 있는지 찾아보자. 그것이 이 경우의 유일한 수단이라는 말에 설복되어, 그다음 날 낮때가 지나 이마가와의 대장 아사히나를 성으로 맞아들였다.

아사히나는 표면상으로는 히로타다의 병문안을 왔다고 했지만, 선발된 정예부대 300기를 이끌고 성에 들어와 본성과 아랫성을 넘기라고 요구했다. 본성과 아랫성을 점거한 다음 히로타다의 장례를 발표하게 하여 오다 편에 끼어들 틈을 주지 않겠다는 것이었다.

"히로타다 님과의 오랜 친교를 생각하시어 우리 주군께서 일부러 우리를 보내셨소. 후군으로는 셋사이 선사께서 이미 대군을 거느리고 슨푸를 출발하셨으니 안심하고 장례를 치르시오."

말투는 은근했지만 두말없이 성을 넘기라는 압력이었다. 이 사자의 말은 도리이, 사카이, 이시카와 세 사람의 입회 아래 큰방에서 선언되었다.

이미 혈기 왕성한 나이가 아닌 세 사람은 얼굴을 마주 보며 고개를 끄덕였다.

"본성과 아랫성을 곧 넘겨주시오."

"잘 알겠습니다."

도리이는 대수롭지 않은 듯 받아들이며 아사히나를 향해 고쳐 앉았다.

"염려해 주신 덕분으로 장례를 치러도 오다 편에서 끼어들 우려는 아마 없을 거요. 하나 이렇게 이마가와 군을 성안으로 들이면 오와리에 계신 다케치요 님이 무사하실지 어떨지, 그 일에 대한 계책이 있다면 듣고 성안 사람들의 동요를 막는 데 도움으로 삼을까 합니다만."

도리이는 조용한 표정으로 상대에게 육박해 갔다. 아사히나는 노인의 질문을 예상하고 있었던 듯 햇볕에 그을린 용맹스러운 얼굴에 미소 지으며 고개를 끄덕였다.

"도리이 님, 우리들이 이 성에 들어오는 게 다케치요 님을 구해내기 위한 일이라고 생각되지 않습니까?"

"다름 아닌 이마가와 님의 주선이니 계책이 없을 리 없는 줄 알면서도 늙은 몸이라."

"핫핫핫…… 겸손한 말씀. 우리의 압력이 강해질수록 오다 편으로서는 다케치요 님이 소중한 볼모가 될 게 아니겠소."

"그러니 그 볼모를 구실로 우리에게 어려운 요구를 내걸어 들어주지 않을 때 만일의 일이라도 생기면 어쩌나 그것을 염려하고 있지요."

"그런 일이라면 아마 염려하지 않으셔도 될 겁니다."

"그러시면?"

"셋사이 선사의 머릿속에 필승의 계책이 있으리라고 나는 믿소."

"그러니 우리가 안도할 수 있도록 그 계책을 좀 들려주실 수 없겠습니까?"
"도리이 님."
"예."
"이것은 나의 사사로운 의견이니 그리 여기고 들으시오."
"예."
"내가 그 휘하라면 다케치요 님이 성년이 될 때까지 성과 영지를 우리 주군께 맡아주십사고 청하겠소."
"흠……."
"다케치요 님이 어리셔서 아마도 이 성을 지탱하기 어려울 터이니 노신과 중신의 가족들까지 모두 스루가에 볼모로 보내겠습니다, 하고……."
"잠깐."
도리이는 손을 들어 가로막으며 사카이를 돌아보았다. 이마가와의 압력은 그들이 예상한 것보다 훨씬 무겁게 덮쳐올 눈치였다. 사카이는 얼굴을 숙인 채 아무 말도 없다. 이시카와도 마찬가지였다.
"늙은이라 눈치가 없어 다짐 삼아 묻겠습니다만, 우리의 가족까지 볼모로 보낸다면 다케치요 님이 무사할까요?"
"무사할지 어떨지는 여러분이 결심하기에 달린 일."
"바치겠다고 하면?"
"셋사이 선사님이 설마 그냥 내버려두지는 않을 거라고 믿고 있소."
"그 계책은?"
"가족들을 스루가에 맡기고 여러분은 이마가와의 선봉이 되어 오다에게 육박할 것."
"흠……."
"먼저 안조성에 있는 노부히데의 아들을 하나 생포하시는 게 좋을 것 같은데."
아사히나가 말하자 노인의 눈이 별안간 반짝였다.
"그러면 그다음에 볼모를 교환……."
"안조 성주 오다 노부히로와 오카자키 성주 마쓰다이라 다케치요의 교환이라면 응하지 않을 리 없을 거요."
"그러면…… 그 되찾은 다케치요 님을 우리 오카자키의 성주로서 그대로 이 오카자키에 주시겠습니까?"

노인이 다그쳐 되묻자 아사히나는 느릿느릿 고개를 옆으로 흔들었다.

"아니, 다케치요 님도 그대로 스루가에 내놓으라고 하겠지요."

노인은 힘없이 고개를 숙이고 잠자코 있었다.

다케치요를 구할 방법이 있다—고 말한 그 입으로 다케치요도 중신들 가족과 함께 스루가에 내놓으라니 너무나 몰인정한 말이었다. 그렇다면 결국 오다 편에 뺏긴 볼모를 다시 슨푸로 넘기는 게 되지 않는가. 아니, 그보다 더 나쁜 것은 중신들 가족까지 내놓으라는 것이니, 그들과 다케치요를 미끼로 끊임없이 오다 편에 대한 선봉을 명령할 것이 뻔했다.

노인이 고개 숙인 채 말이 없자 사카이가 아사히나를 향해 돌아앉았다.

"황송하오나, 그러면 당분간 오카자키에는 주군이 없는 셈이 되겠군요."

아사히나는 짓궂은 미소를 띠었다.

"사카이 님, 본디 다케치요 님은 스루가에 보내려던 볼모였소. 아니, 우리 주군은 볼모라고 하시지 않았소. 손님……이라고 하셨지요. 히로타다 님의 뜻이었지, 당신들이 주선한 일은 아니오. 지금까지의 우의로 봐서 우리 주군은 히로타다 님과의 약속을 지킬 뿐……이라고 해석하시는 게 어떠실까요?"

"그렇게 되는 것이오?"

"그렇게 불만스러운 듯 말씀하시는 건 잘못된 것 같소. 성이 다시 일어서느냐 못 하느냐의 갈림길이오. 이런 때는 다 같이 우리 주군에게 매달리는 게 좋지 않겠소? ……물론 이건 내 개인 생각이오만."

"그러면 다케치요 님이 성인이 되실 때까지는 성도 영지도 없……."

노인이 또 생각난 듯 참견하자, 아사히나는 볼멘 목소리로 말해치웠다.

"성인이 되었다 해서 어찌 성과 영지가 무사할 수 있겠소. 무사하기를 바란다면 어째서 이마가와를 위해 없어서는 안 되는 힘이 되지 않는 거요. 자청해서 성도 영지도 처자도 맡기겠다, 유사시에는 몸이 부서지도록 선봉을 맡겠으니 아무쪼록 다케치요가 성인이 되면 옛 영토를 돌려주십사고 왜 탄원하지 않으시오…… 내가 당신들 입장이라면 그렇게 하겠다는 의미이지만……."

세 사람은 이제 얼굴을 마주 쳐다볼 용기도 없었다. 이마가와 쪽에서는 히로타다 사망 소식과 동시에 오카자키성의 점거를 결정한 게 틀림없다.

"고마운 의견, 잘 새겨듣고 뜻에 맞도록 조치하오리다."

노인이 가까스로 말하자, 아사히나는 다시 다짐을 주었다.

"본성, 아랫성을 빨리 넘겨주시지요."

"……예."

세 사람은 어디에 있는지도 모르는 심정으로 복도로 나왔다.

"드디어 성마저 잃고 말았구려."

이시카와가 중얼거리자 사카이는 씹어뱉듯 혀를 찼다.

"성뿐만 아니라 영지까지 함께…… 맡겠다니, 얼마나 교묘한 구실이란 말이오."

"두 분, 아직 멀었소. 아직도 최후가 남아 있어요. 뭘, 이까짓 일로…… 아직 멀었어."

도리이는 백발을 흔들며 몇 번이나 같은 말을 중얼거리고는 앞장서서 큰방으로 향했다.

"자, 주군의 서거를 모두에게 알립시다."

오카자키성의 운명은 커다란 독수리에게 채인 새끼 비둘기와 마찬가지였다. 만일 버둥댔다가는 단번에 목숨이 단축된다.

"지금은 참아야 합니다. 다음이 있소, 다음이."

중신 대기실에 돌아와 그렇게 말할 때 도리이는 눈시울이 벌게져 있었지만 눈물은 한 방울도 보이지 않았다. 이것저것 질문이 나오고 넋두리도 나왔다. 하지만 이미 이마가와가 결정지은 오카자키성의 운명에는 아무 영향도 줄 수 없었다. 아사히나가 귀띔한 이마가와의 고도의 술책에 순응하여, 앞장서서 성과 영지를 맡기겠다고 말하는 수밖에 도리 없었다.

중신들의 생각은 이렇게 가닥이 잡혔다. 그러나 한창 혈기 왕성한 신하들이 과연 순순히 따라줄지 어떨지.

유해 없는 관에 못이 박히자 도리이 노인이 모두에게 말했다.

"나에게 맡기시오. 아마 무사히 잘 마무리될 것이오."

그러고 나서 모두들 큰방으로 건너갔다. 큰방에서는 이미 흉보일 줄은 알고 있었지만, 이마가와의 300기가 입성한 것은 이해하지 못했다.

"여러분에게 슬픈 소식을 전하겠소. 주군은 24살을 일기로 오늘 방금 서거하셨소."

큰방은 순간 소리 없는 비수(悲愁)의 구렁텅이에 빠졌다.

"하나 걱정할 것 없소. 주군의 유언에 따라 슨푸에서 이미 원군이 도착해 있고, 다케치요 님을 탈환할 계책도 마련되어 있소."

다케치요의 이름이 나오자 사람들 눈이 빛났다. 아마 그러한 데까지 손이 미쳐 있을 줄은 미처 몰랐던 것이리라.

"다케치요 님을 탈환한다고…… 무슨 수단으로?"

노인은 그 술렁거리는 쪽을 향해 가볍게 손을 흔들어 보였다.

"주인 없는 성은 있을 수 없소. 슨푸에서 다시 원군이 오기를 기다려 복수전을 개시할 것이오. 이것도 주군의 유언이지만…… 그때까지 본성과 아랫성을 원군대장에게 맡기고 우리는 싸움 준비에 들어가야 하오. 슬픔에 잠겨 마음을 잡지 못하고 원군에게 공훈을 양보한다면, 우리의 명분이 서지 않소. 장례식은 다케치요 님이 돌아오신 뒤 하는 것으로 알고 그때까지 조용히 마음속으로 명복을 빌도록 하시오."

그렇게 말하면서 노인은 다케치요의 토실토실한 뺨이 몇 번이나 눈앞에 떠올랐다 사라지는 것을 의식했다. 거짓말은 아니지만 진실도 아니었다. 아니, 그것은 진실 이상의 진실이라고 고쳐 생각하며 말을 잇는 괴로움이었다.

이렇게 되면 달리 살아남을 방도가 없다.

"—미카와의 어수룩한 놈이……."

이마가와 일족에게 그것을 굳게 믿도록 하며 견마(犬馬)의 수고를 감내해야 한다. 셋사이 선사의 도착을 기다려 가신들이 귀신같이 싸운다면 작은 안조성 하나는 아마 되찾을 수 있을 게 분명했다. 그렇게 되면 다케치요만은 오다에게서 빼앗아올 수 있다. 모든 것은 그 뒤의 일이다.

도리이는 자신을 납득시키면서 중신들과 의논한 일을 낮은 억양으로 모두에게 차근차근 알려주었다. 좌중은 더욱 조용해져 한마디도 빠뜨리지 않으려고 귀 기울이는 긴장이 계속되었다.

설월화(雪月花)

"다케치요, 잘 있었나?"

뜰에서 목소리가 들리자 새장을 유심히 들여다보고 있던 다케치요는 시무룩한 표정 그대로 얼굴을 들었다.

노부나가는 오늘도 상투를 뒤로 넘겨 묶고 허리에 참외 자루를 늘어뜨리고 서 있었다. 이미 계절은 여름에 접어들어 구실잣밤나무 가지에서 지글지글 끓듯이 유지매미가 울고 있다.

"다케치요."

"응."

"너, 그 새놀이는 그만두는 게 어때?"

다케치요는 흘끗 새장 속을 보더니 상대에게 시선을 멈췄다.

"왜?"

"또 다케치요의 왜가 시작되는군. 내 부하들이 너를 뭐라고 부르는지 아느냐?"

다케치요는 호기심에 불타는 시선으로 희미하게 고개를 저어 보였다.

"모르겠지. 오카자키의 성 없는 아이는 새장 속 새하고만 논다고 한다."

노부나가는 여기서 마루로 훌쩍 뛰어올라 가랑이를 벌리고 창문턱에 걸터앉았다.

다케치요는 그 두 다리에 묻은 흙을 찬찬히 보고 난 다음 말했다.

"나는 씨름은 싫어."

노부나가는 쓴웃음을 지었다. 웃으면서 허리춤의 자루를 끌렀다.
"나는 네가 싫어하는 그 씨름에 이겨서 이렇게 농군들한테서 맏물 참외를 얻어왔잖아. 너도 먹어봐."
다케치요는 노부나가가 던져주는 자루를 또 잠시 바라보더니, 그중에서 가장 좋은 참외를 세 개 골랐다. 나머지는 조그만 것이 두 개 남았을 뿐이었다.
"이것 봐, 그렇게 많이 준다고는 하지 않았어."
"하지만 세 개가 아니면 못 먹겠어."
"어째서? 욕심꾸러기구나, 너는."
다케치요는 그 말에는 대답하지 않고 이름을 불렀다.
"산노스케—"
다케치요는 세 개 중에서 가장 작은 것을 휙 던졌다.
"도쿠치요."
이번에는 다음 것을 주고, 자기는 가장 큰 참외를 으적 깨물었다.
"먹어봐, 달아."
노부나가는 큰 소리로 웃기 시작했다.
"앗핫핫핫…… 역시 넌 빈틈없는 녀석이야. 내가 땀 흘려 번 참외를 멋대로 제 부하들에게 나눠주는군. 난 이 작은 것을 먹으란 말이야?"
"그 대신 두 개잖아."
"망할 녀석, 조그만 참외 두 개보다 큰 놈 하나가 더 맛있다는 걸 용케도 알고 있군."
다케치요는 그제야 싱긋 웃고 떨어지는 참외즙을 맛있게 빨아 먹었다.
"이봐, 다케치요."
"응?"
"네가 뺏긴 성에 이번엔 이마가와 편의 총대장 셋사이라는 중놈이 들어갔어."
다케치요는 흘끗 눈을 들었지만 그냥 참외만 먹어대고 있다.
"그래서 말이야, 이 노부나가도 드디어 색시를 데려오게 되었지. 어때, 넌 아직 색시가 갖고 싶지 않니?"
다케치요는 대답하지 않았다. 마루에서는 다시 한동안 참외 먹는 소리가 계속되었다.

"다케치요."
"응."
"넌 참외와 나, 어느 쪽이 좋지?"
"둘 다."
"핫핫하, 약은 소리를 하는군. 하지만 너도 조금만 더 지나면 색시가 갖고 싶어질 거야."
"색시는 어디서 데려오는데?"
"미노의 사이토 도산이라는 빛 좋은 개살구 같은 놈의 딸이지."
"사이토 도산은 빛 좋은 개살구야?"
"그래, 네가 나이를 먹었을 때처럼 교활한 놈이다."
"나는 교활하지 않아. 그런데 색시는 몇 살이야?"
"18살."
"응."
다케치요는 고개를 갸우뚱했다.
"노부나가 님은?"
"나 말이야? 나는 15살이다."
"흠."
다케치요는 또 고개를 갸웃했다.
"색시는 손위 여자에 교활한 자의 딸이 좋은가?"
"뭐……뭐……뭣이?"
노부나가는 참외 꼭지를 입에서 탁 뱉어낸 다음 깜짝 놀란 듯 다케치요를 다시 쳐다보더니 그 티 없는 눈을 보자 곧 배를 잡고 웃어젖혔다.
"앗핫핫핫. 이거 웃기는걸. 그래그래, 색시는 교활한 놈의 딸이 좋지. 너도 자라거든 교활한 놈의 딸한테 장가들어라."
"응, 그런데 혼인은 언제 해?"
"오늘이야, 지금부터."
"응."
"그래서 솜씨를 시험해 볼 겸 쓰시마(津島)의 제례 씨름판에 가서 농군들을 힘껏 메다꽂고 오는 길이야."

"그러면…… 그러면 색시는 메다꽂는 것이야?"
노부나가는 또 어이없다는 눈길로 다케치요를 쳐다보았다.
"다케치요, 내가 너를 좋아하는 까닭을 알았다. 그렇지, 네 말대로 색시는 메다꽂는 것이다."
"응."
"메다꽂지 않으면 내가 메다꽂힌다."
"그렇게 센가?"
"세고말고, 교활한 자의 딸이니까. 하긴 나도 세지만. 너도 요즘 부쩍 자랐으니 알겠지. 이마가와의 총대장 셋사이 선사가 너의 오카자키성에 들어갔다는 건, 오다와의 사이에 드디어 큰 전쟁이 벌어진다는 뜻이다. 그때 미노에서도 공격받게 되면 견디지 못해. 그래서 공격하지 못하도록 색시를 맡아두는 거야."
다케치요는 산노스케가 내주는 헝겊으로 손을 닦으면서 노부나가의 입매를 빤히 쳐다보더니, 이윽고 크게 고개를 끄덕이며 무슨 생각을 했는지 새장을 끌어당겨 문을 열어주었다.
"어쩌려는 거냐, 다케치요?"
"날려보내려고. 새하고 노는 것은 남자답지 못해. 다케치요는 새장의 새가 아니거든. 다케치요는 아버지가 없어도, 성이 없어도 대장이야."
노부나가는 무릎을 탁 치더니 또 크게 웃기 시작했다.
서로 죽이 맞는다는 말이 있다. 바로 노부나가와 다케치요가 그랬다. 조심스럽게 남의 기분을 상하게 하지 않는 영리함을 지닌 다케치요는, 때로는 겁쟁이처럼 보이면서도 이따금 날카롭게 번뜩이는 질문을 던진다.
아버지 히로타다의 죽음을 전해 듣고 조심성이 한결 심해진 것 같았지만, 그 때문에 늠름한 패기가 사라져 없어진 것은 아니었다. 늘 감정을 겉으로 드러내지는 않았지만, 성 없는 아이라고 불리고 새장 속의 새라고 불릴 때마다 눈에 사나운 광채가 번뜩였다. 그런데 오늘은 그것이 신기하게도 말이 되어 나온 것이다.
"그래? 성이 없어도, 아버지가 없어도 대장이냐?"
노부나가가 다시 한번 재미있는 듯 웃었을 때 새장 속의 종달새가 푸드덕 밖으로 날아갔다. 노부나가는 그 행방을 눈으로 좇았지만 다케치요는 보지 않았다. 그의 조그만 머릿속에, 이마가와 편 총대장이 자기 성에서 머지않아 오다 군과 한판 결전을 벌일 거라는 그 한마디가 큰 충격을 주고 있음에 틀림없었다.

그는 눈앞에 상스럽게 드러내어진 노부나가의 지저분한 두 정강이를 쏘아보고 있었다. 살색이 희고 털이 적으면서도 힘살이 올라 있는 다리였다. 씨름도 세고, 말도 잘 탄다. 낚시질과 매사냥과 춤과 수영으로 단련되었고 활은 이치카와(市川)라는 명인에게, 병법은 히라타(平田)에게, 그리고 새로이 화승총이라는 이상한 무기의 사용법을 하시모토(橋本)에게 배우고 있다는…… 그 소문을 들을 때마다 다케치요의 작은 가슴은 뜨겁게 불타올랐다.

'내가 질 줄 알고!'

겉으로 나타나지 않는 만큼 기백은 안에서 더욱 불타고 있었고, 산노스케를 상대로 이따금 뜰에서 대막대기를 휘두를 때는 상대가 울음을 터뜨릴 때까지 그만두지 않는 끈기도 보였다.

노부나가는 또 불렀다.

"다케치요."

"응."

"네가 대장이라는 것은 이 노부나가가 가장 잘 알고 있다. 노부나가도 대장이다."

"응."

"그런데 넌 이 노부나가의 혼례에 무얼 주겠느냐. 뭔가 축하해라."

"응."

다케치요는 가만히 사방을 둘러보았다. 여름옷 겨울옷까지 생모 오다이 부인이 남몰래 보내주는 다케치요로서는 선물할 게 아무것도 없음을 노부나가는 잘 알고 있었다. 알면서 놀리는 것은, 이 꼬마가 뭐라고 대답할지 재미있었기 때문이었다.

"산노스케."

다케치요는 뜰을 손가락질했다.

"저 장대, 저건 바지랑대가 아니냐?"

다케치요는 고개를 흔들었다.

"아니야, 저것은 창이야. 길고 긴 창이야."

"뭣이, 창이라고……."

다케치요는 무뚝뚝한 표정으로 고개를 끄덕였다. 어쩌면 화내고 있는 건지도 모른다고 노부나가는 생각했다.

"저것밖에 가진 게 없어. 하지만 다케치요의 소중한 창이야. 저걸 노부나가 님에게 선물할게."

"허."

"그 대신 답례로 말을 한 필 갖고 싶어! 대장에게는 말이 필요해. 말을 줘."

다케치요가 갑자기 타는 듯한 눈빛으로 졸라대자 노부나가는 눈을 크게 뜨고 저도 모르게 신음했다.

"저 창을 축하로 주고 답례로 말을 달라는 건가, 다케치요?"

다케치요는 고개를 끄덕이는 대신 다시 노부나가에게 한무릎 다가앉았다.

"말을 줘. 한 필이라도 좋아!"

"한 필이라도 좋다고……."

"응, 두 필 갖고 싶지만 한 필이라도 좋아."

노부나가는 잠시 어이없는 듯 다케치요를 쳐다보더니 이윽고 또 콩 튀듯 웃기 시작했다.

"약삭빠른 녀석. 이 노부나가의 성미를 알고 우려내려 하는군. 졌다, 너에게. 좋아, 한 필뿐이다."

"감사합니다! 고맙습니다."

다케치요는 진지하게 고개를 숙였다.

그때 산노스케가 바지랑대를 공손하게 받쳐들고 왔다.

"우리 주군이 드리는 축하 선물입니다."

"응."

노부나가는 웃으며 그 장대를 받아 산노스케의 가슴에 정면으로 들이댔다.

"이것을 창이라고 억지 쓰는 거냐? 두 간이 넘는 이 바지랑대를……."

문득 노부나가의 눈썹이 굳어졌다.

"산노스케."

"예."

"너 그 칼을 뽑아 나한테 덤벼봐. 사양할 필요 없어."

산노스케는 성큼성큼 마루로 돌아가 칼을 갖고 왔다. 그리고 그것을 쓱 뽑더니, 짧은 다리를 크게 벌리고 장대 맞은편에 섰다.

"자, 덤벼."

노부나가는 창문턱에 걸터앉은 채였다. 장대를 수평으로 빈틈없이 겨누고 산노스케가 도는 방향으로 서서히 장대를 옮겼다.

"얏!"

산노스케가 지지 않겠다는 목소리로 칼을 내리쳤다. 노부나가와는 꽤 먼 위치여서 그것은 장대에 도전하는 형태가 되었다. 노부나가는 말없이 그것이 싹둑 잘려나가는 대로 내버려두었다. 창을 앞으로 당기는 대신 그대로 상대를 향해 찔러 나가면, 잘린 장대는 산노스케의 가슴팍에 푹 찔리게 된다.

"아—"

산노스케가 훌쩍 뒤로 물러서는 것과 노부나가가 장대를 휙 동댕이친 게 동시였다.

노부나가는 일어섰다.

"다케치요, 분명히 받았다. 과연 이것은 실전에서도 쓸 수 있겠어. 단창(短槍)이 아닌 두 간짜리 자루가 달린 긴 창부대를 만들어보자. 말은 염려 마라. 또 만나자."

올 때도 갑작스러웠지만 가는 것 역시 질풍 같았다. 아까 그 장대를 내던진 채 노부나가는 훌쩍 뜰로 뛰어내려 뒤도 돌아보지 않고 자기 말에 다가갔다. 희고 검은 바탕에 잿빛 얼룩점이 있는 늠름하게 생긴 명마였다. 그 고삐를 구실잣밤나무에서 푸는 것보다도 빠르게 노부나가는 훌쩍 올라탔다. 뒤에 있는 다케치요도 이미 의식에 없는 게 틀림없었다.

"그래, 두 간짜리 자루가 달린 긴 창부대를……."

매 같은 눈을 번뜩이며 중얼거리고는 말에 채찍을 철썩 후려쳤다.

다케치요는 마루에서 내려와 그것을 바라보았다. 얼굴에 감정은 여전히 나타나 있지 않았다. 하지만 그의 어린 눈은 타들어가듯 노부나가의 말 탄 모습을 응시하고 있었다.

"말이 생겼어…… 말이 생겼어……."

그는 같은 말을 두 번 나지막하게 입 속으로 중얼거렸다.

나고야성 안에서는 그저께 이 성에 도착한 미노의 사이토 도산의 딸 노히메(濃姬)가 중매인이며 부모 역할을 대신하는 히라테 부부의 안내를 받으며 큰방에 들어가는 참이었다.

히라테는 마중 나온 네 중신 가운데 한 사람인 나이토에게 말을 걸었다.

"도련님은 돌아오셨나?"

"돌아오셔서 줄곧 장대를 휘두르고 계십니다."

히라테는 고개를 끄덕였다.

"겨우 한시름 놓았군. 새색시 혼자만 혼례식을 올리게 되면 어쩌나 하고 걱정했는데…… 우선 마음 놓이는군."

그리고 노히메를 돌아보았다.

"도련님은 좀 색다른 분이니 사소한 일에는 놀라지 않도록 하십시오."

노히메는 불안스러운 눈을 들고 고개를 끄덕였다. 나이는 18살, 사이토 도산은 이 딸의 재주를 그지없이 사랑하고 있었지만, 이번 혼례에는 마치 남의 일처럼 냉담했다. 자신이 몸소 데려다줄 수 있는 시절은 아니었지만 중신 하나 딸려보내지 않고, 두 집안을 위해서라며 사자로 나선 히라테에게 말했다.

"—모든 것을 그대에게 맡기겠소. 나와 오다 집안 사이 일이니만큼."

싸우고 또 싸우고 싸워온 호적수의 손에 딸 하나를 버리는 듯한 말투였다. 그러므로 태어난 성을 나설 때부터 노히메 곁에는 낯선 남들뿐이었다. 다만 세 시녀를 마음의 의지로 삼아, 자기보다 3살 아래인 '나고야의 멍청이'에게 시집갈 각오를 해야 되었던 것이다.

"자, 이리 오십시오."

노부나가의 거실은 교토식으로 개축되어 있지만, 본성의 큰방은 고풍스러운 견고한 목조 구조였다. 하얀 비단 겉옷을 입고 두근거리는 가슴을 누르며 그 정면에 앉으니 저도 모르게 눈물이 나올 것 같았다. 미노까지 소문난 나고야의 멍청이, 아직 얼굴도 보지 못한 자신의 신랑에 대한 소문으로는 아름다운 환상이 솟아날 리 없었다.

아버지 도산은 딸에게 이 혼담을 승낙시킬 때 노골적으로 말했다.

"—아무튼 형편없는 큰 바보라더라. 시집가게 되면 그 바보 놈의 근성을 똑똑히 알아내도록 해라—그러나 어딘지 쓸 만한 데가 있는 바보일 거다. 그렇지 않고는 노부히데가 후계자로 앉히지 않을 테니까. 너와 좋은 짝이 되리라고 나는 생각한다만."

도산도 물론 노부나가를 만난 적 없다. 그 말을 요약하면 이렇게 이르는 것임을 노히메는 똑똑히 알고 있었다.

'너는 미노의 첩자로서 나고야에 시집가는 거다.'

느닷없이 누군가 귓전에서 부르는 소리가 들렸다.

"이봐."

초조하게 앉아 있던 노히메는 놀라 그 목소리의 주인을 올려다보았다.

"네가 미노의 노히메인가?"

버릇없는 놈, 대체 누구일까? 6척 가까운 키 큰 사나이가 볼썽사나운 정강이를 드러내고 느닷없이 앞에 털썩 앉았던 것이다.

"어째서 대답하지 않나. 설마 벙어리는 아닐 테지?"

이것이 노부나가가 노히메에게 건넨 첫마디였다. 노히메가 험악한 눈초리로 쳐다보고 있으니 히라테가 속삭였다.

"노부나가 도련님이오."

노히메의 표정에 당황하는 빛이 스쳤다. 몸을 조금 비스듬히 물리며 저도 모르게 온몸에 놀라움과 경계가 스몄다.

노부나가는 웃었다.

"핫핫핫핫, 네 몸에는 수치심이 안 보이는구나. 노부나가의 잠든 목을 베러 왔다가 들킨 것 같은 눈빛이야."

"이보시오, 도련님! 말씀이……."

히라테가 주의 주었지만 그 정도로 말을 삼갈 노부나가가 아니다. 노부나가는 성큼 한무릎 다가앉았다.

"너는 이 노부나가를 평생 아기처럼 돌봐줄 수 있겠느냐?"

노히메는 그 눈을 쏘아보며 받아넘겼다.

"저는 아기를 보러 온 것이 아니에요."

"그럼, 뭣 하러 왔나. 소꿉장난하러 온 건가?"

"노부나가 님 정실로."

"똑똑한 체하는군. 정실이란 뭣 하는 거지?"

"성의 내전을 단속하는 일, 남의 손을 빌리지 않겠습니다."
노부나가는 히죽 웃었다.
"허, 대단한 배짱인걸. 나이를 먹어서 그런지 말하는 게 제법인데."
"이보시오, 도련님."
히라테가 또 주의 주었지만 노부나가는 독설을 그치지 않았다.
"아비한테서 단단히 듣고 왔나 보군. 하나 내전은 네 마음대로 되겠지만, 이 노부나가는 좀 다를걸."
노히메의 눈에 엷게 눈물이 어렸다. 그러나 도산이 친척도 딸리지 않고 이 성에 보낼 정도의 딸이니만큼 지고만 있지는 않았다.
"그 일도 아버님으로부터 잘 들었습니다."
"뭐라고 들었나? 어디 한번 들어보자."
"제정신이 아닌 멍청이니 저와 좋은 상대가 될 거라고 하셨어요."
"뭣이!"
노부나가의 눈빛이 번쩍 무섭게 빛났다.
"그러면 너도 멍청이란 말이냐? 나한테 지지 않을 멍청이?"
"미노와 오와리의 멍청이끼리."
별안간 노부나가는 몸을 흔들며 웃어젖혔다.
"왓핫핫하."
어느새 큰방에는 가신들이 죽 늘어앉아 새 안주인을 맞을 준비를 갖추었다.
노부나가의 생모 쓰치다(土田) 마님이 노부나가의 귀에 입을 대고 속삭였다.
"옷을 갈아입도록……."
노부나가는 사납게 고개를 저었다.
"옷이 혼례를 올리는 게 아닙니다. 멍청이에게는 멍청이의 예법이 있지요."
"하지만 그래서는 너무……."
"상관하지 마십시오. 이대로 좋습니다. 준비되었거든 잔을 가져오너라."
쓰치다 부인은 슬픈 듯 고개를 흔들며 자기 자리로 돌아갔고, 히라테의 눈짓으로 술병을 받쳐든 두 소녀가 아직 눈물이 반짝이고 있는 신부 앞으로 다가갔다.
"어서 잔을……."

그 소리에 늘어앉은 가신들이 조용히 머리 숙였을 때 노부나가는 손을 저으며 또 커다란 목소리로 말했다.

"기다려! 잔을 신부에게 먼저 주는 것은 누가 정했나?"

노부나가가 고함치자 히라테는 미소를 머금었다.

"혼례식 관습이오."

히라테는 떼쓰는 말썽꾸러기라고 말하고 싶은 눈길로 양해를 구하듯 노히메를 쳐다보았다. 노히메는 내밀던 손을 도로 내리고 눈빛이 다시 험해졌다. 괴짜……라는 생각보다 지금은 굴욕감에 몸이 떨렸다. 그러나 노부나가는 이러한 상대의 감정 같은 건 눈곱만큼도 헤아리는 빛이 없었다.

"뭐, 관습이라고…… 관습이라면 따르지 않겠다. 이것은 여느 혼인과는 달라. 그렇지, 노히메?"

노부나가는 신부에게로 돌아앉았다.

"오와리의 큰 멍청이와 미노 멍청이의 혼례식이다. 신부 아버지는 어떻게 하면 신랑의 목을 자를 수 있을까 궁리하고, 신랑 아버지는 어떻게 하면 사돈의 창끝을 봉할까 그 대책을 궁리하고 있지. 이런 혼례에 관습은 무슨 관습! 먼저 나부터 마시고 잔을 주마."

"이런……."

견디다 못해 쓰치다 마님이 다시 무릎을 쳤지만, 노부나가의 귀에는 들어가지 않았다.

물론 이 자리에 아버지 노부히데는 없었다. 그는 후루와타리성에서 지금 이마가와 군의 침공을 어떻게 막아낼지 필사적으로 계책을 짜고 있었다. 이 혼례도 이를테면 그것과 관련된 작전의 하나였다.

"잔도 반대로 하는 게 좋아. 먼저 큰 것으로. 자, 철철 넘도록 따라라! 철철 넘치도록."

노부나가는 잔을 들어 두 소녀에게 내밀었다. 모든 관습을 거스르고 상식의 테두리 밖에 서려는 노부나가의 청개구리 기질은, 이제 어쩔 수 없는 성격이 되어 있었다.

히라테는 그것을 알고 있다. 아니, 다른 세 중신도 역시 이 성격을 어떤 때는 쓰디쓰게, 어떤 때는 호감을 느끼며 보아왔다. 하지만 먼지투성이 평복으로 혼례식에 나타나고 혼례잔을 자기가 먼저 드는 것은 너무 난폭하게 여겨졌다.

무엇보다도 노히메의 마음이 상할까 염려된다. 이러한 일이 장인 도산의 귀에 들어갈 것도 염려되었다. 하지만 기치보시였던 옛날부터 한번 말을 꺼내면 굽히지 않는 노부나가였다.

"노히메 님, 용서하십시오."

히라테는 작은 소리로 말한 다음 웃으며 무릎의 흰 부채를 접었다 폈다 하고 있다.

노부나가는 마침내 한 되 한 홉들이 큰 잔에 남실남실 술을 따르게 했다.

"됐다, 됐어. 이제 됐어. 이것을 단숨에 마시고 안주를 곁들여 신부에게 권하마. 잘 받아 마신다면 그럭저럭 천생연분이라 할 멍청이지."

좌중을 흘끔 둘러보더니 목을 쑥 내밀었다. 키도 크지만 목도 길다. 목젖 언저리에서 술이 소리 내며 빨려들어가는 모습을 바라보는 동안 노히메는 문득 마음이 풀렸다. 악의가 있어서 하는 폭언이 아니라 아직 개구쟁이 그대로인 철부지가 아닐까.

노부나가는 숨도 돌리지 않고 큰 잔을 쭉 들이켰다. 그리고 그 잔을 소녀에게 돌려주었다.

"자, 신부에게 따라라. 알겠지, 노히메, 안주를 주겠다."

혓바닥으로 입술을 핥으면서 성큼 노히메 앞에 섰다.

노히메 역시 지지 않았다. 사이토 도산의 딸이라는 긍지도 있었지만, 그 이상으로 지고는 못 견디는 천성이 그렇게 시키는 듯싶었다. 상대의 풍모 속에서 철부지 어린아이의 모습을 느끼며, 남편으로서 미덥지 못한 마음이 들기 전에 강한 반발이 솟았다.

'이런 어린애 하나쯤……'

노히메는 사양하는 빛도 없이 큰 잔을 받아들었다. 그러나 가득 따르게 하지는 않고 술병 주둥이에서 두세 방울 흘러들어가자 잔을 앞으로 쓱 당겼다. 노부나가는 웃으며 하얀 부채를 폈다.

"알았다, 안주를 주겠다."

노부나가는 흔들흔들 오른손을 수평으로 들고 왼손을 무릎에 대더니 낭랑하게 노래하며 고와카를 춤추기 시작했다.

"……생각하면 이 세상은 영원토록 살 곳이 못 되며, 풀잎에 맺힌 하얀 이슬, 물에 깃든 달보다도 허무하여라. 황금 골짜기에서 꽃을 노래하던 영화는 덧없는 바람에 흩날리도다……."

쓰치다 부인이 다시 무릎을 쳤다.

"저, 저런!"

혼례식에 하필이면 불길한 '아쓰모리(敦盛 ; 무사가 인생의 무상함을 깨닫고 불교에 귀의한다는 설화에서 나온 노래)—'를. 사람들은 저도 모르게 서로 얼굴을 마주 보았지만 노부나가는 더욱 목청을 뽑았다.

"……인생 50년, 그 흐름 속을 보건대 꿈이요, 환영이로다. 한 번 태어나 죽지 않는 자 있으랴……."

고색창연한 성, 낭랑한 목소리, 그것은 야릇하게 엄숙한 느낌으로 이 변화무상한 현세에 사는 사람들의 가슴을 찌르고 영혼을 전율케 했다.

노히메는 어느새 노부나가에 대한 경쟁의 창끝이 빗나가는 것만 같았다.

"—단순한 멍청이는 아닐 거다."

아버지의 말이 새삼 가슴에 되살아나며 온몸이 절로 긴장되었다.

춤이 끝나자 노히메는 잔을 들었다. 입술을 스치고 몇 방울의 술이 목구멍을 지날 때 문득 인생의 불가사의함이 느껴졌다.

'이렇게 나는 노부나가의 아내가 되는 것일까…….'

평생 노부나가를 아기 보듯 할 수 있느냐고 묻던 말이 꼴깍 소리 내며 목에서 가슴으로 지나갔다.

노부나가가 갑자기 말했다.

"경사롭다! 하지만 더 이상 축배를 드는 것은 안 된다. 오카자키에서 안조로…… 이미 전운이 덮이고 있다. 채비하고 아버님 지시를 기다려라."

히라테와 나이토가 얼굴을 마주 보며 빙그레 웃었다.

노부나가는 아무 일도 없었던 것처럼 일어섰다.

"노히메, 따라와."

무서운 힘으로 가슴을 꿰뚫는 거역할 수 없는 말의 화살이었다.

"네."

노히메가 일어서자 하야시 신고로(林新五郎)가 히라테에게 속삭였다.

"괜찮을까. 도련님이 알고 계실까?"

히라테는 진지하게 고개를 끄덕였다.

"자연이 가르쳐줄 것이오. 게다가 노히메 님이 손위니까."

노부나가는 벌써 노히메의 손을 잡고 주저 없이 내전 거실로 뻗은 복도를 걸어가고 있었다.

"흐흐흐……."

웃음소리가 나자 누군가가 쉿 하고 제지했다.

붉은 단풍

오카자키성 안에는 오늘도 가까운 절 승려들이며 도조(東條), 사이조(西條)의 두 기라(吉良) 가문 가신들이 분주히 드나들고 있었다.

오카자키성은 이미 마쓰다이라의 것이 아니다. 여기에 이마가와가 자리 잡은 것으로 여기고 본성에 묵고 있는 셋사이 선사에게, 개종을 청원하거나 적의 정세를 알리러 오는 자며 또 마쓰다이라의 과중한 세금을 호소하러 오는 이들조차 있었다.

셋사이 선사는 법의 속에 갑옷을 걸치고 그들을 하나하나 만나주었다. 겉모습은 어디까지나 조용한 불자의 풍모로, 외부에서 찾아오는 자에게는 말하는 대로 들어주는 산부처 같았다.

"좋아, 생각해 보지."

그러나 오카자키 사람들에 대한 군율은 매우 엄격했다.

이미 다와라 부인을 비롯한 마쓰다이라의 유족들은 전에 게요인이 살던 별성으로 쫓겨나고, 본성과 아랫성은 이마가와 군사들이 차지하고 있었다. 성안 행랑채에서 쫓겨난 오카자키 사람들은 성 아래를 떠나는 것을 금지당하고 임시집을 지어 그곳에 거주했으며, 뜻밖에도 성안의 이마가와 군을 수호하는 꼴이 되었다.

중신들 가족은 거의 슨푸로 옮겨졌다. 성을 포함한 오카자키 전체가 하나의 요새로, 도리이만 별성에 머물도록 허락되어 마을에서 조세를 거두고 있다.

지난 3월부터 이미 전투는 조그만 싸움을 포함해 열 손가락을 넘을 정도였다.

그때마다 선봉을 맡는 것은 마쓰다이라의 유신들로, 싸움이 한 번 끝날 때마다 누군가의 모습이 사라지곤 했다. 주인 없는 성에 애착을 잃고 달아나는 것은 아니었다.

"—다케치요 님을 이 성에 맞을 때까지."

이 약속에 따라 죽어간 것이었다.

셋사이 선사는 이렇듯 점점 쓸쓸해져 가는 오카자키의 위로와 억제를 위해 마쓰다이라 시게요시(松平重吉), 이시카와 쇼겐, 아베 오쿠라 3명을 가까이 두고 명령 내렸다.

"—도망치는 자는 부득이한 일이니 베도록 해라."

벨 필요는 없었지만, 그들의 생활은 어려워지기 시작하고 있었다. 백성들이 바치는 공물은 모두 이마가와 군의 군량으로 쓰이고, 그들한테는 아무 배당도 없었기 때문이었다.

"—대체 어떻게 되는 거야. 배가 고프면 싸울 수 없는데."

"—그렇게 생각해선 안 돼. 내용이야 어떻든 겉으로는 이마가와 군이 우리의 원군이니까. 원군을 뒷바라지하는 건 우리 의무지."

이런 말을 들으면 누구도 대놓고 불평하지도 못하고, 결국 저마다의 능력껏 가족 입에 풀칠하면서 생명을 아끼지 않고 싸우는 수밖에 도리 없었다. 셋사이 선사도 물론 그것을 알고 있다. 그러므로 오카자키 사람들의 내면적 불만이 백성들의 불만과 이어질 것을 늘 두려워했다.

방문자와의 대면을 대충 끝내고 선사는 온화한 얼굴을 들었다.

"다음은?"

염주를 굴리며 머리를 깎은 한 여인이 그의 앞으로 나왔다.

"누구시더라."

셋사이가 입을 열자 여인은 맑은 목소리로 셋사이를 똑바로 올려다보았다.

"겐오니(源應尼)입니다."

"겐오니라시면?"

"별성에 거주하도록 허락받은 전전대의 과부……."

셋사이는 무릎을 쳤다.

"오! 다케치요 님의 조모 게요인 님이시군요. 이것 참, 실례했소이다."

말은 부드럽지만 눈빛에 빈틈이 없었다. 친밀하게 대하면 안 된다고 경계하는 것을 잘 알 수 있었다.

"하실 말씀은?"

대답하기 전에 게요인은 염주를 가만히 이마에 대고 눈을 감았다.

"이 몸도 슨푸에서 살고 싶으니 승낙해 주실 수 없을까 하고 왔습니다."

"허, 참으로 뜻밖의 말씀이군요. 선선대의 영묘(靈廟)도 있고 막내따님도 있어 이쪽에서 일부러 편의를 봐드렸다고 생각했는데……."

게요인은 미소 지었다.

"그 후의는…… 세상을 버린 이 비구니에게는 필요 없는 일. 제가 있어서는 오히려 노신들에게 방해만 되지요."

셋사이는 잠시 말없이 게요인을 쳐다보더니 고개를 끄덕였다.

"스님은 이 싸움에서 셋사이가 질 거라고 짐작하시는군요?"

게요인은 고개를 끄덕이지도 부정하지도 않았다.

"3월부터 머무른 지 이미 반년. 아직 작은 안조성 하나 손에 넣지 못하고 있소. 스루가에서는 요시모토 님이 몸소 출전하겠다고 독촉하니 그렇게 짐작하시는 것도 무리는 아니지만, 그러나 이 셋사이에게도 생각이 있소. 만일 성이 함락될 것을 염려하신다면 걱정 마시기 바라오."

게요인은 다시 염주를 이마에 대고 대답하지 않았다. 셋사이는 초조했다. 이 여승은 히로타다의 아버지 기요야스를 움직였을 정도의 여인이며, 기요야스가 죽은 뒤에도 자기 자식을 히로타다의 정실로 맞이하게 할 만한 세력을 가진 재녀였다. 그 재녀에게 자기 작전의 지지부진함을 비판당하는 것은 불쾌했다.

"싸움에는 전기(戰機)라는 게 있는 법이오. 좀 더 두고 보시오. 셋사이 혼자 힘으로 반드시 이기는 것을 보여드리리다. 계책이 있어서 지연되는 것이오."

"선사님."

"단념해 주시겠소?"

"이 비구니는 세상을 버린 부처님 제자, 숨김없이 사정을 털어놓겠습니다."

"말씀하시오, 사양은 필요 없소."

"선사님도 이미 눈치채셨으리라 믿습니다만, 오카자키 사람들은 나날의 끼니도 어려운 지경이라……."

"흠, 그래서……."

"이 한 몸만이라도 성을 떠나 그들의 부담을 줄이고 싶어서…… 부처님 계시입니다."

말하는 게요인의 아직 스러지지 않은 아름다운 눈동자에 반짝 이슬이 맺혔다.

"흠."

셋사이는 고개를 끄덕이는 대신 뜰아래 후피향나무로 눈길을 돌렸다. 게요인의 말보다도 여기저기서 울고 있는 쓰르라미 소리를 듣고 있다.

"과연 그런 말씀을 하시는 부처님도 있으시겠지요. 그것도 조그만 자비의 하나니까."

"승낙해 주시겠습니까, 선사님."

"글쎄요……."

셋사이는 다시 말을 흐리며 게요인의 속뜻을 헤아려보았다.

'낙성을 두려워한 슨푸행이 아니라면 이 비구니는 대체 무슨 생각을 하고 있는 것일까?'

오카자키의 어려운 생활을 호소하려는 것일까? 아니면 전쟁에 이기더라도 다케치요가 이 성을 그냥 지나 슨푸로 보내질 것으로 판단하여 미리 가 있으려는 것일까?

"오다 쪽에서는 미노의 딸을 노부나가의 아내로 맞아 우선 뒤를 굳힌 모양이니 드디어 공격해 올 날이 머지않았습니다. 그렇게 되면 이 일대가 또 싸움터가 될 터이니 도중의 안전상……."

게요인은 살며시 눈시울의 눈물을 누르며 고개 숙였다. 그녀의 속마음은 전혀 다른 곳에 있었다. 이미 사카이, 이시카와, 아베, 우에무라 네 중신의 가족은 슨푸로 옮겨가 있었다. 이마가와에서는 오카자키에서 징수한 모든 세금을 군사용으로 쓰는 대신 슨푸로 옮긴 이들의 생활은 보장하고 있었다. 따라서 한 사람이라도 슨푸로 옮기는 게 남아서 싸우는 오카자키 사람들의 생활을 돕는 길이기도 했지만, 게요인의 목적은 그것이 아니었다.

이 봄부터 전쟁에 으레 따르기 마련인 과부가 부쩍 늘고 있었다. 직접 싸우는 자조차 굶주리게 된 신하들 사정으로는 그 과부나 유자녀에게 손이 미칠 여유가 없었다. 아니, 단지 손이 미치지 않을 뿐 아니라 그들의 비참한 생활이 싸우는 자의 마음에 얼마나 큰 그림자를 던지고 있을 것인가. 게요인은 그것을 셋사이에게 호소하고 싶었던 것이다. 자신의 하녀—라는 명분으로 비참한 처지에 빠진 과부를 슨푸로 옮겨 입에 풀칠이라도 하게 해주고 싶다!

게요인은 말했다.

"말대꾸 같습니다만…… 이대로 있다가는 오카자키의 사기가 날로 떨어지게 됩니다."

"그러시면 이 셋사이의 처사에 잘못이 있다는 것입니까?"

"네, 죄송하오나 눈이 미치지 못하는 곳이 있습니다."

"허허."

셋사이의 눈이 번쩍 빛났다. 슨푸의 여래라는 말까지 듣고 있는 이마가와의 가장 뛰어난 지혜주머니 셋사이에게, 이처럼 정면으로 비난의 화살을 보내온 것은 미카와에서 단 한 사람뿐.

건방진 계집이라고 생각하는 듯 셋사이의 입가에 미소가 떠올랐다.

"진중이니 여러 가지 잘못이 있을 수 있겠지요. 들어봅시다."

게요인은 절을 한 뒤 뒤돌아보았다. 그리고 단 한 사람 하녀로 따라온 옆방의 여성을 조용히 손짓해 불렀다.

셋사이는 미소를 일그러뜨리고 그쪽을 보았다. 머리를 종이 심지로 묶고 무릎을 커다랗게 기워 입은 18, 19살쯤 된 여자가 주저 없이 게요인 옆으로 왔다. 얼굴빛이 몹시 핼쑥하고 광대뼈가 나왔으며 눈에 험악한 빛이 감돌고 있다. 하지만 몸가짐은 어디까지나 얌전하게 두 손을 짚고 앉았다.

"부르셨습니까?"

"이 여인은?"

다시 위엄을 갖춘 셋사이의 목소리는 선승의 날카로움으로 돌아가 있었다.

"네, 저희 집의 보배입니다만, 태내의 아기도 못 키울 지경입니다."

"보배라고 해선 모르오. 스님의 몸종이오?"

"몸종……."

이번에는 게요인의 입술이 일그러졌다.

"중신 우에무라의 딸로 같은 중신인 혼다 헤이하치로 다다타카의 과부입니다."

순간 셋사이의 표정이 굳어졌다.

"중신의 과부가 몸종으로 보일 만큼 신하들이 곤궁하니 생각해 보라는 의견이신가요?"

"죄송하오나 해석이 틀립니다."

"허, 어떻게 틀리는지 말씀해 보시오."

"오카자키의 아낙들은 싸움판에서 남편의 각오를 흐리게 할 만큼 지각없지 않습니다. 가난을 견뎌낼 힘도 있습니다. 이 과부의 시아버님 다다토요는 재작년 안조성 싸움에서 히로타다 님을 대신해 자청하여 전사하고 그 아들 다다타카는 이 봄의 싸움에서 선봉을 명받아 역시 장렬하게 전사했습니다."

"알고 있소, 다다타카의 용맹은 정말 훌륭했소. 아마 22살이었다지요?"

"네."

"그럼, 아낙은 몇 살이 되었소?"

여인은 대답했다.

"18살입니다."

눈에 눈물을 보이는 대신, 보이지 않는 것에 대한 노여움이 깃든 당당하게 울리는 목소리였다.

"다다타카의 각오를 선사님께 말씀드려요."

"네, 다케치요 님을 구원해 주시는 이번 싸움. 오카자키 사람에게 각오의 본보기를 보여주지 않는다면, 아버지만 못한 자식이라는 말을 듣는다. 내 집의 대는 나로서 끝난다. 당신에게는 자유를 줄 테니 다른 곳으로 출가하라고 하였습니다."

"그래서 그대는 뭐라고 대답했소."

"저는 헤이하치로 다다타카의 아내, 당신에게 지지 않을 거라고……."

셋사이는 고개를 돌렸다. 22살의 헤이하치로가 안조성의 문을 바라보고 고함치며 돌격했을 때의 용맹한 모습을 셋사이는 똑똑히 보았다.

"나를 따르라! 혼다를 보아라!"

죽을 각오인 것을 알았고, 자신의 죽음으로 무엇을 얻으려 하는지도 잘 알 수 있었다. 때는 3월 19일. 석양에 번쩍이는 화살을 온몸에 맞고 성문 앞에서 숨이 끊어질 때까지 계속 외쳐댔다.

"—다케치요의 부하는 약하다는 비웃음을 받아선 안 된다. 나를 따르라."

'그 과부를 게요인은 무슨 일로 내 앞에 데려온 것일까?'

게요인은 혼잣말처럼 말했다.

"다다타카는 대가 끊긴 줄 알고 죽었지요…… 아내가 잉태한 줄 알았다면 얼마나 기뻐했을까…… 그것을 생각하면."

셋사이의 눈길이 흘끗 여자의 배로 움직였다. 그러고 보니 여자가 수척한 것도 임신한 탓인 모양이었다.

별안간 여자는 고개를 푹 숙였다. 그러나 울고 있는 게 아니라 눈을 크게 뜨고 다다미를 쏘는 듯 노려보았다.

셋사이는 다시 시선을 뜰로 옮기며 조그맣게 한숨을 내쉬었다. 게요인의 마음속을 그제야 희미하게 알기 시작했던 것이다. 부처님의 계시—라고 게요인은 말했는데, 부처는 여자와 남자에게 같은 일을 계시하지도 구하지도 않는다.

셋사이 역시 임제종(臨濟宗)의 법통을 이은 자. 부처님이 지금 그에게 구하고 있는 것은 결코 이마가와 가문에 대한 작은 충성이 아니다. 이마가와를 통해 100년 가까이 계속되고 있는 암흑 무도한 난세를 구하라고 계시하고 있다. 아니, 이 계시를 셋사이 한 사람에게 명하는 부처님이 아니라는 것도 잘 알고 있다. 광대무변한 부처님은 적 오다 노부히데에게도, 가이의 다케다 신겐에게도, 사가미의 호조에게도, 나가도(長門)의 모리에게도, 에치고의 우에스기에게도 고루 계시하고 있는 것이다.

인간 그 누가 평화를 원치 않으랴. 어느 누구도 싸우기 위해 싸우는 게 아니라, 스스로의 마음속에서 '난세를 구하라!'는 소리 없는 소리를 듣고 있기 때문—이라고 셋사이는 생각하고 있다. 하지만 그 목소리에 응해 과연 구원할 수 있는 실력을 가진 자가 있을지는 의문이었다.

셋사이는 여전히 뜰에 시선을 던진 채 말했다.

"스님 말씀은…… 이 아낙을 스님의 시중꾼으로 슨푸에 옮겨달라는 거군요."

"네, 그러나…… 혼다 헤이하치로의 과부뿐만이 아닙니다."

"알았소. 헤이하치로 다다타카와 같은 생각으로 전사한 이들의 과부들도 모두 옮겨달라는 것이겠지요."

"네, 죄송합니다."

"스님."

"네."

"스님은 자비로운 부처님 목소리를 들으셨소. 여성이 듣는 부처님의 계시란 늘 그와 같은 부드러운 자비에 뿌리내려 있는 것…… 그러나 남자가 받는 계시는…… 더 크고 슬픈 것임을 아셔야 하오."

"싸움 역시 자비……라고 말씀하시는 것이겠지요."

"싸우지 않으면 무도(無道)가 만연되오. 싸움은 자비가 아니지만, 무도를 누르고 광명을 지향하는 마음 한구석에는 자비를 행하려는 비원이 깃들어 있소."

셋사이는 여기서 법의 속에 입은 갑옷을 가만히 쓸어내리며 비로소 웃어 보였다.

"스님의 자비는 이 셋사이의 비원과도 같으니 받아들이기로 하지요."

"네? 들어주시겠습니까?"

"곤궁한 홀어미의 모습을 눈앞에 본다면 사기에 지장 있으니…… 슨푸로 옮기겠다……는 것이 스님 말씀이지만, 그들을 맡는 셋사이의 생각은 좀 다르오."

"어떻게 다른지요?"

"여성을 통한 부처님 말씀에 순순히 합장할 뿐입니다."

셋사이는 그 말에 대한 반응을 게요인의 눈에서 찾으며 깊숙한 눈으로 지그시 바라보았다.

"나와 같은 마음으로 싸우는 자의 수가 늘면 평화가 오리다. 하나 아직 도를 가지고 싸우는 자의 수는 적소."

"……네."

"정토진종(淨土眞宗)에는 렌뇨가 계셨고, 살아 있는 무장 중에는 에치고의 우에스기, 가이의 다케다가 불문에 마음 두고 있다고 들었습니다만, 아직……."

셋사이는 갑자기 윗몸을 앞으로 내밀었다.

"나는 냉혹한 사람이오, 스님."

"……."

"특히 오카자키 가문에는 냉혹하게 대하려 하오. 스님은 그 마음을 아시겠소?"

게요인의 가슴이 철렁 내려앉을 만큼 낮고 날카로운 목소리였다. 다시 힐난하듯 셋사이는 물었다.

"못 알아들으시겠소?"

게요인은 대답할 수가 없었다. 특히 오카자키 가문을 냉혹하게 대하겠다—왜 그럴 필요가 있을까?

"못 알아들으시면 다음에 알려드리지요. 그러나 스님은 이 셋사이를 부처님 부하로 여기시오, 이마가와 님 부하로 여기시오?"

"글쎄요, 그건……."

"나는 부처님 부하요. 세상을 버린 사람이 아니라 싸우는 부하요. 알아들으시겠소?"

"네."

"세상 사람들이 파계한 중이라고 아무리 욕해도 부처님의 참마음을 깨닫고 싸우는 셋사이는 그 말에 구애받지 않소. 그 셋사이가 어째서 이처럼 작은 안조성 하나에 집착하는가?"

여기까지 말하고 셋사이는 무슨 생각을 했는지 문득 뜰의 녹음을 손으로 가리켰다.

"저 녹음 속에 단 한 그루 붉은 단풍이 섞여 있지요?"

게요인은 의아한 듯 고개를 끄덕였다. 확실히 거기에는 새싹 때부터 붉은 날개를 펼친 것처럼 새빨갛던 단풍잎의 붉은색이 뚜렷이 눈에 어려 보였다.

"저 단풍은 여름 동안 모든 잎사귀 가운데 오직 홀로 붉은빛을 띠고 있었소. 다른 파란 잎들은 어째서 붉은색 단풍나무잎만 빨간 것일까 하고 웃고 있을지도 모르오. 하지만 때가 오면 주위의 나무들이 붉게 물들어 단풍나무도 언젠가 붉은색 속에 묻히게 되오. 그러면 어느 것이 단풍나무였는지 구별도 안 되는 채 잊히고, 오히려 붉은색이 덜하다고 나무람받을지도 모르오. 나는 저 단풍이 되고 싶소! 그리고 단풍의 마음을 이어받은 무장을 얻고 싶소! 스님, 그것이 이 셋사이가 작은 안조성에 집착하고 오카자키 가문에 특히 냉혹한 이유요. 아시겠소?"

게요인은 여전히 눈을 크게 뜨고 있었다. 무언가 호의 같은 것은 느껴졌지만, 아직 뚜렷이 납득되지 않는다.

셋사이는 웃었다.

"하하하…… 나는 다케치요 님을 갖고 싶은 거요. 스님, 그 다케치요 님을 노부히데의 손에서 빼앗아 슨푸에서 내 손으로 키워보고 싶소…… 이렇게 말하면 오카자키 가문에 대해 왜 냉혹한지 아실 거요. 그다음은 말할 수 없소…… 그다음을 말하면 거짓말이 될 것이오. 거짓말하면 염라대왕에게 혀를 뽑힌다고 하니까, 하하하……."

게요인은 숨이 막히는 것 같았다. 부처님 소맷자락에 숨어서 싸우는 중이라고 경멸하고 있던 자기의 마음이 한 대 얻어맞은 심정이었다.

다케치요를 키우고 싶다고 한다…… 어째서 이마가와 요시모토의 자식에게는 그 같은 마음을 기울이려 하지 않는 것일까? 그것은 아마도 불가능하기 때문이 틀림없다. 아버지가 있고, 권력을 쥔 신하가 있고, 내전에는 비위를 맞추는 시녀들이 가득하다. 그 같은 환경에 놓인 아이에게는 셋사이의 말과 마음이 미치지 못한다. 그런 의미에서 다케치요는 마음대로 할 수 있는 것이다.

셋사이는 다시 부드러운 얼굴로 돌아갔다.

"아시겠소? 아셨으면 곧 길 떠날 채비를 하시오. 그리고 슨푸로 가기 전에…… 아구이성에 살짝 들러 다케치요 님 생모와 만나는 게 좋으리다. 현세의 작별…… 이라기보다 다케치요가 슨푸로 옮겨지더라도, 할머니가 곁에 있으니 결코 마음 어지럽히지 말라고."

게요인은 염주를 이마에 댄 채 잠시 움직이지 않았다. 비로소 셋사이 선사의 마음속을 들여다본 것이다.

'역시!'

놀라움과 감사가 가슴속에서 소용돌이쳤다. 혼다 다다타카의 홀어미 역시 어느새 고개를 푹 숙이고 눈언저리가 새빨개져 있다.

'이마가와의 으뜸가는 권력가가 다케치요 님을 우리보다 더 염려해 주고 있다.'

그 사실을 안 것만으로도 곧은 성격의 남편 다다타카가 어딘가에서 웃고 있을 게 느껴진다.

잠시 뒤 게요인이 속삭이듯 말했다.

"고맙습니다. 말씀대로 은밀히 딸을 찾아가 어떤 일이 있어도 동요하지 말라고……."

셋사이는 그 말에는 대답하지 않고 측근무사를 재촉했다.

"다음……."

무엇을 호소하려는 건지 백성들이 아직 4, 5명 옆방에 기다리고 있었다. 폭동이 일어나지 않을까 염려했는데, 아무 일 없이 지나가는 것도 셋사이의 덕인가 보다. 게요인은 다다타카의 홀어미를 재촉해 별성으로 나왔다.

가을이 점점 깊어져, 단풍나무 이외의 다른 나무들도 물들 때가 머지않으리라. 걸어가면서 게요인은 문득 무릎을 쳤다. 슨푸에서 오는 여러 차례의 재촉에도 꼼짝하지 않는 셋사이 선사의 마음을 알 듯했던 것이다.

'벼 추수가 끝날 때까지.'

적과 아군의 농부들이 1년 동안 땀 흘려 가꾸어놓은 마지막 결실이 거두어질 때까지 기다리고 있었던 게 틀림없다. 게요인의 그 상상은 옳았다. 이미 벼 베기가 7할쯤 끝나 베어낸 자리가 점점 넓어지고 있었다.

"그대도 아구이성까지 따라와주겠느냐?"

"네, 어디까지라도."

"임신한 몸으로 힘들지 않을까?"

"뭘요…… 날마다 밭에서 괭이질하던 몸인데요."

사카다니 골짜기 위에 올라서서 두 사람은 잠시 해자 건너편 논을 바라보았다.

그다음다음 날 과부들 26명에게 막내딸을 딸려 슨푸의 우에무라네 가족이 있는 곳으로 길을 떠나게 한 다음 두 사람만 남몰래 서쪽으로 발길을 돌렸다. 다른 사람들 눈에 게요인은 암자의 여승으로, 다다타카의 과부는 그 하녀로 보였으리라.

흐릿하게 내리는 가을비 속에 두 사람이 터벅터벅 야하기강을 건넜을 무렵, 오카자키성에서 갑자기 소라고둥 소리가 울리기 시작했다. 드디어 3월 이래의 침묵을 깨고, 고집과 고집이 겨루는 치열한 다툼으로 옮아가려는 것이었다.

맹장 오다 노부히데가 오카자키성을 공략하느냐? 아니면 이마가와의 기둥 셋사이 선사가 노부히데의 정예 선봉을 때려눕히고 안조성을 점령하느냐? 어느 쪽이나 자신만만, 그리고 그 승패의 그늘에 오카자키의 고아 마쓰다이라 다케치요의 운명이 걸려 있었다.

게요인은 잠시 걸음을 멈추고 성을 돌아보았다. 엷게 안개 낀 동쪽 하늘에는 성은커녕 주위의 나무 그림자조차 잘 보이지 않았다.

게요인은 말했다.

"서두르자. 나에게는 역시 삼계(三界)에 살 집이 없었어. 가리야성에도…… 오카자키성에도……."

다다타카의 과부는 얼굴을 돌리며 입술을 깨물었다.

마른 잎은 굴러도

"싸움이 시작되었다, 방심해선 안 된다."

히사마쓰 도시카쓰는 성의 동북쪽에 걸쳐 지은 성채에서 성채로 말을 달리며 보고 돌아다녔다.

"이마가와 편에는 셋사이 선사라는 지혜로운 자가 있다. 방심하면 오와리까지 공격받는다."

어제까지 흐렸던 날씨가 오늘은 깨끗이 개어 황토와 모래땅이 뚜렷이 드러나 보였다.

이마가와 군이 이미 안조성을 공격했다는 통지는 어제 도착했지만, 그 뒤 아무 연락도 없었다. 여느 때 같으면 반드시 원병으로 출동하여 성을 나섰을 도시카쓰에게 이번에는 성을 떠나지 말라고 했다. 도시카쓰는 처음에 그것이 맹장 노부히데의 자신감이라고 생각했는데 아무래도 그것은 너무 희망적인 관측인 듯싶었다. 그 증거로 노부나가의 결혼 뒤 나고야성을 떠난 일 없었던 히라테가 노부히데의 막료로 안조성에 부임한다는 통지가 왔다. 안조 성주는 노부나가의 배다른 형 노부히로. 게다가 노부히데를 비롯해 히라테까지 오와리를 비우는 것을 보니 보통 일이 아님에 틀림없었다. 도시카쓰에게 성을 떠나지 말라고 명한 것은 만일 안조성에서 제일선이 무너졌을 때의…… 방비인 듯하다.

'오카자키 동쪽으로 나가 싸웠을까? 아니면 안조까지 적을 들이고 말았을까……'

다음 통지가 오지 않는 게 도시카쓰는 불안했다. 그래서 이른 아침부터 전황을 살피기 위해 다케노우치 히사로쿠를 안조성에 보내고 자기는 말을 몰아 성채에서 성채로 사기를 북돋우며 돌아다니고 있었다. 아구이 골짜기는 이미 추수가 끝나 이대로 무사하다면 백성들은 올해도 풍성한 설을 맞이할 수 있겠지만, 여기서 영내에 적을 들여 민가가 불살라진다면 수호역으로서의 그의 긍지가 깨지고 만다.

영내를 한 바퀴 둘러보고 그는 성으로 돌아왔다. 큰 성이라면 그 자체가 훌륭한 요새일 수 있지만, 작은 아구이성은 고작 처소에 지나지 않는다.

도시카쓰는 하인에게 말을 넘겨주고 뜰을 지나 안으로 들어갔다.

"오다이, 차를 주겠소? 어쩐지 기분 나쁜 싸움이야. 무슨 통지가 있을 것 같은데……."

마루에 걸터앉아 땀이 밴 살갗에 시원한 바람을 들이고 있을 때 오다이 부인이 차를 날라왔다.

여기서도 인생은 새 생명의 싹을 똑똑히 보여주고 있었다. 혼다 헤이하치로의 과부보다 오다이의 배가 더 눈에 띄었다. 도시카쓰의 진정한 아내가 되려고 결심한 지 얼마 안 되어 잉태한 아이였다.

도시카쓰는 차를 마시면서 온화하게 말했다.

"죽는 자, 태어나는 자…… 더욱이 자연스러운 죽음이 아니고 죽이거나 죽임당하게 되니 무리하지 마시오. 아기가 태어날 때까지는 그대 한 사람 목숨이 아니니까."

그리고 그는 귀를 기울였다. 말발굽 소리가 아득한 골짜기 아래에서부터 메마른 울림으로 들려왔던 것이다. 도시카쓰의 얼굴이 순식간에 긴장된 빛을 띠었다.

도시카쓰는 찻잔을 놓고 일어섰다.

"히사로쿠가 돌아왔군……."

중얼거리며 다시 마루에 걸터앉았다.

말은 한 필이 아니었다. 히사로쿠 외에 누군가 오고 있다.

"주군은 어디에?"

마구간 옆의 감나무께에서 히사로쿠의 헐떡이는 숨결이 귀에 들려오자, 도시카쓰는 다시 일어나려다가 생각을 고친 듯 큰 소리로 말했다.

"히사로쿠, 여기다."

곁에 있는 오다이가 궁금한 듯 잠자코 도시카쓰를 올려다보고 있었기 때문이다.

히사로쿠는 한 젊은 무사를 데리고 빠른 걸음으로 들어왔다.

"하야시 신고로(林新五郎) 님 가신 우에다 다카마사(上田孝政) 님입니다. 이 성에 사자로 오는 도중 저와 만났습니다."

도시카쓰는 고개를 끄덕였다.

"싸움이 어떻게 되어가는가? 그것을 알리러 온 것일 테지?"

"그렇습니다."

젊은 무사는 뜰에 한쪽 무릎을 꿇었다.

"사양할 것 없으니 말해보오."

도시카쓰가 오다이 쪽을 흘끗 보며 재촉하자 젊은 무사는 격한 목소리로 말했다.

"안조성은 분하게도 적의 손에 떨어졌습니다."

고개를 떨구고 그는 잠시 울먹였다. 아마도 혈육이나 죽마고우를 잃은 흥분이 아직 가시지 않은 것이리라.

"그래, 노부히로 성주님은?"

"분하게도……."

"분하게도 어떻게 되었다는 건가."

"적의 손에 넘어갔습니다."

도시카쓰는 허공을 바라보며 나직이 신음했다.

"음, 후루와타리와 나고야에서의 원군은?"

"나고야에서 히라테 님과 소인의 주군이 달려갔을 때 성은 이미 포위되었고, 노부히로 님은 적장 셋사이에게 항복하고 계셨습니다."

"뭐, 항복했다고?"

"예, 셋사이는 변설이 뛰어난 지략가입니다. 노부히로 님은 아랫성의 사방에 친 울타리 속에 감금되었습니다."

"그래, 적군은 안조에 머물렀는가, 아니면 승세를 몰아……."

"우에노성을 향해 마구 공격해 지금 싸움이 한창입니다."

젊은 무사는 여기서 얼굴을 번쩍 들었다.

"이대로 있다가는 나고야가 위태롭습니다. 아구이 군은 곧 우에노성을 구원해 주기 바란다는 제 주군의 전갈입니다."

도시카쓰는 고개를 끄덕였다. 우에노성이 공격받고 있다면 가만히 앉아 있을 수 없는 일이었다.

"그런가, 마침내 오와리에 쳐들어왔군…… 알았네. 쉬었다 돌아가도록 하게."

히사로쿠에게 눈짓하자, 그는 절을 하고 젊은 무사를 부축해 일으켰다. 사명을 마쳐 긴장이 풀린 탓인지 젊은 무사의 발걸음은 흐트러져 있다.

사자가 물러가자 도시카쓰는 오다이를 돌아보며 작은 소리로 한마디 중얼거렸다.

"오랫동안 이어진 우리 가문에도 드디어 돌풍이 불기 시작하는군."

오다이는 말없이 옷깃을 여민 채 움직이지 않았다.

그녀는 도시카쓰와 전혀 다른 위치에서 안조성의 운명을 생각하고 있었다. 마쓰다이라의 옛 거성. 그 탈환에 생애의 집념을 기울이다 결국 허무하게 죽어간 다케치요의 아버지 히로타다. 그 인연의 성에서 이번엔 오다 노부히데가 맏아들을 적의 손에 빼겼다. 노부히데는 그것에 대체 어떤 집념을 보여올 것인가……? 뺏고 뺏기고 죽이고 죽는 수라(修羅)의 세계는 인간이 있는 한 영원히 피할 수 없는 것일까?

사자를 전송하러 갔던 히사로쿠가 돌아왔다. 이 위급을 알고도 그의 눈은 뜻밖으로 여겨질 만큼 잔잔했다.

도시카쓰가 말했다.

"히사로쿠! 우에노성으로 구원하러 가야 되겠지. 서둘러 준비해 주게."

히사로쿠는 손을 저었다.

"송구하오나 이미 늦은 줄 압니다."

"어째서인가? 또 비록 늦었다 해도 안 갈 수 없지 않은가?"

히사로쿠는 다시 한번 서슴없이 손을 내저었다.

"작은 우에노성 따위로, 한창 승세를 타고 있는 이마가와 군을 막을 수는 없습니다. 이 자리에서 이대로 단단히 지키시고, 저를 나고야로 보내주십시오."

"그대가 가서…… 어떻게 하려는 건가."

"우선 화의를 권하겠습니다. 후루와타리의 노부히데 님이 들어주지 않으면 노부나가 님을 설득하겠습니다."

"어떻게 설득하겠는가?"

"노부히로 님과 다케치요 님의 볼모 교환."

도시카쓰는 날카롭게 오다이를 흘끗 돌아보았다.

오다이도 히사로쿠의 말이 매우 뜻밖이었던 모양이다.

"다케치요와 노부히로 님의…… 그것으로 화의가 이루어질까요?"

히사로쿠는 대답했다.

"이루어질 것입니다. 이마가와 요시모토의 마음속은 알 수 없지만 겉으로는 오카자키의 복수전입니다. 오카자키의 도련님만 손에 넣으면 그 뒤의 싸움은 명분이 서지 않습니다."

도시카쓰는 다시 잠자코 오다이를 바라보았다. 오다이에게 다케치요의 뒷바라지를 쾌히 허락해 주고 있는 도시카쓰였다.

"그러면 다케치요가 무사히 성으로 돌아갈 수 있을까요?"

"글쎄, 거기까지는 모르겠습니다."

히사로쿠가 무뚝뚝하게 고개를 흔들자 오다이의 눈썹이 슬픈 듯 흐려졌다. 아쓰타에 있어서 남몰래 뒷바라지할 수 있었는데, 다시 이마가와 편에 뺏긴다면 오다이의 손은 닿지 않게 될 것이다. 3살에 어머니와 생이별하고 6살에 볼모로 가다가 도중에 오다 손에 넘어가고 아버지의 비참한 죽음을 당하더니, 이번에는 싸움의 계략에 이용되어 이제 겨우 익숙해진 아쓰타에서 쫓겨나는 것이다.

'그 아이는 대체 어떻게 될까?'

그때까지 침묵을 지키고 있던 도시카쓰는 슬그머니 손을 저으며 작은 소리로 말했다.

"히사로쿠—그것이 다른 사람이 말한 책략이라면 몰라도, 우리 집에선 그럴 수 없다. 너무 잔혹해. 그렇지, 오다이—"

오다이는 갑자기 다다미 위로 몸을 푹 엎드렸다. 소리 내지는 않았지만, 어깨와…… 무릎이…… 심하게 떨렸다.

잠시 뒤 히사로쿠는 다시 말했다.

"황송하오나, 있을 수 없는 일이 자주 일어나는 게 난세지요. 어느 쪽의 목숨을 잃는 일이 아닙니다. 노부히로 님도 살고 다케치요 님도 장소를 바꾸어 살아남습니다. 이 댁을 위해서도 이 사자는 꼭 저에게 분부해 주셨으면 합니다……."

도시카쓰는 말없이 오다이가 울음을 그치기를 기다렸다. 노부히로와 다케치요의 교환. 일단 싸움이 끝난다고 생각하니 그것은 확실히 하나의 방법이었다. 하지만 다케치요가 이마가와 편에 넘어가 슨푸에 있게 된다면 한 가지 위구심도 생긴다. 무슨 일이 있을 때마다 슨푸에 있는 다케치요의 생모 오다이 부인에게 오다가 감시의 눈을 번뜩일 게 틀림없기 때문이다.

'이것은 오다이 마음에 맡기자…….'

오다이가 받아들인다면 그 감시도 견디어갈 것이고, 그렇지 않고 연결을 유지하려 한다면 오다의 의심이 깊어져가리라.

복도 밖에서 하녀 목소리가 들려왔다.

"아룁니다."

오다이는 얼굴을 들고 눈물을 닦았다.

"도운사(洞雲寺) 주지스님이 마님을 뵈러 오셨습니다."

도운사는 히사마쓰 집안의 위패를 맡긴 절, 그 주지인 잇포(一峰) 선사가 찾아왔다는 것이다.

도시카쓰는 히사로쿠에게 눈짓했다. 오다이가 선사에게 혈서 관음경을 헌납하려고, 날마다 자기 피로 붓을 물들이는 것을 알고 있기 때문이었다. 그 혈서 경문에는 물론 다케치요에 대한 사랑이 담겨 있다. 아니, 그것은 사랑 이상의 비원으로 머지않아 세상의 빛을 보게 될 히사마쓰 도시카쓰의 자식과 먼저 태어난 다케치요의 좋은 인연을 비는 것이었다.

히사로쿠는 고개를 끄덕이고 일어섰다. 이러한 때 오다이가 선사를 만나는 것은 어느 한쪽으로 마음을 정하는 계기가 되리라.

두 사람이 나가자 곧 선사가 방으로 들어섰다. 선사는 아무렇게나 윗자리에 앉아 말했다.

"마님을 모시러 왔습니다. 오늘 마님에게 보여드릴 게 있어서."

"보여주실 것……이라면, 무슨 절의 보물이라도?"

"예, 절의 보물이라고도 할 수 있고 그 이상의 산 경문이라도 할 수 있지요. 준비하십시오. 객실에 펼쳐두고 왔으니."

오다이는 고개를 끄덕이고 두 손을 짚었다.

도운사는 이 성과 언덕으로 이어진 가까운 곳에 있었다.

'그래, 선사님에게 이 갈등을 털어놓고…….'

오다이가 선사와 함께 밖으로 나가니 좁은 성안이 북적대고 있었다. 여차하면 우에노성의 원군으로 달려갈 게 분명했다. 성채의 수비장수들도 말을 달려 돌아와 정문 앞에 둘러친 천막 안으로 서둘러 잇따라 들어가고 있었다.

해는 아직 높지만, 골짜기에서 골짜기로 건너가는 바람이 제법 서늘하다.

선사가 입을 열었다.

"난리 났군요. 구태여 싸우지 않아도, 부처님이 모두 공평하게 저세상으로 데려가주실 텐데."

오다이는 두 손으로 옷자락을 여몄다. 걸을 때마다 태아의 움직임이 크게 느껴졌다. 태어나는 일도 죽는 일도 왠지 서글픈 생각이 들었다. 앞서가는 선사의 어깨에 우수수 나뭇잎이 떨어졌다.

오다이는 가쁘게 숨 쉬며 그 뒤를 따라 돌계단을 올라갔다. 다케치요를 낳았을 때도 몹시 추운 겨울이었는데 이번에도 입춘 전에 출산할 모양이다. 자기가 낳는 아이는 모두 이렇듯 계절이 가리키는 엄한 운명에 희롱되어 가는 게 아닐까? 남편이 만일 이번 싸움에서 전사한다면, 태어나는 아이는 아버지를 모르리라. 하지만 다케치요를 더 이상 낯선 사람들 속에서 방랑하게 하는 것도 너무 가혹하다.

"자, 뜰을 지나가십시다."

선사는 이따금 오다이를 돌아보며 미소 지었다.

"마님은 강한 분이시니 현세의 앞이 내다보일 겁니다. 사법계(事法界)에서는 적과 아군이지만, 이사무애법계(理事無碍法界)에서는 적도 아군도 없으니까요. 헛되이 마음 쓰지 않는 게 좋을 것입니다."

"네."

"부인이 혈서 경문을 쓰고 계시다고 말씀드리니 어떤 분이 매우 감동하시고, 그렇다면 일부러 찾아올 필요가 없었는지도 모른다고 말씀하시더군요."

"어떤 분이라니……?"

"만나면 아시겠지요. 안으로 드십시오."

"그러면…… 보물이니 경문이니 하신 것은 그분을 말씀하신 건가요?"

"예, 예, 바로 그렇습니다. 경문이나 사람이나 모두 마찬가지니까요. 마음씨 훌륭한 사람은 산 경문이지요. 자연은 모두 산 문장이 아닌가요."

웃으면서 법당 곁을 돌아 와룡송(臥龍松)이라 이름 지어진 노송의 뿌리께를 돌았을 때 객실마루 장지문이 활짝 열렸다. 오다이는 무심히 그쪽을 쳐다보다가 저도 모르게 우뚝 서버렸다.

"아—"

마루에 서서 말없이 이쪽을 바라보는 나그네 차림 비구니의 두건에서 흘러나오는 심상치 않은 눈빛을 느꼈던 것이다.

'꿈은 아니다…….'

그것은 이미 이 세상에서는 다시 만날 수 없을 거라고 작정한 어머니 게요인이 분명했다. 아름답게 태어나 이리저리 전전하며 남편을 바꿔야 했던 박복한 어머니. 가는 곳마다 아버지 다른 자식을 낳고 생이별과 사별의 슬픈 상처를 온몸에 새긴 어머니…… 그 어머니가 잔잔한 눈동자에 그리움을 가득 담고 염주를 굴리며 서 있었다.

선사는 시치미 뗀 표정으로 입술을 내밀며 말했다.

"뭘 그리 놀라시오. 부인이 아침저녁 만나고 계시던 분이 아닌가요? 일중일(一中一)의 좋은 경문이오. 자, 사양 말고 손에 잡고 읽어보시지 않겠습니까?"

"……네."

오다이 부인은 허우적거리듯 걷기 시작했다. 하마터면 넘어질 뻔하다가 옷자락을 고쳐 잡고 어린 소녀 때 목소리 그대로 어머니를 불렀다.

"어머니!"

게요인은 여전히 꼼짝도 하지 않았다. 햇수로 꼽아 4년 동안 보지 못한 사이 지혜와 인내의 광채를 빛내며 참하게 성장한 딸의 마음을 꿰뚫어보려는 듯 말없이 숨결을 가누고 서 있다.

"발밑을 조심하십시오."

선사가 또 옆에서 참견했을 때, 오다이는 구르다시피 마루로 달려가 어머니 옷자락에 와락 매달렸다.

"어머니……."

게요인은 말없이 오다이의 손을 잡아 마루에서 안으로 부축해 올렸다.

"어머니라고 부르지 마시오. 속세 인연을 깨끗이 끊고 부처님을 섬기는 비구니요."

"……네."

오다이는 순순히 고개를 끄덕이면서 그래도 어머니 손은 놓지 않았다. 너무나 뜻밖의 재회여서 하고 싶은 말, 하소연하고 싶은 말, 듣고 싶은 말이 가슴 가득히 메여온다.

게요인은 오다이를 자리에 앉혔다.

"우선…… 주지스님의 주선으로 이름 없는 이 비구니가 히사마쓰 님 마님을 뵙게 된 기쁨을……."

"오다이도 기쁩니다."

"마님."

"네."

"사정이 있어서 이 비구니는 머지않아 슨푸로 옮깁니다. 그래서 인연 있는 절을 돌며 인연 있는 사람들 묘를 참배하고 왔지요."

오다이는 고개를 끄덕이고 살며시 자세를 바로 했다. 비록 세상을 버린 비구니라지만 지금 오다 쪽과 전쟁하고 있는 마쓰다이라 가문에 연결되는 어머니. 그 어머니와 여기서 이렇게 만난다면, 남편은 물론 선사의 몸에까지 어떤 폐가 미칠지 몰랐다.

"가리야에도 들러 료곤사를 찾아봤어요."

"네."

"마님이 헌납하신 물건들……."

말하다가 역시 게요인도 목이 메어 심한 기침이 뒷말을 앗아갔다.

"그런 뒤 구실잣밤나무 저택 옆을 지나 오카와의 겐콘사도 참배하고."

참다못해 오다이가 다시 입을 열었다.

"어머니……."

자기보다 한층 더 불행한 유전(流轉)의 흔적을 어머니는 용케도 둘러보고 온 모양이다.

하지만 슨푸로 옮긴다는 것은 왜일까? 옮겨가는 것일까? 옮겨지는 것일까?

그것을 물으려다가 오다이는 이 객실에 또 한 사람, 어머니의 시중꾼인 듯싶은 여자가 있는 것을 깨달았다. 여자는 방문 가까이에 단정히 앉아 모녀를 지켜보기보다 가까이 오는 사람을 경계하고 있는 자세였다.

오다이의 시선에서 게요인도 그것을 눈치챘다.

"참, 마님은 우에무라의 딸 사요(小夜)를 기억하고 계신지요?"

"아, 사요…… 사요였군요."

그러자 여자는 비로소 단정히 오다이 쪽으로 돌아앉았다.

"마님, 반갑습니다."

"오, 그대도 아기를 가졌군……."

"네, 마님이 오카자키를 떠나시고 얼마 안 되어 혼다 다다타카한테 출가하여 지금은 홀몸이 되었습니다."

"뭐, 홀몸이라고…… 그럼, 다다타카는……."

게요인이 다시 가볍게 손을 내저었다.

"전쟁이란 여자에게 슬픈 것. 그 이야기는 이제 그만두기로 하자."

"네."

사요는 대답하며 이 역시 이미 해산달에 가까운 배를 옷소매로 살며시 가렸다.

오다이는 다시 배 속의 아이가 힘차게 움직이는 것을 느끼고 저도 모르게 입술을 깨물었다.

"자, 소승이 망보아드릴 테니 마음 놓고 이야기를 나누시오."

주지는 밖에 서서 모녀에게 등을 돌린 채 안뜰을 서성거리기 시작했다. 혼다 과수댁도 다시 전의 엄숙한 얼굴로 돌아가 옆방 쪽으로 호젓하게 돌아앉는다. 두 사람 다 모녀의 마음을 헤아려 신경 쓰고 있다.

오다이의 목소리가 다시 떨려나왔다.

"어머니…… 안조성이 함락되고 노부히로 님이 이마가와 편에 잡힌 것을 아시나요?"

"잡혔습니까! 그거참……."

게요인은 아직 그것을 알 리 없었다. 눈을 크게 뜨고 사방을 살폈다.

"셋사이 선사님이 자신 있게 말씀하시더니…… 그거참."

오다이는 그 중얼거림을 캐물었다.

"그러시면 어머님은 미리 그 일을……."
"오, 알고 있었지요. 그래서 급히 마님을 찾아뵐 생각이 들었습니다."
게요인은 조용히 대답하고 다시 사방을 둘러보며 목소리를 낮췄다.
"마님은 다케치요 님을 위해 여러모로 애쓰고 계신다던데, 히사마쓰 님도 알고 계시나요?"
"네, 오다이의 자식은 히사마쓰의 자식도 된다면서……."
"정말 송구한 말씀이군요. 할미도 이렇게 감사드리겠습니다."
게요인은 공손하게 염주를 받쳐들고, 그 손으로 눈물을 눌렀다. 어느 틈에 기름한 두 눈에 이슬이 맺혀 있었던 것이다. 그것을 보니 오다이도 슬픔이 치밀어올라 억양 없는 목소리로 불렀다.
"어머니! 노부히로 님이 이마가와 편에 떨어졌으니 다케치요에게 뭔가 영향이 미치지 않을까요?"
게요인은 복잡한 표정으로 물끄러미 딸을 마주 보았다.
"미친다면 어떻게 하시렵니까?"
"그럼, 역시……."
"볼모를 교환하자고 이마가와 편에서 제의하면 오다 쪽에서 어떻게 나올지, 부자의 정이 있으니 설마 거부하지는 않으시겠지요."
오다이의 눈이 야릇한 광채를 띠었다. 게요인은 애써 냉정을 꾸며 보였다.
"오다 쪽에서 승낙하면, 다케치요는 아쓰타를 떠나게 될 거예요."
"갈 곳은? 어머님은 짐작되시나요?"
게요인은 고개를 끄덕이는 대신 문득 뜰에 서 있는 주지의 등으로 시선을 옮겼다.
"설한풍이 부는 대로 잎사귀를 떨구고 봄을 기다리는 나무도 많이 있어요. 마님은 이 비구니가 어째서 마님에게 작별 인사를 하러 왔는지 모르시겠습니까?"
오다이는 눈을 크게 떴다.
"아…… 어머니는 슨푸로 옮기신다고…… 그럼, 그건 다케치요의……."
게요인은 손을 들어 뒷말을 막았다.
"아쓰타에 있으면 마님과 히사마쓰 님의 정을 입고, 슨푸로 옮기면 이 비구니의 손이 닿습니다. 어느 쪽이든 다케치요는 강한 운을 타고난 아이인 듯싶습니다."

오다이는 숨을 삼키며 어머니 얼굴을 찬찬히 바라보았다. 비로소 혈육인 오빠, 지금은 히사로쿠라는 이름으로 살고 있는 노부치카가 볼모에 대한 이야기를 꺼낸 속마음을 알 수 있었다.

"다케치요의 운이 강하다고요……?"

홀린 듯 어머니 말을 되받아 중얼거리다가 이번에는 오다이가 당황해 사방을 둘러보았다.

'혹시 어머니와 오빠 사이에 무슨 연락이 있었던 게 아닐까?'

오빠는 볼모 교환을 조건으로 오다 쪽에 화의를 제안시키려 하고 있고, 어머니는 슨푸로 옮기려 하고 있다. 그렇게 된다면 오다이의 마음이 얼마나 가벼워질 것인가. 게요인의 말대로 아쓰타에 있으면 어머니 오다이의, 슨푸로 가면 할머니의 은밀한 손길이 다케치요에게 미친다.

오다이는 게요인 앞에 두 손을 짚었다.

"어머니, 잎사귀를 떨구고 봄을 기다리는 황량한 들판의 나무 마음…… 잘 알았습니다."

게요인은 고개를 끄덕이며 다시 염주를 받쳐들더니 사르르 눈을 감았다. 어머니 마음이 마침내 딸에게 통한 듯하다.

잠시 뒤 게요인은 중얼거리듯 말을 꺼냈다.

"마님은 행복한 분입니다. 다와라 부인은 자식을 못 낳는 여인이기에 마님의 쓰라림도 맛볼 수 없지만 기쁨 또한 모릅니다. 오카자키에 주군이 없는 지금 오직 시들어 죽기를 기다릴 뿐입니다. 그에 비하면 마님은 히사마쓰의 핏줄 속에서도 다시 살아갈 수가 있어요. 불행하다고 생각해선 안 됩니다."

"네."

"마님이나 이 몸은 여자 중에서도 복받은 사람이에요. 몸은 시들더라도 언젠가는 핏줄에 봄이 오니까요."

"네."

"무슨 일이 있어도 이 행복을 놓치지 마세요. 태어날 아이를 좋은 자식으로 키우십시오."

오다이는 또다시 다다미에 손을 짚고 잠시 오열을 깨물었다. 이 무슨 슬프고도 강한 깨우침이란 말인가. 가차 없는 고난의 채찍 너머에 다음 생명의 봄을 기다리며 살아간다. 그것 말고는 여자의 행복을 기대할 수 있는 시대가 못 되었다.

"마님뿐만이 아닙니다. 다다타카의 과부도 지금은 태어날 아이를 기다리며 살고 있지요. 사내아이라면 반드시 그 자식에게 할아버지와 아버지의 마음을 잇도록 해 보이겠다면서요. 저 충직한 할아버지의 손자…… 저 곧은 성격의 아버지 자식…… 사내아이라면 헤이하치로의 뒤를 잇겠지요. 그 혼다 헤이하치로가 다케치요의 기치를 받들고 전쟁 없는 세상을 만들어내는…… 그것이 이 비구니의 즐거운 기도, 즐거운 꿈이랍니다."

"알겠어요, 어머니. 오다이는 결코 제 몸의 불행을 한탄하지 않겠습니다."

이때 뜰에 서 있던 주지가 쉿—하고 두 사람을 손으로 제지했다. 누군가 찾아온 모양이었다.

"아, 마님이 계시기는 한데 지금 절의 보물인 경문을 보여드리는 중이라서."

그러자 남자 목소리가 거기까지 들려왔다.

"히사로쿠가 급히 여쭐 말씀이 있어 찾아왔습니다. 안내해 주십시오."

목소리와 함께 노송 아래로 성큼성큼 다가오는 그 모습을 보고 게요인은 깜짝 놀라 일어났다.

히사로쿠는 아직 거기에 어머니가 있는 줄 모르고 있었다. 그러나 어머니의 직감은 그것이 노부치카라는 것을 첫눈에 알아차린 모양이다.

얼른 마루로 나가 고개를 갸웃하며 물었다.

"혹시 미즈노 노부치카……?"

"예?"

히사로쿠는 한 발 물러서더니 그 역시 나직이 외쳤다.

"앗!"

히사로쿠의 눈은 별, 게요인의 눈은 아침 햇살이 깃든 이슬처럼 빛나고 있었다…….

나고야 부채

거실로 들어오자 노부나가는 선 채로 날카롭게 말했다.

"노(濃), 부채를!"

"네."

노히메는 대답해 놓고도 일부러 느린 동작으로 흰 부채를 건네준 다음 앉아서 노래 부르기 시작했다.

"—인생 50년……."

노부나가는 혀를 차며 펼치려던 부채를 탁 접었다.

"그대는 나에게 싸움을 거는 건가?"

노히메는 또렷한 목소리로 대답했다.

"네, 인생은 싸움이라고 직접 가르쳐주신 교훈입니다."

노부나가는 다다미를 찼다.

"부부는 달라! 부창부수도 때에 따라서다. 앞질러 흥을 깨지 마라."

"하지만 오늘의 춤은 흥이 아니라 불쾌함을 잊으려는 춤이 아닌가 합니다만……."

노부나가는 못마땅한 듯 혀를 찼다.

"그대는 달고 나올 것을 잘못 달고 나왔어."

"달고 나올 것이라니요……."

"물건을 달고 나와 사내가 되었어야 했는데, 사내가 되려다 만 여자로 태어났어. 성급한 것."

노히메는 웃는 대신 일부러 심각한 표정을 지었다.

"친정아버님도 늘 그렇게 말씀하셨어요. 난처한 일이라고 생각해요. 그런데 아버님 심기는?"

노부나가는 부채를 확 내던지고 그 자리에 앉았다.

"그대라면 어떻게 하겠나? 오늘 의논은 안조성에서 적의 손에 들어간 노부히로에 관한 일이었지."

"어머나…… 노부히로 님이 적의 손에 떨어지셨나요?"

노부나가는 다시 한번 못마땅한 듯 혀를 찼다. 안조성이 함락된 것도, 우에노성에 입성한 셋사이가 아버지 노부히데에게 사자를 보내 노부히로와 다케치요를 교환하는 조건으로 휴전을 제안해 온 것도 잘 알고 있는 노히메였다.

그 노히메가 일부러 노부나가의 신경을 건드리는 것은, 자기보다 3살 아래인 노부나가가 사사건건 자신을 억누르려 하기 때문이었다. 방약무인한 것은 노부나가의 성격인 듯싶지만 때로는 순진하게, 때로는 심술궂게, 때로는 원수같이, 때로는 꿀처럼 달콤하게 속삭이는 노부나가가 그녀는 얄미웠던 것이다.

우선 첫날밤 인연을 맺을 때도 그랬다.

"—따라와."

부끄러운 기색을 전혀 보이지 않고 성숙한 체하며 벌린 가슴에 노히메가 안기자 말했다.

"—그대에게도 나름대로 방식이 있겠지, 하고 싶은 대로 해봐."

그리고 노히메가 아무것도 모르는 숫처녀인 것을 알자 소리 내어 웃었다.

"—따분하군, 18살이나 되고도 숙맥이니."

그러면서 자기는 뻔뻔스럽게도 동물의 생태라면 잘 알고 있다고 큰소리쳤다. 그러한 데까지 지지 않으려는 매서운 성미가 밉기도 하고 사랑스럽기도 했다.

"그대는 노부히로가 잡힌 것을 모르고 있었나?"

"네, 전혀."

"그러면 안 돼. 그런 일은 재빨리 탐지해 내서 미노의 아버지에게 꼬박꼬박 보고해야지, 미욱한 것."

"분부하신다면 알리지요. 그런데 그토록 심기가 불편하신 이유는?"

노히메가 슬쩍 받아넘기자, 노부나가는 그리 화내지도 않고 평소의 날카로운 시선을 천장으로 보낸 채 말했다.

"셋사이 선사가 노부히로와 다케치요를 바꾸자고 해왔어. 그대라면 어떻게 하겠나?"

노히메의 얼굴빛이 문득 달라지려다가 곧 미소로 바뀌었다. 노부나가의 지능은 언제나 여느 사람보다 앞질러나갔다. 섣불리 말하면 무시당할 뿐 아니라 심한 미움을 산다.

사실 노부나가는 어리석음과 머뭇거림을 송충이처럼 혐오했다. 어리석은 인생 80년은 뛰어난 인생 20년만 못하다고 입버릇처럼 말하고 있었다. 인생 50년이라는 춤만 해도 소년 시절에 그러한 치열함을 겪어서 그런 것이지, 거기에 흐르는 무상감에 공명하는 건 아닌 듯싶었다.

노히메는 그것을 잘 알므로 재빨리 받아넘겼다.

"보시기에 어느 쪽 그릇이 뛰어난지…… 인물 나름이겠지요."

노부나가는 흘끗 노히메를 쳐다보았다.

"그렇게 생각하나? 그렇다면 그대 속마음을 알겠다. 노부나가는 말이야, 적의 뒷덜미를 친다."

"그러시다면……?"

"상대가 교환에 응할 줄 알고 있으면 응하지 않고, 응하지 않으리라 여기면 선뜻 응해주는 것이지."

"훌륭하신 고집이군요."

"두 사람의 인물 됨됨이는 전혀 비교되지 않는다고 아버님에게 말씀드렸어. 노부히로는 적에게 설복당해 울타리에 감금될 때까지 모르고 있을 정도의 천치. 다케치요는 어린아이지만 오와리에 잡힌 몸인데도 유유히 자기가 대장이라고 말하는 자. 이 범 새끼를 들에 놓아주면 머지않아 맹호로 자랄 것이니 그 제의에 따를 수 없다고 거절하시라고 말씀드렸더니 아버님이 몹시 역정 내시더군."

"매정한 자식이라고 하셨겠지요?"

"앞지르지 마. 말이 지나치다고 히라테 할아범과 하야시 사도(林佐渡)까지 나를 나무라더군."

"그래서 기분 상해 돌아오셨다면, 저는 안심했어요."

"뭣이, 안심했다고?"
"네, 대감이 보신 게 옳다고 생각해요."
"건방지군. 어떻게 옳은지 말해봐."
"볼모를 교환하지 않더라도 노부히로 님은 죽지 않습니다. 죽여서 이익될 게 없는 사람이니 언젠가 쓸모 있을 때를 위해 살려두는 거지요. 상대가 가진 것과 이쪽이 가진 것이, 나중에는 장기의 졸과 차만큼 차이 나게 될 겁니다."
노부나가는 놀라는 대신 또 혀를 찼다. 이 건방진 계집이 노부나가의 뱃속까지 들여다보고 있는 것이다. 노부나가는 노히메가 말한 대로 후루와타리성에서 아버지에게 의견을 말했다. 노부히로를 베겠다고 하면 이쪽은 다케치요를 베겠다고 대답해라. 다케치요가 죽으면 오카자키 무리는 흩어진다. 흩어지면 전력(戰力)이 되지 않으니, 노부히로를 베지 않을 게 틀림없다. 여기서 대등하게 협상에 들어가지 않으면, 오와리는 처음부터 협박에 응한 결과가 된다고.
복도에 발소리가 나기 시작했다. 노히메는 허둥지둥 일어나 노부나가의 옷깃을 매만져주고 자기 자리로 돌아갔다.
장지문 너머에서 남자 목소리가 들렸다.
"드릴 말씀이 있습니다."
노히메는 남자가 안으로 오는 것을 몹시 싫어했다. 노부나가는 노히메가 싫어하는 걸 알고 일부러 들이는 것 같았다.
노부나가가 안에서 소리 질렀다.
"이누치요, 무슨 일이냐?"
노히메는 그 말에 이어 역시 반대로 나간다.
"사양할 것 없으니 들어와요."
노부나가는 노히메를 흘끗 노려보았다.
"시동들은 내전에 들어오지 마라. 용건을 말해."
장지문 너머에서 이누치요는 눈살을 찌푸렸다. 노부나가와 노히메의 다툼질 같은 소꿉장난이 마음에 들지 않는 표정이었다.
"지금 아구이의 히사마쓰 님 사자 다케노우치 히사로쿠가 급한 일로 뵙고자 합니다!"
여기까지 말하자 노부나가는 혀를 차며 말했다.

"용건은 알고 있다. 알고 있으니 돌아가라고 해."

그러나 이누치요는 일어서는 기색이 없었다. 노부나가의 버릇은 잘 알고 있다. 먼저 강압적으로 퍼붓고 나서, 그런 다음 자기 추측이 맞는지 안 맞는지 반드시 확인하려 든다.

이누치요가 물러가지 않고 있으려니 아니나 다를까 노부나가가 물었다.

"다케치요를 셋사이 중놈에게 내주지 말라는 것이겠지. 알고 있으니 돌아가라고 해."

밖에서 이누치요가 흐흐흐 웃었다.

"웃었겠다, 이누치요. 뭐가 우스우냐?"

"예, 저도 모르게 웃음이 나왔습니다."

"그러니 그 이유를 말해봐."

"기치보시 님도……."

말하다 말고 급히 바로잡았다.

"주군도 상대의 마음을 잘못 짚는 일이 있는가 하고 그만……."

"잘못 짚다니, 다케치요를 그 중놈에게 내주라는 말이냐?"

"아닙니다. 노부히로 님과 교환해 주십사고 권하러 온 것 같습니다."

"뭣이? 교환하라고……."

노부나가의 목소리가 쩌렁쩌렁하게 높아지자 노히메는 일어나 스스로 안에서 장지문을 열었다.

이누치요는 이미 웃음을 거두고 있었다. 단정히 두 손을 무릎에 올리고 노부나가를 쳐다보고 있다.

노부나가는 신음했다.

"흠, 네 낯짝도 노부히로를 살리라고 말하고 있군. 그 까닭을 여기서 말해봐."

이번에는 노히메가 미소 지었다. 마치 성미 급한 어린아이 같은 노부나가지만, 그것이 모두는 아닌가 보다. 역시 어딘가에 깊은 사려를 숨기고 있다. 그것이 노히메에게는 낯간지럽기도 하고 자랑스럽기도 했다.

"송구하오나 이 이누치요에게는 의견이 없습니다."

"뭐, 의견이 없다고……? 그럼, 노부히로를 죽게 내버려두라는 말이지?"

"당치도 않은 말씀을. 그런 의견도 없습니다. 그런 큰일은 큰주군을 비롯한 중신들이 결정할 일. 이누치요 따위가……."
"못난 것!"
"예."
"다 죽어가는 늙은이 같은 소리 마라. 노부나가로서는 이 일을 결정하기 어려우니, 네가 대신 처리해라."
"그런 어려운 문제를……."
미간을 모으며 노히메를 바라보는 이누치요도 보통은 넘었다.
"마님, 이것은 너무 무리한 주군의 분부가 아닙니까?"
화살을 슬쩍 노히메에게로 돌렸다.
노히메는 이누치요가 미웠다. 이러한 그의 재치와 성품이 모두 노부나가의 마음에 드는 것을 알고 자기와 총애를 다투려 한다.
'내가 질 줄 알고…….'
미노의 거센 기질도 불을 뿜었다.
"이누치요 님."
"예."
"분부하시는 일이니 사양 말고 처리하세요. 그만한 일도 못하면 측근의 소임을 다하는 게 못 되지요."
이누치요의 눈 속에 당황하는 빛이 어렸다. 그러나 순식간에 다시 시치미 떼고 침착을 되찾았다.
"마님은 그렇게 말씀하시지만, 이누치요는 분수를 알고 있습니다."
"분수라니요?"
"그런 일을 처리할 재주를 타고나지 못했습니다."
"참 이상하군요. 그러면 그대의 재주를 잘못 보고 계신 건가요? 눈뜬장님이라고 말하는 건가요?"
"천만부당한 말씀!"
이누치요는 무릎을 벌리고 노히메 쪽으로 돌아앉았다. 볼에 희미하게 홍조가 어리고 붉은 입술은 여자처럼 요염했다.
"우리는 무(武)로 주군을 섬기는 몸. 무는 문(文)의 아래, 문무의 순서가 되어야지 무문이 되면 집안이 어지러워집니다. 비록 주군의 명령이라도 분수를 벗어나는 명에는 따르지 못하겠습니다."

노히메는 웃기 시작했다. 결코 경멸해서 웃는 웃음은 아니었지만 그렇다고 마음을 누그러뜨린 웃음도 아니다. 어린 이누치요는 상대도 안 된다는 요사스러운 웃음으로써 교묘하게 자기를 이누치요 위에 올려놓은 것이다.

"알았어요. 그럼, 내가 주선해 드리지요."

노부나가는 두 사람의 대화를 재미있어하는 것 같았다. 조금 전까지의 불쾌했던 기분은 사라지고 씨름심판이라도 하고 있는 듯한 표정이다.

"이누치요 님을 더 이상 난처하게 하지 마셔요. 이누치요 님은 역시 눈에 드실 만해요. 이렇게 빈틈없이 일하고 있으니."

노부나가는 웃기 시작했다.

"핫핫핫핫. 승부가 났다, 승부가 났어."

"승부라니요?"

"이것은 노부나가의 멋진 승리다. 그대도 이누치요란 놈도 내 비위를 맞추려고 하는군. 이처럼 멋대로 행동해도 그대들은 당하지 못할 거야. 핫핫핫, 이상한 일이지."

방약무인하게 웃어젖히고 웃음을 딱 멈추더니 벌써 여느 때의 매 같은 눈빛이 되었다.

"이누치요."

"예."

"히사마쓰의 가신을 이리로 들게 해라. 그리고 그대도 노도 노부나가의 응대를 명심해 보아두도록."

"그럼, 안내하겠습니다."

이누치요가 절하고 나가자 노부나가는 아내를 돌아보았다.

"노히메! 오늘뿐이야. 내전에 사내들은 들이지 않겠어. 그 대신 사나이들을 잘 못 보고 이 노부나가의 훼방을 놓지 않도록 해, 알겠어? 똑똑히 봐둬라, 사나이는 그대 아버지뿐만이 아닌 거야."

그 목소리의 따끔한 울림에 노히메는 그만 섬찟해 가슴을 눌렀다.

이누치요는 다시 침착한 태도로 돌아가 히사로쿠를 안내해 왔다.

히사로쿠는 옆방의 문지방 옆에 꿇어 엎드렸다. 노부나가는 튕겨내는 듯한 시선으로 그를 노려보며 느닷없이 말을 던졌다.
"히사!"
히사로쿠는 놀라 얼굴을 들었다. 그렇게 친숙하게 부를 줄은 생각지도 못했던 것이다.
"그대는 히사마쓰의 쓸 만한 부하라면서? 히라테를 만나고 왔나?"
노부나가가 묻는 뜻을 몰라 히사로쿠는 잠시 생각하고 있었다.
"히라테를 만나고 왔느냐고 묻고 있다."
"예, 작은주군을 직접 뵈어도 좋은지 여쭈려고……."
"거짓말 마라."
"예?"
"내용도 묻지 않고 히라테가 그대를 나한테 보낼 줄 아나?"
"죄송합니다."
"그대가 말한 일에 히라테는 동의했다. 그리고 그 일은 히라테가 전하는 것보다 그대가 직접 말하게 하는 편이 효력 있다……고 생각하여 나한테 보낸 것이다, 히사!"
"예."
"그대는 아버지에게 의리를 지키려고 왔나?"
"그 말씀은…… 저는 주군의 말씀을 도무지 알 수 없군요."
"거짓말 마라. 알고 있다고 이마 한구석에 씌어 있어. 설마 그대는 노부히로와 다케치요의 교환을 권유해 히사마쓰에게 의리를 지키게 하려는 건방진 충성으로 온 것은 아닐 테지?"
히사로쿠는 놀라며 노부나가를 쳐다보았다. 얼마나 날카롭고 빈틈없는 말인가. 이래서는 상대에게 더 말할 게 없었다. 지나치게 날카로운 것은 대장으로서 삼가야 할 일—이라고 생각했을 때 노부나가는 또 퍼붓듯 말했다.
"히사마쓰의 내실에게 분명히 말해라. 노부나가와의 약속을 기억하고 있느냐고."
"황송하오나…… 마님과의 약속이시라니요?"
"그렇게 말하면 안 된다. 다케치요를 손푸로 그냥 보내기만 하는 거라면 가만있지 않겠다. 이 노부나가는 이따금 아쓰타로 다케치요를 찾아가주었다. 친동생처럼 여겨 말을 주고 글공부도 허락해 주었어. 그러한 노부나가의 뜻을, 슨푸에 내주더라도 헛일이 안 되도록 오다이 부인이 주선할 수 있는가. 아니, 반드시 그렇게 하라고 말하는 거다."

히사로쿠는 짐짓 눈을 크게 떠 보였다.

"그러면…… 다케치요 님과 노부히로 님 교환은……."

"이미 노부나가가 동의한 일이다!"

매섭게 말한 다음 노부나가는 싱긋 웃었다.

"이렇게 말하면 그대 체면이 서지 않겠지. 좋아, 그대가 온갖 말로 권하여 노부나가도 가까스로 조건을 달고 승낙했다고 히사마쓰와 히라테에게 전해라."

"옛."

히사로쿠는 저도 모르게 그 자리에 꿇어 엎드렸다.

'이것이 15살 난 젊은이……'

이렇게 생각하자 참으로 야릇한 전율이 솟아올랐다. 이 얼마나 무서운 노부나가의 깊은 생각일까. 노부나가는 자기 주장이 통하지 않을 것을 깨닫자, 히사로쿠에게 공을 세우게 하고 오다이에게는 은혜를 판다…… 아니, 그보다 오다이를 통해 슨푸의 정보를 얻으려 하는, 정을 이용한 '누름'의 바둑돌을 두어 바둑판을 굳히고 있는 게 틀림없다…….

'장래가 무서운 대장……'

성급해 보이면서도 분별 있는 어른보다 훨씬 앞을 내다보고 있다. 그러고 보면 나날의 지나친 기행(奇行)도 반드시 무언가 생각이 있어서 하는 일. 대체 무슨 생각을 하고 있는 것인지, 생각하면 할수록 정체를 알 수 없는 공포와 망설임이 따른다.

"알았나, 히사!"

"예…… 옛."

"그럴 거야. 그대의 낯짝, 알 만한 얼굴이다. 거듭 말하마. 언젠가 이 노부나가와 다케치요가 손을 마주 잡고 옛일을 이야기할 수 있도록, 뒤에서 단단히 도모해 두라고 히사마쓰의 내실에게 전해라."

"알겠습니다."

"알았으면 땀을 닦아라. 땀을 닦고 썩 물러가라."

히사로쿠는 품 안에서 휴지를 꺼내 시키는 대로 이마의 땀을 닦았다. 그가 알고 있는 몇몇 영주들이 불꽃처럼 눈앞에 떠올랐다.

다케치요의 아버지 마쓰다이라 히로타다.

아버지 미즈노 다다마사.

형 미즈노 노부모토.

히사마쓰 도시카쓰에게도, 노부나가의 아버지 노부히데에게도 없는 칼바람 비슷한 것이 이 15살 난 노부나가를 에워싸고 있다. 굳이 비교한다면 구마 저택의 나미타로가 얼마쯤 닮은 느낌이었지만, 어쨌든 인생의 비정함과 슬픔을 깨닫고 자신의 묘비에 합장하며 누이 오다이 곁에서 여생을 보내고 있는 히사로쿠로서도 노부나가만은 가늠할 수 없었다.

히사로쿠가 공손히 절하고 물러가자 노부나가는 턱으로 이누치요에게 신호했다.

"물러가라—"

그리고 문득 사나운 눈빛이 되어 허공의 한곳을 노려보기 시작했다.

노히메는 숨죽이고 그러한 남편을 바라보았다. 남자는 미노의 아버지만이 아니라고 말했다. 그리고 히사로쿠에게는 거의 한마디도 대꾸하지 못하게 하는 멋진 응대로 그를 돌려보냈다.

"어때, 잘 보았나……?"

돌려보낸 뒤 어린아이처럼 코를 벌름거리며 자랑할 줄 알았더니, 그 예상을 뒤집고 숨소리도 조심스러울 만큼 심각한 사색에 빠져든다.

노히메에게도 노부나가는 반드시 파악해야 하는 대상이었다. 존경하고 사랑할 남편으로 파악하느냐, 아니면 경멸하면서 언젠가 잠든 목을 벨 적으로인가…… 그러나 노부나가는 이 점에서도 역시 전혀 알 수 없다. 세상의 소문과 같은 멍청이가 아닌 것만은 이미 의심할 여지가 없었다. 하지만 노히메로서는 그것이 자기를 사랑하고 자기를 인정하는 현명함이라면 무의미했다.

노부나가는 무슨 생각을 했는지 별안간 노히메를 돌아보았다.

"노! 무릎을!"

짧게 말하고 벌렁 그 자리에 누웠다. 노히메가 흠칫하며 그 머리에 자기 무릎을 괴어주자 노부나가는 다시 말했다.

"귀! 귀가 가렵다, 귀지!"

노히메가 귀지를 긁어내기 시작하자, 자신은 굵은 집게손가락을 콧구멍에 쑤셔 넣고 쉴 새 없이 후비며 다시 천장을 지그시 노려보기 시작했다.

노히메가 잠자코 보고 있으니 노부나가는 자기 손톱에 걸린 코딱지를 무의식적으로 손끝으로 뭉쳐서 다다미 위로 탁 튀긴다. 튀기고 나면 또 손가락을 집어넣어 후벼내고, 후벼내면 또 뭉쳐서 튀긴다…….

그동안 무슨 생각을 하고 있는지 눈도 깜박이지 않는다. 처음에 노히메는 그 불결함에 눈살을 찌푸리고 다음에는 웃음이 치밀었다. 아까 히사로쿠를 대할 때의 강압적인 태도에 비하면, 이 무슨 철부지 개구쟁이 짓인가.

"노—"

"네."

"아버지는 처음에 노부히로를 멋대로 베라고 대답했었지."

"어느 분에게 말씀인가요?"

"셋사이 중놈이지. 그런데 도중에 다케치요와의 교환 이야기가 나오자 두말없이 마음이 꺾이셨어."

"혈육의 정이니, 무리가 아닌 줄 압니다."

"아니, 그런 아버지가 아니었어. 좀 더 강하고, 좀 더 매서운 아버지였어."

"귀지는 이제 그만 후벼도 될까요?"

"아니, 멀었어…… 아버지는 요즘 몹시 쇠약해지셨어. 죽을지도 몰라."

"그런 불길한 말씀을."

"바보 같으니, 살아 있는 것 가운데 죽지 않는 게 있다더냐? 하지만 아버지에게 만일의 일이 생긴다면, 오다 일족은 너도나도 덤벼들어 이 노부나가를 치려 할 거야."

그 말을 듣고 노히메는 가슴이 철렁했다. 노부나가가 무슨 생각을 하고 있었는지, 그 한 끄트머리에 섬뜩하게 스친 느낌이었다.

"그대 아버지나 이마가와쯤은 누를 수 있지만, 방심할 수 없는 상대는 우리 편이란 말이야."

그 말을 들으니 노히메도 무슨 말인지 뚜렷이 납득되었다. 일족 중에서 노부나가의 족보상 위치는 결코 높은 게 못 되었다. 같은 오다 성(姓)을 가졌지만 오와리의 반쪽만 지배하는 오다 야마토노카미(織田大和守)의 가신으로, 세 중신의 하나에 지나지 않았다. 그런데 아버지 노부히데의 대에 이르러 눈 깜짝할 사이에 일족을 눌러왔던 것이다. 야마토노카미 외에 기요스에는 종가인 오다 노부토모(織田信友)가 있어, 이 또한 노부나가 아버지의 압박에 은근한 반감을 품으며 기회를 엿보고 있다.

그러한 가운데 아버지 노부히데에게 만일의 일이 생긴다면, 종가는 옛 신하들을 모아 노부나가 타도의 기치를 들 게 분명했다. 노부나가가 말하는 불안은 바로 그것이었다.

노부나가는 갑자기 노히메의 손을 뿌리치고 일어났다.

"노히메—내가 지금 말한 넋두리, 절대 말을 내면 안 돼."

"네."

"나는 그들에게 뱃속을 보이지 않아. 내 뱃속은 보이지 않고 남의 뱃속을 들여다보는 멍청이……."

말하다가 다시 흘끔 노히메를 보았다.

"그대, 내 코딱지를 주웠지, 몇 개야?"

노히메는 역시 번쩍 찌르는 듯한 눈길로 노부나가를 쳐다보며 대답했다.

"몇 개 만들어 튕기셨어요?"

"여섯!"

"그렇다면 여기에 모두 주워놓았어요. 더럽기도 하지."

"뭣이, 더럽다고…… 노!"

"네."

"그 더러운 남편이 품어주마, 오너라."

"네."

"그대는 생각했던 것보다 귀여워. 어디 봐, 이번에는 내가 그대 귀를 후벼줄 테니."

노히메는 시키는 대로 노부나가의 무릎에 얼굴을 맡겼다. 그리고 근육이 단단한 허벅지 살에 뺨이 닿자 온몸이 뜨거워지기 시작했다.

'아직은 마음을 주지 않겠어……'

그런 자존심이 어딘가에서 그녀의 드센 성미를 버티어주고 있었지만, 손도 다리도 달콤하게 마비되어 가는 것 같았다.

노부나가는 동그스름하게 부푼 노히메의 귓불에 손이 스치자 그 손이 그대로 턱선을 따라갔다.

"노히메—"

"네."

"눈을 감아. 그리고 이 노부나가의 모습을 눈 속에 그려봐."

'또 무슨 말을 하려는 것일까, 이 악동이…….'

생각하며 노히메는 시키는 대로 눈을 감고 노부나가의 모습을 떠올렸다.

"됐다, 떠올랐나?"

"네."

"그 노부나가에게 그대 손으로 조정 대신의 옷을 입혀봐."

"네?"

"괜찮으니 입혀보란 말이야."

"네."

"어때, 어울리나?"

노히메는 흥 하고 생각하면서도 상상 속에서 옷을 입혀갔다. 미웠지만 그곳에 그려낸 노부나가는 황홀할 만큼 의젓해 보였다.

"어때, 미운가?"

노부나가의 손은 어느새 어깨에서 허리를 더듬어내려가 받쳐올리듯 노히메를 안고 있었다. 노히메의 몸은 달콤한 안개 같기도 한 정감에 잠겨들고 있었다. 그 느낌을 놓치기 아까워 노히메는 고개를 흔들었다.

"아니요."

"밉지 않다면 좋은가?"

"네."

"이세(二世)를 걸고 섬길 텐가?"

"네."

"노히메! 나도 그대를 사랑할 것 같아. 서로 의좋게 지내볼까?"

"네."

"만일 배신한다면 찢고 또 찢어서 뼈까지 먹고 뱉어버릴 테야."

노히메는 더 이상 대답할 수 없었다. 노부나가의 뜨거운 숨결이 폭풍 같은 거센 힘으로 입술을 덮쳐왔던 것이다.

"행복한가?"

"네."

"네, 로는 모자라. 행복하다고 똑똑히 말해!"

"저는…… 저는…… 행복해요."

서원의 영창은 아직 밝았다. 바스락바스락 낙엽을 스치는 바람 소리가 대화가 끊긴 방 안에 퍼져갔다. 그러나 노히메는 땀에 젖어 시야 가득 흐드러지게 만발한 봄꽃들을 보고 있었다.

잠시 뒤 노부나가는 문득 노히메를 떠밀었다. 노히메는 출가한 뒤 처음으로 수치심을 느끼며 흐트러진 옷매무새를 바로잡았다.

"노히메—"

"네."

노히메는 문득 남편에게 원망스러운 애착을 느끼며 당황했다.

가는 기러기 오는 기러기

대지에는 유리 조각을 심어놓은 듯 서리가 내렸다. 잎들은 이미 다 떨어지고, 물든 감귤의 파란 잎만이 선명하게 아침 볕을 받고 있었다.

어디서 구해왔는지 아베 오쿠라가 정면에 멍석을 깔고 팔꿈치에 입은 화살 상처를 치료하고 있었다. 그 오른쪽에 사카이, 이시카와, 우에무라, 사카키바라(榊原), 아마노(天野) 등이 엄숙한 표정으로 창을 세우고 늘어앉았으며, 왼쪽에는 오쿠보 신파치로가 아들 다다카쓰(忠勝), 동생 다다카즈(忠員), 다다카즈의 아들 다다요(忠世) 등 일족 10여 명을 거느리고 듬성하게 자란 수염을 쓰다듬고 있었다.

바로 뒤에 이마가와 군에 함락된 안조성 망루가 보인다.

히라이와(平岩)가 볶은 쌀을 아작아작 씹으며 아베 진고로에게 말했다.

"셋사이 선사의 뱃속은 알 수가 없어. 그 승전의 여세를 몰아 어째서 우에노성을 함락시키지 않는지."

아마노는 고개를 흔들었다.

"아니야, 아니야."

그는 허리춤의 주머니에서 볶은 콩을 꺼내 허기를 달래고 있다.

"오다 노부히데가 오와리로 재빨리 철수했으니 그리로 쳐들어가는 건 수렁에 발을 들이미는 거나 마찬가지야. 그보다는 안조성을 빼앗고 일단 물러나는 게 승리를 승리답게 만드는 방법이지."

"그건 그렇고 오다 쪽에서 다케치요 님을 순순히 내줄까?"

"글쎄 말이오, 돌아가신 주군께서도 노부히데한테서 같은 제의를 받았을 때 다케치요 님을 마음대로 하라고 거절하지 않았소. 격한 성미로는 돌아가신 주군에게 뒤지지 않는 노부히데, 노부히로 님을 마음대로 하라고 말할 가능성도 충분히 있겠지요."

신파치로는 아들이 내미는 된장을 받아 핥으며 말했다.

"그래서 말인데, 마음대로 하라고 나온다면 곧 우에노성을 짓밟고 나고야까지 갈 작정이겠지. 작은 우에노성에서 일단 멈춘 것은 그런 속셈이 있어서라고 난 보고 있소. 그러니 아직 허리끈을 풀어서는 안 될 거요."

그는 대나무 껍질에 싼 된장을 모두들 앞에 내밀었다.

"우선 맛보시오, 힘이 날 거요."

"고맙소."

그리고 잠시 그들은 창을 세운 채 된장을 핥으며 볶은 쌀을 씹고 볶은 콩을 깨물었다. 행색은 이미 들도적에 가까웠다. 갑옷은 그나마 번듯했지만, 속옷은 누덕누덕 기운 것이었다. 하지만 이 50여 명이 창을 꼬나들고 안조성으로 쳐들어갈 때의 처절함은 총대장 셋사이 선사는 물론 이마가와 군의 이이 나오모리(井伊直盛)도 아마노 가게쓰라(天野景貫)도 혀를 내두를 만큼 용맹스러웠다. 모두의 마음에 다케치요를 되찾으려는 비장한 소원이 있기 때문이었다…….

더구나 이마가와 군에는 졸개에 이르기까지 현미 주먹밥이 돌아가고 있건만, 도시락을 지참하는 오카자키 군은 저마다 양식을 마련해야 했다. 그 때문에 이름난 장수들이 부하 수까지 제한하며 도보로 싸웠던 것이다.

"된장이 이토록 맛있는 줄 미처 몰랐어. 오쿠보네는 넉넉해서 부러운걸."

우에무라가 말하자 신파치로는 입을 크게 벌리고 웃었다.

"그 대신 된장이 없으면 구더기 낄 염려도 없지. 부러운걸, 왓핫핫핫."

그곳에 척후 한 명이 달려와 춤추는 듯한 손짓으로 큰길을 가리키며 외쳤다.

"왔어요, 왔어. 여러분, 왔습니다."

"뭣이, 왔다고!"

모두들 재빨리 식량주머니를 치우고 발돋움하며 가리키는 큰길 쪽으로 눈길을 보냈다. 과연 기마 1기에 보병 졸개 넷을 거느린 군사들이 소나무 사이를 누비며 다가오고 있었다. 후루와타리로 일단 돌아가 노부히데의 의향을 확인하고 히라테가 돌아온 게 틀림없었다.

"과연 히라테가 오는군."

"좋은 소식일까, 나쁜 소식일까?"

사람들은 얼굴을 마주 본 다음 허리갑옷 아래의 먼지를 털었다. 오카자키 군 50여 명이 안조성 외곽선을 지키고 있는 광경을 군사의 머릿속에 새겨놓기 위해서였다.

"알겠소, 오늘은 내가 응대하겠소. 모두들 눈을 부릅뜨고 계시오."

신파치로는 창자루로 땅을 쿵 찌르며, 입언저리의 된장을 손바닥으로 쓱 문지른 다음 일부러 길 한복판에 버티고 섰다.

하늘은 활짝 개고 솔개가 줄곧 날고 있다.

히라테는 오늘 훌륭한 전투복을 걸치고 툭 튀어나온 이마에 엄숙한 주름을 지으며 다가왔다.

"누구냐!"

신파치로는 깨어질 듯한 목소리로 고함치고 나서 늠름하게 창을 훑으며 꼬나들었다.

"안조성 정문 앞은 오카자키 군이 지키고 있다. 수상한 자는 개미 새끼 한 마리도 통과시키지 않는다. 누구냐!"

"오, 수고하시오. 오쿠보 신파치로 님 아니시오?"

"뭣이, 아는 체하지 마라. 내가 신파치로인 건 틀림없지만, 너 같은 덜 익은 표주박 친척은 없다."

히라테는 흐흐흐 웃었다.

"신파치로 님은 이름난 호걸인데, 머리가 나쁜 게 옥에 티거든."

"그렇다. 생각났다가도 금방 잊어버리는 게 신파치로의 버릇. 지금 여기서 이름을 대고 지나가도 돌아갈 때는 벌써 잊고 있을지 모르지."

"흠, 그렇다면 이름을 대지 않고 지나가야겠군. 난 그대에게는 볼일이 없다. 린자이사의 셋사이 선사를 만나러 온 것이다."

이번에는 신파치로가 빙긋 웃었다.

"허허. 우리가 이곳을 지키고 있는 줄 알면서 이름도 대지 않고 지나가겠다나…… 정말 재미있군! 자, 지나가구려. 혹시나 해서 말해두지만 가슴팍에 바람 구멍이 나면 안으로 나르지 않고 밖에다 버릴 테다."

히라테는 가슴을 탁 치면서 고개를 끄덕였다.

"알았소. 이 덜 익은 표주박에도 혈통이 있소. 가슴에 구멍이 나든 말든 책임을 다해보리다. 아니면 오카자키 군은 정신이 뒤집혀 소중한 다케치요 님 생명에 관계되는 사자에게 무례한 짓을 하겠다는 거요?"

신파치로는 다시 창끝을 히라테에게 가까이 들이댔다.

"흥, 과연 뼈다귀가 조금은 있는 것 같군. 뼈 있는 놈인 줄 알면, 아이들처럼 쉽게 좋아지는 게 오카자키 사람들 버릇이지. 그럼, 좀 더 두고 볼까. 안으로 들여보내도 도망치게 한 것은 아닐 테니까."

그리고 다시 한번 늠름하게 창을 훑고는 창자루로 땅을 콱 찌르며 깨질 듯한 소리로 고함쳤다.

"지나가시오!"

히라테는 신파치로가 창을 물리자 다시 전의 못마땅한 표정으로 돌아가 정문을 들어갔다.

신파치로는 모두를 돌아보았다.

"알 수가 없어. 저놈은 좀처럼 뱃속을 드러내지 않는데 좋은 소식일까, 나쁜 소식일까?"

아무도 대답하지 않았다. 히라테의 못마땅해하는 표정이 모두의 마음을 몹시 불안하게 했던 것이다.

"만일 나쁜 소식이라면, 나는 그놈을 베어버리겠다."

그것이 본심이 아닌 줄 알므로 아무도 대꾸하는 자가 없다.

만일 히라테가 볼모 교환에 응하지 않는다면, 셋사이도 이대로 물러나지 않으리라. 이 싸움은 계속되어 오카자키 군은 점점 더 오와리 군의 주력(主力) 앞에 내세워지게 된다. 안조성 공격 때도 화살받이였는데, 오와리로 쳐들어가 후루와타리나 나고야에 이르면 이 50여 명 가운데 몇 사람 살아남지 못하리라.

"자, 일단 배를 채워둡시다."

아베 오쿠라가 심연을 들여다보는 눈초리로 밥주머니를 풀자 모두들 앉아서 저마다 다시 입을 우물우물 놀리기 시작했다. 담판이 결렬되면 아마 이대로 진격 명령이 내릴 게 틀림없었다. 졸개가 장작을 지펴 찌그러진 냄비에 물을 끓이기 시작했다. 볶은 쌀을 먹고 난 다음 갈증을 푸는 귀중한 물인 동시에 추위를 막아주는 뜨거운 물이기도 했다.

식사가 끝났다. 저마다 다시 식량주머니에 볶은 쌀과 콩을 나누어 담고 허리춤에 찬 다음 감발을 단단히 죄어 묶었다. 지금 히라테와 셋사이 사이에서 다케치요의 운명이 정해지고 있다고 생각하니 가만히 있는 게 두렵다.

"자, 이제 준비는 갖추어졌다."

"음, 이렇게 된 바에는 오와리나 미노라 해도 겁날 것 없다. 가는 데까지 가볼 수밖에."

모든 준비가 끝나자 이번에는 양지쪽에 벌렁 드러누워 제멋대로 잠자기 시작했다. 밤에는 추위가 심해 섣불리 자다가는 얼어 죽는다. 미리 잠을 자두고 미리 먹어두는 것은 서로 말은 하지 않아도 무사의 요령. 가장 잘 자는 사람은 역시 나이 든 아베 오쿠라였다.

"영감은 잘도 자는군."

흰머리를 햇볕에 번뜩이며 가볍게 코 골기 시작한 노인을 진시로의 아들 다다요가 부러운 듯 쳐다보고 있을 때, 성안에서 심부름꾼이 나왔다.

"사카이 님, 셋사이 선사님에게 가보십시오."

사카이는 싱긋 웃으며 일어났다.

"여러분, 길보요."

모두들 흠칫하며 눈을 떴다.

"뭣이, 길보라고!"

사카이는 고개를 끄덕이며 기쁨을 숨기지 못해 또 웃었다.

"히라테는 아직 돌아가지 않았소. 돌아가기 전에 나를 부른 것은, 이야기가 교환의 자세한 부분에까지 진척된 증거겠지."

신파치로가 손뼉 치며 벌떡 일어났다.

"그런가!"

이어 히라이와도 말했다.

"그래."

진시로와 아마노도 저도 모르게 벌떡 일어나 사카이의 뒷모습을 향해 환성을 질렀다.
"조용하시오, 조용하시오. 너무 좋아하다가 나중에 실망하면 어쩌려고 그러오."
아베 오쿠라는 앉은 채 손을 내저으며 그 역시 두 눈에 눈물을 가득 담고 있다.
누군가 괴성을 질렀다.
"윽—"
복받치는 감격의 울음을 감추는 소리였다.
사카이가 큰방에 들어서자 셋사이는 미소를 머금었다. 역시 사카이의 추측이 맞는 모양이다. 그는 성큼성큼 셋사이 가까이로 다가간 다음 히라테에게 목례했다.
히라테는 아직도 아까처럼 시무룩한 표정일 것으로 생각하고 있었는데, 그 역시 빙그레 웃고 있다. 이러한 교섭의 흥정에는 오카자키 사람으로선 영문을 알 수 없는 일이 많았다. 모두 그들보다 복잡한 함축성을 띠며 행동했다.
"오카자키의 중신 사카이—"
셋사이가 마치 십년지기라도 되는 것처럼 은근한 목소리로 소개하자, 히라테는 사카이가 어리둥절할 만큼 친숙한 태도로 정중히 인사했다.
"높으신 존함은 일찍부터 듣고 있었습니다. 히라테 마사히데, 기억해 주십시오."
그리고 남의 일처럼 말했다.
"이 성에는 아마노 님과 이이 님이 남으신다면서요. 그래서 우리 역시 노부히로 님을 모셔가기로 했지요."
'이놈이…….'
사카이는 저도 모르게 웃었다. 아마노와 이이에게 점령되어 부득이 노부히로의 목숨을 빌러 온 게 아닌가. 그러나 웃고 나서 섬뜩한 것은, 히라테의 그다음 말이 따끔하게 채찍이 되어 자기 몸을 내리쳤기 때문이었다.
"겸하여…… 이번에 돌아가신 히로타다 님의 유아 다케치요 님 신상에 만일의 일이 있어서는 안 되므로 귀하들 손에 돌려드릴까 하오."
셋사이는 히라테의 말을 듣고 있는지 아닌지 눈을 가늘게 뜨고 영창문에 비친 매화 가지를 바라보고 있었다.
"아무튼 마쓰다이라와 오다의 불화는 워낙 오래된 일인지라."
"그렇습니다."
"잘 아시겠지만 오다 집안에서는 젊은 무사들이며 그 밖의 무리들이 다케치요를 돌려주지 마라, 다케치요를 베라는 소리가 이번 일로 한층 더 높아졌기 때문에."
사카이도 그 말에 응수했다.
"그렇겠지요…… 오카자키에서도 노부히로를 그대로 내주면 안 된다, 도중에 베어버리라는 소리가 있소."
"바로 그것입니다, 내가 염려하는 것도."
히라테는 여기서 또 녹아내리는 듯한 웃음을 지었다.
"그래서 두 사람의 교환 지점 말인데, 어디가 좋을 것 같소, 귀하 생각으로는?"
사카이는 짐짓 고개를 갸웃거리며 생각하는 척했다.
"예…… 다케치요 님을 이 성까지 보내주시고 난 다음 노부히로 님 인도를 부탁하는 게 무난할 거라고 생각합니다만."
히라테는 가볍게 손을 저으며 흐흐흐 웃었다.
"사카이 님, 위험 부담은 반반씩이 아니면 안 될 거요."
"반반씩……이라고 말씀하시면?"
"우리 편에서 노부히로 님을 아쓰타까지 보내주면 다케치요 님을 내주겠다고 했는데, 셋사이 선사가 들어주시지 않으니 말이오."
사카이는 섬뜩하여 셋사이를 다시 쳐다보았다. 셋사이는 여전히 영창문의 햇살에 실눈을 뜨고 있었다.
'그래, 이 일은 잘 생각해야 해…….'
사카이 등은 승패에만 정신이 빼앗겨 거기까지 아직 생각하지 못하고 있었는데, 양편의 날카로워진 공기를 생각하니 이 교환 장소가 이미 큰 위험을 품고 있었다…… 노부히로를 아쓰타까지 보내준 다음 거기서 다케치요를 받는다는 것은 생각지도 못한 일이었다. 노부히로를 내준 다음 만일 싸움이라도 벌어진다면, 오카자키 군은 한 사람 남김없이 오와리의 흙이 되리라. 하지만 여기까지 다케치요를 데려오라, 그런 다음 노부히로를 내주겠다는 것도 너무 뻔뻔스럽다. 셋사이가 혼자서 결정하지 않고 지리에 밝은 사카이를 부른 까닭을 비로소 알 수 있을 것 같았다.

"어떨까요. 양쪽 위치의 중간 지점인 오타카(大高) 언저리에서 교환하면?"

이미 그 문제에 대해 충분히 생각하고 온 듯한 히라테의 말에, 사카이는 또 고개를 갸웃했다. 확실히 아쓰타와 안조의 중간이라면 그 언저리지만, 과연 괜찮을까?

그러자 지금까지 천연덕스레 영창의 햇볕을 보고 있던 셋사이가 불쑥 끼어들었다.

"우스운 일이야."

사카이는 고개를 갸웃하며 다음 말을 기다렸으나 셋사이는 그뿐 흐흐흐 웃으며 입을 다물었다.

'무엇이 우스운 일이란 말인가……?'

오타카로는 셋사이의 마음에 마땅치 않은 게 있는 모양이었다. 그것이 사카이에게는 언뜻 이해되지 않았다.

"그럼, 차라리 우에노로 하실까."

히라테가 양보했다. 여기에도 충분히 흥정이 있었다고 생각하자, 사카이는 얼른 짐작되는 것이 있었다.

오타카도 우에노도 오와리 땅이다. 싸움에 이긴 이마가와 쪽이 패색 짙은 오와리까지 볼모를 호송해 가는 일이 우습다는 것임에 틀림없었다. 그렇게 깨닫자 사카이는 강하게 나갔다.

"우에노라면 승낙하기 어렵소."

"아니, 어째서지요?"

"어째서냐면……."

말하려다가 사카이는 자신의 외고집을 가까스로 억눌렀다. 한쪽은 패색 짙은 가운데 주군의 위상을 떨어뜨리지 않으려고 한 치를 깎는 흥정을 하고 있는 것이다. 무사의 정을 아는 자라면, 여기서 노골적으로 승패를 입에 올릴 게 못 되었다.

"어째서냐면 우리 오카자키에는 난폭한 무사가 많기 때문입니다."

"허, 그 무용은 진작부터 알고 있었지만, 그것이 이번의 장소와 무슨 상관 있는지요……?"

"예, 난폭한 무사들이 많으므로 오와리에 들어가 만일 귀하 편의 원망하는 자들과 시비라도 생기면 큰일이니까요."

그 말을 듣자 셋사이는 싱긋 웃었지만 히라테의 이마에는 고민의 빛이 역력히 떠올랐다. 상대가 이미 무언가 깨닫고 있음을 안 고민임에 틀림없었다.

"하긴 그런 점도 있지……."

잠시 뒤 히라테는 크게 한숨을 내쉰 뒤 멋지게 대꾸해 왔다.

"그럼, 미카와 땅으로 정하기로 할까요. 하지만 야하기강 동쪽은 동의할 수 없소. 그렇다면 우리 편의 거친 무사들이 일을 일으킬 염려가 있으니."

셋사이는 어느 쪽이라고도 할 수 없는 표정으로 고개를 끄덕였다.

"그럴 테지, 그럴 거요. 그러면 니시노(西野) 언저리가 좋겠군요."

셋사이는 처음부터 그렇게 생각하고 있었던 모양이다.

"니시노로 합시다. 어떠시오, 히라테 님?"

히라테는 순간 입술을 깨물더니 이윽고 유쾌하게 웃기 시작했다.

"글쎄, 그 언저리가 괜찮겠군요……."

히라테도 셋사이도 저마다 오다, 이마가와의 두 집안을 짊어지고 있는 만큼 역시 예사롭지 않았다. 서로 상대의 뱃속을 헤아리며 급소를 차근차근 짚어가는 게 빈틈없다.

이 두 사람 앞에서 사카이는 자신이 작고 초라하게 여겨져 견딜 수 없었다. 정직하고 무뚝뚝하고 의리는 강하지만 정치적 수완에 있어 오카자키 사람들은 아직 답답할 만큼 어렸다. 도리이가 가까스로 그러한 계략에 깊은 생각을 보여줄 정도이며, 이시카와나 자신은 모두 어린아이나 다름없었다.

아니나 다를까 두 사람 사이에 사카이로서는 이해하기 어려운 대화가 다시 이어졌다.

"그럼, 니시노의 가사데라(笠寺)로 정하실까요?"

셋사이가 말하자 히라테는 고개를 끄덕였다.

"가사데라는 아마 조동종(曹洞宗 ; 불교 선종(禪宗)의 한 파)이었지요?"

"그렇소. 나와 종파는 다르지만 거절하지 못할 거요."

"알겠습니다. 그러면 이 성에서 노부히로 님을 가사데라까지 호송해 갈 인선(人選)은?"

"글쎄요……."

셋사이는 조용히 사카이를 돌아보며 미소 지었다.

"다케치요 님을 아쓰타에서 호송해 주실 인물에 따라 정해지겠지요."

아마도 사카이를 부른 참뜻은 여기 있는 듯했다. 사카이는 온몸이 긴장되는 것을 느꼈다. 과연 그 인선은 쉬운 일이 아니다. 만일 이쪽에서 노부히로를 호송해 간 인물이 상대에게 얕보이면 그야말로 큰일이었다. 노부히로를 넘겨준 뒤 싸움이 벌어질 염려는 없다 하더라도, 그 태도며 응대가 비굴하면 다케치요를 욕보일 뿐 아니라 셋사이 선사는 아마도 이마가와 가문의 체면을 손상시켰다고 말할 것이다. 그렇다고 너무 뻣뻣하기만 해서는 오다의 감정을 자극해 상서롭지 못한 시비를 일으킬 염려가 충분히 있었다.

사카이는 목소리를 낮추어 대답했다.

"그렇습니다…… 이것은 오다 쪽의 인선을 여쭌 다음에 생각하는 게 무난할 줄 압니다."

히라테는 조그맣게 한숨지었다. 그 역시 상대의 인선을 듣고 나서 노부히로에게 치욕을 주지 않을 만한 자를 딸려보내고 싶었던 게 틀림없다.

"그럼, 제 생각을 말씀드리리다. 이쪽에서 다케치요 님에게 딸려보낼 사람은 오다 노부히라(織田信平), 오다 노부나리(織田信業)가 좋을 거라고 생각하는데."

사카이는 다시 흘끗 셋사이를 보았다. 그 두 사람 모두 오다 일족 중에서 위치로 보나 무명(武名)으로 보나 이름난 중진이었다. 히라테는 아마 그런 사람들을 딸려보내 교환 자리에서 오와리 편의 패색을 압도하려는 게 틀림없다. 그 두 사람에 대해 문무와 식견이 다 함께 뒤떨어지지 않는 인물이 오카자키 쪽에 있을 것인가? 만일 상대에게 무언가 질문받고 얼굴을 붉히는 일이라도 생긴다면…….

"누구로 할까? 다케치요 님을 마중하는 것이니 마땅히 다케치요 님 가신이 좋을 것 같은데."

셋사이는 기다란 눈썹 아래로 그제야 비로소 물끄러미 사카이를 바라보았다. 사카이는 등골에 땀이 흐르는 것을 느꼈다. 단 한 사람 결코 뒤지지 않을 것으로 생각되는 도리이 노인은 싸움이 끝나자 오카자키로 돌아가 공물 징수 명령을 받고 있었다.

"예……."

사카이는 눈을 감고 깊숙이 숨을 들이마셨다.

이번에는 히라테가 재촉했다.

"오카자키에서는 어느 분을 딸려주시겠소?"

노부히로는 어쨌든 오다 노부히데의 맏아들이다. 그런데 이름 없는 졸개가 딸려온다면 히라테의 체면이 서지 않을 게 당연했다.

"예…… 그러면 이 사람이……."

말하려던 사카이는 홀연 한 가지 생각이 떠올랐다. 장소가 가사데라의 객실이라면 의복도 걱정된다. 상대는 어디까지나 당당하게 차리고 올 게 틀림없었다. 차라리 상대의 의표를 찌르는 인물을 보내는 게 득책이 아닐까.

"예, 노부히로 님을 무사히 넘길 때까지는 개미 새끼 한 마리 얼씬 못 하게 해야 할 소임의 사자이니 우리 쪽에서는 오쿠보 신파치로가 적임자인 줄 아오."

"뭐, 오쿠보 님을……."

예상한 대로 히라테의 눈썹이 흐려졌다. 바로 아까 히라테에게 창을 들이대고 욕설을 퍼붓던 신파치로의 무례함이 생각났기 때문이리라.

"신파치로로는 불만이란 말씀이오?"

"아니, 불만은 아니지만 오쿠보 님 일족과 두 차례에 걸친 아즈키 고개 싸움 때문에 오다 쪽에 앙심 품고 있는 자가 있으므로."

사카이는 한무릎 다가앉았다.

"그러니 신파치로가 적임이라 생각하오. 그 신파치로가 원한을 잊고 정중히 노부히로 님을 호송한다면, 두 집안의 화목을 위해 더할 나위 없이 좋은 일 아니겠소."

셋사이가 무릎을 탁 쳤다.

"과연."

히라테의 눈썹이 꿈틀 움직이더니 조금 전의 어색한 표정을 깨끗이 지워버리고 그 자리를 얼버무렸다.

"오쿠보 님이라면 이쪽에서도 가장 안심할 수 있는 분이지…… 그래, 그렇지."

"그럼, 일시(日時)를."

셋사이가 곧 다음 이야기로 넘어가자 히라테는 여유를 주지 않고 숨 가쁘게 말했다.

"내일, 10일 오전 12시쯤—"

"결정됐소!"

셋사이는 다시 무릎을 쳤다.

"그렇게 알고 준비를."

사카이는 절하고 자리에서 일어났다.

오쿠보 신파치로라면 외곬으로 무골(武骨)스러운 사나이. 선대 주군 히로타다가 오카자키성에 돌아올 때에도 반히로타다파인 마쓰다이라 노부사다 휘하에 몇 차례나 청원서를 써주며 큰소리쳤었다.

"—주군을 위해서라면 이 신파치로는 신이든 부처든 얼마든지 속여주겠소."

그러므로 풍류 같은 것은 알지도 못하고 통하지도 않으며 또 열등감도 있을 리 없었다. 할 말은 하고 할 일을 충분히 해치우고 돌아올 사나이…… 하지만 그 신파치로가 과연 이 역할을 쾌히 맡아줄지 어떨지는 사카이도 좀 걱정스러웠다.

아니나 다를까—

고대하고 있는 모두에게 10일 오전 12시에 볼모 교환이 결정되었다는 것을 알리고 사카이는 말했다.

"이쪽에서 노부히로를 호송할 역할은 오쿠보 신파치로, 귀하에게 부탁하겠소."

그러자 그는 간단히 고개를 내저었다.

"거절하겠소. 난 그런 건 못하오!"

"뭘 그리 딱딱하게 그러시오, 어째서요?"

"도중에 속이 뒤집히면 난 노부히로 놈을 베어버릴 거요. 그러면 곤란해지지 않겠소? 귀하가 가오. 귀하가 좋을 거요."

신파치로는 입을 크게 벌리고 웃어젖혔다. 사카이는 천연덕스러운 표정으로 잠시 신파치로를 바라보고 있었다. 조금 전의 흥정에서는 기를 펴지 못했던 그도 집안의 무사를 다루는 데는 자신 있었다. 셋사이나 히라테를 어른이라고 한다면, 이들은 철부지라 해도 좋을 만큼 단순했다.
"신파치로 님."
"뭐요?"
"귀하는 대체 몇 살이나 되었소?"
"이건 또 무슨 소리요. 난 지금도 20대 젊은이에게 조금도 뒤지지 않는 기개로 싸우고 있소."
"귀하는 이제 40살을 넘어 50살에 가까울 텐데. 50살에는 50살의 지각이 있어야 하는 거요."
"핫핫핫, 그런 말로 나에게 노부히로 호송을 떠맡기려나 본데 난 사양하겠소이다."
"싫다면 부탁하지 않겠소. 그러나 귀하는 갈 일만 생각했지 돌아오는 일을 생각하지 않는군. 물론 갈 때는 노부히로 님을 호송하지만, 올 때는 다케치요 님을 모시고 오는 거요. 나는 선대 주군을 오카자키성으로 맞아들인 귀하에게, 이번에 다케치요 님을 또 맞게 하는 것이 귀하들 일족의 무용에 보답하는 길이라 생각하고 부탁한 건데."
"뭐라고……."
신파치로의 목소리가 낮아졌다. 사카이는 손을 저어 뒷말을 막았다.
"여러분, 어떻게 생각하시오? 이 사카이의 주선을."
물론 그들에게 반대가 있을 리 없었다.
"어허……."
신파치로는 다시 고개를 떨어뜨리며 사카이에게 다가갔다. 신파치로가 꺼리고 있는 것은 역시 자신의 무식함과 세련되지 못한 처세술이었다. 만일 상대에게 기가 꺾여 볼모인 다케치요에게 누를 끼치면 어쩌나 하고, 그것이 마음에 걸리는 것이다.
"그럼, 모두들 나더러 호송해 가라는 말이군."
사카이는 고개를 끄덕였다.
"그럼, 만일 이 신파치로가 참을성 없이 오다네 가신을 꾸짖어도 군말 없을 테지."
"맡긴 이상 누가 말하겠는가?"

신파치로는 그제야 비로소 한숨을 내쉬며 일족을 돌아보았다.

"그럼, 우리가 맡기로 하지. 장소가 니시노라면 시종은 필요 없소."

"뭐, 시종이 필요 없다고?"

"그렇소. 나 외에 두 사람, 아들 다다카쓰(뒷날의 신파치로)와 조카 다다요를 데려가겠소. 진시로도 이의 없겠지?"

진시로는 다다요의 아버지이며 신파치로의 아우였다.

"이의 없소. 하지만 단 세 사람이 다케치요 님을 맞으러 간다면 너무 경솔하지 않을까?"

신파치로는 아우를 꾸짖었다.

"못난 사람! 미카와는 우리 영내이고, 영내면 성안이나 마찬가지야. 성안이라면 혼자 걸어가도 위신이 떨어지지 않아. 그럼, 다다카쓰, 다다요, 가자."

사카이는 저도 모르게 회심의 미소를 지었다. 그가 상상한 대로 신파치로는 무책(無策)의 책략으로 무장한 채 가려는 모양이다.

"이대로 간다고요?"

아들 다다카쓰가 되묻자 신파치로가 호통쳤다.

"바보 같은 녀석, 우리는 도둑맞은 것을 찾기 위해 도둑의 자식을 호송해 가는 것이다. 예복 차림으로 갈 성싶으냐? 이 마음을 잊고 우물거리면, 너도 조카도 이 신파치로가 베어버릴 테다."

이렇게 쏘아붙이고 곧장 안으로 들어가버렸다. 울타리 속에 감금된 노부히로를 결정과 동시에 호위해야 한다—는 게 신파치로의 성격이었다.

신파치로는 본디 오쿠보씨가 아니었다. 소년 시절까지 대대로 우쓰(宇津)라고 불렀는데, 신파치로 대에 이르러 오쿠보(大窪)라고 부르다가 다시 오쿠보(大久保)로 고쳤다.

그가 소싯적에 에치젠(越前)의 무예자 오쿠보 도고로(大窪藤五郎)라는 자가 오카자키에 왔다가, 신파치로의 무용을 칭찬한 적 있었다.

"—내 성(姓)을 후세에 전할 자가 있다면, 그것은 신파치로뿐."

그 말이 그를 몹시 감동시켰다.

"—그렇다면, 오쿠보로."

선선히 성을 갈게 된, 담담하기가 물 같으며 일단 마음먹으면 한눈팔지 않는 강한 인정을 지니고 있었다.

신파치로는 아들과 조카를 거느리고 노부히로가 감금되어 있는 곳에 이르렀다.

"오늘 지금부터 오쿠보 신파치로, 명을 받아 오다 노부히로를 감시한다."

사방에 쩌렁쩌렁 울리는 소리를 듣고 감시병은 정중히 절하고 가버렸다.

신파치로는 울타리 안으로 들어갔다. 그리고 호젓하게 닫혀 있는 측간 옆의 작은 창문으로 다가가 소리쳤다.

"오다의 애새끼야, 내일 새벽에 길 떠나니 준비해라."

안에서 발소리가 창문으로 다가왔다. 스르르 장지문을 연 것은, 셋사이의 주선으로 특별히 노부히로에게 딸려진 두 시녀 가운데 하나였다. 신파치로는 그 시녀의 어깨 너머로 안의 노부히로를 들여다보았다.

노부히로는 방 중앙에 단정히 네모지게 앉아 있었다. 뺨도 입술도 종잇장처럼 희고 눈은 초췌하게 번뜩였지만 대단한 광채는 아니었다.

"그대가 오쿠보 신파치로인가?"

말하는 순간 눈까풀이 꿈틀꿈틀 떨렸다. 얼굴과 눈매, 콧날이 노부나가를 많이 닮았다. 그러나 무척 품위 있고 몸집이 훨씬 작았다. 아마도 가슴속에서 숨 쉬고 있을 간덩어리는 훨씬 더 작을 게 틀림없었다.

신파치로는 심술궂게 귀에 손을 대며 말했다.

"뭐라고? 안 들린다. 좀 더 사내답게 큰 소리로 말해봐."

"그대가 신파치로인가?"

"그렇다."

"길 떠난다는 것을 보니 볼모 교환이 성사되었나 보군."

"나는 모른다, 그런 일은."

"갈 곳은 알고 있겠지. 어디까지인가?"

"그것도 모르겠는걸. 가보면 알 테지."

노부히로는 주먹을 부들부들 떨며 고개를 수그렸다.

"특별히 준비할 것도 없겠지만, 알겠지. 내일 아침 출발이다."

이렇게 말하고 신파치로는 창문에서 떠났다. 아들 다다카쓰와 조카 다다요는 이 방약무인한 신파치로의 행동에 어이없어 서로 얼굴을 마주 보고 있었다.

"다다요, 넌 이이 님한테 가서 말 네 필을 빌려오너라. 우리 네 사람이 니시노까지 타고 갈 말이다. 명마는 필요 없다."

다다카쓰가 옆에서 참견했다.

"아버님, 노부히로 님은 가마로 가는 것이."

신파치로는 물어뜯을 듯한 눈초리로 소리쳤다.

"뭣이! 너와 다다요가 메고 갈 테면 가마로 해라."

다다요는 싱긋 웃으며 말을 빌리러 달려갔다.

그즈음의 절은 난세의 완충지대로 세속에서 위태로운 지반을 가까스로 유지하고 있었다.

오늘의 가사데라는 그 관습에 따라 오다, 이마가와 두 집안이 창을 버리고 서로 모이는 장소로 선택되었다. 산문에 들어서니 두 집안의 천막이 둘러쳐져 겨울바람에 펄럭펄럭 나부끼고 있었다.

산문 앞에는 두 집안의 무사며 마을 사람들이 호기심 어린 눈을 반짝이며 늘어서 있었다. 오카자키성의 어린 성주 다케치요와 오다 집안 장자이며 안조성 성주였던 노부히로의 교환이라는, 백성들로서는 생각지도 못한 영주들의 비극적인 무대를 구경하려는 것이다.

"다케치요 님은 이제 8살 난 어린아이래."

"대체 어떤 차림으로 오실까?"

"노부히로 님은 이미 18살, 아마도 훌륭하시겠지만."

산문으로 들어가버리면 그들의 시선이 닿지 않는다. 두 사람의 도착과 출발을 넘겨다보며 영주의 삶에도 역시 '고통'이 있다는 것을 알고 자신들의 위로로 삼고 싶었으리라.

군중 수가 점점 불어났다. 갖가지 상상이 날개를 펴는 가운데 드디어 10시가 지난 무렵이었다.

"길을 비켜라. 비키지 않으면 다친다!"

터무니없이 큰 목소리에 이어 먼지를 일으키며 동쪽 길로 달려온 것은 4명의 기마무사. 사람들은 와 소리 지르며 길을 열었다.

앞장서 달려오는 것은 견고한 갑옷으로 몸을 감싸고 이마를 머리띠로 질끈

동여 머리를 흩날리는 늠름한 무사. 손에 창을 거머잡고 큰 입을 벌려 고함치며, 이따금 그 창을 머리 위에서 휘두른다.

다음 무사는 아직 젊다. 그는 갑옷받침을 입었으나 칼도 창도 지니지 않았다. 그다음에 건장한 스물두셋으로 보이는 젊은 무사 두 사람, 간격을 조금 두고 뒤쫓아온다. 뒤의 두 무사는 얼음같이 날카로운 창을 오른쪽 옆구리에 찰싹 붙이고 있었다.

"선발대야, 안조성에서 오는 선발대야."

"아주 씩씩한데. 저 선두의 무사는 대체 누구일까."

길을 비켜주면서 사람들이 속삭이고 있을 때 산문 앞에서 선두의 무사가 돌연 말 머리를 돌렸다.

"멈춰라!"

내리는 것이 아니라 말에게 구보를 시켜 빙그르르 크게 원을 그렸다. 다음의 3명도 그대로 따랐다. 그러자 선두의 무사는 다시 크게 창을 쳐들어 산문 안에 대고 소리 질렀다.

"이마가와, 오다 두 집안에서 먼저 와 계신 분들 들으시오. 마쓰다이라 다케치요의 가신에 그 사람 있다고 알려진 가미와다의 무사 오쿠보 신파치로 다다토시, 오다 노부히로를 호송하여 지금 도착해 산문을 지나가겠소."

사람들이 깜짝 놀라며 노부히로와 신파치로를 번갈아 쳐다보았다. 신파치로는 그때 비로소 말에서 내려, 불길을 뿜는 듯한 눈으로 사방을 둘러본 다음 노부히로에게 턱짓했다.

"들어가시오!"

노부히로는 이마 가득 땀을 흘리며 잠자코 말에서 내리다가 한순간 비틀거리며 고삐를 잡고 한숨 돌렸다.

군중은 아무 말 없이 조용하다.

신파치로가 소리 질렀다.

"들어가시오!"

순간 노부히로는 고삐를 놓을까 말까 망설이는 눈치였다. 산문 안으로 말을 끌고 들어가야 할지 어떤지 생각한 것이리라. 그 눈치를 알아차리고 군중 속에서 한 졸개가 성큼성큼 걸어나와 노부히로의 손에서 고삐를 받았다. 오다 쪽 졸개가 틀림없었다.

신파치로는 그를 흘끔 노려보았지만 차마 뭐라고 하지는 못했다. 그는 말을 끌고 노부히로의 뒤를 따라 거만하게 가슴을 젖히고 문을 들어갔다.

군중의 수군거림이 되살아났다. 아마도 그들의 상상을 넘어선 도착인 게 분명하다.

그러자 곧이어 서쪽 길에서 또 한 사람이 말을 타고 하인에게 재갈을 잡게 하고 나타났다.

"이상한데, 저자는 갑옷을 입지 않았어."

"정말 놀이라도 나온 것 같은데."

사람들이 고개를 갸웃하며 의아하게 여긴 것도 무리가 아니었다. 고삐를 잡은 하인은 단단히 감발하고 긴 칼을 메었지만, 말 위의 인물은 그림에서 보는 듯 화려한 나들이옷을 입은 젊은이였다.

"설마 저것이 다케치요 님은 아니겠지……?"

"어림도 없는 일. 다케치요 님은 이제 8살이야. 역시 선두 무사이겠지."

말 위의 젊은이는 군중의 웅성거림 속에 시원한 눈초리로 유유히 사방을 둘러보며 다가오고 있었다. 옷차림으로 미루어 여느 신분이 아닌 것만은 알 수 있었지만, 아무도 그 인물을 아는 이가 없었다. 오다의 배후—아니, 노부나가의 배후에 있으며, 이따금 모습을 보이는 구마 도령 나미타로였다.

나미타로는 산문 앞에서 말을 내리자 옷 주름을 펴고 누구에게도 아니게 중얼거렸다.

"아쓰타에서 오는 손님이 곧 도착하신다."

그리고 그대로 군중 속에 섞여들어갔다.

"뭐야…… 저 사람도 구경꾼인가?"

"그런 모양이야. 그런데 대체 어느 곳 성주일까?"

그러나 그 궁금증도 곧이어 다케치요 호송 행렬이 길에 나타나자 사라지고 말았다. 행렬 선두에는 창을 든 무사, 다음에는 정복 차림 기마무사 한 사람. 이어서 가마 두 채. 가마 뒤에는 다케치요의 장난감이며 일용품이 든 궤짝이 따르고, 그 뒤에 하인이 끄는 사람이 타지 않은 말 한 필. 이 말은 노부나가가 다케치요에게 선물한, 이마에 새하얀 초승달이 박힌 밤색 말이었다. 마지막으로 또 말에 올라탄 훌륭한 차림의 무사가 뒤를 맡고 있다. 노부히로를 호송해 온 행렬과는 너무도 대조적인 광경을 보고 군중은 또 고개를 갸웃했다.

산문 앞에 이르자 기마무사가 소리 질렀다.

"마쓰다이라 다케치요 님 도착."

그는 자기 이름은 대지 않았다. 그 목소리가 떨어지자마자 안에서 와락 달려 나온 자가 있다. 군중은 저도 모르게 숨을 삼켰다.

"앗!"

느닷없이 앞의 가마 옆 땅바닥에 털썩 꿇어앉은 인물은, 바로 아까 등을 떠밀다시피 노부히로를 절 안으로 몰아넣은 신파치로였다. 그는 큰 소리로 부르짖었다.

"다케치요 님! 유군(幼君)님!"

그 소리에 놀라 가마가 멈춰 섰다.

"오쿠보 할아범입니다. 가마 문을 여시고 말씀을 내려주십시오."

군중이 눈을 둥그렇게 뜨고 보는 가운데 가마 문이 안에서 열렸다. 그리고 아주 태평스러워 보이는 둥근 얼굴이 나타났다. 노부나가에게 선물받았는지 흰 명주 겉옷에 접시꽃 문장이 찍힌 옷을 입고 있었다.

"할아범인가."

조그만 입술이 움직이자 신파치로는 1년 반 만에 보는 다케치요를 노려보듯 하며 땅바닥에 엎드렸다.

"예…… 예…… 옛! 다케치요 님! 우리가 이겼습니다. 안 계시는 동안 마음을 합해 아무에게도…… 아무에게도…… 지지 않았습니다."

여기까지 말하자 신파치로의 얼굴이 순식간에 크게 일그러지며 눈물이 왈칵 뺨을 타고 흘러내렸다. 다케치요의 동그란 눈이 무엇을 느꼈는지 번쩍 크게 열려 찌르듯 신파치로를 지켜보고 있다. 다케치요와 같은 가마에 타고 있는 도쿠치요는 무사 인형처럼 긴장하여 자세를 바로잡고 있었다.

"많이 자라셨습니다. 많이 자라셨습니다……."

"……."

"이제 마쓰다이라 가문은 만만세입니다……."

"할아범."

"예!"

"눈물을 닦아라."

"예…… 예!"

"대장부는 울지 않는 법이다."

"예…… 예…… 옛!"

"노부나가 님에게 말을 선사받았다. 그대가 몰고 와."

"노부나가 님에게서……?"

다케치요는 고개를 한 번 끄덕인 뒤 가마 문을 탁 닫았다. 기마무사는 두 사람 모두 이미 말에서 내리고 있었다. 가마가 다시 움직이기 시작했다. 그리고 곧장 산문 안으로 들어갔다.

다케치요의 말을 끌고 온 졸개가 아직도 땅바닥에 앉은 채 망연해 있는 신파치로에게 고삐를 들이댔다.

"말씀하신 말입니다."

신파치로는 그것을 낚아채듯 하며 흘끔 사방을 노려보고는 일어나 산문 안으로 말과 함께 사라졌다.

보고 있던 사람은 저마다 한숨을 내쉬며 또 수군수군 저마다 상상을 속삭이기 시작했다.

"역시…… 이렇게 될 줄 알았어."

"뭐가 어쨌다는 건가?"

"싸움은 오다 쪽이 진 거야."

"아하."

"졌기 때문에 노부히로 님이 그렇듯 난폭한 취급을 받아도 어쩔 수 없는가 봐."

"그러고 보니 그렇군. 과연 이긴 편과 진 편이라……."

군중의 한 사람이 된 나미타로는 이러한 대화를 조용한 표정으로 듣고 있었다.

절 객실에서 겉으로는 말썽 없이 볼모 교환이 끝났다.

노부히로를 인수하러 온 노부히라와 노부나리는 둘 다 감정을 잃어버린 사람처럼 조용했지만, 신파치로는 마지막까지 거만하게 굴었다. 노부히라가 계절 인사를 하면 이렇게 내쏘았다.

"—겨울은 본디 추운 법이야."

다케치요 님이 많이 자랐지요, 하자 옆을 홱 돌아보며 대꾸도 하지 않았다.

그러나 교환을 끝내고 절을 떠날 때가 되자 사정이 크게 달라졌다. 오다 쪽에서는 다케치요를 태우고 온 가마에 노부히로를 태워 번듯한 행렬을 갖추어 돌아갈 수 있는데, 마쓰다이라 쪽에는 다케치요가 노부나가에게 선물받은 말 한 필이 있을 뿐이었다.

다케치요 쪽이 먼저 출발했다. 신파치로의 조카 다다요가 다케치요의 말 재갈을 잡고 앞쪽은 아들 다다카쓰, 뒤쪽은 신파치로가 맡아 절을 나섰다. 하지만 아무래도 행렬이 너무 초라했다. 군중은 제멋대로 비평하기 시작했다.

그때가 되어서야 오다 쪽에서 7, 8명을 호위무사를 붙이자고 제의했다. 군중 속에 서서 나미타로는 그러한 진행을 싱글벙글 웃으며 지켜보고 있다. 다케치요의 호위는 물론 구실에 지나지 않고, 치욕을 준 신파치로를 무사히 돌려보내지 않겠다는 속셈인 듯하다. 신파치로가 과연 그것을 어떻게 처리할지 보고 있으려니 그는 깨끗이 고개를 끄덕였다.

"고맙소. 그럼, 부탁하겠소."

제의한 노부나리가 오히려 어리둥절할 정도였다.

"여기는 미카와 땅이니 앞쪽에는 위험이 없소. 그러니 뒤를 잘 부탁하오."

'눈치채고 있구나…….'

나미타로는 알아차렸지만, 오다 쪽 무사들은 얼굴을 마주 보며 그대로 신파치로의 뒤를 따랐다.

선두에 다다카쓰, 다음은 다케치요. 그다음에는 다다요가 타고 온 말에 산노스케가 올라탔고, 도쿠치요는 걸어가게 되었다. 조금 떨어져 신파치로, 그리고 그 뒤에 오다 쪽 무사 8명. 다케치요와 산노스케와 도쿠치요가 없다면, 이름난 오쿠보 집안 세 사람만으로도 오다 쪽의 8명과 능히 대항할 수 있을 터였다. 하지만 세 어린이가 있으므로 만일 혈투가 벌어진다면 어느 쪽이 이길지 알 수 없었다.

"여러분, 수고하는군."

절 객실에서는 그토록 무뚝뚝하게 굴던 신파치로가 일부러 걸음을 늦추면서 오다 쪽 무사를 야유하기 시작한 것은 이미 군중의 모습이 길가에 보이지 않게 된 뒤였다. 오다 쪽 무사는 감히 대꾸하지 못한다.

절 길을 벗어나자 잎이 떨어진 오리나무에 까마귀가 떼 지어 잿빛 하늘 가득히 불길한 소리로 울어대고 있었다. 그 아래에서 행렬은 오카자키로 가는 길에 접어들었다. 셋사이는 아직 안조성에 있는데, 그곳을 그냥 지나쳐 망부(亡父)의 성으로 맞아들이려 한다. 이것은 오쿠보 혼자서 내린 결정이었다…….

이윽고 그들 눈앞에 야하기강 물이 흐릿하게 떠올라왔다. 이것을 건너면 이미 오카자키에 닿은 것이나 마찬가지, 여기서 신파치로는 천천히 말에서 내려 오다 무사들을 돌아보았다.

신파치로가 말에서 내렸으므로 무사들도 자연히 멈춰 섰다. 미리 의논된 모양인지 조카도 아들도 신파치로 혼자만 남기고 상류 쪽으로 강기슭을 거슬러 올라간다. 물론 다리까지 걸어가는 것은 아니다. 그렇다면 어딘가에 나룻배를 숨기고 있는 것이리라.

신파치로는 말에서 내리자 사람을 무시하듯 유유히 강물을 굽어보며 오줌을 갈겼다.

"여러분, 수고들 하셨소."

부르르 하반신을 흔들어 마지막 방울을 턴 다음 그는 천천히 창자루를 땅에 세우고 말했다.

"돌아가거든 고맙다고 잘 전해주시오."

무사들은 다시 얼굴을 마주 보았다. 한 발 물러서는 대신 빙그르르 조그맣게 원을 만들었다. 신파치로는 히죽 웃으며 그 원 안에 갇혔다. 그들이 다케치요의 뒤를 쫓으려 하지 않는 것이 기쁠 따름이었다. 원한은 다케치요의 몸에까지 미치지 않고 신파치로 한 사람으로 끝나고 있다.

"이대로 돌아갈 수 없다는 건가?"

"그렇소."

한 사람이 다시 반걸음 나서며 창끝을 휙 쳐들었다.

"구태여 이름은 대지 않겠다. 댈 필요도 없겠지. 그대는 주군의 명령을 훌륭히 완수했다."

"핫핫핫……."

신파치로는 웃었다. 웃으면서 눈물이 나올 것 같아 견딜 수 없었다. 이마가와의 손에 성을 빼앗기고 앞으로의 운명도 비가 될지 바람이 될지 알 수 없는 고아의 가신이었다. 그 가신이 8살 난 다케치요에게 유랑의 비탄을 맛보게 하지 않으려고 감히 내뱉은 폭언이었다. 상대는 그것을 가리켜 말하고 있는 것이다.

"—주군의 명령을 훌륭히 완수했다……."

그 말을 단순하게 기뻐할 만큼 그의 마음에는 천진난만한 동심이 살아 있었다.

"핫핫핫…… 잘 알았소. 이대로 돌아가면 여러분들 체면이 서지 않으리다. 원하는 대로 해보시오."

이번에는 상대의 창이 한꺼번에 올라갔다. 그와 동시에 그들이 한 발 물러나 원이 커졌다.

신파치로 역시 창을 가슴에 대고 바짝 겨누고 있었다.

"이런 경우 온 힘을 다해 상대해 주는 게 예의일 테지."

"닥쳐라, 건방지다!"

"뭐, 건방지다고. 지금 지껄인 놈이 누구냐. 한 발 앞으로 나서라. 너부터 먼저 창을 맞대자."

"나다!"

휙 창날을 흔들며 한 무사가 앞으로 나섰다. 아직 다다요나 다다카쓰보다도 젊은, 보기에도 빈약한 몸집의 젊은이였다.

신파치로는 어깨를 들썩였다.

"용감한 녀석이군. 그런데 너는 그렇게 겨눠서 이 신파치로를 찔러 눕힐 수 있다고 생각하나?"

"닥쳐라, 승패는 내 알 바 아니다."

"허, 승패 없는 싸움이 세상에 있느냐?"

"있으니 창을 내밀고 있지 않느냐. 치욕을 입고는 돌아갈 수 없으니 사양 말고 덤벼라!"

"흠, 그러면 질 각오로 덤비는 거냐? 과연…… 그럴 수도 있겠지. 그럼, 간다!"

신파치로의 목소리가 쩌렁쩌렁 겨울 공기를 갈라놓자 상대는 흠칫하며 눈을 감았다. 짜릿하게 가슴팍을 꿰뚫는 뜨거운 쇠의 충격을 예상하며…….

싸움으로 지새운 신파치로의 삶에서 이런 일은 일찍이 없었다. 눈을 감은 상대의 얼굴이 가엾다 할까 애처롭다 할까 뭐라 말할 수 없는 느낌으로 그의 팔을 결박했다. 내질렀다면 물론 단번에 찔러 넘어뜨리고 그것을 다시 거두어 다음 사람에게 겨눌 여유가 충분히 있었건만 무언가가 그를 결박하여 꼼짝 못 하게 하고 있었다.

예상한 대로 젊은이는 눈을 뜨고 창을 움직이며 얼굴 가득 믿을 수 없다는 표정을 지었다.

신파치로는 말했다.

"그만두겠다. 그대들과 겨루는 건 그만두겠어."

"비겁자. 그쪽에서 그만두어도 이쪽에서는 창을 못 물린다."

"알고 있어. 나도 오쿠보 집안의 우두머리다. 알고 있어."

무슨 생각을 했는지 신파치로는 창을 홱 내던졌다. 그러고는 땅바닥에 책상다리를 하고 앉았다.

"나는 지금 문득 인생을 깨달았다. 인간의 일생은 슬픈 고집이라는 것을. 나는 지금 인생의 고집을 부렸고 그대들은 그것 때문에 체면이 짓밟혔다. 좋아, 자, 마음대로 찔러 내 목을 갖고 가거라."

둘러싸고 있던 무사들이 저도 모르게 얼굴을 마주 보며 다시 한 발 물러날 만큼 깨끗한 술회요 태도였다.

"다만 한 가지, 내가 그대들에게 아무 원한도 없다는 것만은 알아주게. 내게는 다케치요 님에 대한 충성 외에는 아무것도 없어. 그 다케치요 님을 무사히 돌아오시게 했으니 그것으로 만족이야. 이제 이 만족한 기분으로 슬슬 지옥에나 가야지. 자, 찔러라."

한 사람이 말했다.

"좋다!"

이번에는 신파치로가 눈을 감았다. 밝은 햇살을 받아, 자못 한가로운 야인의 얼굴이 황야를 장식하는 꽃처럼 비쳤다.

외침 소리가 들렸다.

"각오해라!"

섬뜩하게 공기가 움직였다.

'이것으로 마지막인가…….'

생각했을 때 상대의 창은 신파치로의 오른쪽 조약돌을 힘껏 찔러대고 있었다.

신파치로는 깜짝 놀라 눈을 떴다. 방금 창을 내지른 사람의 위치에 강한 색채의 그림에서 보는 듯한 젊은 사나이가 서 있었다.

신파치로는 소리쳤다.

"너는 누구냐? 모처럼의 고집 싸움, 방해 놓지 마라."

상대는 슬며시 웃었다. 웃음 지으며 신파치로는 쳐다보지도 않고 무사들을 향해 조용히 말했다.

"나고야의 젊은 주군께서는 오늘 일이 이렇게 될 줄 이미 잘 알고 계신다. 여기서 상대를 찔러 거꾸러뜨리면 우리의 패배가 되는 거야. 알았지, 어서 돌아가자. 노부나가 님 명령이시다."

8명의 무사는 신파치로의 눈에 이상하게 보일 만큼 순순히 창을 거두었다.

신파치로가 다시 소리쳤다.

"너는 누구냐?"

"이름은 대지 않겠소."

나미타로는 말하고 오리나무에 매어둔 말고삐를 풀었다.

"아무쪼록 다케치요 님에게 충성을 다하시오. 조그만 고집에 구애되지 말고 큰 인물로 키워가는 게 당신들 의무일 거요."

그대로 훌쩍 말에 올라타 8명의 무사들 뒤를 따랐다. 오쿠보 신파치로는 그대로 앉은 채 갑자기 아이처럼 크게 울음을 터뜨렸다.

까마귀가 또 시끄럽게 오리나무 가지에 모여들었다.

고아 등성(登城)

슨푸성 안팎은 벌써부터 새봄맞이 준비로 분주했지만, 요시모토는 오늘도 한가한 표정으로 향을 즐기고 있었다. 그 상대로 불려온 것은 일족인 세키구치 지카나가(關口親永) 부녀와 기라 요시야스(吉良義安) 부녀였다.

10가지 향을 즐기고 나서 세키구치의 딸이 차를 날라올 무렵부터 뚱뚱한 요시모토는 무릎이 저리기 시작하여 기라의 딸에게 말했다.

"오카메(阿龜), 팔걸이를……."

기라의 딸도 세키구치의 딸도 저마다 이름이 달리 있건만 요시모토는 세키구치의 딸 세나(瀨名)를 쓰루(鶴), 기라의 딸 쓰바키(椿)를 가메(龜)라고 불렀다. 물론 그것은 슨푸 성주 요시모토의 애정이 담긴 것으로 그대로 궁전 안에서 두 사람의 호칭이 되어 있었다.

쓰루히메(鶴姬)와 가메히메(龜姬). 그러고 보면 세키구치의 딸은 어딘지 흰 두루미를 떠올리게 하는 기품을 지녔고, 기라의 딸은 거북을 연상시키는 귀여운 눈과 영리함을 갖추고 있었다.

요시모토는 가메히메가 가져다준 팔걸이에 기대어, 쓰루히메가 내온 차를 맛있게 마시며 세키구치에게 말한다.

"그래, 오다의 애송이가 다케치요에게 말을 선물했다고……?"

그것은 향을 즐기기 전부터 오늘의 화제였다.

"예, 그 말이 없었다면 니시노에서 다케치요가 난처했을 텐데, 노부나가가 제

법 머리를 잘 썼다고 소문이 자자합니다."

요시모토는 미소 지은 채 차를 마시며 말했다.

"모두들 분수에 맞게 흥정하는 법이지. 그래서 그 말에 태워 오쿠보란 놈이 다케치요를 오카자키성으로 데려갔다는 말이렷다."

"예, 아버지 묘소에 성묘도 안 시키고 떠나보낸다면, 다케치요의 머릿속에 옛 영토에 대한 인상이 남지 않는다고 셋사이 님 지시도 기다리지 않고 성묘를 시켰답니다."

"그래, 선사는 노하지 않았나?"

"쓴웃음 지으며 용서했다고 합니다."

"음."

고개를 끄덕이고 나서 요시모토는 저린 오른쪽 다리를 쭉 뻗었다.

"오쓰루, 미안하지만 잠시 다리를 좀 주물러다오."

"네."

쓰루히메는 다가가서 시키는 대로 그 다리를 주무르기 시작했다. 가메히메는 그동안 시녀와 함께 향그릇과 향로 등을 치웠다.

"오쓰루는 몇 살이 되었나?"

"14살이에요."

"음, 14살이라. 오카메는?"

질문받은 가메히메는 받쳐든 향합을 시녀 손에 건네고 두 손을 짚었다.

"12살이에요."

"어떤가? 노부나가가 말을 주었다면 나도 무언가 주어야 하지 않겠나, 다케치요에게."

기라는 불끈한 표정으로 대답했다.

"가신이 제멋대로 묘에 참배를 시켜 그 때문에 예정한 때 이곳에 도착하지 못한 괘씸한 짓, 꾸중하시는 게 뒷날을 위한 본보기일 줄 압니다."

"그럴까?"

요시모토는 눈썹을 그린 이마에 살짝 주름을 지어 보이며 넌지시 물었다.

"어떤가, 기라. 그대는 몇 살 때부터 측실을 두었으면…… 했는가? 나는 아직 절에 있던 무렵인 9살인가 10살 때였는데……."

뜻하지 않은 요시모토의 말에 아버지들보다도 딸들이 더 당황해 서로 눈을 마주 본다. 요시모토는 그것을 흘끔 보고는 허옇게 부푼 얼굴에 다시 미소를 지었다.

"보아라, 이 처녀들에게도 벌써 봄이 다가오고 있지 않은가. 남자들은 좀 더 빠르지."

"그러시면 다케치요에게 여자라도 주시려고……."

"훗훗훗, 너무 너그럽다고 말하고 싶은 게지. 생각이 모자라는 것 같군, 그대들은……."

세키구치는 고개를 꼬았다.

"말씀하시는 뜻을 잘 모르겠습니다. 제가 다케치요의 양육을 분부받은 이상 언젠가 주군께 도움되도록 엄하고 또 엄하게 대해야 한다고 생각하고 있습니다만……."

"엄한 것과 냉혹한 것은 다른 듯싶은데, 세키구치."

"예, 그건…… 그러나 그리 냉혹하게는."

요시모토는 손을 저었다.

"냉혹하게 키우라는 뜻이야."

이번에는 기라가 고개를 갸웃하며 세키구치를 쳐다보았다. 두 딸도 요시모토가 무슨 말을 꺼낼 것인지 무척 흥미를 느끼는 모양이다.

"오다 쪽에서 비위를 맞춰가며 돌려보내는 것을 보면, 다케치요가 보통내기는 아닐 거야."

"그 점이라면 오카자키 패들이 조부 기요야스의 환생이라고 말하는 것을 보더라도."

"세키구치—"

"예."

"사람을 키우는 데 가장 냉혹한 방법은 일찍부터 미식(美食)을 시키고 여자를 안겨주는 거라고 생각하지 않나? 이 두 가지를 안겨주고 범의 새끼니, 용이니 하고 추켜세우면……."

요시모토는 여기서 손을 흔들어 주무르게 하던 다리를 거두어들이고 농담인지 진담인지 알 수 없는 표정으로 다시 웃으며 말했다.

"어떠냐, 오쓰루는? 네가 다케치요의 색시가 될 테냐?"
쓰루히메는 눈을 동그랗게 뜨고 고개를 저었다.
"싫으냐?"
"네, 저는 14살이에요. 성도 없는 8살 난 아이하고는……"
"오카메는 어떠냐?"
가메히메는 동그란 눈으로 요시모토를 빤히 쳐다본 다음, 가볍게 싫다는 표시를 했다.
"홋홋홋, 어린 미카와 녀석이 번번이 퇴짜 맞는군. 농담이야, 농담. 염려 마라. 그런데 세키구치."
"예."
"그대에게 다케치요를 맡기는 이상, 버릇 들이는 데 부디 주의를 기울이도록."
세키구치는 납득되어 알 것 같기도 하고 모를 것 같기도 한 눈빛으로 조그맣게 대답했다.
"그건 이미……"
세키구치의 아내는 요시모토의 누이이다. 따라서 쓰루히메는 요시모토의 조카딸이었다.
"어떤가, 다케치요가 거처할 집은?"
"예, 도착하면 곧 들어갈 수 있도록……"
"여자는 가까이하지 않게 하더라도, 알겠나? 이 요시모토와 오와리의 대접이 비교될 수 없다는 것만은 머릿속에 새겨지도록 해라. 아무튼 아직 어리니까."
세키구치는 몇 번이고 스스로에게 이르듯 고개를 끄덕였다.
"잘 알고 있습니다."
노부나가가 다케치요에게 기울인 얼마 안 되는 애정이, 슨푸에서 지낼 다케치요에게 이런 관대한 대우를 가져다주게 될 줄은 꿈에도 생각지 못한 일이었다. 세키구치는 자기 집 가까이 지어놓은 다케치요의 임시거처에 서둘러 나무를 심고, 돌을 나르게 하고, 거처할 방에 툇마루를 덧붙여 짓게 했다.
이러한 귀양 비슷한 손님 접대에 슨푸 사람들은 익숙해 있었다. 왕도에서 실각한 공경(公卿)들이 지금껏 슨푸로 많이 낙향해 와 이마가와의 보호 아래 여생을 보내고 있었기 때문이다. 그 무렵에도 요시모토의 이모인 나카미카도 노부타네(中御門宣胤)의 딸을 비롯해 산조니시 사네즈미(三條西實澄), 나카미카도 노부쓰나(中御門宣綱), 레이제이 다메카즈(冷泉爲和), 보조(坊城) 집안의 고아 등이 와서 살면서 노래짓기, 공차기, 활쏘기, 향도(香道), 바둑 등을 가르쳐 왕도 다음 가는 문화의 도읍을 만들어내고 있었다.

요시모토 자신도 바둑과 피리를 즐겼다. 그 피리도 종래의 횡적(橫笛) 외에 샤쿠하치(尺八) 같은 종적(縱笛)을 불기도 하고, 음식도 교토식 궁중요리를 즐겨 올리게 했다.

그런 의미로 아쓰타와는 비교도 될 수 없는 화려한 곳이었는데, 그 거리에 신축된 으리으리한 건물에 당사자인 다케치요는 좀처럼 도착하지 않고 있었다.

섣달그믐도 드디어 막바지에 이르렀다. 비록 올해 안에 도착한다 하더라도 요시모토와 다케치요가 만나는 것은 새해가 되리라.

다케치요의 집 이웃에 조그만 암자가 하나 생겼다. 아직 미카와에서 돌아오지 않은 셋사이 선사의 지시로 지겐사(智源寺)라는 작은 절 안에 지어졌는데, 그 암자에는 무슨 내력이 있어 보이는 기품 있는 한 여승이 옮겨왔다. 이름을 겐오니라 했으며, 집안 무사들은 그녀를 알지 못했고 다만 교토와 인연 있는 사람일 거라는 소문이었다.

이리하여 덴분 18년(1549)도 이레를 남겨두고 있는 날, 린자이사의 셋사이 선사가 먼저 도착하고 이어서 이틀 뒤 미카와의 고아가 슨푸에 이르렀다.

도착 일시가 분명치 않아 먼저 와 있던 오카자키 집안사람들도 마중하지 못하는 가운데, 서쪽 큰길에서 거리로 들어섰을 때 잿빛 하늘에서 눈발이 날리고 있었다. 가마는 한 채였다. 따르는 자는 어른 둘에 시동 여섯. 그 두 어른은 사카이와 아베. 6명의 측근시동은 나이토(內藤), 아마노(天野), 이시카와(石川), 아베(阿倍), 히라이와(平岩), 노노야마(野野山).

통지를 받은 세키구치는 측신 2명과 쓰루히메를 데리고 임시거처 문 앞까지 마중 나갔다. 물론 딸까지 마중하게 하고 싶지 않았지만, 14살 난 딸이 요시모토의 말을 듣고 이 고아에게 흥미를 느껴 스스로 아버지를 따라온 것이었다.

사카이가 먼저 세키구치를 발견하고 다가가 새하얗게 눈이 쌓이기 시작한 삿갓을 벗고 정중히 인사했다.

"오, 추위가 매서우니 어서 안으로……."

현관마루로 그대로 들라고 세키구치가 손짓했으나, 가마 속의 다케치요는 무슨 생각을 했는지 가마 문을 열었다.

"내리겠다, 멈춰라."

가마가 멈췄다. 히라이와가 급히 다케치요 앞에 신발을 갖다놓자, 다케치요는 그 전날 조모한테서 선물받은 소도(小刀)를 차고 신기한 듯 밖에 서서 주위를 둘러보았다.

세키구치의 눈도 쓰루히메의 눈도 약속한 듯 다케치요에게 쏠렸다. 다케치요는 우선 조그만 손을 펴서 손바닥에 떨어지는 눈을 하나둘 받더니 자못 태연한 표정으로 세키구치에게 말했다.

"수고하오."

그런 다음 쓰루히메에게도 어른 같은 투로 말했다.

"추운데 수고했다."

쓰루히메는 입에 소매를 대고 키드득 웃었다. 이 아이에게 소실을 주겠다고 하던 요시모토의 말이 생각났기 때문이다. 8살치고는 몸집이 큰 편이었고, 그 태도도 반감을 일으킬 만큼 거만스럽게 보였다. 소실 따위는 아직 생각만 해도 웃음이 터져나왔다. 무엇보다도 성과 영지를 빼앗긴 고아 주제에 슨푸성의 조카딸을 붙잡고 수고한다고 말하는 것이 우스웠다. 이 시골 아이는 이윽고 성안의 여러 영주와 장수는 물론 요시모토의 시동이며 시종들에게까지 마냥 놀림받게 될 것이다. 그렇게 생각하자 14살 난 쓰루히메는 이 성 없는 아이를 골려주고 싶어 몸이 근질근질했다.

"다케치요 님은 미카와에서 오셨다면서요."

"아니야, 아쓰타에서 왔어."

"아쓰타와 이 슨푸, 어느 쪽이 크지요?"

다케치요의 눈이 번쩍 빛났다. 조롱받고 있는 줄 깨달은 때문인지, 눈 속에서 있는 시동들에게로 시선을 옮기며 가볍게 말했다.

"모두 오너라."

그러고는 그대로 문을 들어갔다.

"어머나……."

쓰루히메가 또 웃으려 하자, 아버지 세키구치는 어깨를 툭 쳐 꾸짖은 다음 다케치요의 뒤를 따라 문을 들어섰다.

쓰루히메는 이대로는 돌아갈 수 없을 것 같았다. 사뭇 의젓하게 자기를 무시한 다케치요에게 무언가 한마디 더 해주고 싶었다. 그녀도 아버지 뒤를 따라 안으로 들어갔다.

새로 칠한 벽은 이미 말라 있었지만, 현관에 들어서자 나무 향내가 코를 찔러 그 시골 아이를 살게 하는 데는 아까운 생각이 들었다. 그 현관마루 앞에서 다케치요가 우뚝 멈춰 섰다. 어째서일까? 하고 아버지와 종자의 어깨 사이로 기웃거려 보니 현관마루 맞은편에 한 여승이 앉아 있었다.

'아, 지겐사 암자의…….'

쓰루히메가 그렇게 생각했을 때 다케치요의 입에서 짧은 한마디가 터져나왔다. '할머님!' 하고 말했는지 '할멈!' 하고 말했는지는 잘 몰랐지만, 자못 감격을 억누른 그 깊은 외침과 동시에 그를 맞이하는 여승의 눈이 이슬로 반짝 빛났다. 다케치요는 돌처럼 움직이지 않고 있었다. 아니, 그저 움직이지 않을 뿐 아니라 길게 찢어진 눈에서 통통한 두 뺨으로 주르르 하얀 선을 그으며 눈물이 떨어졌다…….

쓰루히메는 가슴이 철렁 내려앉았다. 감수성 강한 이 소녀는 이 광경이 예삿일이 아님을 잘 알 수 있었다.

그러나 잠시 뒤 다케치요는 다시 조용한 얼굴로 돌아가 쓰루히메와 그 아버지를 돌아보았다.

"인사는 내일 하자. 오늘은 이만 물러가도 좋아. 수고했다."

쓰루히메는 그 무례한 말에 다시 눈을 동그랗게 떴다. 슨푸 성주의 매부가 오카자키의 고아를 손수 마중하는…… 그 일만 해도 이미 이례적이라 할 수 있는데, 상대는 그 조카딸을 마치 아랫사람처럼 대했다. 만일 아버지 세키구치가 말리지 않았다면 다케치요보다도 사카이에게 따졌으리라.

하지만 세키구치는 웃지도 않고 쓰루히메의 어깨를 가볍게 두드렸다.

"그럼, 내일 다시—"

그리고 문을 나서자 비로소 쓰루히메를 돌아보며 타일렀다.

"주군의 분부시다. 당분간 탓해선 안 돼."

"하지만 예의를 너무 몰라요."

세키구치는 그 말에는 대꾸하지 않고 혼잣말처럼 감탄했다.

"뛰어난 상(相)이다…… 같은 또래 아이들 중에서 다케치요의 얼굴만이 이상하게 돋보였어."

"또 아버님의 관상 이야기군요."

"그래, 나는 벌써 30년 가까이 사람 관상을 보아왔다. 지금까지 본 이들 중에서는 다케다의 작은성주가 가장 뛰어난 상이었는데, 그에 못지않게 저 다케치요는……."

"그렇게 감탄하시는 것을 보니, 아버님은 또 성주님처럼 저에게 그 시골 아이에게 시집가라고……."

"할지도 모르지, 네가 조금만 어리다면."

쓰루히메는 다케치요에 대한 불쾌감을 아버지의 우스갯말로 잊으려 하면서 오기 있게 말했다.

"그렇게 마음에 드시는 관상이라면 손아래라도 상관없어요. 출가해서 그 거만한 이마빼기를 실컷 때려주겠어요."

아버지는 무언가 생각에 잠겨 자기 집 문을 들어섰다.

눈은 아직도 조금씩 내리고 있다. 이대로라면 밤이 되어도 그치지 않을 것 같다. 뒤돌아보니 아직 여장도 풀지 않은 신시로가 다케치요의 집 문을 안에서 걸어 잠그고 있었다.

'그 여승이 아직 돌아가지 않고 있는데, 대체 누구일까?'

쓰루히메는 고개를 갸웃하다가 다시 세게 흔들었다.

아버지 말에 영향을 받은 탓일까, 그러고 보니 다케치요의 얼굴이 야릇하게 눈에 남았다. 뛰어나게 우아하거나 어딘지 영리해 보이는 것도 아니다. 그런데도 같은 또래 종자의 얼굴은 하나도 기억나지 않는데, 다케치요의 얼굴만이 얄미울 만큼 또렷하게 눈 속에 남아 있었다.

'화내고 있는 탓인지도 몰라.'

쓰루히메는 그런 아이에게 불쾌감을 느끼는 자기가 더욱 속상해져서 집에 들어가자 급히 방 안에 교토의 선물인 향합을 늘어놓기 시작했다.

그리하여 어느덧 다케치요의 일은 잊어버리고 있었는데, 정월 초하룻날 축하연에서 또다시 다케치요와 얼굴을 마주쳐 뜻밖의 정경을 보게 되고 말았다.

정월 초하룻날에는 언제나 슨푸에 있는 여러 영주와 피관(被官)은 물론 교토에서 온 공경이며 집안의 여러 장수들이 성에 모여 요시모토에게 축하 인사를 올린다. 그리고 요시모토가 내리는 술을 그가 귀여워하는 쓰루히메, 가메히메가 벌써 3년째 따르고 있었다.

쓰루히메는 새벽부터 일어나 머리를 빗고 화장한 다음 새로 지은 겉옷을 입고 아버지보다 먼저 등성했다. 겉옷 무늬는 소나무 아래 하얀 두루미가 노니는 광경을 물들인 요시모토의 하사품으로, 슨푸의 자랑거리 가운데 하나였다.

정면의 높은 자리에는 요시모토, 그 오른쪽에는 요시모토의 숙부뻘 되는 집권(執權) 셋사이 선사가 전쟁에서 승리를 거둔 뒤 처음 맞는 봄으로 생각할 수 없을 만큼 조용한 표정으로 자리 잡고, 왼쪽에는 요시모토의 장인인 가이의 다케다 신겐의 친아버지 노부토라가 역시 매섭게 눈을 번뜩이며 주위를 노려보고 있었다.

그 아래 펼쳐진 다다미 200장 남짓 깔린 큰방에는 오다와라(小田原)의 호조 우지야스(北條氏康)가 보낸 전승 축하 사절을 비롯하여 화려하게 차려입은 여러 장수들의 모습과, 자랑거리인 시녀들을 교묘하게 색색으로 배치시켜 입구까지 넘치고 있다.

날씨가 좋으면 정면 문은 언제나 열어젖혀 두었다. 열어두면 연못 위로 정월 초하루의 우람한 후지산(富士山)의 웅자(雄姿)가 비쳤다.

적자 우지자네(氏眞)는 모습을 보이지 않았지만 이 어마어마한 광경은 교토의 대장군도 따라가지 못한다는 평판을 듣고 있었다. 술병을 받쳐들고 요시모토 옆에 서 있는 쓰루히메는 그 호화로움에 언제나 가슴이 두근거렸다.

요시모토의 지명에 따라 술잔이 돌아갈 때마다 지명된 무장 하나하나가 공손하게 절한다. 셋사이 선사나 가이의 노장(老將) 노부토라 앞에 서면 손이 떨렸지만, 젊은 무장의 뜨거운 눈초리와 마주치면 선발된 여성의 자부심으로 뺨이 화끈하게 타오른다. 그 술잔이 좌석의 거의 절반쯤 돌았을 무렵이었다.

"아 참, 오카자키의 다케치요가 와 있었지."

요시모토의 시선이 뜰에 가까운 입구 한구석으로 향해질 때까지, 쓰루히메는 다케치요에 대해 물론 까맣게 잊고 있었다.

그 목소리에 놀라 요시모토의 시선을 따라가자, 정말 다케치요가 사카이의 시중을 받으며 사람들 뒤에 앉아 있었다.

요시모토는 손짓해 불렀다.

"다케치요…… 다케치요……."

오늘의 연회에서 그대로 여러 장수들에게 소개하려는 모양이었다.

"예."

다케치요가 대답하며 자리에서 일어섰다.

"가까이 오너라, 내가 요시모토다."

다케치요는 사람들 사이를 천천히 걸어 그 바로 아래에 와 앉았다.

"모두들 알아두도록 해라. 오카자키성 기요야스의 손자—"

말하지 않아도 여러 장수의 시선은 모두 다케치요에게 쏠려 있었다.

다케치요는 단정히 인사했다.

"새해 복 많이 받으십시오."

"오, 착한 아이로다. 아쓰타는 어땠느냐? 너도 할아버지처럼 용맹하게 자라거라."

요시모토는 웃음 지으며 말한 다음 쓰루히메에게 턱짓했다.

"오쓰루, 다케치요에게 술을."

쓰루히메는 오늘도 침착한 다케치요에게 문득 우스움을 느끼면서도, 공손히 술병을 들고 다케치요 앞으로 갔다. 다케치요는 흘끗 쓰루히메의 얼굴을 보더니 고개를 끄덕이며 주위에 들리는 목소리로 또렷하게 말했다.

"오, 그때의 그 아이로구나, 수고한다."

그리고 젊은 무사들이 흔히 보이는 머뭇거림을 조금도 보이지 않고 잔을 집어들었다.

"허, 다케치요는 벌써 오쓰루를 알고 있느냐?"

"예."

"언제, 어디서?"

요시모토는 짓궂게 쓰루히메와 다케치요를 번갈아보았다. 쓰루히메는 볼에 홍조를 띠었지만, 다케치요에게는 수치감이 있을 까닭이 없었다.

"슨푸에 도착하는 날 일부러 다케치요를 마중해 주었습니다."

"허, 오쓰루가……?"

"예, 눈 내리는 추운 날이었는데……."

말하면서 한두 방울 술을 따르게 하여 마신 뒤 다케치요는 천연덕스럽게 잔을 돌려주었다.

"정말이냐, 오쓰루. 눈 오는 날에?"

요시모토는 이번에는 쓰루히메에게로 눈길을 돌렸다. 쓰루히메는 이때만큼 부끄러움을 느낀 적이 없었다.

사소한 흥미에 이끌려 아버지를 따라간 것이었는데 마치 마음 있어 마중한 것처럼 들렸으니. 그리고 오늘도 이 미카와 시골 아이는 자기에 대한 말투를 조금도 고치지 않고 있었다. 그 자리에 있기가 견딜 수 없을 만큼 부끄러워 조그맣게 고개를 끄덕였다.

"예."

요시모토는 소리 내어 웃었다.

"그래? 그러면 너는 요전의 내 이야기를 진지하게 생각했던가 보구나. 다케치요—"

"예."

"다케치요는 이 오쓰루가 좋으냐?"

"예."

"그럼, 다케치요의 색시로 삼을 생각이 있느냐?"

다케치요가 문득 노부나가의 얼굴을 떠올린 것은 노부나가도 같은 말을 한 일이 있었기 때문이다.

"예."

"그것은 색시로 삼아도 좋다는 뜻이냐."

"대감님 분부시라면 어쩔 수 없습니다."

"어쩔 수 없다는 것은, 꼭 갖고 싶다는 건 아니로구나."

"예."

"핫핫핫, 그래그래. 잘 알았다. 오쓰루, 들었나? 너를 꼭 갖고 싶을 만큼 마음에 든 건 아니었어."

틀에 박힌 연회가 어지간히 지루했던지 요시모토는 이번에 기라의 딸을 손짓해 불렀다.

"오카메, 다케치요와 나란히 앉아봐라."

12살 난 가메히메는 쓰루히메만큼 이런 말에 구애받지 않았다. 그녀는 쓰루히메와 대조적으로 물결 사이에 떠 있는 거북 무늬가 있는 옷자락을 팔랑거리며 다가와 다케치요 옆에 앉았다. 보고 있는 사람들 눈에 저도 모르게 미소가 떠오른다.

"어떠냐, 다케치요. 이 아이는?"

다케치요는 가메히메를 똑바로 쳐다보며 머리에서 무릎까지 감상하듯 훑어보았다. 다케치요의 눈에는 이 가메히메가 더 예쁘게 보였다.

쓰루히메의 살결은 이미 어른이었다. 희고 매끄러우며 어쩐지 누군가의 젖가슴을 연상케 하는 데가 있어 자기와는 거리가 먼 느낌이었다. 그런데 가메히메에게는 겨우 익기 시작한 복숭아 같은 솜털이 있었다. 그 솜털에 얼굴을 비비면 아마도 훈훈한 향기가 그를 감쌀 것이 틀림없다.

"아름답다!"

이 경우 아름답다는 건 친근스럽다는 느낌을 말한 것이리라.

"그래, 오카메가 더 아름다우냐?"

"예."

"마음에 들면 언젠가 너에게 줄까?"

"예."

가메히메는 재미있는 듯 다케치요를 마주 쳐다보고 있었지만, 쓰루히메는 그만 얼굴도 들 수 없게 되었다. 정월 초하룻날의 축하 자리에서 온 지 얼마 안 되는 미카와 시골 아이에게 이 같은 노골적인 말로, 경쟁 상대인 가메히메와 비교당할 줄이야…… 생각도 할 수 없는 일이었다…….

다케치요의 말을 듣고 늘어선 사람들은 모두 저도 모르게 두 처녀의 용모를 비교하게 되었다. 쓰루히메는 이미 부드럽게 익기 시작한 느낌이고, 가메히메는 아직 단단한 느낌이다. 그러나 앞으로 2년만 지나면 다케치요의 말대로 가메히메 쪽이 훨씬 아름다워질 것으로 생각되었다. 가메히메에게서는 어딘지 의연하고도 연약한 단려함이 느껴지는데, 쓰루히메는 그 반대였다. 고집 세 보이지만 부드럽고 탄력 있는 살결을 가진 여성의 모습 그대로이다.

"어떻소, 그대는 어느 쪽이 낫다고 생각하시오?"

"글쎄, 나는 역시 쓰루히메 쪽이오. 살결, 통통한 살집……."

"나는 다케치요 님과 마찬가지로 가메히메가 낫다고 생각하네. 저 눈빛에는 정절과 지혜의 광채가 무한히 깃들어 있어."

젊은이는 대부분 이미 성숙한 쓰루히메를 칭찬했고, 여성 경험이 많은 장년들은 가메히메를 택했다. 그러한 소곤거림까지 쓰루히메의 귀에 들어왔다. 그녀는 이 자리를 빠져나가 어딘가에서 소리 내어 울고 싶을 만큼 치욕을 느꼈다.

"그래? 다케치요는 이 아이가 더 좋단 말이지. 그럼, 다시 그 아이 손으로 한 번 더 축하주를 따라줄까."

"예."

"오카메, 따라주어라."

그리고 그 술잔이 소반에 다시 놓이자 비로소 요시모토는 다케치요를 놓아주었다. 다케치요는 천천히 절하고 여러 장수들의 시선을 받으며 자기 자리로 돌아갔다…….

쓰루히메는 그제야 얼굴을 들고, 이번에는 다케치요를 다른 감정으로 바라보았다. 그러자 다케치요는 자기 자리를 지나 성큼성큼 뜰로 면한 마루까지 걸어가는 게 아닌가.

"도련님! 자리는 여기입니다! 여기……."

사카이가 나직한 목소리로 주의 주었지만, 다케치요는 들리지 않는 모양이었다.

쓰루히메의 가슴에 문득 짓궂은 흥미가 솟았다. 이 소년이 무슨 큰 실수를 저질러 모두들 웃는다면 가슴의 체증이 후련하게 뚫릴 것만 같았다.

"아니!"

쓰루히메뿐 아니라 다케치요를 보고 있던 사람들은 모두 목을 움츠렸다. 실수는커녕 그것은 정녕 슨푸성 역사 이래 처음 보는 진기한 광경이었다. 다케치요는 자리를 잘못 찾은 게 아니라 소변이 마려워 그 배설구를 찾아 높다란 마루 위에 섰던 것이다. 그는 옷을 쓱 걷어올리더니 사타구니 왼쪽에서 새끼손가락만 한 사내의 상징을 꺼냈다.

"이보시오, 도련님!"

사카이가 외쳤지만, 그때는 벌써 정월의 후지산을 향해 총부리를 겨눈 한 줄기 은빛선이 뜰 징검돌 위에 흩어지고 있었다.

쓰루히메는 어떻게 될 것인가 하고 살짝 요시모토의 얼굴빛을 살펴보았다. 문 앞에 티끌 하나 떨어져도 몹시 꾸짖는 요시모토의 성격을 알고 있었기 때문이다. 그때 갑자기 그 요시모토 옆에서 뚱뚱한 몸을 뒤흔들며 가이의 노장 다케다 노부토라의 폭소가 터져나왔다.

"왓핫핫핫하, 왓핫핫핫하. 고놈 참 재미있군! 간덩이에 털이 난 녀석이로다. 재미있어, 왓핫핫핫하."

이 폭소에 이끌려 요시모토 역시 웃음을 터뜨렸다.

오랫동안 참고 있었던지 미카와 고아의 총부리에서는 아직도 은빛 줄기가 징검돌을 때리고 있었다.

서로 다가서는 자

새해 축하연이 끝나자 이튿날부터 글공부를 시작하기 위해 다케치요는 이른 아침부터 할머니 겐오니와 함께 린자이사의 셋사이 선사를 찾아갔다.

물론 셋사이의 지시였지만, 슨푸성 안의 화려함과는 비교도 되지 않는 검소한 주지 방으로 안내되자 다케치요는 이상스러운 듯 사방을 둘러보며 고개를 갸우뚱했다.

그가 듣고 있던 셋사이 선사는 요시모토의 사부이며 권력을 한 손에 쥐고 나는 새도 떨어뜨리는 용장(勇將)이었다. 그런 그가 먹물 들인 법의를 입고 실눈을 뜬 채 다케치요를 지켜보고 있었다.

데리고 간 겐오니가 인사했다.

"다케치요입니다. 좋은 가르침을 주십시오."

"스님은 잠시 자리를 피해주시지요."

이렇게 말할 때까지 다케치요는 그가 셋사이 선사인 줄 모르고 있었다. 선사의 말을 듣고 겐오니는 물러갔다.

"다케치요."

"예."

"오늘은 1년 가운데 공부 첫날이다. 나날의 공부는 겐오니와 함께하겠지만, 가끔은 내가 가르쳐주마. 저 구석의 탁자를 이리로 가져오너라."

"예."

다케치요가 일어나 소박한 책상을 들고 오자, 두 사람은 그것을 사이에 두고 잠시 호젓이 마주 앉았다. 오늘도 어제 같은 맑은 날씨였다. 주지 방 영창에 뜰의 나무가 그림자를 드리우고 그 그림자 속에 이따금 작은 새 모습이 비쳤다.

"공부를 시작하기 전에 너에게 묻고 싶은 게 있다. 너는 어제 성에서 뜰에 대고 오줌을 누었지?"

"예."

"무슨 생각으로 거기서 오줌을 눴는지 말해보아라."

"측간이 어디 있는지 몰랐습니다. 남에게 묻기도 난처하여."

"허, 어째서 남에게 묻는 게 난처했는고?"

"모르는 사람이 많아서요."

"흠…… 그래서 그 결과가 어떻게 될 것인지는 생각해 보았느냐?"

다케치요는 천진스럽게 고개를 흔들었다. 결과 같은 건 물론 생각하지도 않았을 게 틀림없다.

셋사이는 온화한 표정으로 두어 번 고개를 끄덕였다.

"요시모토 님은 예의에 벗어나는 그런 일을 매우 싫어하는 분이라 몹시 기분 언짢아하셨다. 그리고…… 장수들은 모두 대담한 행동을 했다고 네 배짱을 칭찬하며 손뼉까지 쳤지."

다케치요는 납득되지 않는 얼굴로 고개를 갸웃했다.

"너는 그 오줌으로 단번에 여러 장수들에게 이름을 댄 거나 마찬가지인데…… 그럼, 그렇게 되기를 바라고 한 짓은 아니었구나?"

"예, 생각하고 한 짓은 아닙니다."

"오와리에서 누군가 너에게, 그런 일은 예의가 아니니 삼가라고 가르치지 않았느냐?"

"예, 아니요……."

다케치요는 고개를 끄덕이려다가 가로저었다.

"예의에 벗어나는 일이 아니니 어디를 가든 사양 말고 하라고 했습니다."

"허, 별난 사람도 다 있군. 그 사람이 누구냐?"

"네, 노부나가 님입니다."

"뭐, 노부나가……."

셋사이는 물끄러미 다케치요를 쳐다보며 다시 두어 번 고개를 끄덕였다. 셋사이는 다케치요의 이 한마디로, 문득 노부나가의 성격을 온통 엿본 느낌이 들었다. 셋사이는 미소 지었다.

"사사건건 의표를 찌르는군. 나쁘지 않은 생각이지만…… 그러나 위험이 전혀 없다고는 할 수 없지."

"위험하다고요?"

"너는 모두에게 너의 존재를 단번에 기억하게 만들었다. 그것도 속을 알 수 없는 당찬 아이로. 그 점에서는 훌륭하지만, 그렇게 기억되면 늘 엄한 감시를 당한다. 옛말에 범을 들에 놓아준다는 말이 있는데……."

여기서 셋사이는 자기 말을 아직 어린 다케치요가 이해할 수 없을 거라고 생각했던지 화제를 돌렸다.

"그래, 너는 노부나가 님이 좋으냐?"

"예, 아주 좋아요!"

"슨푸의 성주님은?"

"아버님이 은혜 입은 소중한 분이라고 들었어요."

"옳지, 너는 솔직하구나. 그런데 오와리에서는 누구에게서 따로 공부한 적이 있느냐?"

"사서오경…… 반쇼사(萬松寺)의 스님과 가토 즈쇼(加藤圖書)한테서 조금."

셋사이는 이 소년 위에 그린 자신의 소망이 희미하게 빛을 띠기 시작하는 것을 느꼈다. 그가 요시모토의 막하에서 법의와 갑옷을 구별해 입어온 것도 그 때문이었다. 요시모토를 통해 100년 가까이 계속된 난세의 수라장에 구원의 등불을 밝힐 자를 만들어내기 위해서.

그러나 셋사이는 그 점에 있어 요시모토에게 좀 실망하고 있었다. 요시모토 대에 안 되면 그 아들 우지자네에게—라고 마음먹었지만 자식을 키우는 일에 있어 요시모토는 거의 무능에 가까웠다. 자식 사랑에 빠져 우지자네의 교육을 셋사이가 아닌 내전의 여자들에게 맡기고 있는 것이다.

어제의 새해 축하연에도 감기라는 구실로 나타나지도 않고, 다케치요가 천진난만한 방뇨로 여러 장수들의 간담을 서늘케 할 무렵 우지자네는 아야메라는 상민 출신 시녀를 붙잡고 설날 대낮부터 동침했다는 소문이었다. 그러므로 셋사이가 다케치요에게 기대하는 것은 인간으로서의 애정보다도 법제자로서의 무장이었다.

아니, 좀 더 강조해 말한다면 불심으로 새로운 질서를 만들어낼 대정치가, 세상을 구원할 성장(聖將)이었다.

"됐다. 그럼, 오늘 글공부를 할까."

"예."

"다케치요는 공자님이라는 옛 성인을 아느냐?"

"네, 논어의 공자님."

"그래, 그분의 제자에 자공(子貢)이라는 사람이 있었다."

"자공……."

"그래, 그 자공이 어느 때 정치란 무엇입니까, 하고 공자님에게 물었더니 이렇게 대답하셨다…… 무릇 국가에는 식(食)과 병(兵)과 신(信)이 있어야 한다고."

다케치요는 동그스름한 어깨를 긴장시키고 셋사이를 가만히 올려다보았다. 지식에 굶주린 인광(燐光)이 깃든 눈이었다. 셋사이는 지금까지 다케치요를 옆에서 애써 가르친 교육자가 없었던 것에 감사와 애처로움을 동시에 느끼면서 말을 이었다.

"그러자 자공이 다시 물었다. 어떤 사정으로 나라가 그 세 가지를 다 갖출 수 없을 경우에는 어느 것을 버려야 합니까, 하고."

"식과 병과 신 가운데……."

"그래. 식은 먹는 음식, 병은 무기, 신은 사람들 사이의 믿음이지. 너의 마쓰다이라 가문을 예로 든다면, 무사들 사이에 믿음이 없었다면 벌써 무너지고 말았을 것이다……."

셋사이는 다시 뚫어질 듯한 다케치요의 시선에 미소를 지었다.

"어디 네 생각부터 먼저 들어볼까. 어떤 사정으로 그 세 가지가 갖추어지지 못할 때는 먼저 무엇을 버려야 하느냐는 자공의 질문이 만약 너에게 던져졌다면 뭐라고 대답하겠느냐?"

"식과 병과 신……."

다케치요는 다시 한번 입 속으로 중얼거리더니 탐색하는 듯한 표정으로 대답했다.

"병—"

셋사이는 뜻밖의 대답을 얻은 놀라움으로 또 잠시 다케치요를 바라보았다. 어른의 상식으로는 무기야말로 으뜸, 무기는 늘 모든 것에 우선한다고 생각되던 때였다.

"어째서 병을 먼저 버리지?"

"예."

다케치요는 고개를 갸웃하며 생각했다.

"세 가지 중에서 가장 가벼울 것 같아……."

말하다가 이번에는 무언가 생각났는지 대답했다.

"사람은 먹을 것이 없으면 살 수 없습니다. 하지만 창은 버려도 살 수 있어요."

"허!"

셋사이는 놀란 듯 일부러 눈을 둥그렇게 했다.

"공자님도 다케치요와 같은 대답을 하셨다. 병을 버리라고."

다케치요는 싱긋 웃으며 고개를 끄덕였다.

"그런데 자공은 또 물었다. 나머지 둘 가운데 아무래도 또 하나 버려야 할 때가 온다면, 그때는 무엇을 버려야 하느냐고. 다케치요, 너라면 무엇을 버리겠느냐?"

"나머지는 식과 신…… 신을 버립니다. 식이 없으면 살지 못합니다."

의기양양하게 대답하자 셋사이는 미소 지었다.

"다케치요는 식에 매우 얽매이는군. 오와리에서 배를 곯은 모양이지?"

"예, 산노스케와 도쿠치요와…… 배가 고프면 모두 기분 나쁘고 한심스러워졌습니다."

셋사이는 고개를 끄덕였다. 아이들 셋이 함께 보낸 부자유스러운 볼모 생활이 눈앞에 보이는 듯했다.

"그래, 그때 먹을 게 생기면 너는 어떻게 했느냐?"

"먼저 산노스케에게 먹였습니다."

"그다음에는."

"제가 먹었습니다. 도쿠치요는 제가 먹기 전에는 먹지 않으므로."

"허, 도쿠치요는 다케치요가 먹기 전에는 안 먹었느냐?"

"예, 그런데 그 뒤부터는 산노스케도 먹지 않았어요. 도쿠치요의 흉내를 낸 거지요. 그래서 그다음부터 저는 처음부터 셋으로 나누어 제가 먼저 먹었습니다."

셋사이는 미소 지으며 무엇인가에 빌고 싶은 심정이 들었다. 이 조그만 정치가가 배고픔을 앞에 두고 진지하게 생각하는 모습이 여기서 또 눈앞에 떠오른다.

"그래? 참 좋은 일을 했구나. 다케치요의 방식이 옳았다. 그러나…… 공자님은 자공에게 그렇게 대답하지 않으셨다."

"그러면 식을 버리라고 말했습니까?"

"그래, 식과 신의 두 가지 중에서는 먼저 식을 버리라고 말씀하셨다."

다케치요는 고개를 갸웃하고 나직한 목소리로 궁리하듯 중얼거렸다.

"식을 버리고 나라가 있다…… 그것은 공자님이 잘못 아신 게 아닌가요."

"다케치요."

"예."

"그것은 다음에 만날 때까지 천천히 생각해 보도록 하거라. 공자님이 어째서 식보다 신이 소중하다고 말했는지."

"네, 생각해 보겠습니다."

"그런데 그 생각의 기초가 되는 것…… 그것은 이미 네 이야기 속에 들어 있었느니라."

다케치요는 의아스러운 듯 셋사이를 바라보며 또 고개를 갸웃거렸다.

"다케치요는 처음에 산노스케에게 먼저 주었다. 그리고 도쿠치요에게도 주었지만, 도쿠치요는 다케치요가 먹기 전에는 안 먹는다고 했다지."

"예."

"도쿠치요가 왜 안 먹었을까? 그리고 그다음에는 산노스케 역시 도쿠치요의 흉내를 냈다고 했지."

"예…… 예……."

"산노스케가 왜 도쿠치요의 흉내를 냈는지 너는 알겠느냐?"

"글쎄요……?"

"그 대답은 다음까지 천천히 생각해 오기로 하고, 내 생각만 말해주마."

"예."

"산노스케는 아직 어리기 때문에 다케치요가 다 먹으면 자기 몫이 없어질지도 모른다……고 생각했겠지."

다케치요는 눈도 깜박이지 않는 얼굴로 고개를 끄덕였다.

"그런데 도쿠치요는 다케치요가 혼자서 다 먹을 사람이 아니라는 것을 알고 다케치요를 믿고 있었다. 즉 신이 있었기 때문에 다케치요가 먹지 않으면 먹지 않으려고 했지……."

셋사이는 여기서 말을 끊고 자신의 눈빛이 다케치요의 나이를 잊고 엄격하게 변해가는 것을 의식했다.

"그리고 그다음에는 산노스케 역시 다케치요를 믿게 됐다. 잠자코 있어도 혼자서 다 먹을 사람이 아니라는 걸 깨달은 것이다. 산노스케는 도쿠치요의 흉내를 낸 게 아니라 다케치요를 믿고 도쿠치요를 믿은 것이다. 알겠느냐? 신이 있었기 때문에 그 얼마 안 되는 식이 살아나 세 사람의 목숨을 이을 수 있었던 거란다. 그런데 그 신이 없었다면 어떻게 되었을 거라고 생각하느냐?"

셋사이는 여기서 다시 눈빛을 부드럽게 바꿨다.

"도쿠치요가 혼자 다 먹는다면 나머지 두 사람은 굶주리게 된다. 다케치요가 혼자 먹어도, 산노스케가 혼자 먹어도 마찬가지다. 사람과 사람 사이에 신이 없어지면, 세 사람 모두 굶주림을 벗어날 수 있게 하는 그 식이 싸움의 씨가 되어 오히려 피투성이 칼싸움으로 끌어들일지도 모른다."

여기까지 말했을 때 다케치요가 무릎을 탁 쳤다. 어느새 몸을 책상 위로 쑥 내밀고 눈은 보름달처럼 크게 뜨고 있다.

그러나 셋사이는 다케치요의 대답을 들으려고 하지 않았다.

"알겠느냐. 학문에서 속단은 금물이다. 다음까지 천천히 생각하여라."

"예."

"서로 믿는 마음……이라기보다 서로 믿을 수 있기 때문에 인간인 것이다. 인간이 만들기 때문에 나라라고 하며, 신이 없으면 짐승세계……라고 나는 생각한다. 짐승세계에서는 식이 있어도 싸움이 그치지 않아 살아갈 수가 없다……자, 오늘은 여기까지. 비구니 스님과 함께 돌아가 여러 장수들에게 인사하고 놀아도 좋다."

"예."

대답했지만 다케치요의 자세는 아직도 그대로였다. 셋사이는 손뼉 쳐 옆방에서 기다리고 있는 겐오니를 불러들였다.

"스님, 오늘은 이만."

셋사이가 부드럽게 말하자 겐오니는 옆에 있는 다케치요를 쳐다본 다음 묻고 싶어 하는 눈치였다.

"마음에……."

셋사이는 입 속으로 웃었다.

"좋은 설을 맞았소. 초하룻날도 초이튿날도 후지산을 보았습니다."

"그러시면?"

"이것저것 바쁜 몸이지만 한 달에 사흘은 만나보게 해주시오. 그 사흘이 이제부터 나의 즐거운 날이 되겠으니."

겐오니는 고개를 끄덕였다. 그리고 어느덧 두 눈에 반짝이는 것이 맺힌다. 그도 그럴 것이 이 손자의 양육에 모든 것을 걸고 머나먼 오카자키에서 떠나온 그녀로서는, 과연 다케치요가 이 셋사이의 눈에 들 것인지 아닌지 마음에 걸렸던 것이다.

"고맙습니다."

"그 날짜는 나중에 암자로 알려드리기로 하고, 오늘은 이만."

"예."

절하고 일어서려는데 셋사이가 다시 불렀다.

"스님, 나날의 행동에 부디 주의하시오. 눈에 띄지 않게, 눈에 띄지 않게."

"알겠습니다. 그럼……."

겐오니를 따라 다케치요도 주지 방을 나섰다. 나와서도 아직 가슴속에 셋사이의 얼굴이 크게 눈을 뜨고 있었다. 머릿속 어딘가에서 타오르기 시작하는 불길이 느껴졌다.

'식이 있어도 신이 없으면, 그 식이 싸움의 씨가 된다…….'

그 한 가지 발견이 작은 가슴속에서 갖가지 공상으로 모습을 바꾸어가고 있었다. 넓게 펼쳐진 야하기강 유역의 논. 그 논의 벼 이삭 물결이 이글이글 타오르는 불길의 혀끝에 활활 타들어가 순식간에 초토(焦土)로 변한다. 그러면 그 초토는 이미 싸움의 씨가 되지 않는다. 그런가 싶으면 아무 관련도 없는데, 자기를 오카자키에서 아버지 무덤 앞에 성묘하게 한 도리이 할아범과 사카이가 칼싸움하는 모습이 보이기도 한다.

'어째서 싸우는 것일까?'

생각하자 두 사람의 목소리까지 상상 속에서 들려왔다.

"—다케치요가 자라기를 어떻게 기다려. 나는 직접 이마가와의 부하가 되어 이 땅을 차지하겠다."

"—닥쳐라. 너 혼자 갖게 내버려두지 않겠다. 이시카와도 아마노도 있다. 차지할 수 있다면 어디 해봐."

'곡식이 열리는 토지여서 싸움의 씨가 되는 것이다. 싸우지 않게 하려면 무엇이 필요할까?'

초토화시킬 것인가.

아니다, 다케치요에 대한 믿음!

다케치요는 자기가 어느새 임시거처에서 할머니 손을 떠나 사카이에게 넘겨지고, 다시 세키구치네 집 문을 지나 현관마루에 서 있는 것조차 모조리 잊고 있었다.

"도련님!"

사카이에게 주의받고 흠칫하자, 눈앞에 어제보다 한결 아름답게 차려입은 쓰루히메가 양쪽에 시녀를 거느리고 말끄러미 자기를 쳐다보며 서 있었다.

"기다리고 있었어요, 다케치요 님. 자, 안으로 들어가요."

말은 시원스럽지만, 눈과 뺨은 결코 웃고 있지 않았다.

"새해 복 많이 받으세요."

다케치요는 아직 머릿속의 망상을 털어버리지 못하고 있었다.

"신이 없다면……."

"네?"

"신이……."

그러다가 다시 흠칫 놀라며, 이 쓰루히메에게도 미움받아선 안 되겠다고 생각했다. 그는 웃었다. 이 경우 웃는 게 상대에게 자신의 신뢰감을 전하는 유일한 방법이라고 생각했다.

그러나 상대는 그것에 응하는 대신 슬그머니 현관마루로 내려와 느닷없이 다케치요의 손을 잡았다. 부드럽고 나긋하며 마음을 들뜨게 하는 듯한 손. 더욱이 그 손에서 사향 내음이 물씬 풍겼다.
"다케치요 님은 저에게 동생이래요."
"동생……."
"그렇게 생각하라고 아버님이 분부하셔서 오늘 이렇게."
마중해 준다는 뜻이리라. 그대로 안으로 걸어들어가며 쓰루히메는 작은 소리로 물었다.
"기뻐요?"
다케치요는 순순히 고개를 끄덕였다.
"쓰루히메가 예뻐서 기뻐."
"못생겼으면?"
다케치요는 잠자코 상대를 다시 보았다. 뻔한 것을 묻는 쓰루히메가 좀 우스운 생각이 들었던 것이다.
안에서는 세키구치 부부가 가신들에게 둘러싸여 오늘 글씨 쓰기를 한 뒤의 연회를 벌이고 있었다.
사카이가 새해 인사를 하자, 세키구치는 성큼 일어나 다케치요를 자기 옆에 앉혔다.
"모두들 익혀두어라. 이 복상(福相), 드물게 보는 길한 상이지. 가이의 젊은 성주님 다케다 신겐보다 나으면 나았지 뒤지지 않는다! ……그뿐인가, 가이의 노장께서 간덩이도 내 자식보다 크다고 손뼉 치며 기뻐하셨다. 왜, 그 오줌 눈 일로 말이다."
얼마쯤 술이 취했는지 세키구치의 혀가 술술 잘도 움직였다. 아니, 말뿐 아니라 진심으로 다케치요가 마음에 드는 눈치였다.
다케치요가 느긋한 심정으로 모두의 새해 인사를 받고 나자, 쓰루히메가 다시 다케치요의 손을 잡았다. 그리고 사카이를 그 자리에 남겨놓고 복도 건너 바깥채에 있는 자기 방으로 데려갔다.
그 방에는 쓰루히메보다 좀 어린 처녀들이 7, 8명 모여 수북이 담아놓은 과자를 둘러싸고 앉아 있었다.
"이분이 소문에 듣던 그 다케치요 님……."

처녀들 눈이 일제히 다케치요에게 쏠렸다. 그 가운데 하나가 손짓하면서 자기 옆자리를 비워주었지만, 쓰루히메는 고개를 내젓고 다케치요를 다른 자리로 데리고 갔다.

"다케치요 님은 이 아가씨가 좋대. 그렇지요?"

그러고 보니 거기에 가메히메도 앉아 있었다.

쓰루히메는 다케치요를 가메히메 몸에 한 번 부딪치듯 하고는 그보다 더 가까이 자기 쪽으로 끌어당겼다. 어느새 손만이 아니고 동그스름한 어깨를 안듯이 하니, 다케치요의 팔꿈치는 싫어도 쓰루히메의 부드러운 무릎에 얹히게 되었다.

다케치요는 볼이 화끈 붉어지는 야릇한 느낌을 경험했다.

쓰루히메는 다케치요를 옷소매로 싸안듯 하고 모두에게 말했다.

"다케치요 님은 머지않아 이 나라 으뜸가는 인물이 된대요."

그것은 비웃는 것 같기도 자랑하는 것 같기도 한 교태였다.

"하지만 지금은 우리 집에서 맡은 대감님의 소중한 손님. 그렇지요, 다케치요 님!"

다케치요는 고개를 끄덕이며 전혀 다른 일을 생각하고 있었다. 그것은 지금까지 경험한 적 없는 이상한 정감의 탐색이었다. 사향 내음이 그렇게 만드는지, 아니면 부드러운 쓰루히메의 무릎 때문인지…… 다케치요는 목욕을 오래 한 뒤와 비슷한 나른한 느낌에 그의 이성이 황홀하게 흐려져가는 것을 지켜보고 있었다. 응석 부리고 싶고, 화내고 싶은 것 같기도 한…….

쓰루히메는 그러한 다케치요에게는 상관하지 않고 다케치요의 신세를 과장해 모두에게 이야기했다. 조부 기요야스가 오와리까지 쳐들어갔으면서도 26살에 모리야마의 진중에서 암살된 일. 아버지 히로타다 역시 24살의 젊은 나이에 죽었으며, 다케치요는 아쓰타에서 이 손푸로 가까스로 빼어온 손님이라는 것 등. 모두들 그 이야기에 저마다의 상상을 섞어가며 듣고 있었다. 개중에는 한숨짓고 눈물을 글썽이며 다케치요를 바라보는 처녀도 있다.

장지문에 다시 선명한 햇빛이 비쳤다. 새봄다운 밝은 기운이 방 안 가득 넘친다.

"그렇지요, 다케치요 님……?"

쓰루히메는 자신의 설명에 흐뭇해하면서 볼과 볼이 스칠 만큼 가까이에서 다케치요의 얼굴을 들여다보다가 갑자기 그의 몸을 무릎에서 옆으로 밀어냈다. 어느새 다케치요는 자기 무릎에서 양지쪽의 고양이처럼 실눈을 뜨고, 하필이면 쓰루히메 옆자리의 가메히메를 황홀하게 바라보고 있지 않은가?

쓰루히메의 눈썹이 치켜올라갔다. 눈꺼풀이 파르르 두세 번 떨렸다.

'내 무릎에서 다른 여자를…….'

그것이 야릇한 분노가 되어 어제 성안에서의 사건을 상기시켰다.

'여러 장수들이 늘어앉은 축하 자리에서, 나보다 가메히메가 좋다고 말한 아이…….'

그 괘씸한 아이를 쓰루히메는 자신의 아름다움에 굴복하는 것으로 용서해 주려 했는데, 괘씸하게도 다케치요는 자기 무릎에서 가메히메를 황홀하게 바라보고 있었던 것이다.

'어떻게 해줄까?'

짜릿하게 쑤셔오는 심술스러운 마음을 쓰루히메는 가까스로 억눌렀다. 일단 떠다밀었던 다케치요를 다시 거칠게 끌어당기며 말했다.

"어머나, 깜박 잊고 있었네. 다케치요 님에게 드릴 게 있어요."

그리고 숨을 헐떡이며 일어나 다케치요의 손을 잡고 안의 침소로 달려들어갔다. 침소는 모두들 모여 있는 방에서 두 방 건너에 있어 한낮의 햇볕이 어스름하고 싸늘했지만 들어가자마자 두 소매로 다케치요를 싸안은 쓰루히메의 숨결은 몹시 뜨거웠다.

"다케치요!"

"응."

"다케치요는 이 누나가 마음에 안 들어?"

"아니."

"그럼…… 그럼…… 어째서 다른 아이를……."

쓰루히메는 말하려다가 본능적으로 이름은 대지 않고 다케치요에게 뺨을 마구 비벼댔다. 다케치요는 눈을 동그랗게 뜨고 하는 대로 내버려두었다…… 다케치요는 쓰루히메가 어째서 이처럼 흥분해 뺨을 비비고 밀치고 끌어당기며 데리고 다니는지 알 수가 없었다. 화내는가 하면 귀여워해 주는 것 같기도 하고,

귀여워해 주는가 생각하면 야단맞고 있는 것 같기도 했다.
"다케치요!"
"응."
"나는 네가 좋아. 이것 봐, 이렇게……."
다케치요는 깜짝 놀랐다. 이렇듯 심한 애무는 받아본 적 없었다. 쓰루히메의 향긋한 입술이 이마에서 뺨으로, 뺨에서 목덜미로…… 그리고 다시 눈두덩이에 들러붙기도 하고 입술 위에서 소리 내기도 했다.
'혹시 미친 게 아닐까……?'
수상히 여기자 이번에는 갑자기 두 눈에 가득 눈물을 담고 있었다.
"다케치요!"
"응."
"너도 나를 좋아하지?"
"응."
"자, 그 입으로 좋아한다고 똑똑히 말해봐요."
"좋아……."
"이제부터는 결코 다른 여자아이를 칭찬하지 않겠다고……."
"이제부터 결코 다른 여자아이를……."
말하는 동안 쓰루히메의 마음이 이해되었다. 그것은 아직 어른의 감정은 아니었다…… 쓰루히메가 이처럼 자기를 귀여워해 주는데, 자기는 가메히메가 좋다고 말했다. 그 매정한 말에 대한 뉘우침이며 하나의 작은 깨우침이었다.
'그렇구나. 여자들에게 섣불리 사실대로 말해서는 안 되는 거야…….'
생각한 대로 말하는 것이 이처럼 상대를 혼란시킨다면 가여운 일이다.
'가메히메도 좋고…… 이 쓰루히메도 싫지 않다…….'
그렇다면 좋다고 말해도 거짓말은 아니라고 생각했다. 쓰루히메는 다케치요에게 마구 입 맞추고 나자 다시 한번 두 팔로 꼭 껴안고 이번에는 안심한 목소리로 말했다.
"다케치요 님은 남자다워!"
"그래?"
"자기 잘못을 순순히 인정했어요."

다케치요는 숨이 막힐 것만 같았다. 어느새 자기 코가 상대의 젖가슴 위에 얹혀 있었던 것이다.

"알았지요, 다케치요 님."

"응."

"쓰루히메가 다른 데 시집갈 때까지 지금 한 약속 잊지 말아요."

"응, 쓰루히메도 다른 데 시집가?"

"그럼…… 벌써 14살인데."

"어느 성으로 시집가?"

"히쿠마노성이나 아니면 이대로 슨푸의 측실이 되든가."

"슨푸의 측실이라니?"

"다케치요 님은 아직 몰라요…… 작은대감님이 이 쓰루히메에게……."

말하다가 다시 격렬하게 몸부림치며 끌어안았다.

"알았지요, 쓰루히메와의 약속, 누구에게도 말하지 말아요."

"응."

"단둘만의…… 단둘만의…… 알겠지요. 이것은 비밀이에요."

다케치요는 뭔지 이해할 수 없었지만 젖가슴 위에서 고개를 끄덕였다.

봄의 서리

마쓰다이라 다케치요가 오와리를 떠난 지 3년 지났다.

노부나가는 나고야성의 자기 거실에서 아까부터 뜰의 벚나무를 노려보며 손톱을 깨물고 있다. 무언가 깊이 생각할 때 노부나가의 버릇—아니, 히라테가 천한 짓이라고 간한 뒤부터 고집이 되어 몸에 밴 행위였다.

옆에서 노히메가 물었다.

"무엇을 그리 생각하셔요."

"벚꽃 봉오리가 부풀었어."

물어뜯은 손톱을 뜰의 징검돌 위에 퉤 뱉고 세차게 혀를 찼다.

노히메는 미간을 모으며 노부나가에게 차를 권했다. 벚꽃 봉오리를 보면서 감회를 느끼고 있는 표정이 아니었기 때문이다.

"곧 활짝 피겠지요?"

"피고 나면 지지."

노히메는 부드럽게 웃어 보였다.

"그것은…… 성주님 말씀은 언제나 앞질러 남의 말을 누르셔요."

"뭐라고?"

"비가 오거나 바람이 불면 더 빨리 지겠지요."

노부나가는 다시 세게 혀를 찼다. 아내를 날카롭게 돌아보았지만 화내지는 않았다.

"다케치요를 기억하고 있소?"
"미카와의 마쓰다이라……."
"응, 지금은 슨푸에 있는 다케치요 말이오. 다케치요란 놈이 나에게 골치 아픈 선물을 하나 남기고 갔어."
"선물이라니요?"
"이와무로 부인 말이야."
노히메는 고개를 끄덕이는 대신 모르는 체하며 곁을 물러났다.
'역시 그 일이었구나…….'
생각하는 것만으로도 노히메는 남편보다 더 가슴 아팠다. 이와무로 부인이란 노부나가의 아버지 노부히데가 바로 얼마 전 아이를 낳게 한 18살 난 애첩이었다. 아쓰타에 있는 가토 즈쇼의 동생 이와무로 마고사부로(岩室孫三郎)의 딸로, 노부히데가 그녀를 보고 마음에 들어 탐낸 것은, 즈쇼 저택에 다케치요를 맡긴 연고에서였다.
"다케치요 녀석만 없었다면 이와무로의 딸 따위는 아버지 눈에 띄지도 않았을 텐데……."
다케치요를 벨 것인지 아닌지 의견이 분분했던 안조성 함락 무렵, 노부히데는 즈쇼네 집으로 갔다가 마침 다니러 와 있던 이와무로의 딸을 보았던 모양이다. 그리하여 다케치요와 장자 노부히데의 교환에서 노부나가의 의견을 받아들이는 대신, 16살 난 이와무로의 딸을 청하여 첩으로 삼았다. 이미 42살이 된 아버지, 그 아버지가 16살 난 소녀와 사랑에 빠진 것도 꼴사나운데 그 이와무로 부인이 중심되어 노부나가를 몰아내기 위해 횃불을 올리고 있었다.
노히메가 두려워하는 것은 그 불길만이 아니었다. 무슨 일이든 의표를 찌르려는 노부나가가 화근을 없애려고 만일 그 이와무로 부인을 납치해 아버지와 불화가 깊어지면 어쩌나 하는 것이었다.
"노—"
"네."
"이 일은 역시 해야만 해."
"무엇을요……?"
무심히 돌아보던 노히메는 가슴이 꽉 죄어왔다. 노부나가의 눈 속에 무언가 결의한 냉랭한 의지가 얼어붙어 있는 게 보였던 것이다…… 노부나가의 눈빛이 타고 있을 동안은 그래도 좋았다. 그 눈빛은 마음이 한번 결정되면 오싹할 만큼 냉정한 빛으로 바뀌었다.

노히메는 그것을 알고 있었다. 노부나가가 벗어버린 겉옷을 살그머니 치우고 불안을 누르며 되물었다.

"하셔야 하다니요?"

"스에모리(末森)성에서 아버지를 쫓아내지 않으면 오와리가 어지러워져."

노부나가의 말에는 서릿발 같은 울림이 있었다.

스에모리성에는 노부나가의 아우 노부유키(信行)가 성주로 있는데, 아버지는 노부유키가 아직 독신인 것을 기화로 스에모리성 내전에 이와무로 부인을 들어앉히고 후루와타리 본성에는 거의 가지 않았다.

그 아버지에게 간언하겠다는 의미라면 물론 노히메에게도 이의가 없다. 하지만 언제 의표를 찔러올지 모르는 노부나가였다. 대체 무엇을 하겠다는 것일까. 쫓아내야 한다는 말 자체가 벌써 온당치 않았다.

"스에모리성에는 요즘 멍청이들이 너무 많이 모여 있어. 하야시 사도(林佐渡), 시바타 곤로쿠(柴田權六), 사쿠마(佐久間) 형제, 게다가 이누야마(犬山)의 노부키요(信淸)까지 얼굴을 내미니. 내버려두면 무사하지 않을 거야."

노히메는 살며시 일어나 다시 노부나가 곁으로 갔다. 지금 말한 사람들이 이와무로 부인과 음모하여 노부나가를 몰아내야 한다고 노부히데를 줄곧 부추기고 있는 것을 노히메는 잘 알고 있다. 그들은 노부나가를 물리치고 동생 노부유키를 후계자로 세우려는 것이었다.

"그래서 아버님에게 어떤 간언을 하시겠어요?"

"간언……? 간언 따위는 무의미한 일이야."

"그러시면?"

"이와무로의 딸을 납치해 끌고 와야지."

노히메의 얼굴이 순간 파랗게 질렸다. 역시 예감이 들어맞은 것이다.

노부나가는 후후후 웃었다.

"그대는 질투하는군. 입술이 떨리고 있어."

"……."

"나는 오와리에서 으뜸가는 멍청이다. 아버지와 첩을 두고 다툰다 해도 아무도 놀라지 않겠지."

"하지만…… 그런 짓을……."

"다른 사람이라면 용납되지 않지. 하지만 나를 얽어맬 수 있는 사슬 같은 건 없어."

"하지만 그렇듯…… 굳이 아버님을 거스르시면."

"노!"

"네."

"그대도 별로 똑똑하지 못하군."

"성주님을 염려하기 때문이지요."

"속이 좁군, 좁아."

노부나가는 손을 내젓고, 내저은 손을 그대로 입으로 가져가 손톱을 깨물었다.

"알겠어? 불혹이 넘은 나이에 어린 계집에게 빠지고, 게다가 나와 노부유키를 싸우게 하는 쓸모없는 아버지라면 백성을 위해서라도 빨리 없어지는 편이 나아. 나는 이와무로의 딸을 납치해 와서, 아시겠습니까! 하고 단 한마디만 소리쳐주겠어. 그래도 깨닫지 못하는 아버지라면 먼저 창을 휘두르며 자식을 죽이러 오겠지."

"그러면 어떻게 하겠어요?"

"싸울 뿐이지. 싸워서 아버지도 자식도 형도 아우도 한꺼번에 멸망하는 게 세상을 위한 길이야. 알겠어? 알았으면 다녀올 테니. 옷을 가져와."

노부나가는 벌써 일어나 허리띠를 졸라매었으나 노히메는 아직 일어서려 하지 않았다. 불안했다. 남편의 성격이 못 견디게 불안한 것이다…….

노히메가 일어나지 않자, 노부나가는 혀를 차며 그대로 나가려 한다.

"성주님!"

참다못해 노히메는 노부나가의 소매에 매달렸다.

"더 이상 집안사람들 오해를 깊게 해선 안 됩니다. 단념해 주세요."

노부나가는 눈을 부릅뜨고 노히메를 돌아보았다. 노히메는 필사적이었다.

"그러잖아도 성주님 마음은 집안사람들에게 통하기 어렵습니다. 일부러 싸움의 씨를 뿌렸다는 말을 듣는다면 성주님을 위해 안타까운 일입니다."
"뭣이, 일부러 싸움의 씨를, 내가 뿌린단 말이지……."
"네, 상대가 파놓은 함정에 스스로 뛰어드는 느낌이 들어요. 성미 급하신 분이니 이렇게 하면 반드시 화내며 일을 일으킬 거라고, 만일…… 만일 상대가 음모를 꾸미며 기다리고 있는 거라면 어떻게 하시겠어요?"
"노!"
"네."
"그대도 마음이 무척 약해졌군."
"성주님을 생각하기 때문이지요."
"못난 것 같으니! 잊었나? 그대는 미노의 아비한테서 이 노부나가를 파멸시키라는 명령을 받고 왔을 텐데."
"성주님!"
노히메의 목소리에 날이 서고 눈썹이 치켜올라갔다.
"너무 심한 농담을…… 진심으로 하시는 말씀인가요?"
"진심이라면 용서하겠나?"
"나쁜 버릇이에요! 그런 조롱으로 인심을 잃으면 큰 뜻을 이루지 못해요."
노부나가는 보일 듯 말 듯 입술을 일그러뜨리고 눈빛을 누그러뜨렸다. 주저없이 간언하는 노히메의 마음이 사랑스럽게 가슴에 닿았기 때문이다.
"그래? 놀리면 나쁜 건가?"
"일을 너무 서두르지 마시고 깊이 생각해 주세요."
"그래? 놀리는 게 나쁜 버릇이란 말이지?"
노부나가는 같은 말을 다시 한번 되풀이하고 노히메의 어깨를 툭 쳤다.
"핫핫핫하, 그대가 그토록 놀랄 줄은 몰랐어. 아니, 이제 나도 자신감이 솟는다. 노! 걱정 마. 이 노부나가는 쉽사리 상대의 함정에 빠질 만큼 무신경하게 태어나지 않았어. 누가 곤로쿠 따위의 함정에……."
노부나가는 다시 웃었다. 이번 사건의 주모자를 아무래도 시바타 곤로쿠로 보고 있는 모양이다.
"이와무로의 딸을 납치한다는 건 농담이야. 그대가 얼마나 놀라는지 시험해 본 것뿐이지. 겉옷을 가져와! 겉옷을!"

노히메는 안도의 숨을 내쉬며 노부나가의 소매를 놓았다. 어딘가 아직 노여움이 끓고 있는 모습이다. 하지만 반대로 응석을 부리고 싶을 만큼 믿음직스럽기도 했다. 나이는 세 살 위건만 언제부터인가 부자연스러움이 없어지고 완전히 노부나가를 섬기는 아내가 되어 있었다. 그렇긴 해도 노부나가의 조롱하는 버릇과 독설은 뜻하지 않은 적을 만들 것 같아 마음이 꺼림칙했다.

노히메가 겉옷을 내놓자 노부나가는 재빨리 입으며 복도 쪽을 향해 크게 외쳤다.

"이누치요! 말!"

노부나가가 무슨 생각을 하고 있는지 노히메는 여전히 알 수 없었다. 그러나 이와무로 부인을 납치한다고 한 말은 분명 농담인 것 같았다.

노히메가 바깥채와의 경계까지 칼을 안고 배웅하자 노부나가는 다시 한번 작은 소리로 말했다.

"걱정 마오."

그리고 바람처럼 큰 현관으로 달려나갔다.

현관에는 이누치요가 이미 노부나가가 자랑스럽게 여기는 애마와 자기 말을 끌고 와 있었다. 이누치요는 히라테로부터 반드시 노부나가의 뒤를 따라다니라는 명령을 받고 있다.

가신들이 노부나가의 모습을 발견하고 무사 대기실에서 달려나와 땅에 꿇어앉는 것은 거들떠보지도 않고 노부나가는 애마에 훌쩍 올라탔다. 이누치요에게도 아무 말이 없었다. 흐릿한 봄날 하늘을 흘끔 노려보며 그대로 채찍을 후려쳤다. 이누치요도 놓칠세라 급히 말을 달린다. 나가나 들어오나 여전히 질풍 같은 노부나가의 행동이었다.

정문을 나서자 말은 아쓰타로 향했다. 후루와타리 본성이나 아니면 큰성주 노부히데가 애첩과 함께 있는 스에모리성일 줄 짐작했던 이누치요는 고개를 갸우뚱하며 노부나가의 말을 뒤따랐다.

벚꽃은 아직 피지 않았지만, 들매화며 복사꽃은 이미 점점이 봄을 수놓으며 아쓰타 숲속에도 섞여 있었다.

"주군!"

이누치요가 부르면 대답한다.

"오!"

그러나 고삐는 조금도 늦추지 않는다.

"어디로 가십니까?"

"즈쇼네로 간다."

이누치요는 또 고개를 갸우뚱했다. 다케치요가 떠난 뒤 한 번도 찾은 일이 없는 즈쇼네 집을 왜 찾아갈 마음이 생긴 것일까?

이윽고 즈쇼네 문이 보이기 시작했다. 이누치요는 급히 노부나가를 앞질러 가 말에서 내리며 외쳤다.

"문을 여시오! 나고야성의 작은주군님이 오셨다. 문을 여시오."

그 목소리에 문이 열리자, 노부나가는 말 위에 그냥 납작 엎드려 화살처럼 말을 몰고 들어간다.

이 같은 갑작스러운 방문을 받고 놀라지 않을 까닭이 없다. 주인 가토 즈쇼는 허둥지둥 현관마루에 마중 나와 눈살을 찌푸리고 있었다. 당연한 일이었다.

"즈쇼, 들겠다!"

노부나가는 말하며 성큼성큼 앞서 들어갔다.

"아이고, 어서 오십시오!"

입으로는 이렇게 말하지만 귀찮은 표정으로 객실까지 뒤따라간다. 객실 입구에서 노부나가는 걸음을 멈추었다.

"흠, 3월 삼짇날 꽃 장식이 벌써 차려져 있군."

"황공합니다. 딸년 솜씨라."

"저것이 꽃꽂이라고 하는 건가. 방식이 있는가?"

"아직 서툴러서 방식에 맞지는 않습니다만."

노부나가는 벌써 그 꽃을 등지고 윗자리에 털썩 앉은 뒤였다.

"다케치요가 있을 무렵에는 곧잘 찾아왔었는데 오늘은 그대에게 청할 게 있어서 왔다."

"이 늙은이에게 작은주군님이 청을…… 대체 무엇입니까?"

"계집이다. 그대의 조카딸 말이야."

"예? 제 조카딸……?"

즈쇼가 당황한 표정으로 고개를 꼬자 노부나가는 대수롭지 않은 듯이 말했다.

"왜 있지 않은가. 그대 아우 마고사부로의 딸…… 이름이 유키(雪)라고 하던가. 그 조카딸을 나에게 주게."

"예?"

즈쇼는 자기 귀를 의심했다. 그 조카딸이라면 이미 노부히데의 측실이 되어 아이까지 낳지 않았는가…….

즈쇼는 잠시 눈을 끔벅끔벅하며 노부나가를 바라본 다음 얇은 입술을 씰룩이며 웃었다.

"무슨 농담을…… 작은주군님은 장난이 심하셔서. 아우에게 딸이 또 하나 있었던가 하고 저도 모르게 한참 생각했습니다."

"뭐, 농담……?"

"예, 고지식한 즈쇼이니 놀리시면 깜짝 놀랍니다."

"도무지 알 수 없는 말만 하는군, 농담이 아니야. 진심이기 때문에 이렇게 직접 찾아온 거 아닌가."

"아무쪼록 용서를……."

"그렇다면 어딘가 혼처가 정해졌다는 말인가?"

"그렇게 자꾸 농담만."

"즈쇼!"

"예."

"오늘 당장 대답하라고는 않겠다. 사흘 안에 생각하도록 해라. 이 노부나가가 목숨을 걸고 청한다."

"예……?"

"무장의 명예를 걸고 청한다! 알겠나?"

즈쇼의 얼굴에서 순간 핏기가 가셨다. 노부나가가 무엇을 말하는 건지 섬뜩하게 가슴을 찔러왔던 것이다. 아버지의 애첩. 하지만 이와무로는 철모르는 계집아이에 불과하다. 그런데 그녀가 불혹을 맞은 노부히데의 총애를 한 몸에 받고 있다는 걸 알고, 노부나가 반대파가 무언가 획책하는 것을 즈쇼도 소문에 듣고 있었다. 그 소용돌이 속의 후계자 노부나가가 이와무로를 달라고 한다. 무장의 명예를 걸고라고 말했으니 즈쇼도 그 수수께끼를 풀지 않을 수 없었다.

"—괘씸한 계집이니, 그대들 형제의 손으로 죽여라."
이런 암시로밖에 달리 생각할 도리가 없었다. 하지만 이렇듯 갑작스럽게!
"알았겠지. 그럼, 오늘은 이만 물러간다. 알겠나, 사흘 뒤 다시 오겠다."
놀랄 사이도 없었다. 옷자락을 차고 노부나가는 벌써 객실을 나서고 있었다.
"이누치요! 돌아가자."
이누치요는 현관 앞에서 두 필의 말을 붙잡은 채 기다리고 있었다. 이 측근시동은 주인의 괴팍스러운 성격을 노히메보다 더 잘 알고 있었다.
"작은주군님 돌아가신다!"
소리친 다음, 노부나가가 애마에 훽 올라탔을 때는 그도 이미 말 위에 있었다. 채찍이 내리쳐졌다. 한 아름의 바람을 뿌리며 사람과 말은 다시 봄날의 길을 달리고 있다.
"주군!"
"왜—"
"어디로 가십니까?"
"반한 계집을 만나러 간다."
"반한 계집……."
"너는 아직 모른다. 잠자코 따라와. 스에모리성으로 가는 거다."
"스에모리성……."
달리면서 이누치요는 고개를 갸우뚱했다.
"스에모리성에 주군 마음에 드시는 여자가……."
스스러움 없는 친근감으로 이누치요가 고개를 갸웃하자, 노부나가는 재미있는 듯 말 위에서 웃었다.
"핫핫핫하…… 이와무로 마고사부로의 딸 유키가 성에 있다. 그것을 첩으로 얻어오련다."
"예?"
"재미있겠지? 그 여자를 직접 만나 연모의 정을 호소하겠어. 나도 바람기가 좀 생겼다. 어서 가자, 핫핫핫."
이누치요는 노히메만큼 놀라지 않았다. 무슨 일이든 엉뚱한 짓만 하여 생각하기에 따라서는 멍청이라고 할 수밖에 없는 노부나가의 행위는, 시동이라는 이누치요의 위치에서 보면 늘 남다른 계책으로 뒷수습을 준비하고 있었다.

'또 주군 버릇이 나왔군……'

아버지의 애첩을 연모한다는 것은 온당치 않은 일이었지만, 진심으로 생각되지는 않았다. 무엇을 노려 무엇 때문에……라고 생각하면 불안했지만 흥미도 있었다.

그들은 도중에 한 번 말을 쉬게 했다. 그때 노부나가는 이누치요를 거들떠보지도 않았다. 물을 마시는 말의 목을 토닥거리면서, 계속 골똘하게 무언가 생각하다가 이따금 "좋아!"라고 내뱉기도 하고 혼자 고개를 끄덕이기도 했다.

땀이 흐르는 질주가 다시 시작되었다. 비는 아직 오지 않았지만, 구름이 낮아지고 기온은 점점 올라간다.

스에모리성 정문에 이르자 성안에서 끌이며 망치 소리가 쉴 새 없이 들려왔다. 미노에도 미카와에도 요즘 잠시 동안 싸움이 벌어질 움직임은 느껴지지 않았다. 그 소강상태를 노려 노부히데는 스에모리성을 보수한다고 했지만, 그것은 표면의 구실일 뿐 어린 애첩을 위해 별성을 지어줄 속셈인 것 같았다.

"이누치요, 저길 봐라, 벌써 시작됐군."

"건축 말씀입니까?"

"천치 같은 놈! 저건 성이 아니라 아버지 감옥을 짓고 있는 거다."

이누치요는 말뜻을 몰라 고개를 갸웃했지만, 그때 이미 노부나가는 무언가 고함치며 해자에 걸린 다리에서 성안으로 말을 몰아가고 있었다.

"앗! 나고야의 작은주군님!"

"대체 무슨 일로 오셨을까?"

"저렇듯 예의를 모르니 상속 문제로 말썽이 생기는 것도 무리가 아니지."

제대로 된 인사 한 번 없이 달려 지나가 문지기들이 혀를 차고 있는데 이누치요 또한 그 뒤를 따랐다.

"이누치요! 말—"

노부나가는 본성 현관에서 이누치요에게 고삐를 던지고 호위무사들이 놀라 달려오는 것에도 아랑곳없이 채찍을 거꾸로 든 채 성큼성큼 안으로 들어갔다.

"아이고, 나고야의 작은주군님이……."

전갈을 받고 허둥허둥 노부나가 앞에 나타난 것은, 이 성의 중신으로 노부유키에게 딸려 있는 시바타 곤로쿠였다.

"지금 노부유키 님께서는 공사장을 돌아보시는 중이니 잠시 서원에서 기다리시도록……."

"곤로쿠……."

"예."

"누가 노부유키에게 볼일 있다고 했나?"

"그럼, 큰주군님에게? 큰주군님은 지금 후루와타리성에……."

"알고 있어!"

노부나가는 채찍으로 옷자락을 찰싹 치고 악동처럼 히죽 웃으며 목을 뺐다.

"곤로쿠."

"예."

"그대는 잠시 안 보는 동안 대단한 인물이 된 것 같군."

"또 농담 말씀을……."

"아니, 농담이 아니야. 그대는 이 노부나가의 누이를 아내로 달랬다면서."

노부나가의 버릇을 알고 있는 곤로쿠는 둥그런 뺨을 시뻘겋게 물들이며 저도 모르게 슬그머니 한 발 물러났다.

"그 말을 들었을 때 나는 과연 곤로쿠가 우리 가문의 기둥이로구나 하고 속으로 합장했다."

"작은주군, 장소를 좀 생각해 주십시오. 모두들 웃고 있습니다."

"뭐, 웃고 있어…… 내가 그대에게 감사를 나타내는 것을 보고 웃는 괘씸한 놈은 이 성에 아무도 없을 거다. 안 그런가, 곤로쿠?"

"예."

"그대도 알다시피 계집을 좋아하는 우리 아버지는 마구 아이새끼를 만들어낸다. 남자 열하나에 여자 열셋까지는 알고 있지만, 그것 말고 또 낳았다면서."

"예, 12남 마타주로(又十郞) 님이십니다."

노부나가는 귀찮은 듯 손을 저었다.

"그런 것을 묻는 게 아니야. 그렇듯 남아도니 뒤를 잇는 내가 난처해지고 있다. 나의 그 고충을 헤아려 하나라도 데려가겠다는 그대의 충성, 정말 갸륵하다. 훌륭해."

한번 빨게진 곤로쿠의 얼굴에서 핏기가 싹 걷혔다. 곤로쿠가 노부유키를 통해 그 일을 청했다가 깨끗이 차인 것을 노부나가도 알고 있는 모양이었다.

"나는 그 말을 들었을 때 눈물이 쏟아졌다. 그래서 곤로쿠의 충성을 평생 잊지 않으리라고 마음에 새겨두었지."

"작은주군님!"

"글쎄, 들어봐. 그런데 아버지가 거절했다더군. 그대를 생각하니 나는 화나더군. 그대의 그 갸륵한 충성을 몰라주다니, 아버지가 망령 든 걸까 하고…… 그런데 곤로쿠!"

"……예."

"내가 그대라면 가만히 안 있어. 충성심은 어떻든, 사나이 체면이 서지 않는다."

곤로쿠는 이제 대답조차 하지 못했다. 노부나가가 무슨 말을 하려는 건지 짐작되었다. 칼날을 들이대고 놀리는 느낌이었다.

"나라면 모반하겠다. 내가 그대라면 그대에게 맡겨져 있는 노부유키를 충동질하여 형제간에 싸움을 붙이겠어."

"작은주군님…… 여기는……."

"글쎄, 들어봐. 형제가 많으니 힘을 합치면 아무도 못 당하겠지. 하지만 그 대신 싸움을 시키면 많다는 것이 또한 약점이 돼. 여기저기서 물어뜯다가 서로 쓰러져가거든. 다만 만만치 않은 것은 아버지뿐…… 그러나 여기에도 한 군데 취약점이 있지. 바로 계집이야. 젊은 계집을 안겨주고 계집과 함께 울 안에 감금한다. 핫핫핫, 그러면 오와리는 그대의 것…… 아니, 곤로쿠, 내가 그대라면 그런 식으로 일을 꾸미겠어."

"작은주군님!"

"그런 짓을 하지 않는 그대, 참으로 훌륭한 충신이야. 기억해 두마, 이 노부나가는."

그리고 노부나가는 곤로쿠에게서 홱 등을 돌렸다.

"작은주군님! 그쪽은 내전입니다."

"알고 있어. 내전으로 가는 거야."

"잠시만 기다리십시오…… 내전에는…… 내전에는."

"상관 마라, 곤로쿠. 나는 내전에 볼일이 있다."

"볼일이 있으시면 전해드리겠습니다. 분부를 말씀해 주시……."
따라붙는 곤로쿠에게 노부나가는 철썩 채찍질을 했다.
"눈치 없는 자로다. 반한 여자를 만나러 간다. 따라오지 마라!"
"마음에 드신 여자라니요?"
"이와무로의 딸이지. 사랑은 앞뒤를 가리지 못한다더군."
싱긋 웃으며 그대로 내전으로 사라졌다.

이와무로 부인은 노부히데가 오랜만에 후루와타리성으로 간 사이, 태어난 지 아직 얼마 안 되는 젖먹이를 유모 손에서 받아 어르고 있었다.
"자, 마타주로, 웃어봐요."
이 아이가 자기 자식이며 동시에 노부히데의 열두 번째 아들이라는 것이 신기하기만 했다. 사실 지난 2, 3년 동안 자신에게 일어난 급격한 변화는 스스로도 믿을 수 없을 정도였다. 신관(神官) 가문에 태어나 노부히데가 소실로 오라고 할 때까지는 자신이 아름답다는 것조차 알지 못하고 있었다.
전에 한번 큰아버지 집에서 시가(詩歌)모임이 있었을 때, 노부히데 앞으로 과자를 나른 일이 있었다. 그때 그녀는 아직 10살인가 11살로, 노부히데의 눈에 전혀 띄지 않았다. 다만 큰아버지의 노래 벗 가운데 후루와타리 성주가 있다는 말을 듣고, 큰아버지를 자랑스럽게 생각하는 마음이 들었을 따름이었다. 그런데 그 교제가 인연이 되어 미카와의 마쓰다이라 다케치요가 큰아버지 집으로 왔다. 그때도 영주의 아들은 어떤 사람일까 하는 흥미는 가졌지만, 그리 다가가고 싶지도 않았고 다가갈 수 있는 상대라고 생각하지도 않았다.
다만 이와무로 부인은 이따금 다케치요를 찾아오는 매우 난폭하고 지저분한 젊은이를 보고 눈살을 찌푸린 일은 기억하고 있었다. 그 젊은이는 언제나 허리에 무언가 매달고 왔다. 아니, 때로는 말 위에서 주먹밥을 먹으면서 들어와 다케치요와 함께 먹기도 하고 마루에서 오줌을 갈기고 참외씨를 뱉기도 했다. 이윽고 다케치요가 가버리자 그 젊은이도 오지 않게 되었다.
그런데 다케치요가 돌아갈 무렵 두세 번 찾아와 큰아버지와 무엇을 의논하던 노부히데의 눈에 띄게 되었다. 처음에는 후루와타리성으로 들어갔다. 그러나 그곳에 살고 있는 두 측실의 질투를 받고 얼마 안 되어 이 성으로 옮겨왔는데, 그 지저분하고 난폭한 젊은이가 노부히데의 후계자인 노부나가임을 알았을 때는 있을 수 없는 일처럼 여겨져 깜짝 놀랐다.

성주의 도련님—그 말은 차림새로부터 동작에 이르기까지 처녀 가슴에 아름다운 환상을 그리게 한다.

'그 사람이 정말 도련님이었을까……?'

그런데 이 스에모리성으로 옮겨와 보니, 그녀가 환상에 그리던 것과 똑같은 도련님이 살고 있었다. 단정한 얼굴. 예의 바른 태도. 아름다운 옷. 말투도 부하들에 대한 위로도 나무랄 데 없었다.

"이분이 그 젊은이의 아우님……."

이토록 훌륭한 젊은이가 있는데 어째서 그처럼 지저분한 사람에게 뒤를 잇게 하는 것일까? 그렇게 생각하고 있을 때 집안사람들이 말했다.

"—상속은 아우님인 노부유키 님에게."

이와무로 부인은 그 생각이 옳다고 믿었다. 하지만 그 이상 다른 야심이 있을 까닭이 없었으며, 다만 자기와 노부히데 사이에 태어난 아이가 성주의 아들이라는 사실이 믿어지지 않을 뿐…….

이와무로 부인이 다시 한번 젖먹이에게 얼굴을 비볐을 때였다. 복도 언저리에서 사내의 거친 목소리가 들렸다.

"이와무로의 딸 있느냐? 어디 있지?"

이와무로 부인은 살며시 젖먹이에게서 얼굴을 떼며 유모를 돌아보았다.

"누구일까?"

노부히데의 목소리와 꼭 닮았다. 그러나 불혹이 넘은 노부히데는 내전에 와서 큰 소리로 고함치는 일이 없었다.

'이 사람도 화내는 일이 있을까?'

이와무로 댁이 의아해할 만큼 낮은 목소리로 무슨 말을 하든 웃었다. 그 부드러움이 때로는 오히려 미덥지 못하여 두 사람의 나이 차이를 떠올리는 일조차 있었다.

"이와무로의 딸은 어디 있나?"

목소리가 더 가까워졌다. 아니, 목소리뿐 아니라 방문을 하나하나 여닫는 소리가 점점 가까이 다가왔다.

"마타주로를……"

유모는 팔을 내밀어 젖먹이를 받으며 이상하다는 듯 고개를 갸웃했다.

"술에 취하셨나 봐요. 누구실까요?"

그때 방문이 스르르 열렸다. 순간 이와무로 부인의 눈이 크게 열렸다. 너무 놀라서 조그만 입술이 벌어진 채 다무는 것을 잊고 있었다.

"오, 그대가 마고사부로의 딸이군."

노부나가는 우뚝 서서 이와무로 부인을 똑바로 지켜보았다.

"나를 기억하나?"

"나고야의 노부나가 님……"

"그래, 노부나가다. 그 노부나가가 그대에게 반한 것은 아쓰타의 가토 즈쇼네 집에서였지."

이와무로 부인은 자기 귀를 의심했다. 노부나가가 반했다는 것인지, 노부히데……라고 말한 것인지 알 수 없었다.

"그대는 사나이의 사랑을 아는가? 어때?"

"……"

"뭘 멍하니 서 있느냐. 좋아! 나도 앉으마. 그대도 앉거라."

"……네."

"겁먹은 모양이군. 무리도 아니지. 노부나가의 완력은 이 나라에서 으뜸이니까…… 그러나 반한 여자는 내던지지 않아. 안심하고 내 물음에 대답해 봐."

이와무로 부인은 비틀거리며 앉았다. 그녀의 상식으로는 노부나가의 기습적인 말에 대답할 말이 아무것도 없었다.

'노부나가는 내가 큰성주님 사랑을 받고 있다는 걸 정말 모르는 것일까. 유모에게 안긴 마타주로가 내 옆에 있는 게 보이지 않는 걸까.'

이 성에 오고 나서 그녀가 들은 이야기는 노부나가의 난폭한 점뿐 아니라 생각이 모자라는 멍청이라는 것이었다. 멍청이므로 아무것도 모르고 자기에게 사랑을 호소하는 거라면 대체 어떻게 대응하면 좋단 말인가…….

노부나가는 비로소 유모를 흘끔 보았다. 그러나 그 팔에 안겨 있는 막냇동생 쪽은 보지 않았다.

"거기의 여자!"

"예! 예!"

겁먹은 목소리로 대답하며 유모가 머리를 조아렸다.

"눈치 없는 것 같으니, 빨리 나가. 우물쭈물하면 한칼에 베어버릴 테다."

철컥하고 성급하게 칼 소리를 내자 유모는 펄쩍 뛰듯 방을 나갔다.

"그런데 이와무로의 딸—"

"네."

"이제 이 방에는 아무도 없다. 자, 사양 말고 대답해 봐. 그대는 사나이의 사랑을 아나, 모르나?"

이와무로 부인은 그만 무릎걸음으로 뒤로 물러나며 긴장하여 침을 꼴깍 삼키고 대답했다.

"……네."

"아느냐? 그렇다면 나도 안심했어."

노부나가는 갑자기 터질 듯한 목소리로 웃었다.

"나는 말이야, 누가 뭐라 해도 그대를 손에 넣기로 결심했어."

"……."

"그대가 싫어하든 좋아하든 내 알 바 아니야. 나는 그대를 손에 넣겠다!"

"……."

"그래서 먼저 그대 큰아버지에게도 말해놓고 왔어."

"네? 저, 큰아버지한테……."

"그래. 그대 큰아버지는 우물거리고 있었지만, 그에게도 그대를 손에 넣겠다고 분명하게 일러놓고 왔어. 괜찮겠지?"

"도련님…… 그건 무리한 일이에요."

"잠자코 있어. 아직 내 말이 끝나지 않았다. 내가 말하고 난 뒤 대답해라. 알겠나, 사나이가 한번 마음먹은 거다. 누가 뭐라든 뒤로 물러설 수 없다. 만일 그대에게 사모하는 사내가 있다면 베어버리겠다. 그것이 곤로쿠든 사쿠마든 용서 않겠다."

이와무로 부인은 노부나가의 눈을 쳐다보기가 무서워졌다. 그것은 분명 여느 사람의 눈이 아니었다. 빛을 내며 깜박임을 잊은 괴물의 눈이었으며, 미친 사람의 눈이었다. 이와무로 부인은 갑자기 온몸을 덜덜 떨기 시작했다. 노부나가가 금방이라도 자기에게 덤벼들 것 같은 예감이 오싹 온몸을 스쳤던 것이다.

"잘 들어. 이것이 사나이의 사랑이다. 만일 동생 노부유키가 그대를 연모하고 있다면, 그것도 용서 않겠다. 또 그게 아버지라도 싸우겠다."

"네?"

"자, 알았으면 대답해 봐. 싸움을 시키겠나, 내 뜻을 따르겠나."

이와무로 부인은 또 뒤로 몸을 물리며 손을 저었다.

"기다려주세요!"

말하려 했지만 입술이 마비된 것처럼 움직이지 않았다. 구원을 청할 분별력도 도망칠 기력도 이미 없었다. 오금을 펼 수 없었다. 오직 노부나가의 눈만이 자기를 억눌러온다.

노부나가는 또 웃었다.

"핫핫핫……."

이와무로 부인은 백치가 된 것처럼 눈을 감았다. 이 웃음이 끝난 뒤 어떻게 되든, 그것은 그녀 의지 밖의 일이라고…… 그런 절망이 온몸의 피를 얼어붙게 했을 때, 머리 위에서 또 벼락이 떨어졌다.

"사흘!"

확실히 그렇게 말한 것 같았다.

"대답을 들으러 올 테니 생각해 둬."

이와무로 부인은 정신이 멍하니 흐려지는 것을 느꼈다. 그 흐릿한 의식 속에 방문이 열렸다가 탁 닫혔다. 거친 발소리가 멀어지고 다시 허둥거리는 발소리가 다가왔다.

"아씨! 정신 차리세요. 정신을……."

몸을 부축해 준 것이 마타주로의 유모임을 깨닫자 갑자기 옆에서 아이 울음소리가 귀에 들렸다.

"정신 차리세요…… 정신을……."

"아!"

비로소 이와무로 부인은 다다미 위에 내던져져 있는 마타주로를 바라본 다음 유모에게 매달렸다.

"노부나가 님은……? 도련님은?"

“돌아가셨습니다. 바람처럼.”
“무서워! 무서운 사람이야.”
“진정하세요.”
“아, 얼마나 무서웠는지…….”
이와무로 부인은 다시 한번 유모에게 매달리며 작은 새처럼 몸을 떨었다.

노부히데가 후루와타리 본성에서 돌아온 것은 해 질 무렵이었다.
부재중에 노부나가가 왔었다고 곤로쿠가 맨 먼저 귀띔하자, 요즘 눈에 띄게 살찐 노부히데는 고개를 갸웃하며 가볍게 끄덕였다.
“그래?”
그뿐 그는 내전으로 들어갔다.
‘노부나가 녀석, 아비 마음도 모르고…….’
가신들이 둘로 갈라져 배척의 불길이 오르고 있는 것을 노부히데는 누구보다도 잘 알고 있었다. 처음에는 일소에 부쳤지만, 불길이 점점 더 거세지고 있었다. 지금은 나고야에 있는 노부나가와 노부유키의 생모 쓰치다 마님까지 노부유키를 지지할 기색이었다. 결국 노부나가 편은 아버지 노부히데와 히라테 외에 없는 듯했다. 노부나가에게 붙여준 네 중신 가운데 하나인 하야시 사도까지 은근히 노부유키에게 마음이 기우는 것을 알 수 있었다.
이와무로 부인의 방으로 가서 겉옷을 벗고 좋아하는 술을 들기 시작하자, 이와무로 부인은 응석 부리는 소녀가 아버지에게 호소하듯 낮의 일을 노부히데에게 자세히 이야기했다.
“성주님과의 전쟁도 불사하겠다고, 무섭게 눈을 부릅뜨고 말씀하셨어요.”
노부히데는 쓴웃음 지으며 고개를 끄덕였다.
“노부나가라면 능히 할 만한 말이지…… 그래, 그대는 어떻게 하는 게 좋을 거라고 생각하나?”
혼잣말처럼 되묻자 이와무로 부인은 불만스러운 것 같았다. 노부히데가 좀 더 격한 노여움을 보일 거라고 기대하고 있었던 것이다.
“어떻게 하다니요……?”
“그토록 그대를 사모한다면, 그대가 나고야로 가는 게 좋겠지.”

"어머나…… 그런 냉정한 말씀을."
노부히데는 잠시 먼 곳을 바라보는 눈으로 술을 마시고 있더니 한숨지었다.
"그래? 노부나가가 그런 말을 하고 갔단 말이지."
"성주님!"
"음."
"노부나가 님은 무서운 분이에요. 그러니 가신들 마음이 떠나지요."
"그런가?"
"그에 비하면 노부유키 님은 갈수록 믿음이 가요."
"돋보이게 해주는 사람이 있으니 그렇지, 노부나가라는."
"노부나가 님이 돌아가신 뒤 노부유키 님이 고마운 위로의 말씀을 전해오셨어요."
"노부유키는 그런 녀석이지."
"성주님! 곤로쿠 님도 사쿠마 님도 노부나가 님은 모든 것을 다 알면서 짓궂은 장난을 하신다고 했어요."
"그래, 모를 리 없을 테니까."
"알면서 아버지에게 전쟁도 사양하지 않겠다고 한 폭언을 성주님은 용서하실 작정인가요?"
노부히데는 다시 잠시 침묵을 지켰다. 초저녁부터 차츰 기온이 내려가 오늘 밤에는 서리가 내릴 것 같다. 늦추위가 심한 해에는 늘 전쟁이 많았다.
'올해도 사건이 많겠군…….'
노부히데는 9시쯤 잔을 엎고 이와무로 부인을 돌아보았다.
"또 전쟁이 일어날 것 같다. 그만 자자."
이와무로 부인은 어느새 짙은 밤 화장을 한 얼굴에 넘칠 듯한 교태를 담고 대답했다.
"네."
그리고 부지런히 침소로 등불을 날라갔다.
'아무것도 모르는 계집아이—'
노부히데는 이불 밖으로 두 손을 내놓은 채 문득 옆에 누워 있는 이와무로 부인을 돌아보았다. 이와무로 부인은 그토록 노부나가에게 겁먹었으면서도, 노부히데 곁에 있다는 것으로 다시 마음이 놓인 모양이다. 노부히데한테서 배운 밤의 세계로 녹아드는 것을 고대하고 있다. 아직 질투도 모르리라. 하물며 증오며 문중의 돌아가는 사정 따위 알 턱이 없다. 그런데 노부히데의 가장 측근에 있다는 점 때문에 온갖 암약의 도구로 이용당하고 있다.

"이와무로―"

"네."

"그대는 내가 어째서 그대만 가까이하는지 아나?"

"……아니요."

"그대는 아직 세속의 때가 묻지 않았다. 순수한 처녀 그대로이기 때문이지."

"네."

"그대도 알다시피 내게는 25명의 자식이 있다. 그리고 그 어머니들은 내가 가까이할 때마다 저주하든가 질투하든가…… 아니, 언제나 제 자식을 위해 나에게서 무언가 얻어낼 마음으로 가까이 오지."

"네."

"그것이 나는 견딜 수 없다. 싸움은 밖에서 하는 것만도 진저리가 난다…… 아니, 밖에서 하는 싸움도 이젠 싫증 났다. 다행히 미노도 스루가도 잠잠하다……고 생각했더니, 어쩐지 이상하게 되어가고 있어. 밖에 싸움이 없으면, 안에서 싸움의 씨를 찾는다. 이럴 바에는 차라리 모두 한 덩어리가 되어 밖의 적과 싸우는 편이 오히려 나을 것 같구나. 그런데……."

어느새 노부히데는 여느 때 습관대로 이와무로 부인의 부드러운 어깨 밑으로 살며시 한 팔을 넣고 있었다. 이와무로 부인은 기분 좋은 새끼 고양이처럼 우람한 노부히데의 가슴에 몸을 밀어붙이며 숨을 헐떡이고 있었다.

"또 싸움이 시작되면 나는 후루와타리 본성에 가야 하는데."

"그때는 저도 데려가주세요."

"그대가 과연 본성에서의 생활을 견뎌낼 수 있을지."

"노부나가 님이 무서워서……요?"

"아니, 노부나가가 아니야. 많은 여자들의 눈과 마음이지."

"그것이라면 조금도 무섭지 않아요. 성주님이 옆에 계시니까."

"이와무로―"

"네."
"전쟁이 벌어지면 나는 그대 옆에 있지 못하게 될 것이다."
"정말인가요……?"
"만일의 경우에는, 알겠나? 노부나가와 의논해라. 노부유키에게는 의논하지 마라."
"어……어째서요. 노부유키 님이 훨씬 더 친절하신데."
"바로 그 점이다. 노부유키는 누구에게나 친절하다. 누구에게나 친절한 자는 급할 때 쓸모가 없어. 누구에게나 이용당하고 자기 줏대라는 게 없지. 노부나가는 그대를 희롱하면서 나에게 간언한 것이다. 그대에게 말하면 나에게 통할 테니까. 방심해서 집안이 문란해지는 일을 초래하지 마라, 서에서도 동에서도 그것을 노리는 자가 있다고 간언한 것이다."
"어머나……."
이와무로 부인은 불만스러운 눈치였다. 그리고 그 불만을 그대로 젊은 유혹으로 녹여서 노부히데에게 매달렸다. 노부히데는 여느 때와 달리 뜨거운 정열로 이와무로 부인의 애무에 응했다. 그러면서도 이따금 문득 입을 다물고 멍하니 천장을 바라보거나 생각난 듯 불러보기도 했다.
이와무로 부인은 노부히데에게 무언가 말하고 싶은 게 있었다. 그러나 자기 쪽에서 물으려 하지는 않았다. 만일 물었다가는 또 틀림없이 노부나가의 이름이 나올 것 같았기 때문이었다.
'노부나가 님은 싫어…….'
한번 마음에 새겨진 혐오는 좀처럼 사라질 것 같지 않았다. 아니, 그 혐오의 그늘에는 노부유키와 곤로쿠와 사쿠마 등의 노부나가에 대한 평이 크게 뒷받침되어 있었지만 이와무로 부인은 그것을 알지 못하고 있었다.
노부나가가 뒤를 이으면 오다 문중은 순식간에 혼란 속으로 휩쓸려든다. 실력으로는 노부히데에게 미치지 못하지만 기요스(淸州)와 이와쿠라(岩倉)와 이누야마(犬山)에 종가의 혈통을 이어받은 오다 일족이 살고 있으며, 노부나가의 생모 쓰치다 마님의 친정인 쓰치다 시모우사(土田下總)도 진보(神保)도 쓰즈키(都築)도 야마구치(山口)도 모두 노부나가를 싫어하고 있다고 들었다. 노부나가의 매부인 이누야마의 오다 노부키요 등도 노부히데가 죽으면 아마 곧 반기를 들어 나고야성을 공격할 게 틀림없다고 했다.

'그런 노부나가에게 성주님은 어째서 뒤를 물려주시려는 것일까?'

이것은 노부히데의 착각일 것이다.

"—뒤는 역시 노부유키에게."

언젠가 그 잘못을 깨닫고 말할 때가 올 거라고 생각하고 있었기 때문에 더 이상 노부나가에 대한 이야기는 하고 싶지 않았다.

야경꾼이 오전 2시를 알리는 딱따기 소리가 조용한 성안 망루 언저리에서 들려왔다. 이미 잠든 줄 알았던 노부히데가 다시 이와무로 부인을 불렀다. 대답 대신 이와무로 부인은 가슴에 파고들었다.

"아이 추워……."

노부히데는 다시 말을 꺼냈다.

"노부나가……."

"뭐라고 하셨어요? 성주님……."

"으, 으, 으."

"성주님! 꿈을 꾸셨어요?"

"이와무로……."

"네."

"나는 돌아간다, 나는 돌아가겠어!"

"어디로 돌아가세요?"

"후루와타리…… 본성으로……."

"네?"

"불러다오…… 곤로쿠를…… 사쿠마를……."

말을 이상하게 더듬거리는 것이 심상치 않아 이와무로 부인은 이불을 홱 걷어젖혔다.

"대감님! 어디…… 어디 편찮으세요?"

"아!"

이불을 젖히니 노부히데는 전쟁이 없고 나서 한결 살찐 목덜미에서 뒷머리까지 할퀴듯 쥐어뜯었다. 그 손가락이 이상하게 떨리고 있는 것을 보자 이와무로 부인은 오싹 온몸의 솜털이 곤두섰다.

'예삿일이 아니야!'
"누구 좀 도와줘요."
소리치면서 달려가려 하자 노부히데의 손이 부들부들 떨며 이와무로 부인의 옷자락을 움켜잡았다.
"기다려……."
노부히데는 숨을 헐떡였다. 이미 입술도 마비되었는지 오른쪽 입가에 침을 흘리는데 거기서 하얀 김이 나오고 있다.
그는 다시 말했다.
"노부나가. 떠들지 마라…… 돌아간다…… 후루와타리. 떠들지 마라. 병든 채로, 후루와타리……."
"성주님!"
이와무로 부인은 다시 털썩 머리맡에 앉았다. 이제는 그녀도 사태가 어떻게 되어가는지 짐작되었다. 물론 초저녁의 술과 안주에 독이 들어 있었을 리 없고 뇌졸중이 틀림없었다.
"성주님! 정신 차리세요!"
너무 갑작스러운 일이라 눈물은 나오지 않았다. 그러나 노부히데가 무엇을 느끼고 말하려 하는지 어렴풋이 알 수는 있었다. 노부히데는 이 스에모리성에서 죽었다는 말을 듣고 싶지 않은 게 틀림없었다. 빨리 후루와타리성으로 돌아가겠다, 노부나가를 불러라, 남기고 싶은 말이 있다고 말하는 게 틀림없었다. 아니, 그 이상으로 자기의 죽음을 금방 발표하면 큰일 난다—는 의미도 들어 있는지 모른다.
노부히데의 입이 다시 움직였다.
"노부나가에게……."
그러나 그때 이미 눈은 엉뚱한 곳으로 치뜨며 빛을 잃었고, 떨리는 손이 힘을 잃고 가슴 위로 축 늘어졌다. 그 늠름한 가슴에서 심장 뛰는 것이 똑똑히 보여 이와무로 부인을 한층 무섭게 했다.
"이와…… 이와……."
이번에는 몸이 새우처럼 구부러졌다. 그러자 아직 자유롭게 움직이는 오른손 손톱이 다다미의 실을 할퀴는 동시에 웩! 하고 노부히데는 무언가를 토해냈다.

검은 핏덩어리였다. 피에 섞인 오물에서 술 냄새가 났다. 이와무로 부인은 넋을 잃고 노부히데를 안아 일으켰다.
"성주님! 정신을……."
노부히데는 고개를 한 번 끄덕했다. 그 끄덕임이 무엇을 뜻하는 것인지. 42년 생애의 한 많은 단말마. 그것에 대한 마지막 슬픈 긍정인지도 몰랐다.
깊은 신음 소리가 새어나왔다.
"음."
이어서 신음 소리가 그 무게를 감당하지 못하는 호흡으로 바뀌었을 때는 이미 의식이 사라져 있었다.
"성주님! 성주님!"
미친 듯 몇 번인가 마구 몸을 흔들다가 이와무로 부인은 그 자리에 와락 엎드려 울음을 터뜨렸다.
전갈을 받고 곤로쿠와 사쿠마 두 중신이 달려왔을 때는, 마타주로의 유모와 시녀에 의해 오물은 치워지고 의식 없는 노부히데 위에 흰 홑이불이 덮여 있었다.
곤로쿠는 불러보았다.
"주군! 주군!"
호흡은 아직도 여전히 무거운 신음 소리로 이어지고 있었다.
역시 당황해 달려온 노부유키에게 사쿠마는 말했다.
"누군가 나고야와 후루와타리로……."
그런 다음 곤로쿠와 서로 눈짓한 뒤 노부유키의 시동에게 일렀다.
"벼루를……."
시동이 벼루와 종이를 가져왔다. 그 종이와 붓을 곤로쿠는 망연한 채 있는 이와무로 부인에게 떠안기며 엄한 목소리로 말했다.
"유언을! 자, 제가 들을 테니. 그대로 적으시오."
"주군님, 유언을……."
이와무로 부인이 멍하니 종이와 붓을 잡는 것을 보고 곤로쿠는 노부히데의 입에 귀를 댔다. 의식 없는 노부히데는 여전히 신음만 하고 있는데도.
"뭐라고요? 뭐라고 하셨습니까. 상속은 노부유키 님에게. 예, 알겠습니다!"

그러고 나서 이와무로 부인을 돌아보았다.

"자, 유언을 적으십시오. 아시겠지요. 첫째, 상속은 노부유키에게……."

정신을 차리고 보니 어느새 당사자인 노부유키는 사쿠마와 함께 자리를 피하고, 방 안에는 빈사상태의 노부히데와 곤로쿠와 이와무로 부인 셋만 남아 있었다.

"어서 빨리 쓰지 않고 무엇 하시오? 주군의 마지막 말씀이오."

꾸짖듯 재촉받고 이와무로 부인은 흠칫했다. 렌가(連歌)를 정서할 만큼 필적이 훌륭한 이와무로 부인이었지만, 곤로쿠의 지금 말은 무서웠다. 상속은 노부나가라고 노부히데는 초저녁에도 분명 말했다. 그뿐인가, 만일의 경우 노부유키에게 의지하지 말고 노부나가에게 의지하라고 마치 급변을 예상하는 것 같은 말까지 남겼다.

곤로쿠는 또 재촉했다.

"어째서 쓰지 않는 거요!"

"쓸 수 없어요, 성주님은 아무 말씀도 하시지 않았어요."

"뭣이?"

곤로쿠는 혀를 차며 이와무로 부인을 노려보았다.

"내 귀를 의심하는 거요? 주군께서 분명 그렇게 말씀하셨소…… 그대에게도 똑똑히 들렸을 터. 자, 쓰시오. 마타주로 님이 귀하지 않소? 노부나가 님이 무섭지 않소?"

이와무로 부인은 별안간 몸을 떨기 시작했다. 지금까지 곤로쿠가 이토록 무섭고 비굴한 남자로 보인 적은 없었다.

'이것은 완전한 음모다. 그렇다면 그들은 처음부터 그럴 작정으로……'

이와무로 부인은 힘없이 다다미 위에 붓을 떨어뜨렸다. 이대로 성주님과 함께 죽고 싶은 충동이 밀려왔다.

그때 노부히데가 한층 크게 신음하더니 갑자기 심한 경련을 일으켰다.

"이, 이런!"

곤로쿠는 당황하여 노부히데의 가슴을 안고 외쳤다.

"주군! 주군!"

그러더니 그대로 거칠게 손을 놓았다. 모든 게 끝난 것이다…… 미노의 사이토, 미카와의 마쓰다이라, 이세의 기타바타케와 다투고 또 다투어 물러서지 않았던 오다 노부히데는 지상에 많은 한을 남기고 그 영혼을 하늘로 돌려보냈다.

날이 훤히 밝아올 무렵이 되자 의원을 앞세우고 중신들이 잇따라 스에모리 성으로 달려왔다. 유해는 아직 숨이 붙어 있는 것으로 하여 노부유키가 있던 본성으로 곧 옮겨졌지만, 18살 난 애첩과 동침하다가 죽었다는 소문은 모든 사람의 얼굴에 쓴웃음을 남겼다.

날이 완전히 밝자 3월로 접어들어 벌써 벚꽃이 피려 하고 있건만 땅 위에는 서리가 가득 내려 있었다. 마치 꽃이 진 것처럼…….

도쿠가와(德川) 계보
대망시대 일본 지도
오와리·미카와 주요 지도
도토우미·스루가 주요 지도

도쿠가와(德川) 계보

닛타씨(新田氏) 가문

닛타 요시시게(新田義重) —— 요시스에(義季) —— 요리우지(賴氏) —— 다카시(教氏) —— 이에토키(家時) —— 미쓰요시(滿義) —— 마사요시(政義) -

- 모리이에(다케타니마쓰다이라) 守家(竹谷松平)
- 지카타다 親忠
  - 지카나가(이와쓰마쓰다이라) 親長(岩津松平)
  - 노리모토(오규마쓰다이라) 乘元(大給松平)
  - 나가치카 長親
    - 노부타다 信忠 —
    - 지카모리(후쿠카마마쓰다이라) 親盛(福釜松平)
    - 노부사다(사쿠라이마쓰다이라) 信定(櫻井松平)
    - 요시하루(도조마쓰다이라) 義春(東条松平)
    - 도시나가(후지이마쓰다이라) 利長(藤井松平)
  - 지카타다(니시후쿠카마마쓰다이라) 親忠(西福釜松平)
  - 노리키요(다키와키마쓰다이라) 乘清(瀧脇松平)
- 오키쓰구(가타노하라마쓰다이라) 興副(形原松平)
- 미쓰시게(오쿠사마쓰다이라) 光重(大草松平)
- 모토요시 元芳
  - 모토신(고유마쓰다이라) 元心(御油松平)
  - 다다카게(후카우쓰마쓰다이라) 忠景(深溝松平)
- 지카노리(나가사와마쓰다이라) 親則(長澤松平)
- 미쓰치카(노미마쓰다이라) 光親(能見松平)
- 노부시게(나가사와마쓰다이라) 信重(長澤松平)

- 노부야스(아명 다케치요) 信康(竹千代)
- 딸(가메히메) 龜姬
- 딸(도쿠히메) 督姬
- 히데야스(아명 오기마루, 유키씨, 에치젠 마쓰다이라 가문) 秀康(幼名於義丸, 結城氏, 越前松平家)
- 2 히데타다(아명 나가마쓰마루, 다이도쿠인) 秀忠(幼名長松丸, 台德院)
  - 3 이에미쓰(아명 다케치요, 다이유인) 家光(竹千代, 大猷院) —
  - 다다나가(아명 구니치요) 忠長(國千代)
  - 마사유키(호시나씨) 正之(保科氏)
  - 가즈코(도후쿠몬인, 뒷날 미토케 황태후, 메이쇼 덴노의 어머니) 和子(東福門院)
- 다다요시(아명 후쿠마쓰마루, 도조씨) 忠吉(東条氏)
- 딸(후리히메) 振姬
- 노부요시(아명 만치요마루, 다케다씨) 信吉(万千丸, 武田氏)
- 다다테루(아명 다쓰치요마루, 에치고 가문) 忠輝(辰千代丸, 越後氏)
- 요시나오(아명 고로타마루, 오와리 가문) 義直(五郎太丸, 尾張家)
- 요리노부(아명 조후쿠마루, 기이 가문) 賴宣(長福丸, 紀伊家)
- 요리후사(아명 쓰루치요, 미토 가문) 賴房(鶴千代, 水戶家)
- 딸(이치히메) 市姬

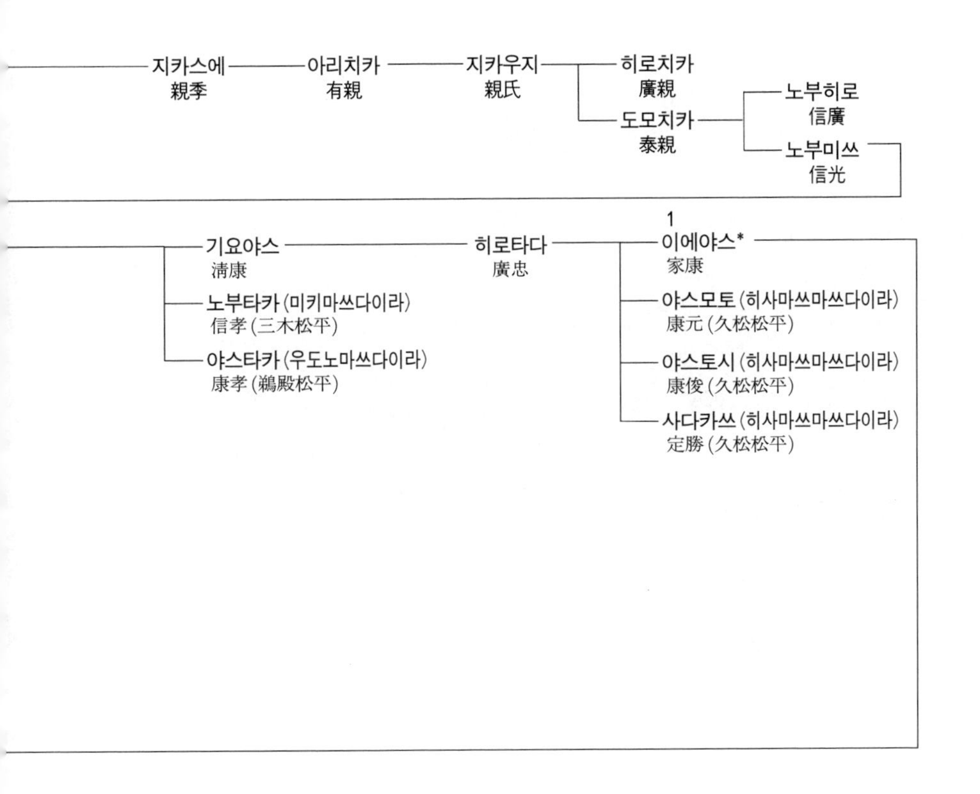

지카스에
親季
아리치카
有親
지카우지
親氏
히로치카
廣親
도모치카
泰親
노부히로
信廣
노부미쓰
信光
기요야스
清康
노부타카(미키마쓰다이라)
信孝(三木松平)
야스타카(우도노마쓰다이라)
康孝(鵜殿松平)
히로타다
廣忠
1
이에야스*
家康
야스모토(히사마쓰마쓰다이라)
康元(久松松平)
야스토시(히사마쓰마쓰다이라)
康俊(久松松平)
사다카쓰(히사마쓰마쓰다이라)
定勝(久松松平)

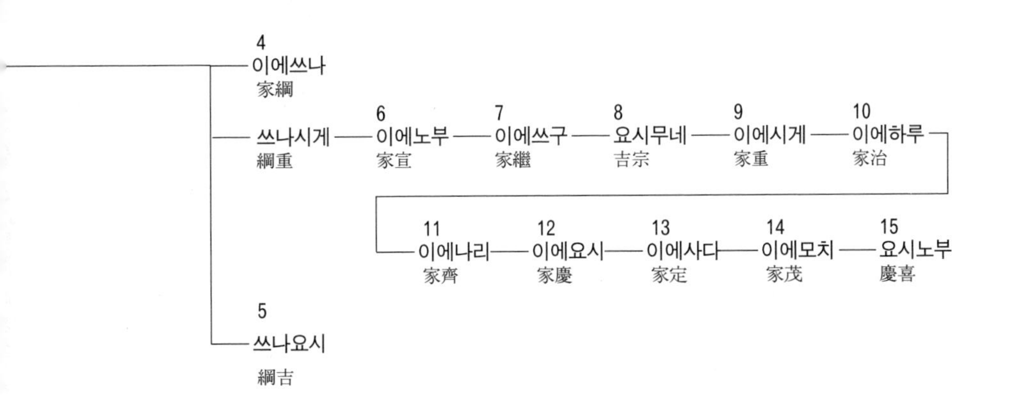

4
이에쓰나
家綱
쓰나시게
綱重
6
이에노부
家宣
7
이에쓰구
家繼
8
요시무네
吉宗
9
이에시게
家重
10
이에하루
家治
11
이에나리
家齊
12
이에요시
家慶
13
이에사다
家定
14
이에모치
家茂
15
요시노부
慶喜
5
쓰나요시
綱吉

함경도
평안도
강원도
경기도
조 선
충청도
경상도
전라도
노량
한산
쓰시마섬
쓰시마 해협
이키
이즈모
호키
이와미
빈고
빗추
아키
히로시마
나가토
스오
이와쿠니
세토 내해
지쿠젠
고쿠라
마쓰라
후쿠오카
부젠
지쿠고
히젠
고토
분고
다케다
히고
구마모토
나가사키
가쓰사
규슈
휴가
사쓰마
오스미
이요
도사
시코쿠
오스미 제도
다네가섬
야쿠섬

무쓰
데와
도호쿠
요네자와
사도섬
니가타
혼슈
에치고
노토
시라카와
엣추
시모쓰케
고즈케
간토
히타치
가가
다카야마
시나노
히다
무사시
후쿠이
에치젠
에도
시모우사
가이
미노
와카사
가마쿠라
단고
오바마
세키가하라
나고야
사가미
가즈사
오다와라
구와나
오와리
스루가
단바
비와 호수
아와
간키
오카자키
교토
도토미
이즈
우라가 해협
미카와
메지
오사카
이가
요코스카
나라
가와치
사카이
이즈미
요시노
이세
와카야마
오케 골짜기
이즈 제도
야마토
이세만
시마
기이

대망시대 일본 지도

오와리·미카와 주요 지도

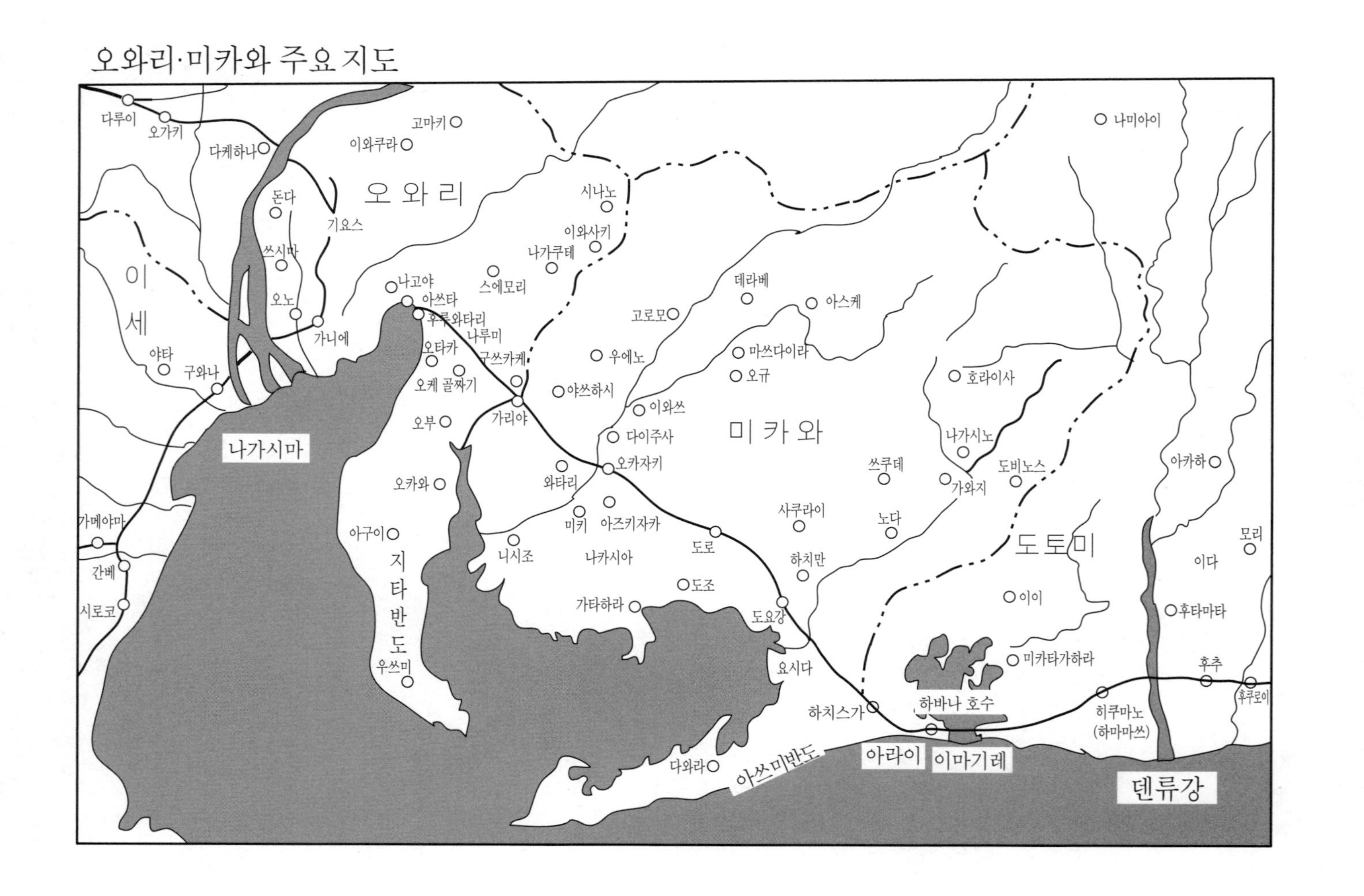

오와리
미카와
이세
도토미
지타반도
아쓰미반도
나가시마
덴류강
하바나 호수
아라이
이마기레
다루이
오가키
다케하나
고마키
이와쿠라
돈다
기요스
쓰시마
오노
가니에
야타
구와나
나고야
아쓰타
후루와타리
나루미
오타카
구쓰카케
오케 골짜기
오부
가리야
오카와
아구이
우쓰미
시나노
이와사키
나가쿠테
스에모리
고로모
우에노
야쓰하시
이와쓰
다이주사
오카자키
와타리
미키
아즈키자카
니시조
나카시아
데라베
아스케
마쓰다이라
오규
도로
도조
가타하라
도요강
요시다
하치스가
다와라
사쿠라이
하치만
쓰쿠데
노다
호라이사
나가시노
가와지
도비노스
이이
미카타가하라
히쿠마노
(하마마쓰)
후타마타
이다
모리
아카하
후추
후쿠로이
나미아이
가메야마
간베
시로코

도토우미 · 스루가 주요 지도

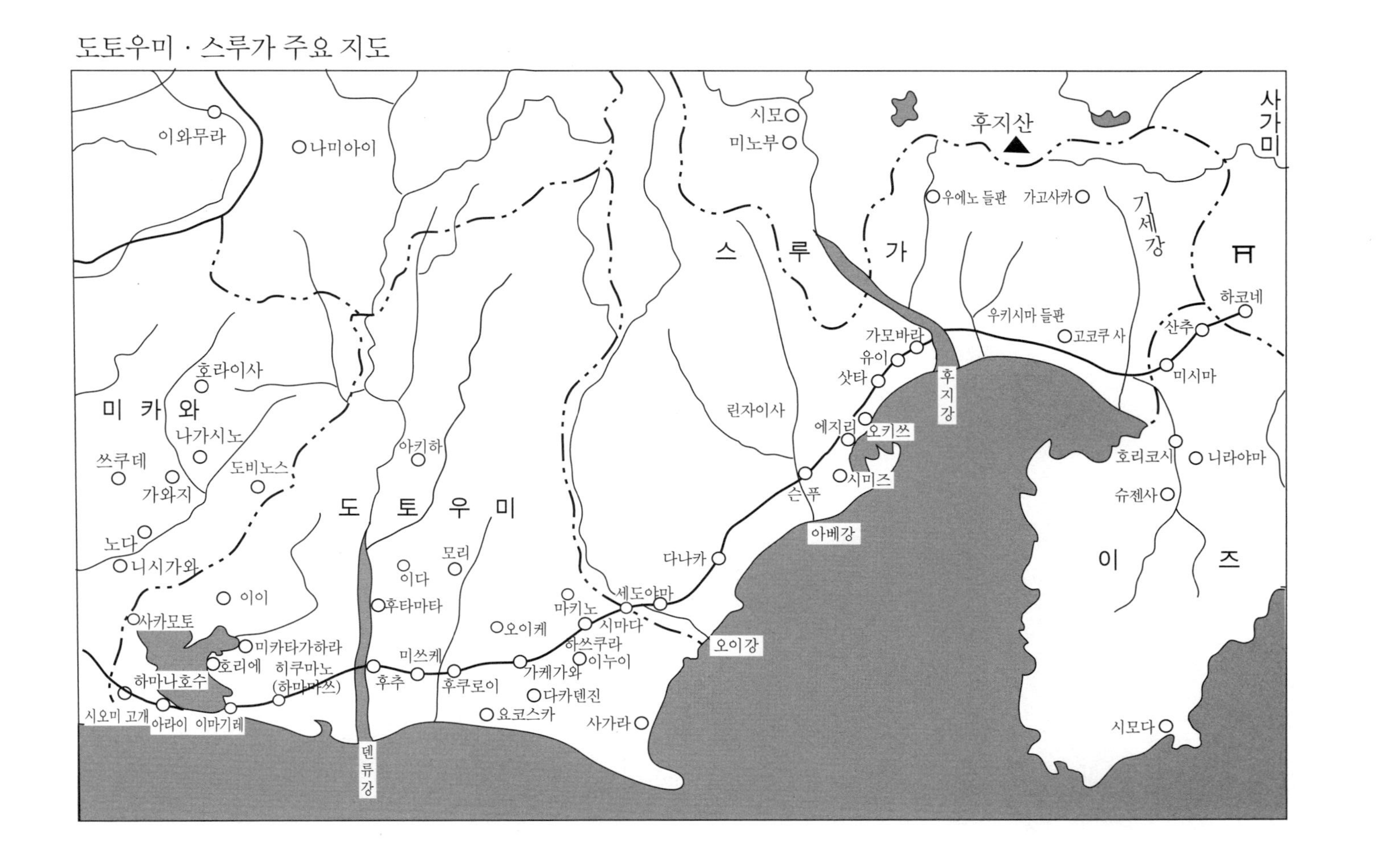

지은이
야마오카 소하치(山岡莊八)

그린이
기노시타 지카이(木下二介)

옮긴이
박재희(청춘사도대학교 일문학 전공) 김문운(니혼대학교 일문학 전공)
김영수(와세다대학교 일문학 전공) 문호(게이오대학교 일문학 전공)
유정(조치대학교 일문학 전공) 추영현(서울대학교 사회학 전공)
허문순(경남대학교 불교학 전공) 김인영(숙명여자대학교 미술학 전공)

도쿠가와 이에야스
대망 1
야마오카 소하치 지음/책임편집 박재희 추영현 김인영
1판 1쇄/1970. 4. 1
2판 1쇄/2005. 4. 1
2판 22쇄/2024. 10. 1
발행인 고윤주
발행처 동서문화사
창업 1956. 12. 12. 등록 16-3799
서울 중구 마른내로 144 동서빌딩 3층
☎ 546-0331~2 Fax. 545-0331
www.dongsuhbook.com
잘못된 책은 구입하신 곳에서 바꾸어드립니다.
*

사업자등록번호 211-87-75330
ISBN 978-89-497-0292-6 04830
ISBN 978-89-497-0291-9 (세트)

冨嶽三十六景
神奈川沖
浪裏

葛飾北齋畫